HEYNE ‹

W0064229

Das Buch

Die Sieben Königreiche von Grimm stehen am Abgrund, denn eine übermächtige Armee von Besessenen – Kriegern die weder Furcht noch Schmerz kennen – überrennt ein Land nach dem anderen. Die Einzigen, die sie aufhalten können, sind die Kampfmagier auf ihren majestätischen Drachen. Doch das Bündnis zwischen Drachen und Menschen ist schwach geworden. Zu wenige Drachen antworten noch auf den Ruf der Magier, und die meisten von ihnen sind schwarz. Und jedes Kind weiß, dass schwarze Drachen gefährlich sind. Schwarze Drachen sind verrückt. Falco Dantes Vater, ein tapferer Kampfmagier, fiel selbst dem Wahnsinn einer solchen Kreatur zum Opfer, und sein Verlust hat Falcos ganzes Leben geprägt. Als die Armee der Besessenen auf seine Heimat zumarschiert, trifft Falco eine folgenschwere Entscheidung: Er wird in die Fußstapfen seines Vaters treten ...

Der Autor

Peter A. Flannery studierte Kunst und Design und arbeitete nach dem College in der Forstwirtschaft. Nach einem Arbeitsunfall war er im Gartenbau und für die Spielzeugindustrie tätig, um schließlich als Autor für Target Games UK zu schreiben. Heute widmet er sich ganz dem Schreiben seiner Romane und lebt mit seiner Familie in einem idyllischen Dorf in Schottland.

PETER A. FLANNERY

BATTLE MAGE

Kampf der Magier

Roman

Aus dem Englischen übersetzt
von Bernhard Stäber

WILHELM HEYNE VERLAG
MÜNCHEN

Titel der englischen Originalausgabe:
Battle Mage (Part one)

Sollte diese Publikation Links auf Webseiten Dritter enthalten,
so übernehmen wir für deren Inhalte keine Haftung, da wir uns diese
nicht zu eigen machen, sondern lediglich auf deren Stand zum Zeitpunkt
der Erstveröffentlichung verweisen.

Verlagsgruppe Random House FSC®-N001967

Deutsche Erstausgabe 12/2019
Redaktion: Joern Rauser
Copyright © 2017 by Peter A. Flannery
Copyright © 2019 der deutschsprachigen Ausgabe
und der Übersetzung by Wilhelm Heyne Verlag, München,
in der Verlagsgruppe Random House GmbH,
Neumarkterstraße 28, 81673 München
Printed in Germany
Umschlaggestaltung: Nele Schütz Design, München, unter Verwendung
einer Illustration von Federico Musetti
Satz: GGP Media GmbH, Pößneck
Druck und Bindung: GGP Media GmbH, Pößneck
ISBN 978-3-453-32023-9

www.heyne.de

Für meinen Bruder Anthony, der den Funken entzündete.
Für Tolkien, der ihn zu einer Flamme entfachte.
Für die kreativen Talente, die sie weiter am Brennen halten.
Und für all jene, die Fantasybücher lieben.
Dies ist meines. Ich hoffe, es gefällt euch.

Inhalt

Erster Teil
UNTERGANG

Zweiter Teil
GRIMM

Die Welt kennt kein Gefühl, das dem Kummer eines Drachen gleichkommt – außer vielleicht den Zorn eines Drachen.

Prolog

Der Ritter blinzelte sich das Blut und die Tränen des Versagens aus den Augen. Er riss sein Pferd herum und schob das Visier hoch, um das Feld zu überblicken. Im ganzen Tal zogen sich die illicischen Truppen zurück.

Der Kampf war verloren.

Auf der Zunge des Ritters schmeckten die Tränen bitter. Ihre Seite war zahlenmäßig überlegen gewesen, sie hätten das Heer der Besessenen besiegen müssen, aber sie hatten nicht mit dem Dämon gerechnet. *Er* war lange im Verborgenen geblieben, hatte sich erst in letzter Minute offenbart, und dann war es zu spät gewesen, um nach einem Kampfmagier zu rufen.

Nein – das war ihr Kampf, und er war verloren.

Er verspürte keine Scham, denn nur wenige konnten sich in der Gegenwart eines solchen Gegners behaupten. Und dennoch hatten sie es durchgestanden. Beinahe eine Stunde lang hatten die Soldaten Illicias ihre Stellung gehalten. Aber nun war das Ende nahe.

Von der Hügelkuppe aus blickte er auf seinen Feind hinab. Der Dämon überragte die menschlichen Krieger der Besessenen, er war ein Wesen von unmenschlicher Macht und höllischer Stärke. Der Ritter wusste, dass er ihn nicht töten konnte. Seine einzige Hoffnung bestand jetzt darin, einen schnellen Tod zu suchen, bevor er doch der Angst nachgab. Mit letzter Willensanstrengung drängte er sein Pferd vorwärts, in der Hoffnung, dass ihn sein Mut nicht noch vor dem Ende verließ. Und dennoch – selbst als er seinem Tod entgegenritt – dachte er nicht an sich, sondern an die Menschen, die sie im Stich ließen. Das Heer der Besessenen hatte die Verteidigung der Illicier durchbrochen. Nun würde es in die Berge ziehen, wo man es kaum noch verfolgen konnte. Es würde der Stärke von Clemoncé ausweichen und stattdessen nach Valentia vorrücken.

Früher einmal war das Königreich von Valentia für den Mut und das Geschick seiner Krieger bekannt gewesen, in den letzten Generationen aber hatte sein Ansehen abgenommen. Als der Ritter sein Pferd weiter vorantrieb, fragte er sich, ob wenigstens etwas von der einstigen Größe Valentias geblieben war.

Er hoffte es.

Er hoffte es um ihrer aller Seelen willen.

Erster Teil

UNTERGANG

1

Sohn des Wahnsinns

Weit im Norden von Valentia ging über der Bergstadt von Caer Dour die Sonne auf. Die Luft war frisch und kalt, während die weißen Steine der Gebäude hell im Morgenlicht schimmerten. Der rhythmische Klang des Schmiedehammers ertönte über dem Muhen der Kühe und dem Meckern der Ziegen. Der Mistgeruch, der aus den Ställen drang, vermischte sich mit dem von frisch gebackenem Brot und dem Rauch von tausend neu angelegten Feuerstellen.

Obwohl es ein Morgen wie jeder andere zu sein schien, lag ein Gefühl von Begeisterung in der Luft, denn dies war der Tag der Prüfungen, ein besonderes Ereignis, zu dem die Bewohner von Caer Dour die Gelegenheit bekamen, dem Abgesandten der Königin ihre Fertigkeiten im Kampf vorzuführen.

Noch war es früh am Tag, und doch befanden sich die gepflasterten Straßen bereits voller Menschen. Die Bewohner machten sich auf den Weg zum westlichen Stadtrand, wo die Straße von Clemoncé zum felsigen Hügel anstieg. Von hier aus würde er eintreffen, der Abgesandte des Hofes von Grimm.

Alle zwei Jahre reiste er aus der Hauptstadt an, um sich das Beste anzusehen, was Caer Dour auf dem Gebiet der Kampfkunst zu bieten hatte. Und wer sich in den Prüfungen auszeichnete, würde mit ihm zurückkehren, um in Grimm an der Kriegsakademie zu studieren. Der Besuch des Abgesandten war immer ein besonderes Ereignis, aber in diesem Jahr umso mehr, denn diesmal brachte er einen Studenten zurück, der seine Ausbildung beendet hatte. Das war kein gewöhnlicher Ritter oder Schwertkämpfer, sondern ein Kampfmagier, genauer gesagt, der erste Kampfmagier, den Caer Dour in über vierzig Jahren hervorgebracht hatte, und seine Ankunft hätte zu keiner passenderen Zeit stattfinden können.

Knapp zwei Wochen zuvor hatte das ferocianische Heer die illicische Verteidigung durchbrochen und war in Valentia eingefallen. Es hatte bereits mehrere Dörfer verwüstet und war inzwischen nur noch ein paar Tagesmärsche von Caer Dour entfernt. Ein Dämon marschierte den Besessenen voran, und ohne einen Kampfmagier hatte die Armee der Stadt keine Chance, sie aufzuhalten. Aber heute kam ihr Held nach Hause, und darum waren die Bewohner von Caer Dour nicht annähernd so verängstigt, wie sie es vielleicht hätten sein sollen. Stattdessen waren sie zeitig aufgestanden und bereiteten sich nun auf das Spektakel des Tages vor. Die Leute strömten auf den Hügel und hängten sich aus den Fenstern, alle in der Hoffnung, einen frühzeitigen Blick auf den Abgesandten der Königin zu erhaschen.

In einer Villa in der Nähe des Stadtrands waren zwei junge Burschen noch einen Schritt weitergegangen und hinaus auf die roten Keramikschindeln des Daches geklettert. Einer von ihnen war Malaki de Vane, der Sohn des Schmieds, ein großer muskulöser Kerl mit dichtem braunen Haar und einem leuchtend roten Feuermal, das sich über die linke Seite seines Gesichts zog. Der andere war beinahe genauso groß, aber dünn und schwach, mit strähnigem, dunklem Haar und einer bleichen, kränklichen Hautfarbe. Zwar hatte er angenehme Züge, aber seine Wangen waren hohl und ausgemergelt. Sein Name lautete Falco Danté, und das Einzige, das an *ihm* von Stärke sprach, war die Farbe seiner Augen, die von einem hellen und lebendigen Grün waren.

»Sei vorsichtig, Falco! Du fällst noch runter!«, rief Malaki, als sich Falco zum Dachscheitel voranschob.

»Ich möchte doch nur zusehen«, entgegnete er.

»Wir sehen schon früh genug zu. Komm hier herunter, wo es sicherer ist.« Malaki verzweifelte an der Tollkühnheit seines Freundes. »Wenn du das Gleichgewicht verlierst, fang ich dich nicht auf!«

»Doch, das wirst du«, sagte Falco mit einem Lächeln. Er wusste, dass sein Freund ihn niemals fallen ließ.

Also versuchte es Malaki auf andere Art.

»Du zerbrichst noch die Schindeln«, beharrte er. »Dann wird Simeon dich verdreschen.«

Simeon le Roy war der Herr der Villa, auf deren Dach sie geklettert waren. Falco diente ihm seit dem Tod seines Vaters vor fast vierzehn Jahren.

»Die Schindeln sind in Ordnung«, sagte Falco. »Ich bin eben kein so tonnenschwerer Trottel wie du.«

»Gut, aber beschwer dich nicht, wenn du nachher ordentlich Prügel beziehst.«

»Simeon würde mich niemals schlagen«, keuchte Falco, als er ein Bein über den Dachscheitel schwang. Seine Arme zitterten von dem anstrengenden Klettern, und der Atem rasselte geräuschvoll in seiner Brust.

»Na, das sollte er aber«, sagte Malaki. »Ich habe noch nie einen Diener gekannt, der es so leicht hatte.«

Das war selbstverständlich weit von der Wahrheit entfernt. Die eine Sache, die Falco Danté nicht aufzuweisen hatte, war ein einfaches Leben. Er war ein Schwächling in einer Welt voller Krieger, und schlimmer noch: Er war der Sohn eines Verrückten.

»Also?«, fragte Malaki ungeduldig.

»Also was?«

»Kannst du noch weiter sehen?«

Das Keuchen in Falcos Brust wurde unangenehm. Die kalte Morgenluft tat seiner Lunge nicht gut, und doch lächelte er.

»Bis zum gespaltenen Felsen«, sagte er.

»Warte mal«, sagte Malaki. »Ich komme rauf.«

Trotz seines Gewichts erklomm Malaki das schräge Dach mit überraschender Geschicklichkeit. Im Handumdrehen saß er hinter seinem Freund auf der höchsten Stelle der Villa. Gemeinsam blickten sie in die Richtung eines großen, gespaltenen Felsbrockens – dorthin, wo der steinige Pfad den Hügel umrundete.

»Denkst du, er wird die Magier mitbringen?«, fragte Malaki.

»Er kommt doch immer mit einem«, erwiderte Falco beiläufig. »Schließlich werden sie die Lehrlinge beurteilen wollen.«

»Das weiß ich!«, sagte Malaki. »Aber denkst du, er bringt noch mehr mit? Glaubst du, es wird eine Beschwörung geben?«

»Keine Ahnung«, log Falco. Er versuchte gleichgültig zu klingen, in Wahrheit aber wusste er, dass die Magier kommen würden. Irgendwie ahnte er, dass es eine Beschwörung geben würde.

»Ich hoffe es«, flüsterte Malaki. »Stell dir das mal vor … nicht nur ein Kampfmagier, sondern ein Kampfmagier mit einem Drachen. Dann hätte das ferocianische Heer keine Chance.«

»Wir brauchen keinen Drachen, um die Besessenen zu besiegen«, sagte Falco. »Darius wird reichen.«

Jeder in Caer Dour wusste, wie die Dinge liefen. Eine gründlich ausgebildete Streitmacht hatte eine gute Chance, ein Heer von Besessenen zu besiegen, solange es nicht in der Überzahl war. Aber wenn die Besessenen von einem Dämon angeführt wurden, dann war eine gewöhnliche Armee völlig chancenlos. Furcht würde die Soldaten überwältigen. Ausschließlich mit einem Kampfmagier konnten sie auf einen Sieg hoffen.

Es waren nicht nur das Geschick und die geheimen Mächte eines Kampfmagiers, es war seine Seele selbst – ein Leuchtfeuer des Glaubens, der Schlüsselstein des Mutes. Die Seele half den gewöhnlichen Menschen, im Angesicht eines Dämons standzuhalten. Ein Kampfmagier in den eigenen Reihen, das stellte einen mächtigen Verbündeten dar, aber ein Kampfmagier mit einem Drachen, nun, so jemand war geradezu eine Naturgewalt.

»Aber würdest du nicht gern mal einen Drachen sehen?«, drängte Malaki. »Bloß einmal.«

»Nein«, log Falco erneut. Er und Malaki waren seit ihrer Kindheit Freunde, aber er wollte nicht, dass *irgendjemand* erfuhr, wie sehr er sich danach sehnte, einen Drachen zu sehen. Er wollte auf keinen Fall, dass jemand ahnte, was er sich vorgenommen hatte.

Malaki betrachtete den schmalen Rücken seines Freundes, die zusammengesackten Schultern, den gesenkten Kopf.

»Wegen deines Vaters?«, fragte er ruhig.

Falco nickte bloß. Seine Gleichgültigkeit war nur gespielt, die Scham, die er bei der Erwähnung seines Vaters verspürte, war es hingegen nicht. Schweigend saßen die beiden Jungen nebeneinander, bis die Sonne über den Dächern auftauchte.

»Wo *bleiben* sie nur?«, fragte Malaki. »Die Sonne steht schon recht hoch. Inzwischen sollten sie doch längst hier sein.«

Falco sagte nichts, während sich der Schatten des Unbehagens nach und nach von seiner Seele hob.

»Ich weiß gar nicht, warum ich so aufgeregt bin«, bemerkte Malaki. »Ist ja nicht so, als würde ich versuchen, einen Platz an der Akademie zu bekommen.«

»Du trittst im Nahkampf an«, sagte Falco über seine Schulter hinweg. »Und da wirst du als Gewinner favorisiert. Vielleicht darfst du dich ohnehin vorstellen.«

»Klar«, gab Malaki zurück. »Und vielleicht fliegen mir auch noch Schweine aus dem Arsch.«

Falco lachte über die Bescheidenheit seines Freundes. Soweit es ihn betraf, gab es in der gesamten Region keinen Kadetten, dessen Geschick mit einem Schwert dem von Malaki gleichkam.

»Stell dir nur vor, in den Prüfungen zu kämpfen«, sagte Malaki. »Was wäre, wenn du Königin Catherine am Hof von Grimm vorgestellt würdest.«

Falco war froh, dass Malaki sein Gesicht nicht sehen konnte. Auf seinen Lippen lag ein entschlossenes Lächeln und in seinen Augen ein wilder, grüner Schein. Zur Hölle mit den Magiern und den Gesetzen der adligen Geburt. Wenn die Dinge so liefen, wie *er* sie geplant hatte, würde Malaki seine Chance bekommen, den Abgesandten der Königin zu beeindrucken. Aber er wollte jetzt noch nichts verraten, und er war gerade dabei, das Thema zu wechseln, als ein Angstschrei ertönte. Sie wandten sich beide zum Haus um.

»Verdammt, was war das?«, fragte Malaki.

Falco antwortete nicht. Er lauschte auf weitere Geräusche.

Aus der Villa ertönte noch ein Schrei. Es war ein Entsetzensschrei, der sich in ein verstörendes Stöhnen auflöste. Malaki war wie vom Donner gerührt, aber Falco schwang sein Bein über den Dachscheitel zurück und begann damit, sich hinunterzuhangeln.

»Was ist los?«, fragte Malaki, als er am unteren Teil des Daches wieder zu Falco stieß.

»Es ist Simeon«, sagte Falco, der eine kurze Traufe ablief, bevor er die Dachrinne in Richtung einer Veranda am anderen Ende der Villa überquerte.

»Wo gehst du hin?«

»Nachsehen, ob er in Ordnung ist.«

»Aber dann werden wir den Abgesandten verpassen.«

»Ich will nur sichergehen«, sagte Falco.

Malaki wandte den Blick zum Himmel, dann setzte er sich in Bewegung, um seinem Freund zu folgen. Als die beiden Jungen auf die Veranda kletterten und durch Ritzen in den Fensterläden spähten, war das Stöhnen bereits zu einem Knurren und Flüstern geworden.

»Was ist mit ihm los?«, fragte Malaki.

Falco blickte auf die Gestalt seines Herrn hinunter.

Simeon le Roy lag ausgestreckt und in den Decken verdreht auf seinem Bett. Der alte Mann zuckte und schauderte und brabbelte Worte, die keiner von ihnen verstand. Das Stöhnen und Schreien war von wütendem Knurren durchsetzt, als sei er in einen Kampf verwickelt.

»Er träumt«, sagte Falco.

»Allmutter!«, hauchte Malaki. »Von was träumt er denn?«

»Von der Hölle«, sagte Falco.

Malaki fühlte, wie ihn ein furchtsamer Schauder durchlief, aber Falcos Augen verengten sich nur, als der Anblick von Simeons Leid das Schreckgespenst seiner eigenen nächtlichen Ängste wachrief.

Du hättest niemals den Mut.
Du hättest niemals die Stärke.

Als sich die Welt um ihn herum zu verfinstern schien, echote die spöttische Stimme in Falcos Geist.

»Sollten wir ihn aufwecken?«, fragte Malaki, und Falco wurde aus seinem Tagtraum gerissen.

»Nein«, sagte er. »Ich warte bei ihm. Es wird vorbeigehen.«

Malaki warf seinem Freund einen Seitenblick zu. Etwas lag in Falcos Stimme, das er schon viele Male zuvor gehört hatte, eine Art von Reife, eine Eindringlichkeit, die ihm das Gefühl gab, seinen Freund überhaupt nicht zu kennen.

»Hat er öfter solche Albträume?«

»Nein«, sagte Falco. »Aber manche Nächte sind schlimmer als andere.«

»Kann man denn gar nichts dagegen tun?«

Falco schüttelte den Kopf. »Es ist der Fluch der Kampfmagier«, sagte er, »aber es ist auch ihre Stärke. Wenn sie einem Dämon auf dem Schlachtfeld begegnen, fühlen sie nicht die Furcht, die andere Menschen empfinden.«

»Warum nicht?«, flüsterte Malaki.

»Weil die Furcht nichts Neues für sie ist«, sagte Falco. »Sie kennen sie schon seit ihrer Kindheit – aus ihren Träumen.«

Malaki wollte mehr erfahren, aber er hütete sich, Falco zu eingehend zu befragen. Simeon war viele Jahre lang ein Kampfmagier gewesen und hatte gegen die Besessenen gekämpft, als der Feind noch eine vage und entfernte Bedrohung gewesen war. Aber sein langer Dienst für die Königreiche von Grimm hatte vor ungefähr vierzehn Jahren abrupt geendet, als Falcos Vater wahnsinnig geworden war und die Hälfte der Magier in der Stadt getötet hatte.

Malakis Blick ruhte einen weiteren Moment lang auf Falco, dann richtete er ihn zurück auf den Spalt im Fensterladen und beobachtete einen alten Mann dabei, wie dieser mit allen Qualen der Hölle rang.

Plötzlich erklang eine Glocke in der klaren Morgenluft, und beide Jungen schraken bei dem Klang auf.

»Er ist hier!«, sagte Malaki, wobei er über das Geländer kletterte und sich entlang der Regenrinne zurückbewegte. Dann befand er sich auch schon auf dem Dachfirst.

»Ich kann ihn sehen!«, rief er. »Und Darius auch!«

Falco blickte zu seinem Freund empor und lächelte, aber als er zurück durch den Fensterladen spähte, krümmte sich Simeon nicht mehr im Schlaf. Jetzt saß er aufrecht in seinem zerwühlten Bett, das Gesicht direkt auf das Fenster gerichtet, an dem Falco kauerte. Ein Sonnenstrahl fiel auf ihn und offenbarte eine entsetzlich entstellte Maske. Die Haut auf seinem Gesicht wirkte vernarbt und verbrannt, und das helle Sonnenlicht warf schwarze Schatten in die leeren Höhlen seiner Augen.

Simeon le Roy war blind.

»Diese kalte Morgenluft wird noch dein Tod sein, Falco Danté.«

Bei dem milden Tadel seines Meisters lächelte Falco.

»Und du kannst dir ruhig das Grinsen von deinem Gesicht wischen, du dürrer Jungspund!«

Das Lächeln verbreitete sich. Simeon mochte sein Augenlicht verloren haben, doch er sah noch immer mehr als die meisten. Jeder Rest von Furcht und Verletzlichkeit verblasste, als sich der frühere Kampfmagier von seinem Bett erhob und eine Robe über seine breiten Schultern zog. Er streifte sein langes, graues Haar zurück und schnürte es mit einem Seidenband zusammen. Er war mindestens jenseits der sechzig, und doch besaß er trotz eines ausgeprägten Hinkens und einer gewissen Steife in seinen Gliedern noch immer die Haltung eines Kriegers. Er ging zum Fenster hinüber und zog die Läden auf.

»Wie viele Magier, Master de Vane?«, rief er mit seiner tiefen Stimme.

Weder Falco noch Malaki waren von dem Ausmaß seiner Wahrnehmung überrascht. Nicht alle Kräfte eines Kampfmagiers hingen von der Gabe des Sehens ab.

»Wartet!«, rief Malaki von seinem Hochsitz auf dem Hausdach herunter. »Gerade ist eine Nebelbank hereingerollt.«

»Vier«, flüsterte Falco so leise, dass er schon dachte, es würde ungehört bleiben. Er sah nicht, wie sich ihm Simeons Gesicht zuwandte, die vernarbte Stirn nachdenklich in Falten gelegt.

Eine kurze Pause entstand, während der Malaki darauf wartete, dass sich der Nebel lichtete. Dann ...

»Vier«, schrie er. »Es sind vier Magier.«

Malaki hörte sich enttäuscht an, aber Simeon nickte nur.

»Hmm.« Der Klang rührte von einem tiefen Grollen in seiner Kehle her. »Mit den dreien aus Caer Dour macht das sieben. Sieht ganz so aus, als ob es doch eine Beschwörung geben wird.«

Falco versuchte, sich bei Simeons Worten nichts anmerken zu lassen. Nach außen hin gab er sich verdrießlich und unbewegt, innerlich aber war er vor Aufregung wie benommen. Heute Nacht, wenn die Prüfungen vorüber waren, würde Darius Voltario den Versuch unternehmen, einen Drachen zu beschwören, und er, Falco, würde dabei sein, um es sich anzusehen.

2

Das Gleichgewicht der Freundschaft

»Er hat nur vier Magier mitgebracht«, rief Malaki, als er zurückkehrte, um sich zu Falco und Simeon auf die Veranda zu gesellen.

»Morgen, Malaki«, sagte Simeon.

»Guten Morgen, Meister le Roy«, sagte Malaki etwas verlegen. Auf dem Haus eines Adligen herumzuklettern schickte sich nicht gerade, aber Simeon war auch nicht mit den anderen Adligen in der Stadt zu vergleichen. Er gab sich zugänglich, beinahe normal. Für gewöhnlich hätte Malaki mehr Zurückhaltung gezeigt, aber im Trubel dieses Tages konnte er einfach nicht anders. »Warum nur vier?«, fragte er. »Ich dachte, er würde sieben herbeiholen, um uns auf zehn zu bringen.«

Simeon wandte sich an Falco, um ihn zu einer Antwort aufzufordern, aber Falco sah seinen Herrn nicht einmal an.

»Mit der richtigen Vorbereitung sind nur sieben Magier nötig, um einen Drachen zu unterwerfen«, erklärte Simeon.

»Ihn zu unterwerfen?«, hakte Malaki nach. »Ich dachte, die Drachen wären auf unserer Seite. Warum sollten wir ihn denn unterwerfen?«

Wieder sah Simeon Falco an, aber noch immer ließ dieser durch nichts erkennen, dass er an dem Gespräch teilnahm.

»Die meisten Drachen würden ihr Leben für ihren Kampfmagier geben, und für die freien Völker von Grimm«, sagte Simeon.

»Was ist dann das Problem?«

»Das Problem, Meister de Vane, ist, dass immer die Möglichkeit besteht, dass ein schwarzer Drache auf die Beschwörung antwortet.«

»Was ist an schwarzen Drachen eigentlich so besonders?«
Malaki war begeistert. Bisher hatte nie jemand so offen mit ihm
über Drachen gesprochen.

»Egal, welche Farbe sie zu Beginn ihres Daseins haben«, erklärte Simeon, »alle Drachen werden schließlich schwarz. Sie sind
die ältesten und die mächtigsten ihrer Art.«

»Ist das nicht etwas Gutes?«, beharrte Malaki.

»Das wäre es«, erwiderte Simeon, »wenn es da nicht eine tragische Tatsache gäbe.«

»Und die wäre?«

»Schwarze Drachen sind wahnsinnig«, sagte Simeon. »Ein
schwarzer Drache wird sich eher gegen die Menschen wenden, als
bis zu seinem Tod zu kämpfen, um ein menschliches Leben zu
retten. Er tötet so lange wahllos, bis er erlegt wird oder zurück
über die Endlose See hinausflieht.«

Malakis Mund klappte auf, und dann sah er Falco an, als wollte
er sagen: »*Wusstest du das?*«

Falco wandte sich von seinem Freund und der unausgesprochenen Frage ab. Er lehnte sich gegen das Geländer, das die Veranda umschloss, und starrte auf die Stadt hinaus. Im Gegensatz
zu Malaki fand er an dieser Lektion über die Natur der Drachen
keinen Gefallen.

»Es war immer so, seit der Großen Besessenheit«, sagte Simeon,
»als die Drachen vom Bösen bezwungen wurden. Es scheint, von
jener Besessenheit lebt etwas im Herzen eines schwarzen Drachen
weiter.«

Malaki blickte ihn staunend an.

»Was für eine Farbe besaß der Drache, der auf Eure Beschwörung geantwortet hat?«, fragte er.

Simeon schnaubte leise. »Nicht jedem von uns ist es bestimmt,
mit einem Drachen an seiner Seite zu kämpfen.«

Malaki schien enttäuscht zu sein. Er zögerte einen Augenblick,
wie um das zu verarbeiten, was er gerade erfahren hatte. Dann
wandte er sich an Falco.

»Ist das deinem Vater passiert?«, begann er. »Ich habe die Leute sagen hören, dass sein Drache schwarz gewesen sei.«

Im dem Augenblick, in dem er die Worte ausgesprochen hatte, wusste Malaki, dass er zu weit gegangen war. Falco stieß sich vom Geländer ab und stieg durch das Fenster in Simeons Zimmer. Kaum war er durch den Rahmen geklettert, als Simeon ihn mit einem Wort aufhielt.

»Falco!«

Falco hielt inne, aber er wandte sich nicht um.

»Das sind meine Gemächer, Falco Danté.« Simeon sprach ebenfalls, ohne sich umzudrehen, und Malakis Blick huschte von einem starren Rücken zum anderen. »Du kannst das Dach auf dem Weg verlassen, auf dem du gekommen bist. Und achte auf die Freiheiten, die du dir in meinem Haushalt herausnimmst.«

Falco gab keine Antwort, aber er schlurfte zurück auf die Veranda und kletterte über das Geländer.

»Heute Morgen nehme ich etwas Brot und Obst zu meinem Wein«, bemerkte Simeon in dem gleichen Befehlston.

Falco begann gerade mit seiner Rückkehr entlang der Dachrinne zum Fenster, wo er und Malaki zuerst auf das Dach hinausgeklettert waren. Er verharrte. »Jawohl, Meister«, sagte er ruhig.

Simeon nickte knapp zur Bestätigung, und Falco setzte seinen Weg fort.

»Und Falco«, sagte Simeon in einem milderen Ton, »wenn du dich darum gekümmert hast, lass Fossetta einen Aufguss zurechtmachen. Du hörst dich wie ein verschrumpeltes altes Maultier an. Wenn du bettlägerig bist und dir die Lunge heraushustest, kannst du bei den Prüfungen heute nicht bedienen.«

Bei diesen Worten starrte Malaki erst Simeon fassungslos an, dann betrachtete er anklagend seinen Freund. Als dieser nicht reagierte, murmelte Malaki Simeon ein paar Abschiedsworte zu und folgte Falco. Beim Fenster am oberen Ende der Treppe holte er ihn schließlich ein.

»Was meint er mit *bei den Prüfungen bedienen*?«, wollte Malaki wissen, während er sich durch das Fenster schwang und Falco an der Schulter packte, bevor er den Treppenabsatz verlassen konnte.

Falcos schuldbewusster Blick war Antwort genug.

»Ich habe gutes Geld bezahlt, um sicherzustellen, dass du *nicht* bei den Prüfungen bedienen würdest!«

»Ich gebe es dir zurück«, sagte Falco. Er schüttelte Malakis Hand ab und stieg die Stufen zu den Quartieren der Bediensteten hinab.

»Ich verstehe nicht«, sagte Malaki, der sich ihm anschloss. »Bellius wird in seinem Element sein. Er wird bestimmt versuchen, ein Exempel an dir zu statuieren.«

»Ich weiß«, sagte Falco, als er die Tür zur Küche aufdrückte.

Bellius Snidesson war mit seinen Verbindungen zur königlichen Familie – sowohl in Caer Laison als auch in Grimm – der mächtigste Adlige der Gegend *und zugleich* der unangenehmste. Davon abgesehen, dass er anderen Menschen das Leben schwermachte, gab es nur drei Dinge, die Bellius etwas bedeuteten – Reichtum, Macht und das Vorankommen seines einzigen Sohnes Jarek, eines grausamen und verwöhnten jungen Mannes, der Falco schon bei so vielen Gelegenheiten schikaniert hatte, dass dieser aufgehört hatte, sie zu zählen. Sogar das Näherrücken der ferocianischen Armee hatte dem Adligen eine ausgezeichnete Gelegenheit geliefert, seine Macht zu verfestigen, und Malaki zweifelte nicht daran, dass ausgerechnet heute Bellius in Hochform sein würde. Verdrossen und verwirrt folgte er seinem Freund in die Küche.

Ein Schwall warmer Luft umhüllte sie, als sie den großen, mit Steinplatten ausgelegten Raum betraten. Die vertrauten Gerüche von gekochtem Fleisch, Knoblauch und Kräutern ließen ihnen das Wasser im Mund zusammenlaufen. Eine Wand wurde von einer ausladenden offenen Feuerstelle beherrscht, die mit Kupfertöpfen und Kochutensilien geschmückt war. Neben dem Feuer befand sich ein schwarzer Eisenofen, und über ihn gebeugt stand

31

eine dralle Frau, deren graues Haar unter einem weißen Kopftuch zurückgebunden war.

»Na, habt ihr sie gesehen?«, fragte Simeons Wirtschafterin die beiden Burschen freundlich, ohne jedoch von den Töpfen aufzusehen, um die sie sich gerade kümmerte.

»Guten Morgen, Meisterin Pieroni«, sagte Malaki. »Ja, wir haben sie gesehen.«

Es war klar, dass beide Jungen abgelenkt waren, aber Falcos mangelnde Reaktion brachte Fossetta Pieroni nun doch dazu, aufzublicken und seinen Gang zur Speisekammer zu verfolgen.

»Guten Morgen, Malaki«, sagte sie und beobachtete Falco dabei, wie er eine Auswahl an Früchten und Brot auf einen Zinnteller legte. »Wie viele Magier hat der Abgesandte mitgebracht?«

»Vier«, erwiderte Malaki. Er hatte sich an den Eichentisch in der Mitte des Raums gesetzt und beäugte eine Servierplatte mit frischem Brot und Wurst.

Fossetta nahm die Töpfe vom Feuer. Als sie an den Tisch herantrat, wischte sie ihre Hände an der Schürze ab, dann legte sie ein Messer und einen Teller vor Malaki hin.

»Also«, sagte sie, während Malaki ihr ein dankbares Lächeln schenkte, »es wird in der Tat eine Beschwörung geben.«

Malaki gab ein »*Hmm*« von sich, wobei er ein Stück von dem Brot abriss und Wurst auf seinen Teller schnitt. »Bin ich eigentlich der Einzige in dieser Stadt, der nichts über Drachen weiß?«

Fossetta stellte einen Zinnbecher vor ihm ab und füllte ihn mit Wasser aus einem Krug.

»Wenn du zwanzig Jahre lang die Wirtschafterin eines Kampfmagiers gewesen bist, dann lernst du ein oder zwei Dinge.«

Falco hatte sich erfolgreich aus ihrer Unterhaltung herausgehalten, aber Fossetta beobachtete ihn aus den Augenwinkeln dabei, wie er eine Weinkaraffe neben dem Teller mit dem Essen absetzte und ging, um einen Krug aus einem großen Topf mit dampfendem Wasser neben dem Feuer zu füllen.

»Morgen, Falco«, sagte sie.

»Morgen, Fossetta.«

Auch wenn Falco missmutig und schlecht gelaunt war, brachte er es doch nicht über sich, sich offen unhöflich zu geben. Von allen, die er kannte, kam Fossetta einer Mutter am nächsten. Er brachte den Krug mit heißem Wasser zurück zum Tisch, aber sein pfeifender Atem war der Wirtschafterin nicht entgangen. Sie trat hinter ihn, wobei sie die eine Hand auf seine Stirn und die andere zwischen seine Schulterblätter legte.

»Hol tief Luft«, sagte sie.

Falco rollte mit den Augen, gehorchte aber.

»Hmm.« Von dem, was sie fühlte, war Fossetta offensichtlich nicht begeistert.

»Setz dich«, wies sie ihn an.

»Aber der Herr«, begann Falco.

»Ich kümmere mich um den Herrn.«

Sie schubste Falco in einen Stuhl und füllte eine Schüssel mit Wasser aus einem Kessel, der über dem Feuer hing. Dann nahm sie eine Flasche mit zerstoßenen Kräutern von einem Regal und rührte mehrere Löffel voll davon ins Wasser. Plötzlich war der Raum mit dem starken Duft von Lavendel, Eukalyptus und Kamille erfüllt. Sie nahm ein großes Handtuch von einem Wäscheregal, dann bedeckte sie Falcos Kopf mit dem Tuch, wobei sie ihn nach vorn über die Schüssel mit dampfendem Wasser beugte.

»Sorg dafür, dass er so bleibt, bis ich zurückkomme«, wies sie Malaki an.

Dieser, den Mund voller Brot und Wurst, nickte, dann nahm die Wirtschafterin den Krug mit dem heißen Wasser, den Wein und den Teller mit den Speisen für Simeon auf und verließ den Raum.

Stille senkte sich herab.

Die einzigen Geräusche waren Malakis Kauen und das leise Pfeifen von Falkos Atem.

»Tut mir leid, dass ich so gereizt bin.« Falcos Stimme klang unter dem Handtuch gedämpft.

Als Antwort legte Malaki etwas Essen auf einen Teller und schob ihn gegen Falkos Hand. Es war seltsam, mit anzusehen, wie die Hand seines Freundes nach einem Stück Brot tastete, bis sie unter dem Handtuch verschwand.

»Ich verstehe trotzdem nicht, warum du bei den Prüfungen bedienen willst«, sagte Malaki. »Der Pavillon wird doch von Adligen nur so wimmeln.«

»Ich habe meine Gründe«, sagte Falco kauend.

»Manchmal bist du ein richtig schwieriger Mistkerl«, erklärte Malaki.

Falco hob das Handtuch, um seinen breitschultrigen Freund zu mustern.

»Ich weiß«, lächelte er.

Malaki schüttelte den Kopf und erwiderte das Lächeln, dann wies er Falco mit einem Wink seiner Hand an, wieder unter dem Handtuch zu verschwinden. Eine Weile saßen die beiden Jungen still, bis Falco erneut sprach.

»Rot«, sagte er. »Der Drache, der auf die Beschwörung meines Vaters geantwortet hat, war rot.«

Malaki schlang sein Essen … und Falco fuhr fort.

»Sie haben gesagt, dass er schon von Beginn an dunkelrot war. Scharlachfarben, so wie das Blut, das aus einer Vene fließt.«

Falco richtete sich von dem dampfenden Aufguss auf und schob das Handtuch von seinem Kopf, während Malaki den Atem anhielt. Darüber hatte Falco noch nie gesprochen, dabei redeten sie sonst über alles.

»Mit den Jahren wurde die Farbe immer dunkler, und die Magier haben es beobachtet«, sprach Falco weiter. »Simeon sagt, dass mein Vater die Wahrheit kannte. Er wusste, wenn der Drache schwarz wurde, blieb ihm keine andere Wahl, als ihn zu töten. Simeon sagt, dass selbst die Drachen das wissen, und dass sie freiwillig in den Tod gehen.«

»Was ist also passiert?«, fragte Malaki ruhig.

»Niemand weiß es genau«, sagte Falco. »Man sagt, dass mein

Vater verschlossen und abwesend wurde. Er verbrachte mehr und mehr Zeit in den Verlassenen Landen und jagte die Besessenen ganz allein. Keine Armee zur Unterstützung, nur Aquila Danté und sein Drache.«

Malaki wartete, dass sein Freund fortfuhr. Er hatte zwar Bruchstücke der Geschichte gehört, aber niemand schien darüber sprechen zu wollen. Dies war ein Kapitel in Caer Dours Geschichte, das die Leute anscheinend gern vergessen wollten.

»Mein Vater wurde immer aufgebrachter, und das führte schließlich zur Konfrontation.«

»Zur Konfrontation *mit wem?*«

»Mit den Magiern«, sagte Falco. »Mein Vater wurde uneinsichtig, *verwirrt.*« Falco sprach das letzte Wort aus, als würde er jemand anderen zitieren. »Dann wurde sein Drache schwarz.«

»Und schwarze Drachen sind wahnsinnig«, sagte Malaki, während Falco nickte.

»Die Magier bändigten ihn. Aber statt ihnen dabei zu helfen, ihn zu erlegen, schlug sich mein Vater auf die Seite des Drachen.«

Malaki starrte in Falcos hellgrüne Augen.

»Er hat sechs Magier und vier der besten Ritter der Stadt getötet«, sagte Falco. »Am Ende war es Simeon, der ihn zur Strecke brachte.«

»Ich dachte, Simeon und dein Vater waren Freunde.«

»Das waren sie auch.« Falcos Blick hatte sich nicht mehr länger auf Malaki geheftet. Jetzt starrte er in die Vergangenheit, in eine Vergangenheit, an die er sich allerdings nicht selbst erinnerte, in eine Vergangenheit, von der man ihm immer nur erzählt hatte. »Der Drache hat einen letzten Feuerstrahl ausgestoßen, bevor er getötet wurde.«

»Simeons Gesicht«, flüsterte Malaki, und Falco nickte.

»Die verbliebenen Magier retteten zwar sein Leben, aber das Drachenfeuer hat ihm das Augenlicht geraubt.«

Malaki starrte ebenfalls ins Leere, als er sich die schreckliche Szene vorstellte. Dann sah er einmal mehr Falco an.

»Und als Sühne für die Verbrechen deines Vaters wurdest du auf den Dienst an Simeon eingeschworen.«

»So ungefähr«, sagte Falco und wischte sich den Schweiß vom Gesicht.

Ehe die beiden noch etwas sagen konnten, öffnete sich die Tür und Fossetta kam in die Küche zurück.

»Ich dachte, ich hätte dir gesagt, dass du unter dem Handtuch bleiben sollst«, schalt sie.

Sie ging zu einer Anrichte an der Seitenwand des Raums und nahm eine weiße Keramikschüssel zur Hand, dann kam sie zu Falco, stellte sich neben ihn und hielt die Schüssel unter sein Kinn.

»Spuck aus!«, sagte sie.

Falco stieß ein Seufzen aus, aber Fossetta blieb hartnäckig. Dann hustete er zu Malakis offensichtlichem Ekel aus und spuckte in die Schüssel. Fossetta studierte den Klumpen Auswurf und schüttelte den Kopf.

»Wieder runter mit dir«, wies sie ihn an.

Falco wusste, dass es keinen Sinn hatte, sich zu weigern. Er schenkte Malaki ein kurzes Lächeln, wie um zu sagen, dass zwischen ihnen alles in Ordnung war, dann verschwand er erneut unter dem Handtuch.

»Solltest du nicht deinem Vater helfen?«, fragte Fossetta Malaki, während sie begann, mit steten, rhythmischen Schlägen auf Falcos Rücken zu klatschen. »Mit der Armee, die mobilisiert wird, muss er doch ziemlich beschäftigt sein.«

»Er sagte, ich könne nach dem Abgesandten Ausschau halten«, erwiderte Malaki.

»Nun, jetzt habt ihr ihn ja gesehen. Und ich bin sicher, dass dein Vater die Hilfe brauchen kann.«

»Aber wir wollen ihn in der Stadt sehen«, sagte Falco zwischen den Schlägen.

»Vielleicht bekommen wir eine Gelegenheit, mit ihm zu sprechen«, fügte Malaki hinzu.

»Ihr zwei seid alt genug, um zu wissen, wie es läuft«, sagte Fossetta. »Er frühstückt mit den Adligen und den Magiern, dann macht er sich direkt zu den Prüfungen auf. Er wird nicht vor dem Nachmittag durch die Stadt gehen. Und wenn es tatsächlich eine Beschwörung gibt, nun, dann wird er es womöglich gar nicht tun.«

»Wahrscheinlich hast du recht«, gab Malaki zu und sammelte die verbliebenen Essensreste von seinem Teller auf, bevor er sich vom Tisch erhob. »Und was dich angeht, Röchler«, fügte er hinzu, wobei er eine Brotkruste gegen Falcos zugedeckten Kopf schnippte, »im Pavillon halte ich nach dir Ausschau!«

Falco zuckte und machte eine obszöne Geste mit der Hand. Malaki lachte, aber Fossetta versetzte Falco einen schnellen Schlag gegen den Kopf.

»Ab mit dir!«, sagte sie zu Malaki.

Malaki machte sich zur Tür auf, aber gerade als er sie erreichte, sprach Fossetta wieder.

»Viel Glück im Nahkampf.«

»Danke, Meisterin Pieroni«, sagte Malaki, und mit einem weiteren Lächeln war er verschwunden.

Als sie aufhörte, Falco auf den Rücken zu klatschen, verharrte Fossettas Blick an der Tür. »Er ist ein guter Junge.« Sie zog das Handtuch weg und erlaubte Falco, sich aufrecht hinzusetzen.

»Ja, das ist er«, sagte Falco, der sich das Gesicht mit einer Ecke des Tuches abwischte.

»Auch ein guter Kämpfer.«

Falco nickte nur. Der Druck auf seine Brust hatte nachgelassen, und das Atmen war nicht mehr so schmerzhaft.

»Eine Schande, dass er nicht in den Prüfungen kämpfen kann«, sagte Fossetta.

»Du kennst die Regeln«, sagte Falco. »Nur die von adliger Geburt können in den Prüfungen kämpfen.«

»Er könnte eine Herausforderung veranlassen. Wenn er einen der Adligen schlägt, erhält er das Recht zu kämpfen.«

»Ah, aber dazu braucht er zwei Stimmen, die ihm das Vertrauen aussprechen«, sagte Falco. »Eine vonseiten der Adligen und eine vom Kriegerstand. Und es gibt keinen einzigen Adligen in der Gegend, der sich gegen Bellius stellen und eine Herausforderung vom Sohn eines Schmiedes annehmen würde.«

»Na, das sollten sie aber!« Fossetta warf das Handtuch auf den Tisch und beugte sich herunter, um ihr Ohr an Falcos Rücken zu legen. »Dämonenarmeen stehen an unserer Türschwelle, und wir deuteln am Geburtsstand eines Menschen herum. Es ist hoffnungslos.«

»Es ist niemals hoffnungslos«, sagte Falco ruhig.

Die Wirtschafterin richtete sich auf, und indem sie Falcos Kinn ergriff, hob sie sein Gesicht an, um ihm in die Augen zu sehen. »Ich kenne diesen Ton, Falco Danté. Ich hoffe, dass du nichts Dummes vorhast.«

Wer, ich? schien Falcos Gesichtsausdruck zu sagen.

Misstrauisch zog Fossetta eine Augenbraue hoch, bevor sie Falcos Kinn beiseitestieß.

»Ihr beiden Jungen seid schrecklich«, schalt sie ihn. »Ihr verdient es, zusammen zu sein.«

Sie ging zum Herd zurück, während Falco die Schüssel mit dem dampfenden Wasser von sich schob.

»Bin mir nicht sicher, ob er mich verdient«, sagte er nachdenklich. »Sein Leben wäre viel einfacher, wenn er nicht mit mir befreundet wäre.«

In Falcos Stimme lag kein Selbstmitleid. Er stellte einfach die Wahrheit fest.

»Er war nicht immer der bärenstarke gute Kämpfer, der er heute ist«, sagte Fossetta, wobei sie sich über die Töpfe beugte, in denen sie zuvor gerührt hatte. »Ich kann mich noch an den rotznasigen kleinen Jungen erinnern, der immer wegen der Namen heulte, die sie ihm gaben.« Sie tauchte einen Finger in den kleineren Topf und hob ihn an ihre Lippen, bevor sie einen großzügigen Löffel voll Zucker hinzufügte.

Falco füllte zwei Tassen mit Wasser und deckte den Tisch. Er erinnerte sich ebenfalls an die Beschimpfungen wegen Malakis Feuermal.

Roter Teufel, so hatten sie ihn meistens genannt, und auch *Rötling.* Aber der Schimpfname, der Malaki am meisten aufgebracht hatte, war *Beere,* die Kurzform von *Erdbeere.* Der war besonders ärgerlich, weil er ihn weich klingen ließ.

Fossetta kehrte zum Tisch zurück und füllte heißen Haferbrei in die Schalen.

»Und ich erinnere mich an den dürren kleinen Kümmerling, der immer für ihn einstand.« Sie schüttelte den Kopf, als sie daran zurückdachte. »Ich werde nie begreifen, wie du ständig mit diesen Namen für die älteren Jungen ankommen konntest.«

Falco lächelte, als Fossetta mit dem zweiten Topf zurückkam.

»Gedünstete Aprikosen«, sagte sie und fügte ihren Schalen einen Klecks gesüßter Frucht hinzu.

Sie nahm neben Falco Platz und ergriff ihren Löffel.

»Du hast Malaki de Vane zuliebe eine ganze Menge Prügel eingesteckt«, sagte sie.

»Ich habe das nicht vergessen, und er auch nicht.«

Falco starrte auf sein Frühstück. Was auch immer er als Kind getan haben mochte, Malaki hatte sich in den Jahren danach viele Male dafür revanchiert. Manchmal zweifelte er, ob er ohne das beeindruckende Auftreten seines Freundes überhaupt hier sein würde. Ja, die Waagschale der Freundschaft schlug deutlich zu Malakis Gunsten aus. Aber heute war der Tag der Prüfungen, und Falco war fest entschlossen, das Gleichgewicht wiederherzustellen.

3

Die Prüfungen

Der Pavillon befand sich am südlichen Ende des Turnierfeldes, wo die erhöhte Plattform den übersichtlichsten Blick auf die Prüfungen bot. Das weiße Zelttuch schimmerte blendend in der Vormittagssonne, und hoch darüber flatterte das Drachenbanner von Caer Dour im kühlen Herbsthauch. Für gewöhnlich war der Tag der Prüfungen ein Feiertag, aber zu diesem Anlass mischte sich dadurch, dass sich das ferocianische Heer näherte, ein Schatten von Furcht in die Begeisterung.

Falco, der vom Pavillon aus Ausschau hielt, ließ seinen Blick über die Menge schweifen, die den Rand des Feldes säumte. Die Abwesenheit von männlichen Gesichtern, besonders von denen, die sich im Kampfesalter befanden, war auffallend. Nur denjenigen, deren Familienmitglieder teilnahmen, war es erlaubt worden, bei den Prüfungen anwesend zu sein. Das Heer war mobilisiert worden, und die meisten Männer der Stadt lagerten jetzt etwas weiter unten im Tal und waren bereit, die Besessenen anzugreifen, bevor sie der Stadt zu nahe kamen. Die Route, die der Feind nahm, führte nur in eine Richtung. Abgesehen von einem gelegentlichen Ziegenpfad, konnte er keinen anderen Weg einschlagen. Die Besessenen hielten direkt auf Caer Dour zu.

Aus den Dörfern und Anwesen weiter unten im Tal waren bereits die ersten Flüchtlinge in der Stadt eingetroffen, da die Menschen vor der herannahenden Gefahr flohen. Ihre Ankunft hatte zu dem Gefühl von Bedrohung beigetragen, aber die Leute von Valentia stammten von Kriegern ab. Mit Unterstützung der Randbezirke konnte Caer Dour ein über zweitausend Mann starkes Heer aufstellen, aber nur wenige von ihnen waren jemals den Besessenen entgegengetreten, und keiner von ihnen hatte je einen Dämon gesehen, geschweige denn einem die Stirn geboten.

Nein, die Einwohner von Caer Dour hatten ihrer Furcht keine Stimme verliehen, und doch gab es es ein deutliches Gefühl von Erleichterung, als Darius zurückkehrte. Ihr Kampfmagier war gerade rechtzeitig nach Hause gekommen, um sie zu retten, und nun konnten sie den Tag der Prüfungen genießen, bevor die letzten ihrer Krieger in den Kampf davonritten.

Falco, der an Simeons morgendliche Albträume zurückdachte, stieß seinen ganz eigenen Seufzer der Erleichterung aus. Die Intensität seiner eigenen Träume war in letzter Zeit erschreckender geworden, obwohl er nicht sagen konnte, ob dies an der Nähe der Besessenen oder an seiner eigenen Einbildungskraft lag. Auf jeden Fall war er sicher, dass sie nachlassen würden, sobald Darius den Dämon besiegt hatte. Fürs Erste richtete er seine Aufmerksamkeit zurück auf die Gegenwart. Die Prüfungen würden jeden Augenblick anfangen.

Das Turnierfeld lag gerade außerhalb der Stadt auf einem natürlichen Plateau, wo die zerklüftete Landschaft eingeebnet und mit bleichem, grobkörnigem Sand bedeckt worden war. In alle Richtungen erstreckten sich die Berge des nördlichen Valentia, aber zum Westen hin gab es einen Gipfel, der sich von dem ganzen Rest abhob.

Mont Noir, der schwarze Berg.

Dieser Berg, nach der dunklen Farbe seines Gesteins benannt, erhob sich wie ein Wachtposten über der Stadt von Caer Dour. Dort unterhielten die Magier ihre geheimen Türme, und dort beschworen die Kampfmagier seit jeher die Drachen. Und in dieser Nacht, wenn alle anderen damit beschäftigt waren, zu trinken und zu feiern, würde Falco den Berg erklimmen, um Zeuge einer Beschwörung zu sein. Womöglich war es die einzige Chance, die er jemals bekommen würde, einen Drachen aus der Nähe zu sehen, und er war fest entschlossen, sie zu nutzen. Aber der Aufstieg war keine leichte Sache, vor allem nicht für jemanden wie ihn.

Er musste frühzeitig verschwinden.

Er musste leise verschwinden.

»Psst!«

Aus seinen Gedanken gerissen, hätte Falco beinahe sein Tablett fallen lassen, auf dem Gebäck mit Ziegenkäse lag. Er trat von den Tischen zurück und bewegte sich an die Seite des Pavillons, wo eine der Stoffbahnen zurückgezogen worden war.

»Servierst du die, oder wartest du nur darauf, dass die Fliegen darüber herfallen?«

Malakis Arm schlängelte sich durch den Spalt am Rand des Pavillons und entfernte geschickt einen der schmackhaften Happen von Falcos Tablett.

»Du wirst noch kotzen«, warnte Falco ihn.

»Ich bin nicht nervös«, sagte Malaki mit vollem Mund.

Zweifelnd hob Falco eine Augenbraue. Immer, wenn er nervös war, aß Malaki.

»Na gut, vielleicht ein wenig«, gab er zu. »Es ist dieser verdammte Jarek. Er bestand ganz aus Lächeln und Freundlichkeit.«

Falcos Miene zeigte Argwohn.

»Genau«, sagte Malaki. »Da würde doch jeder nervös werden.«

»Ja, aber du kannst Jarek schlagen.«

»Ich weiß«, sagte Malaki. »Aber er *ist* gut, und es gibt immer die Möglichkeit eines Glückstreffers. Ich möchte einfach keinen Idioten aus mir machen.«

»Das wirst du auch nicht.«

Malaki ließ ein Lächeln aufblitzen, dann nickte er zu dem Gewühl aus gut gekleideten Leuten im Pavillon hinüber.

»Wie läuft es da drin?«

»Ausgezeichnet«, log Falco.

Bellius war genauso übel gewesen, wie er es erwartet hatte. Er hatte sich nicht einmal gescheut, wegen Falcos Anwesenheit Simeons Namen zu verunglimpfen. In Wahrheit nahmen es die anderen Bediensteten Falco sogar übel, dass er da war. Für jede Aufgabe, die man ihm übertrug, brauchte er länger oder trug weniger, aber er beschwerte sich nicht. Wenn er zur rechten Zeit am rechten Platz sein durfte, war er zufrieden.

»Hast du ihn schon bedient? Hat er mit dir gesprochen?«

Falco schüttelte den Kopf, während sein Blick dem von Malaki folgte. In dem Gedränge der Körper konnte er gerade so den Abgesandten erkennen.

Sein Name war Sir William Chevalier, und er sah mehr nach einem kampferprobten Ritter als nach einem höfischen Botschafter aus. Er war groß und breitschultrig, mit einer Anzahl von Narben auf seiner wettergegerbten Haut. Sein langes Haar war von grauen Strähnen durchsetzt, und auf seinem Kinn lag ein Bartschatten. Sein Gesicht brachte es zwar nicht fertig, gut auszusehen, aber er besaß ein ungezwungenes Auftreten und ein warmes Lächeln, das seinen ausgeprägten Zügen einen gewissen Reiz verlieh. Jetzt lächelte er, als er sich mit den Adligen unterhielt.

»Er kam in die Schmiede«, sagte Malaki.

»Wirklich!«, erwiderte Falco überrascht.

»Jepp«, gab Malaki zurück. »Er hinterließ da etwas für meinen Vater, um es abformen zu lassen.«

»Was war es?«

»Eine Gürtelschnalle, glaube ich«, sagte Malaki. »So etwas wie der Anhänger, den er trägt. Vater sagte, es ginge mich nichts an, aber er hat sich gleich an die Arbeit gemacht.«

Falco blickte zurück und konnte den silbernen Pferdekopf-Anhänger sehen, der an einem Lederband um den Hals des Abgesandten hing. Ab und zu glitt seine Hand aufwärts, um ihn zu berühren, als fände er die Anwesenheit des Schmuckstückes beruhigend. Der Abgesandte lächelte immer noch, aber sogar Malaki konnte sehen, dass etwas nicht stimmte.

»Er sieht nicht fröhlich aus.«

»Das ist er auch nicht«, sagte Falco.

»Oh?«

»Er glaubt, dass die Adligen zu selbstsicher gewesen sind.«

»Was? Er meint nicht, dass Darius die Besessenen besiegen kann?«

»Das ist es nicht«, sagte Falco. »Es sieht so aus, als ob Illicia mehrere Städte in der Gegend benachrichtigt und sie gewarnt hat, dass eine ferocianische Armee durch ihre Verteidigungslinien gebrochen ist.«

»Das haben sie getan?«, fragte Malaki, der sich näher heranlehnte.

Falco nickte. »Offenbar wurden die Adligen angewiesen, einen Kampfmagier von Caer Laison anzufordern.«

Malaki schnaubte. »Bellius würde eher seinen eigenen Fuß fressen, als Caer Laison um Hilfe zu bitten.«

»Genau«, sagte Falco, und die Aufmerksamkeit der beiden Jungen wanderte zu der gepflegten Gestalt von Bellius Snidesson hinüber. Er war ein hochgewachsener, gut aussehender Mann mit glänzendem dunklem Haar und einem perfekt getrimmten Bart. Sogar das Grau an seinen Schläfen besaß einen Schimmer von Silber. Er war tadellos gekleidet und – mit Darius zu seiner Linken und dem Abgesandten zu seiner Rechten – sah er wie das Abbild der Selbstgefälligkeit aus.

»Na, der Abgesandte ist aber nicht beeindruckt«, fuhr Falco fort. »Er denkt, dass die Adligen unklug waren, als sie darauf setzten, dass Darius rechtzeitig eintreffen würde.«

»Das ist er doch«, erwiderte Malaki.

Falco warf seinem Freund einen vernichtenden Blick zu, als überraschte es ihn zu hören, dass dieser für die Adligen Partei ergriff.

»Aber nehmen wir einmal an, er wäre nicht rechtzeitig gekommen. Nehmen wir an, er wäre aufgehalten worden. Dann wäre die Stadt schutzlos gewesen.«

Malaki billigte ihm den Standpunkt zu, aber was bedeutete es schon? Darius war doch jetzt hier.

»*Deshalb* wolltest du also bei den Prüfungen bedienen«, sagte er anklagend. »Damit du in alle neuen Gerüchte eingeweiht wirst.«

Falcos hochgezogene Augenbraue verriet nichts.

»Darius sieht so anders aus«, sagte Malaki, der den hervorstechenden jungen Mann im Zentrum der Aufmerksamkeit betrachtete.

»In gewisser Hinsicht schon«, sagte Falco in Gedanken. Es stimmte, er schien reifer und selbstsicherer zu sein, aber das Wesen des Mannes, dieses Gefühl von Tatkraft, jenes verborgene Feuer … das war für Falco immer unübersehbar gewesen.

»Was meinst du damit: *in gewisser Hinsicht*?«, spottete Malaki. »Sieh ihn dir doch an!«

Malaki hatte recht. Darius war zwar erst in seinen frühen Zwanzigern, aber er besaß das Auftreten eines wesentlich älteren Mannes. Tatsächlich, trotz all der adligen Ritter in dem Pavillon gab es nur zwei andere Männer, die es mit seiner Ausstrahlung aufnehmen konnten. Einer war der Abgesandte der Königin, der andere war Simeon le Roy.

Simeon war an den Tischen so weit entfernt platziert worden, wie es das Protokoll nur erlaubte, aber Darius hatte beim Betreten des Pavillons darauf Wert gelegt, ihn aufzusuchen. Die beiden Kampfmagier hatten einander die Hände geschüttelt, und dann war etwas Unausgesprochenes zwischen ihnen geschehen, etwas, von dem niemand sonst im Zelt die Hoffnung hätte haben können, es zu verstehen. Ihr Moment dauerte allerdings nicht lange an, denn mit einem Kommentar über »das Alte hinausbegleiten und das Neue hereinbringen« war Bellius schnell eingeschritten, um Darius zurück in die Kreise zu ziehen, die *er* zu beeindrucken suchte.

Caer Dours neuer Kampfmagier war mittelgroß, mit dunkelbraunem Haar, kantigen Gesichtszügen und einer ausgeprägten Hakennase. Er war in einen Waffenrock aus Grün und Gold gekleidet, wobei ausschließlich sein Schwert und ein einzelner Schulterschutz auf die Rüstung hinwiesen, die er im Kampf tragen würde. Falls *er* sich irgendeiner Anspannung bewusst war, die möglicherweise in der Luft lag, so zeigte er es nicht. Seine blauen

Augen trafen auf das Lächeln der begeisterten Adligen, und er bewältigte die Aufmerksamkeit mit selbstsicherer Gelassenheit.

Plötzlich erhob sich außerhalb des Pavillons ein lauter Jubel, und die heikle Stimmung verpuffte, als alle Blicke sich auf das Turnierfeld richteten.

»Da kommen sie«, sagte Malaki.

Falco setzte sich in Bewegung, um zu sehen, wie die Kadetten das Feld betraten. Jede Gruppe wurde von einer passenden Einheit der Armee begleitet.

Als Erstes traf die Kavallerie ein und wurde von fünf Rittern vom Orden des Drachen in voller Rüstung eskortiert. Morgen würden diese Truppen ausreiten, um den Feind anzugreifen, aber heute brachten sie zehn der vielversprechendsten Jugendlichen der Stadt mit sich. Die Kadetten ließen ihre Pferde hochsteigen und stellten stolz ihre Fertigkeiten zur Schau, während die Ritter zum Salut für den Abgesandten der Königin ihre Lanzen neigten.

»Wer von denen gefällt dir?«, fragte Falco.

»Pah!«, sagte Malaki. »Keiner von ihnen hätte den Mumm, die *épreuve du force* zu versuchen.«

Falco blickte seinen Freund an und lächelte. Die *épreuve de force* oder die »Prüfung durch Gewalt« war eine mörderische Probe, durch die Männer von niedriger Geburt Ritter werden konnten. Aufgrund ihrer adeligen Herkunft brauchten diese jungen Männer allerdings gar keine Probe zu bestehen. An ihrem einundzwanzigsten Geburtstag würden sie den Titel »Ritter« erhalten.

»Die werden trainieren, um Offiziere zu werden, nicht Ritter«, sagte Falco. »Komm schon, Meister Mürrisch, auf wen setzt du dein Geld?«

Malaki blickte die zehn jungen Hoffnungsvollen an und schürzte die Lippen. Falco wusste, dass er es lieben würde, mit ihnen da draußen zu sein. Zu Fuß wie auf einem Pferd war er jedem dieser privilegierten jungen Adligen gewachsen.

»Owen ist der beste Alleskönner«, sagte Malaki, »aber Jarek ist der beste Berittene.«

»Was ist mit Gwilhem?«

Malaki nickte. »Stark wie ein Gebirgseber«, gab er zu. »Und ungefähr auch so geschickt«, fügte er mit einem schiefen Grinsen hinzu.

Als Nächstes kamen die Schwertkämpfer. Dies war der Kampfstil, für den Valentia berühmt war – der Kampf Mann gegen Mann mit Schwert und Schild.

Die Helme der Schwertkämpfer waren Beckenhauben, mit dem ausgeprägten T-förmigen Gesichtsschutz. Ihre Torsos wurden von Kettenhemden mit Plattenpanzerung auf dem Schwertarm, der Schulter und dem unteren Teil des führenden Beins beschützt. Die beiden Freunde beobachteten sie genau, denn die meisten dieser jungen Männer würden mit Malaki im Nahkampf konkurrieren. Der Nahkampf, der jedem offen stand, der verrückt genug war, daran teilzunehmen, markierte das Ende der Prüfungen. Er war das letzte und beliebteste Ereignis des Tages.

Dann waren die Speerkämpfer und Pikeniere an der Reihe. Sie würden anhand ihrer Stärke, Technik und Formation beurteilt werden, aber jeder wusste, dass der Abgesandte nach mutigen Männern Ausschau hielt, nach Männern, die im Angesicht eines feindlichen Angriffs nicht von der Stelle wichen. Solche Männer konnten eine Schlachtreihe gleichförmig halten, die ansonsten auseinanderbrechen würde. Und obwohl die Prüfungen kein echter Kampf waren, hatte Sir William Chevalier ein Talent dafür, den Charakter der Menschen einzuschätzen.

Endlich betraten die Bogenschützen das Feld, und der Jubel schwoll noch mehr an. Von seiner leicht erhöhten Position aus konnte Falco den Grund für die angewachsene Begeisterung sehen. Mit einem Lächeln nickte er in die Richtung des vorletzten Kadetten.

»Ich hab dir doch gesagt, dass sie es tun würde«, sagte er.

Malaki schlug sich verzweifelt die Hand auf die Stirn. Die meisten der zwanzig Kadetten, die als Bogenschützen antraten, waren breitschultrige junge Männer, die eher wie Bauernsöhne und weniger wie vornehme Adlige aussahen. Es war genau ihre Stärke, die es ihnen erlaubte, so mächtige Bögen durchzuziehen, und mächtige Bögen verliehen ihnen eine größere Zielgenauigkeit über längere Distanzen. Die Gestalt jedoch, der Falco zunickte, war weder breitschultrig noch besonders stark. Tatsächlich war sie eine Frau.

Bryna Godwin war die einzige Tochter von Sir Gerallt Godwin. Ihre schwarze Tunika und ihre Stiefelhose waren aus feinem Leder gearbeitet und mit verschlungenen Knotenmustern aus Rot und Gold besetzt. Ihr langes, rotes Haar war mit einer Lederschnur zurückgebunden, und die Röte ihrer Wangen hob sich deutlich von der nervösen Blässe ihrer Haut ab. Für den flüchtigen Beobachter erschien sie völlig deplatziert. Aber Bryna Godwin war eine Bogenschützin, und es war die Gemeinschaft anderer Bogenschützen, in der sie sich am meisten zu Hause fühlte.

»Sie ist verrückt«, sagte Malaki.

»Ja«, stimmte Falco zu. »Aber ihren Willen muss man bewundern.«

Bryna war nicht die erste Frau, die an den Prüfungen teilnahm, aber für gewöhnlich betrachtete man das Schlachtfeld nicht als den passenden Ort für eine Frau, besonders nicht für eine adlige Frau. Ihrem trotzig vorgereckten Kinn nach zu urteilen, war sich Bryna dessen nur allzu bewusst.

Brynas Vater, Sir Gerallt Godwin war eine stolze, aber tragische Gestalt. Als Ritter von einigem Ansehen hatte er zwei Söhne und eine Frau an eine Krankheit verloren, die ein paar Jahre zuvor durch die Stadt gefegt war. Er war einer der wenigen Adligen, die den Mut besaßen, Bellius Snidesson herauszufordern. Falco entdeckte ihn nahe am hinteren Ende des Pavillons. Er wurde gerade von Julius Merryweather beglückwünscht, einem großen, pausbäckigen Adligen, der in farbenfrohe Gewänder gekleidet war. Merryweather schien hocherfreut, dass Bryna an den Prüfungen teilnahm, aber Sir Geralts Gesichtsausdruck nach war es nur allzu deutlich, dass *er* das Handeln seiner Tochter keineswegs guthieß.

Merryweather verließ Gerallt mit einem letzten Schulterklopfen und kehrte zu seinem Sohn Tobias zurück, der in einem Rollstuhl an einem der Tische saß. Falcos Blick verharrte auf dem unverwüstlich unbeschwerten Mann, als dieser sich bückte und die Spucke von dem herabhängenden Mund seines Sohnes wischte. Falco konnte nicht hören, was Julius sagte, aber sein gelähmter Sohn rutschte glücklich in dem Stuhl herum und winkte mit den kleinen hölzernen Ritterpuppen, die an seinen Handgelenken festgebunden waren.

Wenn die Adligen Brynas Dreistigkeit, an den Prüfungen teilzunehmen, missbilligten, dann begegneten sie Merryweathers Entscheidung, einen behinderten Sohn aufzuziehen, nahezu mit Feindseligkeit. Allerdings schien es nicht so, dass Merryweather dies zu bemerken schien. Er trotzte jeder Widrigkeit mit guter Laune. Doch wie viel davon ehrlich und wie viel Fassade war, konnte man unmöglich sagen.

Während Falco ihn beobachtete, blickte Merryweather über die menschliche Mauer im vorderen Bereich des Pavillons hinweg, und dann manövrierte er den Stuhl seines Sohns auf Falco zu – dorthin, wo der Pavillon nicht so überfüllt war.

»Stört dich doch nicht, wenn ich ihn hier absetze, nicht wahr, Meister Danté?«, fragte er, als spräche er zu einem Gleichgestellten und nicht zu einem Bediensteten in einem Haushalt. »Da oben sieht man den Wald vor lauter Bäumen nicht.« Merryweather stieß ein Lachen aus, als hätte er einen Witz gemacht.

»Nein, gar nicht«, erwiderte Falco und zog eine Bank aus dem Weg, um Platz für den sperrigen Rollstuhl zu schaffen. Er konnte zwar nicht behaupten, dass er sich in Tobias' Gegenwart ungezwungen fühlte, aber er teilte auch nicht die Abneigung oder gar die Verachtung, die so viele andere zum Ausdruck brachten. Eigentlich mochte er Tobias.

»Ooh, die sehen ja gut aus!«, rief Merryweather und bediente sich von dem Gebäck auf Falcos Tablett, bevor er sich auf der Bank neben seinem Sohn niederließ.

Falco und Malaki tauschten einen amüsierten Blick, bevor sie ihre Aufmerksamkeit wieder auf das Turnierfeld richteten.

Die Kadetten, die von ihren Begleitern aus dem Heer flankiert wurden, hatten sich inzwischen vor dem Pavillon aufgestellt. Ein Hauptmann aus jeder Disziplin trat an den Pavillon heran und präsentierte eine Schriftrolle, die an den Abgesandten weitergereicht wurde. Sir Williams suchender Blick wanderte die Zeilen hinab, während er die Namen auf der Liste las. Als er damit fertig war, salutierte er den Kadetten, indem er seine rechte Faust an die Brust schlug und sie dann zu ihnen hin ausstreckte. Die Kadetten erwiderten den Salut, und der Abgesandte nahm neben Bellius Snidesson und Darius Voltario Platz.

Die Prüfungen konnten beginnen.

Malaki und Falco beobachteten, wie sich die Kadetten vom Feld bewegten. Falcos Blick wanderte von einem zum nächsten, aber Malakis Aufmerksamkeit war fest auf die rothaarige junge Frau in der schwarzen Tracht der Bogenschützen gerichtet.

»Warum, denkst du, hat sie es getan?«, fragte er.

»Ich nehme an, weil sie in Grimm trainieren will«, erwiderte Falco.

»Nicht, um ihren Vater zu verärgern?«, schlug Malaki vor, und Falco schürzte die Lippen.

»Möglich«, sagte er, »du weißt, wie sie ist. Sie hatte immer ihren eigenen Kopf.«

»Aber sie kann nicht mit den Männern konkurrieren«, sagte Malaki.

»Auf kürzere Entfernung ist sie so gut wie jeder andere«, brachte Falco dagegen vor. »Sogar besser als die meisten«, fügte er hinzu.

»Ich weiß. Aber es ist das Schießen auf Zeit und auf Kampfentfernung, das die Plätze entscheidet«, beharrte Malaki. »Ihr Bogen ist zu leicht. Sie wird es niemals schaffen, ihre Pfeile zu gruppieren.«

Falco musste ihm zustimmen. Er betrachtete den Bogen, den Bryna mit sich führte. Er war verhältnismäßig kurz, mit stark ausgeprägten Biegungen an den Enden. Die Ausführung verlieh ihren Pfeilen eine höhere Geschwindigkeit und holte das meiste aus Brynas geringerer Zugkraft heraus. Aber Malaki hatte recht, er konnte sich nicht mit den schwereren Bögen der Männer messen. Sie konnte sicherlich die größeren Distanzen erreichen, aber ihre Pfeile würden einem viel steileren Bogen folgen, und als Folge davon würde ihre Genauigkeit darunter leiden. Womöglich beeindruckte sie die Menge mit flüssigem Abschuss und Gruppierung auf kurze und mittlere Entfernung, aber wenn es um das Abfeuern unter Druck und auf volle Kampfentfernung ging, hatte Bryna Godwin schlicht und einfach keine Chance.

»Trotzdem«, sagte Malaki sehnsüchtig, »ihren Willen muss man bewundern.«

Falco lachte, als Malaki die Worte wiederholte, die er selbst gerade ausgesprochen hatte. Es war ein hoffnungsloser Fall von unangebrachter Zuneigung. Malaki war in Bryna verliebt, seit sie zum ersten Mal die Schmiede seines Vaters betreten hatte.

»Man hat mir erzählt, dass du die besten Speerspitzen der Stadt herstellst«, hatte sie in einem Ton gesagt, der für ihr zartes Alter viel zu hochmütig gewesen war.

Malakis Vater hatte bescheiden den Kopf geneigt.

»Ich nehme zwei Dutzend«, hatte sie weitergesprochen, »für morgen Abend.«

Malakis Vater hatte die Hände an seiner Schürze abgewischt, während er damit zu tun hatte, das Lächeln auf seinem Gesicht zu verbergen.

»Du kannst deine zwei Dutzend haben«, sagte er zu ihr. »Aber sie werden gewiss nicht bis zum Ende der Woche fertig sein.«

Es war deutlich, dass die zehn Jahre alte Bryna nicht erwartet hatte, in ihre Schranken gewiesen zu werden, aber sie ließ sich keineswegs unterkriegen und antwortete mit einem kleinen, steifen Kopfnicken.

»Abgemacht«, sagte Malakis Vater, spuckte in die Hand und streckte sie aus.

Bryna hatte mit Abscheu auf die große, schmierige Hand des Schmiedes gestarrt, aber da sie sich nicht erschrocken zeigen wollte, hatte sie in ihre eigene Hand gespuckt und den Handel mit einem Händeschütteln bekräftigt. Dann war sie mit einem Herumschnellen ihrer rotbraunen Locken gegangen.

Malakis Vater hatte sich zu seinem Sohn umgedreht. Er hatte belustigt die Augenbrauen hochgezogen und dann über den hingerissenen Ausdruck auf dem Gesicht seines Sohnes gelacht, als Malaki Bryna dabei beobachtete, wie sie die Schmiede verließ.

»Sie ist noch nicht einmal *so* hübsch«, zog Falco ihn auf.

Malaki wurde rot und versetzte ihm einen Schlag gegen das Knie.

»Und sie ist eine Adlige«, fuhr Falco fort, wobei er darauf achtete, sich außer Reichweite von Malakis Pranken zu begeben. »Und sie hat kaum eine Ahnung, dass es dich gibt.«

Falco musste sich ducken, als Malaki nochmals nach ihm griff, und dabei verlor er die Hälfte des restlichen Gebäcks auf dem Tablett.

»Danté!«

Der scharfe Ausruf kündigte einen hochgewachsenen, mageren Bediensteten mit einem Topfhaarschnitt und einem schmalen strengen Mund an. Es war Ambrose, Bellius Snidessons persönlicher Diener. Er war für diesen Tag als Aufseher der Bedienung eingesetzt worden, und bis zu diesem Moment hatte Falco es geschafft, ihm aus dem Weg zu gehen.

»Du bist eine Schande, Danté!«, zischte Ambrose in erbittertem Flüsterton. Er warf Malaki einen giftigen Blick zu, aber heute war der Pavillon sein Herrschaftsbereich, und er hatte nicht vor, sich von dem Sohn des Schmiedes einschüchtern zu lassen.

»Räum diese Sauerei auf!«

Mit diesen Worten riss er Falco am Ärmel seiner Tunika zu Boden. Vielleicht hätte er noch mehr getan, aber Malaki zog das freie Zelttuch des Pavillons zurück und machte damit klar, dass – Bellius' Mann hin oder her – er bereit war, ihm eine ordentliche

Tracht Prügel zu verpassen. Ambrose nahm die Drohung zur Kenntnis und trat von Falco zurück.

»Geh nach hinten durch, wenn du fertig bist«, sagte er. »Wein, kaltes Fleisch und Käse. Wenn du schon hier sein musst, dann versuch wenigstens dich nützlich zu machen.«

Mit diesen Worten verschmolz Ambrose wieder mit der Menge, lächelnd und mit einem ekelhaft unterwürfigen Ton in der Stimme.

»Igitt«, sagte Malaki angewidert. »Da kommt mir ja gleich das Kotzen.«

Falco lachte, als er das verstreute Essen aufsammelte, um es zurück auf das Tablett zu legen. Aber als er wieder aufstand, hatte er das deutliche Gefühl, dass ihn jemand beobachtete. Er drehte sich um und sah Simeon, der sich in seinem Stuhl zurückgelehnt hatte. Das Gesicht seines Herrn sah nicht zufrieden aus, seine vernarbte Stirn war in missbilligende Falten gelegt.

»Ich sollte lieber gehen«, entschied sich Falco, von plötzlichem Schuldgefühl überkommen, dass er Simeon vielleicht enttäuscht hatte.

Malaki nickte. »Wir sehen uns nach dem Nahkampf«, sagte er.

Einen Moment lang erwiderte Falco seinen Blick. »Viel Glück«, sagte er dann. »Und wenn du die Gelegenheit bekommst, dann sorg dafür, dass du mit ganzem Herzen kämpfst.«

Beim Ernst seines Freundes runzelte Malaki die Stirn. Dann lächelte er.

»Ich kämpfe immer mit ganzem Herzen«, erklärte er. »Deshalb bin ich so verdammt gut.«

Falco schnippte eine Gebäckkruste auf ihn, und der offene Tuchzipfel an der Seite des Pavillons schloss sich.

4

Kammack

Während der nächsten paar Stunden war Falco so beschäftigt, dass er nur wenig von den Prüfungen mitbekam. Am frühen Nachmittag jedoch waren die meisten Gäste mit dem Essen fertig und hatten sich auf ihren Sitzplätzen niedergelassen, um sich an einer ausgezeichneten Vorführung von kriegerischem Können zu erfreuen. Es war ein guter Tag für Caer Dour gewesen. Vier Speermänner waren eingeladen worden, an der Kriegsakademie in Grimm zu trainieren. Drei von denen, die mit Schwert und Schild gekämpft hatten, würden mit ihnen gehen, und dazu nicht nur einer, sondern sogar zwei von den berittenen Kadetten, die gerade eine aufregende Reitkampfrunde vollendet hatten.

Falco tat der Rücken weh, als er auf einer Seite des Pavillons stand und versuchte, die Getränke auf seinem Tablett nicht zu verschütten. Sein Brustkorb hatte begonnen, sich zusammenzuziehen, und er sehnte sich nach einer Pause, aber Ambrose war offenbar fest entschlossen, ihm keine zu gewähren. Falcos Lippen kräuselten sich vor Widerwillen, als er den Bediensteten dabei beobachtete, wie er den Becher seines Herrn zum fünften Mal mit Wein füllte. Wenn Bellius zuvor lästig gewesen war, wurde er nun schnell unerträglich. Sein Sohn war einer der beiden berittenen Männer, die ausgewählt worden waren, mit dem Abgesandten nach Grimm zurückzukehren.

Es war auf einen Schlagabtausch Mann gegen Mann zwischen Jarek und Owen hinausgelaufen. Trotz zehn Minuten erbitterten Kampfes war keiner der beiden jungen Kerle in der Lage gewesen, einen sauberen Schlag zu landen. Dann hatte Jareks Pferd den Halt verloren, und der Wettstreit schien schon vorüber zu sein. Jeder andere Reiter wäre abgeworfen worden, aber Jarek blieb im

Sattel, und als sein Pferd wieder hochkam, begann er einen Gegenangriff. Der Kampf ging weiter und hörte erst auf, als der Abgesandte von seinem Stuhl aufstand und eine Hand erhob, um die Runde zu beenden. Er rief die erschöpften Kadetten nach vorn und stellte ihnen die Frage, die zu hören sie sich gesehnt hatten.

»Die Königin von Grimm benötigt euresgleichen«, begann er. »Wollt ihr euren Wohlstand und eure Vorrechte aufgeben und mit mir nach Grimm kommen?«

Die Gesichter der jungen Burschen hatten geleuchtet.

»Ich will«, antworteten sie gemeinsam.

Die Menge raunte noch immer begeistert, und das Feld wurde zur Vorbereitung für die Bogenschützen geräumt, als Falco bemerkte, dass jemand hinter ihm stand.

»Jarek hat gut gekämpft.«

Beim Klang der Stimme seines Herrn drehte sich Falco nicht um. Simeon sprach, als hätte er jeden Schlagabtausch des Wettstreits gesehen, und bei all der Verachtung, die er für Bellius' Sohn empfand, musste Falco zustimmen, dass Jarek seinen Erfolg verdiente.

»Das hat er«, war alles, was er sagte.

»Und was ist mit dir?«, fragte Simeon. »Bist du immer noch entschlossen, es zu tun?«

Falcos Herz setzte für einen Schlag aus. Er hatte zwei geheime Pläne für heute gehabt. Simeon wusste zwar von dem ersten, aber niemand wusste von dem zweiten.

»Das bin ich«, sagte er ruhig.

»Dann musst du dich ausruhen«, sagte sein Herr. »Du siehst aus, als würdest du gleich zusammenbrechen.«

Simeon rief einen anderen Diener herbei, aber Falco zögerte, sein Tablett wegzugeben.

»Ambrose wird mich fertigmachen.«

»Ambrose ist nicht dein Herr«, sagte Simeon. »Jetzt setz dich.«

Falco gab sich geschlagen, und Simeon drückte ihn in einen

Stuhl. Dann legte ihm der alte Kampfmagier die Hand auf den Rücken, und Falco spürte ein vertrautes Kribbeln, als etwas von Simeons Kraft seinen Körper mit Wärme flutete.

»Danke«, sagte er, während der Druck in seiner Brust nachließ.

»Achte nur darauf, dass du den Zeitpunkt genau wählst«, sagte Simeon. »Wenn nämlich der Nahkampf vorbei ist, hast du nur einen kurzen Augenblick, um deine Herausforderung anzukündigen, bevor das Ende der Prüfungen verkündet wird.«

Falco nickte.

Als Simeon zu seinem Platz zurückgekehrt war, atmete Falco ein paar Mal tief durch, wobei er auf das Feld hinausblickte. Die Zielscheiben für die Bogenschützen waren aufgestellt worden, und man hatte die Schusslinien mit zerriebenem Kalk gezogen. Er sah dabei zu, wie die Bogenschützen aufgefordert wurden, ihre Positionen einzunehmen. Die Leute im Pavillon gingen zu ihren Sitzen zurück, und Falco ertappte sich dabei, wie er zu Merryweathers Sohn hinüberblickte.

Sie waren etwa im gleichen Alter. Tobias' Behinderung sorgte dafür, dass sich die Leute in seiner Gegenwart unbehaglich fühlten, aber Falco hatte ihn immer gemocht. Obwohl er in einem Körper gefangen war, der ihn seiner Würde beraubte, wirkte er immer fröhlich und zufrieden. Auch jetzt, als die Bogenschützen ihre Plätze einnahmen, wiegte er sich begeistert vor und zurück, winkte mit seinen Puppen und schlug sie in gespieltem Gefecht zusammen. Aber dann löste sich eine der Puppen von seinem Handgelenk und fiel unter den Tisch.

Falco blickte auf, um zu sehen, ob Tobias' Vater es bemerkt hatte, aber Merryweather war in eine angeregte Unterhaltung mit einer Gruppe Adliger vertieft, und so verließ Falco seinen Platz, um den hölzernen Ritter selbst zu holen. Als er wieder auf die Beine kam, sah Tobias ihn an. Eine Speichelspur lief ihm das Kinn hinab. Er lächelte und lachte auf, als Falco sich damit abmühte, den Ritter wieder an seinem Handgelenk zu befestigen.

»Ankh oo, Kammack«, nuschelte Tobias, und Falco konnte nicht anders, als zu lächeln.

Kammack war der Spitzname, den Merryweathers Sohn Falco verliehen hatte, als sie sich als Kinder zum ersten Mal begegnet waren. Jeder hatte versucht, ihn zu berichtigen, aber Tobias beharrte darauf, und es war eine kleine Gefälligkeit, das verkrüppelte Kind gewähren zu lassen.

»Ah, Falco. Das ist ausgesprochen freundlich von dir.« Merryweathers tiefe Stimme war voller Wärme, als er die Aufgabe übernahm, den Ritter an dem zuckenden Handgelenk seines Sohnes zu befestigen.

»Kammack«, sagte Tobias, wobei er den zurückerhaltenen Ritter hochhielt.

»Ja«, sagte sein Vater und wischte einmal mehr das Gesicht seines Sohnes ab. »Du und dein Kammack.« Merryweather blickte Falco an. »Er redet ständig von dir«, sagte er. »Er ahmt sogar dein Keuchen ganz gut nach.«

Falco lächelte knapp.

»Er meint es natürlich nicht böse«, lachte Merryweather. »Er hat dich gern, das ist alles.«

Falco lächelte und ging zu seinem Platz zurück.

»Nun«, sagte Merryweather, der sich neben seinem Sohn niederließ, »dann wollen wir einmal sehen, was Meisterin Godwin dem Hof von Grimm darzubieten hat.«

Es war ziemlich offensichtlich, dass Merryweather an Brynas Entscheidung, sich für die Prüfungen anzumelden, Gefallen fand, aber Falco konnte die Beschämung ihres Vaters gut nachfühlen. Sosehr er ihren Mut auch bewunderte, Falco wollte nicht mit ansehen, wie sie eine Närrin aus sich machte. Er blickte auf das Feld hinaus, als sich die Bogenschützen an der Schusslinie aufstellten und ihre Ausrüstung untersuchten, um die nervöse Anspannung zu verhehlen.

Allyster Mollé, ein junger Adliger, der mindestens einen Meter achtzig groß war, galt als Favorit auf den Sieg. Einige der anderen forderten ihn heraus, allen voran Brachus de Goyne, ein schwarz-haariger Kerl mit unwirsch zusammengepressten, bärtigen Kiefern. Von den Bogenschützen zu beiden Seiten von Bryna gab es zwar anerkennendes Nicken, aber niemand erwartete von ihr, eine Anwärterin auf den Sieg zu sein, also erforderte Höflichkeit keine Mühe.

Schließlich wurde der Schussbereich auf fünfzig Meter festgesetzt, und die Ordner verließen das Feld.

Jeder der Bogenschützen würde sechzig Pfeile abfeuern, bevor man ihre Ergebnisse verglich. Sie würden die Pfeile in sechs Runden verschießen, also suchte jeder von ihnen sechs Pfeile aus, die so gut wie möglich zueinanderpassten. Dann traten sie zur Abschusslinie vor und verteilten sich entlang des schmalen Strichs aus Kalk.

Auf Brynas Gesicht war ein feiner Schweißfilm sichtbar, aber sie wirkte gefasst und entschlossen, als sie den ersten Pfeil einspannte. Am anderen Ende der Schusslinie wartete der Marschall, seine schwarze Flagge hoch in die Luft gereckt, auf ihre Aufmerksamkeit. Als alle Bogenschützen fertig waren, gab er seinen Befehl: »Bogenschützen. In eurem eigenen Tempo. Schießt!«

Die schwarze Flagge sauste herab, und die Bogenschützen wandten ihre Aufmerksamkeit den kleinen goldenen Kreisen in der Mitte einer jeden Zielscheibe zu.

Wie alle in Caer Dour wusste auch Falco, was die Disziplin des Bogenschießens erforderte: gute Technik, Konzentration und Konsistenz. Bryna Godwin besaß diese drei Qualitäten allesamt, und als ihre Pfeile ins Ziel einschlugen, war es klar, dass sie nicht zum Spaß hier war. Ein Schaft nach dem anderen sprang von ihrem Bogen, um das Gold zu finden. Nicht jeder traf sein Ziel, aber keiner der zwanzig Bogenschützen, die an der Linie standen, hatte seine Pfeile so dicht gruppiert wie Bryna.

Falco beobachtete, wie sie einen weiteren Pfeil einspannte und ihren Bogen anhob. Es gab keine Steifheit in ihrem Rücken oder in den Schultern, und ihr rechter Ellbogen war hoch erhoben, als sie die Sehne zurückzog, bis sich ein Finger an ihren Mundwinkel schmiegte. Sie hielt die Spannung für nur eine Sekunde, und dann, genau in dem Moment, in dem sie losließ, schloss sie tatsächlich die Augen, als wolle sie für diesen letzten entscheidenden Moment jede mögliche Störung ausschließen.

Dem Flüstern im Pavillon nach zu schließen, war es klar, dass Falco nicht der Einzige war, der diese eigentümliche Art zu schießen bemerkt hatte, und als die erste Runde zu einem Ende gekommen war, zollte ihr das Publikum seine Anerkennung, während Bryna das goldene Band für die höchste Trefferzahl verliehen bekam. Falco lehnte sich zurück, um zu sehen, ob er eine Spur von Sir Gerallts Reaktion auf den Erfolg seiner Tochter beobachten konnte. Er entdeckte den streng dreinblickenden Ritter, und trotz dessen anhaltender Betretenheit lag ein unübersehbar stolzer Glanz in seinen Augen.

Falco lächelte und wandte sich um, als die Ziele weiter zurück auf eine Entfernung von einhundert Metern gebracht wurden. Ein weiteres Mal kam die schwarze Flagge des Marschalls herunter, und die Bogenschützen ließen ihre Pfeile fliegen. Aber jetzt, da die fünf Dutzend alle abgeschossen worden waren, zeigten sich die Mängel von Brynas leichterem Bogen. Sie war vom ersten auf den vierten Platz abgefallen. Das würde gewiss nicht ausreichen, um ihr einen Platz an der Akademie zu sichern, und die größte Herausforderung stand erst noch bevor.

Im Gemurmel der Menge war etwas wie Enttäuschung zu vernehmen, als die Schusslinien fortgewischt und die Ziele noch weiter fortbewegt wurden. Immer noch in einer halbwegs geraden Linie vertraten sich die Bogenschützen die Beine, während sie darauf warteten, dass die Ordner die Ziele absetzten. Keiner kannte die letzte Entfernung. Sie wurden sich auf ihr Urteilsvermögen verlassen müssen, um die Distanz, so gut sie konnten, abzuschätzen. Dies war eines der beiden Elemente, die den letzten Schuss so schwierig machten. Das andere war das Gebot der Zeit.

Die Regeln waren einfach ... zwanzig Pfeile galt es abzuschießen, so schnell man nur konnte. Wer zuerst fertig war, beendete damit das Schießen, und die höchste Trefferzahl gewann. Ja, die Regeln waren einfach, aber die Wirklichkeit war es nicht. Feuerte man nämlich zu schnell, litt die Zielgenauigkeit darunter, und wenn man zu langsam feuerte, vertat man die Chance darauf, all seine Pfeile abzuschießen.

Unter den Bogenschützen war die sich aufbauende Spannung deutlich sichtbar. Sie füllten ihre Köcher mit zwanzig Pfeilen, dann beobachteten sie, wie die Ordner zum letzten Mal die Zielscheiben absetzten.

»Was denkst du, Meister Danté?«, fragte Merryweather, der sich zu Falco herüberlehnte, um mit ihm zu sprechen. »Ob das gut zweihundert Meter sind?«

Falco nickte zustimmend.

Die Bogenschützen warteten, während sich das Feld leerte. Einige von ihnen machten ein paar Schritte vorwärts, andere ein paar Schritte zurück, während sie versuchten, die Distanz zu den Zielscheiben abzuschätzen. Bryna jedoch bewegte sich nicht. Sie stand da und starrte gespannt auf das Ziel, den Bogen fest in ihrer linken Hand. Dann wandte sie sich um und beobachtete, wie der Marschall seine Flagge hob.

Falco verspürte eine nervöse Begeisterung, als die Flagge des Marschalls in der Luft hing. *Gib einfach dein Bestes*, dachte er. *Die Leute werden es verstehen.*

»Dieses Schießen geht auf eine unmarkierte Kampfentfernung«, rief der Marschall. »Wer als Erster zwanzig Pfeile abschießt, beendet das Schießen. Pfeile, die gelöst werden, nachdem die weißen Flaggen hochgegangen sind, zählen nicht.«

Er wartete, bis alle Bogenschützen ihre Rückmeldung gegeben hatten, und Falco hielt den Atem an, als der Marschall pausierte. Die Bogenschützen waren fertig, ihre Hände über den Pfeilen bereit zum Schuss.

»Bogenschützen, in eurem eigenen Tempo.«

Der Marschall wartete einen weiteren Augenblick.

»Schießt!«

Die Flagge kam herunter, und die Menge keuchte erstaunt auf. Von den zwanzig Bogenschützen schnappten neunzehn schnell einen Pfeil aus ihren Köchern, aber eine von ihnen griff nach keinem Pfeil. Als die Flagge des Marschalls herunterkam, ließ Bryna ihren Köcher los und rannte die Schussstrecke hinab auf die Zielscheiben zu. Das verwirrte offensichtlich die anderen Bogenschützen, und sie war bereits dreißig Meter vor ihnen, als der erste Pfeil über ihren Kopf hinwegschwirrte. Die Menge geriet in Aufruhr.

War das erlaubt?

Durfte sie das?

Die Streckenposten hatten nicht reagiert. Es gab keine markierte Schusslinie, daher war auch nicht zu bestimmen, wo genau die Bogenschützen stehen mussten. Die Regeln waren nicht gebrochen worden, und Bryna rannte weiter.

Eine zweite Salve an Pfeilen schwirrte in einem Bogen über ihren Kopf hinweg, als sie sich den Zielscheiben näherte. Sie musste nah genug herankommen, um den Vorteil, der von den mächtigeren Bögen der Männer ausging, auszugleichen. Nur dann würde es auf die beiden Dinge ankommen, in denen sie sich auszeichnete ... Geschwindigkeit und Können. Die meisten Bogenschützen hatten bereits drei Pfeile abgefeuert, als Bryna rutschend zum Stehen kam. Sie ließ sich auf ein Knie nieder und nahm sich einen weiteren Augenblick, um sich wieder zu sammeln. Dann griff sie über ihre Schulter hinweg, griff nach einem Pfeil und schoss. Und die Menge jubelte.

Brynas Hände bewegten sich blitzschnell, als sie ihre Pfeile einlegte, den Bogen spannte und löste.

Falco hatte niemals jemanden gesehen, der so schnell zu schießen vermochte, und es schienen nur ein paar Sekunden vergangen zu sein, als sie auf ihre Füße sprang und ihre Hand in die Luft stieß. Sieben Pfeile zogen einen Bogen über ihren Kopf, aber die weißen Flaggen waren hochgegangen, und die Streckenposten passten auf. Keiner dieser Pfeile zählte. Bryna hatte ihre zwanzig verschossen. Das Schießen auf Zeit und auf Kampfdistanz war vorüber.

Der Pavillon stand unter Schock. Niemand hatte je etwas Vergleichbares gesehen, und doch konnte keiner sagen, dass Bryna die Regeln gebrochen hatte. Es hatte bisher nur nie jemand daran gedacht, so etwas zu tun. Wie zu erwarten gewesen war, schäumte Bellius vor Zorn, und viele der anderen Adligen waren empört, aber es gab genauso viele, die sich gut unterhalten gefühlt hatten, und einige waren sogar beeindruckt. Und es gab zumindest einen, der ohne Frage hocherfreut über Brynas unkonventionelle Taktik war.

»Bravo!«, schrie Merryweather begeistert. »Bravo!« Der fröhliche, rundliche Mann war auf den Beinen und applaudierte mit aller Kraft.

Falco schüttelte den Kopf, als er beobachtete, wie sich die Streckenposten zusammendrängten. Die Treffer waren gezählt worden. Es gab ein Unentschieden. Nach einer längeren Debatte, die das Publikum zum Murren brachte, wurden zwei der Bogenschützen aufgefordert, sich vor dem Pavillon aufzustellen. Einer war der Favorit, Allyster Mollé. Der andere war Bryna Godwin.

Das Murren verwandelte sich in Jubel, als die Gewinner an den Pavillon herantraten und der Abgesandte aufstand, um sie zu empfangen. Er sah Allyster an und nickte dem jungen Adligen zum Glückwunsch zu. Dann richtete er seine Aufmerksamkeit auf Bryna, und sein Gesichtsausdruck wurde strenger.

»Wenn du in einem echten Kampf den Feind derart nah an dich herankommen lässt, steckst du in ernsthaften Schwierigkeiten, Meisterin Godwin«, sagte er.

Bryna schluckte hart, und ihr erhitztes Gesicht wurde noch eine Spur röter.

»Aber wenn sie jemals so nahe herankämen«, fuhr der Abgesandte fort, »dann bin ich mir sicher, du würdest es ihnen heimzahlen.«

»Das würde ich, mein Herr«, sagte Bryna mit einem leichten Beben in der Stimme.

Endlich milderte sich die Miene des Abgesandten. Die wettergegerbten Falten seines Gesichts verzogen sich zu einem Lächeln, aber als er das Wort an sie richtete, geschah es in einem Ton gemessener Feierlichkeit.

»Die Königin von Grimm benötigt euresgleichen«, begann er. »Wollt ihr euren Wohlstand und eure Vorrechte aufgeben und mit mir nach Grimm kommen?«

»Ich will«, sagten sie gemeinsam.

Allyster war über das Wohlwollen des Abgesandten eindeutig hocherfreut, aber Brynas Augen suchten den Pavillon nach einem anderen Gesicht ab. Dem Gesicht von jemandem, dessen Wohlwollen sie viel mehr wertschätzte.

Falco lehnte sich so weit zurück, bis er Brynas Vater sehen konnte. Dann beobachtete er, wie die beiden einen vertraulichen, unausgesprochenen Augenblick teilten. Sir Gerallts Miene blieb streng, als er auf seine Tochter hinabblickte, aber dann hob sich beinahe unmerklich sein Mundwinkel, und er nickte knapp. Brynas Unterlippe bebte, und sie verlor beinahe die Fassung. Aber sie wollte ihren Vater nicht mit ihren Tränen beschämen. Ein Lächeln erlaubte sie sich allerdings, ein Lächeln, das ihr Gesicht wie ein Sonnenaufgang erhellte.

»Na gut«, flüsterte Falco, als säße Malaki neben ihm. »Vielleicht ist sie doch recht hübsch.«

5

Die Herausforderung

Zum ersten Mal an diesem Tag hatte Falco keine Mühen gescheut, eine Arbeit zu ergattern. Allerdings nicht irgendeine Arbeit. Er wollte eine, die es erforderte, dass er nahe an der Vorderseite des Pavillons war, wenn sich die Prüfungen dem Ende zuneigten. Und so befand er sich, als die Zielscheiben fürs Bogenschießen weggeräumt wurden, mit einem Tablett voller Süßigkeiten und berauschend duftendem Branntwein nur drei Meter links von dem Abgesandten.

Der Tag der Prüfungen war beinahe vorüber. Bloß noch *ein* Ereignis war verblieben, der chaotische, für alle offenstehende Wettbewerb, der als Nahkampf bekannt war. Auf den Gewinner wartete keiner der begehrten Plätze an der Kriegsakademie, aber der Nahkampf war dennoch das am sehnlichsten erwartete Schauspiel des Tages, und der Grund dafür war offensichtlich. Der Nahkampf stand allen offen, Adligen wie auch denen von niedriger Geburt. Jeder, der sich Chancen ausrechnete, war eingeladen, daran teilzunehmen. Dies war ein Wettkampf für alle Einwohner von Caer Dour, daher war der Anblick von jungen Männern, die allmählich von allen Enden des Feldes herüberkamen, keineswegs überraschend.

Jeder war mit einem Rundschild und einem Langschwert bewaffnet. Die Schneiden dieser aus einer Weißmetalllegierung geschmiedeten Klingen waren abgerundet und stumpf. Sie mochten vielleicht nicht wie echte Klingen schneiden, aber sie konnten dennoch Knochen brechen und ungeschützten Körperteilen Prellungen zufügen. Die fahle Legierung hatte den zusätzlichen Vorteil, einen silbrigen Fleck zu hinterlassen, wenn sie einen Treffer landete. Das war eine unschätzbare Hilfe für die Platzrichter, deren Aufgabe darin bestand, die »Verwundeten« und die »Erschlagenen« zu ermitteln.

Falcos Blick schweifte über die Gestalten, suchte nach der unverwechselbaren stahlblauen Rüstung scines Freundes. Malakis Rüstung war nicht spiegelblank poliert. Sie war weder ziseliert, noch mit Silber oder Gold eingelegt. Bis auf einen leichten öligen Glanz sah sie genauso aus wie zu dem Zeitpunkt, als man sie aus dem Schmiedefeuer gezogen hatte. Der markante Schimmer des Stahls verriet dem Waffenschmied, wann das Metall gerade die richtige Temperatur erreicht hatte, bei der es seine Biegsamkeit beibehielt, während gleichzeitig eine Härte hinzukam, die alle Schläge bis auf die brutalsten abfing.

Malaki selbst hatte die Rüstung hergestellt, und allen war klar, wo seine Zukunft lag.

Ja, dachte Falco, als er damit fortfuhr, die Menge zu überblicken. *Malaki würde einen guten Waffenschmied abgeben, aber er gäbe einen noch besseren Ritter ab.* Alles, was Malaki tun musste, war den Nahkampf zu gewinnen. *Er* würde sich dann um den Rest kümmern. Endlich schritt sein Freund auf das Feld, und Falco atmete beruhigt auf.

Malakis Ankunft wurde von allen bemerkt. Einige lächelten ihn freundlich, wenn auch irgendwie skeptisch an, andere erwiderten einfach sein grüßendes Nicken, während viele der Adligen ein wenig zu deutlich vorzugeben versuchten, dass sie ihn gar nicht gesehen hatten. Bellius' Sohn Jarek starrte Malaki lediglich mit offener Verachtung an. Im Gegensatz zu den meisten anderen auf dem Feld glaubte er, dass er Malaki de Vane gewachsen war. Natürlich lag er in diesem Punkt falsch, aber er war zu eingebildet, um das zu ahnen.

Die jungen Männer fuhren damit fort, sich gegenseitig abzuschätzen, während ein großer Amboss hergebracht und nur ein paar Meter vor dem Pavillon abgesetzt wurde. Das Schlagen auf den Amboss würde die verschiedenen Runden des Nahkampfs anzeigen. Dies war eine jahrhundertealte Tradition, und als der

Amboss an seinem Platz war, riefen die Platzrichter das Gedränge zur Ordnung.

Die versammelten Teilnehmer traten vor, und die Menschenmenge schien sich wie ein einziger Mann vorzulehnen, als der Sprecher der Platzrichter das Wort an sie richtete.

»Männer von Caer Dour«, begann er. »Ihr alle kennt die Regeln des Nahkampfs.«

»Es gibt keine!«, brüllte die Menge, was offensichtlich einen langjährigen Witz darstellte.

Der Marschall lächelte nachsichtig, bevor er fortfuhr. »Dies ist ein offener Wettkampf, und jeder Mann kämpft für sich selbst.«

In der Menge brandete Spott auf, als dächte man, dass die Regeln des Marschalls alles in allem zu langweilig seien.

»Der Nahkampf wird in vier Runden eingeteilt«, sprach er weiter, »wobei jede Runde vom Klang des Amboss' angekündigt wird.«

Alle blickten zum Amboss und zu dem vierschrötigen Mann, der mit einem großen Hammer dahinter stand.

»Jeder, der mehr als fünf Sekunden auf dem Boden verbringt, wird vom Nahkampf entfernt.«

»Buh!«, kreischte die Menge.

»Jeder, der eine größere Wunde davonträgt, wird vom Nahkampf entfernt.«

»Buh!«, schrien die Leute, und sogar die Teilnehmer mussten wegen des Blutdursts der Menge lächeln.

»Und …«, ergänzte der Marschall, der sich sicher war, dass alle besonders gut aufpassten, »jeder, der am Ende einer Runde einen Schlag auf einen kritischen Körperteil aufweist, wird vom Nahkampf entfernt.«

»Buh!«, schrie die Menge, aber jetzt schwanden das Lächeln und das Gelächter dahin. Die Platzrichter hatten sich auf ihre Positionen begeben und waren bereit, den Kampf aus jedem nur möglichen Winkel zu beobachten.

Falco verspürte eine vertraute Anwesenheit an seiner Schulter.

»Jetzt kommt es ganz auf Malaki an«, sagte Simeon.

Falco nickte. Sein Magen war vor Spannung wie aufgewühlt.

»Er wird es schaffen«, sagte er. »Es gibt keinen da draußen, der ihm gewachsen ist.«

Simeon nickte zustimmend. Falco war nicht der Einzige, der viel auf Malakis Kampfgeschick hielt.

Endlich konnte der Nahkampf beginnen. Die Teilnehmer hatten sich gleichmäßig auf dem Feld verteilt, mit nur ein paar Metern Abstand zwischen jedem von ihnen. Ihre Standorte schienen im Grunde genommen zufällig gewählt, und Falco war zufrieden, als er sah, dass sich Jarek am anderen Ende des Feldes befand.

Helme wurden aufgesetzt, Schilde ergriffen und Schwerter erhoben, doch als die letzten Vorbereitungen stattfanden, bekam Falco das Gefühl, dass etwas nicht stimmte. Die Wettkämpfer um Malaki herum schienen einfach ein wenig zu nah zu stehen. Malaki hatte zweifellos einen oder zwei ausgewählt, die er gleich zu Beginn angreifen würde, aber andere, die so »wirkten«, als hätten sie verschiedene Gegner zum Ziel ausgewählt, neigten sich tatsächlich mehr in seine Richtung. Falco runzelte die Stirn, und die Getränke auf seinem Tablett klirrten Unheil verkündend gegeneinander.

»Was ist?«, fragte Simeon.

»Es ist der Abstand«, sagte Falco mit ausgestrecktem Finger. »Es sieht nicht richtig aus. Es sieht aus, als ob sie …«

Falcos Worte wurden abgeschnitten, als der Hammer auf den Amboss niederfuhr und das Gedränge in Kampfessturm ausbrach.

Falco beobachtete, wie Malaki vorwärtsschnellte. Er wehrte einen Schlag mit seinem Schwert ab, dann griff er sein erstes Angriffsziel mit dem Schild an. Der arme Kerl verlor das Gleichgewicht, und Malaki riss ihn von den Beinen, bevor er einen »tödlichen« Schlag auf seinem bezwungenen Gegner landete.

Alles passierte unglaublich schnell, und Malaki wandte sich bereits seinem nächsten Angriffsziel zu, als ihn der erste unerwartete Angriff überrumpelte. Er reagierte rasch und parierte den Schlag mit seinem Schild, wobei er herumwirbelte, um einen Gegenangriff zu unternehmen. Aber als er dies tat, stürzten drei andere Mitstreiter auf ihn zu. Er parierte ein Schwert mit seinem eigenen, doch zwei andere fanden ihr Ziel. Einer schlug ihm hart von hinten gegen das Bein, während der andere ihm gerade unterhalb seines gepanzerten Brustharnischs in die Seite fuhr. Er wirbelte fort und versuchte einen eigenen Angriff zu beginnen, aber der Schaden war bereits angerichtet. Auf kritischen Teilen seines Körpers waren zwei silbrige Flecken zu sehen. Seine Angreifer zogen sich zurück und suchten nach neuen Gegnern, solchen, die noch die Aussicht hatten zu gewinnen.

Malakis Aussichten waren die schlechtesten. Er war ausgeschieden.

»Sie sind auf ihn losgegangen!«

Falco traute seinen Augen nicht.

»Vier von ihnen sind auf ihn los, alle gleichzeitig!«

Falco fühlte, wie ihm jemand das Tablett abnahm, als Süßigkeiten und Branntwein auf dem Boden landeten. Er starrte über das Feld hinaus, wo Malaki mitten im Chaos des noch im Gange befindlichen Kampfes stand. Einen Moment lang verharrte der große junge Kerl auf der Stelle, als wüsste er nicht, was er tun solle. Dann erreichte ihn einer der Platzrichter und zog ihn aus dem Kampfgemenge. Sichtlich benommen ließ Malaki es zu, an den Feldrand geführt zu werden, wo sein Vater, Balthazak de Vane, schon auf ihn wartete.

Falcos Herz schmerzte, als er Balthazak dabei zusah, wie er Malakis Helm entfernte und seinen Sohn in eine feste Umarmung zog. Irgendwo in weiter Ferne vernahm er einen lauten metallischen Klang, als der Hammer das Ende der ersten Runde kenntlich machte. Drei weitere Male erklang der Hammer undeutlich in Falcos Ohren, und er konnte es immer noch nicht wirklich glauben. Sein feiner Plan, seine großartige Freundschaftsgeste, alles war umsonst gewesen. Malaki hatte gewinnen sollen. Wie hatte alles so schieflaufen können?

»Es tut mir leid, Falco.«

Falco fühlte Simeons Hand auf seiner Schulter, und langsam klärten sich seine Sinne wieder. Er überblickte vom Pavillon aus, wie der Gewinner des Wettkampfs von den Platzrichtern nach vorn gebracht wurde.

Es war Jarek.

Bellius trat vor, um seinem Sohn, der von einer Schar seiner Freunde umringt wurde, zu applaudieren. Sie alle feierten seinen Sieg, aber sie brüllten auch vor Lachen. Irgendetwas musste sie offenbar mächtig amüsiert haben.

Jarek trat von seinen Freunden fort und hob, wobei er zu seinem Vater aufblickte, einen Finger. Es war, als schelte er ein ungehöriges Kind. Bellius legte eine Hand auf seine Brust und zog die Augenbrauen hoch, wie um zu sagen: »*Wer, ich?*«

Es dämmerte Falco.

Bellius hatte es die ganze Zeit geplant. Auf die eine oder andere Art hatte er eingefädelt, dass mehrere der Wettkämpfer Malaki als ihr erstes Ziel im Nahkampf »wählten«. Bis sie bemerkt hatten, was da eigentlich geschah, war es zu spät gewesen. Malaki war ausgeschieden.

Falcos dünne Hände ballten sich zu Fäusten, aber als er sich Bellius zuwandte, spürte er, wie Simeons Griff an seinem Arm fester wurde.

»Nein, Falco«, sagte der alte Kampfmagier. »Es hat keinen Zweck.«

Falco versuchte sich loszureißen, aber selbst mit über sechzig Jahren hatte Simeon keine Schwierigkeiten, seinen kraftlosen Bediensteten zu bändigen. Enttäuscht presste Falco den Mund zusammen und kehrte den Feierlichkeiten den Rücken. Er sah weder den Ärger auf Darius' Gesicht noch den Abscheu in den Zügen von Sir William. Alles, was er fühlen konnte, war seine eigene Enttäuschung und die seines Freundes. Sogar die Stim-

69

mung des Publikums schien gedämpfter als sonst am Ende der Prüfungen zu sein.

Schließlich trat Bellius vor, um das Wort an sie zu richten, und er hätte sich nicht noch wichtiger nehmen können.

»Ihr Leute von Caer Dour«, begann er, »heute ist ein großer Tag. Nicht nur, dass elf unserer Besten ausgewählt wurden, um an der Kriegsakademie zu trainieren, sondern es ist auch einer, der sein Training beendet hat, zu uns heimgekehrt.«

Die Menge jubelte, als Darius sich erhob.

»Es ist viele Jahre her, seit der Schatten des Wahnsinns den Ruf dieser Stadt verdunkelt hat.«

Hier warf mehr als nur eine Person einen Blick in Falcos Richtung.

»Aber heute ist diese Schande getilgt. Heute heißen wir unseren neuen Helden zu Hause willkommen, den größten Kampfmagier, den Caer Dour je gekannt hat. Darius Voltario!«

Darius war Bellius' übertriebenes Lob sichtlich peinlich, und doch hob er die Hand, um die Begeisterung der Menge zu würdigen, während Bellius seiner Stimme einen ernsteren Ton verlieh.

»Und wie passend seine Rückkehr kommt«, nickte Bellius gewichtig. »Gewiss hat hier das Schicksal seine Hand im Spiel. Denn gerade zu diesem Zeitpunkt nähert sich ein ferocianisches Heer unserer Stadt, ein Heer von Besessenen mit einem Dämon an der Spitze.«

Der fröhliche Überschwang der Menge verflog, als Bellius ihnen die Gefahr in Erinnerung brachte, die immer näher an ihr Zuhause heranrückte.

»Ja«, sagte Bellius, »das Schicksal ist uns sicherlich gewogen. Denn nun haben wir einen Krieger, der sich dem Dämon, der nach unseren Seelen verlangt, entgegenstellen kann.«

Bellius kam immer mehr in Fahrt, aber Falco war seinen Worten gegenüber taub. Sein Blut geriet nicht in Wallung. Er spürte nur den bitteren Schmerz der Enttäuschung und ein wachsendes Gefühl von Hass.

»Das ferocianische Heer hat die illicische Verteidigung durchbrochen«, fuhr Bellius fort. »Aber die Männer von Valentia wird sie nicht brechen, und wir haben auch gesehen, warum. Die Krieger aus Valentia sind die besten in den Sieben Königreichen. Heute haben wir im Geist von Kameradschaft und Wettbewerb gekämpft. Aber morgen werden viele von euch ausreiten, um sich für nichts anderes als unser Überleben einzusetzen. Daher erkläre ich den heutigen Tag zu einem besonderen Feiertag, einem Tag des Triumphs. Und ich erkläre die Prüfungen hiermit für been ...«

»Wartet!«

Dieses einzelne Wort machte mit seiner Überzeugtheit Eindruck, und die Leute blickten um sich, um zu sehen, wer gesprochen hatte. Sie schauten Sir William Chevalier an, Darius und sogar Simeon, aber niemand sah in Falco Dantés Richtung.

Sichtlich verärgert darüber, dass man ihn unterbrochen hatte, war Bellius bereits im Begriff weiterzusprechen.

»Wartet!«, wiederholte Falco, und jetzt war der Sprecher nicht zu verwechseln.

Die Leute starrten ihn ungläubig an, aber dies kümmerte Falco gar nicht.

»Die Prüfungen sind noch nicht vorbei«, sagte er und hielt Bellius' wutschäumendem Blick stand. »Ich habe eine Herausforderung zu machen.«

»Du?«, sagte Bellius in einem Ton, der nicht noch verächtlicher hätte sein können. »*Du* willst eine Herausforderung aussprechen?«

»So ist es.«

Bellius war ohne Frage wütend über etwas, das er als ein lächerliches Vorhaben betrachtete, aber jedermann wusste, dass Falco, gleichgültig ob Bediensteter oder nicht, das Recht dazu besaß.

»Dann lass es uns hören«, sagte Bellius mit einem spöttischen Grinsen. »Wen willst du herausfordern?«

»Die Herausforderung kommt nicht von mir«, sagte Falco. »Ich spreche im Namen eines anderen.«

»In wessen Namen?«, schnappte Bellius, und sein Tonfall machte klar, dass sich seine Geduld langsam ihrem Ende näherte.

»Malaki de Vane«, sagte Falco.

»Der Sohn des Schmieds?«, höhnte Bellius, aber jetzt wirkte sein Grinsen ein klein wenig gezwungen. »Derjenige, der gerade in der ersten Nahkampfrunde herausgeflogen ist?«

»Genau der.«

»Nun ja«, lachte Bellius, wie in Erwartung, dass jedermann ihm beistimmte, wie völlig absurd dies sei. »Nun ja«, wiederholte er, als die Leute einfach nur darauf warteten, dass er fortfuhr, »um eine solche Herausforderung zu machen, brauchst du zwei Stimmen, die dir das Vertrauen aussprechen, eine vom Kriegerstand und eine von den Adligen.«

Jetzt wurde sein Lächeln selbstbewusster, denn er konnte sich niemanden vorstellen, der eine solche Herausforderung unterstützen würde. Er war schon dabei, die ganze Angelegenheit abzuweisen, als Simeon vortrat und sich neben Falco stellte.

»Ich gebe Malaki de Vanes Herausforderung meine Stimme.«

Plötzlich war der Pavillon mit atemlosem, überraschtem Flüstern erfüllt, und das Gemurmel breitete sich nach draußen aus, während die Kunde von der Herausforderung die Menge erreichte.

Am Rand seiner Wahrnehmung bemerkte Falco, wie Malakis Vater seinen Sohn vorwärts vor den Pavillon führte. Malaki sah noch immer völlig entmutigt aus, und als er zu Falco hochblickte, schien sein Gesichtsausdruck anzudeuten, dass er den Gedanken, zum zweiten Mal an ein und demselben Tag zum Narren gehalten zu werden, nicht gerade reizvoll fand. Aber Falco ignorierte seine stillschweigende Bitte.

»Fein!«, schnappte Bellius, der nicht glauben konnte, dass diese Posse so weit hatte gehen dürfen. »Das ist eine Stimme vom Adelsstand. Jetzt brauchst du noch …«

»Du missverstehst mich!«, schnitt Simeon ihm das Wort ab. »Ich spreche nicht als Adliger. Ich gebe meine Stimme als jemand vom Kriegerstand ab.«

»Aber dein Haus?«, widersprach Bellius. »Dein Vermögen und dein Landbesitz?«

»Ein Geschenk«, sagte Simeon, »von einem lang verstorbenen Freund.«

Bellius lachte, wie in Überraschung, so hereingelegt worden zu sein. Aber jetzt waren sein Auflachen und das Strahlen auf seinem Gesicht echt.

»Nun gut«, sagte er. »Alles, was wir nun noch brauchen, ist eine Stimme vom Adelsstand.« Hierbei sah er sich unter seinen Adelsgefährten mit nur dünn verschleierter Drohung im Blick um. »Wer will seine Herausforderung unterstützen?«

»Ich will«, sagte Falco.

Verblüffter Zweifel klang reihum im Pavillon auf, wobei sich alle Augen einmal mehr auf Falco richteten.

»Was?«, fragte Bellius. »Du! Ein Diener!«

Viele der Adligen hatten zu lachen begonnen, als sei alles dies lediglich ein unbedachter Witz, aber da sprach Simeon erneut.

»Du bist abermals im Irrtum«, sagte der alte Kampfmagier ruhig. »Falco Danté ist kein Diener, sondern der Sohn eines Adligen. Er hat sich nur dazu entschlossen zu dienen.«

Die Leute waren sprachlos. Sogar das Wispern war verklungen, aber Bellius war außer sich vor Entrüstung.

»Er wurde als Bediensteter eingeschworen, um für die Verbrechen seines Vaters aufzukommen!«

»Nein, Bellius«, sagte Simeon. »Das wurde er nicht. Er kam im Rahmen eines Versprechens, das ich seinem Vater gab, in meine Obhut.«

»Aber das ist lächerlich«, keuchte Bellius. »Jeder weiß, dass er über Jahre hinweg in deinem Haushalt gedient hat.«

»Das ist wahr«, erwiderte Simeon. »Aber er hat aus freien Stücken gedient, nicht aus Verpflichtung. Falco ist von edler Geburt, und seine Stimme gilt.«

Bellius' dunkle Augen blitzten von Simeon zu Falco. Er sah wie ein in die Enge gedrängtes Tier aus, und einen Augenblick lang schien es, als würde er die Fassung verlieren. Doch dann kehrte das Lächeln auf sein Gesicht zurück.

»Dann soll es so sein«, sagte er. »Deine Herausforderung ist zur Kenntnis genommen. Lasst den Herausforderer vortreten!«

Falco wandte sich von Bellius ab, als Malakis Vater seinen Sohn vorwärts zum Pavillon trieb. Wie jedermann überraschte es Balthazak, zu hören, dass Falco seine adlige Abstammung behalten hatte, aber er wollte sich die Chance, die Aussichten seines Sohnes zu verbessern, nicht entgehen lassen.

Malaki, der nach vorn gestolpert war, um vor dem Pavillon stehen zu bleiben, stand noch immer deutlich unter Schock. Er schien nicht zu bemerken, dass er nun das einzige Zentrum der Aufmerksamkeit war. Stattdessen starrte er zu dem Menschen hoch, von dem er gedacht *hatte*, dass er ihn kennen würde, dem Menschen, der, solange er sich erinnern konnte, sein Freund gewesen war. Er blickte auf verstörende Weise finster, und ein gefährliches Licht schien in seinen dunkelbraunen Augen zu funkeln. Aber dann entdeckte er etwas in Falcos Gesicht, das seine gefurchte Stirn glättete und das Licht in seinen Augen wieder etwas weicher scheinen ließ.

Was er sah, war Angst. Nicht die Angst vor der Vergeltung der Adeligen, sondern jene Angst, dass seine Entscheidung falsch gewesen sein könnte. Es war die Angst, dass er vielleicht seinen Freund verloren hatte.

Falcos Atem stockte ihm in der Kehle, als Malaki zu ihm aufblickte, aber dann verschwand das Stirnrunzeln aus dem Gesicht seines Freundes und etwas wie ein Lächeln erschien in seinem Blick. Es war ein Lächeln, das besagte: *Du bist ein Idiot, Falco Danté. Und wenn das hier vorbei ist, bringe ich dich verdammt noch mal um!*

»So, Meister de Vane«, sagte Bellius mit unangenehm gedehnter Stimme, »willst du nun einen Ritter auswählen, der deiner Herausforderung begegnen soll, oder wird das dein kränklicher kleiner Herr für dich erledigen?«

Malakis Blick wanderte von einem adligen Gesicht zum nächsten. Es waren einige ausgezeichnete Krieger unter ihnen, aber Malaki konnte sich nicht vorstellen, dass einer darunter war, der sich gegen Bellius stellen und seine Herausforderung akzeptieren würde. Sir Gerallt Godwin würde es vielleicht tun, aber Malaki wollte Brynas Vater nicht in eine peinliche Lage bringen.

Noch einmal war es Falco, der das Schweigen brach.

»Ich werde wählen«, sagte er.

Bellius lächelte und vollführte eine abschätzige Geste, als mache es keinen Unterschied, wer die Wahl traf. Was die Adligen von Caer Dour betraf, so besaß Bellius einfach zu viel Macht.

Eine unbehagliche Stille folgte, in der alle Augen auf Falco gerichtet waren. Er warf einen letzten Blick in Malakis Richtung, dann wandte er sich zu Bellius um, aber der Adlige sagte nichts, während er darauf wartete, dass Falco sprach. Die Pause zog sich hin, und Bellius hob ungeduldig die Augenbrauen, aber Falcos Mund war plötzlich trocken geworden. Dann leckte er sich über die Lippen und sprach.

»Ich wähle Sir William Chevalier«, sagte er. »Ich wähle den Abgesandten der Königin.«

6

Ob Diener oder edler Herr

Wenn die Leute von dem, was zuvor geschehen war, schon überrascht gewesen waren, dann machte sie das, was Falco vorgebracht
hatte, nun völlig sprachlos. Dass der königliche Abgesandte des
Hofes von Grimm eine Herausforderung zum Zweikampf akzeptieren würde, die vom Sohn des städtischen Schmieds kam! Sogar
Bellius fehlten die Worte.

»Wa … ich … das«, stieß er unzusammenhängend hervor.

Ein leises, nervöses Lachen entfleuchte ihm, aber jede Spur von
guter Laune war aus seinem Gesicht verschwunden. Er schien
weitersprechen zu wollen, als eine große Gestalt hinter ihm auftauchte und alle sich reckten, um auf Sir William zu schauen.

Der Abgesandte bewegte sich an Bellius vorbei, bis er nur wenige Fuß vor Falco stand. Bis zu diesem Augenblick hatte Falco
nicht bemerkt, was für eine imposante Figur der Abgesandte war,
aber er wich nicht von der Stelle und zwang sich, zu den harten
grauen Augen des Mannes hinaufzublicken.

»Wie ist dein Name, Junge?«

»Falco, mein Herr«, sagte Falco, mehr eingeschüchtert, als er
es jemals zuvor in seinem Leben gewesen war. »Falco Danté.«

»Danté?«, wiederholte der Abgesandte, als sei ihm der Name
nicht bekannt.

»Ja«, sagte Bellius hinter ihm. »Das ist der Sohn von Aquila
Danté, dem Mann, der Schande über diese Stadt gebracht hat.«

Der Blick des Abgesandten glitt zur Seite, aber von dieser kleinen Geste des Unmuts abgesehen, ignorierte er Bellius' Bemerkung.

»Und warum kämpfst *du* nicht in den Prüfungen?«, fragte er.

»Ha!«, spottete Bellius, und seine Verachtung klang bei vielen

Adligen im Pavillon nach. Sie lachten, als sei schon die Idee undenkbar.

»Falco ist nicht ohne Geschick«, sagte Simeon an Falcos Schulter.

»Nein«, sagte Bellius. »Nicht, solange das Schwert eine Weidengerte ist und der Wettkampf nicht länger als eine Sekunde oder zwei dauert.« Wieder fand Bellius' Abschätzigkeit Unterstützung, und Falco ließ vor Scham den Kopf hängen. »Meister Danté leidet an schlechter Gesundheit«, erklärte Bellius. »Wie ich höre, hat sein Zustand einen Namen, aber eine einfachere Bezeichnung wäre Schlappheit.«

Einmal mehr war Lachen zu hören, aber es gab auch viele, die bei Bellius' grausamen Worten die Köpfe senkten.

»Falco ist mit roter Schwindsucht geschlagen«, sagte Simeon, und sein blinder Blick machte deutlich, dass Bellius gut daran täte, mit seinem Spott aufzuhören. »Er leidet seit seiner Kindheit daran.«

Bei der Erwähnung dieser Krankheit schnellte der Blick des Abgesandten zu Falcos Stirn, wo ein deutlicher Hautausschlag gerade unter dem Rand seines Haaransatzes sichtbar war. Seine Mundwinkel verzogen sich nach unten, und seine Augen verengten sich argwöhnisch, als hätte er Grund dazu, diesem Befund zu mistrauen.

Das augenscheinliche Mistrauen des Abgesandten verletzte Falco mehr als jeder Spott von Bellius, aber er hatte sich vor langer Zeit mit seinen körperlichen Mängeln abgefunden. Zweifel und Hohn waren nichts Neues für ihn, und so erhob er sein Gesicht und erwiderte abermals den Blick des Abgesandten.

»Und was erhoffst du dir von dieser Herausforderung, Meister Danté?«, fragte der Abgesandte.

»Für mich selbst, nichts.«

»Und für deinen Freund?«

»Nur, dass Ihr ihn so beurteilt wie jeden anderen Mann, der heute kämpft. Und dass Ihr es euch vielleicht überlegt, ihn mit euch zurück nach Grimm zu nehmen, sollte er gewinnen.«

Aus jeder Richtung war erstauntes Atemholen zu vernehmen, aber der Abgesandte lächelte nur.

»Sollte er gewinnen?«, fragte er aufrichtig amüsiert.

Falco nickte unwillig.

»Er würde sein Schwert keine Minute lang behalten«, sagte der Abgesandte mit einem Glitzern in den schiefergrauen Augen.

»Es wird in zwei Minuten an Eurem Hals sein«, gab Falco zurück, und sogar er selbst war überrascht von seiner Dreistigkeit.

Das Lächeln des Abgesandten kehrte zurück, als er die Prahlerei billigte.

»Und was lässt dich denken, dass der Sendbote der Königin deine Herausforderung akzeptieren würde?«, fragte er.

Dies war zumindest eine Frage, auf die Falco vorbereitet war. Im Gegensatz zu Valentia, wo das Recht nobler Geburt angewendet wurde, war Illicias Staatsform die des Verdienstadels. Das hieß, dass Anstrengung und Leistung eines Mannes mehr geschätzt wurden als das zufällige Schicksal seiner Geburt.

»Ihr seid ein Mann aus Illicia«, sagte er. »Es wäre nicht unter Eurer Würde, eine Herausforderung selbst von dem niedrigsten Bauern anzunehmen.«

Einen Moment lang erwiderte der Abgesandte Falcos Blick. Dann verblasste das Lächeln auf seinem Gesicht.

»Ich gebe dir deine zwei Minuten«, sagte er. »Wenn dein Freund am Ende der Herausforderung immer noch sein Schwert hält, werde ich *erwägen*, ob er einen Platz an der Akademie bekommt.«

Falcos Herz machte einen Luftsprung.

»Aber«, warnte ihn der Abgesandte, »wir werden nicht mit abgestumpften Klingen kämpfen. Es wäre keine große Leistung für ihn, sein eigenes Schwert angesichts eines Schwertes zu behalten, das nicht töten kann. Wir kämpfen mit scharfen Klingen oder gar nicht.«

Damit hatte Falco zwar nicht gerechnet, aber jetzt war es zu spät, einen Rückzieher zu machen. Ohne Malaki auch nur anzublicken, nickte er entschieden.

»So sei es denn«, sagte der Abgesandte und löste seinen Umhang. Dann wandte er sich Bellius zu, als ob die Angelegenheit entschieden sei. »Lasst eine Kerze auf zwei Minuten zuschneiden.«

»Aber … aber …«, stammelte Bellius, doch die Sache war schon so weit gegangen, dass selbst er sie nicht mehr unterbinden konnte.

Der Abgesandte ging zum Rand des Pavillons, während sich die Einwohner von Caer Dour um ihn herum drängten, wobei sie eine natürliche Kampfarena für die beiden Männer formten.

»Wer will dem Schmied eine Klinge leihen?«, fragte der Abgesandte, als er seinen Schwertgürtel abschnallte.

»Er kann meine benutzen«, sagte Simeon, löste seinen eigenen Gürtel und reichte Falco sein Schwert hin.

Falco lächelte seinen Meister an und trat zum Rand des Pavillons. Das Schwert schien in seinen Händen zu vibrieren, als würde es einen hohen, klaren Ton von sich geben. Einen Augenblick lang zögerte er, und Simeon schien ihn prüfend anzublicken.

Falco richtete seine Aufmerksamkeit zurück auf die Aufgabe, die vor ihm lag, blickte vom Pavillon herab und warf das Schwert Malaki zu. Aber es fiel zu kurz, und die Leute lachten, als Malaki sich bückte, um es vom Boden aufzuheben. Als der große Junge sich aufrichtete, nickte er Simeon dankbar zu. Dann glitt sein Blick zu Falco.

Und wenn du die Gelegenheit bekommst, dann sorg dafür, dass du mit ganzem Herzen kämpfst.

Das ist es also, was du gemeint hast …

Malakis braune Augen schimmerten, und nun war klar, dass er nicht vorhatte, diese Gelegenheit, etwas von seinem Stolz zurückzuerlangen, verstreichen zu lassen. Auf eine Art, die an Verehrung grenzte, zog er Simeons Schwert und legte Gürtel wie auch Scheide auf den erhöhten Rand des Pavillons. Dann ging er, um seinen Platz in der »Arena« einzunehmen.

Der Abgesandte trat zur Mitte der Plattform, wo zwei breite Stufen auf das Turnierfeld hinabführten. Dann, als er sein Schwert von einer Hand in die andere nahm, erblickte Falco etwas, das ihm den Atem stocken ließ. Es war ein kleines Abzeichen, das gerade unterhalb des Knaufs in die Klinge eingeritzt war. Niemand sonst schien es gesehen zu haben, oder falls doch, so wussten sie nicht, was es bedeutete. Die Ausführung zeigte die stilisierte Form von drei Bergspitzen. Es war das Emblem eines Ritterordens, dessen Ruf legendär war.

Das Emblem der Adamantenen Ritter.

William de Chevalier gehörte zu einer der furchterregendsten Streitkräfte, die die Welt je gekannt hatte.

Oh, Mist!, dachte Falco. *Was habe ich nur getan!*

Das Blut wich ihm aus dem Gesicht, als er beobachtete, wie der Abgesandte aus dem Pavillon schritt, um mit seinem Freund zusammenzutreffen. Malaki machte einen überraschend gefassten Eindruck, und Falco unterdrückte das Verlangen, ihm eine Warnung zuzurufen. Vielleicht war es besser, wenn Malaki nicht wusste, mit wem er es zu tun hatte. Zwei der Posten standen mit einer dünnen Wachskerze bereit, die sich auf einem schmalen Metalltablett erhob. Die Kerze würde exakt zwei Minuten lang brennen, und sie warteten nur auf den Befehl des Abgesandten.

»In eurem eigenen Tempo«, wies er sie an, bevor er sich umwandte, um Malaki entgegenzutreten.

»Dies ist eine freie Herausforderung zwischen Malaki de Vane und Sir William Chevalier von Eltz«, verkündete der Wortführer der Platzordner. »Es ist eine Herausforderung mit einer Zeitbegrenzung«, fügte er hinzu. »Wenn Master de Vane nach zwei Minuten noch sein Schwert hält, wird die Herausforderung als erfolgreich angesehen.«

Die Einwohner von Caer Dour hielten den Atem an.

»Kämpfer, seid ihr bereit?«

Ein Nicken zweier Köpfe war die Antwort für den Wortführer.

Die Kerze wurde hergebracht, und der Docht begann zu brennen.

»Kämpft!«, rief der Marschall, und die beiden Männer stürmten aufeinander zu, mit einer Geschwindigkeit, die jedermann überraschte.

Der erste Zusammenstoß der Schwerter war so schnell und brutal, dass Falco sich sicher war, sein Freund sei verloren. Bei all seiner Größe war Malaki noch jung, aber wenn irgendjemand dachte, der Abgesandte würde ihn schonen, lag er falsch.

Sir William drang mit einer Reihe von Schlägen vorwärts, die Malaki so schnell zurückweichen ließen, dass sich viele aus der Menge in Sicherheit schieben mussten. Aber da begann der Sohn des Schmieds seinen Gegenangriff. Er führte einen Schlag gegen den Hals des Abgesandten, dann wechselte er zu einem niedrigen Hieb, als wolle er das Bein seines Gegners auf Kniehöhe abschlagen.

Zwar wurde jeder Schlag mit einer sicheren und bestimmten Parade abgewehrt, aber trotzdem waren Malakis Ausfälle so kraftvoll, dass es nun der Abgesandte war, der zum Rückzug gezwungen wurde. Er wich nach und nach rückwärts, und die Umstehenden verlagerten sich, um ihnen Platz zu machen.

Falco lächelte befriedigt. Malaki war in seinem Element, und für einen Augenblick sah es so aus, als könne er die Oberhand gewinnen. Dann aber trat der Abgesandte auf einmal vorwärts, um Malakis Attacke zu trotzen. Funken flogen, als er die Klinge des jüngeren Mannes mit seiner eigenen abfing. Und nun drehte der Abgesandte seine Klinge, bevor Malaki sich befreien konnte, und fegte sie brutal zur Seite.

Die Menge keuchte auf, als Malaki aus dem Gleichgewicht gebracht wurde, aber der erste Versuch des Abgesandten, ihn zu entwaffnen, war gescheitert. Malaki verwandelte das Wiederfinden seiner Balance in einen Angriff, der Abgesandte jedoch hatte ihn vorausgeahnt und versuchte einmal mehr, Malaki das Schwert aus der Hand zu schlagen.

Falco zuckte zusammen, denn nun schien es sicher, dass Malaki seine Klinge verlieren würde, aber irgendwie hielt er sie weiter fest. Ihm gelang sogar eine Finte, die den Abgesandten überrumpelte. Der Abgesandte duckte sich, und Malaki versuchte ihn mit dem Griff seines Schwerts zu treffen, aber der Abgesandte wich vor dem Schlag zurück und packte Malakis Arm mit seiner freien Hand. Dann, bevor noch jemand ahnte, was geschah, wirbelte er Malaki herum, bis er seinen linken Arm um die Kehle des großen Burschen gelegt hatte, und sein Schwert über dessen Handgelenk.

Malaki hörte auf sich zu bewegen, als der scharfe Stahl sich auf die pulsierenden Venen seines Gelenks legte.

Die Zuschauer stießen einen lauten, überraschten Schrei aus, weil das brillante Gefecht so plötzlich zu einem Ende kam. Dann sprach der Abgesandte, der Malaki immer noch festhielt, ins Ohr.

»Für den Sohn eines Schmieds hast du gut gekämpft«, sagte er und klopfte bedeutsam mit seiner Klinge auf Malakis Handgelenk. »Jetzt lass dein Schwert fallen!«

Falco ballte die Fäuste und verzog voller Enttäuschung das Gesicht. Er sah zu, wie Malakis Schwert sich senkte und er besiegt den Kopf vorwärtsneigte. Schon schloss er verzweifelt die Augen, als Malaki plötzlich sein Schwert fester griff und seinen Kopf rückwärts gegen das Gesicht des Abgesandten stieß.

Die Menge schrie wie *ein* Mann entsetzt auf, als Blut über das Gesicht des Abgesandten strömte und er von dem heftigen Stoß zurücktaumelte, der seine Nase gebrochen haben mochte. Malaki drehte sich frei und wirbelte herum, um seinen Gegner erneut anzugreifen. Der Abgesandte war von der unerwarteten Attacke sichtlich erschüttert, aber als Malaki versuchte, sein Schwert einzusetzen, schaffte der Abgesandte es irgendwie, ihm zu parieren. Immer noch zurückweichend wehrte er einen weiteren Angriff ab, und dann noch einen, wobei er das Blut wie auch die »Sterne«, die er vor seinen Augen sah, wegblinzelte.

Malaki versuchte seinen Vorteil zu nutzen, aber auf einmal

hörte der Abgesandte damit auf zurückzuweichen, und stürmte wieder vorwärts. Die beiden Kämpfer blockierten sich mit ihren Schwertern und drückten gegeneinander, aber dann schob der Abgesandte Malaki aus dem Gleichgewicht und hämmerte seinen Ellbogen gegen den Mund des großen Jungen. Malaki taumelte Blut spuckend rückwärts, und jetzt griff der Abgesandte ernsthaft an.

Nie zuvor hatte Falco jemanden einen so schnellen und harten Angriff führen sehen, und Malaki zerfiel einfach dabei. Er parierte Schläge aus reiner Verzweiflung, und zum ersten Mal wirkte er verletzlich und ängstlich. Aber der Abgesandte hörte erst auf, als Malaki auf die Knie gezwungen war. Zuletzt schwang er seine Klinge rasend schnell im Kreis herum, und Malakis Schwert flog ihm aus dem Griff. Dann hieb der Abgesandte sein Schwert mit tödlicher Schnelligkeit herab.

Die Klinge kam gerade eine Handbreit vor Malakis Hals zum Halt, und dem großen jungen Mann blieb nichts anderes übrig, als im Angesicht der Niederlage zu knien. Er war erledigt. Geschlagen.

Falco beobachtete es mit Entsetzen. Es war vorbei, und die Zuschauer waren still. Es gab keinen Jubel, keinen Applaus. Niemand wusste auf das Geschehene zu reagieren. Sie sahen einfach nur zu, wie der Abgesandte über Malaki stand und seine Klinge oberhalb dessen Schulter in der Schwebe hing.

»Ähm!«

Die diskrete Bitte um Aufmerksamkeit ließ alle Blicke zurück zum Pavillon wandern.

»Verzeihung, Herr«, sagte der Wortführer der Ordner. »Aber … äh …«

»Was ist?«, fragte Sir William, ohne seinen Blick von Malaki abzuwenden.

»Es ist die Kerze, Herr. Die beiden Minuten …«

Der Abgesandte nahm das Schwert nicht fort, aber er wandte den Blick ab und seinen Kopf dem Wortführer zu.

»Die Entwaffnung erfolgte außerhalb der Zeitbegrenzung«, erklärte der Marschall entschuldigend. »Die Herausforderung zählt als gewonnen.«

Erwartungsvoll schweigend warteten die Zuschauer auf das, was der Abgesandte nun tun würde. Vielleicht hatten sie Verärgerung erwartet. Vielleicht hatten sie auch Verlegenheit erwartet. Sie hatten jedenfalls kein Lachen erwartet, kein weiches, tiefes Lachen.

Langsam erhob sich Sir William aus seiner Tötungsposition. Er zog sein Schwert zurück und wischte sich die blutige Nase an seinem Ärmel ab. Dann blickte er auf seinen Gegner nieder und streckte seine Hand aus. Immer noch benommen und vor Erschöpfung zitternd ergriff Malaki die ausgestreckte Hand, und der Abgesandte half ihm auf die Beine. Dann ergriff der Abgesandte zur großen Zufriedenheit des Publikums Malakis Handgelenk und hielt seinen Arm in die Höhe.

Jetzt konnte die Menge jubeln, und oh, wie sehr sie das tat!

Malaki war wie vor den Kopf geschlagen, aber der Abgesandte drehte ihn herum, damit er den Beifall von jeder Seite aus entgegennahm. Schließlich verklang der Jubel, und der Abgesandte ließ Malakis Handgelenk los und trat einen Schritt zurück, um ihn zu betrachten.

»Du hast noch viel zu lernen, Malaki de Vane«, sagte der Abgesandte. »Aber du kämpfst gut, für jemanden, der so jung ist ... sogar sehr gut«, wiederholte er und hob eine Hand an die gebrochene Nase.

Malaki sah aus, als schäme er sich dessen, was er getan hatte, aber er war ebenfalls hocherfreut über die Worte des Abgesandten. Alle waren mit diesem wunderbaren Ende der Prüfungen vollkommen zufrieden, aber der Abgesandte war noch nicht ganz fertig. Er sah mit an, wie sich Malaki unter dem Lob und der Bewunderung der Zuschauer verlegen wand, dann zog er den Blick des jungen Mannes auf sich und hielt ihn.

»Die Königin von Grimm benötigt solche wie dich«, begann er.

Malakis Kehle schnürte sich zusammen, und Tränen stiegen ihm in die Augen. Jedermann wusste, was als Nächstes kam.

»Willst du deinen Wohlstand und deine Vorrechte aufgeben und mit mir nach Grimm kommen?«

Einen Augenblick lang konnte Malaki nicht sprechen. Er verfügte weder über Wohlstand noch über Vorrechte, aber allen war klar, dass die Worte eine reine Formalität waren.

»Ich will«, krächzte er, und das Gejohle der Menschenmenge brandete erneut auf.

Der Abgesandte nickte befriedigt und trat zurück, während die Leute vorwärtsdrängten, um einem Helden zu gratulieren, den sie tatsächlich als einen der Ihren bezeichnen konnten. Malaki schwankte unter dem Andrang an gut gemeinter Begeisterung. Er lachte, als ihn sein Vater in eine feste Umarmung zog und in die Höhe hob. Dann, als sein Vater ihn absetzte, blickte er über die ihn umgebende Mauer von Menschen hinweg, hinauf in das beschattete Licht des Pavillons, und dann in die Augen seines Freundes.

All der Aufruhr schien zu verklingen, als die beiden Jungen einander ansahen. Sie wussten, dass dies alles änderte, dass nach dem heutigen Tag nichts mehr so sein würde wie zuvor. Malakis Traum war gerade wahr geworden, und was Falco betraf, nun, er stand davor, den einzigen echten Freund zu verlieren, den er jemals gehabt hatte. Beide wussten es, und beide akzeptierten es. Und obwohl die Botschaft in Malakis dunkelbraunen Augen unausgesprochen blieb, so war sie doch unmissverständlich.

»Ich bin dein Freund, Falco Danté«, lautete die Botschaft. *»Ob Diener oder edler Herr, ich werde immer dein Freund sein.«*

Falcos grüne Augen schimmerten hell wie zur Antwort, und dann sah er zu, wie der Sohn des Schmieds hochgehoben und weggetragen wurde, um sich dem Rest der Kadetten anzuschließen, die in den Prüfungen siegreich gewesen waren.

7

Die Magier

Und so waren die Prüfungen vorbei, aber nicht alle waren darüber erfreut, wie der Tag geendet hatte. Viele der Adligen teilten Bellius Snidessons Ansicht, dass die Regeln zu großzügig ausgelegt worden waren. Allein der Gedanke, dass Adlige wie Jarek ihren Ruhm mit dem Sohn eines Schmiedes teilen sollten! Mit ärgerlich düsterem Blick stand Bellius abseits an der Wand des Pavillons, und die Richtung, in die dieser Blick ging, machte deutlich, wen er für die untragbaren Ereignisse des heutigen Tages verantwortlich machte.

Falco versuchte die Welle an Zorn zu ignorieren, die sich gegen ihn richtete. Alles, was er jetzt tun wollte, war nach unten zu gehen und Malaki zu beglückwünschen und den Pavillon dann so leise wie möglich zu verlassen. Er nahm einem der Ordner Simeons Schwert ab und steckte es zurück in die Scheide, die Malaki am Rand des Pavillons liegen gelassen hatte, dann wandte er sich seinem Herrn zu, der am Ende des Tisches stand.

»Meinen Glückwunsch, Falco«, sagte der alte Kampfmagier, als er das Schwert umgürtete. »Dein verrückter Plan war ein Erfolg.«

»Ich danke euch, Meister«, sagte Falco mit einem befangenen Lächeln.

»Meister?«, fragte Simeon zweifelnd. »Nach den heutigen Offenbarungen?«

»Wenn es Euch beliebt.«

»Ist die Scham noch immer so groß?«, fragte Simeon.

»Ich würde mich damit wohler fühlen«, antwortete Falco. »Zumindest für eine Weile.«

»Für eine Weile also«, gab Simeon zurück. »Aber du kannst dich nicht für immer als Bediensteter verstecken.«

Falco begriff und nickte.

»Jetzt geh und beglückwünsche deinen Freund.«

Falco wandte sich ab und trat auf die kleine Treppe in der Mitte des Pavillons zu, aber bevor er weitergehen konnte, tauchte der Abgesandte an ihrem Fuß auf und stieg die Stufen zu ihm hinauf. Er hatte ein weißes Tuch auf seine Nase gepresst, und Falco hoffte, dass er an ihm vorübergehen würde, ohne anzuhalten. Einen Moment lang sah es auch so aus, als wollte er das tun, aber dann blieb der Abgesandte stehen. Er nahm das blutgetränkte Handtuch von seinem Gesicht und sah Falco an.

»Du hast deinem Freund heute einen großen Dienst erwiesen«, sagte er ruhig.

Falco wich dem Blick des Abgesandten aus, der sich im Pavillon umblickte und die fühlbare Feindseligkeit in sich aufnahm, die sich gegen den Jungen richtete.

»Ich hoffe, es war den Preis wert«, sagte er leise.

»Das war es«, sagte Falco. Seine grünen Augen blitzten auf und sein Blick traf auf den des Abgesandten.

Der Abgesandte nickte und schien im Begriff, fortzugehen, aber noch einmal hielt er inne.

»Ich bin deinem Vater nie begegnet«, sagte er. »Ich habe nur immer von dem gehört, was er getan hat.«

Falcos Gesicht brannte vor Scham.

»Aber ich kann dir eines sagen, Falco Danté. In seiner Zeit als Kampfmagier hat dein Vater Tausende von Leben gerettet.« Der Abgesandte wartete, bis Falco ihn wieder anblickte. »Du kannst stolz darauf sein, wie er gelebt hat«, sagte er. »Wenn auch vielleicht nicht darauf, wie er gestorben ist.«

Falco schluckte hart und senkte betreten den Kopf.

Der Abgesandte ignorierte Falcos Unbehagen und blickte stattdessen Simeon an, der ein paar Schritt hinter ihm stand.

»Rote Schwindsucht, sagt Ihr?«

»Seitdem er fünf Jahre alt war«, erwiderte Simeon.

Der Abgesandte schürzte die Lippen, als sei er nach wie vor nicht überzeugt.

»Kennt Ihr Euch ein wenig mit der Krankheit aus?«, fragte Simeon, als könne er den Zweifel auf dem Gesicht des Abgesandten sehen.

»Ein wenig schon«, erwiderte der Abgesandte. »Der Ausschlag«, fuhr er fort und deutete auf Falcos Kopfhaut, »ist er im Winter schlimmer oder in den Sommermonaten?«

Falco rückte verlegen hin und her, als sich die beiden Männer über seinen Gesundheitszustand unterhielten.

»Die Kälte belastet seine Lungen«, antwortete Simeon. »Aber die heißen Sommertage sind schlimmer.«

Der Abgesandte nickte, als bestätigte dies seinen Verdacht.

»Ist er jemals in ein Feuer geraten?«

»Das ist er.«

Ein weiteres Mal nickte der Abgesandte langsam.

»Meine Schwester litt an einer Beschwerde, die man für Scharlachlunge hielt. Als wir die Wahrheit herausfanden, war sie zu schwach, um die Behandlung zu überleben. Hätte man ihre tatsächliche Krankheit eher erkannt, wäre sie vielleicht nicht so früh gestorben.« Er blickte Falco einmal mehr an, als brächte sein Anblick ihm traurige Erinnerungen zurück. »Ihr solltet besser noch einmal mit seinem Arzt sprechen«, sagte er. »Fragt ihn nach den Sporen, die freigesetzt werden, wenn Silberkiefern brennen.«

Simeon neigte respektvoll den Kopf.

»Ich danke Euch«, sagte er. »Ich werde tun, was Ihr vorschlagt.«

Der Abgesandte warf Falco einen letzten eindringlichen Blick zu. Dann drückte er das Handtuch auf seine Nase zurück und schritt fort.

Falco drehte sich zu seinem Herrn um, und der alte Kampfmagier konnte die Frage in seinen Augen ahnen. Warnend hob er die Hand.

»Morgen früh suchen wir Heçamede auf. Jetzt geh.«

Wie benommen stolperte Falco die Stufen hinab. Heçamede

Asclepios gehörte zu den Heilern der Stadt. Seitdem er ein Kind gewesen war, hatte sie ihn behandelt.

Keine Scharlachlunge.

Stolz auf seinen Vater.

Konnte etwas davon stimmen?

Simeon hatte Falcos Vater trotz der Verletzungen, die er während seiner letzten Begegnung mit ihm erlitten hatte, zwar immer verteidigt. Aber dies jetzt von jemandem zu hören, der von außerhalb der Stadt kam, und von keinem Geringeren als dem Stellvertreter der Königin – nun, das war etwas völlig anderes. Das war etwas, dem er beinahe Glauben schenken konnte.

»Falco!«

Falco blickte auf und sah Malakis Vater, der auf ihn zugeschritten kam.

»Malaki!«, rief Balthazak über die Schulter zurück. »Hier ist er! Hier ist dieser verrückte Dummkopf, wegen dem du beinahe draufgegangen wärst!«

Falco grinste, dann zuckte er zusammen, als Balthazak ihn in eine ungestüme Umarmung zog und ihm einen stoppeligen Kuss auf die Wange gab.

»Meine Güte, du bist aber auch immer ein Freigeist gewesen«, sagte der Schmied, der Falco auf Armeslänge hielt. »Genau wie dein Vater.«

Falco senkte den Blick, dann sah er auf, als Malaki neben ihnen auftauchte. Gratulanten fuhren damit fort, ihm auf den Rücken zu klopfen und sein Haar zu zerzausen, aber der schlimmste Andrang war vorüber. Die Leute fingen schon an, sich zu zerstreuen.

»Wie geht's deinem Mund?«, fragte Falco.

»Schmerzt«, sagte Malaki, der ein blutiges Tuch von den Lippen nahm.

»Na ja, wenn du unbedingt einen der Adamantenen herausfordern willst?«, sagte Balthazak.

»Ja, na klar!«, spottete Malaki, aber sein Vater hob nur die Augenbrauen.

»Du wusstest es nicht?«

Malaki blickte entsetzt drein. »Nein«, sagte er und warf Falco einen anklagenden Blick zu. »*Natürlich* wusste ich das nicht.«

»Schau mich nicht so an!«, sagte Falco. »Ich wusste es auch nicht. Na, jedenfalls nicht, bevor es zu spät war«, fügte er reumütig hinzu.«

»Ha!«, lachte Balthazak auf, als sei die ganze Sache urkomisch. Er packte beide im Nacken und schlug ihre Köpfe hart gegen den seinen.

»Großartig!«, sagte er. »Verdammt großartig!«

Dann küsste er sie, und mit einem letzten Lachen ging er davon, um sich den Leuten anzuschließen, die vom Feld geströmt kamen.

Eine eigenartige Stille senkte sich auf die beiden Jungen herab, als sie ihm dabei zusahen, wie er sie verließ.

»So«, sagte Falco, der versuchte, etwas von der Feierlaune zurückzugewinnen, »du gehst jetzt also fort nach Grimm.«

»So«, erwiderte Malaki, »du bist also ein verdammter Adliger!«

Für paar Augenblicke sahen sie einander an, dann überzog ein breites Lächeln ihre Gesichter und sie umarmten sich fest.

»Ich werde nicht vergessen, was du heute getan hast«, flüsterte Malaki an Falcos Hals.

Falco ignorierte den zerschmetternden Druck, der ihm die Rippen zu brechen drohte. Die Stärke seines Freundes hatte etwas Befriedigendes, etwas tief Beruhigendes. Er würde sie vermissen.

»Allerdings … eine Schande, dass du keinen besseren Kampf geliefert hast«, sagte Falco, als die beiden Freunde voneinander zurücktraten.

»Als ob du eine Ahnung davon hättest, Pastetenjunge!«, antwortete Malaki und gab Falco einen Schubs, der ihn nach hinten taumeln ließ.

»Ich ahne, dass er dir den Arsch versohlt hat«, sagte Falco, der sich die Schulter rieb.

»Ich weiß!«, sagte Malaki, als sei er begeistert davon, so überzeugend geschlagen worden zu sein. »Hast du gesehen, wie er gekämpft hat? Und er hat sich noch nicht einmal angestrengt, nicht richtig jedenfalls. Kannst du dir vorstellen, wie es gewesen wäre, wenn er tatsächlich versucht hätte, mich umzubringen?«

Anstatt zu antworten hob Falco nur die Augenbrauen und deutete hinter Malaki. Noch jemand war gekommen, um dem Sohn des Schmieds zu gratulieren, eine Person, von der Falco sicher war, dass der sie nicht übersehen wollte.

»Was? Oh«, sagte Malaki, als er Bryna Godwin dastehen sah.

Bryna hatte das Lederband aus ihrem Haar entfernt, und ihre roten Locken fielen um ihr Gesicht herab und bis zu den Schultern. Falco wandte sich seinem Freund zu, und es überraschte ihn keineswegs, dass dieser entsetzt aussah.

Typisch, dachte Falco. *Einem der Adamantenen Ritter trittst du ohne mit der Wimper zu zucken entgegen, aber in der Gegenwart einer jungen Frau, die dir gerade mal bis zum Kinn reicht, verlässt dich der Mut.*«

»Herzlichen Glückwunsch, Malaki«, sagte Bryna und streckte eine schlanke Hand aus.

»Du ... du ...«, stammelte Malaki, und Falco wusste genau, dass er sagen würde: *Du kennst meinen Namen!* »Dir auch«, brachte er schließlich heraus.

Falco lächelte, als die beiden einen verlegenen Händedruck austauschten, aber dann lenkte etwas seine Aufmerksamkeit zurück zum Pavillon. Die Menschen im Zelt blickten nicht mehr länger auf das Turnierfeld hinaus. Sie spähten in die andere Richtung und gingen aus dem Weg, um drei Gestalten in dunklen, gebieterisch aussehenden Roben Platz zu machen.

Die Magier waren eingetroffen.

Ihre Vorbereitungen mussten vollendet sein. Offenbar war es Zeit für Darius, sich für die Beschwörung fertig zu machen.

Falco, der ein Aufwallen von nervöser Anspannung verspürte, warf seinem Freund einen schnellen Blick zu. Malaki und Bryna gaben ihr Bestes, eine normale Unterhaltung zu führen. Für ihn war das eine ausgezeichnete Gelegenheit, sich davonzuschleichen, ohne vermisst zu werden. Er drückte sich zwischen den sich ausdünnenden Besuchergruppen hindurch und begab sich schnell zurück zum Pavillon. Er erklomm die Stufen und hielt sich abseits, wo er in der Lage sein würde zu hören, was gesprochen wurde, ohne bemerkt zu werden. Die Magier besaßen Kräfte, die das Verständnis gewöhnlicher Menschen überstiegen, und Falco war sich sicher, dass sie, wenn er ihnen *zu* nahe kam, sofort »wissen« würden, was er vorhatte.

Von allen Menschen in der Welt waren die Magier die gelehrtesten und die geheimnisvollsten. Ihre arkanen Fähigkeiten gewährten ihnen eine enorme Macht, und selbst Königin Catherine konnte sich dem Einfluss der Magier nicht entziehen. Sie flößten sowohl Respekt als auch Furcht ein, und die meisten Leute betrachteten sie mit einem guten Maß an Misstrauen, einige von ihnen gaben ihnen sogar die Schuld an der Großen Besessenheit, einem schrecklichen Ereignis im Lauf der Geschichte, bei dem alle Kampfmagier dieser Zeit umgekommen waren, als ihre Drachen von Besessenheit ergriffen worden waren und sich gegen sie gewandt hatten.

Bis zu jener Zeit hatte man geglaubt, dass Drachen der Besessenheit gegenüber immun seien, und es war ein furchtbarer Schock gewesen, als man herausfand, dass dem nicht so war. Manche glaubten, die Magier hätten zwar gewusst, dass die Drachen dafür anfällig waren, aber nichts gesagt. Sie waren immer eifersüchtig auf die Kräfte der Kampfmagier gewesen, und die Menschen fragten sich, ob sie es wohl zugelassen hatten, dass die Große Besessenheit stattgefunden hatte, nur um das Ausmaß ihres Fehlers festzustellen, als alle Kampfmagier und ihre Drachen tot waren.

Einige redeten immer noch davon, die Wahrheit ans Licht zu bringen, aber niemand wollte es riskieren, sie zu verärgern, denn die Magier spielten eine entscheidende Rolle bei der Ausbildung eines Kampfmagiers, und ohne die Kampfmagier waren sie alle verloren.

Mit vorsichtigen Schritten schob sich Falco näher heran, als die drei Männer in Roben den Pavillon durchquerten. Der Erste war Morgan Saker, Caer Dours leitender Magier. Der Zweite war einer der Magier von Grimm, während der Dritte ein noch nicht vollständig ausgebildeter Magier, also eher ein Initiant war, ein Lehrling, der seine Ausbildung erst noch vollenden musste. Der Initiant war Meredith Saker, Morgans Sohn.

Falco sah zu, wie sie anhielten, um mit Bellius Snidesson zu sprechen, und wie immer ertappte sich Falco dabei, dass er von der Ausstrahlung des ranghöchsten Magiers wie gebannt war.

Es war Morgan Saker gewesen, der den Drachen seines Vaters erschlagen hatte. Aber es war auch Morgan Saker gewesen, der Falco als Kind aus den Flammen gerettet hatte, als eine rachsüchtige Seele das Zuhause seiner Familie in Brand gesteckt hatte. Falco konnte sich noch immer daran erinnern, wie er aufschaute, um die hochgewachsene Gestalt des Magiers zu sehen, der durch Flammen und Rauchwolken auf ihn zuschritt.

Er hätte sich dankbar fühlen sollen, aber damals – wie auch in all den folgenden Jahren – war er immer nur verängstigt gewesen.

Trotz seines Alters war Morgan Sakers Haar noch immer so schwarz wie Kohle. Seine Haut war bleich wie die von Falco, aber an *seinem* Aussehen war nichts Kränkliches, und seine dunklen Augen waren wie bodenlose Gruben, die zu all dem führten, was er gelernt hatte. Er war in jeder Hinsicht ein beeindruckender Mann, und bei all ihrer Vorsicht waren die Leute von Caer Dour doch erleichtert, dass er es war, der Wache halten würde, wenn Darius sich daranmachte, seinen Drachen zu beschwören.

Aus den Augenwinkeln beobachtete Falco die drei Gestalten in Roben dabei, wie sie sich von Bellius verabschiedeten und sich zum vorderen Bereich des Pavillons bewegten, wo Darius und der Abgesandte bereits darauf warteten, sie zu begrüßen.

»Ist alles fertig?«, fragte der Abgesandte.

»Das ist es«, sagte Morgan Saker.

Falco sah, dass Darius die Luft tief in seine Lungen sog – dies war das erste Zeichen von Nervosität, das der junge Mann zeigte.

»Wie viel Zeit haben wir?«

»Bis Sonnenuntergang sind es noch etwas über drei Stunden.« Der Abgesandte nickte. »Und der Aufstieg?«

»Dauert etwa eineinhalb Stunden«, sagte Morgan. »Wir haben jede Menge Zeit.« Er blickte Darius an, als wöge er ab, ob dieser der Herausforderung gewachsen war oder nicht. »Seid Ihr vorbereitet?«, fragte er.

»Das bin ich«, erwiderte Darius.

»Und wenn ein Schwarzer antwortet?«

»Dann werden wir ihn töten«, sagte Darius.

Ein paar Momente lang suchte Morgans Blick Darius' Gesicht nach einem Zeichen von Schwäche oder Unsicherheit ab. Schließlich schien er zufrieden zu sein.

Eine düstere Stille hatte sich auf das Turnierfeld herabgesenkt. Inzwischen hatte so gut wie jedermann die Ankunft der Magier bemerkt. Sie wussten, warum sie hier waren, aber das letzte Mal, dass ein Drache der Stadt Caer Dour nahe gekommen war, hatte er Tod und Verwüstung gebracht. Die Begeisterung der Prüfungen schien sich in der kalten Abendluft zu verflüchtigen. In ein paar Tagen würde ihr Heer die Besessenen angreifen. Mit Darius an ihrer Spitze konnten sie den Dämon und seine Armee besiegen, aber die Anwesenheit eines Drachen würde sicherstellen, dass noch viel mehr von denen überlebten, die sonst verloren sein würden. Daher wünschten sich die Einwohner der Stadt trotz ihrer Angst und ihrer Vorbehalte, dass Darius erfolgreich sein möge, dass er die Hänge von Mont Noir erstieg und seinen Ruf ausschickte, und dass ein Drache ihm antwortete.

Sie sahen zu, wie der junge Kampfmagier den Magiern aus dem Pavillon folgte. Sie sahen zu, wie sich Sir William ihnen anschloss, eine verlässliche Gegenwart, um die Nerven ihres Helden zu beruhigen. Sie sahen zu, wie die kleine Gruppe von Männern dem Weg, der sich auf den Berg hinaufschlängelte, folgte, bevor sie um eine Biegung verschwand. Was sie nicht sahen, war eine schlanke Gestalt, die den Pavillon verließ und eine Abkürzung auf einem schmaleren Pfad links des Weges nahm.

Wenn Darius Voltario eineinhalb Stunden brauchen würde, um den »Drachenstein« zu erreichen, dann würde Falco mindestens zweimal so lange benötigen. Aber er hatte drei Stunden, um den Aufstieg zu schaffen, drei Stunden vor dem Einsetzen der Dämmerung. Doch selbst dann würde er es niemals rechtzeitig hinbekommen, wenn er die gewöhnliche Route nahm. Stattdessen würde er Crib Goch entlanggehen, einen schmalen Grat, der den Pfad, dem Darius folgte, um beinahe zwei Meilen abkürzte.

Er würde sich langsam bewegen müssen, er würde sich seine Kraft einteilen müssen, aber Falco hatte seinen Willen auf die Aufgabe angesetzt, und im Gegensatz zu seinem Körper war sein Wille nicht so schwach.

8

Die Beschwörung

Falco brauchte eine Stunde, um den messerscharfen Grat, der als Crib Goch bekannt war, zu überqueren. Die Spitze des Grats erhob sich etwa sechshundert Fuß über dem Talboden, aber Falco beeinträchtigte die schwindelerregende Höhe nicht. Er bewegte sich mit Umsicht und rastete immer wieder, um Atem zu holen und überall im Tal nach irgendeinem Zeichen von Darius und den Magiern Ausschau zu halten.

Eine plötzliche Windbö erhob sich um ihn herum, und er ergriff das Gestein fester. Die Luft wurde kälter, da sah er zum Himmel auf. Eine niedrig hängende Wolkendecke war herangezogen und das Licht hatte zu verblassen begonnen, aber das kümmerte ihn nicht. Die Wolken stellten keine Bedrohung dar, aber sie kündigten einen Wetterwechsel an. Aus dem Norden strömte kühlere Luft heran. Der Herbst verabschiedete die letzte Sommerwärme. Es war die raue Kälte des Winters, die jetzt am Horizont dräute.

Aber nicht heute Nacht!, dachte Falco. *Heute Nacht wird es keinen Eisregen geben.*

Voller Zuversicht, dass der Wetterumschwung noch einen oder zwei Tage ausbleiben würde, fuhr Falco damit fort, seinen Weg den Grat entlang zu finden. Als seine Gedanken abschweiften, ertappte er sich dabei, wie er an das dachte, was der Abgesandte über seine Krankheit und seinen Vater gesagt hatte. Er hatte niemals Stolz seinem Vater gegenüber empfunden und schämte sich sogar wegen der tiefen Liebe, die er für ihn verspürte. Und was sein »Leiden« betraf … nun, alle hatten immer angenommen, dass er einen frühen Tod sterben würde. Wenige Leute mit Scharlachlunge erlebten ihren dreißigsten Geburtstag.

Lag Heçamede am Ende falsch?

Gab es vielleicht doch eine Heilung für seine Krankheit?

Falco hatte die Heilerin sein ganzes Leben lang gekannt. Tatsächlich war sie sogar bei seiner Geburt anwesend gewesen, einer schweren Geburt, die sowohl die Mutter als auch das Kind ihr Leben hätte kosten müssen. Heçamede hatte es dennoch geschafft, Falco zu retten, aber das Überleben seiner Mutter hatte sich jenseits aller Fähigkeit eines Heilers befunden, und so war Eleanora Danté nur zwei Stunden nach der Geburt ihres Sohnes gestorben.

Falco hielt nahe der Spitze des Grats an. Gedanken an seine Mutter riefen jedes Mal eine vielschichtige Mischung an Gefühlen in ihm hervor. Da war eine eigenartige Empfindung von Distanz, als ob die Geschichte jemand anderen als ihn selbst beinhaltete. Aber dann erhob sich in ihm immer eine heiße Woge an Traurigkeit und Schuld, die nur durch ein überwältigendes Gefühl von Verlust gekühlt wurde.

Seltsam, dachte er, *jemanden so sehr zu vermissen, den man niemals gekannt hat.*

Ein weiterer Windstoß trieb ihm die Tränen in die Augen, und während er sie fortblinzelte, sah er eine Bewegung vor sich auf dem Berghang. Er duckte sich hinter die Spitze des Grats und spähte um sie herum, als drei Gestalten in Roben mit Darius und dem Abgesandten hinter ihnen in Sicht kamen. Sie gingen einer nach dem anderen und erklommen langsam den Berg, auf dessen Spitze vier weitere Magier auf sie warten würden.

Falco hatte es zeitlich ganz genau abgestimmt.

Sie hatten noch eine weitere halbe Stunde zu steigen, und Falco würde gewiss mehr als eine Stunde dazu brauchen, aber noch hatte er Zeit. Vor Einbruch des Sonnenuntergangs würde er beim Drachenstein sein. Er beobachtete Darius und die Magier, wie sie eine Kluft betraten und außer Sicht gerieten. Der Eingang zu der Kluft lag eine Viertelmeile weit entfernt, aber dennoch wartete Falco, bevor er seine Deckung verließ. Der Grat führte noch eine Weile weiter fort, bis er sich mit dem Haupthang des Berges vereinigte, und Falco versuchte nicht zu hetzen, während er über die Felsen kletterte, um wieder auf den Hauptweg zu kommen.

Als er sich der Kluft näherte, die die Beschwörungsgruppe durchquert hatte, verlangsamte er seine Schritte. Das von steilen Wänden umgebene Tal führte zur Rückseite des Berges, wo die zugänglichen Hänge den dramatischen Felswänden und jäh abfallenden Klippen der Westseite von Mont Noir wichen.

Die Minuten verstrichen, und es war nicht nur die Strapaze des Aufstiegs, wegen der Falcos Herz so wild schlug. Es war die Tatsache, dass er sich dem Drachenstein näherte, dem großen Block aus schwarzem Granit, von dem aus die Kampfmagier von Caer Dour immer ihre Drachen herbeibeschworen hatten.

Nun bewegte er sich vorsichtig. Vor ihm verlief der Pfad aufwärts durch eine Landschaft zerklüfteter Felsen und riesiger Steinblöcke. Das Gesteinsgewirr stellte den höchsten Teil des Aufstiegs dar, und jenseits davon würde er in der Lage sein, in die Burg der Winde hinabzublicken, ein natürliches Amphitheater aus gespaltenen Klippen, die den Drachenstein umringten.

Falco versuchte seinen Atem zu beruhigen, als sich der Pfad zwischen den enormen Monolithen hindurchwand. Die Luft bekam eine höhlenartige Atmosphäre, sie verstärkte selbst die leisesten Geräusche, bis sogar das leichte Scharren seiner Füße laut um ihn herum widerzuhallen schien. Gerade war er dabei, einen großen, hohen Felsen zu umrunden, als er die Schneide einer stählernen Klinge an seinem Hals fühlte.

»Keine Bewegung!«

Falco erstarrte mit laut in der Brust schlagendem Herzen.

Die strengen Worte waren so nah in sein Ohr gesprochen worden, dass er den Atem des Sprechers in seinem Nacken spüren konnte.

»Was hast du hier zu suchen?«

Zuerst antwortete Falco nicht. Er war noch dabei, sich von

seinem Schock zu erholen. Er hatte nichts gehört. Der Sprecher war einfach aus heiterem Himmel hinter im aufgetaucht.

»Nun?«

Der Druck des Messers gegen Falcos Haut nahm ein wenig zu.

»Ich wollte nur zusehen«, sagte er.

»Niemandem ist es erlaubt, sich während einer Beschwörung auf dem Berg aufzuhalten«, sagte der Sprecher, und jetzt erkannte Falco die Stimme des Abgesandten. »Gerade du solltest das wissen, Falco Danté!«

Falco stieß ein erleichtertes Seufzen aus, als der Abgesandte sein Messer wegsteckte und ihn gegen den Felsen drückte.

»Was hast du dir bloß dabei gedacht?«

»Ich wollte nur zusehen«, wiederholte Falco ruhig. Er konnte es nicht über sich bringen, dem Abgesandten in die Augen zu schauen.

Einen Moment lang herrschte Stille, und Falcos Blick schnellte zum Gesicht des Abgesandten hoch. Die Finger seiner Hand lagen noch immer auf Falcos Brust, aber nun sah er zum Himmel empor, in dem Versuch abzuschätzen, wie viel Zeit noch bis zum Sonnenuntergang verblieb. Neben ihm tauchte auf einmal eine Gestalt in einer Robe auf, und Falco fand sich dabei wieder, wie er in die schwarz glänzenden Augen von Meredith Saker blickte.

Meredith hatte die vielversprechende Aussicht, in die Fußstapfen seines Vaters zu treten. Oder jedenfalls hätte er das getan, wenn er etwas mehr von dem Pfad überzeugt gewesen wäre, der vor ihm lag. Er hatte die Intelligenz seines Vaters, und er hatte die Neigung seines Vaters zur Gelehrsamkeit. Er besaß die ausgeprägten Gesichtszüge seines Vaters und dessen schwarz schimmerndes Haar, aber im Gegensatz zu seinem Vater glänzten Merediths schwarze Augen, als spiegelten sie seine Gedanken wider, und auch das, was er in der Welt sah, anstatt alle Dinge in die lichtlosen Tiefen seines Geistes zu ziehen. Und dennoch besaß Meredith trotz der etwas gemäßigteren Aspekte seiner Natur die Fähigkeit seines Vaters, Verachtung mit nur *einem* Blick zu vermitteln.

»Es bleibt keine Zeit, ihn nach unten zu schaffen«, sagte er. »Und ich würde ihm nicht trauen, dass er von allein hinuntergehen würde.«

»Wir können die Beschwörung nicht unterbrechen«, sagte der Abgesandte.

»Nein«, sagte Meredith, der Falco betrachtete, als sei er nicht mehr als ein dummes Kind.

»Und wir können ihn nicht allen Augen sichtbar werden lassen.«

Meredith verharrte einen Moment in Gedanken.

»Wir werden ihn mit uns nehmen«, sagte er.

»Seid Ihr sicher?«, fragte der Abgesandte. »Ihr müsstet uns alle drei verbergen.«

Falco hatte keine Ahnung, wovon der Abgesandte sprach, aber Meredith nickte nur.

»Kommt«, sagte er. »Wir haben nicht viel Zeit.«

Der Abgesandte zog seine Hand von Falcos Brust zurück.

»Du bleibst da stehen, wo man es dir sagt«, bestimmte er, und der Blick aus seinen Augen machte deutlich, dass Falco klug daran täte, genau zu tun, was ihm aufgetragen wurde. »Du bewegst dich nicht. Du gibst keinen Laut von dir.«

Angemessen eingeschüchtert brachte Falco ein knappes zustimmendes Nicken fertig.

Mit einem letzten geringschätzigen Blick auf ihn drehte sich Meredith um und setzte seinen Weg den Pfad entlang fort, während der Abgesandte zurücktrat und Falco aufforderte, als Nächster zu gehen.

Mit den verstörenden Echos ging es weiter, als sie die Burg der Winde betraten. Die Klippen, die sich um sie erhoben, formten ein großes Halbrund, ein natürliches Auditorium, das sich nach Westen hin öffnete, wo die Sonne gerade im Begriff war, hinter der niedrig hängenden Wolkendecke zu versinken, die sich beinahe bis zum Horizont erstreckte.

Auf dem Boden dieser großen Arena befand sich eine ebene Felsfläche, die etwa vierzig Fuß im Durchmesser maß. Sie war annähernd rund und sah wie ein einziger Block aus poliertem Stein aus, vielleicht wie ein Altar oder eine Bühne. Aber dies war kein Ort, der von Menschen errichtet worden war, es war ein Ort, den die blinden Kräfte der Natur geformt hatten. Dennoch hätten selbst die Baumeister von Grimm keinen passenderen Ort für die Beschwörung eines Drachen ersinnen können.

Dies war nicht das erste Mal, dass Falco die Burg der Winde betreten hatte, und nun, wie schon früher, war er von der schroffen Schönheit des Ortes wie verzaubert.

»Hier hinunter!«, drängte Meredith, als Falco es versäumte, ihm zu folgen.

»Die Kante dort«, sagte der Abgesandte und deutete über Falcos Schulter hinweg. »Dort, im Windschatten der Felswand.«

Falco nickte und arbeitete sich an einem Kanal im Gestein entlang, bevor er über eine Reihe dunkler Granitblöcke kletterte.

Der Vorsprung, auf dem sie nun standen, war einer von vielen, die sich um die Wände des »Amphitheaters« erhoben, aber ihrer war schräg zurückgesetzt, ein Ort, von dem aus man beobachten konnte, was vorging, aber kein Ort, von dem aus man teilnehmen konnte.

Falco, der über den Rand des Vorsprungs hinausblickte, konnte Darius in der Mitte des Drachensteins stehen sehen. Er war nun ganz in die dunkle, verzauberte Rüstung eines Kampfmagiers gekleidet. Er stand mit Schwert und Schild bereit, aber sein Kopf war gesenkt, als lausche er auf etwas.

Falcos Blick glitt von Darius weg und die ihn umgebenden Felshänge empor. Und da waren sie, die sieben Magier, jeder von ihnen hatte einen der breiten Vorsprünge eingenommen, die gleichmäßig um die Burg der Winde verteilt waren, jeder von ihnen mit konzentriert gesenktem Kopf und steif an die Hüften gelegten Armen, die Hände ausgespreizt und die Finger wie in einer nicht greifbaren Anstrengung angespannt.

»Sie sehen merkwürdig aus«, sagte Falco, während sein Blick von einem Vorsprung zum nächsten wanderte.

»Was sieht merkwürdig aus?«, fragte der Abgesandte, der kam, um sich neben ihn zu stellen.

»Die Magier. Sie wirken irgendwie verschleiert, so als wäre ein Schatten über sie geworfen worden.«

»Du kannst sie sehen?«, fragte der Abgesandte, als Meredith sich zu ihnen gesellte.

»Könnt Ihr das nicht?«, fragte Falco.

Mit einem Stirnrunzeln schüttelte der Abgesandte den Kopf.

»Könnt Ihr sie sehen?«, fragte Falco Meredith.

»Wenn ich mich konzentriere«, sagte Meredith und blickte Falco mit einem seltsam eindringlichen Ausdruck in den Augen an. »Was ist mit meinem Vater?«, fragte er. »Siehst du ihn ebenfalls?«

»Der Schatten um ihn herum wirkt dunkler«, sagte Falco, der sich wieder den aufragenden Steinmauern zuwandte. »Aber ja, er ist da in der Mitte, direkt über Darius.«

Er deutete in die Richtung, aber die beiden Männer fuhren nur fort, ihn anzustarren. Der Abgesandte wirkte beunruhigt, während Meredith aussah, als versuche er herauszufinden, was dies bedeutete. Als plötzlich der Schein der sinkenden Sonne auf sie fiel, war es der Abgesandte, der die gedämpfte Stimmung vertrieb.

»Schnell«, sagte er. »Es ist schon fast an der Zeit.«

Falco schaute nach Westen, wo sich die Sonne unter der niedrig hängende Wolkendecke verborgen hatte. Sie war von einer goldgelben Farbe, und die dunklen Felsen der Burg der Winde schienen nun mit Gold überzogen.

»Komm weg vom Rand«, sagte Meredith. Wieder war da zwar dieser missbilligende Ton in seiner Stimme, aber sie hörte sich jetzt irgendwie weniger herablassend an als noch zuvor.

Die drei Männer kamen hinter einem Felsvorsprung zusammen, der sich von den Klippen hinter ihnen aus fortsetzte. Er glich einer niedrigen Mauer, über die sie nun nach Westen blickten. Die Farbe der Sonne vertiefte sich, als sie dem Horizont entgegensank, und jetzt brachte sie – genauso wie sie die Felswände des Berges erleuchtet hatte – die Wolken mit Kämmen aus hell leuchtendem Orange zum Glühen.

Hinter Falco schloss Meredith konzentriert die Augen, und Falco spürte eine kaum wahrnehmbare Veränderung in der Beschaffenheit des Lichts.

»Er webt einen Mantel der Verborgenheit«, antwortete der Abgesandte auf die Frage in Falcos Blick. »Sollte ein Drache auftauchen, wird er unsere Gegenwart nicht bemerken.«

Falco warf einen Blick zurück zu Meredith. Er war von der Geschwindigkeit überrascht, mit der der Magierlehrling seinen Zauber gewoben hatte, und wandte sich wieder dem Abgesandten zu.

»Ich dachte, dass es ewig dauern würde, bis die Magier ihre Zauber gewirkt haben«, flüsterte er.

Jedermann wusste, dass einer der Unterschiede zwischen einem Magier und einem Kampfmagier die Geschwindigkeit war, mit der sie ihre Zauber woben. Die Magier waren zu mächtiger Magie in der Lage, aber deren Vorbereitung konnte Stunden, Tage oder Wochen dauern – was im hektischen Durcheinander einer Schlacht nur von geringem Nutzen war. Im Gegensatz dazu konnte die Macht eines Kampfmagiers mit der Geschwindigkeit eines Gedankens freigesetzt werden.

Der Abgesandte zog eine Augenbraue hoch, als sei er darüber verwundert, wie schnell Falco die Anweisung vergessen hatte, still zu sein. Aber dann milderte sich sein Ausdruck.

»Er hat den Zauber bei Sonnenaufgang vorbereitet«, sagte er.

»Ah …«, hauchte Falco beinahe entschuldigend.

»Es ist nicht leicht, sich selbst vor einem Drachen zu verbergen«, sagte der Abgesandte. »Von dir und mir erst gar nicht zu sprechen.«

Plötzlich öffnete Meredith die Augen und drehte sich zu ihnen um.

»Es ist Zeit«, sagte er.

Die orangefarbene Scheibe der Sonne verschwand gerade hinter dem Horizont aus fernen Bergkuppen, und Darius schritt zur Kante des Drachensteins. Unter ihm ging es tausend Fuß senkrecht in die Tiefe. Es war, als stünde er am Rand der Welt, und Falco sah ehrfurchtsvoll zu.

Darius senkte Schwert und Schild seitlich an seinen Körper, dann neigte er den Kopf und …

Da war es!

Falco fühlte einen plötzlichen Druck in der Luft, und in seinem Geist hörte er einen Laut wie einen mächtigen Donnerschlag.

Einmal … zweimal … dreimal hallte der Knall unter Schallgeschwindigkeit um die Burg der Winde wider, bevor er sich über die Welt fortpflanzte. Darius wartete, bis das letzte der kaum hörbaren Echos verklungen war, dann hob er den Kopf und zog sich zur Mitte des Drachensteins zurück, um zu warten.

»Wie können sie es wissen?«, fragte Falco, der kaum bemerkte, dass er seine Gedanken laut ausgesprochen hatte.

»Wer?«, fragte der Abgesandte mit flüsternder Stimme.

»Die Drachen«, sagte Falco. »Woher wissen sie, dass sie zur exakten Zeit der Beschwörung herkommen müssen?«

Der Abgesandte starrte ihn wortlos an.

»Sie leben doch jenseits der Endlosen See«, flüsterte Falco. »Wie schaffen sie es nur so schnell hierher?«

Es war Meredith, der ihm antwortete.

»Niemand weiß es«, sagte er. »Manche sagen, dass der Ruf lange vor der eigentlichen Beschwörung erfolgt, wenn der Kampfmagier geboren wird, oder in dem Augenblick, wenn er die wahre Natur seiner Bestimmung erkennt.« Er blickte zu Darius hinab und zögerte. »Aber wie es ihnen gelingt, in genau der Stunde ihrer Beschwörung hier zu sein … niemand weiß es.«

Falco sah zu Meredith hinüber. Es war klar, dass dies eine Frage war, über die er nicht zum ersten Mal nachgegrübelt hatte.

»Was glaubt Ihr?«, fragte er.

Meredith betrachtete ihn auf einmal, als versuche Falco ihn dazu zu bringen, sich freimütig zu äußern. Er warf dem Abgesandten einen Blick zu, bevor er antwortete.

»Ich glaube …«, sagte er, wie um klarstellen zu wollen, dass dies nur seine eigene Meinung war, »dass es etwas mit der Erinnerung der Drachen zu tun hat.«

Verwirrt runzelte Falco die Stirn.

»Wie können sie sich an etwas erinnern, das noch gar nicht passiert ist?«

Meredith senkte den Blick.

»Ich habe keine Ahnung«, antwortete er verlegen.

Der Abgesandte sah Meredith an, bevor er sich Falco zuwandte.

»Nur den hochrangigsten Magiern ist das Studium der Drachenkunde erlaubt. Ist das nicht so, Lord Saker?«

Falco fiel auf, dass der Abgesandte den Titel verwendet hatte, der normalerweise voll ausgebildeten Magiern vorbehalten war.

»Es ist leicht, verführt zu werden«, sagte Meredith. Er sprach, als wiederhole er etwas, das ihm beigebracht worden war, aber es war deutlich, dass er eine starke Faszination für die Kreaturen empfand, die jenseits der Endlosen See lebten.

»Wir brauchen die Drachen«, sagte der Abgesandte leise. »Aber die Magier glauben, dass es gefährlich ist, ein so starkes Band zu knüpfen. Ihrer Meinung nach müssen wir nicht mehr über Drachen wissen als dies eine, wie wir am besten von ihnen Gebrauch machen und wie wir sie töten können, wenn sie sich gegen uns wenden.«

Der Ton des Abgesandten verriet, was er von dieser unedlen Einstellung hielt, aber Falco hörte nicht länger zu. Er stand neben ihnen und starrte ins Weite. Ein angespannter Ausdruck war auf seinem Gesicht, und in seinem Blick lag unverkennbar Angst. Er hatte sich nach Westen gewandt, und das rote Licht der sinkenden Sonne spiegelte sich in seinen Augen.

»Da kommt etwas!«, sagte er.

Meredith und der Abgesandte folgten seinem Blick in das glühende Band aus Licht am Horizont, aber sie sahen nichts. Die Sonne war nicht länger sichtbar, und die niedrig hängenden Wolken hatten rosafarben zu leuchten begonnen.

Der Abgesandte sah zu Darius hinab, und gewiss schien er etwas gespürt zu haben. Die Spannung in der Burg der Winde stieg sprunghaft an, und sie alle konnten die sich aufbauende Kraft spüren, die fest im Griff der versammelten Magier gehalten wurde. Dies war der Moment, den sie herbeigehofft hatten, der Moment, den sie fürchteten. Der Abgesandte blickte noch einmal Falco an, dann starrte er in den Glutofen des Himmels. Zuerst sah er nichts, aber dann tauchte ein winziger Fleck über dem fernen Horizont auf.

Neben ihm stand Falco wie festgefroren. Er war im Begriff, von Angesicht zu Angesicht der Art von Kreatur gegenüberzustehen, die den Tod seines Vaters verursacht hatte. Caer Dours Kampfmagier war erfolgreich gewesen. Der Ruf von Darius Voltario war gehört worden.

9

Der Drachenstein

Sie beobachteten, wie der kleine dunkle Fleck über dem Horizont zu schweben schien. Er flatterte nicht, er stieg auch nicht auf. Es war unmöglich, dass es sich nur um einen Adler oder einen Raben handelte. Dies war ein Drache, und er flog direkt auf sie zu. Die einzige Frage, die verblieb, war: Welche Farbe würde er haben?

Würde er blau sein, wie der Stahl von Malakis Rüstung, oder in Schuppen aus Smaragdgrün gehüllt? Vielleicht glänzte er wie Gold oder polierte Bronze, oder er schimmerte weiß wie der härteste Frost. Vielleicht war er rot wie Blut, das aus einer Vene floss, aber nicht schwarz, bitte, bei den Schicksalsgöttinnen, wenn er nur nicht schwarz war!

»Er sieht dunkel aus«, hauchte Meredith.

»Vor dem Himmel sehen sie immer dunkel aus«, flüsterte der Abgesandte. »Wir können nur seinen Umriss erkennen.«

Nervös blickte Meredith in die Burg der Winde und suchte Darius und die Magier nach einem Zeichen von Beunruhigung ab. Aber der Kampfmagier und die restlichen Magier blieben gespannt und reglos. Sie waren bereit und warteten ab, was auch immer nun auf sie zukommen werde.

Eine ganze Weile lang schien sich der dunkle Umriss nicht zu verändern, aber dann begann er zu wachsen. Er wuchs, bis sie beinahe seine Gestalt ausmachen konnten; bis sie fast in der Lage waren, das Schlagen seiner mächtigen Schwingen zu sehen.

»Er sieht dunkel aus«, sagte Meredith erneut.

»Warte ab«, beharrte der Abgesandte, aber sogar seine Stimme besaß nun einen Anflug von Unsicherheit, der zuvor nicht dagewesen war.

Falco stand neben ihnen, unbewegt, wie in Trance. Er konnte seinen Blick nicht von dem Umriss abwenden, der sich näherte. Als er hochsah, bildete er sich ein, dass er etwas von seiner Ausstrahlung ahnen konnte. Er wusste zwar, dass das unmöglich war, aber er konnte das Gefühl nicht abschütteln, dass ein Wesen bestehend aus rasender Wildheit, auf sie herabstieg.

Der Umriss schien im Näherkommen höher anzuwachsen, aber noch immer sah er vor dem Hintergrund der glühenden Wolken dunkel aus.

»Er sieht wirklich dun…«, begann der Abgesandte, aber Meredith schnitt ihm das Wort ab. »Rot!«, stieß er mit offensichtlicher Erleichterung hervor. »Er ist rot!«

Der Abgesandte warf ihm einen Blick zu, bevor er wieder den sich nähernden Drachen betrachtete. Er war jetzt so groß, dass sie etwas von seiner Gestalt ausmachen konnten, die langsam schlagenden gewaltigen Schwingen, den langen Hals und den Schwanz, und die feste Masse seines Körpers. Der Abgesandte schirmte seine Augen ab, als er zum Himmel hochstarrte.

»Rot«, wiederholte er mit einem Lächeln.

Jetzt war es deutlich zu sehen. Die dunkle Form des Drachen schimmerte in einem unverwechselbar roten Glanz.

Ein weiteres Mal drehte sich Meredith um und sah in die Burg der Winde hinab, und sogar von ihrer hohen Warte aus konnte er die Erleichterung bei Darius und den Magiern erkennen. Sie konnten ebenfalls sehen, dass der Drache rot war. Die Anspannung war aus ihren Armen gewichen, und er konnte beinahe spüren, wie sie die Kraft entließen, die sie für den schlimmsten Fall bereitgehalten hatten.

Ein seltenes Lächeln breitete sich über Merediths Gesicht aus, als er sich zu dem Abgesandten umdrehte. Der Abgesandte klopfte ihm ermutigend auf die Schulter.

»Schwarz«, sagte Falco neben ihnen.

»Nein«, sagte Meredith. »Man kann deutlich sehen, dass er rot ist.«

Der Magierlehrling blickte zu der geflügelten Gestalt hoch, die jetzt so nahe zu sein schien.

»Schwarz«, sagte Falco noch einmal, und die Gewissheit in seiner Stimme war entmutigend.

Der Abgesandte runzelte die Stirn, als das Lächeln auf Merediths Gesicht nachließ. Er warf seinem Vater einen Blick zu, und plötzlich bemerkte er, wie die dunklen Felsen von Mont Noir im roten Licht des Sonnenuntergangs leuchteten. Schnell sah er zum Himmel zurück, und tatsächlich, der rote Glanz der Drachenschuppen verfärbte sich zum tiefsten Farbton der Nacht.

Meredith wirbelte herum, um die Burg der Winde zu beobachten. Er schloss die Augen, und die Köpfe von sieben Magiern ruckten mit einem Mal hoch, um ihn anzublicken.

»Schwarz«, flüsterte er mit leiser Stimme über den Raum zwischen ihnen hinweg. »Der Drache ist schwarz!«

Darius und die Magier schauten zum Himmel empor und sahen die schreckliche Wahrheit mit eigenen Augen. Mit verzweifelter Schnelligkeit versuchten sie die Zauber wieder aufzubauen, die bereits begonnen hatten, aus ihrem Griff zu entschwinden. Sie hatten keine Möglichkeit zu erfahren, ob sie zu spät waren, ob der Drache sich jetzt der Falle bewusst war, die auf ihn wartete. Alles, was sie tun konnten, war, die Nerven zu behalten und auf das Beste zu hoffen.

Als er zu ihnen herabstieg, schien sich das Hämmern von Falcos Herz zu verlangsamen, bis es mit dem gleichmäßigen Schlag der Schwingen des riesigen Tiers übereinstimmte. Er kam niedriger, bis er in der Luft vor dem Drachenstein hing, in Verachtung des gähnenden Abgrunds darunter. Seine schwarzen Schuppen schimmerten in einem dunklen perlmuttartigen Glanz, der über den großen Muskeln wogte, die sich unter seiner Haut bewegten. Augen wie geschmolzenes Gold starrten in die Burg der Winde, die schwarzen Schlitze seiner Pupillen fuhren vor und zurück, als wüssten sie, dass da etwas war, auch wenn sie es nicht sehen konnten.

Die Tarnzauber waren erfolgreich gewesen, der Drache bemerkte ihre Anwesenheit nicht.

Falco hielt den Atem an, als der Drache vorwärts über den Drachenstein glitt. Dann breitete er mit atemberaubender Anmut seine Glieder aus und sank auf den massigen Granitblock nieder. In seinem ganzen Leben hatte Falco sich niemals etwas vorstellen können, das so wunderschön und zugleich so schrecklich war.

Der Drache war kleiner, als er es vermutet hatte, sein Körper schien nicht größer als ein schlankes Pferd zu sein. Sein Hals war ganze vier Fuß lang, während sein gewundener Schwanz in einer spitz zulaufenden, speerähnlichen Zacke endete. Seine Gliedmaßen besaßen kräftige Muskeln, seine Bewegungen waren fließend und kraftvoll. Sein gesamter Körper war von Schuppen bedeckt, mit gepanzerten Platten über Brust und Schultern und bis zum vorderen Rand seiner Gliedmaßen hinab. Die Hörner auf seinem Kopf sprangen von einer Stirn hervor, die von Verstandeskraft sprach, und der Ausdruck seiner Augen war mit dem Versprechen von Gewalt versetzt.

Das war keine Kreatur aus Mythen und Legenden, keine fantastische Bestie, geboren aus der wilden Vorstellungskraft der Menschen. Dies war ein lebendes, atmendes Tier, und gerade deswegen erschien es ihm um so beeindruckender.

Der Drache machte ein paar bedächtige Schritte auf die Mitte des Steins zu. Dann hielt er an. Enorme Fänge krallten sich in den Stein, gruben sich wie Steigeisen aus gehärtetem Stahl in den Granit. Scharfe Zähne offenbarten sich, als der Drache die Lefzen hochzog und den Atem einsog.

Ja … Er wusste, dass hier etwas war, er wusste nur nicht, was.

Als Falco sich an die schiere körperliche Gegenwart des Drachen zu gewöhnen begann, wurde er sich in zunehmendem Maße des Einflusses bewusst, den die Kreatur auf seine Gedanken ausübte. Gefühle und Empfindungen begannen durch sein Bewusstsein zu wogen, flüchtige Blicke in einen anderen, entsetzlich mächtigen Geist.

Da waren Argwohn und Verwirrung, weil sich der Drache nicht sicher war, warum er an diesen Ort gekommen war. Er hatte erwartet, dass er auf etwas treffen würde, vielleicht auf jemanden seiner eigenen Art. Aber hier war nichts. Oder zumindest schien es so.

Falcos Blick verlagerte sich zu einem Punkt nur ein paar Meter vor dem Drachen, wo Darius' schattenhafte Figur stand und bereit war zuzuschlagen. Bloß noch ein wenig näher, und der Drache befände sich in Reichweite seiner Klinge. Für Falcos Gespür hatte das Schwert des Kampfmagiers bereits begonnen, mit magischer Kraft zu summen, als sei Stahl allein noch nicht genug, um die Haut eines Drachen zu spalten. Darius wirkte selbst neben einer so Ehrfurcht gebietenden Kreatur keineswegs eingeschüchtert, und Falco hatte eine plötzliche Offenbarung, was es bedeuten mochte, ein Kampfmagier zu sein.

Darius stand da mit erhobenem Schild und hatte sein Gewicht nach vorne auf sein führendes Bein verlagert. Sein rechter Arm war nach hinten ausgestreckt, das Schwert abgewinkelt, bereit dazu, für einen vernichtenden Schlag nach vorn zu schwingen.

Immer noch blieb der Drache auf der Stelle, als ahne er die Dummheit, die ein weiterer Schritt nach vorn bedeuten könne. Wenn Darius den ersten Schlag ausführen wollte, musste er den Abstand verkürzen, der sie voneinander trennte.

Falco spürte, wie das Summen von Darius' Schwert zu einem schneidenden Heulen anschwoll. Er fühlte die vereinigte Kraft der Magier, die den Drachen umringten. Sie würden darauf warten, dass Darius den Anfang machte, aber zusammen waren sie beinahe bereit dazu, den Drachen zu erschlagen.

Als Falco die Wahrheit dessen, was geschehen würde, klar wurde, hatte er eine plötzliche Vorstellung davon, was für eine Tragödie es wäre, ein so prachtvolles Tier zu töten – den Hieb im Schutz eines Schleiers aus Magie auszuführen, so wie ein Attentäter. Wieder drängte sich seinem Geist die fremdartige Gegenwart der Gedanken des Drachen auf. Die Kreatur war nicht an einem

Ort, an dem sie sein wollte. Sie war aus Gründen hierhergekommen, die sie nicht verstand. Dies war ein Ort von Tragik und Tod.

Dies war ein Ort der Menschen.

Wieder saugte der Drache die Luft ein, als könne er riechen, was er nicht zu sehen vermochte.

Dies war ein Ort der Menschen.

Falco konnte den Hass des Drachen spüren, so heiß und schwarz wie sein eigenes Obsidianherz. Die Macht dieser Empfindung unterdrückte alle anderen Gedanken in Falcos Geist. Wie konnte irgendetwas mit so viel Hass leben und nicht in den Wahnsinn getrieben werden?

Plötzlich wusste Falco, dass es wahr war.

Schwarze Drachen mussten wahnsinnig sein.

Er ertappte sich dabei, dass er sich wünschte, Darius würde zuschlagen. Dass er diese Erscheinung der Drachenart fällte, bevor die Kreatur sie alle tötete. Aber in diesem Augenblick, gerade als er dachte, er hätte die Tiefen an Bösartigkeit des Drachen ausgelotet, empfand er einen Funken Traurigkeit, der im Herzen der Kreatur leuchtete. Es war ein Funken aus Kummer, so schrecklich, dass Falco sofort die Tränen in die Augen sprangen und er in seinem Wunsch, den Drachen tot zu sehen, innehielt. Als er mit dem überwältigenden Gefühl von Trostlosigkeit rang, musste er an ein altes Sprichwort denken.

Die Welt kennt kein Gefühl, das dem Kummer eines Drachens gleichkommt – außer vielleicht den Zorn eines Drachen.

Unter Tränen sah Falco, wie Darius sich mit langsamen und gleichmäßigen Schritten vorwärtsbewegte, um den Drachen in die Reichweite seines pulsierenden Schwerts zu bringen. Von den Felsvorsprüngen um ihn herum aus hatten die Magier begonnen, ihr Netz aus magischer Kraft zu weben. Solange sich der Drache ihrer Anwesenheit nicht bewusst war, konnte er sich auch nicht befreien, aber er schien dennoch etwas zu ahnen. Er versuchte zurückzuweichen, doch die unsichtbare Kraft der Magier hielt ihn davon ab. Er wollte seine Schwingen ausbreiten, aber er stellte fest, dass sie gefesselt waren. Verwirrung und Angst flammten in seinem Geist auf, als Darius sich anschickte zuzuschlagen.

Falsch!, dachte Falco. *Das ist falsch!*

Darius war kurz davor, seinen Schlag auszuführen, aber dann sprang Falco nach vorne, noch ehe er wusste, was er tat.

»NICHT!«, schrie er, und schon als ihm das Wort von den Lippen kam, wusste er, dass er einen schrecklichen Fehler begangen hatte.

Der Kopf des Drachen schnappte auf ihn zu, und die Wut in seinem Blick war wie eine greifbare Wucht.

»Was hast du getan?«, schrie Meredith neben ihm. »Du hast den Tarnzauber gebrochen! Bei den Sternen, was hast du getan?«

Falco konnte nicht antworten, er konnte sich nicht bewegen. Er konnte seinen Blick nicht von der Kreatur abwenden, die zu ihm emporstarrte. Am Rand seines Blickfelds entstand hektische Bewegung, als Darius vorwärtssprang, aber Falcos Warnung hatte den Zauber gebrochen, der den Drachen geblendet hatte.

Menschen waren hier.

Er konnte sie jetzt sehen.

Mit atemberaubender Geschwindigkeit wich der Drache zurück, als Darius' Schwert ihm entgegenblitzte. Die Klinge des Kampfmagiers schnitt durch die Schuppen am Halsansatz des Drachen, doch die Wunde war nicht tief, und der Drache schien kaum verletzt. Darius versuchte einen zweiten Schlag auszuführen, aber der Drache schlug mit seinem Schwanz um sich, und die speergleiche Spitze peitschte dem Kampfmagier mit tödlicher Geschwindigkeit entgegen.

Darius parierte den Schwanz mit seinem Schild und duckte sich unter dem grausamen Maul des Drachen weg. Aber nun griff der Drache ernsthaft an, und Falco konnte nicht glauben, dass irgendjemand überhaupt einen so brutalen Ansturm zu überleben vermochte. Der Drache attackierte mit der Geschwindigkeit eines Panthers, und die Klauen an seinen Vorderbeinen schlugen mit solcher Gewalt drein, dass jeder seiner Hiebe einen gewöhnlichen Mann getötet hätte. Aber Darius zog sich einfach zurück, wirbelte rückwärts, bis es an ihm war, einen Gegenangriff zu beginnen.

Er schlug die Schnauze des Drachen mit seinem Schild zur Seite und versuchte noch einmal, den Hals der Kreatur offenzulegen. Der Drache drehte sich, um der tödlichen Klinge auszuweichen, dann schlug er mit einem jähen Vorschnellen seiner Tatze dem Kampfmagier das Schwert aus der Hand. Noch einmal schnappten die Zähne des Drachen nach ihm, aber Darius streckte seine Handfläche aus, und ein sengender Energieblitz schoss daraus hervor. Der Drache bäumte sich vor Schmerz auf, als Fleisch und stahlharte Schuppen von seinem Unterkiefer gesprengt wurden, und Darius stürzte auf sein Schwert zu. Er war gerade dabei, es zu ergreifen, als der Drache ihn mit einem Hieb seiner klauenbesetzten Tatze erwischte.

Darius fing den Schlag mit seinem Schild auf, aber dessen Wucht ließ ihn dennoch über den Drachenstein taumeln. Er packte sein Schwert und ging im Herumwirbeln gerade in dem Augenblick in die Knie, als der Drache ihm einen sengenden Flammenstrahl entgegensandte. Darius erhob seinen Schild, und die Flammen schienen sich über die Oberfläche einer Blase zu winden, die sich um ihn herum gebildet hatte.

Da sein Feind hinter seinem Schild kauerte, trachtete der Drache danach, sich in die Luft zu erheben. Doch als er das tat, traf er auf die fesselnde Kraft der Magier und wurde zurück auf den schwarzen Granitblock geworfen.

Einen Augenblick lang wirkte das mächtige Tier, das mit dem Bauch flach auf den Stein gezwungen war, schon besiegt, aber Drachen lassen sich nicht leicht unterwerfen, und die Stärke des Zaubers, den die Magier gewirkt hatten, war durch Falcos Warnung geschwächt worden. Mit großer Mühe drückte sich der

Drache vom Stein hoch, und sein Blick durchbohrte die beschatteten Felsvorsprünge um ihn herum. Und nun konnte er mit all seinem Willen seine schemenhaften Angreifer sehen, sieben Magier, die auf ihn herabstarrten und deren Gesichtern die Angst und die Anstrengung anzusehen waren.

Der Drache, der jetzt auf den Beinen war, blickte aufwärts, als versuche er zu bestimmen, wen von ihnen er als Erstes töten würde. Vielleicht spürte er eine Schwäche, als er sich für einen rechts von sich entschied. Er tat einen enormen Atemzug, wobei sich seine Brust ausdehnte, dann öffnete er den Rachen und atmete einen zuckenden Flammenstrahl aus. Die Feuersäule schoss auf den entsetzten Mann zu, und der Magier erhob die Hände in einem vergeblichen Versuch, die Flammen abzuwehren. Aber das war nicht notwendig.

Unten auf dem Drachenstein hatte Darius die Hände ausgestreckt und eine Kuppel aus schützendem Licht um den Mann geformt. Die Flammen des Drachen schlugen gegen den Dom, bevor sie sich in der kühlen Abendluft harmlos zerstreuten. Der Magier atmete erleichtert auf, aber der Schaden war angerichtet, seine Konzentration war unterbrochen worden, sein Beitrag zur Bändigung des Drachen hatte geendet.

Der Kopf des Drachen schnellte herum, um einmal mehr Darius anzublicken, während auf dem Vorsprung direkt über ihnen Morgan Saker rasend schnell seine Lippen bewegte, um genug Kraft für das Töten eines Drachen heraufzubeschwören. Er wusste, dass er nicht genügend Zeit besaß. Ganze zwei Wochen hatte er für die Vorbereitung gebraucht, als er das letzte Mal einen Drachen getötet hatte.

Aber er musste es dennoch versuchen.

Als der Drache sich umdrehte, um sich ihm zu stellen, trat Darius zur Seite. Dann sprang der Drache plötzlich in die Luft, und dieses Mal reichte die magische Kraft, die ihn bändigte, nicht aus, um ihn zu halten. Er erhob sich über Darius und war schon dabei, ihn abermals in Flammen zu hüllen, als der Kampfmagier plötzlich sein Schwert über seinen Schild legte. Im Inneren seines Helms schloss er mit einem jähen angestrengten Stirnrunzeln die Augen, und vom Rand seines Schilds schoss ein Bogen aus Licht hervor. Der Drache zuckte in einem Versuch, dem Angriff auszuweichen, noch zur Seite, aber die schimmernde Klinge aus Licht traf seine Brust und brannte eine Schnittwunde von gut einem Fuß Länge in die Membrane seines rechten Flügels.

Darius schnellte vorwärts, als der Drache zu Boden krachte. Doch bevor er nahe genug war, um einen Schlag anzubringen, fuhr die Spitze des Drachenschwanzes über sein Bein und fand eine Lücke in der Rüstung an seinem Knie. Der Kampfmagier stürzte nach vorn, wobei er seinen Fall noch in ein Abrollen verwandelte. Und als er wieder auf ein Knie kam, schwang er sein Schwert und fügte dem Drachen einen tiefen Schnitt quer über dessen Schulter zu. Der Drache brüllte auf und fuhr zurück, um einem weiteren Angriff auszuweichen. So ging Darius' Schlag ins Leere.

Beim Aufstehen stolperte Darius auf sein verwundetes Knie, und der Drache erwischte ihn mit einem massiven Hieb, der ihn direkt gegen die Brust traf. Der Kampfmagier wurde durch die Luft geschleudert. Er schlug gegen die Felsen am Rand des Drachensteins und fiel flach auf das Gesicht. Blut floss auf den schwarzen Granit, und Darius stand nicht auf.

Mit einem einzigen Schlag seiner Schwingen schoss der Drache heran, um ihn zu töten. Der verletzte Flügel ließ seinen Flug ungeschickt erscheinen, aber sein Gegner ging ja nirgendwohin. Darius Voltario war schon dabei zu sterben, als der Abgesandte den Drachen von hinten angriff.

Mit all seiner Stärke hieb der Adamantene Ritter auf eines der Hinterbeine des Drachen ein. Es war ein guter Schlag, und die Klinge des Abgesandten biss in das Fleisch der Kreatur. Der Drache stieß ein schreckliches Brüllen aus und schwang ruckartig herum, um sich seinem neuen Feind zu stellen.

Auf dem Vorsprung zwischen Falco und Meredith stehend,

hatte der Abgesandte beobachtet, wie sich der Kampf entwickelte. Und dann, als klar wurde, dass sich das Kampfglück zu ihren Ungunsten wendete, sprang er von dem Vorsprung hinab und stieg, so schnell er konnte, die Felsen hinunter. Er war zwar zu spät gekommen, um den Angriff zu verhindern, der Darius gefällt hatte, aber jetzt nahm er all seine Kräfte zusammen, als der Drache herumfuhr, um ihm entgegenzutreten. Als ein Ritter von Illicia hatte der Abgesandte bereits verschiedenen Dämonen getrotzt, aber dies war das erste Mal, dass er einem Drachen gegenüberstand, und wenn der Drache auch nicht das gleiche erdrückende Gefühl von Bösartigkeit ausstrahlte, so war er doch mindestens ebenso furchterregend.

Der Abgesandte hielt sein Schwert mit beiden Händen. Er hatte keine Rüstung, keine mystischen Kräfte, die er anrufen konnte. Wenn der Drache sich jetzt dazu entschloss, ihn mit Feuer anzugreifen, würde er wie eine lebendige Fackel brennen. Der Schwanz des Drachen peitschte nach vorn, und der Abgesandte duckte sich, als er durch die Luft über seinem Kopf pfiff. Er wich zurück, da der Drache versuchte, ihn mit einem wilden Hieb von den Beinen zu holen. Zweimal fetzten die Klauen des Drachen durch die Luft um ihn herum, aber als er zu einem dritten Hieb ausholte, griff ihn der Abgesandte mit seinem Schwert an. Die Klinge schnitt in das zähe Gewebe zwischen den Klauen seiner Tatze, und der Drache zischte vor Schmerz auf. Er dehnte seine Brust aus, schon im Begriff, den Abgesandten einzuäschern, als ein blauer Flammenball an seinen Rippen explodierte. Eine zweite brennende Kugel schlug seitlich in seinem Gesicht ein.

Die Magier hatten ihre Versuche aufgegeben, den Drachen zu bändigen, und hatten endlich genügend Kraft beschworen, um einen Angriff auszuführen. Aber sie waren eben keine Kampfmagier, und der Schaden, den sie zufügten, war jämmerlich schwach. Der Drache wurde davon nur noch mehr in Wut versetzt. Er wandte dem Abgesandten den Rücken zu, machte drei große

Sätze und hob sich in die Luft, gerade auf den nächsten Magier zu. Der Mann versuchte einen weiteren Angriff heraufzubeschwören, aber der Drache schlug mit seinen Schwingen und war in einem Augenblick auf ihm. Mit seinem großen Kiefer riss er den Kopf des Mannes von dessen Schultern und warf seinen kopflosen Körper auf den Drachenstein hinab.

Noch mehr brennende Geschosse trafen den Felsen um ihn herum, aber der Drache schien zu wissen, dass sie ihn nicht verletzen konnten. Er hob sich von der Felskante ab und schwang sich auf den nächsten Magier zu. Der Mann wollte Schutz suchen und drehte sich um, doch der Drache öffnete sein Maul und überflutete den Felssturz mit Flammen. Die Burg der Winde hallte von den lauten Schreien des Mannes wider, als er vom Feuer verschlungen wurde. Der Drache zog weiter, auf die unerschrockene Gestalt von Morgan Saker zu, als ein Blitz von erheblich größerer Kraft in seiner Flanke einschlug.

Der Drache kippte mitten im Flug zur Seite, um zu sehen, woher diese neue und unerwartete Bedrohung gekommen war. Er kam auf einer Felsspitze zur Ruhe und richtete seinen brennenden Blick auf die beiden jungen Menschen, die auf einem Vorsprung standen. Einer trug die Robe von jemandem, der Magie gebrauchte, der andere sah bleich und erbärmlich schwach aus.

Beide würden sterben.

Falco blickte nach unten, als der Kopf des Drachen herumschwang, um sie anzublicken. Neben ihm stand Meredith, keuchend und erschöpft, so fassungslos wie jeder andere angesichts der Kraft, die er eben freigesetzt hatte. Sie hatten den Kampf wie das unwillige Publikum eines schrecklichen Theaterstücks mit angesehen, aber nun blickte der Drache sie an, und sie wussten, dass die Gewalt, die sie in ihrem Bann hielt, auf sie niederbrechen würde.

»LAUFT!«, schrie der Abgesandte, als der Drache sich auf die beiden jungen Männer zuwarf. »FALCO … LAUF!«

Falco wandte sich von der tödlichen Erscheinung ab, die sich drohend vor ihnen erhob. Hinter ihnen waren tiefe Spalten im Gestein. Wenn sie es in sie hineinschafften, bevor der Drache auftauchte, konnten sie den Flammen vielleicht entkommen. Er rannte schon los, dann hielt er noch einmal inne. Meredith war wie gelähmt. Der Magierlehrling stand einfach da, zu entsetzt, um sich zu bewegen.

Mit der Stärke der Verzweiflung packte Falco Meredith und schob ihn in die Richtung der tiefen Felsklüfte hinter ihnen. Meredith stolperte benommen, als Falco ihn auf die Sicherheit der Spalten zutrieb. Er hatte es schon halbwegs geschafft, ihn hineinzustoßen, als er das Schlagen der Drachenschwingen vernahm.

Er hörte das Rauschen eines tiefen Atemzugs und drückte sich so tief wie möglich in die Spalte hinein. Einen Augenblick lang nahm er Merediths schluchzenden Atem dicht an seinem Ohr wahr, dann explodierte die Welt um ihn herum mit einem wilden Aufbrüllen, und Falco schrie, als ihm mit einem entsetzlich schmerzhaften Brennen die Haut von seiner ungeschützten Schulter gezogen wurde und die Flammen um seinen Hals und sein Gesicht züngelten.

Von Grauen erfüllt, sah der Abgesandte mit an, wie der Drache Flammen über den Vorsprung spuckte, auf dem Meredith und Falco gestanden hatten. Aber die Flammen wurden mit einem Mal ausgelöscht, als der Drache nach hinten gerissen und einmal mehr auf den Drachenstein geworfen wurde, niedergeschmettert von der Kraft eines Vaters, der den Versuch unternahm, seinen Sohn zu beschützen.

Morgan Sakers schwarze Augen starrten auf den Drachen hinab, als hätte er die Stärke, ihn durch reine Willenskraft zu töten. Unglücklicherweise war dem nicht so. Das wusste er, und die Kreatur, die zu ihm aufblickte, wusste es ebenfalls. Tatsächlich gab es nun niemanden, der den Drachen aufhalten würde. Er würde sie alle töten.

Falco sackte zu Boden, als das Drachenfeuer abrupt ausgelöscht wurde. Er wusste, dass sie längst hätten tot sein müssen, aber aus irgendeinem Grund waren sie es nicht.

Sein Geist wurde von Schmerz überflutet, und er zitterte hemmungslos, und doch musste er es sehen. Er war es gewesen, der die Falle, die für den Tod des Drachen gesorgt hätte, zunichte gemacht hatte. Er konnte sich nicht im Dunkeln verstecken, während andere dem Tod ins Auge blickten, den er über sie gebracht hatte. Zu schwach und von Übelkeit erfüllt, um aufrecht zu stehen, kroch er langsam zurück zum Rand des Felsvorsprungs und blickte auf den Drachenstein hinab.

Auf einer Seite lag der Körper des kopflosen Magiers nahe am Rand zu dem tausend Fuß tiefen Absturz. Am Fuß der Felsen auf der gegenüberliegenden Seite aber lag Darius' gepanzerter Körper reglos in einer Blutlache. Dreißig Fuß über dem leblosen Kampfmagier blickte Morgan Saker nach unten, und seine Augen brannten mit einem Hass, der es mit dem des Drachen aufnehmen konnte.

Der Drache rückte mit langsamer Entschlossenheit vor. Er starrte den Abgesandten an, der sich ihm in den Weg stellte, und Falco fragte sich, welchen Mut es brauchte, um im Angesicht des sicheren Todes derart standfest zu bleiben.

Selbst über die Schmerzen hinweg, die seinen Körper zermürbten, konnte Falco etwas von dem Geist des Drachen erspüren. Er war im Begriff, den Abgesandten zu töten, aber auf wen er es wirklich abgesehen hatte, das war der Magier, der oben auf dem Felsvorsprung stand. Morgan Saker war der Inbegriff von allem, was er hasste, von allem, was ihn bis zum Wahnsinn angetrieben hatte. Er würde sich an dem Tod des Magiers ergötzen, doch der Abgesandte versperrte ihm noch den Weg.

Falco sah mit an, wie der Abgesandte den silbernen Anhänger um seinen Hals anhob. Er führte ihn an seine Lippen und küsste ihn schwach, bevor er ihn wieder fallen ließ. Dann hielt er seine Klinge kampfbereit und rüstete sich, seinem Tod zu begegnen.

Der Drache stürzte sich mit klaffendem Maul vorwärts, seine Klauen waren weit gespreizt, um seinen menschlichen Feind niederzustrecken, und Sir William schritt vorwärts, um ihm entgegenzutreten. Aber bevor die Kämpfer zusammenprallen konnten, schoss ein knisternder Blitz aus magischer Kraft über die Schulter des Abgesandten hinweg und schlug in der Brust des Drachen ein. Der Drache brüllte vor Schmerzen auf, als seine Rippen durch den Angriff, der ein rauchendes Loch in seinem Fleisch hinterließ, offengelegt wurden.

Dies war nicht die schwächliche Kraft der Magier, dies war eine Kraft wesentlich größeren Ausmaßes. Dies war der Angriff eines Kampfmagiers.

Falco, der sich vorkam, als würde er jeden Augenblick das Bewusstsein verlieren, blickte hinter den Abgesandten, um zu sehen, woher der Angriff gekommen sein mochte. Auf der Rückseite des Drachensteins kam Darius auf die Beine. Der junge Kampfmagier hatte seinen Helm verloren. Sein Schwert und sein Schild waren fort, und doch hatte er niemals gefährlicher ausgesehen. Eine Hälfte seines Gesichts war blutverschmiert, und er krümmte sich über mehreren gebrochenen Rippen zusammen. Auf dem Bein mit dem verletzten Knie hinkte er zwar, aber dennoch kam er voran.

Der Drache, der sich von dem Angriff erholte, blickte an dem Abgesandten vorbei und zu dem Gegner hin, von dem er gedacht haben mochte, er hätte ihn längst besiegt. Seine Wut wuchs zu einem blendenden Höhepunkt an, und er öffnete sein Maul, um ihn in Flammen zu hüllen. Aber Darius streckte seine Hände aus und entließ ihnen einen weiteren fürchterlichen Blitz. Wieder taumelte der Drache rückwärts und näherte sich dabei immer mehr dem Rand des Drachensteins und dem steilen Abfall dahinter, und weiter und weiter kam Darius heran. Er duckte sich, als der Schwanz des Drachen auf ihn zupeitschte und eine klaffende Wunde auf seiner Wange öffnete.

Zwar war der Drache nun schwer verwundet, aber er war noch immer ein beeindruckender Gegner. Darius trat an dem Abgesandten vorbei und versuchte einen weiteren Angriff, aber der Drache duckte sich, und das Feuer des Magiers schoss über seinen Rücken hinweg. Dann holte der Drache rasch Atem, und Flammen schossen aus seinem Maul hervor.

Der Abgesandte tauchte zur Seite weg, als der Schutzschild ein weiteres Mal über Darius aufsprang. Aber der Kampfmagier wurde nun schwächer. Dampf erhob sich um ihn herum, als das nasse Blut auf seinem Gesicht zu kochen begann.

Und doch – nach wie vor kam er vorwärts.

Als die Flammen erstarben, machte der Drache einen weiteren Schritt rückwärts, bis er direkt am Rand des Drachensteins stand. Darius befand sich nun genau vor ihm, und der Drache holte mit seiner gewaltigen Tatze aus, um ihn zu vernichten, aber der Kampfmagier begegnete dem Angriff mit seiner offenen Handfläche. Es gab einen pulsierenden Lichtblitz, und der Drache tobte, als die Knochen seiner rechten Vordertatze zertrümmert wurden. Er richtete sich auf seine Hinterbeine auf und packte den Kampfmagier mit den Klauen seiner linken Tatze. Darius schrie auf, als die Klauen des Drachen sich in seinen Nacken und seine Schulter senkten. Der Drache versuchte ihn zu beißen, aber Darius packte seinen großen Kopf und hielt den Rachen irgendwie auf Abstand. Das verwundete Tier, das nicht in der Lage war, ihn mit seinen Zähnen zu erreichen, öffnete noch einmal sein Maul.

Als die beiden Gegner am Rand des Abgrunds miteinander rangen, wurde Darius von Drachenfeuer umhüllt, und schließlich begann seine Stärke zu versiegen. Sein Haar entzündete sich, und das Fleisch seines Gesichts begann Blasen zu werfen und aufzuplatzen. Der Kampfmagier verbrannte bei lebendigem Leib, aber selbst am Ende noch legte er seine Hand auf die Brust des Drachen, und mit einer letzten Explosion aus magischer Kraft ließ er das Herz des Drachen bersten.

Die Flammen verschwanden, und es entstand ein Moment der Stille, in dem die beiden mächtigen Gegner einander in die Augen starrten. Hätte der Drache irgendeine andere Farbe besessen, dann hätten sie Seite an Seite gekämpft, jeder von beiden willens, sich zu opfern, um das Leben des anderen zu retten. Aber der Drache, den Darius Voltario herbeibeschworen hatte, war schwarz, und schwarze Drachen sind die Feinde der Menschheit.

Schwarze Drachen sind wahnsinnig.

Eine Sekunde lang stand der Drache aufrecht da, seine Klauen über den Rand des Drachensteins verhakt, dann erlosch das Licht in seinen Augen. Im Rückwärtsfallen strichen seine Schwingen nach vorn und umfingen Darius, als schlössen sie ihn in einer letzten Umarmung ein. Dann, immer noch miteinander verbunden, fielen der Drache und der Kampfmagier vom Drachenstein und waren verschwunden.

10

Jede lebende Seele

Falco schaffte kaum eine Meile den Berg hinab, bevor er vor Schmerz und Atemnot zusammenbrach. Der Abgesandte, der dicht hinter ihm folgte, bückte sich, um ihn von dem felsigen Pfad aufzuheben. Als Sir William ihn in seine Arme nahm, war er überrascht, wie leicht er war. Falco maß sechs Fuß, aber er schien nicht mehr als ein Kind zu wiegen. Das war auch gut so, denn sie mussten immer noch mehrere Meilen gehen, bevor sie die Stadt erreichten, und Morgan Saker führte sie in einem gnadenlosen Tempo.

Der vor Zorn bebende Magier bemerkte nicht einmal, dass Falco hingefallen war. Wenn es nach ihm gegangen wäre, hätten sie ihn weinend und im Delirium in der Burg der Winde zurückgelassen. Tatsächlich hatte es einen Augenblick gegeben, an dem es so schien, als ob Falco Darius über die Felskante nachfolgen würde.

»Ist dir klar, was du getan hast?«, hatte Morgan gebrüllt, als er Falco direkt an den Rand des Drachensteins gehalten hatte, wobei er ihn so dicht an den schwindelerregenden Felssturz drückte, dass seine Absätze auf nichts anderem als Luft ruhten.

»Ich habe dich nicht aus den Flammen gerettet, damit du uns alle verdammen kannst!«

Nur Falco wusste, dass dies eine Anspielung auf seine Vergangenheit und nicht auf das Drachenfeuer dieser tragischen Nacht war. Morgans Hände waren in seiner Tunika verhakt, und das Schuldgefühl, das ihn nun auffraß, war so groß, dass es ihn nicht gekümmert hätte, wenn Morgan ihn losgelassen hätte.

»Vater!«, schrie Meredith. Das war das erste Wort, das Meredith hervorgestoßen hatte. »Vater«, sagte er noch einmal, und der

Klang des entsetzlichen Kummers in seiner Stimme schien den aufgebrachten Magier zu erreichen.

Wie ein wildes Tier knurrend, zog Morgan Falco vom Felsrand zurück und warf ihn über den Drachenstein. Dann schritt er ohne ein weiteres Wort davon, kletterte aus der Burg der Winde heraus und machte sich auf den Weg zurück.

»Was ist mit den Toten?«, fragte einer der Magier.

»Wir haben keine Zeit, uns um die Toten zu kümmern«, sagte Morgan, ohne sich umzudrehen.

Die Magier wandten sich an den Abgesandten, aber sein Ausdruck war genauso düster.

»Die Toten sind außerhalb unserer Macht, wir können ihnen nicht helfen«, sagte er. »Die Leute von Caer Dour sind es nicht.«

Und damit riss er Falco auf die Füße.

»Kannst du gehen?«, fragte er, und die Tatsache, dass Falco auf seinen Füßen blieb, schien ihm Antwort genug. Er steuerte ihn auf die Stufen zu, die aus dem Amphitheater führten, und die anderen hatten keine andere Wahl, als ihm zu folgen.

Jetzt liefen sie eilig stolpernd die Hänge von Mount Noir hinab. Als sie den Stadtrand erreichten, wartete eine Menschenmenge auf sie, aber im Näherkommen verwandelte sich die Erwartungsfreude auf den Gesichtern der Menschen schnell zu Alarmbereitschaft. Sie sahen die leidende Gestalt im Arm des Abgesandten und bemerkten die Abwesenheit von Darius und zweien der Magier. Sie wussten, dass etwas schrecklich schiefgegangen war.

»Wo ist Darius?«, fragten sie.

»Hat er einen Drachen beschworen?«

»Was ist mit dem Jungen los?«

»Wo ist Darius?«

Morgan Saker ignorierte alle Fragen, und die Leute traten zur Seite, um ihn durchzulassen. Er erblickte jemanden in der Menge und winkte den drahtigen Mann nach vorn.

»Er ist in den Gärten«, sagte der Mann. »Hält eine Feier für Jarek ab.«

»Finde ihn«, sagte Morgan. »Er soll mich unverzüglich auf dem Marktplatz treffen. Sag ihm, er soll so viele von den Adligen mitbringen, wie er finden kann.«

Bei der Ernsthaftigkeit in der Stimme des Magiers runzelte der Mann die Stirn.

»Schnell, Mann!«, schnappte Morgan. »Als hinge dein Leben davon ab!«

Ohne ein weiteres Wort sprintete der Mann die gepflasterte Straße hinab, und Morgan marschierte weiter. Die Menschenmenge folgte ihnen nach, als sie ihren Weg zur Stadtmitte fortsetzten. Ihre Route brachte sie nah an Simeons Villa heran, und als der rege Betrieb der Menge weiter zunahm, kam der alte Kampfmagier auf die Vortreppe seines Hauses heraus. Malaki und Fossetta waren bei ihm.

»Falco!«, schrie Malaki, als er seinen Freund in den Armen des Abgesandten erblickte.

Er begann vorzustürzen, aber Simeon streckte eine Hand aus, um ihn festzuhalten.

»Was ist es?«

»Es ist die Beschwörungsgruppe«, sagte Malaki. »Etwas stimmt nicht. Falco sieht verletzt aus.«

Fossetta spürte den Drang, zu Falco zu gehen, aber sie wartete ab, um zu sehen, was der Herr des Haushalts sagen würde. Die Muskeln in Simeons Kiefer spannten sich an, und er senkte den Kopf, als bräuchte es keinen Morgan Saker, um ihm zu erzählen, wie sich die Dinge auf dem Berg entwickelt hatten. Dann schöpfte er Atem und drückte die Schultern durch.

»Fossetta«, sagte er. »Geh und finde Heçamede. Sag ihr, dass sie gebraucht wird.«

»Es sieht so aus, als ob sie auf dem Weg zum Marktplatz sind«, sagte Fossetta.

Simeon nickte. »Dann sag ihr, dass sie uns dort treffen soll, wenn sie kann.«

Die Wirtschafterin machte sich nicht einmal die Mühe, ihre

Schürze abzulegen, bevor sie die Stufen hinabstieg und eine schmale gepflasterte Gasse entlangeilte.

»Ich nehme ihn«, sagte Malaki und griff nach Falco.

»Er braucht einen Heiler«, sagte der Abgesandte.

»Sie ist auf dem Weg«, sagte Simeon.

Malaki hielt seinen Freund in den Armen, während immer noch mehr Leute auf den Marktplatz strömten.

»Er glüht vor Fieber«, sagte er, als Falcos schweißüberströmte Stirn an seinem Hals zur Ruhe kam. »Was ist passiert?«

Der Abgesandte antwortete nicht, aber der Blick aus seinen Augen erfüllte Malaki mit Angst, während er auf seinen Freund hinabsah.

Oh Falco, dachte er. *Was hast du jetzt wieder angestellt?*

Falcos bleiche Wangen sahen grau und klamm aus. Der rote Hautausschlag, der normalerweise von seinem Haar verdeckt wurde, war nun auf seiner Stirn und den Schläfen sichtbar. Sein Atem ging schwach und mit einem rasselnden Keuchen, und das Fleisch seiner Lippen hatte eine blaue Färbung angenommen. Malaki hatte viele von Falcos »Episoden« miterlebt, aber er hatte ihn niemals in einem so schlechten Zustand gesehen wie diesem.

Schnell, Heçamede, flehte er stillschweigend. *Bitte komm schnell!*

Morgan Saker marschierte über den Platz und erklomm die Stufen zu einem erhöhten steinernen Areal mit Springbrunnen an jeder Ecke. Die Leute drängten vorwärts, begierig zu sehen, was geschehen war, aber die Magier winkten sie zurück. Saker würde nicht anfangen, etwas zu sagen, bevor Bellius und die Adligen eingetroffen waren.

»Leg ihn hier ab«, sagte der Abgesandte zu Malaki und deutete auf die breiten Stufen hinter einem der Springbrunnen. Er riss einen Streifen Stoff vom Saum seines Hemds ab und tauchte es in das kalte Wasser ein, bevor er es über Falcos Kopf und Nacken wischte. »Wir müssen ihn abkühlen«, sagte er.

Malaki hielt Falco, während der Sendbote der Königin ihm über die Stirn strich und seine Tunika einweichte.

»Chevalier«, sagte eine tiefe Stimme, und Simeon tauchte zwischen ihnen auf.

Der Abgesandte blickte auf, dann trat er zurück, während sich Simeon neben Falco auf ein Knie niederließ. Der alte Kampfmagier legte eine Hand auf die Brust seines Mündels und die andere an seine Stirn, dann neigte er konzentriert den Kopf. Ein paar Augenblicke lang gab es keine Veränderung. Falco fuhr fort zu zittern und sich selbst um den schwächsten Atemzug abzumühen. Dann bog er plötzlich den Rücken durch, nahm einen rasselnden Atemzug und schrie ein einziges Wort auf.

»DARIUS!«

Da verstummte das unruhige Murmeln der Menge auf einmal und alle fuhren herum, um zu sehen, woher der schreckliche Schrei gekommen war. Die Leute rückten von der kleinen Gruppe fort, die sich neben dem Springbrunnen versammelt hatte. Nun schlug die Unruhe in Angst um.

Was *war* denn nur auf dem Berg geschehen?

Während die Menschen anfingen zu tuscheln und zu starren, erschien unvermittelt Fossetta, die sich ihren Weg durch den anwachsenden Volksauflauf bahnte. Heçamede Asclepios, eine der besten Heilkundigen der Stadt, folgte ihr. Sie war eine hochgewachsene Frau mit der dunklen Hautfarbe, die ihre thraecische Herkunft verriet. Gemeinsam hielten sie direkt auf den Springbrunnen zu, und als Fossetta Falcos Verfassung sah, legte sie beide Hände auf den Mund und unterdrückte einen schluchzenden Schrei. Heçamede legte eine Hand auf Simeons Schulter, und der alte Kampfmagier richtete sich wieder auf.

»Was ist geschehen?«, fragte sie, während sie Falcos Stirn betastete und sein Handgelenk ergriff, um seinen Puls zu fühlen.

Mit einem schnellen Blick auf die sie umringende Menge beugte sich der Abgesandte nah zum Ohr der Heilerin herab.

»Drachenfeuer«, flüsterte er leise.

Heçamede blickte finster drein und hob ihre Hand, um den Ausschlag auf Falcos Stirn zu begutachten. Dann öffnete sie sein Hemd, und tatsächlich hatte sich der scharlachrote Hautausschlag über seine ganze Brust ausgebreitet. Simeons Kräfte hatten ihm ein paar lebensrettende Atemzüge erlaubt, aber seine Kehle schwoll schon wieder zu. Wenn sich sein Zustand nicht stabilisierte, würde er ersticken.

Schnell öffnete Heçamede die Ledertasche, die an einem Riemen von ihrer Schulter herabhing. Sie entnahm ihr eine eigentümliche silberne Röhre mit einem Mundstück an dem einen Ende und einem kleinen Napf mit einem Deckel in der Mitte. Dann holte sie eine Flasche mit einem weißlichen Pulver aus der Tasche hervor und klopfte ein wenig davon in den Napf.

»Was ist das?«, fragte Fossetta.

»Ephedrinpulver«, sagte Heçamede. »Es wird die Schwellung seiner Atemwege verringern.«

Die Heilerin nahm das Instrument und platzierte ein Ende in Falcos linkem Nasenloch, bevor sie ihre Lippen an das Mundstück führte. Dann stieß sie, wobei sie sein anderes Nasenloch schloss, mehrmals hintereinander scharf den Atem aus, sodass er sich mit Falcos Einatmen deckte. Mit jedem Atemzug gab Falco ein schwaches würgendes Husten von sich, aber dieses Husten wurde stetig stärker und seine Atemzüge immer tiefer. Die blaue Färbung seiner Lippen verblich, und ein Anschein von Farbe kehrte auf seine Wangen zurück.

Die Heilerin entfernte die Röhre und fühlte noch einmal seinen Puls. Langsam entspannte sich Falcos Atem, und das fiebrige Zittern seines Körpers ließ nach. Die Heilerin stieß ein erleichtertes Seufzen aus und war gerade dabei, ihre Aufmerksamkeit auf die Verbrennungen an seiner Schulter zu richten, als auf der anderen Seite des Platzes Unruhe entstand. Bellius Snidesson war mit einem Dutzend Edelleuten der Stadt aufgetaucht. Er hielt direkt auf das Kriegsdenkmal zu, und die Leute hasteten ihm aus dem Weg. Alle beobachteten, wie er die Stufen emporstieg und eine gedämpfte Unterhaltung mit Morgan Saker begann.

»Hilf mir, ihn herumzudrehen«, sagte Heçamede, die ihre Aufmerksamkeit einmal mehr auf ihren Patienten richtete.

Malaki wandte den Blick von dem imposanten Durcheinander ab, das sich auf dem erhöhten Podium gebildet hatte, und bückte sich, um ihr zu helfen. Vorsichtig manövrierte er Falco herum und riss dessen versengtes Hemd auf, sodass Heçamede das Ausmaß seiner Verbrennungen untersuchen konnte.

»Ist es schlimm?«, fragte Simeon. Nur er wusste um die unbeschreiblichen Schmerzen von Verbrennungen durch Drachenfeuer.

Heçamede hob eine Augenbraue. »Er hat Glück gehabt. Nur die oberen Hautschichten wurden verletzt. Das Feuer kann ihn kaum erwischt haben.«

Malaki, der auf die Fläche von rotem und nässendem Fleisch hinabblickte, konnte sich nicht vorstellen, dass sein Freund Glück gehabt hatte. Falco hatte die Haut an seiner Schulter verloren, und die Flammen hatten seitlich an seinem Hals und seinem Gesicht emporgeleckt. Die Haut würde womöglich heilen, aber die Narben würde er ein Leben lang behalten.

Heçamede holte einen kleinen Zerstäuber aus ihrer Ledertasche. Sie füllte ihn mit einer Kräuterverdünnung und sprühte einen feinen Dunst auf die Wunde, dann bedeckte sie die Fläche mit einer Bahn eingeölter Seide. Sie verband Falcos Schulter mit sauberen Bandagen, bevor sie auf die geringeren Verbrennungen an seinem Hals und seinem Gesicht eine silbrige Wundsalbe strich.

Schließlich legte sie Falco in Malakis Arme zurück und gab ihm einen Trank von etwas, das die Schmerzen lindern sollte. Falco schluckte die süß riechende Medizin und, als sein Körper sich von der Schwelle zum Tod wieder zurückzog, war sein Verstand dazu in der Lage, den Kummer anzuerkennen, der auf ihn wartete. Schlaftrunken öffnete er die Augen. Einen Moment lang blickte er die Leute an, die auf ihn herabsahen, dann vergrub er sein Gesicht in Malakis Schulter und schluchzte.

Heçamede wandte sich Fossetta und Simeon zu.

»Die Verbände müssen täglich gewechselt werden«, wies sie die Wirtschafterin an, die unter Tränen nickte. »Und wenn Ihr etwas gegen die Schmerzen tun könntet, Master le Roy … Eure Kräfte werden ebenfalls helfen, die Verbrennungen schneller verheilen zu lassen.«

»Selbstverständlich«, sagte Simeon.

»Was ist mit der Schwindsucht?«, fragte Fossetta. »Ich habe sie noch nie so schlimm gesehen.«

»Nein«, sagte Heçamede, die den Ausschlag auf Falcos Brust untersuchte. »Und ich bin mir nicht einmal sicher, ob es überhaupt Schwindsucht *ist*. Scharlachlunge reagiert nicht auf Hitze … so wie dies hier. Das ist etwas anderes.«

Hinter ihr nickte der Abgesandte zustimmend. Er wollte noch mehr sagen, als sich über ihnen eine wütende Stimme erhob.

»Wo ist er?«, schrie Bellius, der an den Rand der erhöhten Fläche trat. »Wo ist die Brut dieses Wahnsinnigen?«

Eine erschrockene Stille senkte sich über den Platz herab, als sich alle Blicke demjenigen zuwandten, auf den sich die Wut des Adligen konzentrierte, aber Falco war zu erschüttert, um die Giftigkeit in dessen Stimme zu beachten. Nichts, was Bellius sagen konnte, würde ihn sich schlechter fühlen lassen, als es bereits der Fall war.

Neben Bellius standen Morgan Saker und die vier überlebenden Magier. Hinter ihnen befanden sich viele von den mächtigsten Adligen der Stadt, denen der Schock deutlich in die Gesichter geschrieben stand.

»Was ist?«, schrie eine Stimme aus der Menge. »Was ist los?« Überall auf dem Platz wurde dieser Ruf aufgenommen, bis die gesamte Menschenmasse lautstark wissen wollte, was auf dem Berg geschehen war.

Morgan Saker hob seine Arme und wartete, bis das Raunen

erstarb. Einen Augenblick lang sah er mit seinen schwarzen Augen auf sie hinab, dann sagte er: »Darius ist tot.«

Ein allgemeines Atemholen hob an, eine bestürzte, ungläubige Stille folgte, und dann fuhr Morgan Saker fort.

»Der Drache, den er beschwor, war schwarz. Wir waren nicht in der Lage, ihn zu bändigen.« Sein Blick zuckte zu Falco hinunter. »Der Drache tötete zwei der Magier und hätte uns alle getötet, wenn Darius ihn nicht erschlagen hätte.« Morgan hielt inne. »Er kämpfte mutig und tötete die Bestie, aber er wurde vom Feuer des Drachen verschlungen. Gemeinsam stürzten sie vom Berg. Unser Kampfmagier ist tot.«

Die Einwohner von Caer Dour waren geschockt. Man erwartete nicht, dass Beschwörungen auf diese Weise endeten. Jedermann wusste, dass es drei Möglichkeiten gab, wie eine Beschwörung ausgehen konnte. Einmal konnte es sein, dass die Beschwörung unerwidert blieb und der Kampfmagier allein zurückkehrte. Dann war es möglich, dass dem Ruf eine Antwort folgte und der Kampfmagier seinen Drachen bekommen würde.

Und schließlich, ja … vielleicht antwortete ein schwarzer Drache der Beschwörung. Aber bei einem so seltenen Ereignis wurde die Bestie erschlagen. Darum waren die Magier ja anwesend. Sieben Magier, um einen Drachen zu bändigen, und ein Kampfmagier, um ihn zu töten, so war es vorgesehen. Der Drache wurde womöglich erschlagen, aber der Kampfmagier würde immer zurückkehren, um die Besessenen zu bekämpfen. Dies war die Art und Weise, wie es passieren sollte.

Aber doch nicht so.

Man erwartete nicht, dass Beschwörungen so endeten.

Dieser Tag hatte als ein Feiertag begonnen, jetzt endete er in einer Tragödie. Eine Weile lang sprach niemand. Mehr Leute trafen auf dem Platz ein, und ein Wirrwarr an Gesprächen erhob sich, als den Neuankömmlingen die schrecklichen Neuigkeiten übermittelt wurden.

»Simeon«, sagte eine vertraute Stimme. »Was in aller Welt ist passiert?«

Simeon drehte sich um, als Julius Merryweather eine Hand auf seinen Arm legte. Die beiden Männer ergriffen einander bei den Unterarmen, während Merryweathers helle Augen blitzten, als er umherblickte und versuchte zu begreifen.

»Darius ist verloren«, sagte Simeon.

»Gütiger Himmel!«, sagte Merryweather. »Und dein Junge?«, flüsterte er und sah betroffen auf Falco nieder.

Simeons Lippen wurden schmal.

»Von Drachenfeuer verbrannt«, sagte er leise. Heçamede hat dafür gesorgt, dass er für den Augenblick stabil ist, aber seine Brust … seine Lunge …« Simeon schüttelte den Kopf.

Über ihnen fing Morgan Saker eine wachsende Zahl an Fragen von der zunehmend aufgeregteren Menge auf.

»Was ist passiert?«

»Warum haben sie es nicht geschafft, den Drachen zu unterwerfen?«

»Waren die Magier zu wenige? Waren sie zu schwach?«

»Schwach!«, sagte Morgan gefährlich. »Wir waren nicht zu schwach!« Er setzte zu einem weiteren Satz an, als Bellius sich nach vorn drängte.

»Wie könnt ihr es wagen, den Magiern die Schuld zu geben«, schimpfte er, »wenn der Grund für diese Tragödie dort vor euch liegt!«

Alle bewegten sich, um der Linie seines bebenden Fingers zu folgen, und die Leute traten zurück und machten um Falco und seine Gefährten Platz.

»*Er* ist der Grund für dieses Unheil«, schnappte Bellius. »Er! Der schwächliche Sohn von Aquila Danté. Er hat den Drachen gewarnt, bevor Darius handeln konnte. Er hat sich auf die Seite des Drachen geschlagen.«

»Das ist nicht wahr«, begann Meredith Saker, aber sein Vater brachte ihn mit einem Blick zum Schweigen.

»Erst der Vater und nun der Sohn«, spie Bellius aus, und mit einem Mal wich das Gefühl des Schocks einer neuen und ganz und gar unerfreulicheren Stimmung. Die Blicke der Menschen, die auf Falco niedersahen, wurden hart und unfreundlich. Plötzlich lag Ärger in der Luft, Ärger und Vorwurf.

»Was ist mit den Besessenen?«, rief jemand.

Der Ärger verpuffte, als die Leute an die schreckliche Gefahr erinnert wurden, die sich das Tal hinauf auf sie zubewegte. Mit schwindelerregender Schnelligkeit richteten sie ihre Aufmerksamkeit zurück auf Bellius und Morgan Saker.

»Was ist mit dem Dämon?«

»Was ist mit den Besessenen?«

»Wer wird sie jetzt bekämpfen?«

Bellius erhob seine Hände, um diese neue Welle aus Furcht zu besänftigen, doch er sah nervös und unsicher aus.

»Wir sollten Caer Laison um Hilfe ersuchen«, sagte einer der Adligen.

»Dafür ist es zu spät«, schnappte Morgan, und selbst der große Magier wirkte jetzt ganz so, als fühle er sich ausgesprochen unbehaglich.

»Aber die Besessenen … der Dämon … ohne Darius …«

»Wir sind verloren«, sagte Meredith Saker.

Morgan funkelte seinen Sohn wütend an, aber es war zu spät. Meredith hatte die Wahrheit ausgesprochen. Ohne Darius hatte ihre Armee keine Chance, die Besessenen zu besiegen.

»Wir sollten das Heer zurück zur Stadt berufen«, sagte einer der Adligen. »Die Mauern am Talschluss bemannen. Bestimmt können wir sie da zurückhalten.«

Bellius nickte. »Ja«, sagte er. »Wir müssen ihnen nicht auf dem Feld begegnen. Wir könnten unsere Schutzwälle verstärken. Sie am Talschluss aufhalten, bis Hilfe eintrifft.«

»Hilfe!«, sagte Morgan mit mehr als nur einem Anflug von Bitterkeit in der Stimme. »Es gibt keine Hilfe, die uns jetzt erreichen kann.«

»Aber wir können noch immer kämpfen«, sagte einer der anderen Adligen. »Bestimmt mithilfe der Magier.«

»Auf dem Schlachtfeld sind Magier nicht von Nutzen«, brummte Morgan. »Darum brauchen wir doch einen Kampfmagier. Nur er hat die Kraft, um ein Heer von der Angst abzuschirmen, die einem Dämon entströmt. Und wir haben keinen Kampfmagier.«

Sein Blick kam auf der ausgestreckten Gestalt zur Ruhe, die in Malakis Armen lag. Er wartete, bis Falco seine Augen öffnete und ihm das Gesicht zuwandte.

»Wegen dir haben wir keinen Kampfmagier.« Er sprach, als seien sie die beiden einzigen Menschen auf dem Platz.

Erneut kehrten sich die Einwohner von Caer Dour der schwachen und verletzten Gestalt von Falco Danté zu. In ihren Augen lag keinerlei Erbarmen, kein Mitgefühl für sein Leiden, nur zunehmende Angst. Die Leute begannen alle gleichzeitig zu reden, als sie versuchten, die wachsende Panik zu unterdrücken.

»Wir könnten mehr Truppen von den Randgegenden zusammentrommeln«, schlug jemand aus der Menge vor.

»Wir könnten die Einwohner der Stadt bewaffnen«, sagte ein anderer. »Die Leute würden doch kämpfen, um ihr Zuhause zu retten.«

»Wir könnten sie von den Abhängen aus angreifen, bevor sie die Stadt erreichen.«

Der Gesprächslärm schwoll zu einer erregten Tonhöhe an, als die Einwohner von Caer Dour sich zu überlegen versuchten, wie man das ferocianische Heer besiegen konnte. Bellius, der immer noch auf dem Kriegsdenkmal stand, begann – als er sich mit den Adligen beriet – allmählich überzeugter auszusehen. Er wirkte wichtigtuerisch und selbstzufrieden, ganz so, als hinge es an ihm und seinen mächtigen Freunden, die Stadt zu retten. Aber die Einwohner von Caer Dour schenkten ihm gar keine Beachtung. Sie redeten sich die Köpfe heiß, während eine neue Person die Stufen zu dem erhöhten Bereich hinaufstieg.

»Wartet!«, erklang die klare, kräftige Stimme von Sir William Chevalier. »Ihr Leute von Caer Dour, wartet!«

Allmählich wurde die Menschenmenge stiller, als sie sich umdrehten, um zu sehen, was der Sendbote der Königin zu sagen hatte. Wenn sie aber auf Rückhalt und Zuspruch gehofft hatten, dann wurden sie enttäuscht. Der Abgesandte blickte über die große Anzahl an Gesichtern hinweg, und in seinen Augen lag eine tiefe Traurigkeit.

»Ihr könnt nicht kämpfen«, sagte er schließlich.

Die Leute auf dem Platz fuhren auf, als hätte er ihr Können oder ihre Entschlossenheit infrage gestellt.

»Ihr könnt kein Heer mit einem Dämon bekämpfen«, sagte der Abgesandte. »Nicht ohne einen Kampfmagier.«

»Wir können ein Heer mit der Stärke von zweitausend Mann aufstellen«, sagte Bellius. »Sogar ein noch viel größeres, wenn wir jeden Mann im waffenfähigen Alter einberufen.«

Der Abgesandte stieß ein gequältes Seufzen aus.

»Aber wie viele von ihnen haben schon einmal einem Dämon gegenübergestanden?«, fragte er. »Wie viele haben überhaupt die Besessenen bekämpft?«

Bellius rümpfte abschätzig die Nase und wandte sich ab. In der ganzen Stadt gab es kaum eine Handvoll von Leuten, die jemals im Krieg gegen die Besessenen gekämpft hatten. Der Name selbst klang wie etwas, das aus den Annalen der Geschichte stammte, eine neu zum Leben erweckte Bedrohung, die die Königreiche von Beltane und Illicia verwüstet hatte, schrecklich und tragisch, aber weit entfernt, eher etwas wie ein schlimmes Übel im Leben anderer Menschen. Erst in den letzten Jahren hatte man die Auswirkungen des Krieges in Valentia spüren können, nämlich als die Stärke dieser anderen Königreiche nachgelassen hatte.

Der Abgesandte nickte langsam. In seinen Augen lag keine Verurteilung. Er tadelte die Leute nicht für ihre Unschuld.

»Ihr könnt nicht kämpfen«, wiederholte er. »Und es ist zu spät, um Hilfe herbeizurufen.«

»Was sollen wir dann tun?«, fragte jemand aus der Menge.

»Ihr müsst euch zurückziehen«, sagte er. »Ihr müsst euch zurückziehen und hoffen, dass ihr rechtzeitig einen sicheren Ort erreichen könnt.«

»Aber das würde die Stadt ohne jede Verteidigung zurücklassen«, sagte Bellius verächtlich, als sei die Idee lächerlich. »Denkt Ihr wirklich, die kämpfenden Männer von Caer Dour würden sich zurückziehen und einfach darauf hoffen, dass das Heer des Dämons unsere Familien in Frieden ließe?«

Sir William blickte Bellius direkt in die Augen.

»Ihr missversteht mich, Sir«, sagte er. »Es ist nicht nur die Armee, die fliehen muss.«

Bellius Snidesson runzelte die Stirn.

»Das Heer der Besessenen wird das Tal hinaufziehen, bis es die Stadt erreicht, und dann wird es jedes lebendige Wesen, das es findet, töten oder für sich einfordern. Und es wird jeden finden, der töricht genug ist, zurückzubleiben.«

Die Menge begann einmal mehr zu murmeln, als ihr allmählich die volle Auswirkung seiner Worte dämmerte. Der Abgesandte hielt einen Augenblick inne, damit sie es wirklich begriffen.

»Lasst die Kinder heute Nacht schlafen«, sagte er. »Aber morgen früh muss jeder Mann, jede Frau und jedes Kind bereit sein, in die Berge zu fliehen.«

»Aber wo sollen wir denn hingehen?«, fragte eine Frau von der anderen Seite des Platzes aus, und der Blick des Abgesandten suchte die Gesichter der Menge ab, um ihres zu finden.

»Wir schlagen uns nach Clemoncé durch«, sagte er, als spräche er zu allen Müttern aller Kinder, die in dieser Nacht in ihren Betten schliefen. »Wir schlagen uns nach Clemoncé durch und hoffen, dass wir einen sicheren Ort erreichen, bevor uns der Dämon einholen kann.«

»Aber das ist doch Irrsinn!«, erwiderte Bellius. »Wir können nicht bis zum Morgen eine komplette Stadt entwurzeln und in die Berge schaffen.«

»Es wäre Irrsinn, zu bleiben«, erwiderte der Abgesandte.

»Aber was ist mit unserem Zuhause? Was ist mit unserem Land?«

»Häuser können wiederaufgebaut werden. Land kann zurückerobert werden.«

Verzweifelt warf Bellius die Hände hoch und sah Morgan in Hoffnung auf Unterstützung an, aber der Magier schien direkt durch ihn hindurchzublicken, und der Abgesandte kehrte sich wieder der Menge zu.

»Ihr Leute von Caer Dour«, rief er nun mit lauter Stimme, »wir können nicht ändern, was heute Nacht hier geschehen ist, und wir haben keine Zeit zu trauern.« Die Menschen beobachteten ihn still. »Geht zurück in eure Häuser und bereitet euch auf eine Reise in die Berge vor«, fuhr er fort. »Packt nur das, was ihr braucht. Nehmt nichts mit, das euch aufhält.«

Die Stimmung der Menschenmenge wurde gelassener, als sie die Realität ihrer misslichen Lage einzusehen begannen. Der Gedanke, ihre Familien in die Berge zu führen, mochte entmutigend sein, aber sie waren Leute aus Valentia. Sie würden gewiss nicht vor Widrigkeit und Mühsal zurückschrecken.

»Geschwindigkeit, Nahrung und Zuflucht«, sagte der Abgesandte. »Lasst euch von den Gedanken an diese Dinge leiten. Geschwindigkeit, Nahrung und Zuflucht, aber am wichtigsten ist Geschwindigkeit.«

Er wartete ab, bis er sicher war, dass die Leute verstanden hatten.

»Es gibt ein Felsplateau«, sprach er weiter, »gleich außerhalb der Stadt an der Straße nach Clemoncé. Sagt es euren Freunden und euren Familien. Sagte es jedem, den ihr kennt, dass wir uns dort morgen früh bei Sonnenaufgang versammeln.«

Er blickte ein letztes Mal in ihre Gesichter.

»Niemand darf zurückgelassen werden«, ergänzte er. »Wenn es Leute gibt, die Hilfe brauchen, helft ihnen. Wenn es Leute gibt, die überredet werden müssen, so überredet sie. Morgen früh bei

Sonnenaufgang muss jede lebende Seele die Stadt Caer Dour verlassen haben.«

11

Reue

Langsam gingen die Menschenmassen auseinander, und die Anführer von Caer Dour zogen sich zurück, um die Notlage ihrer Einwohner zu besprechen. Simeon ging mit ihnen, denn es gab niemanden, der genauer über die Besessenen Bescheid wusste als er. Ihre Gespräche dauerten einige Zeit an, und es war schon weit nach Mitternacht, als der alte Kampfmagier endlich nach Hause zurückkehrte.

Malaki hatte Falco zur Villa getragen und es ihm so bequem wie möglich gemacht, während Fossetta sich darum gekümmert hatte, Vorbereitungen für die Reise in die Berge zu treffen. Als sie alles getan hatte, was ihr möglich war, kam sie zurück, um ihn abzulösen.

»Du solltest heimgehen«, sagte sie. »Das wird eine arbeitsreiche Nacht werden, und dein Vater wird alle Hilfe brauchen, die er bekommen kann.«

»Vielleicht sollte ich …«, begann Malaki, aber Fossetta schnitt ihm das Wort ab.

»Ich habe ein Auge auf Falco«, sagte sie. »Für ihn ist Schlaf jetzt das Beste.«

Malaki nickte, wenn auch etwas widerstrebend. Als er sich erhob, legte Fossetta eine Hand auf seinen Arm, dann stellte sie sich auf die Zehenspitzen, um ihn auf die Wange zu küssen.

»Du warst großartig in den Prüfungen«, sagte sie mit plötzlichen Tränen in den Augen. Malaki lächelte. »Danke dir«, sagte er, obwohl die Ereignisse des Tages mittlerweile weit entfernt und belanglos erschienen.

Fossetta sah ihm nach, wie er den Raum verließ, dann machte sie sich daran, seinen Platz an Falcos Seite einzunehmen. Die

Flamme einer einzigen Lampe erfüllte den Raum mit einem warmen, orangefarbenen Schein, aber Falcos Haut sah immer noch so fahl und grau aus, als wäre sie aus Stein. Er zuckte und stöhnte, jeder Atemzug rasselte in seiner Kehle.

»Dunkelheit«, murmelte Falco, verloren im Griff von Fieber und Delirium. »Dunkelheit in der Tiefe. Dunkelheit auf den Hügeln.«

Fossetta fühlte, wie ein Schatten von Furcht auf ihr Herz fiel. Es war viele Jahre her, dass sie das letzte Mal gehört hatte, wie Falco im Schlaf die »Dunkelheit« erwähnt hatte. Sein Zustand *musste* schlimm sein, wenn seine Träume zu diesem Ort der Qual in seinem Geist zurückgekehrt waren. Oft, wenn er von der Dunkelheit sprach, pflegte er undeutlich über andere Dinge zu reden. Fossetta und Simeon hatten nie herausfinden können, ob es ein Ort mit drei Hügeln oder drei eingebildeten Freunden war, der ihn zu beruhigen schien.

»Es spielt keine Rolle«, hatte Simeon ihr gesagt. »Alles, was ihm hilft, die Albträume zu bekämpfen, ist gut.«

Darauf hoffend, dass er sich etwas beruhigte, strich Fossetta eine Strähne dunklen Haars aus Falcos Gesicht. Sie überprüfte sein Fieber, bevor sie sich auf dem Stuhl auf der anderen Seite des Raumes niederließ. Einige Zeit später rührte sie sich beim Klang der sich öffnenden Tür.

»Wie geht es ihm?«

Fossetta erhob sich, als Simeon den Raum betrat. »Nicht gut«, sagte sie, und Simeon konnte die Sorge aus ihrer Stimme heraushören.

»Er ist stärker, als er aussieht«, sagte er zu ihr. »Hast du das nicht immer gesagt?«

Fossetta lächelte angesichts der Freundlichkeit ihres Herrn.

»Ist alles entschieden?«

»Soweit das möglich ist«, erwiderte Simeon. »Wir machen uns nach Toulwar auf. Die Stadt ist der nächstgelegene Ort, an dem wir sicher sind.«

»Hat sie einen Kampfmagier?«

»Sie wird einen haben«, sagte Simeon. »Es ist ein Versammlungsort für Armeen, die nach Illicia ziehen. Ein Kampfmagier wurde der letzten Armee zugeteilt, bevor sie Ende des Monats die Stadt verlässt.«

»Aber das ist nur neun Tage … von jetzt an!«

Simeon antwortete nicht. Alle bei dem Treffen hatten Fossettas Bedenken geteilt. Die Stadt Toulwar lag mehr als hundert Meilen entfernt, und der Gebirgspfad war keine einfache Route. Es schien unmöglich, dass die Einwohner einer ganzen Stadt diese Strecke in neun Tagen zurücklegen konnten.

»Wir werden Reiter aussenden«, sagte Simeon. »Die Leute in Toulwar werden von unserer misslichen Lage erfahren. Die Armee wird ausreiten, um uns entgegenzukommen.«

»Und was ist mit denen, die nicht fliehen können?«, fragte Fossetta, und hier senkte Simeon den Kopf.

»Sie werden die Mittel bekommen, ihr eigenes Schicksal zu entscheiden.«

Fossetta hob eine Hand zum Mund. »Der Himmel helfe uns«, flüsterte sie.

Simeon ergriff ihren Arm. »Ist alles fertig?«, fragte er, um ihre Gedanken zurück auf die fassbaren Dinge zu richten, die sie unter Kontrolle hatten.

Fossetta nickte mit Tränen in den Augen. Sie kannte mehrere Leute, die zu krank oder zu alt waren, um sich in die Berge aufzumachen.

»Ich habe Davis die Packpferde beladen lassen«, sagte sie und tupfte ihre Augen mit dem Ärmel ihrer Bluse ab. »Es wird jede Menge Leute geben, die nicht über den ersten Tag hinaus planen«, fügte sie hinzu. »Wir müssen darauf vorbereitet sein zu teilen, was wir haben.«

Simeon nickte und lächelte. »Schlaf ein wenig«, wies er sie an. »Ich sitze eine Weile bei ihm.«

Fossetta blickte auf Falco hinab, ihr Gesichtsausdruck war eine

Mischung aus Besorgnis und Mitgefühl. »Der Himmel helfe uns«, wiederholte sie. Damit verließ sie den Raum, und Simeon ließ sich auf dem Stuhl nieder.

Eine Stunde verging, und die Flamme in der Lampe war nur noch eine winzige Perle aus bernsteinfarbenem Feuer.

Falco öffnete die Augen.

Auf der anderen Seite des Raums konnte er die vagen Umrisse von Simeon sehen, der auf dem Stuhl saß. Er schien zu schlafen, und Falco war erleichtert. Er hatte kein Verlangen danach, mit irgendjemandem zu sprechen. Seine Brust schmerzte, und seine Schulter brannte entsetzlich. Er versuchte soeben in eine etwas bequemere Position zu rücken, als Simeon sprach.

»Warum?«

Im trüben Licht konnte Falco gerade noch die vernarbte Maske von Simeons Gesicht ausmachen.

»Ich musste es sehen«, sagte er leise. »Ich musste es wissen.«

»Was wissen?«

»Wofür er gestorben war«, sagte Falco. »Was es war, das ihn dazu trieb.«

»Und hast du deine Antworten gefunden?«, fragte der alte Kampfmagier.

»Nein«, sagte Falco. »Der Drache war wahnsinnig, und mein Vater muss wahnsinnig gewesen sein, sich auf dessen Seite zu schlagen.«

Simeon stieß ein leises Seufzen aus. Er schien beinahe enttäuscht zu sein. Vielleicht hatte er ebenfalls gehofft, eine Erklärung für die Taten von Aquila Danté zu finden.

Einige Zeit lang war es still.

Falco starrte zur Decke hinauf, und seine Tränen waren die eines Sohnes, der um seinen Vater trauerte. Die letzte Hoffnung auf eine Wiedergutmachung seines Vaters waren in der blinden Wut des Drachenfeuers gestorben. »Es tut mir leid«, sagte er.

Beim Klang der Zerknirschtheit in Falcos Stimme senkte Simeon den Kopf. Er machte ihm keine Vorwürfe für das, was geschehen war. Vielleicht war die gesamte Stadt aufgrund von Falcos Tun dem Untergang geweiht, aber Simeon betrachtete das nicht als Falcos Schuld. Er kannte den Drang, der ihn dazu veranlasst hatte, die Burg der Winde zu betreten, das verzweifelte Verlangen, es zu wissen. Tatsächlich hatte Falco nicht anders gekonnt.

»Versuch zu schlafen«, sagte er. »In den kommenden Tagen wirst du deine Kraft brauchen.«

Schlafen, dachte Falco. Im Schlaf würde er keinen Frieden finden.

Und was Stärke anging … Beinahe musste Falco lachen.

Stärke war für die Lebenden. Er hatte keinen Bedarf an Stärke.

12

In die Berge

Am nächsten Morgen waren auf der breiten Ausdehnung felsigen Geländes westlich der Stadt sechstausend Menschen zusammengekommen. An einem kalten Herbsttag war es ein trostloser und verlassener Ort, an dem nichts den beißenden Wind abschwächte, der von Norden her blies. Die Sonne war kaum aufgegangen, und doch war Caer Dour schon fast völlig verlassen.

Die Einwohner hatten die Worte des Abgesandten beherzigt, und nur eine Handvoll Leute war in der Stadt geblieben. Die meisten waren in der Lage nachzufolgen, bevor es zu spät sein würde, aber es gab auch diejenigen, denen man hatte »helfen« müssen, sich auf den Weg zu machen, und in den Augen der Menschen lag ein gehetzter Ausdruck. Sie standen in Gruppen, drängten sich gegen die Kälte zusammen und umklammerten Ranzen mit Essen und was auch immer an persönlichen Dingen sie sich mitzubringen entschlossen hatten. Viele hatten Pferde oder Maultiere, die mit Vorräten beladen waren oder diejenigen trugen, die zu jung, zu alt oder zu schwach zum Gehen waren. Sie sahen elend und verloren aus, aber dann tauchte der Abgesandte über dem Rand des Plateaus auf, und die Stimmung hob sich wie der graue Nebel, der von den Talsenken aufstieg.

Sir William ritt einen wunderschönen rauchgrauen Percheron, ein Schlachtross, das von den Rittern von Illicia bevorzugt wurde. Er lächelte die Leute nicht an, als er sich auf das Plateau hinaufbewegte, aber da lag etwas in seiner Haltung, das ihnen Trost gab. Es war nicht gerade Zuversicht, aber eine Art Ruhe, als hätte er Ereignisse wie dieses schon früher erlebt und als sei er der lebende Beweis dafür, dass man sie überstehen konnte. Neben ihm erschien Simeon le Roy auf einem schwarzen Pferd von ähnlicher Größe. Trotz seines Alters und seiner hohläugigen Blindheit besaß der alte Kampfmagier die gleiche beruhigende Ausstrahlung wie der Abgesandte, und die Einwohner von Caer Dour begannen einen schwachen Schimmer von Hoffnung zu verspüren.

Doch hinter ihnen folgte auf einem deutlich leichter gebauten Pferd eine kleine Gestalt, die gekrümmt und mit gesenktem Kopf im Sattel schwankte. Sie trug einen schiefergrauen, pelzgefütterten Mantel, aber selbst mit der tief ins Gesicht gezogenen Kapuze wussten die Leute, wer es war.

Falco Danté, der Sohn von Aquila Danté, dem verrückten Kampfmagier, dem Verräter. *Er* war der Grund, weshalb sie aus ihrem Zuhause fliehen mussten. *Er* war der Grund, weshalb sie in der Kälte standen.

Falco kam sich vor, als bewege er sich durch einen Albtraum. Menschen, die ihn noch einen Tag zuvor mit einem Lächeln gegrüßt hatten, blickten ihn nun mit harten, unversöhnlichen Blicken an. Er konnte kaum die Schmerzen ertragen, die seinen Körper peinigten. So hatte er keine Stärke für die Feindseligkeit übrig, die ihn deutlicher traf als der schneidende Nordwind. Er senkte den Kopf, als zwei Pferde neben ihn heranritten.

»Schau sie nicht an«, sagte einer der Reiter in barschem Ton.

Falco warf einen kurzen Blick nach links. Es war Balthazak de Vane, Malakis Vater.

»Sieh nur auf Simeon«, sagte Balthazak.

Er schaute Falco nicht an. Sein Blick war unverwandt geradeaus gerichtet.

Falco wandte sich um und sah Malaki, der dicht zu seiner Rechten ritt. Sowohl Vater als auch Sohn trugen nun ihre blaue Stahlrüstung mit warmen Mänteln, die über ihren Schultern lagen. Sie sahen stark und Achtung gebietend aus, eher wie Ritter, und gar nicht wie der städtische Schmied und sein Sohn. Falco fühlte ein Aufwallen von Liebe für sie, dem schnell eine schwarze Woge aus Schuld folgte. Er glaubte, dass er ihre Freundlichkeit nicht verdiente. Selbst als Malaki ihm ein verstohlenes Grinsen schenkte, brachte er es nicht über sich zu lächeln.

Die Stärke von Falcos Begleitung hielt viele davon ab, ihn offen finster anzustarren, aber die Blicke und das Geflüster dauerten an, als sie auf die Gruppe von Adligen zuhielten, die sich in der Mitte des Plateaus versammelt hatte.

»Gut«, sagte Malaki und nickte in die Richtung der Adligen. »Heçamede ist bei ihnen.«

Falco blickte auf und sah, wie Heçamede sie betrachtete, als sie sich näherten. Er konnte nicht sagen, dass er erfreut war, sie zu sehen.

Malaki und sein Vater fielen zurück, als sie die Gruppe erreichten und der Abgesandte vom Pferd abstieg, um mit Bellius und Morgan zu sprechen. Simeon blieb auf seinem Pferd, und Falcos Stute kam zu einem sanften Halt. Hinter ihm stieg Fossetta von einem der Packpferde. Sie hatte unruhig mit angesehen, wie sie ihren Weg den Pfad hinauf genommen hatten, und mehr auf den guten Spürsinn des Pferdes gesetzt, seinen Träger im Sattel zu halten, als auf Falcos Wachsamkeit. Jetzt kam sie nach vorn, um sich zu Heçamede an Falcos Steigbügel zu gesellen.

»Wie geht es ihm?«, fragte die Heilerin.

»Nicht besser«, sagte Fossetta. »Seine Brust ist nicht frei, und der Ausschlag ist schlimmer als je zuvor.«

Heçamede nickte bedächtig und streckte den Arm aus, um die Kapuze von Falcos Mantel zurückzuziehen. »Der Abgesandte hat recht«, sagte sie. »Das ist keine Scharlachlunge.«

»Ist das gut oder schlecht?«, fragte Fossetta.

»Nur die Zeit wird es erweisen«, sagte Heçamede ausweichend.

Dem Abgesandten war es wichtig gewesen, sie in der letzten Nacht aufzusuchen. Die Krankheit, über die er gesprochen hatte, war in dieser Gegend sehr selten, doch die Symptome schienen zu passen. Sie würde sich noch einmal mit ihm unterhalten, wenn sie die Möglichkeit dazu bekam. Im Augenblick war er von Adligen umringt, die alle gleichzeitig mit ihm sprechen wollten. Als sie es mit ansah, hob er seine Hand, um sie zu beruhigen.

»Gibt es etwas Neues von der Armee?«, fragte er.

»Die ersten Reiter haben uns vor einer Stunde erreicht«, erwiderte Morgan.

»Vor zwei Stunden«, berichtigte ihn Bellius säuerlich.

Morgan warf ihm einen vernichtenden Blick zu, aber Bellius verdrehte nur die Augen und legte eine Hand an die Stirn. Wie so viele, die da standen, hatte er die angespannte Miene eines Mannes, der nicht geschlafen hatte.

»Die Armee ist auf dem Weg«, sagte er und nahm sich von seinem Diener Ambrose eine Feldflasche mit Wein. »Sie sollten uns heute etwas später erreichen.«

»Gut«, sagte der Abgesandte. »Und die Besessenen? Gibt es Neuigkeiten, was sie betrifft?«

»Sie sind gerade einmal zwei Tage von der Stadt entfernt«, sagte Bellius.

Der Blick des Abgesandten zog sich nach innen, und er presste die Kiefer zusammen. »Dann machen wir uns besser auf den Weg«, sagte er grimmig. Er wandte sich Morgan zu. »Sind die Reiter bereit?«

Morgan deutete beiseite, wo sich vier Pferde in einer Reihe befanden. Ihre Reiter standen aufgeregt neben ihnen. Jeder von ihnen hatte eine lederne Transportröhre über die Schulter geschlungen. Der Abgesandte arbeitete sich zu der Reihe vor. Die ersten drei waren Männer mit schlankem Körperbau und wettergegerbten Gesichtern; die vierte war eine junge Frau.

Der Abgesandte zögerte.

»Sie ist volljährig«, sagte ein Mann, der etwas abseits stand und seinen Arm um eine Frau gelegt hatte, die dieselben dunklen Augen und das gleiche schwarze Haar wie die junge Reiterin hatte. Beide sahen besorgt, aber entschlossen aus.

»Sie ist schnell«, sagte die Frau. »Und tapfer.«

Der Abgesandte nickte den Eltern der jungen Reiterin zu. »Wie ist dein Name?«, fragte er sie.

»Anwyn«, sagte die junge Frau.

Der Abgesandte legte ihr eine Hand auf die Schulter, dann drehte er sich um und richtete das Wort an sie alle. »Reitet schnell«, sagte er, als die Reiter sich leicht in ihre Sättel schwangen. »Und überbringt wohlbehalten eure Nachrichten. Unser Schicksal liegt in euren Händen.«

Mit einem letzten Nicken zum Abschied gaben die Reiter ihren Pferden die Sporen und sprengten davon.

»Ob sie es schaffen werden?« Sir Gerallt Godwin sprach die Frage aus, die sie alle beschäftigte.

Der Abgesandte beobachtete, wie die Reiter über den Rand des Plateaus hinweg verschwanden. »Ja«, sagte er schließlich. »Sie werden es schaffen.« Er stieg in den Sattel und blickte auf das Meer der ihm zugewandten Gesichter hinab. Es gab nichts mehr zu sagen. Es war Zeit aufzubrechen. Mit einem Seufzen brachte er sein Pferd auf den Weg und machte sich daran, die Straße nach Clemoncé entlangzureiten.

Simeon drängte sein Reittier vorwärts, und das schwarze Schlachtross schloss sich automatisch dem grauen Streitross des Abgesandten an. Auch Falcos Pferd brauchte keine Führung, es folgte einfach hinterdrein.

Als Falco den Weg erreichte, lenkte Malaki sein Pferd neben das seines Freundes. Hinter ihnen kam Fossetta auf einem der Packpferde, ihre Arme um einen kleinen Jungen gelegt, der unablässig vor sich hinplauderte. Dann folgten Balthazak mit Sir Gerallt und Bryna Godwin. Hinter ihnen kam Merryweather mit Tobias, der sicher auf dem Pferd neben seinem Vater festgebunden war. Der Adlige, der bei bester Laune war, erklärte gerade seinem Sohn, dass dies trotz der Kälte ein höchst aufregendes Abenteuer sei. Neben ihm hob Tobias einen verwachsenen Arm, um die Reihe entlang auf Falco zu deuten.

»Kammack …«

»Es wird ihm gut gehen«, sagte Merryweather, der sich ausstreckte, um das verkümmerte Bein seines Sohnes zu tätscheln. Tobias drehte seinen schwankenden Kopf, um seinen Vater anzusehen. »Es wird ihm gut gehen«, beharrte Merryweather mit einem Lächeln. Seine zuversichtliche Natur erlaubte es ihm nicht, etwas anderes zu erwägen.

Und so führte der Sendbote der Königin von Grimm die Einwohner von Caer Dour in die Berge. Sie kamen überraschend gut voran, und als es Mittag war, hatten sie bereits beinahe sieben Meilen hinter sich gebracht. Die erdrückende Wolkendecke war aufgerissen, und von ein paar vorbeistreifenden Schauern abgesehen, blieben die Flüchtlinge zumeist trocken. Es war noch immer kalt, aber der blaue Himmel hob ihre Stimmung, und die Berge des nördlichen Valentia sahen im nachmittäglichen Sonnenlicht wunderschön aus. Die lange Karawane an Menschen hatte angehalten, um zu essen und zu rasten, als ein Reiter eintraf, der berichtete, dass die Armee sich ihnen näherte und kurz nach Sonnenuntergang zu ihnen aufschließen würde.

»Das ist gut«, sagte der Abgesandte. »Sag Lord Cadell, dass wir uns darauf freuen, seinen Rat zu hören.«

Der Reiter drehte sich einfach um, ohne für Essen oder Trinken eine Pause einzulegen, und schlug den überfüllten Weg zurück ein.

Der Abgesandte beobachtete ihn, wie er davonritt, dann fuhr er fort, die praktischen Erwägungen, die das Erscheinen der Armee betraf, mit Bellius und Morgan zu besprechen. Sie waren schon ins Gespräch vertieft, als Simeons Stimme ihre Aufmerksamkeit forderte.

»Chevalier!«

Der alte Kampfmagier war auf den Beinen, sein verwüstetes Gesicht dem Himmel zugewandt.

»Was ist?«, fragte der Abgesandte, der herankam und sich neben ihn stellte.

»Jemand beobachtet uns«, sagte Simeon.

Falco fühlte, wie ihn ein kalter Schauer überlief. Er hatte ebenfalls die Ahnung von etwas, das sie beobachtete, von einer heimtückischen Präsenz, die über ihnen in der Luft hing. Er hatte sie jedoch als die dunkle Wolke aus Schuld und Verfolgungswahn abgetan, die seinen Geist ohnehin umhüllte. Doch als er nun seine Augen gen Himmel richtete, konnte er eine deutliche Anwesenheit von etwas wahrnehmen, das über ihnen war, weit entfernt und dunkel, ein heißer, winziger Punkt aus Unheil.

Der Abgesandte schirmte seinen Blick ab und starrte zum Himmel empor, während um ihn herum andere ebenfalls begannen, nach oben zu schauen.

»Da!«, sagte Bryna plötzlich. »Bei dieser dünnen Reihe von Wolken.«

Sie hatte recht. Alle konnten ihn jetzt sehen, einen winzigen dunklen Umriss, der über ihnen schwebte.

»Es hat Flügel«, sagte Bryna.

»Ein Vogel«, behauptete Merryweather hoffnungsvoll.

»Das ist kein Vogel«, sagte Simeon.

»Shwartz angel«, sagte der Abgesandte in der Sprache von Illicia. »Ein dunkler Engel. Ein Dämon der Besessenen von geringem Rang.«

»Wird er uns angreifen?«, fragte Sir Gerallt.

»Nein«, sagte der Abgesandte, der auf einen Haufen von Felsen kletterte. »Sie mögen stark sein, aber sie sind nicht für ihre Tapferkeit bekannt.« Er blickte noch einmal zum Himmel, bevor er auf den Weg hinuntersah, den die Reiter genommen hatten. »Sie würden keine Ansammlung von Menschen attackieren, aber sie könnten sich diejenigen herauspicken, die sich allein voranwagen.« Missmutig biss er die Zähne aufeinander. »Der Dämon muss an Stärke zunehmen, wenn er kleinere Schergen durchbringt.«

»Wird er die Reiter verfolgen?«, fragte Sir Gerallt.

»Erst wird er zu seinem Herrn zurückkehren«, erklärte der Abgesandte, »um dem Dämon von unserer Flucht zu berichten. Aber dann ...« Der unbeendete Satz ließ kaum Zweifel übrig.

»Dann müssen wir sie warnen!«, sagte Bellius, der lebhafter aussah, als er den ganzen Tag über gewirkt hatte.

»Es ist zu spät«, sagte Morgan. »Es waren unsere schnellsten Reiter, und sie haben bereits einen Vorsprung von mehreren Stunden.«

»Wir können einfach nur auf das Beste hoffen«, sagte der Abgesandte. »Womöglich werden sie übersehen.«

»Und wenn nicht?«, fragte Bellius.

»Dann sollten sie die Deckung von Felsen oder Bäumen aufsuchen«, gab er Abgesandte zurück. »Wenn sie ihre Stellung behaupten, könnten sie eine geringe Chance haben.«

Überall um ihn herum wandten die Leute ihre Blicke vom Himmel ab und dem Bergpfad zu, auf dem sie gekommen waren. Bisher hatte das Heer des Dämons gesichtslos und abstrakt gewirkt, aber jetzt blickte tatsächlich eine Kreatur der Finsternis auf sie herab. Mit einem Mal erschien die von den Besessenen ausgehende Gefahr entsetzlich real.

»Wir sollten machen, dass wir weiterkommen«, schlug der Abgesandte vor, und der Klang seiner Stimme hatte die Gewalt eines Befehls.

Die Leute packten ihr Essen weg, und eine Welle an Geschäftigkeit bewegte sich die lange Karawane von Flüchtlingen entlang. Innerhalb weniger Minuten waren die Einwohner von Caer Dour wieder unterwegs. Manchmal war der Pfad so eng, dass zwei Pferde nicht nebeneinander gehen konnten, aber hin und wieder verbreiterte er sich auch, und als die Nachmittagssonne einen schwachen Versuch wagte, sie zu wärmen, ritt Malaki erneut neben seinen Freund.

»Hast du ihn gesehen?«, fragte er so leise, damit die Leute um sie herum sie nicht belauschten.

Falco antwortete nicht.

»Ich fand, es sah wie ein Vogel aus«, beharrte Malaki. »Aber Brynas Augen sind besser als die der meisten. Sie sagt, dass es der falsche Umriss für einen Vogel war, eher wie ein Mann mit Flügeln.«

Falco blickte seinen Freund aus den Augenwinkeln an.

»Du hast mit Bryna gesprochen?«, schnaufte er.

Malaki lächelte stolz, aber auch erleichtert. Es war das erste Mal, dass Falco an diesem Tag gesprochen hatte. Bestimmt war das ein gutes Zeichen.

»Ein wenig«, sagte Malaki. »Wir haben uns über Pfeilspitzen unterhalten.«

»Pfeilspitzen«, sagte Falco, als sei das völlig einleuchtend.

Er blickte seinen Freund an, und die Röte auf Malakis Wangen ließ sein Feuermal noch deutlicher denn je hervorstechen.

Falcos Mund verzog sich zu einem Lächeln, und die beiden Jungen mussten lachen.

Schweigend ritten sie weiter, und die Sonne verschwand einmal mehr hinter den Wolken. Die Landschaft war zerklüftet, die grauen Felsen durchsetzt von Heidekraut, Ginster und Beständen an verdrehten Bergkiefern. Die Geräusche von aufgeschreckten Vögeln begleiteten sie, während sie ihren Weg entlang des abgeschiedenen, gewundenen Pfades fortsetzten. Als sie um eine Biegung ritten, konnten sie sehen, dass der Pfad in ein Flusstal hinunterführte. Es war breit und geschützt, ein guter Ort, um hier ein Lager aufzuschlagen.

Als sie den Talboden erreichten, schwand bereits das Tageslicht, und Malaki streckte die Arme nach Falco aus, um ihm von seinem Pferd zu helfen. Er legte ihn in einer sandigen Mulde ab und machte ein Feuer. Die Dunkelheit sorgte für eine gewisse Ruhe im Lager, wobei die Leute in den beruhigenden Glanz des Feuerscheins eingesponnen waren. Angst und Schock waren zwar immer noch gegenwärtig, aber sie waren auf ihrem Weg, einen Tag näher an Toulwar, einen Tag näher an der Sicherheit. Die Nacht hatte erst eingesetzt, aber viele hatten sich bereits in Bettzeug und auf Decken niedergelegt, erschöpft von der Anspannung und dem schwierigen Vorankommen über Meilen hinweg.

Alles, was Falco wollte, war zu schlafen. Stattdessen fand er sich selbst vornübergebeugt und schwitzend wieder, während Fossetta die seidenen Verbände der Verbrennungen an seiner Schulter entfernte.

»Gut«, sagte Heçamede, die neben der Wirtschafterin kniete. »Kein Zeichen von Entzündung. Jetzt reinige die Ränder und sprüh sie mit dem Bestäuber ein.«

Sie reichte Fossetta einen sauberen Tupfer, und Falco biss einen Aufschrei zurück, als sie seine Wundränder säuberte. Selbst das sanfte Einnebeln mit in Kräutern aufgegossenem Wasser brannte wie Feuer, und Falco starrte geradeaus und versuchte den Schmerz auszublenden, als Fossetta ihm einen frischen Verband aus eingeölter Seide anlegte. Endlich waren die Bandagen gewechselt, und Falco durfte sich wieder in eine etwas bequemere Position zurückbegeben. Dann, gerade als er dachte, er könne seine Augen schließen und die Welt aussperren, tauchte an Heçamedes Schulter der Abgesandte auf.

»Wie geht es ihm?«, fragte er und kauerte sich neben der Heilerin hin.

»Ich denke, dass Ihr recht habt«, sagte Heçamede, und Falco wandte den Blick ab, als sie seine Kleidung hochzog, um seine Brust zu entblößen.

»Seht, wie schnell sich der Ausschlag ausbreitet, und selbst feuchte Umschläge lassen ihn nicht verblassen.«

»Ja«, sagte der Abgesandte, »das sieht mehr und mehr wie die Krankheit aus, die meiner Schwester das Leben gekostet hat.«

»Aber wenn es nicht Scharlachlunge ist, was ist es dann?«, fragte Fossetta. »Und kann es geheilt werden?«

»Es ist eine Entzündung, die von den Sporen eines Pilzes verursacht wird«, sagte Heçamede. »Die Sporen werden freigesetzt, wenn bestimmte Holzarten verbrennen. In seltenen Fällen kann der Pilz den Körper befallen.«

»In Illicia wird die Krankheit mit dem Harz der Silberkiefer behandelt, aber mir ist gesagt worden, dass dieser Baum gar nicht in Valentia wächst«, sagte der Abgesandte.

»Wir könnten das Harz von Corroskiefern verwenden«, sagte Heçamede.

»Aber das ist ätzend«, sagte Fossetta. »Allein schon den Saft zu berühren verursacht Verbrennungen.«

»Wir haben keine Wahl«, sagte Heçamede. »Die Entzündung breitet sich aus. Bald wird das Gewebe anfangen zusammenzubrechen.«

Fossetta erbleichte. Sie wusste, wovon Heçamede sprach. Die Entzündung breitete sich nicht nur über Falcos Haut aus. Sie war auch in seinen Lungen. Wenn sie nicht aufgehalten wurde, dann würde er von innen heraus verzehrt werden. Ihre Kiefer mahlten, und Tränen stiegen ihr in die Augen, während ihr Blick das Tal nach Anzeichen von Corroskiefern absuchte. Dann wandte sie sich Malaki zu.

»Komm!«, sagte sie. »Du hilfst mir suchen.«

Malaki hatte nie zuvor einen solchen Ton in Fossettas Stimme gehört.

»Natürlich«, sagte er, richtete sich auf und gürtete sein Schwert. Es hatte keine weiteren Anzeichen für den dunklen Engel mehr gegeben, aber dennoch war es nicht klug, sich unbewaffnet in die Finsternis aufzumachen.

»Wir fangen an den nördlichen Hängen an«, sagte Fossetta. »Corroskiefern bevorzugen Schatten.« Und mit diesen Worten verschwanden sie.

Falco ließ sich auf sein Bettzeug zurücksinken und wandte das Gesicht vom Feuer ab. Warum machten sie sich die Mühe? Was kümmerte es sie überhaupt? Ohnehin war alles seine Schuld. Alles, was er jetzt tun wollte, war schlafen. Es war ihm egal, ob er nie wieder aufwachte.

13

Der dunkle Engel

Die Armee holte sie kurz nach Einbruch der Nacht ein, und Lord Cadell begann sofort eine Unterredung mit dem Abgesandten und den Anführern von Caer Dour. Falco, der zwischen Schlaf und Wachen hin und her trieb, konnte das Murmeln ihrer Gespräche hören. Es war schon spät geworden, als er aufwachte und sah, wie Simeon und der Abgesandte zu ihrem Bettzeug zurückkehrten. Die beiden Männer setzten sich hin, und Malaki erhob sich, um beiden eine Schale mit Suppe und einen Brocken Brot zu holen.

Falco, der sich schon wieder kurz vor dem Einschlafen befand, beobachtete, wie sie still ihr Abendessen zu sich nahmen. Sein Blick glitt über den felsigen Boden und machte im Feuerschein die dunklen Umrisse einiger Leute aus. Bryna Godwin lag nicht weit entfernt, und Falco sah, wie Sir Gerallt sich neben seiner Tochter niederließ. Dicht bei ihnen war auch Merryweather, sein großer, schwerer Körper zusammengerollt um seinen Sohn, der in der Umarmung seines Vaters fest eingeschlafen war.

Heçamedes Bettzeug war innerhalb des Lichtscheins ausgebreitet, der das Lagerfeuer umschloss. Aber sie selbst kümmerte sich um die Bedürfnisse der Leute, während sich Fossetta etwas abseits zurückgezogen hatte, um die Nadeln der Corroskiefern zu verarbeiten, die sie und Malaki gesammelt hatten. Selbst von seinem Platz aus tränten Falcos Augen, als Schleier der ätzenden Dämpfe über den Lagerplatz strichen.

Während Simeon und der Abgesandte ihr spätes Abendessen beendeten, nahm Balthazak etwas aus seiner Satteltasche und trat zu dem Abgesandten. Er kauerte sich hin und reichte ihm ein kleines Bündel, das in ein weiches weißes Tuch eingehüllt war.

Der Abgesandte schien überrascht. »Ich kann nicht glauben, dass du die Zeit dafür gefunden hast.«

Balthazak neigte den Kopf, als sei das gar nichts. »Es muss noch gereinigt werden, und das Leder braucht eine Politur und eine Borte. Ich habe einen fertigen Gürtel, falls Ihr ihn nötig habt.«

Der Abgesandte wischte den Vorschlag weg.

»Ich möchte es selbst tun.«

Balthazak nickte. »Lasst mich einfach wissen, wenn Ihr die Nieten einsetzen wollt.«

»Danke«, sagte der Abgesandte, öffnete das Bündel und brachte eine Nadelfeile, mehrere Längen schwarzes Lederband und eine silberne Gürtelschnalle in der Form eines Pferdekopfs zum Vorschein.

»Ihr habt ein feines Fingerspitzengefühl«, sagte Balthazak.

Der Abgesandte schnaubte leise. »Das war mein vierter Versuch.«

»Ich hoffe, sie ist es wert.«

»Das ist sie«, sagte der Abgesandte.

Mit einem Lächeln kehrte Balthazak zu seinem Bettzeug zurück. Er leerte den letzten Schluck Wein in seinem Becher, dann zog er seinen Mantel hoch und schlief ein. Innerhalb von Sekunden war er laut am Schnarchen. Die Leute, die um das Feuer herumsaßen, blickten einander leicht betreten an. Malaki schüttelte verzweifelt den Kopf.

»Das macht er jede Nacht«, sagte er, und die Leute lachten, bevor sie einer nach dem anderen dem Beispiel des Schmieds folgten.

Einige Zeit später wachte Falco auf. Heçamede war schließlich zu ihrem Bettzeug zurückgekehrt, und Falco dachte, dass jedermann eingeschlafen sei, als er auf der anderen Seite des Lagerfeuers eine Bewegung wahrnahm.

Der Abgesandte hob die Gürtelschnalle an und blies einige der Metallspäne weg, die er mit der Feile abgeschliffen hatte. In dem schwachen Feuerschein konnte Falco sehen, dass das silberne Metall zu leuchten begann. Der Abgesandte, der zu ahnen schien, dass ihn jemand beobachtete, blickte sich zu Falco um, seine grauen Augen lagen dunkel in den Schatten. Einen Moment lang sah ihn der Abgesandte mit seinem forschenden Blick reglos an, dann nickte er ihm wortlos zu, und Falco senkte seinen Blick auf das Feuer. Er starrte tief in die leuchtende Glut, und langsam schlief er wieder ein.

Er wachte auf, als Regen auf sein Gesicht fiel.

Der Tag hatte kaum begonnen, und dennoch brachen die Einwohner von Caer Dour das Lager ab. Überall herrschte geschäftiges Treiben, in das sich das Weinen von Kindern mischte. Die trockene Nacht war nass und kalt geworden, und Dampf ging von den Leuten aus, als sie sich auf einen weiteren schwierigen Reisetag vorbereiteten.

Falco versuchte sich zu erheben, aber selbst der Versuch, sich aufzusetzen, belastete seine Brust, und das feuchtkalte Wetter erschwerte noch sein Atemproblem. Fossetta hockte sich mit einer Schale Haferbrei neben ihn.

»Noch nicht«, sagte Heçamede. Sie beugte sich über einen Kupfertopf, den sie auf das Feuer gesetzt hatte. »Er wird es nicht drinbehalten.«

Fossetta nickte und sah Heçamede zu, wie sie den tönernen Krug nahm, den sie selbst vorbereitet hatte. Als das Wasser im Topf kochte, löffelte Heçamede eine kleine Menge von einer teerähnlichen Substanz in den Topf. Die Wirkung trat sofort ein, und die Heilerin verzog das Gesicht und drehte sich von den ätzenden Dampfschwaden weg.

Falco schwante nichts Gutes, als Fossetta den Haferbrei abstellte und ihn an ihre Brust drückte. Heçamede brachte den Topf zu ihnen, wobei sie ihn auf Armeslänge von sich entfernt hielt, zusammen mit einer Decke für Falcos Kopf. Das Unbehagen auf ihrem Gesicht trug nicht dazu bei, Falcos Bangen zu vermindern, aber er leistete auch keinen Widerstand, als sie den Topf auf einem Stein abstellten und ihn auf das Gefäß zubeugten. Heçamede warf die Decke über seinen Kopf, und Falco war in Dunkelheit gehüllt. Die Dämpfe stachen ihm in die Augen und ließen seine Haut prickeln und brennen. Aber als er Atem holte, explodierte der Schmerz in seiner Brust. Es fühlte sich an, als würde er in Säure ertrinken.

Trotz seiner Erkrankung und der damit einhergehenden Schwäche taumelte er zurück, wobei er Fossetta gegen die Wange stieß und den Topf mit kochendem Wasser auf dem Boden auskippte. Wegen der ekelhaft beißenden Dämpfe fluchten die Leute um ihn herum, und Falco sackte hustend und würgend seitwärts zusammen, in dem verzweifelten Versuch begriffen, seine Lungen mit klarer kalter Luft zu füllen.

Heçamede bückte sich, um zu sehen, ob Fossetta in Ordnung war, aber die Wirtschafterin schien mehr um Falco bekümmert. Schließlich hatte sie die Zubereitung hergestellt, die ihm so viele Schmerzen zugefügt hatte. Malaki warf seine Decke beiseite und half Falco in eine etwas bequemere Position. Er starrte dessen Ausschlag an, der sich über seinen Haaransatz hinweg ausgebreitet hatte.

»Heçamede!«, rief er.

Heçamede, die sah, dass kein wirklicher Schaden entstanden war, verließ Fossetta, um herauszufinden, was Malakis Aufmerksamkeit erregt hatte. Er deutete auf Falcos Stirn. Die vordersten Ränder des Ausschlags hatten sich von Scharlachrot zu Schwarz verfärbt.

»Es wirkt«, sagte Heçamede. »Die Dämpfe töten den Pilz ab. Das könnte ihn heilen.«

»Wenn es ihn nicht vorher umbringt«, sagte Malaki.

»Er stirbt schon längst«, sagte Heçamede. »Auf diese Art hat er aber wenigstens eine Chance.«

Malaki, der ihr in diesem Punkt recht geben musste, half Falco in den Sattel und reichte ihm eine Feldflasche mit Wasser. Falco schluckte das Wasser hinunter, als könne es die brennenden Schmerzen in seiner Brust und seinem Hals stillen.

»Kannst du reiten?«, fragte Malaki ihn.

Falco nickte, nahm die Zügel in die Hand und ergriff den Sattelknauf. Zur gleichen Zeit, als die Leute aus dem Tal stiegen, kam die Armee herab, die sich mit der Stärke und Geschwindigkeit einer disziplinierten Streitmacht bewegte. Sie stellten sich auf dem flachen Flusstalboden auf und warteten darauf, dass die Anführer mit ihnen sprachen.

Lord Cadell stand in dem Durcheinander von Adligen mit Bellius, Morgan und Simeon, aber es war der Abgesandte, der vortrat, um das Wort an sie zu richten. Er kletterte auf einen Felshaufen, sodass sie ihn besser sehen konnten.

»Männer von Caer Dour, und … Frauen«, fügte er hinzu, denn mehr als eine Handvoll weiblicher Gesichter blickte von den Heeresrängen zu ihm hoch. »Wir haben von Lord Cadell erfahren, dass das Heer des Dämons näher ist, als wir dachten.« Er machte eine Pause. »Wenn die Besessenen weiterhin in diesem Tempo vorankommen, dann haben die Leute keine Chance, in Sicherheit zu gelangen. Sie werden eingeholt.«

Grimmige Gesichter wurden noch eine Spur grimmiger. Sie wussten, was der Abgesandte von ihnen verlangen würde.

»Wir müssen einen Weg finden, um ihr Vorankommen zu verlangsamen«, sagte er. »Kleinere Trupps von berittenen Kämpfern, die sich zurückfallen lassen und den Feind verlangsamen. Nicht um sich ihnen zu stellen und sie in ein Gefecht zu verwickeln«, fügte er schnell hinzu, »aber um sie zu plagen, um sie aufzuhalten, um uns mehr Zeit zu verschaffen.«

Alle sahen die Soldaten auf ihren Pferden an. Nur sie verfügten über die Schnelligkeit, einen Angriff mit Hoffnung auf einen Rückzug zu führen.

»Wir hoffen auf einen Trupp von hundert Mann«, sagte der Abgesandte. »Und wir werden Offiziere brauchen, die sie führen.«

Ohne Ausnahme trieben die Offiziere ihre Pferde vorwärts, mit ihren Truppen ein Stück hinter ihnen. In der Reiterei von Caer Dour gab es beinahe dreihundert Pferde, und es schien, dass alle berittenen Kämpfer bereit waren, sich freiwillig für diese außerordentlich verhängnisvolle Aufgabe zu melden. Der Abgesandte lächelte grimmig, aber in seine Genugtuung mischte sich auch Vorsicht. Wie viele würden sich freiwillig melden, wenn sie erst in die knochenbleichen Augen des Feindes geblickt hatten?

Falco sah zu Malaki hinüber, der mit seinem Vater sprach. Nach einem kurzen Wortwechsel senkte sich Malakis Kopf, und Balthazak breitete die Arme aus, um ihn zu umarmen. Mit diesem einfachen Lebewohl ließ Balthazak seinen Sohn sich den Freiwilligen anschließen.

Die ersten Hundert waren ausgewählt, und wieder einmal trat der Abgesandte vor.

»Seid vorsichtig«, sagte er zu ihnen. »Versucht nicht, eure Stellung zu halten. Greift an und fallt wieder zurück. Wenn die Angst zu groß wird, zieht ab, bevor sie euch übermannt. Jede Stunde Zeit, die ihr uns verschafft, ist kostbar. Jede Stunde bringt uns der Sicherheit näher.« Ein letztes Mal blickte er sie an. »Habt Vertrauen, und kommt wohlbehalten zurück. Lebt wohl.«

Somit ritten sie den Weg zurück, ein kleines Kontingent von Männern, um sich dem Dämon und den zweitausend Kriegern der Besessenen zu stellen. Falco sah mit an, wie sie davonzogen, und ein Teil von ihm ging mit ihnen. Er brauchte Bellius nicht erst, um sich angeklagt zu fühlen, er wusste, dass er selbst die Verantwortung dafür trug.

Als die erste Abordnung der Nachhut auf ihrem Weg war, machte sich die Armee auf, die Leute zu begleiten. Falcos Pferd schloss sich erneut dem von Simeon an, und ein weiterer langer Reisetag begann. Der stete Regen ließ nicht nach, und gegen Mittag waren die Flüchtlinge durchnässt und elend. Als sich der Tag dahinschleppte, fühlte Falco, dass sein Atem ein wenig leichter ging. Er war sich nicht sicher, ob das nur an seiner Einbildung lag, aber das beklemmende Gefühl, langsam zu ersticken, schien ein wenig schwächer geworden zu sein.

Als sich der Pfad verbreiterte, schloss Malaki zu ihm auf. Sein

Vater war nicht für die erste Abordnung ausgewählt worden, aber Balthazak hatte mit dem Rest der Reiterei gehen wollen, die den hinteren Teil der Armee heranführte.

»Wie geht es dir?«, fragte Malaki. Er bemerkte, wie Falco mittlerweile die Zügel hielt und sich nicht mehr in entkräfteter Benommenheit an den Sattelknauf klammerte.

»Wund«, sagte Falco. »Und nass.«

Malaki lächelte. Falco hörte sich noch immer schwach an, aber selbst eine verzagte Antwort war besser als gar keine. Sie ritten eine Weile schweigend weiter, während der Regen in einem trägen und gleichmäßigen Nieseln herabfiel. Malaki drehte sich im Sattel um und starrte auf den Weg zurück.

»Ich frage mich, wie lange es dauern wird, bis sie auf die Besessenen treffen«, sagte er zögernd, und Falco konnte seine Unruhe erahnen, seinen Zweifel. »Denkst du, sie haben den Mut standzuhalten?«

Falco blickte in die tiefbraunen Augen seines Freundes.

»Es ist die Angst«, sagte Malaki. Er nickte zu Simeon und dem Abgesandten hinüber. »Sie reden über Angst, als sei es eine tatsächliche Kraft, also etwas, das sich nach uns ausstrecken könnte, um uns zu verschlingen.«

»Das ist sie auch«, sagte Falco. »Das könnte sie sein.«

Malaki starrte seinen Freund an, aber Falco beugte sich nur nach vorn und zog die Kapuze seines Mantels über sein Gesicht. Der Wind hatte zugenommen, und der Regen neigte sich ihnen entgegen. Es würde ein langer und trübseliger Nachmittag werden.

Dreißig Meilen vor ihnen waren vier Reiter auf ihrem Weg einen steilen Felsabhang hinab. Seitdem sie die Einwohner der Stadt verlassen hatten, waren sie einander nahegekommen. Sie ritten als einzelner Verband und maßen ihre Geschwindigkeit ab, um das schwierige Gelände, so schnell sie konnten, zu überwinden. Sie waren mit einer großen Verantwortung betraut worden, und dennoch genossen sie die Herausforderungen, die der Bergpfad ihnen stellte.

Jetzt lächelten sie, als sie die felsigen Abhänge verließen und ihre Pferde entlang der flachen Ausdehnung eines Flusstals rennen ließen, eine seltene Gelegenheit für die Pferde, ihre Schnelligkeit zu zeigen.

Anwyn blickte zurück, als ihr Pferd Deneb durch einen Bach mit funkelndem Wasser galoppierte. Sie hatte das Tal als Erste erreicht und war fest entschlossen, die andere Seite vor den Männern zu erreichen. Ihr Herz sank jedoch, als sie sah, wie Godfrey dicht zu ihr aufschloss. Sein prachtvoller schwarzer Hengst Altair war eine ganze Hand größer als ihre eigene Fuchsstute, und er schien niemals müde zu werden. Während sie ihn noch ansah, donnerten sie schon an ihr vorbei, Godfrey jauchzend vor Begeisterung und Altair mit vorgerecktem Hals, in seiner eigenen Stärke schwelgend.

Gut, dachte Anwyn und biss die Zähne aufeinander. *Du, aber nicht die anderen.* Sie gab ihrer Stute einen leichten Stoß mit den Absätzen, und unter ihr brach Deneb mit einem erneuten Ausbruch an Schnelligkeit los.

Noch einmal blickte sie lächelnd zurück. Gareth und Dylan lagen dreißig Längen zurück. Jetzt war es unmöglich, dass die sie einholen konnten. Sie war schon im Begriff wegzusehen, als sie hinter Dylan einen schwarzen Schatten am Himmel entdeckte.

Deneb wieherte protestierend, als Anwyn das Pferd scharf abbremste. Sie riss es herum, ihr Herz war plötzlich voll von einer schrecklichen Vorahnung. Der dunkle Umriss fiel vom Himmel herab und hielt genau auf Dylan zu. Anwyn hatte einen Eindruck von dunklen Schwingen und einem Körper, der wie der eines ausgezehrten Mannes aussah, die Haut war von einem dunklen, fleckigen Grau. Sie sah das Aufblitzen von Zähnen und glänzende Klauen, und dann stürzte sich die Kreatur nieder, stieß gegen Pferd wie auch Reiter und riss sie auf den Boden.

Wild zuckend landete das Pferd in dem seichten Fluss auf der

Seite. Es gab einen jähen schrecklichen Schrei von sich und wurde still. Dylan lag unter ihm begraben im kalten Wasser. Die Kreatur hatte sich über ihn gebeugt und seine Klauen in dessen Brust verhakt. Sie neigte sich tief zu ihm herab, und als sie sich wieder aufrichtete, tropfte Blut von ihren Zähnen.

Anwyn stockte der Atem in der Brust. Sie konnte nur starren, als die Kreatur sie mit schwarzen Augen anstarrte, die wie Kugeln aus poliertem Marmor funkelten. Das Gesicht wirkte zwar beinahe menschlich, hatte aber eine Nase, die wie die einer Art höllischen Fledermaus aussah, und dazu einen Mund voll von Zähnen, die an dunkle Stahlspitzen erinnerten.

Ein Wasserstrahl spritzte über Anwyns Gesicht, als Gareth neben sie heranritt. Er packte sie am Arm. »Reit weiter!«, rief er. »Anwyn!«, schrie er, als sie nicht reagierte. »Es gibt nichts, was wir tun können. Reit einfach weiter!«

Mit einem letzten Blick auf Dylans Körper, der im Fluss lag, wandte sich Anwyn von dem Engel der Finsternis ab und raste auf das hintere Ende des Tals zu, wo Godfrey auf sie wartete. Schock und Furcht standen wie mit riesigen Lettern auf seinem Gesicht geschrieben.

»Was ist passiert?«

»Etwas hat sich Dylan gegriffen«, sagte Gareth. »Wir müssen weiterreiten.«

Gareth schien zwar ruhig zu sein, aber das Beben in seiner Stimme deutete darauf hin, dass er nur mit Mühe die Beherrschung bewahrte. Ohne ein weiteres Wort führte er sein Pferd den felsigen Abhang hinauf und ritt aus dem Tal. Godfrey und Anwyn folgten ihm in einem geschockten Zustand, aber sie waren noch nicht weit gekommen, als ein unmenschlicher Schrei über das Tal hinweghallte.

Sie blickten zurück und sahen, wie sich die Kreatur von ihrer Beute erhob. Ihre dunklen Schwingen schlugen hart, als sie in den Himmel aufstieg. Die Kreatur würde nicht noch einmal angreifen, nicht, während sie kampfbereit waren und auf sie warteten. Stattdessen gewann sie immer mehr an Höhe, bis sie zwischen den Wolken verschwand.

Die drei verbliebenen Reiter überprüften die ledernen Transportröhren, die über ihre Schultern herunterhingen, und trieben ihre Pferde hart den Hang hinauf. Vor ihnen lag der höchste Abschnitt des Bergpfades, und jenseits dessen führte der Weg stetig abwärts.

Für sie, die in Caer Dour aufgewachsen waren, hatte es immer so geschienen, als böten ihnen die Berge Sicherheit, aber jetzt fühlten sie sich eher gefahrbringend und ungeschützt an. Und so drängten sie unnachgiebig ihre Pferde in dem Bemühen voran, die Berge zu verlassen und in den Waldpfaden von Clemoncé Deckung zu finden.

14

Nachhut

In Falcos Spucke war Blut. Es war der Morgen des dritten Tages, seitdem sie Caer Dour verlassen hatten, und es regnete. Zwar war es noch früh, aber sie waren bereits seit drei Stunden unterwegs, und es schien allmählich Zeit für die erste Rast des Tages zu sein. Falco lehnte an einem Felsen, während Fossetta und Heçamede einen Batzen seines Auswurfs in einer kleinen Keramikschale untersuchten. Der Schleim wies rote Schlieren auf, und ihre Mienen waren düster. Es hatte keine Anzeichen von Blut gegeben, bevor Falco mit dem Aufguss der Corroskiefer begonnen hatte.

»Es ist nicht so dick wie sonst«, meinte Fossetta. »Auch nicht so dunkel.«

Heçamede nickte zwar, doch ihr Gesichtsausdruck blieb düster. »Aber der Aufguss beschädigt das Gewebe in der Lunge, und das wird ihn anfälliger für die Entzündung machen.«

»Und was dann?«

»Dann werden wir sehen, wer stärker ist«, sagte die Heilerin, »die Entzündung oder der Sohn von Aquila Danté.«

Heçamede legte eine Hand auf Falcos Stirn. Ihr Gesicht schien noch ernst, aber allmählich entspannte sich ihr Ausdruck, und dann strich sie über seine Wange, bevor sie ihre Hand zurückzog.

Fossetta wollte Falco in eine sitzende Position zurückhelfen, aber er wehrte ab. »Versuch etwas zu essen«, sagte sie, und Falco nickte halbherzig.

Er wollte es nicht zugeben, aber auf eine merkwürdige Weise fühlte er sich tatsächlich besser. Die Verbrennungen an Hals und Schulter schmerzten zwar immer noch fürchterlich, und auch seine Lunge fühlte sich an, als hätte man sie mit Glasscherben gescheuert, aber das Atmen fiel ihm eindeutig leichter. Er sah zu einem nahe gelegenen Teich hinüber, an dem Malaki die Pferde tränkte. Weiter den Pfad hinauf waren die Einwohner der Stadt schon wieder dabei weiterzugehen, aber ihr Gang hatte sich inzwischen verlangsamt. Den Leuten war kalt und elend zumute, und der Schwung der ersten beiden Tage war einem eintönigen Voranstapfen gewichen.

Sein Blick ging in die andere Richtung – zur Armee. Dort lag Spannung in der Luft, denn jedermann wartete darauf, dass die erste Nachhut zurückkehrte. Sie waren beinahe einen Tag lang fort gewesen, und die Leute warteten begierig darauf, Neuigkeiten zu hören – darüber, welches Los sie erwartete. Falco konnte die Besorgnis auf den Gesichtern der Soldaten sehen, als sie sich leise miteinander unterhielten. Er schloss die Augen und lehnte sich gegen den Felsen. Dies war das erste Mal seit drei Tagen gewesen, dass er aufrecht gestanden hatte. Dabei fühlte sich sein Rücken an, als sei er zu einer ständigen gebückten Haltung verwachsen. Dennoch tat er sein Bestes, sein Rückgrat durchzudrücken, wandte das Gesicht aufwärts in den Regen und zuckte zusammen, als er die kalte Luft in seine Lungen atmete.

»Ich könnte schwören, dass du ein paar Zentimeter größer aussiehst.«

Falco sah zu Malaki hinüber, der mit den Pferden zurückkehrte.

»Nein, wirklich«, sagte Malaki. »Und du hast etwas Farbe im Gesicht bekommen. Entweder das, oder du hast wieder Fossettas Rouge aufgelegt.«

Falco drehte sich weg, um den Anflug eines Lächelns zu verbergen. »Fossetta trägt gar kein Rouge.«

»Doch, sie tut es, wenn sie unten im Huf und Horn ist.« Malaki hob bedeutungsvoll die Augenbrauen.

Endlich lachte Falco. Das Huf und Horn war ein Wirtshaus von zweifelhaftem Ruf, und der Gedanke an Fossetta, die zu Gunsten seiner derben Gäste Rouge trug, war tatsächlich ziemlich komisch. Er versuchte seine Haltung auszugleichen, rutschte aber auf dem nassen Felsgestein aus und stürzte zu Boden, wobei er einen Fluch unterdrückte, als seine Schulter den Felsen streifte.

»Immer langsam«, sagte Malaki und half ihm in eine etwas bequemere Position.

Falco schubste ihn weg, und Malaki ließ sich in der Hocke nieder.

»Ernsthaft, du siehst schon besser aus. Der Aufguss wirkt. Du musst einfach ein wenig länger drunter bleiben. Es ist, wie Heça-mede sagt, die Dämpfe müssen das Gewebe tief durchdringen, sonst kommt die Entzündung wieder, und zwar schlimmer als zuvor.«

Falco wandte den Blick ab. Das Zeug einzuatmen war beinahe unmöglich. Dreimal hatte er nun schon den ätzenden Dampf in seine Lungen gesogen, und jedes Mal war der Effekt derselbe gewesen, ein schmerzhafter Würgekrampf. Malaki hätte ihn vielleicht noch weiter bedrängt, aber plötzlich wurde ihre Aufmerksamkeit auf eine Welle von Geschäftigkeit gelenkt, die sich die Menschenschlange entlang auf sie zubewegte.

»Es ist die Nachhut«, sagte Falco.

»Den Sternen sei Dank«, murmelte Malaki.

Sie sahen zu, wie die berittenen Truppen herankamen und sich ihren Weg zu den Anführern an der Spitze der Armee bahnten. Als sie vorbeiritten, bemerkte Malaki einen Freund seines Vaters, einen hochgewachsenen Mann auf einem großen Schlachtross. »Marcus!«, rief er ihn an.

Der Mann erkannte den Sohn des Schmieds und führte sein Pferd zu ihnen hinüber. Sein Gesicht war nass von Regen, und doch konnten sie sehen, dass er geweint hatte, und diese schlichte Beobachtung schien Malaki mehr als alles andere zu verstören.

»Wo ist dein Vater?«, fragte Marcus.

»Weiter hinten«, sagte Malaki. »Mit der Hauptmacht der Armee.«

Marcus nickte. Er sah verloren aus, durcheinander.

»So wenige«, sagte Malaki und betrachtete die geringe Anzahl von Männern, die an ihnen vorüberzogen.

»Wir haben nur sieben verloren«, sagte Marcus. »Um den Rest kümmert man sich.«

»Sind sie schwer verletzt?«, fragte Malaki, aber Marcus starrte ihn nur an.

»Nicht verletzt«, sagte er. »Ruiniert.«

Malaki musterte den großen Mann mit einem Ausdruck von Verwirrung auf seinem Gesicht.

Langsam wandte sich Marcus Falco zu.

»Du bist derjenige vom Drachenstein«, sagte er. »Der von der Beschwörung.«

Falco fühlte sich von der Trostlosigkeit im Blick des Mannes eingeschüchtert.

»Du hast uns großes Leid angetan«, sagte Marcus, und bei dem Ausdruck in seinen Augen ging Malaki tatsächlich zum Schutz seines Freundes einen Schritt vorwärts.

Schließlich hob Marcus den Blick.

»Ich muss gehen«, sagte er. »Die anderen müssen gewarnt werden.« Und damit trieb er sein Pferd voran.

Malaki atmete erleichtert auf, als der große Mann fortritt. Er war von Marcus' Anspannung überrascht und von dessen Bemerkungen verwirrt.

»Ruiniert«, sagte er, indem er sich Falco zuwandte. »Was bedeutet das ... *ruiniert?*«

Falco antwortete nicht. Er verstand die Dunkelheit in Marcus' Blick; er wusste, was es bedeutete, von Furcht ruiniert zu werden.

Neben ihm stand Malaki in Gedanken versunken, während die vergiftete Blume des Zweifels in seinem Herz aufblühte. Wie die meisten Menschen aus Valentia hatte Malaki aufgrund seiner Erziehung die Angst hingenommen, die das Kampfgeschehen mit sich brachte, die Angst vor Verletzung und Tod. Aber das hier war etwas anderes. Das hier war die Angst vor ewiger Finsternis und Verzweiflung, die Angst vor etwas, das man nicht bekämpfen konnte. Mit *dieser* Angst hatte Falco sein ganzes Leben lang gelebt, aber jetzt sickerte sie in die wirkliche Welt ein, und das Herz tat ihm weh, den Eindruck zu sehen, den sie auf seinen Freund machte.

Sie schafften es, ein paar Mundvoll Essen zu sich zu nehmen, während die Offiziere ihren Bericht beendeten, dann wurde es für die zweite Nachhut Zeit, sich zu versammeln. Die beiden Jungen stiegen wieder auf ihre Pferde, um mit anzusehen, wie die Männer vortraten, die man für die zweite Streitkraft ausgewählt hatte.

»Da ist Brynas Vater«, sagte Malaki, als sich Sir Gerallt Godwin der Gruppe anschloss.

Der majestätisch wirkende Mann führte sein Pferd vorwärts, um sich zu den gewöhnlichen Soldaten zu stellen. Er würde einer der Offiziere sein, die sie anführten. Falco sah hinter sich, ob er Bryna erblicken konnte. Sie war mit den Heilern gegangen, und ja, jetzt konnte er sie sehen, wie sie mit Heçamede auf einem niedrigen Felsvorsprung stand. Ihre Gesichtsfarbe schien noch einen Ton bleicher zu werden, als sie mit ansah, wie ihr Vater seinen Platz an der Spitze der kleinen Streitmacht einnahm. Und dann versteifte sich Malaki neben ihm, denn ein weiterer Reiter rückte aus, um sich Sir Gerallt und den anderen anzuschließen.

Es war Balthazak.

Falco blickte seinen Freund an, aber Malakis Blick war starr auf seinen Vater gerichtet. Der Schmied nahm seinen Platz hinter Sir Gerallt ein, und beide Männer sahen unverwandt geradeaus, ihre Gedanken auf die Aufgabe gerichtet, die vor ihnen lag.

Endlich waren sie alle versammelt, und ohne weitere Umstände verschwand die zweite Nachhut entlang des Weges. Wenn sie schnell ritten, würden sie nur etwa sechs Stunden brauchen, bis sie auf die Besessenen trafen.

Der Feind näherte sich schnell.

Ein Gefühl von Unbehagen lag in der Luft, als sich die Armee darauf vorbereitete weiterzuziehen. Es war nicht einfach, seine

Kameraden in die Gefahr hineinreiten zu sehen, während man selbst in die entgegengesetzte Richtung marschierte. Falco fühlte die Schuld stärker als jeder andere, und jetzt war auch Malakis Vater unter denen, die den Preis für seine Handlungen bezahlten. Unbehaglich blickte er sich um, nur um zu bemerken, dass die Leute ihn auf dieselbe düstere, verstörende Art anstarrten, wie Marcus das getan hatte.

»Ja«, schienen sie zu sagen. »Das ist er. Er ist derjenige, der sich auf die Seite des Drachen gestellt hat.«

Falco duckte sich tief im Sattel. Er warf Malaki einen beunruhigten Blick zu, voller Furcht, was er dort vielleicht sehen würde. Aber sein Freund war mit seinen eigenen Gedanken beschäftigt, der Blick gesenkt, sein Gesicht angespannt vor Sorge. Schweigend kehrten sie auf den Weg zurück. Die Heiler waren bereits weitergegangen, und mit der zweiten Streitmacht auf dem Weg setzte die Armee ihren Marsch fort.

Ein paar Soldaten waren vorausgeschickt worden, um die Einwohner der Stadt voranzutreiben. Sie konnten es sich nicht leisten, von Lethargie ausgebremst zu werden. Mittags aßen sie ohne anzuhalten, die Leute bewegten sich schweigend fort, und am frühen Nachmittag hatten sie die flache Ausdehnung eines Flusstals erreicht. Vor ihnen war zu sehen, wie sich der Pfad steil die andere Seite hinaufwand, dem höchsten Stück der Route nach Clemoncé entgegen.

Als sie auf den Talboden zuritten, fiel ihnen auf, dass sich die Menschenschlange um etwas staute, das im Fluss entlang des Pfades lag. Malaki richtete sich in den Steigbügeln auf, aber er konnte nicht sehen, was die Blockierung verursachte.

»Etwas stimmt da nicht«, sagte er.

Vor ihm begannen Leute zurück zu Falco zu starren. Einer von ihnen sah ihn direkt an und spuckte auf den Boden. Malaki blickte Falco an, aus Sorge, wie sein Freund mit dieser offenen Zurschaustellung von Feindseligkeit umgehen würde, aber Falco war mehr mit dem beschäftigt, was dort im Fluss lag. Bei dem

Gedanken an das, was es sein könnte, verspürte er einen grauenerfüllten Schauder. Aber als die Anführer gingen, um es herauszufinden, schloss sich Falco ihnen dennoch an.

»Es ist einer der Reiter«, sagte Malaki, als er hinter Falco aufschloss.

Falco hörte ihn kaum. Er fühlte sich, als ob er aus großer Höhe auf den Körper hinabstarrte, der im Fluss lag. Der Reiter war unter dem Körper seines Pferdes begraben. Seine Kehle war herausgerissen, und zerfetzte Fleischlappen wogten in dem klaren kalten Wasser. Am Körper des Reiters traten die Venen schwarz unter der Haut hervor, als sei er von einer Art Nekrose befallen worden, und seine Augen waren weit offen und starr, bar jeder Farbe und mit Katarakten überzogen, sein Gesichtsausdruck in einem Moment des Grauens eingefroren.

»Was ist mit den anderen?«, fragte Bellius Snidesson. »Was, wenn sie alle tot sind?«

»Dafür gibt es keine Anzeichen«, erklärte der Abgesandte, der neben dem Mann in die Hocke gegangen war. »Wir müssen hoffen, dass sie noch am Leben sind.«

»Und was, wenn sie es nicht sind?«

Der Abgesandte brachte ihn mit einem verächtlichen Blick zum Schweigen, aber Bellius' Worte hallten in Falcos Geist wider.

Was ist mit den anderen?

Wenn die Reiter nicht durchkamen, dann würde niemand auftauchen, um ihnen zu helfen. Der Dämon würde sie in den Bergen erwischen, und er würde sie alle töten. Falco betrachtete die lange Schlange, die sich vor ihnen den Hang des Hügels hinaufwand, die Männer, die Frauen und die Kinder.

Bei den Sternen, dachte er. *Was habe ich getan?*

Anwyn hielt den Blick auf Gareth gerichtet, als sich die drei verbliebenen Reiter den ungeschützten engen Pfad hinab begaben. Zu ihrer Linken fiel der Berg scharf mehrere Hundert Meter bis zum Fluss in der Tiefe ab. Aber sie verloren an Höhe. Angespornt von Dylans Tod, kamen sie gut voran. Die Berge lagen hinter ihnen; vor ihnen konnten sie die grünen Täler und die sich ausbreitenden Wälder von Clemoncé sehen. Anwyn blickte über die Schulter, um zu schauen, ob Godfrey, dessen verlässliche Anwesenheit die Nachhut bildete, mit ihnen Schritt hielt. Sein dünnes Gesicht war von Furcht überschattet, aber er nickte ihr ermunternd zu und tätschelte Altairs Hals, um ihn zu beruhigen. Der große, schwarze Hengst fühlte sich mit seinem Platz am Ende der Reihe nicht wohl. Er wollte an der Spitze sein und sie von vorn aus führen.

Sie wandte ihre Aufmerksamkeit wieder dem Pfad zu. Ein paar Längen vor sich sah Gareth zu ihr zurück, ein kurzer Blick, um sicherzugehen, ob sie in Ordnung war. Er blickte gerade wieder weg, als die Kreatur ihn packte. Sie kam so schnell herabgeflogen, dass sie sie überhaupt nicht kommen sah. Nur ein Schlagen von dunklen Flügeln, und Gareth war verschwunden, vom Berghang fortgerissen, und sein Pferd schrie, während es vom Pfad stürzte.

Anwyn fiel beinahe von ihrem Reittier, als Deneb abrupt zum Halten kam. Die entsetzte Stute schlitterte auf den Rand des Pfades zu, aber dann rammte Altair sie. Godfrey trieb ihn voran und stieß Anwyn von dem schwindelerregenden Abhang weg.

Deneb beruhigte sich, und Anwyn hielt nach der geflügelten Kreatur Ausschau, die sich höher in die Luft erhob und Gareth wie eine vom Feld eines Bauern gepflückte Vogelscheuche unter sich baumeln ließ. Er gab keinen Laut von sich, aber sie konnte sehen, wie er sich an die Klauen klammerte, die sich in seinem Nacken und seinen Schultern verhakt hatten. Der dunkle Engel starrte zu ihnen herab, als er seine Beute höher gen Himmel hob, aber dann riss er mit einem Mal seine Klauen frei, und Gareths Körper stürzte auf den Fluss unter ihm zu. Die Kreatur spreizte ihre Krallen, dann stieß sie einen durchdringenden Schrei aus und schoss in ihre Richtung.

Sie war schon beinahe über ihnen, als Godfrey Altair auf die Hinterbeine steigen ließ. Der schwarze Hengst drosch auf die

Luft ein und erwischte die Kreatur mit dem harten Tritt eines seiner stahlbeschuhten Hufe. Die Kreatur gab einen Schmerzensschrei von sich, taumelte davon und fiel rasch wieder ab, bevor sie sich erneut fing und das Tal hinauf verschwand.

Einen Moment lang konnten sie sich nicht bewegen. Die Pferde zitterten vor Angst mit flach angelegten Ohren und geblähten Nüstern. Godfrey erholte sich als Erster und legte eine Hand auf Anwyns Arm.

»Wir werden es niemals schaffen«, sagte Anwyn. Ihre Augen waren glasig, und ihre junge Stimme klang brüchig.

»Oh, wir werden es ganz gewiss schaffen«, sagte Godfrey. »Wir werden es zusammen schaffen.«

Anwyn nickte zögernd, und Godfrey lächelte.

»Jetzt lass uns reiten!«, rief er, und Altair sprang den Pfad hinab.

Ohne einen Augenblick zu zögern folgte Anwyn ihm, und sie schossen den Berghang hinunter, als ob der Dämon selbst hinter ihnen her sei. Während sie weiter nach unten kamen, wichen die schroffen Gipfel grasbedeckten Hügeln. Morgen würden sie auf die Deckung der Wälder von Clemoncé und Toulwar zureiten.

15

Opfer

Die Einwohner von Caer Dour gingen bis tief in die Nacht hinein weiter. Die Besessenen waren inzwischen schon so nahe, dass sie es sich nicht mehr leisten konnten, noch einmal lange zu rasten. Es war beinahe Mitternacht, bevor sie auf einem steinigen Plateau lagerten, das von in die Dunkelheit abfallenden Felshängen eingegrenzt war.

Falco, der sich einmal mehr auf dem steinigen Boden zusammenkauerte, sah den Abgesandten zu Simeon und den anderen Anführern kommen, um mit ihnen zu sprechen. Sie alle waren erschöpft, aber jeder hatte zu tun; jeder hatte eine Arbeit zu erledigen. Malaki kümmerte sich um ein Pferd, das ein Hufeisen verloren hatte, Heçamede zog von einem bedürftigen Patienten zum nächsten, während Fossetta damit beschäftigt war, einen weiteren Aufguss vom Harz der Corroskiefer zuzubereiten.

Die Lage machte einen düsteren Eindruck, und Falco konnte hören, wie die Anführer ihre Pläne besprachen, ihre Stellung zu behaupten. Die Armee konnte nicht gewinnen, aber sie waren vielleicht in der Lage, lange genug zu überleben, bis Hilfe sie erreichte. Falco hörte die tiefe Stimme seines Meisters.

»Ich sollte noch immer in der Lage sein, den Dämon eine Weile zurückzuhalten«, bemerkte Simeon. »Aber ich besitze nicht mehr die Stärke, über die ich früher einmal verfügt habe.«

»Dann müssen wir eben das Beste daraus machen«, erklärte der Abgesandte. Er wandte sich den Hauptmännern der Armee zu. »Simeon ist der Schlüssel«, sagte er. »Wenn er fällt, sind wir alle verloren. Also müssen wir ihn beschützen. Und im Gegenzug wird er uns vor der schlimmsten Furcht abschirmen.«

Er richtete das Wort an Morgan und wollte wissen, ob es etwas gab, das die Magier tun konnten, um zu helfen. Aber Falco mochte es nicht hören. Er sank auf seinen Mantel nieder. Fossetta hatte den Aufguss beinahe fertig, und bald würde er wieder einmal nach Atem ringen und würgen. Er schloss eben seine Augen, um ein paar Minuten Ruhe zu finden, als er bemerkte, wie eine Unruhe durch die Armee ging.

Vor Schmerz zusammenzuckend richtete er sich in eine sitzende Haltung auf und blickte über die Leute hinweg, die an den verstreuten Lagerfeuern saßen. Eine Gruppe von Reitern nahm ihren Weg durch das Lager auf die Anführer zu. Malaki tauchte plötzlich neben ihm auf und wischte seine Hände an einem Lumpen ab.

»Was ist los?«, wollte er wissen.

»Reiter von der Nachhut«, sagte Falco.

Malaki fasste nach Falco, um ihm aufzuhelfen, als dieser sich auf die Beine kämpfte. Etwas stimmte nicht. Als die Reiter sich näherten, konnten sie sehen, dass mehrere Gestalten über die Sättel ihrer Pferde geworfen waren … Körper.

Falco betrachtete einen der Körper, der über einem der Pferde hing, und ein plötzlicher Anflug von Grauen fuhr über ihn hinweg. Malaki sah ihn ebenfalls, und er trat ein paar Schritte nach vorn, wobei er immer noch seine Hände abwischte. Von den Soldaten des Heers erhob sich ein flüsterndes Stimmengewirr. Langsam drehten sie sich um und sahen Malaki mit verschleierten Blicken an.

Malaki lief vorwärts, seine Schritte wurden immer schneller, als das Mondlicht von stahlblauer Rüstung zurückgeworfen wurde.

»*Nein*«, dachte Falco, gerade als ein gemurmelter Name sich in der Luft niederzulassen begann. »*Nein!*«

»De Vane.«

Die Welle gedämpfter Flüsterstimmen sprach den Namen de Vane aus.

Plötzlich erkannte Falco die Gestalt, die neben dem Körper in stahlblauer Rüstung stand. Es war Sir Gerallt Godwin, Brynas

Vater. Schnüre wurden durchschnitten, und Sir Gerallt legte den Körper des Schmieds auf den Boden. Blicke folgten Malaki, als er ein paar weitere Schritte durch die Menge machte.

Sir Gerallt trat ihm in den Weg, um ihn aufzuhalten, aber Malaki stieß ihn zur Seite und stolperte vorwärts, um auf den Körper seines Vaters hinunterzublicken. Die Rüstung des Schmieds war zerbeult und eingerissen, sein Gesicht blutverströmt. Malaki achtete nicht auf die Verletzungen, die Trauer zermalmte ihn. Er sackte auf die Knie, zog den Körper seines Vaters in seine Arme, und seine starken Muskeln spannten sich an, als könne er irgendwie das Leben zurück in den Leichnam seines Vaters pressen.

Sir Gerallt kniete sich neben ihm nieder.

»Er hat zu keiner Zeit der Furcht nachgegeben«, sagte er, als sei dies von entscheidender Wichtigkeit. »Einige Männer waren in einer Schlucht eingeschlossen, und dein Vater führte einen Angriff, um sie herauszuhauen. Sein Pferd wurde verletzt und Balthazak wurde erschlagen, aber er unterlag nicht der Furcht.« Sir Gerallt legte seine Hand auf Malakis breiten Rücken. »Die Besessenen werden niemals seine Seele einfordern«, sagte er. »Dein Vater hat seinen Frieden gefunden.«

Endlich wich die Spannung aus Malakis Körper, und seine breiten Schultern hoben sich in einem großen, stillen Schluchzen.

Falco konnte es nicht ertragen. Er sah auf seinen Freund hinab, der den leblosen Körper seines Vaters festhielt. Malaki hatte ihn von ganzem Herzen geliebt – er aber genauso. Wie Simeon war auch der Schmied immer freundlich zu ihm gewesen, er hatte niemals den Stab über ihn gebrochen, hatte niemals nahegelegt, Malaki solle seinen beschwerlichen und kränklichen Freund besser ziehen lassen. Falco war in der Schmiede immer willkommen gewesen, und er hatte sie jederzeit als behaglich empfunden, die Wärme, den Geruch, den Klang des Hammers und des Blasebalgs. Der Kummer riss an seiner Seele. Und wenn es sich für ihn schon so heftig anfühlte, um wie viel schlimmer musste es erst für seinen Freund sein.

Falco konnte es nicht ertragen.

Unter Tränen blinzelnd wandte er sich ab und stolperte durch das Lager, um den Wellen an Verzweiflung zu entkommen, die durch seinen Geist rollten, während die Stimmen aus seinen Albträumen ihn verspotteten.

Du hättest niemals den Mut.

Du hättest niemals die Stärke.

Die Leute fluchten, als er an ihnen vorbeitaumelte, aber Falco kümmerte es nicht. Er bemerkte sie kaum, hörte kaum ihren Protest. Gleichgültig, was die Stimmen auch sagen mochten, er würde den Mut aufbringen, diese Qual zu beenden.

»Kammack!«

Irgendwo in der Ferne erkannte Falco Tobias' Stimme, während der verkrüppelte Junge ihn vorüberschwanken sah. Und dann war da die von Besorgnis erfüllte Stimme von Merryweather.

»Falco … Falco, geht es dir gut?«

Falco ignorierte sie, dies waren bloß Phantomstimmen, sie hatten keine Bedeutung für ihn. Alles, was er kannte, war Schmerz und Kummer.

»Fossetta! Hier drüben ist er«, rief Merryweather.

Falco stolperte weiter, bis er den Rand des Lagers erreichte, aber er hielt nicht an. Stattdessen kämpfte er sich weiter in die Nacht vor. Der Boden setzte sich noch eine Weile fort, doch dann wichen die schattenhaften Felsen gähnender Schwärze. Das war der Ort, an dem er sein musste. Vielleicht würde er in der Finsternis etwas Frieden finden.

Falco, der sich vorkam, als würde er mehr schweben als gehen, bewegte sich auf die Dunkelheit zu. Er hatte sie schon fast erreicht, als ihn etwas rammte und ihn zu Boden riss. Der Schmerz in seiner Schulter ließ ihn aufschreien, aber das war nichts im Vergleich zu der Enttäuschung, die er fühlte, weil ihm die Dunkelheit verwehrt wurde. Mit der Stärke der Verzweiflung ging er auf das los, was ihn festhielt. Seine Fäuste stellten Kontakt zu Fleisch und Knochen her, und allmählich hörte er, wie jemand weinte.

»Falco, hör auf«, sagte die Stimme unter Tränen, die Stimme einer Frau. Es war eine Stimme, die er kannte.

»Bitte, hör auf.«

Das war Fossetta.

Alle Kraft verließ Falcos Körper. Er sackte auf dem Boden zusammen. Fossettas Arme waren immer noch um seine Hüften geschlungen, und sie hatte ihre Schultern hochgezogen, um die Schläge abzuwehren, die Falco auf sie hatte niederprasseln lassen. Licht blühte um sie herum auf, als Leute mit Fackeln auftauchten. Benommen fühlte Falco, wie er hochgehoben wurde. Neben ihm gähnte der Rand der Felswand, und er unternahm einen letzten Versuch, sich ins Vergessen zu stürzen, aber starke Arme hielten ihn fest.

»Nein«, sagte die Stimme des Abgesandten. »Dort wirst du keine Erlösung finden.«

Der Abgesandte trug Falco zu seinem Bettzeug zurück und legte ihn ab. Sie boten ihm Wasser an, aber Falco wandte den Kopf ab. Sie versuchten ihn dazu zu bringen, die Corrosdämpfe einzuatmen, doch er warf die Schale um. Er schlief nicht, er trieb nur in einen Albtraum hinein und wieder aus ihm heraus, in dem Malaki über dem Körper seines Vaters stand, zusammen mit Darius und dem toten Reiter vom Fluss. In diesem Traum waren Flammen zu sehen, und dann eine schattenhafte Gestalt, die sein Vater hätte sein können. Oder vielleicht war es auch der Dämon, der gekommen war, um seine Seele einzufordern.

Falco konnte es nicht sagen.

Der Morgen dämmerte neblig und nass herauf, aber nichts hatte sich verändert. Falco begehrte noch immer das Vergessen, das seinen Schmerz zu einem Ende bringen würde. Sie hatten versucht, ihn dazu zu bewegen, dass er etwas aß, aber er hatte sich geweigert, und jetzt unternahmen sie einen weiteren Versuch, ihn dazu zu bringen, die Dämpfe einzuatmen.

»Du wirst sterben, wenn du es nicht tust«, sagte Fossetta, die niederkniete, um ihn anzuflehen.

»Lass ihn sterben«, sagte jemand in der Nähe, und Fossetta ließ verzweifelt den Kopf hängen.

»Was ist los?«

Beim Klang von Malakis Stimme versteifte sich Falco.

»Er will sie nicht zu sich nehmen«, sagte Fossetta. »Er will die Dämpfe nicht einatmen.«

Langsam spähte Falco nach oben. Malakis Schultern waren gebeugt. Die Ränder seiner braunen Augen waren gerötet, und das scharlachrote Feuermal auf seinem Gesicht hob sich stark von seiner totenbleichen Haut ab.

»Will sie nicht zu sich nehmen«, wiederholte er bedrohlich.

»Und wenn schon!«, sagte eine namenlose Stimme.

»Ist ohnehin alles seine Schuld«, sagte eine andere.

»Lasst ihn sterben.«

Malakis Kiefer mahlten, als die Leute nach Falcos Tod verlangten. Dann bewegte er sich plötzlich vorwärts. Falco taumelte nach hinten, aber Malaki packte ihn, zog ihn aus seinem Bettzeug und schleifte ihn über die Felsen zu dem auf dem Feuer siedenden Corrosaufguss. Dann warf Malaki ihn nieder und hockte sich hinter ihn, wobei er einen kräftigen Arm um Falcos dünne Brust schlang. Schließlich packte er eine Handvoll von Falcos schwarzem Haar und stieß seinen Kopf nach vorn.

»Bring es her!«, stieß er hervor.

Heçamede zögerte, während Fossetta dastand und die Decke umklammerte. Nie zuvor hatten sie gesehen, dass sich Malaki so grob benommen hatte. Heçamede nickte langsam und ergriff den dampfenden Topf.

Als sie an ihn herantraten, begann Falco sich zu wehren, aber Malaki hielt ihn fest. Heçamede setzte den Topf ab, und Falco hätte ihn weggestoßen, aber seine Arme und Beine konnten sich nicht rühren. Malaki nickte Fossetta zu, und sie warf die Decke über Falcos Kopf, während Heçamede den Deckel vom Topf nahm.

Falco wurde schlaff, als die Dämpfe ihn einhüllten, aber dann begann er sich doch langsam zu winden. Schließlich konnte er den Atem nicht mehr länger anhalten, und er bäumte sich auf und strampelte, aber er konnte Malakis Stärke unmöglich überwinden. Er hustete und würgte, doch Malaki ließ ihn nicht los. Fossetta und Heçamede tauschten unruhige Blicke aus. Falco war noch nie so lange unter der Decke geblieben wie diesmal.

»Malaki«, sagte Fossetta schließlich, aber der Sohn des Schmieds hielt ihn weiter fest.

»Malaki, das ist genug«, sagte Heçamede. Sie war gerade dabei, die Decke zu entfernen, als Malaki losließ. Er warf ihn zur Seite, und Falco brach würgend und nach Atem ringend zusammen.

Alle waren schockiert. Die Leute blickten auf die erbärmliche Gestalt hinab, die sich am Boden wand. Fossetta weinte, aber Malaki schien es nicht zu kümmern. Er stand da und starrte auf Falco herab, und dann sprach er mit rauer, heiserer Stimme.

»Die wollen dich vielleicht tot sehen«, sagte er, und sein ausgestreckter Finger stieß in die Richtung der umstehenden Stadtbewohner. »Aber ich nicht.« Zuletzt verlor er die Fassung, und seine Worte machten Tränen Platz. »Ich nicht.«

Fossetta wollte ihn trösten, aber er wies sie ab und stolperte ins Lager davon. Die Wirtschafterin kniete sich neben Falco nieder, der weinte wie ein Kind. Selbst seine Tränen waren rot von Blut.

Anwyn und Godfrey ritten in vollem Galopp. Nachdem sie so lange vorsichtig ihren Weg durch die Berge hatten wählen müssen, war es eine Erleichterung, diese Geschwindigkeit nun beizubehalten. Anwyn fing gerade schon an, daran zu glauben, dass sie es schaffen würden, als ein Schatten über die Felder vor ihnen zog.

»Reite einfach weiter!«, schrie Godfrey, der im gleichen Tempo neben ihr ritt.

Sie preschten gemeinsam durch eine grasbewachsene Wiese. Vor ihnen, kaum eine halbe Meile entfernt, war der Waldrand.

Wenn sie nur die Bäume erreichen konnten …

»Wir schaffen es nicht!«, rief Anwyn, die ihren Hals reckte, um den Himmel abzusuchen. Sie konnte die Kreatur nicht sehen, aber sie wusste, dass sie da war. Sie blickte zu Godfrey hinüber, und seinem Gesicht war anzusehen, dass er es ebenfalls fühlen konnte. Sie wussten, dass die Kreatur jeden Moment zuschlagen würde, und Godfreys Kopf schien sich resigniert zu senken. Dann führte er Altair ein wenig näher heran.

»Reite auf die Bäume zu«, rief er plötzlich. »Anwyn!«, schrie er und wartete, bis sie ihn ansah. »Reite auf die Bäume zu.«

Verwirrt nickte sie. Sie hielten doch bereits auf die Bäume zu. Aber dann gab Godfrey Altair einen Befehl, und der große schwarze Hengst sprang fort und ließ Deneb hinter sich zurück. Einen Augenblick lang fühlte sich Anwyn verraten, zurückgelassen, dann sah sie den Schatten der Kreatur über das Gras wogen, und sie wusste, was Godfrey vorhatte.

»Nein!«, schrie sie auf. »Godfrey, nein!«

Godfrey ritt von ihr fort, raste auf die Deckung der Bäume zu. Er wusste, dass die Kreatur versuchen würde, sie aufzuhalten. Und er wusste, dass sie den Schnellsten zuerst fangen würde. Wenigstens verschaffte er womöglich Anwyn genügend Zeit, um den Wald zu erreichen. Dann sauste die Kreatur von rechts auf ihn zu, fegte ihm mit schrecklicher Geschwindigkeit in den Weg. Mit den Klauen an ihren Füßen packte sie Altairs Kopf, und die Wucht des Angriffs brach dem Pferd in dem Augenblick den Hals, als es zur Seite gerissen wurde. Die Kreatur schwang sich herum und schlug mit seinen Schwingen, als Altair zu Boden ging. Godfrey wurde aus dem Sattel geworfen. Er schlug schwer auf und kam nicht mehr hoch.

Anwyn konnte nicht atmen, ihre Brust war eng vor Angst. Einen Moment lang schloss sie die Augen und versuchte ihre Gedanken auf nichts anderes zu richten als darauf, Deneb weiter geradeaus reiten zu lassen. Hinter ihr vernahm sie ein markerschütterndes Kreischen, und als sie zurückblickte, sah sie, wie die Kreatur in die Luft stieg und mit den Flügeln schlug, um in ihre Richtung vorzustoßen. Ihr Herz raste, und ihre Augen waren von Tränen überflutet. Die Bäume vor ihr sahen verschwommen und undeutlich aus. Sie konnte nicht sagen, wie nahe sie waren.

»Schneller, Deneb! Schneller, meine Liebe!« Die Worte kamen als ein atemloses Schluchzen heraus, aber Deneb schien das Drängen in ihrer Stimme zu spüren, und irgendwie legte die Fuchsstute tatsächlich noch an Geschwindigkeit zu.

Plötzlich wuchs der Waldrand an, als erhöbe er sich, um ihr entgegenzukommen. Anwyns Herz schoss in die Höhe, aber dann hörte sie etwas mit pfeifender Geschwindigkeit durch die Luft auf sie zufegen. Mit verzweifelter Stärke riss sie die Zügel zur Seite, und Deneb schnaubte protestierend, als sie versuchte, darauf zu reagieren. Es war nur die vollendete Einheit aus Pferd und Reiterin, die sie rettete.

Der dunkle Engel schrie verärgert auf, als das Pferd jäh zur Seite auswich und seine Klauen durch nichts anderes als Luft schlitzten. Aber die Kreatur der Finsternis war überraschend wendig. Sie fuhr herum und nahm noch einmal die Verfolgung auf.

Anwyn warf einen Blick zurück und sah, dass sie sich schnell näherte. Sie würde sie nicht ein zweites Mal überrumpeln. Sie bereitete sich auf den Angriff vor, und dann musste sie blinzeln, als etwas über ihr Gesicht peitschte. Eine schattige Dunkelheit umfing sie und Zweige schlugen gegen ihren Körper, als sie mit dem Kopf voran in den Wald eintauchte. Sie hatte es zu den Bäumen geschafft, und die enttäuschten Schreie der Kreatur klangen auf einmal gedämpft und entfernt.

Allmählich ließ der Schrecken nach, und Anwyn zog die Zügel an, während sie ihren Weg durch das Dickicht der Bäume nahm.

»Danke dir«, weinte sie und lehnte sich vor, um ihre Wange an Denebs verschwitzten Hals zu legen. »Mein tapferes, tapferes Mädchen. Danke.«

183

Deneb wieherte nervös zur Antwort.

»Wir werden es schaffen«, sagte Anwyn, und ihre Augen machten einen augenscheinlich kaum benutzten Pfad aus. Sie griff hinter sich, um die Transportröhre über ihrem Rücken zurechtzurücken, dann trieb sie Deneb voran. Sie waren beide erschöpft, aber wenn sie Toulwar erreichten, würden sie Zeit zum Rasten haben.

Sie befanden sich im Schutz der Bäume.

Jetzt gab es nichts, das sie noch aufhalten konnte.

Der dunkle Engel stieg hoch über die Bäume auf. Wut brannte in seinem schwarzen Herz, Wut darüber, abgewehrt worden zu sein. Aber das Böse war geduldig. Und so würde er warten. Er konnte die Frau durch die Bäume hindurch geradezu *fühlen*. Er konnte die Furcht und die erbärmliche Hoffnung in ihrer schwachen Seele *fühlen*. Er strich über das Blätterdach des Waldes hinweg und erspähte die durchbrochene Linie des Pfades. In der Ferne vermochte er den grauen Schatten einer Stadt zu sehen, aber dazwischen war eine Menge Raum.

Es blieb noch Zeit, die Seele der Menschenfrau einzufordern.

16

Feigheit, Mut und List

Zum ersten Mal auf dieser Reise ritt Falco allein. Vor ihm befanden sich die Kranken und Verletzten, hinter ihm die Anführer an der Spitze der Armee. Malaki war nirgendwo zu sehen. Die Ereignisse der vergangenen Nacht erschienen unklar und fern, wie ein halb erinnerter Albtraum. Etwas von der Dunkelheit war allerdings aus seinem Geist verschwunden und hatte eine Art Taubheit zurückgelassen. Falco hatte die Tiefen der Verzweiflung ausgelotet, jetzt fühlte er sich einfach nur verloren.

Allmählich wurde er gewahr, dass jemand neben ihm ritt. Er blickte zur Seite und sah den Abgesandten.

»Das mit Balthazak tut mir leid.«

Falco senkte den Kopf, und nach einer Weile fuhr der Abgesandte fort.

»Wir können nicht ändern, was in der Vergangenheit passiert ist. Alles, was wir tun können ist, auf die Zukunft zu blicken.«

Falco sah ihn an. Er konnte nicht begreifen, warum der Abgesandte ihm so viel Aufmerksamkeit schenkte.

»Aber es ist nicht einfach«, redete der ältere Mann weiter. »Es braucht Mut.« Und gerade einen Augenblick lang blickte er Falco in die Augen. »Es liegen dunkle Tage vor uns, was auch immer hier passiert. Alles, was jeder von uns tun kann, ist zu entscheiden, wie man ihnen begegnet. Werden wir kämpfen? Werden wir versuchen, die Dinge besser zu machen? Oder werden wir die Hoffnung verlieren und der Verzweiflung nachgeben?« Er machte eine Pause. »Das ist deine Entscheidung, Falco Danté, und sie ist einfach.«

Er sah Falco ein letztes Mal bedeutungsvoll an. Dann trieb er mit einem abschließenden Nicken sein Pferd vorwärts, und das graue Schlachtross trottete weiter.

Falco beobachtete den Sendboten der Königin, wie er sich die Menschenschlange entlang bewegte, wie er hier ein Lächeln schenkte und dort ein Wort des Trostes spendete. Es war viel an ihm, was ein junger Mann bewundern konnte, und Falco fragte sich, ob sein eigener Vater den Leuten, die er angeführt hatte, wohl jemals so viel Hoffnung gespendet hatte, bevor alles in einer Tragödie geendet hatte. In seinem Herzen war er sich sicher, dass er es getan hatte.

Er sah sich um. Er sah, wie sich Heçamede durch die Reihe der Kranken bewegte, mit Fossetta und Bryna, die halfen, wo sie nur konnten. Das war eine verdienstvolle Arbeit. Bestimmt war das etwas, das er tun konnte.

Ein plötzlicher Hustenanfall ließ ihn sich zusammenkrümmen. Der Schmerz war schlimm, aber es war der Schmerz einer rohen Wunde, nicht der widerwärtige Schmerz von erkranktem Fleisch. Als er seinen Mund abwischte, war Blut auf seiner Hand, aber es war frisch und hell. Falco betrachtete es voller Staunen. Es gab darin kaum eine Spur von dem Schleim, der so lange ein Teil seines Lebens gewesen war. Seine Augen füllten sich mit Tränen, es war wie ein reinigender Regen, der irgendwie seine Seele tröstete.

Die blendende Angst erhob sich eben von Anwyns Geist, und sie begann mehr von ihrer Umgebung wahrzunehmen. Es war offensichtlich, dass dieser Pfad nur selten benutzt wurde, aber dennoch lag er frei genug, dass man ihn in einer angemessenen Geschwindigkeit entlangreiten konnte. Sie konnte fühlen, wie Deneb sich unter ihr zu entspannen begann und in eine lockere Gangart verfiel, die nach der verzweifelten Jagd zum Wald ihre Kräfte schonte. Anwyn wollte anhalten und sich ausruhen, aber sie versuchte nicht an Godfrey zu denken, und das Reiten half ihr dabei, sich abzulenken. Als sie weiter vorankam, sah sie außerdem Anzeichen dafür, dass der Pfad benutzt wurde. Sicher musste sie nun ihrem Ziel näher kommen.

Vor ihr verbreiterte sich der Weg, als die Bäume einer weiträumigen Lichtung Platz machten. Der Pfad folgte dem Ufer eines Sees, der von Schilf umrandet und übersät von Enten und anderen Wasservögeln war. Jenseits davon führte eine goldgelbe Wiese zu den Bäumen zurück.

In einem leichten Galopp drang Deneb auf die Lichtung vor, und Anwyn schloss ihre Augen, als die Wärme der Sonne auf ihr Gesicht traf. Sie umrandeten das Wasser und hatten beinahe schon die Wiese erreicht, als die Vögel auf dem See durch etwas aufgeschreckt wurden. Anwyn fragte sich gerade, was ihnen Angst gemacht haben könnte, als ein dunkler Schatten über sie fiel. Sie hatte noch Zeit für einen flüchtigen Schreckensmoment, bevor der dunkle Engel sie traf.

Schmerz stieß in ihre Flanken, als sie vom Sattel gerissen und in die Höhe gehoben wurde. Klauen bohrten sich wie heiße Eisenstacheln in ihre Rippen, und sie sah sich selbst, wie sie in das abscheuliche Gesicht der Kreatur blickte. Das Wesen starrte über ihre Schulter hinweg, sein Atem brannte auf ihrem Hals, und seine schwarzen Augen blitzten triumphierend. Eine Perle silbrigen Speichels tropfte von seinen Zähnen und fiel auf Anwyns Nacken, zischend und brennend wie Säure. Sie schrie nicht auf. Sie war bereits auf halbem Weg zwischen dieser Welt und der nächsten.

Benommen griff sie nach der Transportröhre, die an ihrer Seite hing. Der Riemen steckte zwischen den Klauen der Kreatur fest, aber sie schaffte es, die Schnalle zu lösen und ihn frei zu machen. Ihr Atem ging in kurzen, keuchenden Stößen, als ihre Lungen sich mit Blut füllten, aber sie hielt die Röhre fest, während der Dämon sie höher trug. Sie schaute nach unten und erblickte Deneb, die zwischen den Bäumen verschwand. Sie lächelte, als sie sah, dass ihr geliebtes Pferd in Sicherheit war, aber dann richtete sie ihr Augenmerk auf die Transportröhre.

»Es tut mir leid«, flüsterte sie und dachte an ihre Eltern und an all die Leute, die sie enttäuscht hatte. Als ihr Geist sich mit Dunkelheit füllte, ließ Anwyn den Behälter aus ihren Fingern gleiten. Es war ein letzter Versuch, die Aufgabe zu erfüllen, die man ihr übertragen hatte.

Die Kreatur trug sie über das Wasser hinaus und ließ sie dann mit einem siegreichen Aufkreischen fallen. Anwyn war tot, noch bevor sie im Wasser aufschlug, das Aufspritzen wurde von einem dicken Klumpen Schilf abgedämpft. Einen Moment lang hing die Kreatur in der Luft und blickte auf ihre abgestürzte Beute hinab, dann stieg sie mit einem letzten Schrei nach oben und verschwand in Richtung Osten, zurück zu ihrem Meister.

Wieder gingen sie in die Nacht hinein, wobei sie nun nur ein paar Stunden lang Rast einlegten. Die Leute ließen sich nieder, wo sie anhielten, erschöpft von den beschwerlichen Meilen und dem wachsenden Gewicht der Angst. Und trotz alldem herrschte unter den Flüchtlingen ein Gefühl von gespannter Erwartung. Die Reiter mussten inzwischen Toulwar erreicht haben. Einige sprachen von der dunklen Kreatur, die sie am Himmel gesehen hatten, aber die meisten waren davon überzeugt, dass zumindest am kommenden Morgen Hilfe auf dem Weg sein würde.

Falco war sich da nicht so sicher, aber selbst diese schwache Hoffnung war besser als gar keine. Er führte sein Pferd zu Fossetta und Davis hinüber, die dabei waren, ein Lagerfeuer zu errichten. Heute Nacht kam Malaki nicht, um ihm von seinem Pferd herabzuhelfen, aber Falco konnte ihn etwas weiter abseits sehen, wie er die Hufe der Pferde überprüfte. Also ergriff er den Sattelknauf, schwang sich aus dem Sattel und kam auf die Beine. Er fühlte sich wackelig und schwach, aber er hatte sich schon viel zu lange auf die Hilfe von anderen verlassen. Allmählich wurde es Zeit, dass er sich um sich selbst kümmerte.

Fossetta erhob sich vom Feuer und kam herüber, um ihm ihre Hand auf die Stirn zu legen.

»Willst du etwas Suppe haben?«

Falco nickte. »Danke«, sagte er.

Fossettas Gesicht legte sich vor Rührung in Falten, und dann strich sie ihm über die Wange. Die schwarze Verzweiflung hatte Falcos Blick verlassen. Irgendwie war der Junge, den sie liebte, zu ihnen zurückgekehrt. Sie wandte sich ab und beschäftigte sich damit, Suppe zu holen.

Falco sah, wie Heçamede am Feuer einen weiteren Aufguss zubereitete. Die Heilerin sah ihn nicht an, sie war immer noch verärgert darüber, dass er sich geweigert hatte, das Heilmittel zu sich zu nehmen. Bei dem Gedanken daran, die Dämpfe erneut einzuatmen, drehte sich Falcos Magen um, und Heçamedes Lippen strafften sich, als er weiterging und der einen Sache, die ihn retten konnte, den Rücken zuwandte. Die Behandlung schlug zwar an, aber es würde noch einige Anwendungen mehr brauchen, bis die Entzündung völlig beseitigt war. Wenn man sie nicht ganz auslöschte, würde sie mit voller Kraft zurückkommen.

Falco ließ Heçamede hinter sich und ging langsam zu Malaki hinüber, der immer noch die Pferde untersuchte. Er stand nahe bei ihm, aber Malaki beschloss, keine Notiz von ihm zu nehmen. Falco trat vorwärts, als sich sein Freund dem nächsten Pferd in der Reihe zuwandte, und der große Bursche war gezwungen innezuhalten. Er straffte sich, wobei er sich immer noch weigerte, seinen Freund anzublicken.

»Es schmerzt zu sehr, um es selbst zu tun«, sagte Falco und schluckte einen Kloß im Hals herunter. »Aber wenn du mir helfen könntest …«

Er ließ die Worte verklingen, und nach einer unbehaglichen Stille nickte er und drehte sich zum Lagerfeuer um. Mit immer noch unsicherem Gang nahm er die Decke auf, die sie für den Aufguss verwendet hatten. Dann ging er zum Feuer zurück und kniete sich neben Heçamede nieder.

Fossettas Augen glänzten, als ihr Blick von Falco zu Malaki wechselte. Einen Moment lang blieb der große Jugendliche steif und unnachgiebig stehen, aber dann senkte er den Kopf und kehrte sich ihnen zu. Ohne ein Wort ging er zu Falco hinüber und hockte sich neben ihn.

Falco händigte Fossetta die Decke aus, dann legte Malaki, ebenso wie er es an diesem Morgen getan hatte, einen kräftigen Arm um Falcos Brust und packte eine Handvoll von dessen Haar. Heçamede stellte den Topf vor Falco hin, und dann – indem er jeden Selbsterhaltungstrieb in sich bekämpfte – lehnte Falco sich auf ihn zu. Fossetta bedeckte ihn mit der Decke, und Heçamede zog den Deckel ab. Der Effekt war der gleiche wie immer, aber gleichgültig wie sehr Falco auch dagegen ankämpfte, Malaki hielt ihn unerbittlich fest.

Nach einer gefühlten Ewigkeit nickte Heçamede, und Fossetta riss die Decke weg. Nach Atem ringend, straffte sich Falco, aber Malaki lockerte den Griff nicht sofort. Einen Moment lang hielt er Falco fest und presste sein Gesicht auf dessen Nacken. Schließlich ließ er ihn los und stand auf, um ins Lager davonzustolpern.

Immer noch würgend, streckte Falco die Hand nach ihm aus, aber Fossetta kniete sich nieder.

»Gib ihm Zeit«, sagte sie und wischte Falcos Gesicht ab. »Gib ihm Zeit.«

Falco sah Malaki hinterher, wie er in der Nacht verschwand. Die Dunkelheit, die seinen Geist angefüllt hatte, mochte vielleicht wieder abnehmen, aber der Schmerz und der Kummer würden nur langsam verblassen. Er ließ es zu, dass sie ihm in eine etwas bequemere Position halfen, und versuchte nicht aufzuschreien, als sie die Verbände auf seiner verbrannten Schulter wechselten. Schließlich begann Heçamede damit, ihre Sachen zurück in ihren Ranzen zu packen.

»Danke«, sagte Falco.

»Gern geschehen.« Die Antwort der Heilerin war knapp, und Falco fragte sich, ob er etwas Falsches gesagt hatte. Dann erhob sich Heçamede und ging, ehe Falco die Tränen in ihren dunklen thraecischen Augen glänzen sehen konnte.

Ein wenig verwirrt sah Falco ihr nach, wie sie mit der Nacht verschmolz.

»Hier«, sagte Fossetta lächelnd und reichte Falco eine Schüssel mit Suppe und eine Scheibe Brot. »Wie fühlst du dich?«

»Hungrig«, sagte Falco. In den letzten paar Tagen hatte er kaum etwas gegessen.

»Gut«, sagte Fossetta. »Aber geh es ruhig an«, fügte sie hinzu. »Es wird eine Weile dauern, bis du deine Stärke zurückbekommst.« Sie richtete sich auf und ging zum Feuer zurück.

»Es tut mir leid«, sagte Falco ruhig, und Fossetta drehte sich um und sah ihn an.

»Das weiß ich, mein Liebling. Das weiß ich.«

Falco verzehrte seine Suppe und schlang das Brot hinunter. Dann schloss er mit einem letzten Blick auf die Leute um ihn herum die Augen. Für beinahe zwei Stunden fiel er in tiefen Schlaf und wachte auf, um ein vertrautes Gefühl von Wärme zu verspüren, die seinen Körper durchflutete. Simeon kniete neben ihm und hatte die Hände über seine Brust ausgestreckt.

»Halt still«, sagte der alte Kampfmagier. »Der Ausschlag ist beinahe verschwunden.«

»Ich fühle mich auch anders«, sagte Falco, der sich wie so oft fragte, wie Simeon über Dinge Bescheid wissen konnte, die er nicht zu sehen in der Lage war. »Wund, aber nicht schlecht, wenn das einen Sinn ergibt.«

Simeon nickte und rückte zur Seite, um sich auf einen Felsen zu setzen. »Das ergibt auf jeden Fall einen Sinn.«

Jenseits des Lagerfeuers konnte Falco den Abgesandten neben Malaki stehen sehen. Sie hatten sich vorgebeugt und waren mit einer Arbeit beschäftigt. Über die Entfernung hinweg hörte er den metallischen Klang schwacher Hammerschläge.

»Hat er sie fertiggestellt?«, fragte Falco, der die Gürtelschnalle meinte, an der der Abgesandte gearbeitet hatte.

»Beinahe«, sagte Simeon. »Malaki hilft ihm bloß noch dabei, die Nieten einzusetzen.«

191

»Ist sie für seine Frau?«

Simeon schürzte die Lippen. »Ich glaube nicht, dass er verheiratet ist. Jedenfalls habe ich nichts davon gehört.«

Falco nickte langsam und betrachtete den Mann, der zu ihnen gekommen war, als sie am dringendsten Hilfe gebraucht hatten. Er hielt inne, bevor er weitersprach. »Glaubst *du*, dass er in die Herzen der Menschen blicken kann?«, fragte er.

Simeon lächelte. »Ich glaube, er sieht mehr als die meisten«, sagte er. »Es gibt einen Grund, warum die Königin ihn erwählt hat.«

Falco fuhr fort, ihn anzustarren, dann glitt seine Aufmerksamkeit zu Malaki.

»Es wären immer Menschen gestorben«, sagte Simeon, als könne er ausmachen, wohin Falco sah. »Selbst mit Darius' Unterstützung wären im Kampf gegen die Besessenen Menschen gestorben.«

»Ich weiß«, sagte Falco. »Aber Balthazak …« Er konnte den Satz nicht vollenden.

»Du darfst dich nicht selbst mit solchen Gedanken quälen«, sagte Simeon. »Schließlich hast du nicht den Dämon auf uns herabgebracht.«

Sie schwiegen für eine Weile, und Falco beobachtete, wie das Licht der Flammen auf Simeons vernarbtem Gesicht spielte. Als jemand, der einen Anflug von Drachenfeuer erlebt hatte, konnte er sich die Qual nur vorstellen, die Simeon ausgestanden hatte.

»Werden wir es schaffen?«, fragte er.

Simeon antwortete nicht, er schnaubte nur leise mit einem freudlosen Lächeln auf seinen Lippen. Die Besessenen verringerten ihren Abstand zu ihnen auffallend schnell, und niemand wusste, ob die Reiter durchgekommen waren oder nicht.

»Und wenn wir es schaffen?«, fragte Simeon, der seiner Frage auswich. »Was wirst du dann tun?«

»Ich weiß es nicht«, sagte Falco. »Nach Hause zurückkehren, denke ich.«

Simeon stieß ein hohles Lachen aus. »Nach Hause«, wiederholte er. »Ich fürchte, es wird kein Zuhause mehr geben, zu dem wir zurückkehren können.«

Falco nickte traurig. »Dann werde ich wohl in Toulwar bleiben«, sagte er. »Vielleicht können wir mit der Zeit Caer Dour wieder aufbauen.«

»Du könntest mit Malaki nach Grimm gehen«, schlug Simeon vor. »Vielleicht findest du dort die Antworten, die du suchst.«

Falco blickte auf und wartete, dass er fortfuhr.

»Ich kannte deinen Vater«, sagte Simeon. »Sicher, es gab Dunkelheit in ihm. Aber er war keineswegs wahnsinnig. Es gibt einen Grund, warum er sich gegen uns stellte.«

Falco starrte seinen Herrn an.

»Ich glaube, dass der Tod deines Vaters irgendeine Bedeutung hatte«, sagte Simeon. »Vielleicht wirst du in Grimm eine eigene Bedeutung finden.«

Falco war sprachlos. In den letzten Tagen hatte er das Gefühl gehabt, dass seine Welt einstürzte, dass sie sich zu einer trüben und verdüsterten Zukunft zusammenschloss, und jetzt hatte Simeon ein Loch durch die Wolken gestoßen, und das Licht der Möglichkeiten schien hindurch.

Vielleicht würde er in Grimm ein paar Antworten finden.

Vielleicht würde er in Grimm irgendeine Bestimmung für sein Leben finden.

Dann verließ ihn Simeon, und trotz der Gedanken, die ihm durch den Kopf schwirrten, brachte er es fertig, noch einmal einzuschlafen, wenn auch nicht lange. Sie wachten in Dunkelheit auf und machten sich, lange bevor es sicher war, auf den Weg. Die Besessenen waren inzwischen nur noch ein paar Stunden hinter ihnen, und es blieb keine Zeit mehr, länger zu verweilen. Falco hatte ein wenig Brot und Früchte zum Frühstück gegessen und jetzt, da er im Sattel schwankte, konnte er fühlen, wie ein Anschein von Stärke in seine Glieder zurückkehrte. Vor sich sah er eine Mutter am Wegrand stehen, die sich damit abmühte, eines ihrer Kinder zu ermuntern, einen Jungen, der nicht älter als sechs Jahre sein konnte.

»Tarran, verflucht! Wir können nicht anhalten!« Die Frau, die am Arm des Jungen zog, schien vor Sorge ganz verzweifelt.

»Er kann mit mir reiten«, sagte Falco, der neben ihnen anhielt.

Die Frau blickte auf, hin und her gerissen zwischen dem Verlangen nach Hilfe und dem Gedanken, sie von derselben Person anzunehmen, die Verhängnis über sie gebracht hatte. Schließlich obsiegte aber die Notwendigkeit, und mit einem dumpfen Wort des Danks schwang sie ihren Sohn in den Sattel. Falco hüllte seinen Mantel um den verweinten Jungen.

»Keine Sorge«, sagte er. »Die Reiter sind durchgekommen. Die Ritter von Toulwar sind schon auf ihrem Weg, um uns zu helfen.«

Der Junge drehte sich zu ihm um, während seine blanken blauen Augen nach irgendeinem Anzeichen von Unwahrheit suchten. Etwas in Falcos Herz sagte ihm, dass die Reiter es *nicht* geschafft hatten. Und doch fühlten sich seine Worte nicht wie eine Lüge an. Mit einem kleinen Lächeln wandte sich der Junge wieder um und lehnte sich gegen Falcos knochige Brust.

Hauptmann Reynald de Roche von den königlichen Jägern von Toulwar stieg ab, als er sich dem Pferd näherte. Die Fuchsstute bebte vor Erschöpfung und war ohne Zweifel verängstigt. Er bot ihr seine Hand dar und redete in leisem, beruhigendem Ton auf sie ein, während er sich ihr vorsichtig näherte. Endlich schaffte er es, das Zaumzeug zu ergreifen, und das Pferd drückte mit vor- und zurückschnellenden Ohren seinen Kopf gegen seine Schulter.

»Ganz ruhig«, sagte Hauptmann de Roche und strich den schweißüberströmten Hals des Pferdes. Offensichtlich war es überaus hart geritten worden, aber nirgendwo war eine Spur von seinem Reiter zu sehen. Langsam führte er das Pferd zu seinen Männern zurück. Die Patrouille war seit vier Tagen von Toulwar fort und hatte sich gerade auf den Weg zurück in die Stadt gemacht, als sie auf das verängstigte Pferd gestoßen waren.

»Es kam aus dieser Richtung«, sagte einer seiner Männer. »Von der Straße nach Valentia.«

Hauptmann de Roche sah sich um. Hatte nicht der Abgesandte der Königin diese Straße vor noch nicht einmal zwei Wochen genommen?

Er bestimmte einen seiner Männer, sich um die Stute zu kümmern, dann stieg er neben den anderen Jägern auf sein Pferd. »Wir folgen dem Weg zurück zum Waldrand.«

Er hielt inne, bevor er losritt. Sie alle hatten die Geschichten über die Bresche in der illicischen Verteidigung gehört, und selbst auf dieser Patrouille hatten sie einen Waldarbeiter angetroffen, der von einer »dunklen Kreatur« erzählt hatte, die den Himmel über dem Wald heimsuchte. Sie hatten dieses Wesen zwar als einen Samtadler abgetan, der von den Bergen herabgekommen war, aber jetzt war sich Hauptmann de Roche nicht mehr so sicher. »Seid auf der Hut«, befahl er seinen Männern. »Ich befürchte, etwas Böses ist da draußen.«

Damit galoppierten sie fort. Ihre eigenen Pferde waren müde und durstig, aber der Hauptmann wusste von einem See, der nicht weit entfernt an diesem Weg liegen sollte. Dort konnten sie ihre Pferde tränken.

In ihrer Hast stolperten die Einwohner von Caer Dour weiter und verfluchten die Offiziere der Armee, die sie vorantrieben.

»Schneller ... bleibt in Bewegung ... schneller ...«

Falco blickte auf einen Mann, der an der Aufgabe, die man ihm gegeben hatte, offensichtlich keinen Gefallen fand. Aber dennoch drängte er die Leute vorwärts und blickte oftmals zurück, um zu sehen, ob es irgendein Zeichen von der letzten Nachhut gab. Etwas stimmte hier nicht. Die Besessenen waren inzwischen so nahe, dass die Verteidiger nach ihren Ausfällen schnell zurückgekommen waren, aber der letzte Trupp war längst überfällig.

Der Tagesanbruch hatte kalte Schauer gebracht, die über die Berge gefegt waren, doch jetzt rissen die Wolken wieder auf, und breite Flecken blauen Himmels wurden zu einem willkommenen Anblick. Dann jedoch stieß jemand vorne einen Schrei aus und deutete zum Himmel, und eine Welle des Schreckens rollte auf Falco zu. Er sah nach oben und konnte erkennen, was den Tumult verursachte. Es war der dunkle Engel, der hoch über ihnen flog und seinen Schatten aus Furcht warf.

»Komm näher«, dachte Falco, der zu der Kreatur hinaufstarrte. »Ich kenne ein paar, die dich vom Himmel herabschmettern würden.« Wie zur Antwort segelte die Kreatur über sie, während sie die Berge im Dienst ihres Meisters auskundschaftete.

Der kleine Junge, der immer noch vor ihm saß, bebte vor Angst an seiner Brust, und neben ihm kauerte sich die Mutter des Jungen am Boden zusammen und zog ihre beiden anderen Kinder in die Arme. Falco brachte sein Pferd zum Stehen. Er strich dem Jungen übers Haar und sah auf die Mutter hinunter.

»Hab keine Angst«, sagte er.

Langsam blickte die Mutter hoch, und Falco konnte das Grauen in ihren Augen sehen.

»Der Feind weiß, dass du sie liebst«, sagte Falco, der auf ihre Kinder hinabsah. »Er betrachtet es als eine Schwäche, als ein Mittel, um deinen Glauben zu brechen.« Er sah wieder die Frau an, und die Andeutung eines Feuers brannte in seinen hellgrünen Augen. »Lass es deine Stärke sein.«

Die Frau runzelte die Stirn, als verwirrte sie die Autorität in seiner Stimme, aber nach und nach richtete sie sich auf. Sie nickte Falco kurz zu, dann rieb sie sich die Augen und wies ihre Kinder an weiterzugehen.

»Du fängst schon an, wie ich zu klingen«, sagte da eine Stimme, und Falco, der sich umwandte, sah Simeon neben sich haltmachen.

»Ich habe dich wirklich einmal etwas in der Art sagen hören«, antwortete Falco, der sich eigenartig befangen vorkam.

»Weil es die Wahrheit ist«, sagte Simeon mit einem Lächeln.

Schweigend ritten sie eine Weile, und der Junge, Tarran, sprang vom Pferd, um neben seiner Mutter zu gehen. Falco sah sich wiederholt um und hielt nach einem Anzeichen für die letzte Nachhut Ausschau. »Etwas kann nicht stimmen«, sagte er. »Sie müssten doch längst zurück sein.«

Simeon nickte, dann hob er den Kopf und drehte sein blindes Gesicht in die Richtung, aus der einige der Anführer den Weg zurückkamen.

»Was ist passiert?«, fragte er, als die Anführer neben ihm anhielten.

»Einige der Adligen sind geflohen«, erklärte der Abgesandte. »Unter ihnen ist auch Bellius Snidesson.«

Falco stand der Mund offen, aber Simeon senkte nur den Kopf.

»Siebzehn Ritter und vierzig Mitglieder ihrer Familien«, sagte Morgan Saker.

Falco machte Anstalten zu sprechen, doch Simeon hob eine Hand, um ihm Einhalt zu gebieten.

»Beurteilt sie nicht zu streng. Andere würden genau dasselbe tun, wenn sie schnelle Pferde für alle ihre Lieben hätten.«

Morgan Saker schien ihm widersprechen zu wollen, als plötzlich mehrere Dinge gleichzeitig geschahen.

Erst kamen Reiter der letzten Nachhut in Sicht, die sich den Pfad heraufkämpften, um mit den Anführern zu sprechen.

»Der Dämon ist uns auf den Fersen«, sagte der Hauptmann mit einem Anflug von Panik in der Stimme. »Sie haben eine Weile angehalten, und dann ist etwas passiert, das wir nicht sehen konnten. Aber jetzt kommen sie schneller als je.«

Lord Cadells Miene klang angespannt, als er zu ergründen versuchte, was das bedeuten konnte, aber dann fiel ihm auf, dass die Menschenschlange vor ihm angehalten hatte. Die Leute auf dem Pfad blickten zurück, als einer der vorderen Kundschafter die Reihe entlanggaloppierte.

»Nun?«, schnappte Lord Cadell, als der atemlose Kundschafter um Worte rang.

»Der Feind ist vor uns, mein Herr. Der Weg voraus ist blockiert!«

Falco blickte von einem bangen Gesicht zum anderen. Es schien, dass Bellius gerade rechtzeitig geflüchtet war. Nicht nur, dass der Feind mit ihnen gleichgezogen war, er hatte auch das ganz Undenkbare geschafft. Irgendwie musste die Armee der Besessenen sie überholt haben. Die Einwohner von Caer Dour waren abgeschnitten. Nun gab es keine Möglichkeit für sie, in Sicherheit zu kommen.

17

Eine Botschaft im Schilf

»Wie kann das *möglich* sein, dass sie vor uns ... sein konnten?«, rief Lord Cadell.

»Der Dämon hat sie hindurchgeleitet«, sagte der Abgesandte, der dieses Phänomen auch zuvor schon erlebt hatte. »Wenn ein Dämon mächtig genug ist, kann er einen Riss im Gefüge der Wirklichkeit hervorrufen und eine kleine Anzahl an Truppen von einem Ort zu einem anderen schicken. Der Dämon, der uns verfolgt, muss an Stärke zunehmen.«

Die Einwohner von Caer Dour blickten ihn entgeistert an.

»Wie viele?«, fragte Simeon.

»Genug, um uns zum Stillstand zu bringen«, erwiderte der Abgesandte. Er blickte auf den Pfad, der vor ihnen lag und nun mit Hunderten von verängstigten Leuten auf dem Weg zurück zu ihnen verstopft war.

»Und wie lange wird es noch dauern, bis uns der Dämon einholen wird?«

»Drei Stunden, vielleicht weniger.«

Simeons Kiefer mahlten.

»Können wir durchbrechen?«, fragte Falco.

»Vielleicht«, sagte der Abgesandte. »Aber dann wäre der Feind bei uns. Das Letzte, was wir wollen, ist, dass uns die Besessenen auf dem Pfad erwischen.« Er schüttelte den Kopf. »Nein. Unsere einzige Chance ist, nach einer zu verteidigenden Position Ausschau zu halten und zu hoffen, dass wir lange genug aushalten können, bis Hilfe eintrifft.«

Falco gefror das Blut in den Adern. Sie waren in den Bergen gefangen und wussten immer noch nicht, ob die Reiter durchgekommen waren.

»Etwas weiter hinten liegt ein kleines Tal«, sagte einer der Kundschafter. »Steile Hänge, mit einer Reihe von niedrigen Felswänden, die leicht zu verteidigen wären.«

»Gut«, sagte der Abgesandte. »Dort werden wir uns verteidigen.«

Hauptmann Reynald de Roche starrte auf die Spuren am Boden. Sie ergaben keinen Sinn.

»Hier erschreckte sich das Pferd«, sagte einer seiner Männer, der Francois hieß und einer der besten Spurenleser in Toulwar war. Er bückte sich tief zu Boden und deutete auf die Reihe von Hufabdrücken. »Hier kann man sehen, dass die Gangart gleichbleibend ist, das Pferd wird geritten.« Er schritt vorwärts. »Und hier ist der Grund aufgewühlt, als hätte es einen Fall oder einen Zusammenstoß gegeben.« Er richtete sich auf und schüttelte den Kopf. »Aber hier … dies sind nur die Abdrücke von einem einzigen Pferd und kein Anzeichen eines Falls. Von hier an werden die Spuren unstet und führen in Richtung der Bäume. Das ergibt alles keinen Sinn.«

Hauptmann de Roche starrte auf den Boden hinab. Er blickte den Pfad entlang zurück und zu den Bäumen. Es war ganz so, als ob sich der Reiter in Luft aufgelöst hätte.

»Sir!«

Er wandte sich einem seiner Männer zu, der mit einer braunen Transportröhre aus Leder in den Händen auf ihn zukam.

»Das lag im Gras etwas abseits vom See«, sagte der Mann und händigte ihm die Röhre aus.

Hauptmann de Roche blickte zum See hinüber, der ruhig und still und übersät mit Vögeln war. Dann öffnete er die Röhre und ließ die zusammengerollte Botschaft herausgleiten, die sich darin befunden hatte. Er reichte den Behälter einem seiner Männer und las. Dabei furchte sich seine Stirn, und seine Männer sahen mit an, wie das Gesicht ihres Hauptmanns bleich wurde.

»Was ist, Hauptmann?«, fragte einer von ihnen.

»Die Einwohner von Caer Dour«, sagte Hauptmann de Roche, der die Botschaft zusammenfaltete und in einen Beutel an seinem Gürtel steckte. »Sie wurden in die Berge gedrängt, verfolgt von einem Dämonenheer der Besessenen.«

Die Männer starrten ihn ungläubig an. Für sie waren die Besessenen eine abstrakte Bedrohung, die albtraumhafte Gefahr ferner Länder.

»Steigt auf!«, schnappte Hauptmann de Roche. »Ihr Schicksal hängt von uns ab.« Sein schroffer Ton durchbrach ihren Schock, und die Jäger setzten sich in Bewegung. Innerhalb von Sekunden galoppierten sie den Weg nach Toulwar entlang. Sie waren allerdings nicht weit gekommen, als Hauptmann de Roche sich einem schmaleren Pfad zuwandte, der auf den südlichen Teil der Stadt zuführte.

»Hauptmann!«, rief François, während kleine Zweige über ihren Weg peitschten. »Das ist nicht der schnellste Weg in die Stadt.«

»Ich weiß!«, schrie Hauptmann de Roche.

Er war nicht auf dem Weg zur Stadt. Er war auf dem Weg zu einem kleinen Rückzugsort, der auf einem frei stehenden Felsvorsprung lag und wo bekanntlich bestimmte Krieger auf der Durchreise und ihre mythischen Kreaturen haltmachten. Die Armee von Toulwar würde die Leute von Caer Dour niemals rechtzeitig erreichen. Sie brauchten Hilfe, die auf schnelleren Schwingen kam, und Hauptmann de Roche konnte nur hoffen, dass sich sein Schachzug auszahlen würde – und dass die Person, nach der er suchte, sich immer noch an dem Rückzugsort befand, wenn sie dort eintrafen.

Zur gleichen Zeit lag hinter ihnen der Körper einer jungen Frau mit dem Gesicht nach unten im dunklen Wasser eines Waldsees. Ihre sterblichen Überreste würden niemals zur Ruhe gebettet werden, und doch hatte ihre Seele vielleicht etwas Trost in dem Wissen darum gefunden, dass die Botschaft, für die sie ihr Leben hergegeben hatte, ihr Ziel zuletzt doch noch erreicht hatte.

Die Einwohner von Caer Dour strömten in das Tal mit den steilen Hängen. Es gab keine Pfade, die hinausführten, und nur die wendigsten unter ihnen hatten überhaupt eine Aussicht, die Felswände zu erklettern, die sie umgaben. Dies würde also ihre Festung sein und vielleicht zu ihrem Grab werden.

Die Talmündung war eben und flach, aber wo sie sich verengte, war sie von einer Reihe niedriger Felswände durchzogen. Es war ein guter Verteidigungsort, der es der Armee erlaubte, den Eingang zum Tal zu blockieren und die Sicherheit der Menschen bis zur letzten möglichen Minute zu gewährleisten.

Sie hatten eine Stunde gebraucht, um die Leute in das Tal zu bringen, und Falco sah mit an, wie die letzten Familien hineingeführt wurden. Er tat sein Bestes, um nützlich zu sein, aber dieses Bestreben fand er aufreibend. Heçamede hatte ihm einen kleinen Topf mit Salbe für Tobias gegeben. Da er mehrere Tage lang auf einem Pferd festgebunden gewesen war, hatte der verkrüppelte Junge schreckliche Druckwunden bekommen. Die Salbe würde seine Schmerzen lindern und helfen, die wunden Stellen zu heilen.

»Wenigstens regnet es nicht«, sagte Merryweather, als Falco ihm die Salbe reichte. Merryweather hatte die Wunden seines Sohnes bereits gereinigt und verschwendete keine Zeit, sondern trug Heçamedes Heilmittel sofort auf. Tobias sah ihn an, und Falco wurde rot im Gesicht. Er hatte ihn nicht anstarren wollen. Der Junge beobachtete ihn einen Moment lang, seine wässrigen Augen waren eigenartig durchdringend, und dann begann er langsam zu lächeln.

»Kammack jetzt besser.«

Falco schnaubte leise und lächelte seinerseits.

»Und wie geht es dir, Tobias?«

»Tut fauweh«, sagte Tobias und zuckte, als sein Vater ihm leicht über den Kopf schlug.

»Was habe ich dir über deine Sprache gesagt«, bemerkte Merryweather, offensichtlich hocherfreut über das anhaltende Temperament seines Sohnes.

Falco lächelte angesichts des Bandes aus Liebe zwischen den beiden, aber sein Lächeln besaß einen Anflug von Traurigkeit. Falco konnte sehen, dass sich ein paar von Tobias' wunden Stellen trotz der besten Bemühungen seines Vaters entzündet hatten. Er warf Merryweather einen Blick zu, und der Ausdruck in den Augen des großen Mannes sagte alles.

Wenn sie nur lange genug am Leben bleiben konnten, dass Tobias an seinen entzündeten Wunden sterben würde.

Und so kam der Tag zu einem Ende. Nach all ihren Anstrengungen waren sie überholt worden, und jetzt saßen sie in den Bergen gefangen. Ihre einzige Hoffnung bestand darin, so lange wie möglich durchzuhalten, und das bedeutete, Simeon am Leben zu halten. Die Wichtigkeit dessen war der Armee bereits erklärt worden. Falco, der neben seinem Meister saß, hörte nun zu, wie der Abgesandte mit den Eltern und den Ältesten der Gemeinschaft sprach.

Der Sendbote, der nun das Kettenhemd und die gepanzerten Stiefel eines Mannes aus der Reiterei trug, ging unter ihnen in die Hocke. Die Leute versammelten sich dicht um ihn herum, abseits vom Hauptteil der Menschen, sodass die Kinder nicht hören konnten, was gesprochen wurde.

»Solange Simeon lebt, ist die Armee in der Lage zu kämpfen«, sagte ihnen der Abgesandte. »Seine Anwesenheit wird die Angst fernhalten.« Er machte eine Pause. »Doch Simeons Stärke ist nicht mehr das, was sie einmal war. Wir werden tun, was wir können, um ihn zu unterstützen. Aber wenn er fällt …«

Der Abgesandte brach ab, und die Leute blickten auf die Messer hinab, die herumgereicht worden waren, Messer, die rasiermesserscharf geschliffen waren, Messer, die ein Leben so schmerzlos wie möglich beenden konnten.

Als der Abgesandte fortfuhr, klang seine Stimme hart und kompromisslos.

»Wenn Simeon fällt, wird das Ende schnell kommen.« Er blickte in ihre Gesichter. »Was auch immer geschehen mag, ihr dürft *nicht* zulassen, dass eure Kinder von den Besessenen ergriffen werden.« Er wartete darauf, dass ihnen diese Mitteilung ins Bewusstsein drang. »Der Feind wird versuchen, euch davon abzuhalten. Er wird euren Geist mit Versprechen und Lügen füllen. Glaubt ihm nicht. Wenn Simeon fällt, dann beendet es schnell, bevor euch euer Mut verlässt.«

Die Gesichter der Eltern waren bleich und düster, aber sie waren auch ruhig und entschlossen. Sie würden tun, was notwendig war.

Plötzlich erklang ein Horn, und alle blickten auf. Einer der Wachtposten auf den Felsvorsprüngen hatte Alarm geschlagen. Der Feind war gesichtet worden.

Die Eltern kehrten zu ihren Kindern zurück, und Falco folgte Simeon und dem Abgesandten, als sie gingen, um sich der Armee anzuschließen. Die Sonne war untergegangen, und sie blickten nach Westen, wo gerade das letzte Licht des Tages verblich. In der Ferne warfen die Berge eine dunkle Silhouette vor dem Himmel, aber die zerklüfteten Umrisse schimmerten und schwammen wie in der Hitze eines heißen Sommertags. Falco vermochte tatsächlich die Hitze auf seinem Gesicht zu fühlen.

»Es sind die Besessenen«, sagte Simeon, der seine Gedanken erriet. »Sie führen die Hitze des Hades mit sich.«

Am Himmel hinter ihnen erhob sich gerade eben die geschwollene Scheibe des Vollmonds, und in seinem fahlen Licht erhaschten sie ihren ersten Blick auf dunklen, unirdischen Stahl. Schon auf diesen ersten Blick hin wichen die kämpfenden Männer von Caer Dour einen Schritt zurück, aber der blinde alte Mann, der Simeon le Roy war, trat einen Schritt vorwärts, und mit ihm ging auch Sir William Chevalier, der Abgesandte der Königin des Hofes von Grimm. Falco stand neben Simeon. Er wusste, dass er nicht kämpfen konnte wie Malaki oder der Abgesandte, aber er würde auch nicht fliehen. Die Furcht hatte keine Macht über ihn. Er hatte sie schon lange zuvor gemeistert.

Dann kam Lord Cadell nach vorn, und Sir Gerallt Godwin

und andere, und langsam rückten sie zum Rand der niedrigen Felswände vor. Falco blieb bei Simeon, als dieser seine Stellung auf einer breiten Felsausdehnung etwa fünfzig Meter hinter der Frontlinie einnahm. Hier würde er sich verteidigen. Von hier aus konnte er die gesamte Armee in seiner geistigen Umklammerung halten.

Mit Simeon an seinem Platz ging der Abgesandte, um sein Pferd zu besteigen.

»Ganz ruhig, Tapfer«, sagte er, als sich das Pferd unter ihm verlagerte.

Der rauchgraue Percheron, der für den Krieg gezüchtet war, erkannte die Spannung, die vor einer Schlacht entstand, und das Blut des stolzen Hengstes geriet in Wallung. Die Flanken des Pferdes waren jetzt mit einem ledernen Harnisch bedeckt, während eine plattenförmige Rossstirn und eine gegliederte Crinet seinen Kopf und Hals schützten.

Der Plan war es, die Besessenen vorwärtskommen zu lassen und sie dann an den Felswänden aufzuhalten. An manchen Stellen waren sie nicht mehr als eine Bodenerhebung, aber sie lieferten Positionen, die man verteidigen konnte, und Lord Cadell würde das Beste daraus machen. Er stellte seine größte Konzentration an Truppen dort auf, wo die Felsvorsprünge am niedrigsten waren, und flankierte sie mit Reihen von Bogenschützen. Hinter ihnen war die verbliebene Reiterei in zwei Gruppen aufgeteilt worden, damit sie schnell auf jeden Durchbruch in der Stellung antworten konnten. Die restlichen Truppen waren entlang der Reihe von Felswänden verteilt worden – eine dünne Linie aus Schwertern, Schilden und Speeren.

Als Falco beobachtete, wie die Armee ihre Positionen einnahm, sah er, wie sich Bryna Godwin den Rängen der Bogenschützen auf der rechten Seite anschloss. Und dort, bei den kräftigen Männern in der Mitte der Stellung, stand auch die gepanzerte Gestalt von Malaki. Der große junge Mann war gerade dabei, seinen Helm aufzusetzen, als er Falcos Blick zu spüren schien. Er drehte sich um, und nun trafen sich ihre Blicke. Die beiden teilten einen kurzen und sorgenvollen Augenblick, dann nickte Malaki langsam und wandte sich ab.

Niemals hatte sich Falco schmerzlicher allein gefühlt, niemals nutzloser. Er senkte den Kopf und starrte auf seine schwachen und knochigen Hände.

»Es gibt mehr als eine Art zu kämpfen.«

Falco sah zu Simeon hoch.

»Geh zu Fossetta«, sagte Simeon. »Zeig den Leuten, dass du keine Angst hast. Das wird ihnen mehr helfen, als du ahnst.«

Niedergeschlagen wandte sich Falco zum Gehen, aber Simeon hielt ihn auf, und seine rauen Hände fuhren Falcos Züge nach, wie um sich sein Gesicht einzuprägen.

»Ich habe dich geliebt, Falco Danté«, sagte der alte Kampfmagier schroff. »Wie auch deinen Vater. So wie ich einen Sohn geliebt hätte.«

Falco blickte in das vernarbte Gesicht des Mannes, der ihn aufgezogen hatte. Vor Ergriffenheit steckte ihm ein dicker Kloß im Hals.

»Versprich mir, dass du nach Grimm gehen wirst«, sagte Simeon. »Wenn du die Morgendämmerung erlebst. Finde deinen Platz in der Welt, Falco. Und finde heraus, warum ich den besten Mann, den ich je gekannt habe, töten musste.«

Falco nickte, und Simeon zog ihn an sich.

»Verlier nicht den Glauben«, flüsterte er. »Was auch immer geschehen mag, verlier nicht den Glauben.«

Verloren in Simeons Umarmung konnte Falco nur nicken, dann wandte er sich langsam von der Armee von Caer Dour ab und ging stattdessen auf deren Einwohner zu. Er fand Fossetta, die bei den Kranken und Verwundeten an der Westseite des Tals saß, wo sich die großen Felswände in die Berge erhoben. Er wischte sich die Tränen fort, setzte sich hin und lauschte Julius Merryweather, der eine Gruppe Kinder mit einer Reihe lustiger Geschichten abzulenken versuchte, aber ausnahmsweise hatte den fröhlichen Mann einmal der Humor verlassen, und die Kinder wirkten nicht überzeugt.

Falco sah, wie der kleine Junge namens Tarran auf ihn zukam.

»Die älteren Jungen sagen, wir werden die Nacht nicht überleben«, sagte Tarran.

Falco blickte auf und bemerkte eine Schar von Leuten, die auf das warteten, was er sagen würde.

Er zog Tarran vorwärts zu sich.

»Unsinn«, antwortete er. »Wie der Zufall es will, weiß ich, dass Fossetta ein Gänseei, drei Streifen Speck und eine saftige Birne in ihrem Rucksack gehamstert hat. Stimmt das nicht, Fossetta?«

Fossetta hielt vier Finger hoch.

»Vier Streifen Speck sogar«, sagte sie mit einem Lächeln.

»Da hast du's«, sagte Falco. »*Das* Frühstück verpasse ich auf gar keinen Fall.«

Tarran lächelte, und die Leute in der Nähe merkten, dass sich etwas von der Angst von ihren Herzen gehoben hatte. Falco sah, wie ihn Heçamede aus dunklen Augen anstarrte, die vor Anerkennung glänzten.

Den ganzen Tag über hatten sie versucht, die Ängste der Leute zu beruhigen, und den ganzen Tag über hatte die Furcht weiter zugenommen. Bis *er* gekommen war und sich zu ihnen gesellt hatte. Er war bleich und dünn und schwach, und es war nicht sicher, ob er die Entzündung in seinen Lungen überleben würde. Aber zumindest hatte er jetzt eine Chance.

Er ist stark, dachte Heçamede. *Wie sein Vater.*

Sie erinnerte sich daran, wie sie zusammen mit einer Handvoll von Kriegsflüchtlingen aus Illicia in Caer Dour angekommen war. Zu der Zeit war sie kaum mehr als ein Mädchen gewesen; eine junge Heilerin, aufgewühlt von entsetzlichen Schrecken, die sie sich nicht einmal richtig hatte vorstellen können. Die Leute von Caer Dour hatten sie willkommen geheißen, und man hatte sie eingeladen, im Zuhause von Eleanora Danté zu bleiben, der Frau eines Adligen, der zufällig auch ein Kampfmagier gewesen war. Es waren ihre Geduld und ihr anhaltendes Mitgefühl gewesen, die es Heçamede erlaubten, ihren Frieden mit den Albträumen zu schließen, von denen sie heimgesucht wurde, und sie konnte sich noch an die Intensität in den hellgrünen Augen der Frau erinnern.

Und er ist liebenswert, dachte sie, wobei sie an die tragische Nacht von Falcos Geburt dachte. *Wie seine Mutter.*

Plötzlich hallten Hörner von den nahegelegenen Felswänden wider, ein letzter trotziger Ruf zu den Waffen.

Falco stand auf und blickte in das Tal hinab. Im Licht des Mondes konnte er sehen, wie sich die Vorhut der Besessenen näherte, dunkle Schemen in der sich vertiefenden Nacht, die mit dem stumpfen Glanz von Stahl schimmerten. Er wurde sich bewusst, wie hinter ihm Eltern ihre Kinder um sich scharten, und Falco dachte an die versteckten Messer, die alle von ihnen bereithielten.

Eltern, die vielleicht gezwungen sein würden, ihre eigenen Kinder zu töten.

Bei der Aussicht auf einen derartigen Gräuel biss Falco die Zähne aufeinander. Dann starrte er, wobei er Tarran hinter sich schob, die schartigen Gestalten der Besessenen an, und in dem trüben Licht brannten seine grünen Augen.

18

Die Besessenen

Mit der langsamen Geschwindigkeit eines Albtraums kamen die Besessenen heran, aber dies war ohnehin nur die Vorhut. Der Dämon mit seiner vollen Stärke musste das Tal erst noch erreichen.

Malaki, der bei den anderen Männern stand, beobachtete, wie der Feind aus der Dunkelheit hervortrat. Sie sahen zwar menschlich aus, aber er wusste, dass eine derartige Beschreibung nicht mehr länger zutraf. Sie waren sowohl mehr als auch weniger als gewöhnliche Menschen. Sie waren verlorene Seelen, Menschen, die vom Busen der Menschheit fortgerissen worden waren, getauft in den Feuern der Hölle und wiedergeboren in Finsternis.

Sie trugen die Rüstung von Ferocia: Brustpanzer, Rundschilde und offene Hopliten-Helme, dunkler Stahl mit einem Schimmer von Bronze. Der Anblick allein vermittelte einen Eindruck von Brutalität. Und die Rüstungen leuchteten matt, wie Metall, das in einem Feuer erhitzt wurde. Malaki konnte die Hitze, die von ihnen ausging, auf seinem Gesicht spüren. Er sah sich um, und an den unsicheren Mienen konnte er erkennen, dass die anderen Männer sie ebenfalls wahrzunehmen vermochten.

Malaki versuchte zu schlucken, aber sein Mund war plötzlich trocken. Er fühlte, wie sich die Angst in ihm erhob, aber er biss die Zähne zusammen und unterdrückte sie. Sein Vater hatte nicht der Furcht nachgegeben, und er würde das ebenfalls nicht tun. Mit bebender Hand zog er sein Schwert und ergriff seinen Schild, einen großen Rundschild, der seinen Körper von der Schulter bis zum Knie verdeckte. Beinahe unbewusst verlagerte er das Gewicht zu einer Kampfhaltung und bemerkte, dass die Männer zu beiden Seiten dasselbe taten.

Lord Cadell hatte seine besten Krieger in der Mitte platziert, und Malaki war gekommen, um sich ihnen anzuschließen. Wenn die Frontlinie in Gefahr geriet, würden sie sich um Simeon zusammenscharen und eine Leibgarde aus Stahl bilden. Es war ihre Aufgabe, ihn um jeden Preis zu beschützen, und auch Malaki war dazu bereit, sich notfalls zu opfern, um den Kampfmagier am Leben zu halten.

Langsam kamen die Besessenen näher. Im kalten Licht des Mondes konnte Malaki ihre Haut sehen, aschgrau und mit blutergussfarbenen Markierungen beschmiert. Deutlicher und deutlicher vermochte er ihre Augen zu sehen, wie Kugeln aus nassem Gebein und angefüllt mit reiner Bösartigkeit. Sie wussten, dass er Angst hatte, und dieses Wissen machte sie stärker.

Die gleiche schreckliche Erkenntnis wiederholte sich überall entlang der Reihe von Felswänden, wo die Menschen den Besessenen Auge in Auge gegenüberstanden. Wie konnten sie gewinnen? Wie konnten sie nur gewinnen?

Malaki wandte sich zu Simeon um, aber der alte Kampfmagier schien sich in tiefer Konzentration zu befinden. Dann senkte er den Kopf, und Malaki fühlte eine eigenartige Empfindung in seiner Brust, ein prickelndes Licht, das seinen Körper zu überfluten schien und in seinen Geist emporbrandete. Er bemerkte, wie ihn die Angst verließ, und sah wieder den Feind an.

Dies war also die Kraft eines Kampfmagiers, den Menschen die Hoffnung und den Mut zurückzugeben, die der Feind ihnen sonst genommen hätte. Dann, weiter zu seiner Rechten, hörte Malaki die Stimme des Abgesandten.

»Bogenschützen, fertig …«

Malaki hielt den Atem an. Die Besessenen, die sich mit langsamer Bedächtigkeit vorwärtsbewegten, hatten schon beinahe den Fuß der niedrigen Felswand erreicht. Dann stürmten sie in jäher Eile vorwärts. Malaki hörte den Abgesandten »Schießt!« rufen, und ein Hagel an Pfeilen schoss die Abhänge hinab.

Bryna Godwin sah, wie der Pfeil von ihrem Bogen sprang. Er traf einen der Besessenen in die Brust, und der Schaft splitterte, da der Pfeil den Brustharnisch nicht durchdringen konnte. Innerhalb einer Sekunde hatte sie einen weiteren Pfeil parat, aber ihre Hände zitterten so sehr, dass sie ihn nicht auf der Sehne einnocken konnte. Die erste Salve hatte die anfängliche Angriffswelle der Besessenen gebremst, aber aufhalten konnte sie sie nicht. Viele Pfeile hatten ihr Ziel getroffen und sich in Arme und Beine gebohrt, doch immer noch kamen die Besessenen weiter heran.

In diesem Augenblick lernte Bryna Godwin zwei Dinge.

Das erste war, dass Schmerz und Verwundung nicht ausreichten, um die Besessenen aufzuhalten.

Das zweite: Sie war nicht annähernd so tapfer, wie sie gedacht hatte.

Mehrere hektische Sekunden lang versuchte sie, ihren Pfeil einzunocken, während sie aus den Augenwinkeln wahrnahm, wie die Besessenen näher und näher kamen und über die Felsen des niedrigen, schräg ansteigenden Vorsprungs kletterten.

Endlich gab der Pfeil ein schwaches Ticken von sich, als er auf der Sehne einschnappte, und Bryna erhob den Bogen. Sie sah eine Gruppe der Besessenen auf sie zuklettern. Zwei von ihnen fielen von mehreren Pfeilen getroffen zurück, aber drei kamen weiter voran. Es waren Sciritae, also die leichte Fußtruppe der ferocianischen Armee, und sie bewegten sich mit beängstigender Geschwindigkeit vorwärts. Mit furchterregendem Hunger in ihren Augen starrten sie zu dem jungen Mädchen hoch, und Brynas Schuss ging weit daneben. Sie griff nach einem weiteren Pfeil, aber einer der Besessenen hatte einen schmalen Sockel nahe der Felskuppe erreicht, und Bryna schreckte zurück, als er versuchte, die letzten Fuß Entfernung mit einem Sprung zu überbrücken, um sie zu erreichen.

Neben ihr ertönte ein Schwirren, und der Scirita fiel mit einem Pfeil im Gesicht zurück. Bryna blickte zur Seite und sah den

»Alten Reese«, einen wettergegerbten Mann, der nur noch ein Auge hatte.

»Atme langsamer«, sagte Reese mit einer Stimme, die wie eine alte knarrende Tür klang. »Ziel auf das Gesicht oder den Hals, wenn du kannst.«

Er löste einen zweiten Pfeil, und der nächste Scirita fiel, in die Kehle getroffen, hintenüber. Der dritte kletterte über den Rand der Erhebung, als ein junger Speerkämpfer vorwärtseilte und ihn nach unten stieß. Es war ihre Aufgabe, die Bogenschützen zu beschützen, wenn die Besessenen zu nahe kamen.

»Man kann sie aufhalten«, krächzte der Alte Reese. »Du musst einfach weiterschießen.«

Er lächelte nicht. Er sah nicht einmal freundlich aus, aber Bryna fand seine Worte unfassbar tröstlich. Mit besonderer Anstrengung beruhigte sie ihren Atem und nockte einen Pfeil auf der Sehne ein. Gerade als sie aufblickte, um ein Ziel zu finden, schrie der junge Speerkämpfer auf. Zwei weitere Besessene hatten sich vorwärtsgestürzt und die Knöchel des Speerkämpfers gepackt.

Bryna reagierte sofort. Sie hängte sich den Bogen um und griff nach ihm, um ihm zu helfen. Sie packte das Erste, was sie erreichen konnte, das Schulterteil seines Lederwamses und eine Handvoll seines dicken schwarzen Haars. Den Besessenen so nahe zu sein, war furchterregend, und Bryna konnte fühlen, wie die Angst von ihr Besitz ergriff. Sie konnte den Gestank ihrer verrottenden Körper riechen, und sie zuckte vor der sengenden Hitze zurück, die von ihnen auszugehen schien. Es kam ihr vor, als stürzte die Welt in ein Chaos.

Und dies war nur die Vorhut.

Neben ihr zog der Alte Reese ein langes Messer aus seinem Gürtel und begann damit auf die Besessenen einzuhacken. Er hatte den Arm der Kreatur beinahe abgetrennt, als ihm eine ferocianische Klinge in den Bauch fuhr. Der alte Mann gab einen röchelnden Schrei von sich und kippte nach vorn über den Rand des Felsvorsprungs. Außer sich vor Angst strengte sich Bryna an, den jungen Speerkämpfer weiter festzuhalten. Ein Teil ihres Verstandes schrie sie an loszulassen und sich zurückzuziehen, bevor sie ebenfalls spürte, wie eine heiße Klinge in ihren Bauch glitt. Aber sie konnte nicht. Der Gedanke, dass die Besessenen diesen jungen Mann in seinen Tod zogen, war einfach zu grässlich. Sie musste seine verzweifelten Hilferufe hören, als er versuchte, sich loszumachen.

Bryna zerrte mit all ihrer Kraft, aber genau in diesem Augenblick rissen ihn die Besessenen hinab, und der junge Speerkämpfer verschwand aus ihrem Blick. Das Letzte, was Bryna sah, war der grauenerfüllte Ausdruck in seinen Augen. Und dann war er fort.

Hände zogen Bryna vom Felsvorsprung weg, als mehr Speerkämpfer kamen, um die Besessenen zurückzustoßen. Aber es war schon zu spät. Bryna sah auf ihre Hände hinab. Die Linke war offen und leer, während die rechte immer noch einen blutigen Haarklumpen des jungen Mannes festhielt. Bryna, die sich mit einem Mal schwach und gedankenverloren vorkam, kroch vom Kampfgetümmel weg. Hinter sich hörte sie den schrecklichen Tumult der Schlacht, das Aufeinanderkrachen von Stahl, das wütende Knurren des Feindes und die Schmerzensschreie. Der Kampf hatte gerade erst begonnen, und es war schon zu viel.

Bryna Godwin kauerte sich im Schatten eines Felsbrockens zusammen und weinte.

Vor gespannter Erwartung war Malaki übel. Zu beiden Seiten konnte er Soldaten sehen, die sich abkämpften, um zu verhindern, dass der Feind den überlegenen Standort errang, aber die Besessenen schienen den Bereich um Simeon herum ohnehin zu meiden. Als Malaki die Felswände entlangsah, konnte er Orte erkennen, an denen die Besessenen in Massen angriffen. Die Bogenschützen zu seiner Rechten hatten einen schweren Angriff erlitten, und er bewegte sich vorsichtig vorwärts, in der Hoffnung, einen Blick auf Bryna zu erhaschen.

»Halt deine Position«, sagte einer der Männer neben ihm, und erst jetzt erkannte Malaki, dass er sich aus der Reihe herausbewegt hatte. Angemessen gemaßregelt blickte er zu Simeon zurück, aber die Stirn des alten Mannes war gerunzelt, und sein Gesicht bewegte sich vor und zurück, als könne er das Nahen einer neuen drohenden Gefahr spüren.

Dann hörten die Besessenen ganz plötzlich auf zu kämpfen und zogen sich von den Felsvorsprüngen zurück, wo sie wie Gespenster in der kalten mondhellen Nacht verblichen.

Malaki sah ihnen nach und weiter unten im Tal entdeckte er eine größere Ausbreitung an Dunkelheit mit einem tieferen Schatten, der in ihrem Herzen brannte. Hier lag der Grund, weshalb sie von ihrem Zuhause geflohen waren. Hier befand sich die Verkörperung des Bösen, das die gesamte Menschheit bedrohte.

Ein Dämon aus dem Siebten Kreis der Hölle.

Schon bevor sein Schatten im Tal auftauchte, fühlte Falco das Herannahen des Dämons. Von seiner leicht erhöhten Position aus konnte er die Linie der entlang der Felsvorsprünge auseinandergezogenen Armee sehen. Sie verlagerten nervös ihre Haltung, warfen Blicke hinter sich, um zu sehen, ob sie die Erlaubnis zur Flucht hatten.

Sie taten Falco leid.

Mitansehen zu müssen, dass ihren Geliebten eine Ewigkeit an Leiden bevorstand und zu wissen, dass sie nicht den Mut besaßen, um sie zu retten. Sie waren in der Tat bedauernswert, aber sie waren nicht allein. Das nicht fassbare Glimmen von Simeons Anwesenheit breitete sich über das Tal aus. Obwohl sie es vielleicht nicht wussten, wurde die Armee von Caer Dour von ihr durchflutet – von ihr erfüllt.

Falco blickte auf die Gestalt Simeons hinab, auf den Mann, der ihm sowohl Herr wie auch Vater gewesen war. Er war mitgenommen von Alter und Entstellung, und Falco vermochte sich nicht vorzustellen, wie jemand, der körperlich so nachgelassen hatte, dennoch so stark geblieben sein konnte. Er wandte sich den Leuten zu, die sich hinter ihm befanden, den Kranken und den Verletzten, den Kindern und den Alten. Sie konnten den schützenden Mantel von Simeons Glauben ebenfalls verspüren.

Ein Kampfmagier hielt mit ihnen stand.

Sicherlich gab es noch Hoffnung.

Der Dämon hielt an der Talmündung an. In seinen Augen erschien die Welt der Menschen schwach und zerbrechlich, eine dünne Schicht über dem größeren Reich, aus dem er stammte. Dies war ein Ort, der verdorben werden musste, ein Ort, der mit Leid und Verzweiflung gefüllt werden musste. Dies war seine Aufgabe, und sie war einfach.

Es gab nur etwas, das ihn innehalten ließ, die Anwesenheit einer Seele, die nicht vor Furcht verzagte. Dort, in der Mitte des gerüsteten Fleisches befand sich ein Aufsässiger. Das einzige menschliche Etwas, das in der Lage war, die Dämonen der Besessenen herauszufordern.

Der Dämon verweilte, hielt den tollwütigen Hunger seiner Ergebenen unter Kontrolle. Er wartete noch, während er die Stärke seines Widersachers abschätzte. Und dann lächelte er.

Dieser Aufsässige war alt und verkümmert, ein Schatten von Stärke, die einmal groß gewesen war.

Er lächelte. Das war ein Ausdruck, der auf seinen unheiligen Gesichtszügen mehr dem Zähnefletschen eines Tiers als einem Ausdruck der Freude glich. Er lächelte, und ein Tropfen schwarzen Speichels rann seinen massiven Kiefer hinab. Die heiße, ledrige Haut zog sich von Fängen zurück, die wie schartiges Blei schimmerten und dennoch härter als jeder bearbeitete Stahl waren.

Er lächelte und brachte sein Heer weiter voran.

Simeon entspannte sich, als er fühlte, dass der Dämon seinen Blick abwandte. Er hatte all seine Willenskraft aufbringen müssen, um seine Stärke vor dem höllischen Geist der Kreatur zu verbergen. Sollte der Dämon doch ruhig denken, dass er alt und schwach war. Er würde seinen Irrtum bald genug bemerken, und das konnte womöglich eine Chance für sie bedeuten. Die Stärke des Dämons war entsetzlich, sowohl in körperlicher als auch in geistiger Hinsicht. Kein Wunder, dass er durch die illicische Verteidigung gebrochen war.

Simeon fühlte den Drang, sich nach Westen zu wenden, in die Richtung zu blicken, aus der Hilfe kommen konnte. Aber er biss die Zähne aufeinander, um gegen die Versuchung anzukämpfen. Eine solche Hoffnung musste er begraben. Der Dämon würde sie ihm als Schwäche auslegen, und damit würde er richtigliegen.

Er war das Einzige, das die Leute nun retten konnte.

Falco beobachtete, wie Bryna hergebracht wurde, um sich den Kranken und Verwundeten anzuschließen. Es war tieftraurig, ein solches Temperament zu einem zitternden Nervenbündel geschrumpft zu sehen. Er versuchte nicht zu starren, als Heçamede sie sanft zum Feuer zog.

»Setz dich hier hin«, sagte die Heilerin. »Ich treibe dir etwas zu trinken auf.«

Falco wollte schon wegsehen, als er bemerkte, wie der kleine Junge Tarran mit einem seiner Freunde herbeigerannt kam. Tarran hielt Brynas Bogen, während sein Freund ihren Köcher umklammerte, der immer noch voller Pfeile war.

Tarran legte den kurzen, gekrümmten Bogen in Brynas Schoß ab, während sein Freund mit dem Köcher neben ihr stand. Bryna starrte auf den Bogen, als hätte sie ihn nie zuvor gesehen. Ihr Blick huschte zu dem Köcher mit den Pfeilen, bevor er sich auf die Jungen richtete. Ihr Ausdruck war leer und abwesend, aber dann richtete sie ihre Aufmerksamkeit auf die Jungen und weinte.

Der Jüngere der beiden fand das Erlebnis zu erschütternd, und so rannte er davon, aber Tarran trat vor und legte eine Hand auf Brynas Knie.

»Es ist in Ordnung, Herrin«, sagte er. »Die Armee von Toulwar ist auf dem Weg, um uns zu retten.«

Es sah nicht so aus, als ob Brynas Weinen sich verminderte, und Tarrans Überzeugung schien ins Wanken zu geraten. Unsicher stand er da, bis Fossetta neben ihm auftauchte.

»Komm jetzt weg«, sagte sie. »Geh und finde deine Mutter.« Sie drehte den kleinen Jungen sanft um und schickte ihn davon. Einen Moment lang sah sie ihm noch nach, wie er davonging, dann wandte sie sich Falco zu, der schrecklich aussah.

»Du solltest dich ausruhen.«

Falco nickte. Beim Helfen hatte er eine große Befriedigung empfunden, aber er war immer noch unglaublich schwach, und die Schmerzen in Brust und Schulter brannten weiterhin. Er kehrte sich von Bryna ab und richtete seinen Blick nach Westen, hinauf zu den Felsvorsprüngen in der Richtung von Toulwar. Er fragte sich gerade, ob Tarran recht haben könnte, als ein markerschütterndes Kreischen das nächtliche Dunkel zerriss.

»Der dunkle Engel«, flüsterte Fossetta, die zum Himmel aufsah.

Sie konnten die höllische Kreatur nicht sehen, aber sie wussten, dass sie dort oben sein musste. Der schrille Schrei des geringeren Dämons wurde von einem heulenden Gebrüll beantwortet, das den Boden unter ihren Füßen erzittern ließ. Der Dämon hatte seine Kampfansage ausgesprochen. Die Schlacht um die Seelen von Caer Dour hatte begonnen.

19

Simeon

Wie eine dunkle Welle aus Stahl und verrottendem Fleisch fluteten die Besessenen heran. Zuerst kamen die leicht gepanzerten Peltae oder Peltasten. Sie waren die Plänkler des ferocianischen Heers, bewaffnet mit Kurzspeeren und langen Messern. Mit schnellen, abgehackten Bewegungen schwärmten sie die Felsvorsprünge hinauf. Die Geschwindigkeit ihres Angriffs überraschte die Verteidiger zwar völlig, aber die Krieger von Caer Dour hielten dennoch stand.

Die Peltasten griffen die Verteidiger an und zahlreiche fielen auch, aber ihre Reihe hielt. Als Nächstes erschien der Haupttrupp des ferocianischen Heers, die Sciritae. Sie kamen mit erhobenen Schilden zum Schutz vor den Pfeilen, die auf sie niederregneten. Den Besessenen war zwar ihre Menschlichkeit genommen und sie waren ihrer Willenskraft beraubt worden, aber sie waren keineswegs ohne Verstand und wurden von einem Dämon kontrolliert, der bei all seiner Bösartigkeit noch verschlagen und listig war. Schnell erstürmten die Sciritae die niedrigen Felswände, während der Kampf ernstlich begann, und Malaki war mittendrin.

Irgendwie hatte er seinen Helm verloren, und jetzt drehte er sich, als eine ferocianische Klinge auf seine Rippen zustach. Er warf seinen Schild hoch, als ein zweiter Schlag von oben herabgeführt wurde. Zwei Sciritae drangen hart auf ihn ein, und er stolperte rückwärts über den felsigen Boden. Er parierte mehrere Angriffe, aber als die Krieger der Besessenen damit fortfuhren vorwärts zu drängen, verlor Malaki den Halt und fiel, wobei einer der Sciritae auf ihm landete.

Er hatte sein Schwert fallen lassen und war nun unter seinem eigenen Schild begraben, während das Gewicht eines der Sciritae auf seine Brust drückte. Das Gesicht des Besessenen war nur wenige Zentimeter von dem seinen entfernt, und er knurrte über den Rand seines Schildes hinweg, während der Zweite auf Malakis Kopf herabhieb.

Malaki schlingerte zur Seite, als das Schwert eine Fülle von Funken aus den Felsbrocken neben seinem Kopf schlug. Derweil packte er die Schwerthand des Sciritas, der immer noch auf ihm lag. Plötzlich war er sich der schrecklichen Hitze bewusst, die von dem Feind ausging, und so wie seine Furcht wuchs, nahm auch diese Hitze zu. Panik stieg in seinem Bauch hoch, da all seine Kampferfahrung nicht zu zählen schien. Aber dann wurde der Scirita auf ihm zur Seite geworfen, als ihm ein gepanzerter Stiefel ins Gesicht trat. Mehrere Gestalten zwangen die anderen Sciritae zurück, und Malaki sah zu einem großen Mann auf, der über ihm stand. Es war Marcus, der Mann von der ersten Nachhut, derjenige, der so kalt zu Falco gesprochen hatte.

»Versuch, auf den Beinen zu bleiben«, sagte Marcus. Er presste Malaki sein Schwert zurück in dessen Hand, und dann war er wieder fort, kehrte zurück in das Gefecht mit den zwei anderen Männern an seiner Seite.

Das Gefecht wütete überall um sie herum, und einen Augenblick lang stand Malaki nur da. So hatte er sich eine Schlacht nicht vorgestellt. Das war kein Wettbewerb an Können. Das war bloß Chaos. Er fühlte sich übel und zum Weinen, aber mehr als alles andere fühlte er sich einfach nur jung. Trotz seiner Körpergröße und Stärke war er doch noch immer ein Junge, der lediglich vorgab, ein Mann zu sein.

Aber dann sah er nur ein paar Meter vor sich einen Mann wegen einer Schnittwunde am Oberschenkel stolpern. Der Mann ließ seine Deckung fallen und war drauf und dran zu sterben, aber irgendwie verkürzte Malaki den Abstand zu ihm und hob seinen Schild, um den Schlag zu parieren. Er konnte sich nicht einmal daran erinnern, seine Füße zu bewegen, aber der Klang, mit dem die Klinge des Sciritas gegen seinen Schild klirrte, brach den Zauber, und er kehrte in die Gegenwart zurück.

Er schwang seinen Schild zur Seite und brachte sein eigenes Schwert in einem horizontalen Bogen herum, der an der Rüstung des Sciritas abprallte. Die Kreatur hob ihr Schwert zum Angriff, aber Malaki trat ihr in die Kniekehle und rammte ihr den Rand seines Schildes in den Hals. Der Besessene Krieger gab ein stranguliertes Knurren von sich, bevor Malakis Schwert in seinen Hals biss.

Schwarzes Blut sprühte in die Luft, und Malaki schloss die Augen, als die brennende Flüssigkeit über sein Gesicht spritzte. Er spuckte das widerwärtige Zeug von seinen Lippen und blickte auf den Mann nieder, den er eben erst gerettet hatte.

Der Mann starrte ihn ehrfürchtig an.

Im kalten Licht des Mondes wirkten Malakis braune Augen schwarz. Eine Gesichtshälfte war von dunklem, öligem Blut glitschig. Die andere flammte hellrot wegen des Feuermals, das ihn als Kind heimgesucht hatte. Malaki streckte eine Hand aus und zog den verletzten Mann auf die Beine.

»Geh zu den Heilern«, sagte er.

Während er Malaki immer noch anstarrte, nickte der Mann nur, dann drehte er sich um und humpelte davon, um sein verwundetes Bein zusammennähen zu lassen.

Malaki wollte sich gerade wieder dem Gefecht zuwenden, als Hörner den Befehl zum Sammeln erklingen ließen. Die Männer an der Frontlinie mühten sich ab, ihre Ränge zu schließen, während die Krieger von Simeons Leibgarde in eine Verteidigungsposition vor dem Kampfmagier zurückfielen. Malaki fand sich selbst Schulter an Schulter mit Marcus wieder.

»Was ist los?«, fragte er den älteren Mann.

»Kardakae«, sagte Marcus. »Schwere ferocianische Fußtruppen. Der Dämon versucht zu Simeon durchzubrechen.«

Malaki nickte, überrascht von seiner eigenen Gefasstheit, während Marcus ihn erstaunt anblickte. Es war nicht mehr der gutmütige Junge aus der Schmiede, der da neben ihm stand.

Sondern ein Mann von Caer Dour.

Und zwar ein starker.

Falco musste sich unbedingt ausruhen, aber er konnte seinen Blick nicht von dem Gefecht losreißen. Er sah kurze Blitze aus blauem Licht, wo die Magier zu helfen versuchten, aber ihre Macht war in einem solchen Kampf von geringem Nutzen, und die saubere Verteidigungslinie begann zerrissener auszusehen, als kleine Gruppen der Besessenen zu der überlegeneren Position durchbrachen.

So entsetzlich es auch aussah, Falco sehnte sich danach, sich dem Kampf anzuschließen. Aber selbst der Gedanke daran ließ sein Herz schneller schlagen. Ihm wurde schwummrig im Kopf, und seine Beine versagten ihm beinahe den Dienst. Er wäre hingefallen, wenn Fossetta ihn nicht ergriffen und gestützt hätte.

»Ich dachte, ich hätte dir gesagt, dass du dich schonen sollst«, sagte sie, indem sie sein Gewicht trug und ihn zu einem zusammengerollten Bettzeug führte.

»So, bleib hier und ruh dich aus.«

Müdigkeit überflutete seinen Körper, aber als Falco sich zurücklegte, bemerkte er Umrisse, die sich auf den Felsvorsprüngen über ihnen bewegten. Auf einen Ellbogen gestützt, richtete er sich auf.

»Was ist denn?«, fragte Fossetta, die seinem Blick folgte.

Im Mondlicht konnten sie Gestalten erkennen, die die Felswände erklommen, in dem Versuch, aus dem Tal zu fliehen. Der Aufstieg mochte tückisch sein, aber es gab eine Menge wendiger junger Burschen, die es schaffen konnten. Einige von ihnen hatten den oberen Rand, der sich fast hundert Meter über ihnen befand, beinahe schon erreicht.

»Die Dummköpfe!«, flüsterte Fossetta.

»Du kannst ihnen keinen Vorwurf machen«, sagte Falco. »Einige könnten es schaffen.«

Während sie es noch mit ansahen, begannen zwei weitere Gestalten den Aufstieg. Falco erkannte eine von ihnen, und dem plötzlichen Ausruf von Fossetta nach zu urteilen, galt dies auch für sie.

»Tarran Dahoolie! Komm sofort da runter!«

Fossetta eilte mit großen Schritten zum Fuß der Felswand und packte den kleinen Jungen am Knöchel, bevor er außer Reichweite klettern konnte.

»Weiß deine Mutter, was du vorhast?«

Tarran ließ den Kopf hängen.

»Das dachte ich mir«, sagte Fossetta, die ihn immer noch am Hosenbein festhielt.

»Aber die anderen sind schon fast in Sicherheit«, brummte Tarran.

Die drei blickten nach oben, und es stimmte. Vier der kletternden Gestalten hatten es beinahe geschafft. Sie waren nur noch ein paar Fuß vom oberen Rand des Abhangs entfernt, als Falco fühlte, wie ein Schatten auf sein Herz fiel.

Einen Moment später wogte ein echter Schatten über die Felswand.

»Dunkler Engel!«, schrie jemand, und plötzlich war die Aufmerksamkeit aller auf die Klippen und die dämonische Gestalt gerichtet, die auf sie niederstieß.

Bryna hörte den Alarm, aber der Schrei schien aus weiter Ferne zu kommen. Sie hatte keine Ahnung, wie es passiert war, dass sie neben Leuten saß, die vor sich hinmurmelten und vor Schmerz stöhnten. Ihr Bogen und ihr Köcher lagen zu ihren Füßen am Boden, und in ihrer Hand befand sich ein Klumpen blutigen Haars. Ein Gefühl von Ekel schwappte über sie hinweg, und sie wollte sich dazu bringen, ihn wegzuwerfen, aber sie konnte sich nicht überwinden, ihn fallen zu lassen.

»Dunkler Engel!«

Der Schrei ertönte noch einmal, und Bryna schaute zum ersten

Mal auf. Sie sah Leute, die dastanden und starrten und zu den sie überragenden Felswänden hochdeuteten. Als sie genauer hinsah, konnte sie Leute ausmachen, die sich an das Gestein hoch über dem Boden klammerten. Dann erblickte sie einen Umriss am Himmel, einen geflügelten Umriss, dunkel und entsetzlich.

Wie in einem Traum musste sie zusehen, wie die geflügelte Kreatur auf die Felswand zusauste und eine der sich daran festklammernden Gestalten vom Gestein wegpflückte. Einen Moment lang hielt sie das Gewicht der Gestalt, bevor sie sie auf die Menge, die es mitansah, herabfallen ließ. Auf ihrem Weg nach unten schlug die Gestalt, mit den Flügeln flatternd und sich wie eine Flickenpuppe überschlagend, auf den Felsen auf.

Der Körper des fünfzehnjährigen Jungen landete nur zwanzig Fuß von Bryna entfernt. Seine Kleider waren zerrissen und die Arme und Beine befremdlich verdreht, aber sein Gesicht war bis auf einen einzelnen Blutstropfen, der ihm über die Stirn lief, unverletzt geblieben.

Bryna brauchte einen Augenblick, um zu begreifen, dass er tot war.

Ein Schrei erklang, und sie sah nach oben. Eine weitere Gestalt war von den Klippen gerissen und auf den felsigen Boden herabgeworfen worden. Die verbliebenen Gestalten begannen nun einen fieberhaften Rückzug, in dem verzweifelten Versuch begriffen, es von den Felswänden herunter zu schaffen, bevor der dunkle Engel sie in den Tod reißen konnte.

Bryna blickte auf ihre Hände herunter, dann steckte sie den blutigen Haarklumpen vorsichtig, beinahe zärtlich in ihr Wams.

»Möge uns das Licht beschützen«, schluchzte Fossetta. Die Schrecklichkeit des Vorfalls war zu viel für sie. Sie ergriff Tarran und drückte sein Gesicht in ihre Schürze, um ihn davon abzuhalten, noch mehr von dem Grauen in sich aufzunehmen.

Falcos Kiefer schmerzten vor Wut. Trotz all seiner Schwäche waren seine Hände zu Knochen brechenden Fäusten geballt.

Wie alle anderen fühlte er sich völlig hilflos. Während er es noch mitansah, näherte sich der dunkle Engel bereits einem weiteren Opfer. Mit waghalsiger Geschwindigkeit kletterte der kleine Junge die Felswand hinab, aber er konnte auf keinen Fall entkommen.

Der dunkle Engel griff mit ausgestreckten Klauen nach ihm, als etwas in seine Seite schoss, genau unter dem Gelenk seines Flügels. Mit einem markerschütternden Aufschrei taumelte er von dem Jungen fort. Er schwebte in der Luft und starrte auf die Leute herab, die am Fuß der Felswand standen. Sein Blick schien etwas oder jemanden zu fixieren, und er stieß einen fürchterlichen Schrei aus. Dieser Schrei schien Schmerz und Qual zu versprechen, aber dann ...

Zack!

Ein Pfeil traf ihn direkt in die Brust.

Die Kreatur schrie erneut, aber dies war ein Schmerzensschrei, und dann schlug sie ihre Schwingen auf und nieder, um zu entkommen.

Zack ... Zack!

Zwei weitere Pfeile trafen ihr Ziel, und der dunkle Engel fiel vom Himmel. Seine aschgrauen Flügel flatterten, als er wie ein Stein herabstürzte.

In der Stille, die nun folgte, drehte sich Falco um und sah Bryna Godwin, die ein paar Meter hinter ihm stand, mit dem Bogen in Händen und einem weiteren Pfeil bereits auf der Sehne.

Langsam näherte sie sich ihnen, nickte ihnen kurz zu, und dann blickte sie auf Tarran nieder, der sein Gesicht in Fossettas Röcken vergraben hatte. Langsam tauchte der kleine Junge aus ihnen auf, und Bryna legte freundlich die Hand an seine tränenverschmierte Wange.

»Keine Sorge«, sagte sie. »Die Armee von Toulwar ist auf dem Weg, uns zu retten.«

Doch es lag keine Spur von Leichtigkeit in ihrer Stimme. Es war, als ob sie sich gar nicht daran erinnerte, dass Tarran ihr genau dieselben Worte gesagt hatte. Sie blickte ihm in die Augen, fuhr ihm über sein Haar und wandte sich ab, um sich wieder der Armee anzuschließen.

Als sich in der Kampflinie Lücken auftaten, kamen die Einheiten der Reiterei voll zur Geltung. Die Besessenen erzwangen sich eine Lücke zu Simeons Rechten, aber die Reiterei des Abgesandten war gut platziert, um ihnen entgegenzutreten. Mit einem plötzlichen Ausfall zwangen sie die Besessenen von der überlegeneren Stellung zurück, und langsam war das Fußvolk wieder in der Lage, die eigene Linie zu formen. Der Abgesandte hatte eben die Anweisung zum Rückzug gegeben, als er die Hörner vernahm, die den Befehl zum Sammeln bliesen.

Er riss sein Pferd herum und starrte zu Simeon hinüber. Im kalten Licht des Mondes konnte er einen dichten Block an dunklen Kriegern wahrnehmen, die direkt auf den alten Kampfmagier zumarschierten. Es waren die Kardakae, die Sturmtruppen von Ferocia, und hinter ihnen türmte sich eine bestialische Figur auf, die ganz aus Finsternis und sengender Hitze bestand.

Der Dämon machte seinen Zug.

Der Abgesandte betrachtete die Massen von dunklen Kriegern, die nach vorne trieben. Selbst die schwer gepanzerten Truppen von Simeons Leibgarde konnte diesen Ansturm nicht abwehren. Sie brauchten Unterstützung von den Reitertruppen.

»Reiterei, zu mir!«, schrie er über den Tumult hinweg. »Lanzenreiter an die Front.«

Er war beeindruckt, wie schnell die berittenen Truppen reagierten. Innerhalb von wenigen Augenblicken waren sie zurück in Formation und bereit, ein weiteres Mal anzugreifen. Er brachte sie langsam nach vorn, darauf wartend, dass die Kardakae die Steigung erreichten. In der Ferne konnte er sehen, wie sich Lord Cadells Reiterei an der linken Flanke formierte. Sie mussten ebenfalls die Gefahr ausgemacht haben. Der Abgesandte erlaubte sich ein grimmiges Lächeln.

Wenn sie die Kardakae zu beiden Seiten zu erfassen vermochten …

Er hob sein Schwert, gab den Befehl zum Angriff, und hundert Pferde stürmten vorwärts, mit weiteren hundert, die von der anderen Seite des Tals herankamen.

Malaki beobachtete, wie sich die Kardakae ihren Weg zur höhergelegenen Stellung erzwangen und geradewegs auf Simeon zusteuerten. Diese riesigen, in schwarze Rüstungen gehüllten Krieger schlugen sich durch die leichteren Truppen an der Frontlinie, aber die Männer in Simeons Leibwache waren nicht ohne Grund ausgewählt worden. Sie waren bis auf den letzten Mann hochgewachsen und stark und in die beste Rüstung gehüllt, die Caer Dour zu bieten hatte. Sie würden nicht so leicht einknicken, und jetzt stand Malaki bei ihnen. Er schluckte hart, als die Kardakae vorrückten, doch er hob seinen Schild an und ergriff sein Schwert. Egal wie groß und stark sie sein mochten, sie waren der Feind, und er würde sie bekämpfen.

Er fühlte eine plötzliche Brise hinter sich, als hätte sich eine heftige Sturmbö um Simeon herum erhoben. Er blickte zurück und sah, wie der alte Kampfmagier dastand, sein Schwert in der linken Hand, während seine Rechte fest zu einer bebenden Faust geballt war. Er hatte die Stirn so stark gerunzelt, als seien seine leeren Augen fest geschlossen. Sein gesamter Körper war angespannt, das Haar jedoch wirbelte um seinen Kopf herum, als würde ein Luftstrom vom Boden zu seinen Füßen hochbrausen. Als Malaki seinen Blick losriss, hatte er eine plötzliche Ahnung davon, wie gefährlich Simeon wirklich sein konnte. Er sammelte magische Kraft an, Kraft, die kurz davor war, freigesetzt zu werden.

Malaki hatte keine Zeit mehr, es mitanzusehen, die Kardakae waren schon bei ihnen, und er hatte gerade noch die Gelegenheit, Kampfhaltung einzunehmen, bevor sie angriffen. Er hob seinen Schild, als eine schwere Klinge auf ihn herabschwang. Der Aufprall schickte Schockwellen durch seinen ganzen Körper, aber er schaffte es, auf den Füßen zu bleiben. Eine Reihe schwerer Schläge zwang ihn beinahe in die Knie, doch dann fand Malaki sein Gleichgewicht wieder und schlug zurück.

Mit all seiner Kraft hieb er auf den Helm des Kardaka ein. Der Angriff hatte den Krieger der Besessenen zwar nicht verletzt, aber er musste ihn benommen gemacht haben, und bevor er sich erholen konnte, rammte ihm Malaki den Rand seines Schilds in den Gesichtsbereich unter dem Helm, bevor er auf das Bein seines Gegners einhackte. Der Kardaka taumelte vorwärts, als etwas in seinem Knie nachgab, und Malaki stieß sein Schwert in den Spalt zwischen seinem Helm und dem Halsrand seines Brustpanzers. Der mächtige Krieger fiel zu seinen Füßen nieder, aber dann war Malaki doch gezwungen, zurückzuspringen, denn ein weiterer nahm seinen Platz ein.

Simeons Leibgarde wurde zurückgetrieben, und es gab nichts, was sie dagegen tun konnten. Trotz der unerbittlichen Brutalität, mit der die Kardakae angriffen, verteidigte sich Malaki weiter, aber dann glitt eine dunkle Klinge an seiner Schulterplatte ab und streifte seine Schläfe. Malaki, der zurückstolperte, glaubte, dass er den Befehl »Rückzug zu den Flanken« hören konnte, aber er war zu benommen, um darauf zu reagieren. Dann packte ihn jemand an seiner Rüstung und riss ihn zur Seite.

In dem Bemühen, auf seinen Beinen zu bleiben, sah Malaki, dass sich die Männer der Leibgarde zu den Seiten zurückgezogen hatten. Die Kardakae hielten auf Simeon zu, und nicht ein einziger Mann von Caer Dour stand zwischen ihnen. Malaki blinzelte Blut von seinen Augen weg und wollte sich nach vorn bewegen, doch da hielt ihn jemand fest.

»Bleib zurück!«, schrie ihm eine Stimme ins Ohr, aber Malaki konnte es nicht ertragen, den alten Kampfmagier so ohne Verteidigung dastehen zu sehen. Er riss sich frei und war schon drauf und dran anzugreifen, als Simeon seine Hand vorstreckte und ein heftiger Ausbruch an magischer Kraft in die Reihe der Besessenen einschlug. Die mächtigen Kardakae wurden zerfetzt, als ein großes Loch in ihre Ränge gesprengt wurde.

»Jetzt!«, schrie die Stimme in sein Ohr, und die Krieger der Leibgarde stürmten vorwärts, um die Besessenen erneut anzugreifen. Im gleichen Moment drang die Reiterei von Lord Cadell und dem Abgesandten von beiden Seiten auf die Kardakae ein.

Malaki wurde von der Wucht des Angriffs mitgerissen, aber er hatte kaum eine Ahnung von dem, was hier vor sich ging. Wenn er auch ein guter Kämpfer war, so war er doch niemals Teil eines Heers gewesen, er hatte niemals Stunden damit zugebracht, Übungen und Manöver zur Kampfvorbereitung zu wiederholen. Die älteren Männer reagierten sofort auf Kommandos, wohingegen Malaki sich so vorkam, als nähme er an einem Tanz teil, dessen Schritte er kaum kannte.

Dennoch brachte die Stoßwirkung der gemeinsamen Attacken das Vorankommen der Kardakae zum Stillstand, und das Schlachtenglück schien sich zu ihren Gunsten zu wenden. Aber dann gewahrte Malaki einen Schatten, der sich am Rand der Felsvorsprünge erhob. Eine neue Welle an Furcht schien durch die Frontlinie zu gehen, und jetzt sah Malaki, wie etwas über den Köpfen der Truppen flog, die sich aufstellten. Er konnte nur einen flüchtigen Blick darauf erhaschen, und er brauchte einen Moment, um zu erkennen, um was es sich handelte. Es war die obere Hälfte eines Körpers, keine Beine, nur ein Torso mit wirbelnden Armen, als er kopfüber durch die Luft flog.

Die kombinierten Angriffe der Reiterei hatten die Kardakae beinahe in zwei Hälften gespalten, und der Abgesandte befand sich im dichtesten Kampfgetümmel. Neben sich sah er einen der berittenen Krieger fallen, dessen Pferd ihm im wahrsten Sinne des Wortes unter dem Hintern weggehauen worden war. Doch sie hatten es geschafft. Sie hatten die Wucht der ferocianischen Sturmtruppen gebrochen und die Oberhand gewonnen. Aber dann kletterte ein riesiger Schatten auf die höher liegende Position, und jeder Funke an Hoffnung erlosch.

Der Dämon, der ganze zehn Fuß groß war, stand auf zwei rückwärts gekrümmten Beinen, die wie die einer monströsen Ziege aussahen. Sein mächtiger Torso besaß menschliche Form, mit Muskeln, die im rötlichen Schein seiner inneren Hitze klar umrissen waren. Sein Kopf glich dem eines Stiers mit großen, abwärts gekurvten Hörnern und Zähnen wie denen eines beutegierigen Hundes, und seine silbrigen Augen erinnerten an geschmolzenes Blei.

Vor Furcht wie angewurzelt, erstarrten die Männer der Frontlinie vor dieser Abscheulichkeit der Unterwelt, während der Abgesandte den Dämon schlichtweg mit Grauen anblickte. Er hatte selbstverständlich auch vorher schon Dämonen gesehen, aber die schiere Wucht ihres Anblicks kam immer wie ein Schock, und er fragte sich, was sie nur tun konnten, um ihn aufzuhalten. Er hatte noch niemals davon gehört, dass eine Reiterei einen Dämon erledigt hatte, aber sie mussten es trotzdem versuchen. Simeons magischer Angriff mochte zwar überraschend kräftig gewesen sein, aber er war eben auch ein alternder und blinder Mann. Er konnte nicht wie ein Kampfmagier in seinen besten Jahren kämpfen. Es lag an ihnen, ihn so lange wie möglich am Leben zu halten, und wenn das bedeutete, den Dämon anzugreifen, dann sollte es so sein.

Er gab das Kommando, sich vom Feind zu lösen, und bemerkte, dass Lord Cadell bereits dasselbe getan hatte. Die Reiterei würde sich formieren und dann erneut attackieren, aber diesmal würden sie ein anderes Ziel wählen. Diesmal würden sie direkt auf den Dämon zuhalten.

20

Große Seele

Die Armee von Caer Dour stand kurz vor dem Zusammenbruch. Nur Simeons Anwesenheit bewahrte sie noch davor, aus Verzweiflung die Waffen niederzuwerfen. In der Mitte der Verteidigungslinie mühten sich die Männer von Simeons Leibgarde damit ab, die Kardakae fernzuhalten. Ohne Unterstützung der Reiterei drängten die dunklen Krieger sie einmal mehr zurück und kamen dem Kampfmagier dabei immer näher. Zu beiden Seiten hatte sich die Reiterei schon zurückgezogen. Ihre Anzahl hatte sich während ihres Sturms gegen die Kardakae verringert, aber nun schwenkten sie herum und hielten nach einer Richtung Ausschau, aus der sie den Dämon angreifen konnten.

An der linken Flanke war Lord Cadells Weg zum Dämon beinahe frei, während der Abgesandte an der Rechten feststellte, dass sein Weg von einer großen Anzahl Sciritae blockiert wurde. Wenn ein Angriff auf den Dämon stattfand, dann würde es Lord Cadell sein, der ihn anführte.

Der Schwerpunkt des Gefechts richtete sich nun auf den Dämon und den Mann, der ihm die Stirn bot. Auf der rechten Seite des Tals brach eine kleine Gruppe von Sciritae durch die Schlachtlinie und rannte das Tal hinauf zu den Leuten hinüber. Glücklicherweise war eine Einheit von Bogenschützen in der Nähe positioniert, und die Besessenen wurden erledigt, bevor sie zu weit vorstoßen konnten. Einer jedoch fiel in eine flache Senke und verschwand außer Sichtweite. Ein Pfeil hatte seinen Fuß durchbohrt, aber das war nicht die Art von Verletzung, die einen der Besessenen aufhielt. Die Bogenschützen wandten ihre Aufmerksamkeit wieder der Frontlinie zu, und niemand bemerkte, wie der verwundete Scirita erneut auf die Beine kam und sich weiter die Senke entlang vorwärtsbewegte, die direkt auf die Leute zuführte, die unter der Obhut von Heçamede und Fossetta standen.

Entsetzt sah Falco mit an, wie sich in der Verteidigungslinie Lücken öffneten. Die allgemeine Angst hatte neue Höhen erreicht, und Falco wandte sich den Leuten zu, die sich neben Heçamede und Fossetta zusammengekauert hatten. Hinter ihm befand sich eine Anzahl von Soldaten, die zur Frontlinie gehörten. Viele Verletzte waren verarztet worden und kehrten in den Kampf zurück, aber diese Männer lagen still oder stöhnten leise, denn das Ausmaß ihrer Wunden war zu groß, als dass sie sich hätten erheben können. Er sah, wie Julius Merryweather, der neben seinem Sohn lag, sich auf den Ellbogen stützte. Tobias wirkte aufgeregt, und Merryweather tat sein Bestes, um ihn zu beschwichtigen, aber der Junge wollte sich nicht beruhigen. Er war kaum in der Lage, sich aufzusetzen, und gestikulierte mit zitterndem Arm in Falcos Richtung.

»Kammack!«, lallte er, als versuche er Falco zu warnen.

»Es ist gut«, sagte Merryweather.

»Nein!«, insistierte Tobias, der immer noch in Falcos Richtung deutete. »Schlimm!«

Der feste Klang in Tobias Stimme ließ Falco die Stirn runzeln. Und dann fühlte er es ebenfalls … die Anwesenheit von etwas Bösem hinter ihm, als erhöbe sich etwas von jenseits des Grabes aus der flachen Senke, die sich in der Nähe auftat. Er drehte sich gerade noch rechtzeitig um, als der Scirita in weniger als fünfzehn Fuß Entfernung in Sicht kam.

Die Leute hinter ihm keuchten entsetzt auf, dann folgte der Lärm aufgeregter Tätigkeit. Julius Merryweather kämpfte sich auf die Beine und ergriff seinen Gehstock, bevor er sich beschützend vor seinen Sohn stellte, während Fossetta eine langstielige Bratpfanne neben der Feuerstelle packte. Was Falco betraf, so bewegte er sich vorsichtig zur Seite und hob ein Schwert von einem der verletzten Soldaten auf. Er wandte nicht den Blick von dem Scirita ab, der ihn mit einer Art Skepsis ansah.

Falco richtete sich auf und starrte in die knochenweißen Augen der Kreatur. Einen Augenblick lang folgte der Scirita seiner Bewegung, und dann verwandelte sich der Ausdruck in seinem Blick von Unsicherheit in Hass, und er griff an.

Falco sah die Kreatur auf sich zustürmen. Er sah, wie seine Klinge sich zu einem Hieb nach unten erhob. Er wusste, was er tun musste, aber das Schwert in seiner Hand fühlte sich unfassbar schwer an. Als kleiner Junge war er genauso stark wie Malaki gewesen, aber nun war sein Körper zu schwach, um die Befehle zu befolgen, die durch seinen Verstand blitzten. Er hatte kaum die Zeit, sein Schwert zu erheben, ehe die ferocianische Klinge auf seinen Kopf niedersauste. Der Schlag ließ ihn taumeln, und beinahe hätte er sein Schwert fallen lassen, aber irgendwie hielt er es doch weiter fest. Er parierte noch eine Attacke, aber dann schlug ihm der Scirita mit seinem Schild ins Gesicht, und Falcos Knie gaben unter ihm nach, während die Kreatur heranrückte, um ihn zu töten.

Für einen Sekundenbruchteil hatte Falco eine Vision, dass sie tot war, gefällt von einem Bogen weißglühenden Feuers, aber die Stärke dieser Vision erschreckte ihn mehr als der Gedanke an den Tod, und so starrte er nur weiter. Er sah, wie die Klinge herabfuhr, aber einer der verwundeten Soldaten kroch vorwärts und packte den Scirita am Fußgelenk, und der Angriff ging daneben. Die Kreatur tötete den Mann mit einem Stich in die Brust, doch dann klirrte ein Stein seitlich gegen seinen Helm, schnell gefolgt von einigen weiteren.

Der Scirita schüttelte die Hände des toten Mannes ab und begann sich wieder vorwärtszubewegen, wobei er seinen Schild hob, als ihn die Leute mit Steinen bewarfen. Immer noch auf Knien schwang Falco sein Schwert gegen die Beine der Kreatur, doch sie wehrte den Angriff mit Leichtigkeit ab und hätte ihn getötet, wenn Julius Merryweather ihr nicht seinen robusten

Gehstock über den Kopf gezogen hätte. Der Besessene schlug auf den beleibten Mann ein, und Merryweather schrie auf, als ihm die Klinge eine Schnittwunde am Bauch zufügte.

Gerade als sich der Scirita wieder Falco zuwandte, um ihn zu töten, knallte eine große Bratpfanne in sein Gesicht. Das Geschöpf, das von diesem Schlag ins Stolpern kam, schlug erneut zu, und Fossetta ließ die Pfanne fallen, als dessen Klinge ihren Oberarm aufschlitzte. Der Scirita hätte alle drei getötet, aber jetzt stürmten noch mehr Leute heran. Zwei Männer und drei Frauen warfen sich auf die höllische Kreatur und rangen sie zu Boden. Das Geschöpf kämpfte wie rasend, und zwei weitere Leute wurden verletzt, bevor es endlich mit einem großen Stein, der eine Seite seines Helms eindrückte, getötet wurde.

Falco kämpfte sich schwer atmend auf die Beine und wankte zu Fossetta hinüber.

»Ich bin in Ordnung«, sagte die Wirtschafterin und hielt ihren Oberarm fest, während Blut zwischen ihren Fingern hindurchsickerte.

Sie drehten sich zu Merryweather um.

»Julius!«, keuchte Fossetta, als sie den dunklen Fleck am Boden sah.

Der hochgewachsene Mann war auf ein Knie niedergegangen und hielt sich mit einer blutigen Hand den Bauch fest.

»Heçamede!«, rief Fossetta.

Sie half Merryweather auf den Rücken. Seine für gewöhnlich roten Wangen machten im Mondlicht einen totenblassen Eindruck.

Falco brach neben Merryweather auf dem Boden zusammen und starrte auf die große klaffende Wunde gerade über dessen Hosenbund. Mitgenommen von den Strapazen des Kampfs, streckte er eine Hand aus und legte sie auf die furchtbare Verletzung, in dem Versuch, die Blutung zu stillen.

»Ah Falco, mein Junge«, sagte Merryweather wie ein Mann, der aus dem Schlaf erwachte. »Das ist besser. Das ist viel besser.«

Falco wusste nicht, was er sagen sollte. Er blickte auf den großen Mann herunter, und dann zu Tobias, der sich aufgesetzt hatte. Der Kopf des verkrüppelten Jungen schwankte auf seinem dünnen Hals, aber seine Augen hatten einen klaren Ausdruck. Falco sah weg, als eine Welle von Kummer über ihn hinwegspülte. Dann war plötzlich Heçamede neben ihm.

»Mach Platz, Falco«, sagte die Heilerin, die niederkniete, um die Wunde zu untersuchen. Beim Anblick dessen, was sie sah, presste sie den Mund zusammen, aber sie zog ihre Tasche auf und besprühte die Wunde mit ihrem Zerstäuber, bevor sie nach Nadel und Faden griff.

Zu erschöpft, um auf die Beine zu kommen, kroch Falco auf Händen und Knien davon. Nach Atem ringend, bewegte er sich zum Rand des Lagers für die Kranken und zog sich an ein paar Felsen hoch. Während die schwarzen Wolken der Schuld in seinen Geist zurückkehrten, blickte er auf den Kampf hinab, der durch das Tal wütete. Die wogende Gewalttätigkeit wurde von dem kalten Licht des Mondes erleuchtet.

Die Verteidigungslinie behauptete sich weiterhin, aber nur knapp. Der Feind hatte die niedrigen Felsvorsprünge eingenommen und drängte die Verteidiger zurück. In der Mitte der Schlachtreihe waren die Kardakae bis auf wenige Meter an Simeon herangerückt. Falco sah, dass die Reiterei des Abgesandten von einer großen Anzahl Sciritae zum Halt gebracht wurde, und er bemerkte auch die hoch aufragende Gestalt des Dämons, der alles vernichtete, was sich ihm in den Weg stellte.

Aber dann beobachtete er, wie weit entfernt zur Linken Lord Cadells Reiterei ihren Angriff begann. Falco, der sich fühlte, als würde er jeden Moment zusammenbrechen, sah mit an, wie die berittenen Krieger auf den Dämon zudonnerten.

Während der Abgesandte noch versuchte, sich seinen Weg durch die Sciritae zu hauen, nahm er wahr, wie Lord Cadell seinen Ansturm auf den Dämon begann. Der Befehlshaber von Caer Dours

Armee formierte seine Truppen zu einem Keil und ließ sie in vollem Galopp angreifen.

Als sich der Abgesandte umsah, konnte er erkennen, dass die Hauptverteidigungslinie langsam zusammenbrach. Ihre einzige Hoffnung war, den Dämon zu töten, aber er wusste, dass dies ihre Kraft überstieg. Sie mochten zwar immer noch kämpfen, aber tief in seinem Herzen wusste er, dass dieser Kampf verloren war.

Das Gesicht einer Frau blitzte in seinem Geist auf, und dann ein Pferdekopf, aus Wachs geschnitzt, in Silber abgeformt und an einem schwarzen Ledergürtel befestigt. Sie hätte ihn gemocht. Er hätte sie zum Weinen gebracht, aber sie hätte ihn gemocht.

Mit klarem Verstand und schmerzendem Herzen bereitete sich Sir William Chevalier auf den Tod vor.

Lord Cadells Reiterei pflügte durch die Reihe der Besessenen, die zwischen ihm und dem Dämon standen. Die meisten seiner verbliebenen Krieger wurden aufgehalten oder niedergestreckt, doch Lord Cadell brach durch, mit Sir Gerallt Godwin, der nur eine oder zwei Längen hinter ihm kam. Beide Ritter führten Lanzen, und es schien, dass nichts dem Ansturm ihres Angriffs standhalten konnte, aber da hielt der Dämon in seinem Gemetzel inne und wandte sich ihnen zu. Er legte seinen großen gehörnten Kopf schief, als sei er von der Verwegenheit ihrer Attacke überrascht worden, dann aber senkte er sein Haupt und breitete die Arme aus, um ihnen entgegenzutreten.

Die beiden Ritter hielten auf den Dämon zu und zielten mit ihren Lanzen direkt auf sein Herz, aber im letzten Moment warf sich der Dämon nach vorn. Mit einer Hand packte er Lord Cadells Pferd beim Hals und zwang es so weit in die Höhe, dass sein Reiter zu Boden fiel, mit der anderen fegte er Sir Gerallt mit einem wuchtigen Schlag aus dem Sattel, der den Hals seines Pferdes brach und den Brustkorb des Adligen zertrümmerte. Sir Gerallts Lanze hatte den Dämon an der Schulter getroffen, aber die gehärtete Spitze hatte kaum dessen Haut aufgeschürft.

235

Lord Cadell war schwer gestürzt und blickte entsetzt zu dem Dämon auf, der sein Pferd hoch erhoben hielt. Die Vorderbeine des Tiers schlugen in der Luft wild um sich, während seine Hinterhufe gegen den steinigen Boden sprangen und klatschten. Einen Moment lang blickte der Dämon auf Lord Cadell herab, als versuche er zu begreifen, wie so eine Kreatur davon hatte träumen können, einen der Getreuen zu verletzen. Beinahe wie nebenbei zerquetschte er die Kehle des Pferdes und ließ den Tierkörper zu Boden fallen. Mit einem einzigen Aufstampfen seines gewaltigen Hufs tötete er den Anführer von Caer Dours Armee, und dann wandte er sich Sir Gerallt zu. Der altgediente Krieger versuchte sein Schwert zu ziehen, aber seine Rippen waren zerschmettert, und seine Brustplatte war rot von dem Blut, das er bereits ausgehustet hatte. Nur ein paar Zentimeter nackter Klinge waren frei, ehe sich das Ungeheuer über ihm auftürmte.

Der Dämon griff nach Sir Gerallt, als ein brutaler Energieblitz in seine Seite einschlug. Dunkles Fleisch wurde von seinen Rippen gefetzt, und die Stoßwirkung ließ das hoch auftürmende Monstrum schwanken. Mit einem wütenden Aufbrüllen drehte sich der Dämon in die Richtung, aus der die Attacke erfolgt war.

Obwohl blind, starrte Simeon le Roy ihn direkt an.

Unter der Macht, die von dem Blick des Dämons ausging, geriet Simeon beinahe ins Wanken. Das Wesen sah ihn nun deutlich, und es gab keine Möglichkeit einer Täuschung mehr. Der Dämon kannte die Grenzen seiner Stärke, und er wusste, dass sie nicht ausreichte. Seine Schultern zogen sich hoch, als er seinen Kopf senkte und auf ihn losging.

Mächtige Kardakae wurden zur Seite gestoßen, als der Dämon vorwärtseilte, aber dann griff Simeon erneut an, und ein weiterer Ball aus sengend blauem Licht schoss aus seiner Hand hervor. Der Dämon taumelte, als ihn die magische Attacke an der Schulter traf, doch dieser zweite Angriff richtete weniger Schaden an als der erste. Simeons Kräfte waren zwar nicht mehr das, was sie einmal gewesen waren, und doch geriet das Vorankommen des Dämons ins Stocken. Er hielt an, und mit ausgebreiteten Armen rief er seine eigene Form von dunkler Magie herauf.

»Runter!«, schrie Simeon, der die höllische Energie fühlte, die sich im Griff des Dämons aufbaute.

Die Krieger seiner Leibgarde duckten sich hinter ihren Schilden, als ein Sturm von rotglühenden Splittern aus den Händen des Dämons hervorschoss. Der Schwall von brennenden Schrapnellen wäre durch die Rüstung der Männer gefetzt, stattdessen schlug er aber in die schützende Barriere ein, die Simeon vor ihnen heraufbeschworen hatte. Die Brust des Dämons hob sich, als er danach trachtete, eine noch größere Salve hervorzurufen, aber da zog Simeon sein Schwert. Er schwang es mit einem schnellen Streich herum, und ein Bogen aus blauer Energie sprang von der Klinge und schnitt durch die Luft auf den Dämon zu.

Der Dämon riss die Arme empor, um den Angriff abzuwehren, und der Bogen aus Energie teilte sich an seinen Händen, aber ein kleiner Teil von ihm drang doch hindurch, riss eine offene Wunde in seiner Wange und kappte die Spitze eines seiner großen gekrümmten Hörner. Wütend hob der Dämon eine kolossale Faust hoch über seinen Kopf und hämmerte sie auf die Erde. Eine Schockwelle an Energie pflanzte sich durch die Luft fort, und der Boden wölbte sich so heftig, dass Simeons Leibgarde niedergeworfen wurde. Simeon selbst strauchelte und ging in die Knie, als die Erde unter ihm auszukeilen schien.

Der Dämon, der sich über die hingestreckten Menschen auftürmte, bewegte sich erneut vorwärts. Er ging jetzt so langsam, als wüsste er, dass ihn nun nichts mehr aufhalten konnte, doch da erhob sich Simeon auf ein Knie und streckte in einer Geste der Verweigerung seine Hand vor. Der Dämon hielt an, als hätte ihm jemand eine bändigende Hand auf die Brust gelegt. Er versuchte weiterzugehen, lehnte sich vorwärts wie gegen einen starken Wind, vermochte es aber nicht.

Immer noch mit ausgestrecktem Arm packte Simeon sein

Schwert und kämpfte sich auf die Beine. Die Anstrengung, den Dämon zurückzuhalten, zeigte sich in jeder Sehne seines Körpers, aber der blinde alte Mann fuhr noch damit fort, sich zu erheben, während sich der Dämon bereits anstrengte, ihn zu erreichen.

Die Männer seiner Leibgarde waren zur Seite geworfen worden, und nichts stand nun zwischen Simeon und dem Dämon. Sein vernarbtes Gesicht war von der Anstrengung gezeichnet, aber dann packte er sein Schwert mit beiden Händen und stieß es mit der Spitze voran in den Felsen zu seinen Füßen. Es war ein Ausdruck der Verweigerung, eine in den Sand gezogene Linie.

Der Dämon schwankte, wie getroffen von einer unsichtbaren Attacke. Er taumelte auf seinen gewaltigen ziegenähnlichen Beinen zwei Schritte zurück, bevor er wieder sein Gleichgewicht fand und Simeon anerkennend anstarrte. Ja, er hatte die Stärke dieses Widersachers unterschätzt, aber jetzt war es an der Zeit, dies zu beenden.

Während der Kampf durch das Tal tobte, schloss der Dämon seine Augen, spreizte seine Hände, und die Erde zwischen seinen Hufen begann zu brennen. Geduckte zornesrote und giftgrüne Flammen breiteten sich aus, krochen als langsame Welle aus unirdischem Feuer über den Boden, eine Welle, die unaufhaltsam auf Simeons einsame Gestalt zukam.

Malaki, der zwanzig Fuß entfernt lag, starrte vor Grauen auf die sich ausbreitenden Flammen. Wie der Rest der Männer war er zur Seite geworfen worden, als der Dämon seine Faust auf die Erde geschlagen hatte. Noch immer benommen von der Wucht der Schockwelle versuchte er wieder aufzustehen, doch die Flammen schienen ihn seiner Stärke zu berauben. Er konnte ihre Hitze auf seinem Gesicht fühlen, aber die Hitze schien noch tiefer zu gehen. Sie schien sein Fleisch zu durchdringen und seinen Verstand zu verschmoren. Er wollte zu Simeons Verteidigung eilen, aber der langsame Fortschritt der Flammen war mehr, als sein Mut aushalten konnte, und er wusste, dass nun alles verloren war.

Als der letzte Funke an Hoffnung der Verzweiflung wich, begann Malaki de Vane zu weinen.

Der Abgesandte rappelte sich von dem felsigen Untergrund auf. Er war aus dem Sattel geworfen worden, als sein Pferd wegen der Auswirkung des Schlags, den der Dämon ausgeführt hatte, gestrauchelt war. Er konnte sehen, wie der rauchgraue Percheron mit vor Entsetzen scharrenden Hufen zurückwich. Sein Schwert lag in der Nähe, und der Abgesandte stürzte darauf zu, während einer der Sciritae ihn angriff. Schnell streckte er die Kreatur zu Boden und tötete noch zwei weitere, bevor er eine klare Sicht auf Simeon bekam.

Und was er da sah, ließ seinen Magen sich vor Furcht zusammenziehen.

Die Kardakae waren zurückgefallen und flankierten den Dämon zu beiden Seiten, während der Boden vor ihnen brannte. Die zornigen Flammen waren geduckt und wild, und sie breiteten sich aus, auf Simeon zu. Selbst von hier aus konnte der Abgesandte noch ihre Hitze fühlen. Aber dies waren keine gewöhnlichen Flammen.

Dies war Baëlfeuer aus den Tiefen der Hölle, und niemand konnte vor ihm bestehen.

Simeon brauchte keine Augen, um die Flammen zu sehen. Er konnte die fürchterliche Hitze auf seinem Gesicht fühlen – und erinnerte sich an den unbegreiflichen Schmerz, von Drachenfeuer verbrannt zu werden. Aber dies war schlimmer. Dies waren Flammen, die jemandes Seele verzehren konnten. Er kämpfte gegen die Furcht an, aber sein Wille wurde allmählich schwächer. Und als seine Willenskraft ins Wanken geriet, krochen die Flammen näher.

Verletzte Männer lagen dem Feuer im Weg, und als die Flammen sie erreichten, begannen sie zu schreien. Es waren grauenhafte Schreie, die am Geist von allen rissen, die sie hörten. Dies war die Folter, die jede Seele im Tal erwartete. Jung, alt, krank und gesund – wenn der Dämon Anspruch auf sie erhob, würden sie für alle Ewigkeit in Höllenqual brennen.

Simeon wusste dies, und so hielt er stand. Selbst als er fühlte, wie seine Stärke ihn verließ, hielt er noch immer stand und packte sein Schwert, fest entschlossen, den Menschen jede nur mögliche Sekunde zu verschaffen, die Leben war … und Hoffnung.

Der Abgesandte hörte die Schreie der Männer, die im Feuer gefangen waren. Sie wanden sich in heftigen Schmerzen, und immer noch drangen die Flammen weiter vor. Simeon gebrauchte all seine Kraft, um dem Dämon zu widerstehen, und der geistige Schutzmantel, der sie vor der Furcht bewahrte, ließ mehr und mehr nach. Der alte Kampfmagier hielt zwar noch immer aus, aber allein vermochte er nicht zu bestehen.

Der Abgesandte konnte fühlen, wie die Angst ihre Klauen in seinen Verstand schlug. Er klammerte sich an die stärksten, wertvollsten Erinnerungen, die er aufbringen konnte, und begann sich auf Simeon zuzubewegen. Wenn er die Stärke besaß … wenn er den Glauben besaß … dann konnte er zu dem Kampfmagier gelangen und ihm in seinem Kampf helfen. Aber die Anwesenheit des Dämons war wie eine fühlbare Kraft. Jeder Schritt vorwärts erforderte eine enorme Willensanstrengung, und unaufhörlich kamen die Flammen immer näher.

Der Abgesandte fühlte, wie ihm der Schweiß das Gesicht hinablief. Er fühlte, wie seine Seele vor dem Versprechen ewiger Verdammnis zurückschreckte, aber er zwang sich voran, vorbei an den Männern der Leibgarde, die es nicht fertigbrachten, sich zu bewegen. Er zwang sich weiter, bis er nur noch ein paar Meter von Simeon entfernt war, doch dann konnte er nicht mehr.

Mit verbrauchter Stärke und niedergeschmettertem Mut beugte sich Sir William Chevalier nieder und presste sein Gesicht auf die Erde.

Falco starrte auf die schrecklichen Flammen herab, die sich von dem Dämon ausbreiteten. Er spürte, wie die Furcht zunahm, als Simeons Schutz zu versagen begann. Die Verteidigungslinie zerfiel letztlich, und der Moment des völligen Zusammenbruchs stand bevor. Er betrachtete die Menschen, die im Tal hinter ihm versammelt waren. Sie drängten sich eng zusammen und griffen nach den Messern, die ihre Kinder vor einem unendlich schlimmeren Schicksal als dem Tod retten würden. Als er zur Schlacht zurückblickte, sah er, wie die starken Männer von Simeons Leibgarde von der Macht des Dämons niedergestreckt wurden. Nur ein Mann hatte die Kraft, weiter voranzukommen.

Er sah mit an, wie der Abgesandte der Königin vorwärtsschwankte und mit all seinem Mut versuchte, Simeon zu erreichen. Er wusste, dass der Abgesandte es nicht schaffen würde. Er wusste auch, dass Simeon allein übrig bleiben würde, um sich der Qual des Feuers zu stellen, aber auch, dass Simeons Stärke allein nicht ausreichen konnte. Falco hatte jahrelang den Zweifeln gelauscht, die die Träume seines Herrn heimsuchten. Der alte Kampfmagier war von Verrat und Kummer geschwächt worden. Falco wusste, dass ihn sein Glaube im Stich ließe, und er konnte es nicht ertragen.

Wie im Griff eines schrecklichen Albtraums fühlte Falco, dass seine Füße sich bewegten, während er auf die Schlacht zuging.

Die Leute beobachteten, wie ihre Armee zusammenzubrechen begann. Sie beobachteten, wie die stolze Gestalt des Abgesandten auf die Knie gezwungen wurde. Sie beobachteten, wie das Feuer vorankroch und der alte Mann mehr und mehr zusammensackte und sich dabei an sein Schwert klammerte, als sei es das Einzige, was ihn aufrecht hielt. Das Ende war nah, und die Worte des Abgesandten hallten ihnen im Gedächtnis wider.

»Wenn Simeon fällt, dann beendet es schnell, bevor euch euer Mut verlässt.«

Das Tal hielt den Atem an, als scharfe Messer sich langsam auf unschuldige Hälse zubewegten, aber dann sahen sie eine neue Gestalt auf dem Talboden, die Gestalt eines dünnen und kränklichen Jugendlichen. Und die barmherzigen Messer hielten noch einmal inne.

Falco stolperte über den felsigen Boden. Alles drehte sich um ihn, jeder Atemzug stach in seiner Lunge und die Verbrennungen an seinem Nacken und seiner Schuler fühlten sich roh und nackt an. Sein Blick verschwamm, aber dunkel war er sich des Kampfgeschehens bewusst, als sich die Soldaten von Caer Dour an den letzten Rest von Hoffnung klammerten. In der Mitte war die Schlacht bereits verloren. Der niedrige Teppich aus Feuer hatte Simeon beinahe erreicht, und nur das schwache Glühen seines Willens bewahrte ihn noch davor, verzehrt zu werden. Er stand nicht mehr länger aufrecht. Er war auf ein Knie herabgesunken und umklammerte den Knauf seines Schwerts wie ein Mann, der im Begriff stand, von einer Flut fortgespült zu werden.

Die Männer der Leibgarde bemerkten nicht, wie Falco an ihnen vorbeitaumelte. Einige versuchten von den Flammen fortzukriechen, aber die meisten hielten sich in ihrer Niederlage vornübergebeugt, kleine Hügel von gebrochenen Männern. Undeutlich nahm Falco Malaki und den Abgesandten wahr. Beide strengten sich noch immer an, Simeon zu erreichen, aber ihre Bemühungen waren nicht viel mehr als ein Krabbeln auf der Erde.

Niemand hatte die Stärke, in der Gegenwart des Dämons zu bestehen.

Niemand außer Falco Danté.

Er war der Schwächling der Stadt, der Gegenstand einer ganzen Generation von Gespött. Er war das Opfer einer zehrenden Krankheit, der Sohn eines Wahnsinnigen, aber eben auch der Sohn eines Kampfmagiers, und irgendwie fand er die Stärke, den Flammen entgegenzutreten. Er stolperte mit dem einzigen Gedanken in seinem Geist vorwärts, Simeon zu erreichen und ihn wissen zu lassen, dass er nicht allein war. Ihn festzuhalten, wenn er brannte. Wenn sie dazu verdammt waren, die Feuer der Hölle zu erleiden, dann würden sie sie gemeinsam erleiden.

Und mit diesem einzigen Ziel zwang sich Falco voran. Die Gegenwart des Dämons wirkte wie eine unsichtbare Barriere. Sie versuchte ihn aufzuhalten, knurrte, kratzte und riss an seinem Geist. Undenkbar war es, dass irgendein Mensch etwas derartig Böses ertragen konnte, und dennoch war es so. Falco drängte voran, und es waren Simeons Worte, die in *seinem* Geist widerhallten.

Verlier nicht den Glauben ... Was auch immer passiert, verlier nicht den Glauben.

Falco, der sich an die Worte seines Herrn klammerte, kam hinter Simeon heran und kniete sich hin, um ihn zu umarmen. Der alte Kampfmagier war schon beinahe völlig verausgabt. Zwar hielt er noch immer den Knauf seines Schwerts fest, aber seine Finger glitten daran ab.

Falco reichte um die breiten Schultern seines Herrn herum, legte seine eigenen Hände auf die von Simeon und hielt sie fest. Er drückte sein Gesicht in Simeons verschwitztes Haar und lauschte auf die heiseren Atemzüge, die mit jedem Herzschlag schwächer wurden. Und als er seinen sterbenden Herrn festhielt, bemerkte er, dass in seinen schwachen Atemzügen verkrampft gemurmelte Worte zu hören waren. Leise und leidenschaftlich, eher waren dies Gedanken, als mit einer Stimme ausgesprochen. Und doch hörte Falco sie.

»Aquila Danté war mein Freund ... Aquila Danté war mein Freund.«

Falcos Herz krampfte sich vor Kummer zusammen. Dies also war die Natur des Angriffs, der von dem Dämon ausging. Dies war der Zweifel, dessen er sich bediente, um einen alten Mann zu Fall zu bringen. Falco wollte Simeon sagen, dass er ihm nicht die Schuld am Tod seines Vaters gab. Er wollte ihm sagen, dass er ihn liebte, aber er hatte keine Kraft für Worte. Mit jedem Bruchstück an Willenskraft, das er besaß, hielt er Simeon fest.

Verlier nicht den Glauben.

Verlier nicht den Glauben.

Die Leute von Caer Dour sahen in Ehrfurcht mit an, wie sich die dünne Gestalt von Falco Danté niederkniete, um Simeon zu umarmen, zwei Gestalten von Alter und Gebrechlichkeit, die vor der überragenden Macht des Dämons knieten. Auf irgendeine Art fühlten sie etwas von der Ergriffenheit, die in der Umarmung lag, und einen Moment lang schienen sie sich sogar einzubilden, dass sich die Furcht von ihren Gemütern erhob.

Gewann Simeon seine Kraft zurück?

Konnte Falcos Unterstützung ihn zurück auf die Beine bringen?

Nur eine Sekunde lang schien es, als hielten die Flammen in ihrem Vordringen inne.

Der Dämon spürte die Anwesenheit des Geistes, der sich dem Aufsässigen angeschlossen hatte, und er war verwirrt. Da war Schwäche, Schuld, Kummer und Furcht. Mehr als genug, um eine menschliche Seele zu erdrücken, und dennoch hatte sie ausgehalten. Solch eine Seele war gefährlich; solch eine Seele konnte man nicht am Leben lassen. Mit erneuter Anstrengung schöpfte der Dämon aus seinen tiefen Reserven an Hass und trieb das Feuer weiter an.

Als die Leute die Flammen abermals vordringen sahen, wurde der letzte Funke Hoffnung ausgelöscht. Die Unterbrechung war nichts weiter als eine Sinnestäuschung gewesen, eine heimtückische Windbö, ausgesandt, um sie im letzten Augenblick zu verlocken.

Fossetta, die neben der hingestreckten Gestalt von Merryweather stand, weinte offen. Sie hatte Falcos Abwesenheit erst bemerkt, als Leute zu murmeln und zu deuten anfingen, und dann konnte sie nur schwer davon abgehalten werden hinunterzurennen, um ihm zu helfen. Natürlich konnte sie das nicht. Vor lauter Angst, die durch ihren Verstand strömte, vermochte sie kaum zu denken.

Eine schreckliche Stille hatte sich auf die Menschen herabgesenkt, als die Eltern sich darauf vorbereiteten, ihre Kinder zu töten. Falcos mutige Geste hatte ihnen noch ein paar wertvolle Momente erkauft, aber nun war das Ende über sie gekommen, und es war schlimmer, als Fossetta es sich hatte ausdenken können. Da hörte sie knapp neben sich Tobias sprechen.

»Kammack.«

Fossetta konnte ihn nicht anschauen. Sie konnte ihren Blick nicht von den bedauernswerten und herrlichen Gestalten von Simeon und Falco abwenden. Was Merryweather betraf, so war er kaum bei Bewusstsein, aber der Antrieb, seinem Sohn zu antworten, durchdrang seine Benommenheit.

»Es ist in Ordnung«, sagte er. »Falco wird bald schlafen. Wir werden alle bald schlafen.«

»Nein!«, spie Tobias aus. »Kammack!«

Fossetta warf dem verkrüppelten Jungen einen Blick zu, aber im Gegensatz zu allen anderen sah er nicht auf das Gefecht hinab. Er starrte hinauf zu den Bergen.

Ganz langsam hob er einen verkümmerten Arm und deutete mit seinem krummen Finger zu einem hoch gelegenen Grat empor.

»Kammack!«, sagte er noch einmal.

Langsam folgte Fossettas Blick der Richtung, in die sein Finger wies, und schließlich sah sie, worauf er deutete. Dort, auf dem Grat, war ein Umriss zu sehen, ein seltsamer Umriss, der sich gegen den Himmel abhob, und etwas klang in ihrer Erinnerung an. Sie hatte eine Gestalt wie diese schon früher einmal gesehen, und endlich gab sie ihr einen Namen.

Drache.

Was da auf dem Grat hockte und in das Tal herabstarrte, war ein Drache.

Und auf seinem Rücken saß ein Reiter.

Ein Kampfmagier.

Der Kampfmagier blickte auf die Leute von Caer Dour hinab, und ihre Qual und ihr Entsetzen zerriss ihm das Herz. Er schloss die Augen, öffnete seinen Geist und sammelte ihre Angst in sich auf. Sie waren schon beinahe gebrochen, schon fast verloren, aber noch nicht ganz.

Er öffnete die Augen und blickte die Krieger an, die immer noch die Besessenen bekämpften. Er blickte die beiden gebeugten Gestalten vor den Flammen an. Und er blickte den Dämon an, diesen abscheulichen Übertreter zu ihrer Welt. Er blickte den Dämon an, und da loderte sein Blick. Er fühlte, wie sich der Drache unter ihm bewegte, und er hielt ihn nicht zurück. Er beugte sich nah zu ihm vor, als er sich von dem Felsen abstieß und zu fallen begann. Der Drache rollte sich auf den Rücken, legte die Schwingen an wie ein niederstoßender Falke, und gemeinsam fielen sie wie ein Blitz aus dem klaren mondhellen Himmel.

Falco war alle Wahrnehmung der wirklichen Welt abhandengekommen. Alles, was er wusste, war das Gewicht von Simeons Körper, den er fest in seinen Armen hielt. Der Atem des alten Mannes war kaum mehr als ein trockenes Schaben, aber Falco weigerte sich, ihn fallen zu lassen. Er fühlte, wie die überwältigende Kraft, die von der Bosheit des Dämons ausging, sie beide zu brechen versuchte, und immer noch hielt er aus. Langsam umschlossen sie die Flammen des Baëlfeuers, und schließlich begann Falcos Wille nachzulassen.

Bilder blitzten durch seinen Geist, und er wusste, dass er jetzt seinen Verstand verlor. Er sah, wie das Zuhause seiner Kindheit brannte, und die dunklen Augen von Morgan Saker, der ihn durch die Flammen hindurch anstarrte. Er sah die auserlesene

Schönheit eines schwarzen Drachen sich auf den Drachenstein niedersenken und Darius ihn mit sengenden blauen Blitzen vernichten. Er fühlte den Kummer und den Hass im Geist des Drachen und sah beide zusammen in den Abyss stürzen. Er hörte sich selbst schreien, und während er schrie, sah er Malaki, der auf ihn zuging, den gebrochenen Körper seines Vaters in den Armen.

Falcos Griff um das Schwert schwächte sich. Aber dann geschah das Seltsamste. Ein Teil seines Verstandes wusste, dass es Nacht war, immer noch mehrere Stunden vor Morgengrauen, und dennoch fühlte er schon jetzt den Sonnenaufgang. In seinem Geist sah er sie über einer Bergkette im Westen scheinen. Er fühlte, wie er hoch über das Tal hinweggehoben wurde und wie er durch die Schlitze in einem Helm aus Stahl auf die Schlacht hinabblickte. Unter sich sah er Wellen von gelben Schuppen und den großen Schwung eines goldenen Flügels. Dann war es ihm, als würde er fallen, während der Wind in seinen Ohren pfiff. Aber das war nur Fantasie, der flüchtige Traum von jemandem, der im Begriff stand zu sterben.

Schließlich sah er die Konturen eines tränenverschmierten Gesichtes. Er spürte eine raue Hand auf seiner Wange und einen zarten Kuss auf seiner Stirn, einen Kuss, der damals fortbestanden hatte und nun immer noch in seinem Herzen fortbestand. Damals war er zu jung gewesen, um es zu wissen, es war der letzte Kuss eines Vaters gewesen, der seinem Sohn Lebewohl sagte. Falco konnte die behutsame Stärke in der Hand seines Vaters fühlen, die kratzigen Stoppeln seines Bartes und die nasse Berührung seiner Tränen. Er wusste, dass er diese Erinnerung für immer verlieren würde, wenn er der Bosheit des Dämons nachgab.

Und so, selbst dann noch, als Simeon starb und sich die Dunkelheit um sein Herz schloss, hielt Falco aus.

Der Dämon frohlockte, als er spürte, wie das Herz des Aufsässigen aufgab, und seine Lippen kräuselten sich, während er sich darauf vorbereitete, die Seele des Schwächlings zu verzehren.

Aber dann hielt er an, und ein Zweifel blitzte in seinem schwarzen Herzen auf.

Draconis.

Da, einer der verhassten Lindwürmer fiel vom Himmel, mit einem reinen Aufsässigen auf seinem Rücken.

Der Dämon stieß ein Knurren aus Wut und Hass aus, enttäuscht, dass ihm womöglich sogar noch im letzten Augenblick der Preis von siebentausend Seelen verwehrt wurde. Mit einem Schwenken seines Kopfs trieb er die Kardakae vorwärts gegen eine Schutzmauer aus schweren Klingen und dunklem Stahl. Dann beschwor er einen Schwefelsturm herauf, der stark genug war, um einen Drachen töten zu können.

Der Drache kam langsam und zugleich schnell heran, eine wunderschöne Kreatur, deren Schuppen goldgelb schimmerten. Mit eingezogenen Flügeln, um größere Geschwindigkeit zu erzielen, streifte er über das Tal hinweg und rollte sich zur Seite, als der Dämon einen todbringenden Strom an Vulkangestein hervorrief. Die tödliche Salve verfehlte ihr Ziel, und einen Moment später warf sich der große, goldene Drache gegen den gewaltigen Dämon der Besessenen.

Nur einen Augenblick vor dem Zusammenprall sprang der Kampfmagier aus dem Sattel, drehte sich in der Luft und landete in der Mitte der Kardakae. Er ließ seine Klinge aus ihrer Scheide springen und tötete den ersten der dunklen Krieger mit einem einzelnen aufwärts führenden Streich. Dann wandte er sich um und erschlug einen weiteren, und die Schneide seines Schwerts schien zu glühen, als sie durch die schwarze Rüstung der riesigen Krieger schnitt. Die Kardakae stürmten heran, um ihn anzugreifen, aber sie fanden sich von den Männern aus Simeons Leibgarde bedrängt.

Überall im Tal bemerkten die Männer und Frauen im Heer, dass die Müdigkeit aus ihren Gliedern schwand und sich die Furcht von ihren Gemütern hob. Zum ersten Mal, seitdem sie von zu Hause geflohen waren, glaubten sie, dass sie gewinnen konnten, und so fanden sie selbst im Angesicht der Niederlage erneut die Stärke zu kämpfen.

Der Dämon war von der Wucht, mit der ihn der Drache angegriffen hatte, beinahe von den Füßen gerissen worden, aber schließlich war er ein Wesen von unfassbarer Stärke. Selbst noch, als er zurücktaumelte, packte er den Drachen und schlug ihn zu Boden. Die Erde bebte, als die mächtige Kreatur niedergeworfen wurde. Der Dämon richtete sich über ihr auf, das Fleisch seiner Schulter war bis zum Knochen weggefetzt, aber immer noch erhob er die Faust zu einem Schlag, der die Rippen des Drachen zertrümmern würde. Doch er sollte niemals die Gelegenheit dazu bekommen.

Der Drache, der sich mit erstaunlicher Geschwindigkeit erholte, öffnete seinen Rachen und traf den Dämon mit einem Feuerstrahl voll ins Gesicht. Das Ungeheuer schrie, als sich seine Haut ablöste. Es trat mit seinen stahlharten Hufen aus, aber der Drache wand sich frei. Es griff nach dem Hals des Drachen, als der Kampfmagier zuschlug und die Sehnen an der Hinterseite eines der enormen ziegenartigen Beine durchtrennte. Der Dämon stolperte und wandte sich dem Aufsässigen zu. Aber noch bevor er einen weiteren Angriff beginnen konnte, erhob sich hinter ihm der Drache, zog seinen gehörnten Kopf zur Seite und versenkte seine Zähne im Halsansatz des Dämons. Das Ungeheuer brüllte vor Schmerzen auf und griff nach hinten, um seinen Angreifer zu packen. Aber da traf es der Kampfmagier mit einem Energieblitz in die Brust, der seinen Brustkorb von innen erleuchtete.

Während der höllische Feind in die Knie brach, versuchte er eine letzte feurige Explosion, die sie alle verzehren würde, aber der Drache grub seine Klauen in das Gesicht des Ungeheuers, zog seinen Kopf zurück, und die Klinge des Kampfmagiers peitschte ihm über den Hals. Der Kampfmagier trat zur Seite, als sich eine Flut von brennender Flüssigkeit über die Brust des Dämons ergoss. Der Drache löste seinen Griff, und die gewaltige Kreatur der Unterwelt kippte nach vorn auf den Boden.

Der Dämon war tot, und der Kampfmagier und der Drache wandten ihre Aufmerksamkeit nun den Besessenen zu. Bevor sich die Sonne über dem Tal erhob, war kein Einziger von ihnen mehr am Leben. Die Menschen von Valentia waren bis zum äußersten Rand der Trostlosigkeit getrieben worden, aber zuletzt war die Schlacht um die Seelen von Caer Dour gewonnen.

21

Der Marchio Dolor

Tief in den Verlassenen Landen von Beltane schloss ein noch viel mächtigerer Dämon die Augen, als er fühlte, wie einer der Getreuen gerade verschied. Der besiegte Dämon war listig und stark gewesen, aber auch neu im irdischen Reich und voreilig. Er hatte es übertrieben, war zu schnell vorgedrungen, und jetzt hatte er den Preis für seinen Eifer bezahlt. Aber das bedeutete nichts. Er war bloß einer von vielen, im Gegensatz zu *ihm*, einem Wesen von einzigartiger Macht. Im Reich der Verdammnis benötigten sie keine Namen, aber hier, in der Welt aus Gebein, da nannten sie diesen Dämon den Marchio Dolor, den Marquis der Qual.

Er war nicht ungehalten über diesen Namen.

Der Marchio Dolor wandte sich nach Nordwesten. Ja, irgendwo dort, nahe der Grenze zu Clemoncé. Von all den sieben Königreichen war Clemoncé das kleinste, und doch war es auf eine unerklärliche Weise auch das stärkste. Ihre Aufsässigen gaben den anderen Hoffnung, und wo Hoffnung herrschte, da war es nicht so einfach, den Glauben der gewöhnlichen Seelen zu brechen.

Die Armeen der Getreuen fegten über das Land hinweg. Es gab nur zwei Gegenden, in denen ihr Fortschritt ins Stocken geraten war. Eine befand sich in Norden, um die illicische Stadt Hoffen, und im Süden, wo die Getreuen von dem beltonischen General Vercincallidus behindert wurden. Gerade jetzt bewegte sich der Marchio Dolor nach Süden, um den lästigen General zu vernichten.

Was sie brauchten, war ein Dämon von ähnlicher Macht, um den Widerstand im Norden zu brechen.

Der Marchio wandte sich den Bittstellern zu, die in der Nacht weinten. Die erbärmlichen Narren sehnten sich nach dem Tod, aber der Tod würde sie nicht retten. Der Tod würde sie nur in die Hände von wieder anderen übergeben, die noch weit grausamer waren als er. Sie existierten nun nur noch, um zu leiden, und jeder Tag würde eine neue Offenbarung an Qual sein. Aber heute Nacht würde er sie für einen höheren Zweck benutzen. Er würde ihre Qual verwenden, um in das Herz des höllischen Reichs vorzudringen und einen Dämon herbeizurufen, der die Aufsässigen erschlagen und die Lindwürmer in Stücke hauen würde.

Gleichgültig blickte er die Bittsteller an, Männer, Frauen und Kinder, deren Augen zugenäht waren, um ihre Angst noch zu erhöhen. Sie weinten und schluchzten mit rasselndem Schnauben, voll Angst in dem sicheren Wissen, dass noch Schlimmeres kommen würde.

Seine Lippen kräuselten sich angeekelt von ihrer Schwäche, dann schloss er die Augen und kniete sich auf die Erde nieder, um zu beten. Er betete, bis sich die Bittsteller in die Luft erhoben, als hinge jeder von ihnen an einem Schlachterhaken durch die Brust. Er betete, bis das Gestein unter ihnen auseinanderbrach und die Flammen des Baëlfeuers sich um sie herum erhoben, bis ihr Fleisch sich schwarz verfärbte und ihre gequälten Schreie die Nacht erfüllten. Sie würden sich in Agonie winden, bis seine Gebete erhört wurden, und dann würden ihre geschwärzten Seelen hinabsteigen, um die ewigen Qualen der Hölle zu erleiden.

Schließlich erhob sich der Marchio Dolor zufrieden. Es konnte Monate dauern, bis ein solcher Dämon aus den tiefsten Reichen der Hölle emporstieg, aber dennoch wies er die Erleuchteten an, sich bereitzuhalten, um Werkzeuge herzustellen – welche auch immer –, die diese neue Erscheinungsform der Finsternis benötigen mochte.

Vor vielen Jahren hatten die Erleuchteten die Rüstung hergestellt, die sein Fleisch bedeckte, eine Rüstung, die die Macht eines Aufsässigen abweisen und die Spitze einer Lindwurmklaue ablenken konnte. Jetzt standen die Erleuchteten wie Geister um die brennende Grube herum, und das Licht der Flammen spielte um ihre fahlen Gesichter und die knochenbleichen Augen. Im Gegensatz zu dem Marchio waren sie gegenüber den Schreien der Verdammten jedoch nicht abgehärtet. Tief in ihren verdorrten Herzen war etwas von ihrer Menschlichkeit verblieben, und das Licht der Flammen glänzte in den Tränen auf ihren Wangen.

Der Marchio verschwendete keinen Gedanken an sie. Das Leiden würde sich fortsetzen, bis ein neuer Dämon aus der Grube emporstieg, und dann würden die Aufsässigen für die Sünden ihres Widerstands bezahlen. Einstweilen wandte er seinen Geist den Königen und Königinnen zu, die sich ihm widersetzten, Osric der Stolze, Ernest der Schwache, Vittorio der Narr und Catherine, das Königinnendreckstück von Clemoncé. Er würde sie alle töten und sich von ihren schreienden Seelen nähren. Und dann würde er weiter nach Acheron und Thraecien ziehen. Und was für eine vollendete Genugtuung er daraus ziehen würde, ihre große Stärke zu erniedrigen.

Hätte *er* auch nur etwas Menschlichkeit besessen, dann hätte er vielleicht erwartungsvoll gelächelt, aber heute Nacht war einer der Getreuen erschlagen worden, und in seinem Herzen gab es keinen Raum für irgendetwas anderes als Hass. Er blickte über das öde Land hinweg, das sich unter ihm erstreckte. In der Ferne konnte er das schwache Leuchten eines orangefarbenen Lichts ausmachen, die Fackeln und Lagerfeuer derer, die vor ihm geflohen waren. Er ließ die Muskeln seines sterblichen Fleisches spielen, und seine Augen brannten wie Gruben voll geschmolzener Bronze. Heute Nacht hatten sie eine Niederlage erlitten, aber morgen würden sie gerächt werden. Die Nationen von Grimm waren gespalten und schwach, die Aufsässigen und die Lindwürmer zu wenige.

Es gab nichts in der Welt, das sie jetzt noch aufhalten konnte.

Zweiter Teil

GRIMM

22

Toulwar

Falco erwachte mit dem Duft von Kräutern in der Nase. Es war Tag, und er lag in einem Bett mit sauberen Leinentüchern. Bedächtig blinzelnd, blickte er zu den dunklen Holzbalken an der Decke hoch. Einen Moment lang dachte er, er sei zurück in Simeons Villa, und ein Gefühl von tiefer Erleichterung wusch über ihn hinweg, aber dann fiel ihm auf, dass die Decke anders aussah, und die Erleichterung verschwand, als die Erinnerungen von all dem, was passiert war, durch seinen Geist fegten. Er schloss die Augen und drehte sein Gesicht in das Kissen.

»Es ist in Ordnung. Du bist sicher.«

Er fühlte eine beruhigende Hand auf seiner Stirn, und als er die Augen öffnete, sah er Fossetta am Rand seines Bettes sitzen.

»Na siehst du«, sagte sie lächelnd, als sie in seinen Augen sah, dass er sie wiedererkannte.

Falco versuchte sich aufzusetzen, aber er war zu schwach.

»Hier«, sagte Fossetta, die ihn anhob und ihm ein weiteres Kissen hinter den Rücken schob. Sie bot ihm ein Glas Wasser an, aber Falco wies es ab.

»Schwindelig«, sagte er und schloss erneut die Augen.

»Das wird vorbeigehen. Du hast die letzten acht Tage flach auf dem Rücken zugebracht. Da wird es eine Weile dauern, bis du wieder auf den Beinen stehen kannst.«

Falco nickte, aber sein Verstand mühte sich ab, um zu begreifen, was passiert war.

Acht Tage?

Er hatte traumähnliche Erinnerungen davon, durch die Berge getragen zu werden – vom Himmel, der einem Dach aus Baumkronen wich. Er erinnerte sich, wie er mit dem Gefühl von Regen auf seinem Gesicht aufgewacht war, Bilder von Leuten, die sich um ihn kümmerten, von Essen und Trinken, das man ihm mit sanfter Gewalt eingeflößt hatte, und dann der widerhallende Klang von Wänden um ihn herum und Kerzen, die in einem verdunkelten Raum brannten, von Leuten, die neben seinem Bett saßen.

Erneut öffnete er die Augen, und diesmal schwankte der Raum nicht ganz so sehr um ihn herum. Er blickte die Frau an, die er sein ganzes Leben lang gekannt hatte.

»Toulwar?«

Fossetta nickte, aber ihr Lächeln war mit einer Traurigkeit beschwert, die Falco nie zuvor an ihr gesehen hatte.

»Wir sind in der Zitadelle. Du wurdest nach dem Kampf hierhergebracht.«

»Der Kampf«, sagte Falco, der zweifellos verwirrt war, was das Ergebnis betraf.

»Wir haben gesiegt«, sagte Fossetta, obwohl ihr Gesichtsausdruck nicht von Sieg sprach. »Einer der Reiter war durchgekommen. Ein Kampfmagier schaffte es, uns zu finden.«

»Mit einem Drachen«, flüsterte Falco und runzelte die Stirn, als er sich an die seltsamen Bilder erinnerte, die durch seinen Geist flossen.

»Ja«, sagte Fossetta, während Falco sich umsah.

Der einfach ausgestattete Raum war aus bleichem Stein errichtet worden, dessen Anblick durch Teppiche und Wandbehänge aber gemildert wurde. Ein Paar schwerer türkisfarbener Vorhänge hing zu beiden Seiten eines Balkons, der den Raum erweiterte. Falco hatte keine Ahnung, wo er war, aber das Licht außerhalb des Fensters vermittelte den Eindruck von Höhe. Er blickte wieder Fossetta an.

»Simeon?«

Die Wirtschafterin schüttelte den Kopf.

»Wir haben ihn in den Bergen begraben. Zusammen mit den anderen, die auch gefallen sind.«

Falco nickte. Er hatte bereits gewusst, dass Simeon tot war. Jetzt erinnerte er sich an das Gefühl des Dahinscheidens, als sein Herz versagte, und konnte nur hoffen, dass der alte Kampfmagier nun seinen Frieden gefunden hatte.

»Es ist komisch«, sagte Fossetta, die ein Taschentuch aus dem Ärmel ihrer Bluse zog. »Manchmal kann ich noch hören, wie er nach mir ruft.« Sie lächelte über die eigene Albernheit, und Falco ergriff ihre Hand. Er musste mehrere Male schlucken, bevor er wieder sprach.

»Malaki?«

»Ihm geht es gut«, sagte Fossetta und wischte sich mit dem Taschentuch über die Wange. »Ein wenig angeschlagen und still, aber er ist in Ordnung. Er verbringt viel Zeit mit Bryna.«

Falco lächelte, aber Fossetta senkte den Blick.

»Ihr Vater starb ebenfalls in der Schlacht.«

Falcos Lächeln geriet ins Stocken.

»Er hatte den Dämon angegriffen, mit Lord Cadell zusammen«, sagte Fossetta.

»Ich weiß. Ich habe sie gesehen.«

Sie schwiegen eine Weile, während ihre Gedanken zurück zu der schrecklichen Nacht in den Bergen gingen.

»Und Merryweather? Er war verletzt …«

»Die Wunde wollte nicht heilen«, sagte Fossetta. »Er starb kurz nach unserer Ankunft.«

Falcos Herz krampfte sich vor Trauer zusammen.

»Was ist mit Tobias?«

»Ihm geht es besser, als man denken würde. Die Leute hier sind sehr freundlich, und der Abgesandte meint, dass er der Königin vielleicht von irgendeinem Nutzen sein könne.«

Falco war zu mitgenommen, um zu erfragen, worin dieser Nutzen bestehen konnte.

»So viele tot.«

Fossetta ergriff seine Hand.

»He, jetzt«, sagte sie in einem strengeren Ton. »Es hätte eine

Menge Tote mehr gegeben, wenn du nicht losgegangen wärst, um Simeon zu helfen.« Sie wartete, bis er sie anblickte, und der Ausdruck in ihren Augen warnte ihn vor jedem weiteren Selbstmitleid.

Falco wirkte angemessen getadelt, und Fossetta bückte sich, um ihn zu küssen.

»Willkommen zurück, mein Liebling«, flüsterte sie.

Er lehnte seinen Kopf gegen das weiche Fleisch ihrer Wange. Er konnte sich an keine Zeit erinnern, zu der sie es nicht geschafft hätte, ihm seine Ängste zu nehmen.

»Und jetzt«, sagte Fossetta, die seine Hand losließ und sich erhob, »denke ich, dass da noch jemand ist, der dich gerne sehen möchte.«

Falco sah zu, wie sie zur Tür ging.

»Er hat im Gang geschlafen«, sagte sie in einem missbilligenden Ton. »Hier drinnen zu sein schien ihn nervös zu machen, für den Fall, dass du aufwachen würdest.« In einer verzweifelten Geste verdrehte sie die Augen, als sie nach der Türklinke griff. Falco hörte sie mit jemandem sprechen, der sich draußen befand, dann trat sie zurück, und Malaki tauchte im Türrahmen auf. Mit zusammengesackten Schultern schlenderte der große Bursche in den Raum, und seine traurigen Augen blickten überallhin, außer zu seinem Freund.

Falcos Augen brannten, und ein Schmerz, den er schon vergessen hatte, zog sich um sein Herz zusammen. Fossetta blickte Malaki an, und trotz des früheren Tons in ihrer Stimme lag in ihren Augen ein Ausdruck von Verständnis. Sie schenkte ihm ein Lächeln und nickte ihm ermunternd zu.

Falco manövrierte vorsichtig seine Füße über die Bettkante und kam langsam auf die Beine, wobei er sich am Bettgestell festhielt, um zu verhindern, dass er hinfiel. Er schwankte ein wenig, und Malaki taumelte vorwärts, um ihn aufzufangen, aber Falco gewann sein Gleichgewicht wieder, und plötzlich standen sich die beiden Jungen von Angesicht zu Angesicht gegenüber.

Die Stille dehnte sich aus, während die beiden nach Worten rangen.

»So«, fing Falco an, »wirst du immer noch auf die Kriegsakademie gehen?«

Malaki nickte.

»Gut … die Vorstellung, du hättest die Nase des Abgesandten ganz umsonst gebrochen, würde mir nicht gefallen.«

Bevor Malaki es verhindern konnte, entkam ihm ein schnaubendes Lachen.

»Ich dachte, ich könnte genauso gut weitermachen.«

Malaki sah hoch, und nun war es an Falco, seinen Blick abzuwenden.

»Was meinst du, sollen wir als Freunde weitermachen?«

»Nein«, sagte Malaki. »Wir machen so weiter wie bisher … als Brüder.« Und bevor Falco wusste, was passierte, zog Malaki ihn in eine geradezu knochenbrechende Umarmung. Der Damm, der ihre Tränen zurückgehalten hatte, barst, und die beiden Jungen hielten einander fest, während sie weinten. Falcos kribbelnde Beine gaben nach, und das Einzige, was ihn aufrecht hielt, war die enorme Stärke seines Freundes. Er presste sein Gesicht an Malakis Schulter.

»Das mit deinem Vater tut mir so leid.«

Die Festigkeit von Malakis Umarmung nahm zu.

»Und mir tut es leid wegen deinem.«

Fossetta sah mit an, wie die beiden Jungen den Riss heilten, der sich zwischen ihnen aufgetan hatte. Sie versuchte etwas zu sagen, aber auf einmal schnürte es ihr die Kehle zu. Die beiden Jungen lösten sich voneinander, als sie von der Tür ein Husten von sich gab.

»Ich lasse etwas Essen heraufbringen«, brachte sie heraus und sah Falco an. »Aber versuch nicht zu viel zu essen.«

Falco nickte, und Malakis Miene hellte sich bei der Erwähnung von Essen auf. Fossetta betrachtete die beiden noch einen Augenblick länger, ehe sie mit einem tränenreichen Lächeln den

Raum verließ. Die beiden Jungen grinsten einander an, dann strömte eine Welle an Schwindelgefühl durch Falco hindurch, und Malaki ergriff ihn, um ihm zurück auf sein Bett zu helfen.

»Mann!«, sagte der große Jugendliche. »Und ich dachte, du wärst vor der Schlacht schon dünn gewesen.«

»Leck mich, Schmiedchen!«, sagte Falco, wobei er zurück auf seine Kissen fiel.

Malaki hockte sich auf die Bettkante, während es sich Falco bequemer machte. »Wie fühlst du dich?«

»Erledigt.«

Malaki lächelte, aber dann wanderte sein Blick zu den Verbrennungen auf Falcos Nacken und Schulter. »Das sieht immer noch wund aus.«

»Es tut nicht so weh wie sonst«, sagte Falco, der die Hand erhob, um die roh aussehende Haut zu berühren.

»Heçamede hatte ein Auge auf dich. Und die Heiler hier sind auch ziemlich gut.«

Die Haut war mit einer Art Salbe behandelt worden, und Falco fing den Duft von Beinwell auf, als er den pflanzlichen Rückstand zwischen seinen Fingern zerrieb.

»Und was macht deine Brust?«

Falco war plötzlich überrascht, dass ihm dies nicht zuvor aufgefallen war. Seine Brust fühlte sich frei an, mit nur einer vagen Ahnung von Unbehagen. Er atmete tief ein, und Malaki nickte anerkennend.

»Heçamede sagt, du solltest in Ordnung sein. Womöglich fühlst du etwas Anspannung und vielleicht ein Brennen und Kopfschmerzen, wenn du versuchst, zu viel zu tun. Aber davon abgesehen, denkt sie, dass du so ziemlich in Ordnung bist.«

Angesichts der detaillierten Prognose seines Freundes zog Falco eine Augenbraue hoch.

»Sie haben die Tür nicht immer ordentlich geschlossen«, sagte Malaki errötend.

»Und wie geht es dir? Was ist mit Bryna?«

Malaki wurde noch röter, aber die Befriedigung in seinen Augen war unverkennbar. »Es geht ihr gut, wenn man die Umstände bedenkt.« Er blickte auf seine Hände herab. »Ein bisschen ruhig, sie weint viel. Wie alle anderen auch. Keiner ist mehr so, wie er früher war.«

Falco verstand, was sein Freund meinte. Dies war die erste Schlacht, die sie erlebt hatten, aber es war auch ihre erste Erfahrung mit den Besessenen gewesen. Die Realität ihrer Welt war ins Wanken geraten, und sie würden niemals mehr dieselben sein.

»Gibt sie immer noch gern den Ton an?«

»Verdammt, ja!«, sagte Malaki, und die beiden Jungen lachten.

Eine Weile unterhielten sie sich, und Falco erfuhr von allem, was seit dem Ende der Schlacht geschehen war, wie sie die Leute in einem Gemeinschaftsgrab beerdigt hatten, mit Simeon in einer abgesonderten Grabstelle in Richtung Talmündung, sodass er sie im Tod bewachte, wie er es im Leben getan hatte. Er erzählte Falco, wie der Abgesandte es nicht zugelassen hatte, dass sie die Besessenen verbrannten, bevor nicht ein paar Worte über den Haufen der stinkenden Leichname gesprochen worden waren.

»Er sagte, sie waren ebenso Opfer wie jeder andere auch, der im Kampf fiel«, sagte Malaki.

Falco erfuhr, wie nah er dem Tod gewesen war, und dass es nur die Heilkräfte des Kampfmagiers gewesen waren, die ihn gerettet hatten. Schließlich hörte er, wie die Armee von Toulwar gerade zwei Tage später eingetroffen war und sie langsam zur Stadt hinabgeleitet hatte.

»Und was ist mit Bellius?«, fragte Falco. »Ist er durchgekommen?«

»O ja«, sagte Malaki. »Er hat es sogar geschafft, sich als Held darzustellen. Als hätte er alles riskiert, um herzukommen und Hilfe zu holen.«

»Aber er selbst kennt die Wahrheit, und es wird nicht einfach für sie sein, zu wissen, dass sie geflohen sind, um ihre eigene Haut zu retten.«

»Einen Drecksack wie Bellius wird das kaum kümmern«, sagte Malaki. »Wahrscheinlich ist er schon in Grimm und spielt mit seinen ›königlichen Vettern‹ den noblen Herrn.«

Sie unterhielten sich über die Leute von Clemoncé und die Stadt Toulwar, die am Ufer eines großen Sees lag und von Wäldern umgeben war. Falco wollte gerade mit einer zweiten Runde an Fragen beginnen, als es an die Tür klopfte und einer der Krankenpfleger den Kopf in den Raum steckte.

»Verzeihung, meine Herren. Zwei Männer wollen Meister Danté sehen.«

Falco blickte ihn fragend an.

»Sir William Chevalier von Eltz und Dominic Ginola, Kampfmagier aus der Stadt Ruaen im Süden.«

»Ja, natürlich«, sagte Falco und versuchte sich etwas aufrechter im Bett hinzusetzen. Es freute ihn, den Abgesandten wiederzusehen, aber er fragte sich auch, wie ein anderer Kampfmagier darauf reagieren mochte, wenn er erfuhr, dass Falco Aquila Dantés Sohn war. Er betrachtete die beiden Männer, die den Raum betraten, wobei er einen kleinen Anflug von Würde vorzugeben versuchte.

Das vertraute Gesicht des Abgesandten war von mehreren frisch verheilten Schnittwunden gezeichnet, und Falco bemerkte ein leichtes Humpeln, aber davon abgesehen, schien er in Ordnung zu sein. Der andere Mann war genauso groß wie er, mit dunklem, schulterlangem Haar und einem schlanken Gesicht, das nur durch eine Nase verunstaltet wurde, die offensichtlich mehrere Male gebrochen worden war.

Der Abgesandte ging direkt auf Falco zu und gab ihm einen herzlichen Händedruck.

»Du siehst besser aus«, sagte er mit einem Lächeln.

Da war etwas an der Gegenwart des Abgesandten, das von Sicherheit und Beständigkeit sprach. Falco lächelte und wandte sich dem Kampfmagier zu, der ihm eine Flasche hinhielt.

»In Clemoncé ist es Brauch, denen, die genesen, ein Geschenk mitzubringen.« Die Stimme des Mannes war tief, mit der klangvollen Flüssigkeit des Dialekts aus Clemoncé.

Falco nahm die Flasche entgegen und drehte sie, um das braune Papieretikett anzusehen, das den Namen »Marceneu« und einen Holzschnittabdruck von Trauben aufwies.

»Aus den Weinbergen von Ruaen«, sagte der Kampfmagier. »Er könnte dir helfen, gut zu schlafen.«

Falco, der sich tief befangen fühlte, murmelte ein paar Dankesworte und händigte die Flasche Malaki aus, der sie auf den Tisch neben dem Bett abstellte.

Etwas wie eine betretene Stille folgte.

»Malaki sagt, dass Ihr mich nach der Schlacht gerettet habt«, sagte Falco.

Der Kampfmagier neigte den Kopf. »Ich tat, was ich konnte. Und was du getan hast, war keine geringe Sache«, fuhr er fort. »Es gibt nur wenige, die den Sturm im Geist eines Dämons betreten können.«

Falco senkte den Blick.

»Simeon war wie ein Vater für mich«, sagte er, als ob dies alles erklärte.

In seiner Stimme lag keinerlei falsche Bescheidenheit. Er wusste einfach nicht, wie außergewöhnlich sein Handeln tatsächlich gewesen war.

»Was wirst du jetzt anfangen?«, fragte der Abgesandte.

»Ich werde nach Grimm gehen«, sagte Falco. »Ich möchte zum Heiler ausgebildet werden. Wenn sie mich haben wollen.«

Malaki und der Abgesandte lachten, aber der Kampfmagier runzelte nur die Stirn.

»Er weiß es nicht?«

»Weiß *was* … nicht?«, fragte Falco, den ihre Reaktionen verwirrten und verlegen machten.

»Wenn du nach Grimm gehst, dann nicht, um zum Heiler ausgebildet zu werden«, sagte der Abgesandte.

»Als was dann?«

»Als Kampfmagier«, sagte Malaki, und Falco starrte seinen Freund an, als spräche er Kauderwelsch. »Es sieht ganz so aus, als hätte Tobias eine Gabe dafür, sie zu erkennen, sogar als Vierjähriger.«

Falco starrte ihn weiter verwundert an.

»Kammack«, sagte Malaki.

»So nennt er mich«, sagte Falco, als würde dies überhaupt nichts erklären. »So hat er mich immer genannt.«

»Mich nennt er genauso«, sagte der Kampfmagier.

Falcos Gesichtsausdruck verhärtete sich.

»Ihr wollt, dass ich ein Kampfmagier werde. Wie mein Vater?«

Er blickte Malaki an, wie um zu sagen: *Du müsstest es besser wissen.*

»Du hast das *Potenzial*, ein Kampfmagier zu werden«, sagte der Abgesandte. »Nur die Zeit wird erweisen, ob das auch dein Schicksal sein wird.« Er legte Falco beruhigend eine Hand auf die Schulter. »Jetzt versuche dich etwas auszuruhen. In ein paar Tagen brechen wir nach Grimm auf.«

Als die beiden Männer sich verabschiedeten, nickte Falco abwesend. Sie hielten am Eingang zu dem Raum inne und blickten zu der dünnen Gestalt im Bett zurück.

»Die Magier werden niemals zustimmen, ihn auszubilden«, sagte der Kampfmagier.

»Vielleicht sollten sie das nicht«, erwiderte der Abgesandte, und der Kampfmagier musterte ihn scharf.

»Der Krieg verläuft schlecht. Ein weiterer Aquila Danté würde bestimmt helfen.«

»Nicht, wenn *er* sich ebenfalls gegen uns wendet.«

Der Kampfmagier runzelte die Stirn und warf Falco einen abwägenden Blick zu.

»Und wird er das?«

»Ich weiß es nicht«, sagte der Abgesandte, und damit schloss er leise die Tür zu Falcos Zimmer.

Wird er sich gegen uns wenden?

Die Königin würde ihm dieselbe Frage stellen, und er würde ihr dieselbe Antwort geben. William Chevalier hatte eine Gabe dafür, in die Herzen der Menschen zu blicken, aber in Falco Dantés Fall wusste er es einfach nicht. Was er dagegen wusste: Als jeder andere von dem Dämon niedergestreckt worden war, hatte sich dieser dünne und schwächliche Junge dem reinen Bösen entgegengestellt. Wenn er das auf dem Tiefpunkt seiner Kraft hatte tun können, was vermochte er dann erst auf deren Höhepunkt?

Falco war bei Weitem zu schwach, um den Ritus von Assay in Angriff zu nehmen, und Dominic hatte vollkommen recht: Die Magier würden niemals zustimmen, ihn auszubilden, aber wenn die Königin ihn *tatsächlich* nach seiner Meinung fragen sollte, dann würde er sagen: Ja, Falco Danté sollte zum Kampfmagier ausgebildet werden. Die einzige offene Frage war: Wie?

23

Ein Treffen gleicher Geister

Falco lag im Bett. Es war nach Mitternacht, und er konnte nicht schlafen. Bald würde er sich nach Grimm aufmachen. Er versuchte gerade, sich die Hauptstadt vorzustellen, als ein leises Klopfen an seiner Tür ertönte. Er setzte sich auf, während einer der Krankenpfleger, der einen Kerzenhalter aus Messing in der Hand hielt, seinen Raum betrat.

»Verzeihung, Meister Danté«, sagte der junge Mann. »Im Nordturm wird Eure Anwesenheit verlangt.«

»Von wem?«

»Dominic Ginola.«

Überrascht und mit einem Mal nervös schwang sich Falco aus dem Bett, zog sich schnell an und ergriff den Mantel aus Schaffell, der auf einem Stuhl neben der Tür lag. Fünf Minuten später trat er aus der Treppenöffnung des Nordturms hinaus. Der Kampfmagier stand mit einer kleinen brennenden Fackel in der Hand in der Mitte dieses weiten, offenen Raums.

»Danke, dass du gekommen bist.«

Falco nickte ihm verlegen zu.

»Es gibt jemanden, der dich gerne treffen möchte.«

»Wer?«, fragte Falco, aber der Kampfmagier antwortete nicht.

Er lächelte nur und legte Falco beruhigend die Hand auf die Schulter, dann durchquerte er den freien Raum und verschwand durch die schwach erleuchtete Treppenöffnung. Falco, dessen Interesse nun erst recht geweckt worden war, schlang wegen der kalten Herbstluft seinen Mantel eng um sich. Wolken zogen über einen Himmel voller Sterne, und weit unten konnte er eine Anzahl verstreuter Lichter in der schlafenden Stadt sehen. Er versicherte sich noch einmal, dass er allein war, und fragte sich, wer sich wohl mitten in der Nacht mit ihm unterhalten wollte.

Bevor er die Gelegenheit bekam, ungeduldig zu werden, fühlte er eine Anwesenheit, aber nicht aus der Richtung der Treppenöffnung, sondern vom Himmel über ihm. Er blickte nach oben, und dort zeichnete sich vor dem sternklaren Himmel ein Umriss ab, eine geflügelte Gestalt, die schnell zu ihm herabstieß.

Falco trat mehrere Schritte zurück, als der Drache sich auf die Pflastersteine niederließ. Er landete mit ausgesuchter Ruhe, es gab keinen Lärm, nur einen mächtigen Windstoß, als seine enormen Schwingen seinen Sinkflug bremsten. Falcos Herz hämmerte ihm in der Brust, und dennoch empfand er keine Angst. Die Schulterhöhe des Drachen betrug fünf Fuß, aber sein Kopf erhob sich hoch über ihm. Er blickte auf ihn herab, und Falco war von der Eindringlichkeit seines Blicks wie gelähmt. Selbst in der Dunkelheit konnte er den Schimmer seiner goldgelben Schuppen sehen. Er wirkte prächtig, eine Kreatur voller Macht und Anmut.

Einen Moment lang blickten die beiden Wesen einander an, und Falco hatte den Eindruck, dass er weniger ein Tier ansah als eine Kreatur, die Intelligenz und Vornehmheit besaß. Es war seltsam, aber er kam sich wie in der Anwesenheit eines Ritters vor. Doch da war etwas im Verhalten des Drachen, das wie Unbehagen wirkte, und Falco wurde jäh offenbar, dass der Drache nervös war.

Als sie fortfuhren, einander anzublicken, fiel Falco auf, dass Bilder in seinem Geist auftauchten. Er sah den schwarzen Drachen in der Burg der Winde und fühlte erneut die Empfindung von Macht, Hass und Kummer. Er erinnerte sich an das Entsetzen, ihn fallen zu sehen – es war die Scham, die er empfand, Anteil an seinem Tod zu haben. Dann blickte er den Drachen an, der vor ihm stand, und es erstaunte ihn, dieselben Empfindungen in dessen Augen glänzen zu sehen.

Scham und Kummer.

Der Drache trauerte um den Verlust seines Bruders, aber er war auch beschämt. Er konnte nicht verstehen, wie jemand von seiner eigenen Art jemals ein anderes menschliches Wesen hatte verletzen können, und er wollte von *ihm* Antworten haben. Falco schüttelte den Kopf. Er hatte keine.

Mit dem Eindruck, dass er den Drachen irgendwie enttäuscht hatte, senkte Falco den Kopf. Einen Augenblick lang sah der Drache auf ihn herab, dann kam er näher und neigte den eigenen Kopf, bis seine geschuppte Stirn an der von Falco ruhte.

Falco war überwältigt. Dies war so ganz anders als seine Begegnung mit dem schwarzen Drachen in der Burg der Winde. Trotz der Größe des Drachen empfand er keine Gefahr. Irgendwie wusste er, dass er dieser Kreatur ganz und gar vertrauen konnte. Mit einem befreienden Gefühl von Unbekümmertheit schloss er seine Augen und öffnete seinen Geist, als ihn der Geruch des Drachen umwehte. Es war ein seltsamer und vielschichtiger Geruch, wie frisches Leder, heißes Metall und Kiefern.

Er konnte den tiefen Fluss seiner Atemzüge hören und gerade unterhalb seiner Hörschwelle vermochte er das erschütternde Schlagen seines mächtigen Herzens zu spüren. Langsam streckte er eine Hand aus, um ihn zu berühren. Die Drachenschuppen fühlten sich hart an, wie emaillierter Stahl, und trotzdem, selbst in der bitteren mitternächtlichen Kälte, waren sie noch warm. Er drückte seine Hand auf die Wange des Drachen und fühlte, wie er sich unter seiner Berührung bewegte. Er mochte von einem Panzer umgeben sein, aber er war ein Wesen aus Fleisch und Blut.

Schließlich zog er seine Hand weg, und der Drache hob den Kopf. Er blickte einen weiteren Augenblick lang auf ihn herab, dann zog er sich langsam zurück und breitete seine Schwingen aus. In einer letzten Geste von Respekt senkte er den Kopf, dann richtete er sich auf die Hinterbeine auf und warf sich in die Luft. Die Wucht des Abwinds brachte Falco zum Schwanken, und er beobachtete, wie sich der Drache in den dunklen Himmel erhob, ohne zu wissen, dass er nicht der Einzige war, der ihn in der Nacht verschwinden sah.

Der Zitadelle gegenüber blickten zwei Männer aus einem hohen Fenster des städtischen Magierturms. Der eine war Morgan Saker, der andere der Veneratu des Turms, der Meister der Magier von Toulwar.

»Weiß er es?«, fragte der Veneratu.

»Nein«, sagte Morgan Saker. Sein Blick war auf den Nordturm der Zitadelle gerichtet, wo die kleine Gestalt von Falco Danté nun aus dem Blickfeld verschwunden war. »Er war noch zu jung. Er weiß nichts.«

Der Veneratu wirkte nicht überzeugt.

»Der Drache hat ihm seine Ehrerbietung erwiesen.«

Morgan, der sich fragte, was eine solche Respektsbezeugung bedeuten konnte, nickte langsam.

Die beiden Männer blickten vom Balkon.

»Er darf nicht ausgebildet werden«, sagte der Veneratu.

»Den Ritus von Assay würde er niemals aushalten.«

»Aber wenn doch …«

»Ja«, sagte Morgan. »Er würde das Recht auf eine Beschwörung erlangen.«

»Das können wir nicht zulassen.«

»Womöglich knüpft er nicht dasselbe Band mit *seinem* Drachen«, sagte Morgan. »Sein Vater brauchte viele Jahre, damit es so eng wurde.«

»Seid Ihr willens, das Risiko einzugehen?«

Morgans schwarze Augen glitzerten in der Dunkelheit. Er dachte nicht darüber nach, was geschehen könnte, er dachte an etwas, das zuvor passiert war, an etwas, das geschehen war, als Falco noch ein Kind gewesen war. Er erinnerte sich an den kleinen Jungen, der in der Mitte des brennenden Gebäudes gestanden hatte, und er erinnerte sich daran, wie er sich seinen Weg durch die Flammen gebahnt hatte, um ihn zu retten. Damals hatte er es als einen Akt der Barmherzigkeit empfunden. Jetzt erkannte er es als das, was es gewesen war: ein Moment der Schwäche, der zu ihrer aller Ruin führen konnte.

»Nein«, gab er dem Veneratu zur Antwort. »Das bin ich nicht.«

»Dann lasst uns unsere Brüder in Grimm benachrichtigen. Dantés Sohn soll nicht ausgebildet werden, egal, welchen Druck die Königin auch ausüben mag.«

Morgan nickte, aber sein Geist war immer noch abwesend. Er ertappte sich dabei, dass er an etwas dachte, das Bellius Snidesson damals auf dem Marktplatz von Caer Dour gesagt hatte.

Erst der Vater und nun der Sohn.

Zweifel nagten an Sakers Herz. Warum hatte er das Kind gerettet? Um einiges einfacher wäre es gewesen, ihn sterben zu lassen, um einiges einfacher sogar noch, ihn zu töten, so wie sie seinen Vater getötet hatten. Mit einem tiefen Seufzen folgte Morgan dem Veneratu vom Balkon. Sie würden ein Quintett zur Vortragskammer einberufen. Fünf Magier würden mehrere Stunden brauchen, um auch nur eine kurze Nachricht zur Hauptstadt zu senden, aber das würde ausreichen.

Bei Sonnenaufgang würden die Magier von Grimm gewarnt sein.

Falco Danté durfte kein Kampfmagier werden.

Meredith Saker glitt in die Schatten, als sein Vater und der Veneratu den Korridor entlangeilten und aus dem Blickfeld gerieten. Sie waren auf dem Weg zur Vortragskammer im Herzen des Turms. Eine Weile starrte er ihnen hinterher und fragte sich, was so wichtig sein konnte, dass sie zu dieser späten Stunde eine Nachricht versenden mussten.

Er drehte sich wieder zum Fenster um und blickte zum Nordturm der Zitadelle. Er war ebenfalls Zeuge von Falcos Treffen mit dem Drachen gewesen, aber im Gegensatz zu Falco brachte ihm das keine Befriedigung. Er fühlte nur den Konflikt in seinem Herzen, und er konnte dem Gefühl nicht entkommen, dass er seinen Vater ausspionierte.

Aber warum?

Solange er sich erinnern konnte, hatte ein Schatten in seinem

Geist existiert, ein Same des Zweifels, der ihm sagte, dass etwas mit der Welt nicht stimmte. In der Burg der Winde hatte er zu wachsen begonnen. Er hatte keine Form, und er konnte ihm keinen Namen geben, aber es hatte mit Falco Danté und seiner merkwürdigen Affinität zur Gattung der Drachen zu tun.

Meredith schloss die Augen und klärte seinen Geist. In vagen Verdächtigungen würde er keine Antworten finden. Stattdessen würde er die älteste aller magischen Disziplinen gebrauchen – Kontemplation.

Durch Kontemplation konnte die Natur eines jeden Schattens enttarnt werden.

Falco erinnerte sich nicht daran, dass er auf sein Zimmer zurückkehrte. Er erinnerte sich auch nicht daran, dass er ins Bett ging. Alles, woran er sich erinnern konnte, war der sanfte Druck des Drachenkopfes gegen seinen eigenen, die tiefen Atemzüge, wie das Schnaufen von Blasebalgen, und die unglaubliche Wärme seiner inneren Hitze. Sein ganzes Leben lang hatte er einen Drachen sehen wollen, als könne ihm das irgendwie helfen, den Tod seines Vaters zu begreifen. Und nun hatte er herausgefunden, dass sie ebenfalls nach Antworten suchten. Aber vorläufig war Falco zufrieden. Er hatte in der Gegenwart von etwas Mächtigem und Reinen gestanden. Die Besessenen mochten ihre Welt bedrohen, aber sie würden es nicht tun, ohne dass man ihnen widerstand.

Mit einem tiefen Gefühl von Frieden schloss Falco die Augen. In zwei Tagen würden sie Toulwar verlassen und sich auf den Weg nach Grimm machen.

24

Die Große Besessenheit

Nachdem er erwacht war, erholte sich Falco schnell. In einer idealen Welt hätte man ihm mehr Zeit gegeben, seine Stärke wiederzuerlangen, aber es waren beunruhigende Nachrichten über ein wachsendes Gefühl der Furcht eingetroffen, und sogar über einige sporadische Angriffe entlang der östlichen Grenze von Clemoncé, kleine Truppen von Besessenen, die aus dem Nichts aufgetaucht waren, um in der Nacht anzugreifen. Der Abgesandte schien diese Berichte zutiefst beunruhigend zu finden.

»Es ist ein Zeichen für den Einfluss des Feindes«, sagte er ihnen eines Nachts, als sie zusammen im Speisesaal der Zitadelle saßen. »Die Hauptfrontlinie ist immer noch Meilen von Clemoncé entfernt, aber mit den näher kriechenden Schatten öffnen sich Risse, und die Bösartigkeit der Besessenen blutet schon hindurch.«

»Ich bin zu lange fort gewesen«, sagte er. »Und außerdem wird die Königin gespannt sein, dich kennenzulernen.«

»Mich?«, rief Falco.

»Den Sohn von Aquila Danté?«, erwiderte der Abgesandte. »O ja.«

Falco fand die Idee, ein Kampfmagier zu werden, immer noch lächerlich und mehr als nur ein wenig beunruhigend. Infolge der Mängel im Charakter seines Vaters hatten doch bereits Menschen gelitten. Er hatte keinen Bedarf, die Grenzen seines eigenen Charakters zu überprüfen. Er wandte sich an Fossetta und Malaki, damit sie ihm zustimmten, aber keiner von beiden schien auch nur im Geringsten überrascht zu sein.

»Du hast das Feuer deines Vaters und den Anstand deiner Mutter«, sagte Fossetta.

»Ich kann kaum ein Schwert anheben, geschweige denn eines in der Schlacht schwingen.«

»Wohl wahr, aber du weißt, was zu tun ist«, beharrte Malaki. »Du warst genauso gut wie ich, als wir Kinder waren.«

»Das ist Jahre her«, sagte Falco, der sich daran erinnerte, wie er gezwungen gewesen war, mit den Übungen aufzuhören, als sich seine Gesundheit verschlechtert hatte.

»Das verschwindet niemals«, sagte Malaki weise. »Du musst nur ein wenig Kraft aufbauen. Ein paar Monate in einer Waffenschmiede, das ist es, was du brauchst.«

Die Miene des Abgesandten war nachdenklich, aber er lächelte über Falcos Verzweiflung und hob seine Augenbrauen, wie um zu sagen: *Sie wissen am besten Bescheid.*

Sie sprachen noch eine Weile weiter, bis der Abgesandte sich erhob.

»Ich werde die Königin von unserer Abreise benachrichtigen«, sagte er, und mit einer Verneigung verließ er sie.

Falco verspürte einen Anflug von Beklemmung. Die Aussicht, Grimm zu sehen, hatte ihn begeistert, aber nun, da es tatsächlich geschah, ertappte er sich dabei, dass er nur widerstrebend aufbrechen wollte, besonders, da Fossetta beschlossen hatte, in Toulwar zu bleiben, um sich um Tobias zu kümmern. Der Junge hatte dem ungewöhnlichen Vorschlag des Abgesandten zugestimmt. Tobias würde seine besondere »Gabe« benutzen, um das Land zu bereisen und nach anderen Jugendlichen wie Falco zu suchen, die das verborgene Feuer eines Kampfmagiers besaßen.

»Tobias braucht mich«, erklärte Fossetta später am Abend, als sie in Falcos Zimmer neben dem Feuer saßen. »Es ist Zeit für dich, deinen eigenen Pfad zu finden. Das kannst du aber nicht tun, wenn ich um deine Hacken herumglucke.«

Keiner der beiden versuchte, die Tränen zu verbergen, als sie einander fest umarmten.

»Solltest du mich jemals brauchen …«, sagte Falco.

»Ich weiß, mein Liebling. Ich weiß.«

Jetzt kamen sie am Stadtrand von Toulwar zusammen, um sich zu verabschieden. Die Familien und Freunde der Kadetten waren da, zusammen mit einer kleinen Menge an Leuten aus der Stadt. Wie Fossetta, so hatte auch Heçamede beschlossen, in Toulwar zu bleiben. Die Leute von Caer Dour hatten ihre Heilerin nötiger denn je.

»Lebe lang und wahrhaftig«, sagte die Heilerin, indem sie eine alte Redensart aus Thraecien zitierte.

»Dank dir«, sagte Falco, der sie herzlich umarmte und an all die Gelegenheiten dachte, in denen sie sein Leben gerettet hatte.

Und da war Tobias, der in seinem Stuhl saß, mit Fossetta neben sich.

»Leb wohl, Tobias«, sagte Falco. Er ging in die Hocke und ergriff seine Hand. »Pass gut auf Fossetta auf, ja?«

Tobias' Kopf wackelte auf seinem dünnen Hals, als er Falco anblickte.

»Le'woh, Kammack! Ruf'n richt'g großn Rachen.«

Falco lachte schief.

»Und viel Glück beim Finden von noch mehr Kammacks. Hoffentlich sind sie nicht alle so schmächtig wie ich.«

Tobias lachte, als sei dies wirklich der witzigste Scherz. Schließlich kam er zu Fossetta, aber sie hatten sich ihr eigentliches Lebewohl bereits in der Ungestörtheit von Falcos Zimmer gesagt, und so verließen sie einander nun mit einer Umarmung und einem Kuss, als ginge Falco nur mit Malaki zu einem Zeltausflug.

»Passt aufeinander auf«, sagte Fossetta zu ihnen. »Und denkt daran, wenn ihr die Königin trefft, dann heißt es an erster Stelle ›Eure Majestät‹, und danach erst ›Herrin‹.«

Die beiden Jugendlichen nickten, und mit mehr als einem Blick zurück führten sie ihre Pferde zum Abgesandten und zu den anderen Kadetten, die auf der Straße warteten.

»Ich wünschte, *sie* würden nicht mit uns kommen«, sagte Malaki und nickte zu der kleinen Gruppe von Magiern hinüber, die ebenfalls am Straßenrand warteten. Unter ihnen waren Morgan Saker und sein Sohn Meredith. Sie würden ebenfalls mit dem Abgesandten zur Hauptstadt reisen.

Schließlich forderte der Abgesandte sie auf, die Pferde zu besteigen, und sie winkten den Leuten zu, die gekommen waren, um sie zu verabschieden. Falco blickte weiter zurück, noch so lange, bis eine Wegbiegung dafür sorgte, dass er Fossetta nicht mehr länger sehen konnte. Es war ein merkwürdiges Gefühl, von allem fortzureiten, was er gekannt hatte, und er war froh, seinen Freund bei sich zu haben. Er blickte zu Malaki hinüber, aber Malaki und Bryna lachten leise zusammen.

Genau, wie es sein sollte, dachte Falco mit einem Lächeln.

Und so hatten sie sich auf den Weg durch das bewaldete Land von Clemoncé gemacht, der sich durch Baumbestände von Eichen, Buchen, Kastanien und Kiefern wand. Gelegentlich kamen sie durch Dörfer und Städte, und auch hier schliefen die Menschen unruhig – aufgrund von Albträumen und einem wachsenden Gefühl von Furcht.

»Der Feind kommt näher«, sagte der Abgesandte. »So war es auch in Illicia, als ich ein Junge war.«

Der grimmige Ausdruck in seinen Augen bot ihnen nur wenig Trost, aber es gab nichts, was sie tun konnten, als ihre Reise fortzusetzen. Tagsüber hielten sie eine stete Geschwindigkeit aufrecht, während sie nachts etwas abseits von Flüssen, Seen oder klaren Waldteichen kampierten.

Die Kadetten neigten dazu, für sich zu bleiben, wobei die Magier in der Nähe ihr eigenes Lager aufschlugen. Meistens drehten sich ihre Unterhaltungen um alltägliche Dinge, aber als die Reise fortschritt, begannen sie über das nachzudenken, was sie durchgemacht hatten, und so richteten sie ihre Gedanken auf die Besessenen. Es war in der Abenddämmerung des neunten Tages ihrer Reise, als jemand die Frage stellte …

Woher genau kamen die Besessenen eigentlich?

»Lehren sie bei euch in Valentia keine Geschichte?«, fragte der

Abgesandte, der gerade an einem Becher mit gewürztem Wein nippte, als sie neben dem Feuer auf Holzblöcken saßen.

»Ich denke, wir würden es gern von Euch hören«, sagte Malaki, und die anderen Kadetten nickten zustimmend.

Der Abgesandte zögerte, und Dampf verschleierte sein Gesicht, als er einen weiteren Schluck von seinem Wein nahm.

»Alles, was wir wissen, ist, dass sie zuerst in Ferocia aufgetaucht sind.«

Die Sonne war untergegangen, und in dem zunehmenden Dunkel begannen sich graue Nebelschleier zu sammeln. Die Kadetten saßen nahe ums Feuer herum, wobei die Magier in einer gesonderten Gruppe etwas weiter weg Platz genommen hatten, aber auch sie schienen zu lauschen, als der Abgesandte seine Gedanken sammelte.

»Die Nationen von Grimm haben immer untereinander Krieg geführt«, begann er. »Aber nur Ferocia schien das Blutvergießen zu genießen.«

Der Abgesandte seufzte, seinen Blick nach innen gekehrt, als er sich daran erinnerte, wie er die Geschichte von seinem Vater gehört hatte.

»Wieder und wieder überquerten ihre Armeen die scythischen Berge und fegten über Beltane und Illicia hinweg. Und denkt nicht, dass die etwas entfernteren Königreiche sicher gewesen wären. Ferocia rühmte sich einer riesigen Seeflotte, und ihre Kriegsschiffe überfielen die Küsten von Valentia, Thraecien, Acheron und sogar Clemoncé. Nirgendwo gab es einen sicheren Ort, und überall fürchteten sich die Leute vor dem Anblick des schwarzen Wolfs auf der roten ferocianischen Flagge.«

»Aber wir haben zurückgeschlagen«, sagte Bryna.

»Ja, das haben wir«, sagte der Abgesandte. »Zum ersten Mal stellten die Königreiche von Grimm ihre Streitigkeiten hintenan und kämpften gemeinsam. Sie trieben Ferocias Krieger über die Berge zurück und verfolgten sie bis zur Hauptstadt Iad selbst. Aber dann geschah etwas.«

278

Er hielt inne.

»Manche sagen, dass die ferocianischen Magier die Mächte der Unterwelt heraufbeschworen; andere behaupten, dass ihr König einen Pakt mit dem Herrn der Finsternis einging. Alles, was wir wissen, ist, dass die freien Armeen von Grimm plötzlich von Furcht übermannt wurden. Aber was bedeutete das schon? Sie dachten, sie hätten den Feind besiegt, aber da lagen sie falsch. Alles, was sie getan hatten, war, die Ferocianer in ihrer Verzweiflung zum Äußersten zu treiben, und irgendwie öffnete dies die Pforten zur Hölle.«

Jenseits des Feuerscheins schien die Luft selbst schwarz geworden zu sein.

»Es geschah nicht mit einem Schlag, und viele Jahre lang glaubten die Menschen, Ferocia sei in der Tat gebändigt worden. Aber dann begannen die Albträume.«

Hier senkte sich Falcos Kopf. Er kannte die Albträume, von denen der Abgesandte sprach.

»Es waren nur bestimmte Kinder, die betroffen waren«, sagte der Abgesandte. »Die meisten sind von ihnen in den Wahnsinn getrieben worden, sie brachten sich selbst um oder kratzten sich die eigenen Augen aus, was auch immer sie dem Schrecken entkommen ließ.«

Keiner sprach ein Wort. Ihre Erfahrungen in der Schlacht hatten ihnen einen Einblick in das gegeben, was diese Kinder erlitten haben mochten.

»Die Albträume waren eine Warnung, ein Vorzeichen dessen, was kommen würde, aber erst acht Jahre später überquerte ein neues Heer die Berge von Scythia. Es war nicht so groß wie die früheren Streitkräfte, aber irgendwie hatten sich die ferocianischen Krieger verändert. Sie fühlten weder Schmerz noch Furcht, und es schien so, als sei ihr Verstand von einer dunklen, bösartigen Macht übernommen worden. Die Leute begannen sie als die ›Besessenen‹ zu bezeichnen.

Überlebende sprachen von Toten, die wieder ins Leben zurückkehrten, von schrecklichen Dämonen, die mit ihnen Seite an Seite kämpften, aber wie befremdlich die Berichte auch sein mochten, so war doch eine Sache klar. Dieses neue ferocianische Heer konnte nicht aufgehalten werden. Armeen, die ausgeschickt wurden, um es zu zerstören, stellten fest, dass sie von Furcht ergriffen wurden, und jene, die nicht flohen, wurden niedergestreckt oder vom Feind ergriffen, und so wuchs ihre Zahl.«

»Aber wir haben sie aufgehalten«, beharrte Malaki.

»Ja, letztlich schon«, sagte der Abgesandte. »Es geschah in Beltane, dass ein junger Mann eine Armee gegen die Besessenen ins Feld führte und gewann.

Sein Name war Telamon Feyn, der erste Kampfmagier. Er gehörte zu den wenigen Kindern, die die Albträume überlebt hatten, und er war inzwischen zu einem starken und stillen Mann herangewachsen. Die Geschichten erzählen von einem glühenden Schwert und Feuer, das aus seinen Händen schoss, doch es war der Mut …«

»Warum sind es eigentlich immer Männer?«, fragte Bryna mit mehr als nur einem Anflug von Unmut in der Stimme.

Falco und Malaki tauschten einen verlegenen Blick, aber der Abgesandte lächelte verschmitzt.

»Tatsächlich ist das nicht immer so«, antwortete er. »Die Königin hat eine Kampfmagierin in ihren Diensten, und Prinz Ernest von Illicia ebenfalls. Aber du hast recht, die meisten Kampfmagier sind Männer.«

Er blickte sie an und bemerkte, wie sich ihre Miene angesichts dieser Neuigkeit hob, erkannte dann aber, dass er ihre Frage eigentlich nicht beantwortet hatte.

»Die Wahrheit ist, dass wir es nicht wissen, aber wir glauben, dass es mit der Reaktion der Kinder zu tun hat. Mädchen, die mit einem seelischen Schock konfrontiert werden, neigen dazu, nach innen zu blicken, während Jungen einen Hang zur Aggression bekommen. Keine der beiden Reaktionen rettet die Betroffenen. Nur Jungen, die in der Lage sind, ihre Aggressionen zu beherrschen, überleben die Albträume – und in Ausnahmefällen auch einige Mädchen. Und nicht aus allen werden Kampfmagier.«

»Aber aus vielen schon«, sagte Malaki, und seine Begeisterung brachte Falco zum Lächeln. Sein Freund hatte die Geschichten von alten Kriegen und ruhmreichen Schlachten immer geliebt, beiden war es so gegangen.

»Nun, vielleicht nicht aus so vielen«, sagte der Abgesandte. »Doch aus einigen zumindest. Die Magier begannen sie auszubilden, sie verfeinerten ihre Kräfte und halfen ihnen, ihr Potenzial zu erkennen. Eine Weile waren sie in der Lage, die Besessenen aufzuhalten, aber die Anzahl und die Macht der Dämonen nahm nur zu. Erst als Telamon es sich angewöhnte, in den Bergen zu wandern, fanden wir heraus, woher unsere Rettung kommen würde.«

Jetzt war es an Falco, interessiert dreinzuschauen.

»Die Magier tadelten ihn dafür, dass er dem Schlachtfeld den Rücken kehrte, aber Telamon bestand darauf, dass sie Hilfe benötigten. Er ging in die Berge und blieb dort tagelang ohne Essen oder Schlaf. Er wusste zwar, dass Menschen sterben konnten, aber nach wie vor wartete er auf etwas.«

Der Abgesandte hielt inne.

»Es heißt, dass eine Beschwörung dem Erklingen einer großen Glocke gleicht, sie ist wie ein Läuten des Geistes, laut genug, um die Endlose See zu überqueren.«

Er schlug seine Faust auf den Holzblock, auf dem er saß, und zwar drei Mal, so wie in seiner Erinnerung sein Vater auf die Esstafel in der Großen Halle von Eltz geschlagen hatte.

»Ein stiller Ruf, ausgesendet in die Leere. Und ihm wurde geantwortet.«

»Die Drachen«, flüsterte Malaki, und der Abgesandte nickte.

»Niemand weiß, woher sie kommen, oder warum, aber irgendwie hören sie den Ruf eines Kampfmagiers und erscheinen, um Seite an Seite mit uns zu kämpfen. Und zuerst war es nur Telamon. Aber dann folgten noch andere seinem Beispiel, und eine

Beschwörung wurde zum letzten Teil einer Ausbildung zum Kampfmagier. In jenen Tagen waren alle Beschwörungen erfolgreich.«

»Waren irgendwelche von ihnen schwarz?«, fragte Falco ruhig. Der Abgesandte schüttelte den Kopf.

»Das wissen wir nicht. In den Berichten wird die Farbe der Drachen selten erwähnt. Aber was auch immer für eine Farbe sie besaßen, es reichte aus. Die Flut wurde zurückgedrängt. Mit einem Kampfmagier und einem Drachen waren die Soldaten von Grimm in der Lage, die Dämonenheere der Besessenen zu besiegen.«

Er hielt inne, und sie waren still, denn sie wussten alle, was als Nächstes kam. Es war die größte Tragödie, die die Welt jemals heimgesucht hatte, der letzte verzweifelte Akt eines Feindes, der kurz vor der Vernichtung gestanden hatte, ein schreckliches Ereignis, bekannt als *Die Große Besessenheit*.

Der Abgesandte leerte seinen Becher und schüttelte den Bodensatz aus, bevor er weitersprach.

»Die Besessenen waren besiegt, und die Kampfmagier wurden als die Verteidiger der Menschheit gefeiert. Sie nahmen es auf sich, über das Land zu wachen und die letzten Überreste des Feindes zur Strecke zu bringen.«

Er hielt inne.

»Es herrschte Frieden. Die Jahre vergingen, und die Wachsamkeit der Kampfmagier schien unnötig, und doch bestanden sie darauf, dass die Armeen von Grimm in einem Zustand der Bereitschaft blieben. Eine solche Bereitschaft ist allerdings kostspielig, und die Könige von Grimm protestierten. Die Magier waren ebenfalls nicht glücklich über die Macht, die den ›Großen Seelen‹ gewährt wurde. Was sie betraf, so wurden die Kampfmagier nicht mehr länger gebraucht, aber diese bestanden darauf, wachsam zu sein. Die Spannungen nahmen zu, bis der Anführer der Magier von einer drohenden Katastrophe zu sprechen begann.«

Der Abgesandte starrte ins Feuer.

»Sein Name war Syballian, der Prophet, der Große Veneratu der Magier. Er überraschte alle damit, dass er für die Kampfmagier Partei ergriff, indem er sagte, dass sie recht hätten; der Feind sei nicht verschwunden und warte nur auf einen letzten Akt der Vergeltung.

Wieder einmal waren die Leute von Furcht ergriffen, sie fragten sich, worin diese letzte böse Geste bestünde. Dann kam die Nacht von Syballians Vision. Er fühlte eine Zusammenkunft des Bösen an einem Ort namens Cazan oder Kessel, gelegen in einem hoch gelegenen Tal in den Bergen nicht weit von dem abgelegenen Magierturm von Ossanda. Syballian sagte, der Feind öffne einen neuen Riss in der Welt und müsse aufgehalten werden.«

Alle hörten nun gefesselt zu, als sie sich diese letzte Chance, das Böse der Besessenheit endgültig aufzuhalten, vorstellten.

»Zu dieser Zeit gab es neunzehn Kampfmagier in Grimm, die auf Drachen ritten, und sie flogen alle wie *ein* Mann zum Kessel, fest entschlossen, jede Art von Grauen, das dort auf sie warten mochte, zu vernichten. Neunzehn auf Drachen reitende Kampfmagier sowie eine Schar Magier aus Ossanda. Einer solchen Macht konnte bestimmt nichts widerstehen.

Aber sie alle irrten sich. Es waren nicht die Legionen der Hölle oder eine Unzahl von Dämonen, die sie erwarteten, sondern die Macht der Besessenheit selbst war es. Nur diesmal wurden nicht die Menschen vom Bösen überwältigt. Diesmal forderte die Macht der Besessenheit die Drachen.«

Falco fühlte einen Schatten des Grauens über seinen Geist wandern. Er erinnerte sich an die Wut des Drachen in der Burg der Winde. Konnte es sein, dass die schwarzen Drachen noch immer für Besessenheit empfänglich waren?

Er seufzte leise, während der Abgesandte fortfuhr.

»Berichte der Magier sprechen von Drachen, die wahnsinnig wurden und ihre Kampfmagier angriffen, bevor diese die Chance hatten zu reagieren. Am Ende war es hoffnungslos. Selbst mit der Hilfe der Magier waren die Drachen zu mächtig. Als sie erschlagen wurden, hatten sie jeden einzelnen Kampfmagier getötet, sowie die Hälfte aller Magier, die anwesend gewesen waren, um ihnen zu helfen. Es war eine Katastrophe, aber wenigstens war es das Ende. Die verderbende Macht der Besessenheit war aus der Welt verschwunden.«

Die Nacht war finster und totenstill. Sogar der Wind in den Bäumen hatte sich gelegt.

»Das geschah vor vierhundert Jahren«, schloss der Abgesandte, seine Stimme klang nun schwermütig und zweifelnd.

»Und jetzt sind die Besessenen zurück«, sagte eine Stimme aus dem Dunkel.

Alle blickten auf und sahen Meredith Saker, der am Rand des Feuerscheins stand.

»Ja«, bestätigte der Abgesandte. Er beobachtete Meredith, als erwartete er, dass er noch mehr sagen würde.

Falco konnte die Unsicherheit in Merediths Augen erkennen. Sie hatten alle etwas von der Geschichte des Abgesandten gekannt, wie das letzte Aufbäumen des Feindes sie der Kampfmagier beraubt hatte, und wie viele Leute den Magiern die Schuld dafür gaben, dass sie die Empfänglichkeit der Drachen für Besessenheit nicht bemerkt hatten. Selbst jetzt, ganze vierhundert Jahre später, gaben immer noch einige Menschen den Magiern die Schuld. Aber was bedeutete das schon? Der Feind war vernichtet worden. Die Leute hatten sich wieder in ihre Alltagsleben zurückbegeben, und das Kräftegleichgewicht zwischen den Magiern und den Königen von Grimm war zu seinem unruhigen Zustand zurückgekehrt.

Mehrere Sekunden lang hielt Meredith dem Blick des Abgesandten stand, aber dann senkte er ihn und sah in die Richtung seines Vaters und der anderen Magier. Dann wandte er sich ohne ein weiteres Wort ab und verschwand in die Nacht.

»Was war das denn?«, flüsterte Malaki.

Falco, der Meredith immer noch hinterhersah, schüttelte nur den Kopf.

Betretenes Schweigen senkte sich herab, bis der Abgesandte sich erhob.

»Kommt«, sagte er. »Es ist Zeit zu schlafen.« Er trat ein paar glühende Holzstücke, die aus dem Feuer gerollt waren, zurück. »Wenn wir morgen gut vorankommen, sollten wir die Küste erreichen, und von dort aus sind es nur noch zwei Tage bis nach Grimm und zu eurem Treffen mit der Königin.«

Die jungen Kadetten tauschten nervöse Blicke aus, aber der Abgesandte schenkte ihnen ein aufmunterndes Lächeln, und langsam begannen sie das Lager für die Nacht aufzuschlagen.

Falco half die Gerätschaften für das Abendessen wegzubringen, dann breitete er mit Bryna das Bettzeug aus, während Malaki ging, um nach den Pferden zu sehen. Der Himmel klärte sich auf, und Falco erhaschte das Glitzern von Sternen zwischen den Wolken. Er wandte sich gerade wieder der zu erledigenden Aufgabe zu, als die Magier, die sich nun um ihr eigenes kleines Lagerfeuer versammelt hatten, seine Aufmerksamkeit auf sich zogen. Eingehüllt in ihre dunklen Roben bildeten sie ein abweisendes Bild in der Finsternis, und Falco fühlte, wie ihm ein unbehaglicher Schauder den Rücken hinablief. Angesichts der Macht der Magier war er immer auf der Hut gewesen, aber etwas in Merediths Verhalten hatte auf Zweifel hingewiesen, und Falco fand dies seltsamerweise beunruhigend.

»Was starrst du denn an, Träumer?«

Falco schrak zusammen, als Malaki von den Pferden zurückkehrte.

»Nichts«, sagte er, doch Malaki folgte seinem Blick.

»Denkst du, sie wussten über die Drachen Bescheid?«, sagte Falco und nickte zu den Magiern hinüber.

»Wer weiß?«, erwiderte Malaki. »Ich mache mir mehr Gedanken darüber, die Königin zu treffen! Bestimmt tue ich irgendetwas, das ich lieber nicht tun sollte.«

Falco nickte geistesabwesend, während Malaki sich auf seinem Bettzeug niederließ. Er machte Bryna gegenüber eine Bemerkung und fing sich dafür einen Schlag aufs Ohr ein. Immer noch lachend, sagte er ihnen allen Gute Nacht, zog sich seine Decken bis über die breiten Schultern hoch und schlief dann genau wie sein Vater unverzüglich ein. Bryna warf Falco einen Blick zu, und beide teilten einen belustigten Moment, bevor sie sich ebenfalls hinlegten.

Falco lauschte, wie das Lager allmählich still wurde, aber der Schlaf wollte sich auch jetzt nicht einstellen, während er über die Geschichte des Abgesandten nachdachte.

Hatten die Magier gewusst, dass die Drachen gefährdet waren?

Hätten sie die Leute warnen können?

Hätten sie die Große Besessenheit verhindern können?

Die Frage wiederholte sich immer weiter, und er dachte, er würde niemals mehr einschlummern. Doch dann breitete sich ein anderer Gedanke in seinem Geist aus. Morgen würden sie die Küste erreichen, und zum ersten Mal in seinem Leben würde er das Meer sehen, die Endlose See, jenseits von der angeblich die Drachen lebten.

Drachen … Magier … Besessene … Das Meer …

Drachen … Magier … Besessene … Das Meer …

So verlief der Rhythmus von Falcos Gedanken. Er konnte sich kein Gewässer vorstellen, das sich scheinbar endlos ausdehnte, aber sonderbarerweise fand er die Vorstellung tief beruhigend, und so schlief er nach und nach ein.

25

Das Ende der Reise

Die Westküste von Clemoncé besaß eine wilde und schroffe Schönheit. Die reichen Wälder des Landesinneren wichen windumtosten, grasüberwachsenen Hügeln voll von Ginster und Farngestrüpp, mit nur gelegentlichem Baumbestand, vom Wind gebeugt und verdreht. Aber wenn es der Wind war, der diese Landschaft bemalte, dann war es die See, die sie behaute. Von sich hoch auftürmenden Klippen und zerklüfteten Felsen bis zu breiten Strecken mit weichem, weißem Sand war alles vom Meer geformt worden, und Falco wurde niemals müde, diese Landschaft anzusehen. Er betrachtete sie auch jetzt, als sie einen festgetretenen Pfad entlangritten, der entlang der Klippen verlief.

Die Morgenluft fühlte sich frisch und sauber an, so wie es auch in den Bergen gewesen war, aber der Wind, der vom Meer landeinwärts wehte, war mit Salz gewürzt. Falco, der mit Malaki und Bryna ritt, konnte es in den Brisen riechen und auf seinen Lippen schmecken. Sie näherten sich dem Ende ihrer Reise, und ihre Gedanken kreisten um das, was passieren würde, wenn sie schließlich in Grimm ankämen. Der Abgesandte hatte sich zurückfallen lassen, um sich zu ihnen zu gesellen, und sie nutzten die Gelegenheit, ihn mit Fragen zu löchern.

»Wir wissen noch nicht einmal, wo wir bleiben werden«, sagte Bryna.

»Man wird euch in den Kasernen der Akademie unterbringen«, gab der Abgesandte zurück. »Und dann werdet ihr die Auswahl durchlaufen.«

»Ich dachte, wir seien bereits ausgewählt worden«, sagte Malaki, und Falco lächelte über die Besorgnis in seiner Stimme.

»Das seid ihr in der Tat«, erwiderte der Abgesandte. »Aber wir müssen dennoch entscheiden, wie wir den besten Nutzen aus euren Fähigkeiten ziehen.«

»Er macht einen ausgezeichneten Eintopf«, sagte Falco. »Ich bin mir sicher, sie könnten ihn gut in der Küche gebrauchen.«

Es war ein Zeichen für das Ausmaß an Malakis Nervosität, dass er nicht mit einer geistreichen Bemerkung konterte.

»Das ist eine wichtige Aufgabe«, sagte Falco schonungslos. »Eine Armee marschiert auf ihrem Magen.«

Der Abgesandte lachte, und sogar Bryna grinste über Falcos Neckerei. Sie war immer noch dabei, sich an den Humor der einfachen Leute zu gewöhnen, und oft war es für sie schwer auseinanderzuhalten, wann sie einen Witz machten und wann nicht. Am Anfang ihrer Reise war sie entsetzt gewesen, als sie einen der Kadetten aufzogen, weil er sich während der Schlacht angepisst hatte.

»Warum machen sie über so etwas Witze?«, hatte sie dem Abgesandten zugeflüstert.

»Warum denn nicht?«, hatte der Abgesandte erwidert, der lächelte, als er sah, wie die Verlegenheit des jungen Mannes in einer Welle von fröhlichem Geplänkel weggewaschen wurde.

Jetzt blickte Bryna Malaki aus den Augenwinkeln an und wartete darauf, wie er auf Falcos Scherz reagieren würde. Zum Glück rettete ihn der Abgesandte.

»Ich bin mir zwar sicher, dass er einen ganz ausgezeichneten Koch abgeben würde, aber ich denke, Master de Vanes Schicksal liegt woanders.«

Malaki warf Falco einen vernichtenden Blick zu, dann schenkte er Bryna ein Lächeln. Sie bemerkte, wie seltsam gerührt sie war zu erkennen, dass sie nun in deren Freundschaft miteinbezogen war.

»Auf der Akademie werdet ihr zu Offizieren ausgebildet«, beantwortete der Abgesandte Malakis Frage. »Das Auswahlverfahren entscheidet einfach, welche Einheiten ihr befehligen werdet. Und selbstverständlich werden diejenigen, die Ritter werden wollen, dazu aufgefordert, die *épreuve de force* zu versuchen.«

»Seid Ihr auf diese Art dazu gekommen, den Adamantenen beizutreten?«, fragte Falco.

Bescheiden neigte der Abgesandte den Kopf. »Ich wurde in Illicia ausgewählt. Aber das Verfahren ist genauso fordernd und gewiss keines, das ich gerne wiederholen möchte.«

Falco und Bryna sahen entsprechend eingeschüchtert aus, aber Malaki reckte sein Kinn vor, als fände er die Gelegenheit, seine Stärke zu erproben, reizvoll. Er schien gerade eine weitere Frage stellen zu wollen, als der Kadett an der Spitze des Trosses einen Ruf ausstieß. Sein ausgestreckter Arm wies auf etwas, das vor ihnen lag.

Falco, der sich in seinen Steigbügeln erhob, sah, wie ein Reiter über dem Hügel auftauchte, den Hang hinabsprengte und direkt auf die unverwechselbare Gestalt des Abgesandten zuhielt.

»Sir William«, sagte der Mann und verbeugte sich im Sattel, als er sein Pferd neben ihnen anhielt.

Der Abgesandte neigte den Kopf.

»Ich wurde ausgeschickt, um Euch zu finden, wenn ich auch nicht erwartet habe, schon so bald auf Euch zu treffen.«

»Die Straße war frei und das Wetter gut«, sagte der Abgesandte.

Der Reiter nickte und ließ seinen Blick über die Leute in der Gruppe schweifen. Es war nur ein flüchtiger Blick, aber Falco war klar, dass er sie gerade ganz genau abgezählt hatte.

»Werdet Ihr Euch direkt zur Hauptstadt aufmachen?«

»Ja«, sagte der Abgesandte. »Ist die Königin anwesend?«

»Das ist sie, Herr.«

»Dann könnt Ihr Ihrer Majestät sagen, dass wir morgen in der Stadt eintreffen müssten.«

Der Kundschafter verbeugte sich leicht und ergriff die Zügel, als wollte er fortreiten. Aber der Abgesandte hob die Hand, um ihn aufzuhalten.

»Was gibt es Neues vom Krieg?«

»Nichts Gutes, mein Herr«, sagte der Kundschafter, der geknickt dreinblickte, als sei er persönlich für die schlechten Nachrichten verantwortlich. »Die Ostgrenze ist von Furcht ergriffen, und Euer Sieg war der einzige, von dem wir letzthin gehört haben.«

»Ist die Fünfte Armee zurückgekehrt?«

»Vor drei Wochen, mein Herr. Die Königin ritt aus, um sie zu treffen, so wie es ihr Brauch ist, aber nun hat sie zwei mehr ausgesandt.«

»*Zwei* mehr?«

»Ja, Herr. Die Dritte Armee wurde in die Gegend südöstlich von Toulwar geschickt.«

Der Abgesandte nickte. Über diese Truppenentsendung hatte er bereits Bescheid gewusst.

»Und jetzt ist die Erste Armee ausgerückt, um die illicischen Truppen um Hoffen zu unterstützen.«

Der Abgesandte runzelte die Stirn, und der Reiter sah besorgt aus.

»Ich könnte eine Weile bleiben, wenn Eure Exzellenz mehr erfahren möchte. Wir haben wenig Neuigkeiten von der Front, aber wenn Ihr das wünscht, erzähle ich Euch, was ich weiß.«

»Nein«, sagte der Abgesandte. »Ich werde bei meiner Rückkehr den Ratsversammlungen beiwohnen, und die Königin wird begierig auf Neuigkeiten von unserer Ankunft sein.«

Der Kundschafter legte seine rechte Hand auf die Brust und verbeugte sich tief im Sattel. Der Abgesandte erwiderte die Geste, dann ritt der Kundschafter mit einem letzten befriedigten Blick davon.

Falco sah den Ausdruck in den Augen des Mannes. Er mochte erfreut darüber sein, gute Nachrichten zurückzubringen, aber vor allem war er eindeutig erleichtert über die Rückkehr des Abgesandten. Falco warf dem Mann, der sie angeführt hatte, seitdem sie Caer Dour verlassen hatten, einen Seitenblick zu.

Ja, dachte er. *Bestimmt ist er mehr als nur ein einfacher Abgesandter des Hofes.*

»Ist das schlimm?«, fragte Malaki, als der Kundschafter über den Hügel verschwand. »Dass die Königin die Erste Armee entsandt hat?«

»Nicht schlimm an sich«, sagte der Abgesandte etwas abgelenkt. Er winkte denen an der Spitze des Zuges zu weiterzureiten. »Aber ich bin überrascht, dass es so weit gekommen ist.«

»Bedeutet das, dass die Dinge in Illicia schlecht laufen?«, fragte Bryna. Ihre Sorgen über die Details ihrer Ausbildung erschienen mit einem Mal selbstsüchtig und trivial.

Der Abgesandte lachte grimmig auf. »In Illicia laufen die Dinge schon seit vielen Jahren schlecht«, sagte er. »Es bedeutet einfach, dass es schlimmer wird und dass die Gefahr Clemoncé näher rückt.«

»Wie viele Armeen hat denn Clemoncé?«, wollte Malaki wissen.

»Fünf, die Provinztruppen nicht gezählt«, erwiderte der Abgesandte, während sie ihren Ritt über den grasbewachsenen Hang fortsetzten. »Dann sind da die Irregulären der Königin, die Légion du Trône und die neue Magier-Armee, obwohl die nicht unter dem Kommando der Königin steht.«

»Unter wessen Kommando steht sie dann?«, fragte Falco.

»Unter dem der Magier«, sagte der Abgesandte, der keinen Versuch machte, den missbilligenden Ton in seiner Stimme zu verbergen. »Oder genauer gesagt, dem von Galen Thrall, dem Großen Veneratu der Magier.«

»Kämpfen sie mit Schwertern oder mit Magie?«, fragte Malaki.

»Mit beidem.«

»Ich dachte, nur Kampfmagier würden in Schlachten kämpfen«, sagte Bryna.

Der Abgesandte gab ein spöttisches Schnauben von sich. »Eine Wahrnehmung, die die Magier eifrig zu ändern bemüht sind.«

»Sind sie mächtig?«, fragte Falco.

Der Abgesandte warf ihm einen Seitenblick zu, als schmerzte es ihn zu antworten. »Ich habe sie nur in der Ausbildung gesehen, aber, ja, sie sind mächtig.«

»Dann sollten wir ihre Bemühungen begrüßen«, sagte Bryna etwas überheblich. Da sie vom Adelsstand abstammte, neigte sie nicht so dazu, den Magiern zu misstrauen.

»Vielleicht sollten wir das aber«, sagte der Abgesandte mit einem diplomatischen Lächeln.

Falco und Malaki tauschten einen schnellen Blick aus, aber es hatte keinen Sinn dagegenzuhalten. Nach allem, was wir wussten, *konnte* eine Armee von Magiern ausreichen, um im Krieg gegen die Besessenen den Ausschlag zu geben.

»Was ist mit der Légion du Trône?«, fragte Falco. »Von denen habe ich noch nie gehört.«

Der Abgesandte, dem aufgefallen war, dass Falco das Thema gewechselt hatte, nickte.

»Die Légion du Trône zieht nicht weit umher«, erklärte der Abgesandte. »Sie ist mit der Verteidigung der Hauptstadt beauftragt.«

»Und die Irregulären der Königin?«, fragte Malaki.

Mit einem Lächeln der Zuneigung neigte der Abgesandte den Kopf.

»Nicht jeder Soldat, der nach Grimm reist, erfüllt die Anforderungen, die von der Kriegsakademie vorgegeben werden.«

»Also sind sie nicht besonders gut«, sagte Malaki.

»Es wäre unfreundlich, das zu sagen«, erwiderte der Abgesandte, und Malaki blickte verlegen drein. »Aber nein«, fuhr er mit einem Lachen fort, »sie sind nicht besonders gut.«

Sie alle grinsten, und eine Weile ritten sie schweigend weiter. Es war ein wunderschöner Herbsttag, kalt und hell mit weißen Wolken, die rasch über einen blauen Himmel hinwegzogen. Sie hatten schon beinahe die Hügelkuppe erreicht, als der Abgesandte Falco auf den Arm tippte und zum Himmel vor ihnen hinaufzeigte. Zuerst konnte Falco nichts erkennen, aber dann sah er einen kleinen dunklen Umriss hinter einer Wolke hervorragen, der sich über den Himmel auf die Berge in der Ferne zubewegte. Malaki und Bryna sahen ihn nun ebenfalls.

»Ein Drache?«, fragte Malaki.

Der Abgesandte nickte. »Früher waren sie ein alltäglicher Anblick in der Hauptstadt. Jetzt sind sie meist außer Landes und bekämpfen die Besessenen.«

Falco war gebannt von dem weit entfernten Fleck, der langsam dahinschwand und wieder zwischen den Wolken verloren ging.

»Und da«, sagte der Abgesandte, als sie den Hügelkamm erreichten, »liegt die Hafenstadt Grimm.«

Der Ausblick breitete sich vor ihnen aus, und dort, immer noch einige Meilen weit entfernt, war eine große Ausdehnung von grauem Stein zu sehen, die von der Küste aus ins Landesinnere reichte. Falco hatte gedacht, dass die von Wald umgebene Stadt Toulwar groß sei, aber sie war nichts im Vergleich zu dieser hier.

Die gesamte Stadt war von einer doppelten Ringmauer umgeben, und die mit Zinnen versehene Reihe der Wehranlangen war von Wachtürmen und Schießscharten durchbrochen. Jenseits der Mauern konnten sie Türme, Turmspitzen und Dome sehen, die sich über die Terracotta-Dachschindeln der gewöhnlichen Stadtgebäude erhoben, wobei die helle Ocker-Farbe den beeindruckenden Befestigungsanlagen der Stadt einen warmen Ton hinzufügte.

»Ihr könnt sehen, dass die Stadtmauern ausgeweitet sind, um den Hafen zu beschützen«, sagte der Abgesandte, als sich die Kadetten vorwärtsdrängten, um zu schauen. »Dann, in Richtung des Zentrums, könnt ihr die Zitadelle erkennen, wie sie sich über die Stadt erhebt.«

»Wo ist die Akademie?«, fragte einer der Kadetten.

»Auf dem Plateau hinter der Stadt«, sagte der Abgesandte. »Dort findet ihr die Kriegsakademie, die Übungsplätze und die Türme der Magier.«

»Und was ist das für ein weißes Steingebäude links von der Zitadelle? Das mit all den Flaggen?«

»Das ist der Palast«, sagte der Abgesandte, der auf eine Struktur am äußersten Rand der Klippen deutete. »Das Zuhause von Königin Catherine höchstpersönlich.«

Staunend betrachteten sie die riesige Stadt, die mit der See im Westen lag, und mit den schneebedeckten Bergen im Norden und Osten. Sie konnten sich das Hellblau und Türkis von Clemoncés Farben beinahe vorstellen, aber die Flaggen waren zu weit entfernt, um das Hoheitszeichen der Königin – in Form eines Pferdekopfs – auszumachen.

»Wie ist sie so?«, fragte Bryna.

Der Abgesandte blickte die Jugendlichen an, deren Augen erwartungsvoll leuchteten, aber er gab ihnen keine Antwort. Stattdessen lächelte er nur.

26

Die Königin von Grimm

Königin Catherine de Sage stand auf dem Balkon ihrer Gemächer und blickte über die geschäftige Stadt Grimm hinweg. Sie war mehrere Tage fort vom Palast gewesen und trotz der vielen Belange, die ihre Aufmerksamkeit verlangten, war sie froh, nun wieder zurück zu sein. Es gab ein ganzes Dutzend dringender Angelegenheiten, die erledigt werden mussten, aber alles, woran sie denken konnte, war der kleine Stapel Briefe, der fein säuberlich geordnet auf ihrem Schreibtisch lag. Cyrano hatte sie ihr zuvor mit unbewegter Miene gebracht, obwohl sie ganz genau wusste, dass er sie gelesen hatte.

»Wie viele Antworten?«, hatte sie ihren Ratgeber gefragt.

»Alle, Eure Majestät.«

Die Königin hob eine Augenbraue. Sie hatte nicht erwartet, dass die anderen Monarchen so bald antworten würden, und von einigen hatte sie sogar überhaupt keine Antwort erwartet – was ein weiteres Anzeichen dafür zu sein schien, wie schlimm die Lage geworden war. Sie fühlte, wie ein Schauder sie überfiel. Die Mittagssonne strahlte, aber ihr Kleid war leicht, und der Meereswind fühlte sich kalt auf ihrer Haut an. Wegen der Kälte verschränkte sie die Arme, dann hob sie eine Hand zu dem Halsband aus schwarzem Samt, der ihren Hals umschloss. Grob mit dem königlichen Monogramm bestickt, war er ein Symbol der Kräfte, die ihr Leben formten: Pflichterfüllung, Trauer und Liebe. Er war das Erste, was sie jeden Morgen anlegte, und das Letzte, was sie jede Nacht wieder ablegte. Aber jetzt wurde es ein wenig abgetragen, und sie fragte sich, wie lange es wohl dauern mochte, bis die gestickten Fäden aufgingen oder die Schnalle sich löste. Er war eine Erinnerung daran, dass sie nicht ewig in Trauer verbleiben

295

konnte. Früher oder später würde sie Prinz Ludovico eine Antwort geben müssen.

Aber nicht in diesem Jahr, dachte sie mit einem entschlossenen Lächeln. *Und mit dem Willen der Schicksalsgöttinnen im nächsten Jahr auch nicht.*

Seufzend schob die Königin diese Gedanken beiseite, als sie über die Stadt hinwegblickte, die ihre Vorfahren vor mehr als zwölfhundert Jahren gegründet hatten. Sie machte zwar einen sicheren und ruhigen Eindruck, aber die Sicherheit war, wie sie wusste, nicht mehr als eine Illusion.

Ihr Vater, König Philip II., hatte sie gelehrt, dass Frieden nur ein vorübergehender Zustand war. Seuche, Dürre, Hungersnot, Krieg … Schatten auf der Landschaft. Sie alle vergingen mit der Zeit. Als Herrscherin, so hatte er ihr gesagt, war es ihre Aufgabe, die Zeiten des Schattens zu begrenzen und die Zeiten des Lichts zu umarmen. Ihr Vater war der weiseste Mensch gewesen, den sie je gekannt hatte, aber jetzt befürchtete sie, dass er sich geirrt haben mochte. Der Schatten der Besessenen war keiner, der mit der Zeit verschwinden würde. Wenn sie nicht aufgehalten wurden, dann würde die Finsternis der Feindherrschaft für immer andauern.

Die einzige Hoffnung für die Königreiche von Grimm bestand darin zusammenzustehen, aber sie waren nicht vereint. Illicia und Beltane waren auf ihren Knien. Valentia taumelte unter der Herrschaft eines Idioten von einem König, Acheron feierte sich in seiner einzigartigen Macht, während Thraeciens König – von einem Schlaganfall gefällt – seine Herrschaft usurpiert und seinem Sohn die Nachfolge aufgrund von Intrigen der thraecischen Magier verweigert worden war.

Es war hoffnungslos.

Und dennoch klammerte sie sich an Hoffnung.

Es war im Geist der Hoffnung gewesen, dass sie den anderen Königen geschrieben hatte. Und jetzt hatten sie geantwortet. Würden sie zusammenkommen, wie sie es in der Vergangenheit getan hatten, oder würden sie in Isolation bleiben und den Schrecken ignorieren, der sie alle bedrohte?

Die Antwort lag in den Briefen auf ihrem Schreibtisch, und mit einem resignierenden Seufzer wandte sie sich vom Fenster ab. Ihr Geist summte mit den Einzelheiten, die den Betrieb der Stadt betrafen, aber wenn die Königreiche sich nicht einigen konnten, dann würden Versorgungsengpässe und Unruhen wegen der Flüchtlinge die geringsten ihrer Sorgen sein. Sie ließ sich an ihrem Tisch nieder und blickte auf die Ansammlung an Briefen, von denen jeder das königliche Wappen des Herrschers trug, der ihn versandt hatte.

Aber welchen sollte sie zuerst lesen?

Sie zögerte nur einen Augenblick, dann beschloss sie, die Briefe in der Reihenfolge zu lesen, in der sie diese an die Könige geschrieben hatte. Sie nahm den ersten zur Hand, löste das scharlachrote Band und nahm Notiz von dem Drachensiegel des Königs von Valentia.

Von Vittorio Tristis, König von Valentia, an Ihre Majestät, Königin Catherine von Grimm

Caer Laison möchte Eurer Majestät für Ihre Besorgnis über das ferocianische Heer, das kürzlich in den Norden unseres Reiches eingedrungen ist, seinen Dank aussprechen. Anfängliche Berichte deuteten in der Tat darauf hin, dass die Streitmacht beträchtlich war und mit einem Dämon an der Spitze marschierte, inzwischen haben wir aber erfahren, dass die tapferen Leute von Caer Dour in der Lage waren, den Dämon in den Bergen zu besiegen, bevor er eine Gefahr für das Königreich von Clemoncé darstellen konnte.

Eure Majestät braucht daher nicht besorgt zu sein. Wir haben viele solcher tapferen Städte in unserem nördlichen Einflussbereich, und ich bin mir völlig sicher, dass sie, wenn sie irgendeine Hilfe benötigt hätten, sie als Erstes ihren König darum ersucht hätten. In Valentia haben wir eine stolze Geschichte von Siegen gegen die Besessenen, im Gegensatz zum Königreich Ihrer Majestät, dem, da es an größere Reiche grenzt, die Gefahr solcher Angriffe bisher erspart blieb.

Was Euer anderes Ersuchen betrifft, so haben wir die Grenze zu Beltane geöffnet, nur um dann festzustellen, dass unsere Städte von Flüchtlingen überschwemmt wurden. Was das Aussenden von Truppen ins Ausland betrifft, so müssen wir ablehnen. Wir erachten es für wichtiger, unsere Armeen und unsere Großen Seelen nahe der Hauptstadt zu belassen, deren Verteidigung unsere hauptsächliche Sorge gilt.

Wenn Eure Majestät Reserven zur Verfügung hat, so schlagen wir vor, dass sie diese nach Osten aussendet, um die illicischen Streitkräfte zu verstärken, die es zuließen, dass der Feind überhaupt durchdringen konnte.

Mit ergebenstem Gruß,
Vittorio Tristis, Herr von Caer Laison und unumschränkter König von Valentia

Über Vittorios Arroganz schüttelte die Königin den Kopf. Valentia hatte Besseres verdient. Wenn der Bericht des Chevalier auch kurz gewesen war, so hatte er doch die Wahrheit über das erzählt, was in den Bergen geschehen war. Sie hatte nicht vorgehabt, ihn einer Gefahr auszusetzen. Von der Bedrohung hatte sie erst erfahren, als er bereits fort gewesen war, und niemand hatte wissen können, dass der Dämon in genau dieses Tal marschieren würde. Davon abgesehen, dachte die Königin mit einem Lächeln, selbst wenn ihr Abgesandter es gewusst hätte, so vermutete sie, dass er dennoch darauf bestanden hätte, diese Stadt zu besuchen, die mehr als nur einen ordentlichen Anteil an außergewöhnlichen Kriegern hervorzubringen schien.

Sir William Chevalier war ihr Untertan und Diener, aber im Lauf der Jahre hatte sie gelernt, seinen Rat wertzuschätzen, und sie freute sich auf seine Rückkehr an den königlichen Hof. Erst an diesem Morgen hatte sie einen Kundschafter ausgeschickt, um zu sehen, wann er eintreffen könnte. Der Bericht des Abgesandten aus Toulwar hatte einige faszinierende Punkte von Belang enthalten, einschließlich der Tatsache, dass er mit dem Sohn von Aquila Danté unterwegs war.

Die Königin lächelte milde. Was würde sie darum geben, die Gesichter der Magier zu sehen, wenn *er* in die Stadt einritt. Sie schob diese Gedanken zur Seite, legte Valentias Antwort fort und griff nach dem nächsten Brief auf dem Stapel. Als sie das Band abstreifte, erkannte sie das Flammensiegel von Beltane und holte beklommen Atem, bevor sie zu lesen begann. Sie konnte sich nicht vorstellen, dass der Brief irgendwelche guten Nachrichten enthielt.

Von Osric, König von Beltane, an Ihre Majestät, Königin Catherine von Grimm

Madame,

vor einigen Monaten bot Eure Majestät uns großzügig Unterstützung an, was wir in unserer Arroganz abzulehnen beschlossen. Nun sind die Ereignisse aber derart fortgeschritten, wie Ihr es befürchtet habt, und Stolz ist ein Luxus, den wir uns nicht länger erlauben können. Unsere Bemühungen, den Feind zurückzutreiben, sind fehlgeschlagen, und nur der Einsatz unseres großartigen Generals Vercincallidus rettet uns vor dem völligen Zusammenbruch. Die Besessenen haben das Gebiet um Svarthaven abgeschnitten, und unsere Truppen sind jetzt geteilt. Nårothia und Estånia sind verloren, während die Menschen von Serthia sich zu den Festungsstädten Aengus und Agrona zurückziehen. Wir werden im Herzen von Veåst Widerstand leisten. Aber wir scheitern.
Die Dämonen nehmen an Stärke und Zahl zu, und wir verfügen nicht über genügend Kampfmagier, um sie aufzuhalten.

*König Vittorio hat endlich die Grenze geöffnet, und unsere Ein-
wohner strömen wie ein einziger Fluss nach Valentia, aber er
fürchtet sich. Es gibt Berichte, dass ein Dämonenheer einige
seiner nördlichen Städte verwüstet hat, und so kümmern sich
Valentia wie Acheron und Thraecien um seine eigene Verteidigung.*

*Wir sind darüber unterrichtet, dass die Lage in Illicia nicht
besser ist, und dass Ihr ihnen verpflichtet seid, aber wenn es noch
immer der Macht Eurer Majestät obliegt, dann möchten wir
bescheiden um die Unterstützung jeder Großen Seele bitten, die
Ihr erübrigen könnt. Ohne sie werden die Feuer von Beltane
gewiss ausgelöscht.*

*Mit tiefem Respekt, Euer Freund und Verbündeter
Osric Goudicca
König von Beltane und Oberhaupt der Neun Stämme von Eldur*

Die Königin verspürte, wie sich ihr Herz vor Besorgnis zusammenzog. Osric war ein bedeutender und stolzer König. Sie wusste,
wie viel es ihn gekostet haben musste, einen solchen Brief zu
schreiben. Die Lage musste tatsächlich schlimm sein. Die meisten
ihrer eigenen Kampfmagier kämpften in Illicia, aber sie würde
mit Marschall Breton sprechen, um zu sehen, ob jemand erübrigt
werden konnte.

Mit einem Seufzen griff sie nach dem nächsten Brief auf dem
Tablett, und ihr Ausdruck blieb besorgt. Der Brief kam aus Illicia,
und ebenso wie mit Beltane war es unwahrscheinlich, dass dessen
Belange ihr Mut machen würden. Ihre eigene Großmutter war
diesem großartigen Königreich entstammt, und sie stählte sich
gegen die Wahrscheinlichkeit schlechter Nachrichten, als sie das
cremefarbene Pergament entfaltete.

*Von Ernest von Festunthron, Kronprinz von Illicia, an Ihre
Majestät, Königin Catherine von Grimm*

Liebe Cousine,

*wie bedankt man sich (erneut) für eine Armee? Ich fürchte,
Herzog Friedrich vom Ceraton-Bund teilt meine Dankbarkeit
nicht. Sein Stolz wird sich vielleicht niemals erholen, aber er ist
ein praktisch veranlagter Mann, und deine Truppen helfen, die
Gegend östlich von Hoffen zu sichern. Es tut mir nur leid, dass
ich deine früheren Hilfsangebote abgelehnt habe. Hätte ich auf
dich gehört, dann hätten wir den Durchbruch unserer Grenz-
linien südlich von Amboss verhindert.*

*Ich muss dir nicht erzählen, dass der Krieg hier ganz schrecklich
verläuft, und ich fürchte, dass ich schlecht ausgerüstet bin, um
ihm zu begegnen. Ich kann nicht anders, als daran zu denken,
dass mein Vater die Besessenen bei Coburg gehalten hätte. Ich
weiß, was du darüber zu sagen hättest, und in Momenten des
Zweifels klammere ich mich an deine ermutigenden Worte,
doch solche Zweifel sind nicht leicht zu zerstreuen.*

Aber nun zu anderen Dingen …

*Es freut mich zu hören, dass es dir gut geht und dass es dir ge-
lingt, den unermüdlichen Ehrgeiz der Magier auszuhalten
(dein Vater wäre stolz auf dich gewesen). Ist es wahr, dass die
Magier-Armee beinahe so weit ist, das Schlachtfeld zu betreten?
Wie wichtig Galen Thrall sich nehmen muss.*

*Und wie geht es unserem Freund? Ich vermisse seinen Rat, aber
ich weiß, dass du ihn dringender nötig hast als ich. Die Adamantenen hören nicht auf damit, ihn zu ehren. Übermittle ihm
bitte meine Grüße, wenn du ihn das nächste Mal siehst.*

*Bleib stark, liebe Cousine. Die Welt von Grimm braucht dich,
auch wenn einige es nur langsam begreifen.*

*Ich werde dir bald wieder schreiben, dann hoffentlich mit bes-
seren Nachrichten.*

*Auf immer dein ergebener und dich liebender Diener,
Ernest*

Königin Catherine lächelte, während ihre Augen vor Tränen brannten. Ernest war eine so sanfte Seele. Er hatte das Herz eines Poeten, und dennoch war sein Charakter trotz seiner Zweifel genauso stark wie der seines Vaters. Die Verantwortung war vielleicht durchaus zu schnell und brutal gekommen, aber er lernte es, den Menschen ein Anführer zu sein. Tatsächlich hatte er gar keine andere Wahl. Mit einem Seufzen legte sie den Brief ihres Vetters weg und blickte auf die letzten beiden.

Acheron und Thraecien …

Würden sie sich ihr anschließen?

Würden sie für den Krieg mobilmachen?

Als sie nach dem Brief aus Acheron griff, wies ihr Herz sie an, nicht auf zu viel zu hoffen.

Von Tyramimus Kthénos, König von Acheron, an Ihre Majestät, Königin Catherine von Grimm

Meine liebe mikró Königin,

es geschah mit einiger Überraschung, dass wir Euer letztes Flehen empfingen, die Macht von Acheron möge in den Kriegen des Ostens verwickelt werden. Wir dachten, dass unsere Haltung eindeutig sei, aber es ist klar, dass Eure Majestät mit der gleichen Schwäche in ihrer Geisteshaltung geschlagen ist, die auch Euren Vater heimsuchte. Man möchte vermuten, dass es die Schwäche einer ähnlichen Art ist, die dazu geführt hat, dass Beltane und Illicia den Besessenen so viel von ihrem Territorium überlassen haben. Wären sie dem Beispiel von Acheron gefolgt und stark geblieben, hätten sie mehr Freude am Sieg erfahren, anstatt die Stärke anderer Nationen in Anspruch zu nehmen, um ihre eigenen Versäumnisse wiedergutzumachen.
Daher, auf die Gefahr hin, uns zu wiederholen, seien wir hier unmissverständlich.
Acheron ist nur Acheron gegenüber Rechenschaft schuldig.

Wir werden nicht auf Valentia Druck ausüben, um das Passieren unserer Armeen zu erlauben.

Wir werden Admiral Navarchos nicht anweisen, Acherons Flotte ausrücken zu lassen.

Und wir werden auch nicht erlauben, dass unsere Kampfmágos ihr Leben bei der Verteidigung anderer Länder als unserem eigenen aufs Spiel setzen (wenn es mir auch zu Ohren gekommen ist, dass einige unsere Befehle bereits missachtet haben, um die Besessenen in Beltane anzugreifen).

Wenn Eure Majestät unseren Rat annehmen möchte, dann würden wir vorschlagen, dass Clemoncé aufhört, sich in die Belange anderer Staaten einzumischen und seine Stärke zugunsten seiner eigenen Verteidigung sammelt. Wenn den Berichten Glauben geschenkt werden kann, dann wird es sie bald nötig haben.

Der Eure
Tyramimus, König und Hoher Beschirmer von Acheron

Mikró Königin … Mikró Königin!

Königin Catherine holte tief Luft und entließ die Spannung aus ihrem Kiefer. Dann lachte sie, trotz ihrer Verärgerung. Neben der massigen bärengleichen Gestalt von Tyramimus war sie vielleicht tatsächlich eine »kleine Königin«. Persönlich konnte er einer der charmantesten Menschen sein, aber in Staatsangelegenheiten posierte er wie ein wertvoller Kampfstier. Sie vergab ihm die Bemerkung über ihren Vater. Zufällig wusste sie, was für eine große Achtung sie füreinander empfunden hatten. Aber seine Sturheit konnte sie ihm nicht vergeben. Wie viele Leben hätten gerettet werden können, wenn sich Acheron vor einem Jahr dem Kampf angeschlossen hätte? Wie viele Ortschaften und Städte lagen jetzt in Trümmern?

Was würde es kosten, ihnen begreiflich zu machen, dass sie nicht allein aushalten konnten?

Einmal mehr drohte das Gefühl von Hoffnungslosigkeit sie zu übermannen, aber sie schob es beiseite und bereitete sich darauf vor, den Brief aus Thraecien zu lesen. Sie hatte allerdings nicht mehr als zwei Worte gelesen, als sie entmutigt die Augen schloss. Veneratu war der Titel, der dem Anführer eines Magierturms verliehen wurde. Nachdem sie monatelang erfolglos versucht hatte, den König von Thraecien zu erreichen, hatte sie ihren letzten Brief an seinen Sohn, Cleomenes den Jüngeren, gerichtet. Aber ihr Schachzug war misslungen. Ihre Botschaft war von den Magiern abgefangen worden. Mit einem resignierten Seufzen hob sie den Brief an und las weiter.

Von Veneratu Ischyrós, im Namen von Cleomenes Vari, König von Thraecien, an Ihre Majestät, Königin Catherine von Grimm

Majestät,

abermals hält die Krankheit des Königs ihn davon ab, Euch persönlich zu antworten, doch er bat uns, Euch seine Enttäuschung darüber zum Ausdruck zu bringen, dass Ihr Eure Korrespondenz an seinen Sohn richtet und nicht an den Monarchen selbst. Ohne die Wachsamkeit der Magier wäre dieser Brief möglicherweise überhaupt nicht zu seiner Kenntnis gelangt. Aber lasst mich Euch versichern, dass sich die Haltung des Königs nicht geändert hat. Seine vorrangige Sorge gilt der Sicherheit seines Volkes, weswegen er die Magier in ihrer Weisheit mit der Staatsführung von Thraecien betraut hat. Vielleicht wäre Ihre Majestät klug beraten, dasselbe zu tun.
Es ist unsere Ansicht, dass Sie ihren kostbaren Kampfmagós zu sehr vertraut. Die Geschichte hat gezeigt, dass sie nicht ausreichen, um die Besessenen zu besiegen. Sie sind in der Vergangenheit gescheitert, und wir haben keinen Grund zu der Annahme, dass sie uns jetzt retten werden. Ihre Zahl schwindet, und erst

im letzten Monat waren wir gezwungen, einen weiteren
schwarzen Drákon während einer misslungenen Beschwörung
zu erschlagen.
Nein ... das Zeitalter der Kampfmagier ist vorbei. Nun ist es
an der Zeit, dass die reinen Magier die Regierungsgeschäfte
übernehmen und Grimms Armeen zum Sieg führen. Wir sind
darüber in Kenntnis gesetzt worden, dass die Ausbildung der
Magierarmee von Clemoncé beinahe komplett ist, und dann
sind wir vollkommen sicher, dass Eure Majestät überzeugt sein
wird. Bis dahin müssen wir Euer Ersuchen um Unterstützung
ablehnen.
Die Armada von Thraecien wird in den Gewässern von Thrae-
cien verbleiben. Thraecische Speere werden auf thraecischem
Boden verbleiben, und jeder Kampfmágos, der Thraecien ver-
lässt, um sein Leben bei der Verteidigung anderer Länder zu
riskieren, wird als Verräter betrachtet.
Als jemand, der die Verantwortung für die Sicherheit eines
Königreichs trägt, sind wir gänzlich sicher, dass Ihr dies verste-
hen werdet.

In der Hoffnung, dass die Weisheit Ihrer Majestät die Oberhand
erlangen wird,
Veneratu Ischyrós, Verehrter Meister und Erster Diener der
thraecischen Magier

Die Königin zerknüllte die thraecische Antwort in ihrer schlanken Faust, ihre angestaute Wut ließ das Pergament erzittern. Verflucht sollten die Magier und ihr unermüdlicher Drang nach Macht sein. Warum konnten sie denn nicht einvernehmlich mit den königlichen Höfen arbeiten, anstatt ständig zu versuchen, ihre Überlegenheit zu beweisen. Sie dachte an die Armee, die in dem Brief erwähnt wurde, eine tausend Mann starke Armee von Magiern. Es war ihr verstorbener Ehemann gewesen, der ihnen die Erlaubnis erteilt hatte, eine derartige Streitmacht aufzustellen.

Armer Stephan. Er war zu schwach gewesen, ihre unaufhörlichen Gesuche abzulehnen – die Furcht davor, sein Volk im Stich zu lassen, hatte seine Entschlossenheit untergraben. Und nun war er fort, hingerafft von einer verzehrenden Krankheit, die ihn in weniger als einem Monat getötet hatte, und sie war übrig geblieben, um allein zu regieren.

Nein, nicht ganz allein. Ihre Hand wanderte wieder zu dem schwarzen Seidenhalsband. Nein, sie war nicht allein, aber sie besaß auch nicht die Freiheit, so zu regieren, wie sie wollte. Sie besaß nicht die Freiheit, einen neuen König ihrer Wahl zu ernennen, und sie besaß auch nicht die Freiheit, die Magier abzuweisen, wenn sie etwas anboten, das sie womöglich retten konnte.

Eine Armee von Magiern. Es klang nach einer guten Idee, aber sie hatte ihre Zweifel. Die Magier waren Männer von Wissen und Macht. Sie waren niemals Krieger gewesen. Und doch hatte Ischyrós recht. Die Kampfmagier reichten vielleicht nicht aus. Möglicherweise *war* eine Armee von Magiern tatsächlich die Antwort. Ihr Erfolg würde deren Ambitionen fördern und ihre eigene Herrschaft abschwächen, aber sie würde herzlich gerne etwas von ihrer Macht aufgeben, um die Einwohner von Grimm zu retten.

Das Gefühl der Hoffnungslosigkeit kehrte zurück, und sie ging, um sich noch einmal auf den Balkon zu stellen.

Die Menschen von Clemoncé hatten sie immer mit Hoffnung erfüllt. Erst gestern war ein neuer Trupp Rekruten eingetroffen, um an der Kriegsakademie ausgebildet zu werden. Junge Menschen reisten in ihrem Namen weit von zu Hause fort. Sie war ausgeritten, um sie zu begrüßen, so wie sie es immer getan hatte, aufgrund einer Idee, die zuerst der Chevalier vorgeschlagen hatte. Als junge Königin hatte sie die Wichtigkeit einer solchen Geste noch nicht verstanden, aber nun, da sie die zerschmetterten Körper und gebrochenen Geister der Schlacht gesehen hatte, begriff sie es.

Königin zu sein bedeutete nicht, über den Menschen zu stehen. Es bedeutete, Tochter, Schwester und Mutter einer Nation zu sein. Und in dieser Eigenschaft würde sie die Menschen lieben und beschützen und um jene trauern, die fielen. Es mochte durchaus sein, dass es unmöglich war, die Besessenen aufzuhalten, aber sie war die Königin von Grimm, und sie würde nicht verzweifeln.

Tränen stiegen ihr in die Augen, als sie über das Meer hinausblickte, und dann erregte eine Bewegung am südlichen Tor ihre Aufmerksamkeit. Sie blickte auf die fernen Straßen nieder und ja ... da war es wieder ... die gefleckte Reisekleidung eines Kundschafters, desselben Kundschafters, den sie erst an diesem Morgen ausgesandt hatte. Seine rasche Rückkehr konnte nur bedeuten, dass der Chevalier in der Nähe war.

Sie versuchte, nicht allzu sehnsüchtig auf Neuigkeiten zu wirken, während sie sich zum Empfangszimmer begab und sich mit den neuesten Berichten des Stadtverwalters beschäftigte. Es dauerte sechs ganz und gar irritierende Minuten, bis Cyrano an ihre Tür klopfte, um die Rückkehr des Kundschafters anzukündigen.

»Eure Majestät«, sagte der Ratgeber der Königin, der den mit Schlamm bespritzten Kundschafter in den Raum führte. »Neuigkeiten von der Rückkehr des Chevaliers.«

»Eure Majestät«, sagte der Kundschafter, der sich auf ein Knie niederließ und sich tief verbeugte.

»Bitte«, sagte die Königin. Sie gab dem Mann ein Zeichen, sich zu erheben. »Du hast Neuigkeiten von Unserem Abgesandten?«

»Jawohl, Herrin«, sagte der Kundschafter. »Ich fand ihn gerade südlich vom Fluss Denier. Er bat mich, Euch zu sagen, dass er morgen früh in der Stadt eintreffen sollte.«

»Sieht er wohlauf aus?«

»Ganz wohlauf, Herrin.«

»Und die Leute aus Caer Dour?«

»Besser, als ich es erwartet hatte«, sagte der Kundschafter. »Nach den Geschichten, die wir zu hören bekommen haben.«

Die Königin nickte verständnisvoll und lächelte.

»Ich danke dir, äh ...«

»John Pierre, Herrin«, sagte der Kundschafter, der offensichtlich davon überwältigt war, dass die Königin seinen Namen wissen wollte.

»Danke dir, John Pierre. Bitte überbring die Neuigkeiten Marschall Breton und Lanista Magnus in der Akademie.«

Der Kundschafter nickte und verbeugte sich tief, bevor er zurücktrat und sich umwandte, um den Raum zu verlassen. Die Erleichterung auf dem Gesicht der Königin war deutlich zu sehen, und Cyrano beehrte sie mit einem milden Lächeln.

»Oh, schau mich nicht so an«, schnappte sie. »Du wirst ebenfalls froh sein, ihn zu sehen.«

»Das werde ich in der Tat, Herrin«, sagte der Ratgeber. »Die Vierte Armee ist beinahe für ihren nächsten Turnus bereit. Wir können sie schlecht ohne ihren Kommandeur in den Krieg senden.«

Die Königin verengte die Augen und warf ihrem Ratgeber einen sauren Blick zu.

»Sei still, du elender Herold. Es sind immer noch mehrere Monate, bis die Vierte für den Einsatz fällig ist. Davon abgesehen, du hast seinen Bericht gelesen. Es scheint, dass der Chevalier seine Pflichten als Ausbilder wiederaufnehmen will.«

»Und werdet Ihr seinem Ersuchen entsprechen?«, fragte Cyrano. Das Ansinnen des Chevaliers hatte ihn ebenfalls überrascht. Es musste etwas sehr Ungewöhnliches an den Kadetten von Caer Dour sein, wenn Sir William ihre Ausbildung persönlich leiten wollte.

»Ich bin mir nicht sicher«, sagte die Königin. »Wir werden abwarten, um zu hören, was er zu sagen hat. Einstweilen sind wir lediglich dankbar für seine sichere Rückkehr.«

Cyrano nickte zustimmend. »Werdet Ihr ausreiten, um sie zu treffen?«, fragte er.

»Selbstverständlich«, antwortete die Königin indigniert.

»Die Stallungen werden Euer Pferd zu Sonnenaufgang bereithaben.«

»Gut«, sagte die Königin. »Nun, wie viel Zeit haben wir noch vor dem Treffen mit dem navarischen Botschafter?«

»Der Konsul müsste bald mit ihm eintreffen. Das dauert zumindest noch eine Weile.«

»Dann erzähl mir alles, was du über Aquila Danté weißt.«

»Jawohl, Herrin.«

»Und wenn wir mit dem Botschafter fertig sind, sag Jarnac, dass er mich in den Apfelgärten treffen soll. Ich werde noch ein wenig unterrichtet werden müssen, bevor ich mir die abendlichen Bittgesuche anhöre.«

»Vielleicht wäre die Große Halle ein passenderer … «

»Bin ich etwa eine empfindliche Blume, die beim ersten Anflug von Winterkälte verkümmert?«

»Nein, Herrin. Ich dachte nur … «

»Dann tu, was ich gesagt habe.«

»Jawohl, Herrin«, sagte der königliche Ratgeber gebührend eingeschüchtert.

Cyranos Familie hatte dem königlichen Hof seit sieben Generationen gedient, aber er hatte niemals eine Herrscherin wie die Königin erlebt, und er hatte immer seine Schwierigkeiten mit der Vorstellung gehabt, dass sich ein Mitglied des Königshauses an einen öffentlichen Ort begab. Es war ihr Vater gewesen, König Philip »der Gewöhnliche«, der mit dieser Tradition angefangen und darauf bestanden hatte, dass die Tore offen bleiben sollen und man niemandem den Zugang zum Palast verwehrte. Der junge Cyrano hatte Einspruch eingelegt und argumentiert, dass die Palasttore für ihre Sicherheit sorgten und ohne sie jeder Gesetzlose die Freiheit besäße, in den Palast einzudringen. Die Tochter des Königs hatte dazu tendiert, ihm zuzustimmen.

»Wenn wir die Tore versperren, errichten wir eine Schranke zwischen den Menschen und dem Thron«, hatte ihr Vater der zehnjährigen Prinzessin erklärt. »Wenn wir ihnen den Zugang zum Palast verwehren, zeigen wir den Menschen nur, dass wir ihnen nicht vertrauen.«

Beim Anblick des Zweifels in den Augen seiner Tochter hatte der König gelacht.

»Wenn du dich von den Menschen absonderst, dienen sie dir aus Pflichterfüllung«, hatte er ihr gesagt. »Vertraue ihnen, und sie werden dich als eine der Ihren betrachten.«

Als die Königin ihren Ratgeber anblickte, hallten die Worte ihres Vaters in ihrem Geist wider, und schließlich erbarmte sie sich.

»Ich werde vor Sonnenuntergang zurück im Palast sein.«

Cyrano neigte angesichts dieses Zugeständnisses den Kopf. Er wusste, dass sie nicht in Gefahr war, nicht einmal in der dunkelsten Ecke der Stadt. Sie mochte keine besondere Frau sein, und auch keine besondere Königin. Wie die Briefe der anderen Könige veranschaulicht hatten, konnte sie aufdringlich, arrogant, sentimental und naiv sein, aber sie schenkte den Menschen von Clemoncé ihr Vertrauen, und aus diesem Grund – mehr als aus jedem anderen – liebten die Leute sie.

27

Wie der Adler, so der Falke

Es war später Nachmittag, und Grimm dominierte nun die Landschaft vor ihnen. Die Stadt selbst war noch gute drei Meilen entfernt, aber sie hatten bereits mehrere äußere »Vororte« passiert, vorübergehende Siedlungen, die aus Zelten und Holzhütten bestanden, und in denen Menschen durch behelfsmäßige Straßen liefen.

»Flüchtlinge«, sagte der Abgesandte. »Jeden Monat kommen mehr an.«

Falco blickte auf die Leute, die wie sie selbst wegen des Kriegs aus ihrer Heimat vertrieben worden waren. In ihren Augen sah er die gleiche Unsicherheit, von der auch Caer Dours Einwohner heimgesucht wurden. Sie hatten keine Ahnung, was die Zukunft für sie bereithalten mochte.

Obwohl sie der Stadt so nahe waren, hatte der Abgesandte begonnen, sie landeinwärts zu führen, da er vermutete, dass die Brücke auf der Hauptstraße unpassierbar war. Doch die Einheimischen versicherten ihm, dass diese Brücke instandgesetzt worden sei, und so kehrten sie um und ritten einen sanften Hang zu einem Fluss hinunter, wo eine Schar Männer an einer Steinbrücke arbeitete.

»Aber Ihr habt dem Kundschafter erzählt, dass wir morgen eintreffen würden«, sagte Malaki.

»Das war noch, bevor ich wusste, dass sie die Brücke repariert haben«, sagte der Abgesandte. »Als ich abgereist bin, war der Bereich in der Mitte bei einer schweren Überflutung zerstört worden, und ohne die Brücke bräuchten wir noch weitere zwei Stunden bis zur Furt von Garr.«

Falco betrachtete die beeindruckende Struktur, die den Fluss in fünf großen Bögen überspannte.

»Auf diesem Weg sind wir in der Zitadelle, bevor die Sonne untergeht. Es sei denn, ihr verbringt lieber eine weitere kalte Nacht in klumpigem Bettzeug.«

»Nein«, sagte Malaki. »Es ist nur … «

»Keine Sorge«, meldete sich der Abgesandte. »Sie ist nicht so Furcht einflößend, wie ihr Name andeutet. Sofern man sie nicht wütend macht«, fügte er mit einem Lächeln hinzu.

Die Arbeiter auf der Brücke räumten die Straße frei, um sie passieren zu lassen. Viele von ihnen zogen ihre weichen Kappen oder grüßten den Abgesandten mit einer Verbeugung, und Falco fiel die ungezwungene Art auf, mit der er diesen Respektsbezeugungen begegnete. Die Stadt türmte sich nun großflächig vor ihnen auf. Die große Fläche der doppelten Ringmauer erstreckte sich zu beiden Seiten, und am Haupttor drängten sich Leute, die in die Stadt hinein- und aus ihr herausströmten.

»Ich schlage vor, wir gehen durch das Hafentor hinein und kommen durch die Gärten zum Palast«, sagte der Abgesandte.

»Wir gehen *jetzt* zum Palast!«, rief Malaki, seine Stimme eine Oktave höher als gewöhnlich.

»Die Königin begrüßt ihre Kadetten gerne bei ihrer Ankunft«, sagte der Abgesandte, und Falco lächelte darüber, dass Malaki plötzlich Nervosität zeigte.

»Das schließt dich ebenfalls ein, Meister Danté.«

Falco erstarb das Lächeln auf den Lippen.

»Du magst in den Prüfungen keinen Platz gewonnen haben«, sagte der Abgesandte. »Aber Kampfmagier trainieren ebenfalls an der Kriegsakademie. Davon abgesehen, ist es meine Aufgabe zu entscheiden, wer der Königin vorgestellt wird. Du wirst mit uns kommen.« Seine Miene stellte klar, dass es keine Debatte darüber geben würde.

Falco wollte schon weiterprotestieren, als Morgan Saker neben ihnen anhielt.

»Wir werden Euch hier verlassen«, sagte der ranghöchste Magier, während der Rest der Magier auf das Haupttor zuhielt.

312

»Ihr kommt nicht zum Palast?«

»Unsere Verpflichtung gilt dem Großen Veneratu. Er ist es, dem wir zuerst Bericht erstatten sollten.«

Der Abgesandte war ohne Zweifel von dieser Zurschaustellung von Respektlosigkeit nicht sonderlich beeindruckt, aber er behielt seine Würde und verabschiedete sich von den Magiern, als sie an ihm vorbeizogen. Er führte die Kadetten zum Hafen hinunter und war eben dabei, sich ihnen anzuschließen, als er bemerkte, dass Meredith innegehalten hatte und Falco anblickte, als ob er ihm etwas sagen wollte. Einen Augenblick lang zögerte der Magierlehrling, aber dann senkte er den Kopf, drängte sein Pferd vorwärts und folgte seinem Vater hinauf in die Stadt.

Der Abgesandte sah ihm mit nachdenklich verengten Augen hinterher. Er nickte kaum merklich, als er beobachtete, wie Meredith in der Menge verschwand. Dann wandte er sich ab und führte die Kadetten zum Hafen, wo Schiffe und Boote in allen möglichen Größen am Kai festgemacht oder im ruhigen Haff hinter dem Hafendamm verankert waren.

Falco fand, dass der Hafen ein schwindelerregender Platz voll von Sehenswürdigkeiten und Geräuschen war. Da gab es das Kreischen von Möwen und das Knarren von Balken, das Läuten von Schiffsglocken und die Rufe der Hafenarbeiter und Markthändler, all das vor dem Klatschen und Donnern der Brecher jenseits der Hafenmauer. Und dann war da auch dieser Geruch, der überwältigende Geruch nach Fisch, vermischt mit Teer und Schweiß, nebst dem gelegentlichen Hauch von exotischen Gewürzen, die Falco nicht erkennen konnte. Er fand das alles nicht unangenehm, und dennoch war er dankbar, als sie durch das Tor schlüpften und den Hafen hinter sich ließen.

Jetzt betraten sie ein ruhiges Stadtviertel, in dem Gärten zur Küste hinabführten und grüne Rasenflächen sich zu dem felsigen Hügel hin erstreckten, auf dem die Zitadelle und der Palast selbst lagen. Es waren Leute unterwegs, aber es war nicht überfüllt. Einige fegten Laub oder kümmerten sich um die Gärten. Andere standen in Gruppen beisammen, als sei dies einfach ein angenehmer Ort, um sich zu treffen.

Sie hörten den stählernen Klang des Schwertkampfs und waren überrascht, eine Anzahl von Gruppen beim Training anzutreffen. Einige waren offensichtlich formelle Schulungsveranstaltungen, mit einem Ausbilder und Studenten, aber andere schienen eher zwanglose Versammlungen von kleineren Personengruppen zu sein, die mit Schwert und Schild und Speer Kampftraining ausübten.

»Das Verlangen nach kriegerischer Trefflichkeit breitet sich deutlich über die Mauern der Akademie hinweg aus«, sagte der Abgesandte.

Als sie ihren Weg fortsetzten, kamen sie durch ein zweites Tor, jenseits dessen die Gärten sich erneut veränderten. Die Bäume auf diesen südlichen Hängen waren dichter gepflanzt, und Falco bemerkte, dass es sich bei den meisten um Obstbäume handelte. Hier und da konnte er Leute auf Leitern sehen, die damit beschäftigt waren, die letzten Birnen des Herbstes zu sammeln und sie in Behälter zu packen.

Als sie tiefer in den Obstgarten vordrangen, hörten sie das Klacken von Holz auf Holz, und plötzlich stießen sie auf eine Lichtung, wo ein weiteres Paar in einen Übungskampf verwickelt war. Einer der beiden Kämpfenden war eine Frau von etwa dreißig Jahren, mit ledernen Kniehosen und einer weißen Bluse. Darüber trug sie ein grünes Kleid, das bis zu der silbernen Kordel um ihre Hüfte geschlitzt war. Ihre blauen Augen blitzten vor Konzentration, und ihr kastanienfarbenes Haar flog ihr wild um die Schultern und klebte ihr in feuchten Strähnen auf der schweißnassen Haut. Der andere war ein Mann, der gelenkig, aber kräftig gebaut war. Sein dunkles Haar war glatt und seidig, und obwohl er außer Atem war, bewegte er sich mit der Stärke und der Bedachtsamkeit eines erfahrenen Kriegers.

Sie kämpften mit hölzernem Schwert und metallenem Schild, und Falco war von der Wildheit ihrer Schlagabtäusche beeindruckt. Dies war kein vorgetäuschtes Fechten, sondern eine Übung in einem Kampf auf Leben und Tod. Die Auseinandersetzung der beiden Kampfteilnehmer brachte sie ein wenig näher an den Pfad heran, und mit einem Mal bemerkte die Frau ihre Anwesenheit. Ihr Blick schweifte über sie hinweg, als sie fortfuhr, anzugreifen und zu parieren, aber dann erblickte sie den Abgesandten, und nur einen Moment lang war ihre Konzentration unterbrochen. Ihr Schild neigte sich, und das hölzerne Schwert des Mannes traf ihre Wange mit einem Schlag, der sie alle zusammenzucken ließ.

Die Frau stieß einen Schrei aus und wirbelte davon. Als sie sich wieder umdrehte, war ihr Gesicht wütend, und ein Tropfen Blut rann ihre errötete Wange hinab. Sie warf ihrem Gegner einen schnellen Blick zu, betrachtete flüchtig die Leute in der Reisegruppe, dann blickte sie den Abgesandten entrüstet an.

Falco sah Ärger in ihren tiefblauen Augen, aber da war auch Verlegenheit. Wortlos warf sie Schwert und Schild zu Boden und rannte zwischen den Bäumen hindurch auf ein schwarzes Pferd zu, das ruhig am Stamm eines Apfelbaums graste. Sie schwang sich leicht in den Sattel, und mit einem Stoß ihrer Hacken war sie verschwunden.

Alle Blicke wandten sich wieder dem Mann mit dem seidigen, schwarzen Haar zu. Sein Gesicht war stolz, mit dem dunklen Schimmer von jemandem aus Acheron oder Thraecien. Es lag keine Entschuldigung oder Verlegenheit in seinem Ausdruck, aber da war eine gewisse Nervosität, als er in die grauen Augen des Abgesandten sah.

»Warum hast du die Dame geschlagen?«, fragte der Abgesandte mit einem gefährlichen Klang in der Stimme.

»Weil sie die Aufmerksamkeit verloren hat und ihre Deckung fallen ließ«, sagte der Mann.

»Denkst du, sie wird dir vergeben?«

»Schneller, als sie Euch vergeben wird, denke ich«, sagte der Mann mit der Andeutung eines Lächelns.

»Ich fürchte, dass du recht hast, mein Freund«, sagte der Abgesandte mit einem plötzlichen Lachen.

Die Kadetten blickten von einem zum anderen, während sie gerade noch in der Ferne ein schwarzes Pferd ausmachen konnten, das den Hügelpfad erklomm.

»Kennt Ihr diese Frau?«, fragte Falco.

»Das«, sagte der Abgesandte, wobei er der nun schon weit entfernten Gestalt nachblickte, »ist die Königin von Grimm.«

Zehn Minuten später folgte eine noch nervösere Gruppe von Kadetten dem Abgesandten durch den hohen Torbogen und in den mittig gelegenen Innenhof des Palastes. Ihre Pferde waren von Stallburschen weggeführt worden, und jedem der Reisenden war ein Handtuch und eine Schale mit nach Rosen duftendem Wasser angeboten worden, um sich zu waschen, bevor sie sich der Königin vorstellten. Malaki starrte die Schale verzweifelt an. Es würde mehr als nur ein wenig süß duftendes Wasser nötig sein, um ihn repräsentabel zu machen.

»Macht euch keine Sorgen«, sagte der Abgesandte mit einem Lachen. »Ihr seid gekommen, um eure Leben in den Dienst der Königin zu stellen. Denkt ihr, da wird sie sich an ein wenig Dreck und Ruß stören?«

Malaki sah nicht besonders beruhigt aus.

Mit ordentlich gewaschenen Händen und Gesichtern setzten sie ihren Weg über den Innenhof fort, wo sie von einem großen Mann empfangen wurden, der in ein vollendet maßgeschneidertes Wams aus schwarzer Chenille mit einem matten Schimmer silbernen Brokats gekleidet war. Darüber trug er einen kurzen türkisfarbenen Seidenmantel, der ihm von einer Schulter herabhing, um einen Diener des Hofs auszuweisen. Und auf seinem Kopf saß eine schwarze Seidenkappe mit einer blauen Bordüre als Zeichen seiner Autorität. Sein kurz geschnittenes Haar unter der Kappe war weiß, während sein gut gestutzter Bart und die buschigen Augenbrauen überraschend dunkel wirkten. Seine falkenartigen Augen waren von einem tiefen Braun, und sie blickten mit scharfem Auffassungsvermögen über die jungen Leute hinweg.

»Sir William«, sagte er in einem Ton, der eine Fülle von Bedeutungen vermittelte, und nicht alle davon waren gut.

»Meister Cyrano«, erwiderte der Abgesandte mit einer respektvollen Verbeugung.

»Wieder so ein kindischer Streich?«

»Nein, Mylord«, sagte der Abgesandte mit einem Lachen. »Ich hatte nicht erwartet, sie außerhalb des Palastes zu finden.«

»Nicht dass Ihr jemals versucht hättet, *das* zu verhindern«, sagte der Ratgeber der Königin mit einem missbilligenden Blick.

Das Lächeln des Abgesandten war mit Schuld geschrieben.

Cyrano wandte sich den Kadetten zu.

»Willkommen in Grimm. In ein paar Minuten werdet ihr zu den Kasernen in der Kriegsakademie geführt werden.« Er nickte einem Knappen zu, der am Rand des Innenhofs stand. »Allerdings möchte die Königin gerne alle Kadetten anlässlich ihrer Ankunft in der Stadt begrüßen.« Sein Blick glitt über sie hinweg, und einen knappen Moment lang schien es, als ruhten seine wachen Augen auf Falco, aber dann nickte er befriedigt, als ob alles in Ordnung sei.

»Die Königin wird euch auf der westlichen Terrasse treffen. Der Chevalier kennt den Weg.« Und damit wandte er sich um und stieg die kurze Treppe in den Palast hinauf.

Die Kadetten seufzten hörbar erleichtert auf.

»Wohl nicht der freundlichste Mann, was?«, sagte Malaki.

»Nein«, sagte der Abgesandte. »Aber möglicherweise ist er der ehrlichste.«

Mit dieser Bemerkung führte er die Kadetten durch einen kurzen Tunnel in der Westwand des Innenhofs. Dieser brachte sie zu einer grasbewachsenen Terrasse mit einem Schotterpfad, der sie in ihrer ganzen Länge durchmaß. Zur Rechten türmte sich der Palast auf, während zur Linken die Wände der Reihe von Klippen folgten, die das Meer überblickten, und wo die Sonne in einer

Wolkenbank am Horizont verschwunden war. Es war kalt, aber der Abendhimmel war klar und hell.

Als sie die Terrasse entlang weitergingen, sahen sie, dass sich die Rasenfläche zu einem niedrigen Hügel erhob. Der Hügel war von einer Laube gekrönt, die in Bronze gegossen und in der Gestalt dreier Bäume geschaffen war, die zusammenstanden, um ein Dach aus verflochtenen Zweigen zu bilden. Das verwitterte Metall leuchtete vor Grünspan, und unter dem Laubendach stand eine große Frau mit langem kastanienfarbenen Haar.

Die Kadetten blickten in Ehrfurcht auf, als sie dem Abgesandten folgten.

»Sie ist wunderschön«, flüsterte Bryna, und Malaki nickte, aber Falco antwortete nicht.

War das dieselbe Frau, die sie gerade gesehen hatten, durcheinander und schwitzend, unten in den Gärten?

Jetzt stand sie erhobenen Hauptes und schlank da. Ihr Kleid war aus einem Stück türkisfarbener Seide, mit Goldfäden eingefasst und an der Hüfte mit einer schmalen goldenen Kette zusammengebunden. Zum Schutz gegen die abendliche Kälte trug sie einen hellblauen Umhang mit einem Kragen aus Wolfsfell über den Schultern, und um ihren Hals lag ein schwarzes Seidenhalsband, das neben der Raffinesse ihrer restlichen Kleidung abgetragen und derb wirkte.

Der Abgesandte führte sie um den Fuß des Hügels herum, bis sie an der Mauer aufgereiht waren, und dann beobachteten sie, wie er ihn erstieg, um vor der Königin niederzuknien. Der Kontrast zwischen der schlanken Frau und dem kräftigen Ritter hätte nicht deutlicher sein können, aber was die Ausstrahlung betraf, so hätte Falco nicht sagen können, wer von beiden die stärkere besaß.

Die Königin blickte auf den Mann herab, der vor ihr kniete. Ihr Blick war gebieterisch, und etwas von ihrem früheren Ärger verlieb noch immer in ihrem vorgereckten Kinn und ihren verengten tiefblauen Augen. Aber dann milderte sich ihr Ausdruck, als könne sie ihren Zorn im Angesicht solcher Ergebenheit nicht aufrechterhalten. Schließlich streckte sie ihre Hand aus, und der Abgesandte hob seinen Kopf, um sie zu küssen.

»Ihr«, sagte sie, als der Abgesandte sich erhob, »seid einen Tag zu früh.«

Obwohl sie leise gesprochen hatte, trug der Wind die Worte der Königin zu den Kadetten hinüber, und sie lächelten über den schuldbewussten Blick auf dem Gesicht des Abgesandten.

»Ein ganz und gar unschuldiger Fehler, Eure Majestät«, sagte er.

Das sanfte Schnauben der Königin ließ vermuten, dass es für sie nicht zum ersten Mal erforderlich geworden war, ihrem Abgesandten einen »unschuldigen Fehler« zu vergeben. Einen Moment lang blickten sie einander an, und etwas Unausgesprochenes ging zwischen ihnen vor, dann drehte sich der Abgesandte zu den wartenden Jugendlichen um.

»Eure Majestät«, sagte er etwas lauter. »Darf ich Euch die Akademie-Rekruten aus der valentianischen Stadt Caer Dour präsentieren.«

Die Königin wandte ihnen ihr Gesicht zu, und nun wich jede Spur von Zorn aus ihren Augen.

»Willkommen«, sagte sie, ihre Stimme klang voller und tiefer, als sie es von jemandem mit einem so zarten Körperbau erwartet hätten. »Ich habe einiges von den Widrigkeiten gehört, die ihr erdulden musstet, aber jetzt seid ihr sicher. Grimm ist eure Stadt, die Einwohner von Clemoncé sind eure Leute.«

Die Jugendlichen waren von dem Mitempfinden in der Stimme der Königin tief beeindruckt, und einige von ihnen senkten ihre Gesichter, um zu verbergen, dass ihnen jäh die Tränen kamen.

Die Königin wandte sich dem Abgesandten zu und rief den Namen des ersten Kadetten auf, wobei sie aus der Laube trat.

»Allyster Mollé.«

Beinahe wie in einem Traum stieg der junge Bogenschütze den Hügel hinauf, um die Königin zu treffen. Sie schüttelte seine Hand und tauschte ein paar leise Worte mit ihm aus, bevor er auf der anderen Seite hinabstieg, um neben der Palastmauer zu warten.

Als die Reihe an Bryna war, erstieg sie den sanften ansteigenden Hang mit hocherhobenem Kinn und einem wie versteinerten Gesicht. Falco konnte nicht hören, was die Königin ihr sagte, aber mit einem Mal sackten Brynas Schultern zusammen. Sie ließ den Kopf hängen, und die Königin hob sanft ihr Gesicht an. Wieder wurden die Worte vom Wind fortgetragen, aber Falco sah die Wärme im Lächeln der Königin und die Tränen auf Brynas Wange.

Als Malaki gerufen wurde, erstieg er den Hügel mit den mühelosen Bewegungen, die ihn als geborenen Kämpfer auswiesen, aber als er sich vor der Königin verbeugte, ließ er den rechten Fuß in etwas wie einem Knicks zurückfallen. Er straffte sich wieder, und sein gesamtes Gesicht war jetzt so scharlachrot wie sein Feuermal. Die Königin lächelte freundlich, aber in ihren Augen lag unverkennbar Belustigung.

»Meine Dame«, murmelte Malaki, der völlig vergessen hatte, wie die Königin korrekt anzusprechen war.

Sie streckte ihre Hand aus, und Malaki hob sie sanft an seine Lippen.

»Du bist also derjenige, der meinem Abgesandten die Nase gebrochen hat?«

»Äh, ja, Eure Majestät«, sagte Malaki, dessen Gesicht einen noch tieferen Rotton annahm.

»Oh, ich wünschte, ich wäre dabei gewesen, um das zu sehen!«

Überrascht, dass die Königin einen solchen Scherz machte, sah Malaki auf. Ihr Blick schnellte in die Richtung des Abgesandten, und plötzlich kam sich Malaki nicht mehr ganz so sehr wie ein Idiot vor, als er seinen Weg nach unten machte, um sich zu den anderen neben der Palastmauer zu gesellen. Die verbliebenen Kadetten wurden vorgestellt, bis nur noch Falco übrig war. Es bestand ein starker Kontrast zwischen den gesunden jungen Leuten, die bisher vorgestellt worden waren, und der

Gestalt von Falco, der wie ein großes, verwahrlostes Kind aussah.

Er war sich schmerzlich der Augen bewusst, die auf ihn gerichtet waren, als er den niedrigen Hügel emporstieg. Als er aufblickte, war die freundliche Wärme aus dem Blick der Königin verschwunden und von etwas ersetzt worden, das nicht Feindseligkeit war, sondern eher ein gespanntes und forschendes Interesse. Er verbeugte sich tief und küsste ihre Hand, dann richtete er sich auf, um ihr geradeaus in die Augen zu sehen.

Die Königin hob eine Augenbraue, als überrasche sie die Offenheit seines Blicks.

»Und warum bist du nach Grimm gekommen, Meister Danté?«, fragte sie.

Falco zögerte. Er hatte nicht erwartet, auf diese Weise herausgefordert zu werden.

»Um das zu tun, was ich kann«, sagte er.

»Nicht mehr?«

Falco ertappte sich dabei, dass er sich fragte, wie viel die Königin eigentlich über seinen Vater wusste. Eine Sekunde lang verengte er argwöhnisch die Augen, während er vorsichtiger wurde. Ja, ein Teil von ihm hoffte, einige Antworten zu finden, eine Art Bestimmung. Aber der wirkliche Grund, weshalb er sich auf den Weg nach Grimm gemacht hatte, war viel einfacher.

»Um ganz ehrlich zu sein, Eure Majestät, wollte ich einfach nur mit meinem Freund zusammen sein.«

Die Königin stieß ein schwaches Seufzen aus, als hätte sie ihren Atem angehalten.

»Ich kann mir keinen besseren Grund vorstellen«, sagte sie, und jetzt lächelte sie endlich.

Falco senkte den Blick und verbeugte sich einmal mehr. Er sah nicht, wie die Königin dem Abgesandten einen Seitenblick zuwarf und kaum merklich nickte. Wie benommen schlenderte er die Böschung hinab, um sich neben Malaki und Bryna zu stellen.

»Ich kann gar nicht glauben, dass sie so nett war«, flüsterte Bryna, die sich immer noch die Augen abtupfte.

»Ein Knicks«, murmelte Malaki. »Ich glaub das nicht. Ein Scheißknicks!«

Bryna lachte und nahm Malaki beim Arm, aber Falco hörte sie kaum. Alles, was er hören konnte, waren die Worte der Königin, die durch seinen Geist hallten.

Und warum bist du nach Grimm gekommen, Meister Danté?

Er blickte auf und sah, wie der Abgesandte zurück in die Laube trat und sich vor die wunderschöne Frau stellte, die die Königin von Grimm war. Sie konnten nicht länger hören, was gesprochen wurde, aber Falco bemerkte im Auftreten des Abgesandten etwas, von dem er niemals geglaubt hatte, es an ihm zu sehen … Nervosität.

Eine Weile unterhielten sie sich leise, und Falco fiel auf, dass ihre Augen niemals lange Kontakt herstellten, aber dennoch konnte man trotz einer gewissen Verlegenheit zwischen den beiden ihre Vertrautheit nicht bezweifeln. Die Kadetten standen nun nahe beieinander, und alle starrten zu dem Mann und der Frau hinauf, die sich vor der Helligkeit des westlichen Himmels abzeichneten.

»Sie lieben einander«, sagte Bryna leise.

»Ja, das tun sie«, sagte eine tiefe Stimme, und die Kadetten wandten sich zum Ratgeber der Königin um, der hinter ihnen stand.

»Warum heiraten sie dann nicht?«, fragte Bryna, ermutigt durch die Freimütigkeit des Ratgebers.

»Das können sie nicht«, sagte Cyrano. »Die Politik und die Linie der Thronfolge schreiben vor, dass die Königin Prinz Ludovico von König Michaels Berg heiraten sollte. Ihn abzuweisen würde den Adel spalten und die Stellung der Königin gegenüber den Magiern schwächen.«

»Ist das der Grund, weshalb sie immer noch Trauer trägt?«
Cyrano nickte.

»Solange sie nämlich ein schwarzes Andenken übergezogen hat, muss sie dem Prinzen keine Antwort geben, und die beiden«, er nickte in die Richtung des Abgesandten und der Königin, »können eine Illusion von Hoffnung aufrechterhalten.«

Sie sahen mit an, wie das Paar ruhig miteinander sprach. Nur einmal streckte die Königin ihren Arm aus, als wolle sie die Hand des Abgesandten finden, aber er zog sie zurück und fasste in seine Tunika, um ein Bündel zum Vorschein zu bringen, das in einfaches weißes Tuch gewickelt war. Die Kadetten drängten sich vorwärts, als der Abgesandte die Umhüllung wegzog.

»Der Gürtel«, flüsterte Malaki.

Auf dem Hügel blickte die Königin den Gegenstand an, der in den großen, rauen Händen des Abgesandten lag. Ein Gürtel aus miteinander verflochtenen Lederriemen mit einer silbernen Schnalle, die wie ein Pferdekopf geformt war, dieselbe Ausführung, die auf den Flaggen über dem Palast flatterte. Aber es war nicht diese Ausführung, die ihr den Atem im Hals stocken ließ. Es war der Umstand, dass die Lederriemen schwarz waren.

Sie streckte eine Hand aus und berührte den Gürtel.

»Ich kann nicht glauben, dass Ihr dafür Zeit gefunden habt«, sagte sie, ihre Stimme klang belegt vor Ergriffenheit.

»Ich habe ihn an einem Marktstand unten am Hafen aufgegabelt.«

»Das habt Ihr nicht!«, schalt ihn die Königin, und hierbei schubste sie ihn tatsächlich gegen die Schulter.

»Nein«, sagte der Abgesandte. »Das habe ich nicht.«

»Er ist wunderschön«, sagte die Königin, und einen Moment lang blickten sie einander in die Augen, bevor die Königin sich umdrehte und ihr langes Haar zurück aus dem Nacken strich.

Der Abgesandte hielt inne und holte Atem, wie um seine Nerven zu beruhigen, ehe er das abgetragene Seidenhalsband um den Hals der Königin losmachte, das Seidenhalsband, das er vor mehr als einem Jahr für sie angefertigt hatte. Er faltete es und ließ es in dieselbe Tasche gleiten, aus der er den Gürtel gezogen hatte. Und dann fasste er unter ihren Umhang und legte den Gürtel um ihre schlanke Hüfte. Er hielt sich nicht damit auf, die Schnalle festzumachen, aber für die Kadetten, die vom Fuß des Hügels aus zusahen, wirkte es wie eine Umarmung.

»Zeit für ein wenig Ungestörtheit, denke ich«, sagte Cyrano, womit er den Zauber brach, der die Kadetten geradezu gebannt hatte.

Er führte sie den Pfad hinab und zurück durch den Tunnel in der Palastmauer. Im Innenhof übergab er sie in die Obhut des Knappen, der sie zurück zu den Stallungen leitete, bevor er sie durch die geschäftigen Straßen der Hauptstadt auf die Tore in der nördlichen Mauer zuführte, wo ein Pfad hinauf zu dem Plateau und der Kriegsakademie verlief.

Die Königin und der Abgesandte waren um den Palast herumgeschritten, um mit anzusehen, wie die Reihe von Kadetten durch die Stadt in Richtung der nördlichen Mauern zog. Ihre Blicke hatten sich auf die dünne Figur an ihrem Ende gerichtet.

»Seid Ihr Euch sicher, dass er stark genug ist?«, fragte die Königin.

»Nein«, gab der Abgesandte zurück.

»Die Magier werden nicht einverstanden sein, ihn auszubilden.«

»Vielleicht gibt es einen anderen Weg«, sagte der Abgesandte, der daran dachte, wie Meredith Falco angeblickt hatte. »Davon abgesehen, könnte Aurelian helfen.«

»Aurelian ist ein übellauniger alter Bastard«, sagte die Königin.

»Das ist wahr. Aber er ist alles, was wir haben.«

Die Königin schien wenig überzeugt.

»Und Ihr wollt Euch an ihrer Ausbildung beteiligen?«

»Zumindest eine Weile.«

»Marschall Breton wird das nicht zulassen.«

»Marschall Breton wird erleichtert sein«, sagte der Abgesandte. »Ihr wisst, dass er meine Anwesenheit als lästig empfindet.«

»Das liegt daran, dass die Männer zu Euch aufsehen und nicht zu ihm.«

»Vielleicht«, sagte der Abgesandte.

Sie beobachteten, wie die Reihe der Kadetten den sich windenden Pfad hinaufstieg und über den Rand des Plateaus verschwand. Für eine Weile war die Königin still, und dann sprach sie die Frage aus, die der Abgesandte erwartet hatte.

»Wird er sich gegen uns wenden?«

»Ich weiß es nicht«, sagte er, und die Königin seufzte, als sei es närrisch, solche Gewissheiten zu erwarten.

»Dann sei es so«, sagte sie schließlich. »Wie der Adler, so der Falke. Soll der Sohn des Wahnsinnigen eben ausgebildet werden.«

Morgan Saker blickte vom Balkon des Magierturms hinab, als der letzte der Kadetten in Sicht kam.

»Ist er das?«, fragte ein Mann neben ihm, der sogar noch mehr Macht und Autorität als Saker selbst ausstrahlte. Sein Name war Galen Thrall, Großer Veneratu und Verehrter Meister der Magier von Clemoncé.

»Ja«, sagte Saker. »Das ist er.«

»Dann haben wir nichts zu befürchten«, sagte Thrall mit all der Sicherheit eines Befehls.

»Ihr habt nicht mitangesehen, wie er dem Dämon entgegengetreten ist.«

Thrall verengte nachdenklich die Augen.

»Er ist ein Kind«, sagte er. »Davon abgesehen … ohne einen Magier, der ihn anleitet, wird er niemals ein Kampfmagier werden. Die Angelegenheit ist beendet. Wir behalten unseren Kurs bei und konzentrieren unseren Willen weiter auf die Armee. Wenn die Menschen erst einmal sehen, wozu eine Armee von Magiern in der Lage ist, wird uns nichts davon abhalten, die Throne aufzulösen und die Herrschaft über Grimm anzunehmen.«

Damit kehrte er sich vom Balkon ab und schritt zurück ins Herz des Turms, wo ein Konzil der Ältesten einberufen worden war.

Übersehen, unbeachtet und tief in Gedanken versunken, beobachtete Meredith, wie sie fortgingen. Der Große Veneratu sprach mit absoluter Sicherheit, aber Meredith war verwirrt. Was tat es schon zur Sache, wenn Falco ein Kampfmagier wurde? Sicher würden sie alle einen Nutzen davon haben. Er schritt zum Balkon und blickte auf die Kadetten hinab. Aus irgendeinem Grund hasste sein Vater Falco, und der Große Veneratu redete über ihn, als sei er eine Bedrohung. Aber Meredith konnte das nicht verstehen. Er hatte Falco nie gemocht, aber er konnte doch auch die Tatsache nicht ignorieren, dass dieser sein Leben gerettet und ihm die Qual des Drachenfeuers erspart hatte. Es war eine Schuld, die zwischen ihnen lag, und irgendwie musste sie bezahlt werden.

Er wandte sich vom Balkon ab und blickte in das dunkle Innere des Turms. Heute Nacht würde er sich in eine einsame Kammer zurückziehen, um über die verschiedenen Fächer der Lehre nachzudenken, die den Grundstein seines Studiums bilden sollten. Einer von ihnen würde, wie er bereits entschieden hatte, Geschichte sein. Dieser Turm war das Machtzentrum der Magier. In seinem Herzen lag das Wissen und die Geschichte von zweitausend Jahren. Irgendwo in den beschatteten Archiven der Vergangenheit verbarg sich der Ursprung für den Hass seines Vaters. Und Meredith war entschlossen, ihn zu finden.

Zwielicht war angebrochen, als die Kadetten ihren Weg den sich windenden Pfad auf das Plateau hinauf nahmen. Als sie die Anhöhe erklommen und auf eine Reihe von niedrigen quadratischen Gebäuden zuritten, war sich Falco nur schwach seiner Umgebung bewusst. Er dachte an die Frage, die die Königin ihm gestellt hatte. Er hatte nicht gelogen, aber in seinem Herzen wusste er, dass mehr dahintersteckte. Grimm war inzwischen mehr als ein Symbol für das Zuhause der Akademie, mehr als nur die Hauptstadt eines großen Königreichs. Es stellte die Chance auf einen Neuanfang dar, und die Möglichkeit, Antworten auf die Fragen zu finden, die sein Leben verfolgt hatten. Und so hatte sich, während sich die anderen in nervöser Aufregung miteinander unterhielten, Falcos Kopf nachdenklich gesenkt. Er wurde erst aus seiner Grübelei gerissen, als sie das Plateau erklommen und Malaki und Bryna neben ihm anhielten.

»Was hat sie zu dir gesagt?«, fragte Malaki.

»Sie wollte wissen, warum ich nach Grimm gekommen bin.«

»Das ist einfach«, sagte Malaki. »Du bist hier, um ein Kampfmagier zu werden.«

Die Sicherheit in Malakis Stimme brachte in Falcos Seele eine Saite zum Klingen. Es war richtig. Was auch immer seine Zweifel gewesen sein mochten und was auch immer an Herausforderungen vor ihm lag, die Wahrheit war mit einem Mal klar. Er war hier, um ein Kampfmagier zu werden.

Diese Offenbarung war für ihn wie ein Donnerschlag.

28

Der Eremit, der Heiler und der Fischer

Der Abend dämmerte in den illicischen Bergen, und als sich der Junge der Höhle näherte, begann sein Herz schneller zu schlagen, nicht wegen des steilen und felsigen Anstiegs, sondern weil er den Eremiten nie zuvor gesehen hatte. Die anderen Jungen sprachen von einem wilden Mann mit verfaulten Zähnen und zerlumpten Kleidern, wild stierenden Augen und einer Haut, die wegen des schwarzen Drecks auf dem Höhlenboden vor Schmutz nur so starrte. Sie erzählten die Geschichte eines Jungen, der den Korb mit Essen umgeworfen, aber den Aufstieg beendet hatte, um sich für seinen Fehler zu entschuldigen. Er war niemals wiedergesehen worden, und während die anderen Jungen es nicht deutlich aussprachen, legten ihre vagen Andeutungen nahe, dass der Eremit ihn anstelle des Essens, das ihm vom Dorf als Tribut gesandt wurde, gegessen haben könnte. Und so war der Junge wirklich angsterfüllt, als er sich unter den Hängenden Felsen duckte und den ersten Blick der Höhle erhaschen konnte. Dies war ein dunkler Einschnitt in der zerklüfteten Felswand des Bergs.

Der Junge kämpfte gegen seine Angst an, während er sich mit dem gegen die Brust gedrückten Essenskorb die groben Stufen hinaufbegab, die den letzten Teil des Aufstiegs darstellten. Seine Hände zitterten, als er den Korb unter den Vorsprung stellte und die kleine Messingglocke läutete, die in einer Felsspalte stand.

»Warte, bis er kommt, um es mitzunehmen«, hatten die Ältesten ihm erzählt. »Sonst verstreuen die Krähen und Raben es über die Abhänge.«

Dem Jungen hämmerte das Herz in der Brust, und das Geräusch seiner Atemzüge hallte von den kahlen Felsen um ihn.

herum wider. Endlich sah er eine Bewegung. Er machte einen unfreiwilligen Schritt rückwärts, dann hielt er an, als ein Mann aus der Höhle hervortrat. Sie hatten gelogen!

Ja, der Mann sah wild aus, mit seinem dichten, grauen Haar, den abgerissenen Kleidern und seiner wettergegerbten Haut. Aber er war nicht schwarz vor Dreck, und seine Augen stierten auch nicht wild, sondern sie waren blau und ruhig und von einer Traurigkeit erfüllt, die der Junge nicht einmal ansatzweise begreifen konnte. Wortlos legte er eine Hand auf seine Brust und verbeugte sich dankend vor dem Jungen. Verwirrt und seltsam betrübt nickte ihm der Junge nervös zu, bevor er sich umdrehte, um den Pfad zurückzurennen. Wenn er sich beeilte, schaffte er es womöglich zurück, bevor es ganz dunkel wurde.

Mit einem Ausdruck vollkommener Distanziertheit blickte der Eremit dem Jungen nach, der überstürzt den Bergpfad hinabrannte. Dann hob er den Essenskorb mit keinem größeren Interesse auf, als wenn er voller Blätter gewesen wäre, und ging zurück in die Höhle.

Ein Donnerschlag!

Der Eremit hielt inne. Er wandte sich um. Die ruhige Leidenschaftslosigkeit war aus seinen Augen verschwunden und von Schock ersetzt worden – und von etwas, das Furcht ähnelte. Er stellte den Essenskorb ab und starrte am Eingang der Höhle stehend über die sich langsam verdunkelnde Landschaft hinweg, während sein Herz genau so schnell wie das des kleinen Jungen schlug, der ihm eben das Essen gebracht hatte.

Hatte er sich geirrt?

Hatte er es gehört … gefühlt?

Er wartete.

Nichts.

Mit hastigen Atemzügen bückte er sich, um den Korb aufzunehmen, aber als er sich aufrichtete, erregte der dunkelste Winkel in der Tiefe der Höhle seine Aufmerksamkeit. Furcht erhob sich in seinem Geist, und eine entsetzliche Traurigkeit schloss sich um sein Herz. Beinahe zwanzig Jahre lang hatte er in dieser Höhle gelebt, und in all der Zeit war er nur ein einziges Mal in diesen Winkel vorgedrungen.

Er spähte in den tiefen, undurchdringlichen Schatten.

Er würde nicht bis in den hinteren Teil der Höhle vordringen.

Er konnte es nicht.

Er wagte es nicht.

Der Abend dämmerte, als das kleine thraecische Mädchen mit der größten Geschwindigkeit, die es aufbringen konnte, durch den Olivenhain rannte. Der Heiler war nicht zu Hause, aber der Zustand ihres Vaters hatte sich verschlechtert, und sie musste ihn einfach finden.

»Ich habe gesehen, wie er den Hang hinaufging«, hatte Phineas der Ziegenhirte zu ihr gesagt. »Zum Friedhof hinter den Olivenhainen.«

Und so rannte sie zwischen den uralten Bäumen hindurch, um ihn zu finden und ihn zum Haus zurückzuholen, bevor ihrem Vater gar nicht mehr geholfen werden konnte. Als das Mädchen aus dem Olivenhain auftauchte, geriet es auf dem staubigen Boden ins Rutschen. Da war er, der kundigste Heiler im der ganzen Gegend, und kauerte am Fußende des namenlosen Grabs. Einige sagten, dass seine Frau in diesem Grab lag. Andere sagten, es sei das des ersten Patienten, den er je verloren hatte. Was auch immer der Fall sein mochte, es hatte den Heiler jeder Spur von Fröhlichkeit beraubt und ihn als einen leeren Mann zurückgelassen. Er heilte die Kranken und kümmerte sich um die Verletzten, aber er lächelte niemals und nahm die Dankesbezeugungen seiner Patienten mit nichts anderem als einem geistesabwesenden Nicken zur Kenntnis. Der Stadt war er ein Quell der Neugier und der Traurigkeit.

Trotz all ihrer Hast zögerte das Mädchen, bevor es vortrat, aber der Heiler schien ihre Anwesenheit zu spüren und kam auf die Beine, um sich ihr zuzuwenden.

»Mein Vater«, keuchte das Mädchen, das nur vorwärtsstürmte. »Der Schmerz ist schlimmer als je zuvor, und jetzt bekommt er keine Luft.«

Der Heiler griff in eine Stofftasche, die er über der Schulter trug. Er zog einen kleinen Beutel heraus und reichte ihn dem Mädchen.

»Eine Prise davon in ein wenig warmem Wasser«, sagte er zu ihr. »Halte ihn ruhig, und richte ihm aus, dass ich gleich bei ihm bin.«

Mit Tränen der Dankbarkeit in den Augen nickte das Mädchen und rannte davon.

In dem Wissen, dass er gebraucht wurde, und doch nicht willens, zu gehen, sah der Heiler ihr nach. Er hatte keine Ahnung, was ihn an diesem Abend hierhergeführt hatte. Er war es gewohnt gewesen, ständig hierherzukommen, aber in den letzten paar Jahren hatte er versucht wegzubleiben. Er blickte auf das Grab hinunter, und der altbekannte Kummer erhob sich in seinem Herzen, die Scham war so schwarz und giftig wie je. Dann wandte er sich mit einem Seufzen zum Gehen.

Ein Donnerschlag!

Der Heiler erstarrte.

Mit etwas, das Furcht nahekam, drehte er sich zu dem Grab um. Sein Herz begann jäh zu hämmern, als erwartete er zu sehen, wie sich etwas aus der Erde herausgrub. Es war ein Fehler gewesen, hierherzukommen. Er hatte recht gehabt, als er weggeblieben war.

Er sah sich um, lauschend … wartend …

Nichts.

Der Heiler kehrte dem Friedhof den Rücken und stolperte davon, wobei er sich mindestens genauso atemlos wie der Vater des Mädchens fühlte. Er mochte seine Vergangenheit begraben haben, aber das bedeutete nicht, dass er ihr auch entkommen konnte.

Der Abend dämmerte, als das kleine Fischerboot die abgelegene Landzunge an der Küste von Beltane umrundete. Die Netze waren eingeholt, und es mussten nur noch ein paar weitere Hummerkörbe kontrolliert werden, bevor sie sich zur Sicherheit des Hafens aufmachten. Der Fischer war an der Ruderpinne und steuerte das Boot mit erfahrener Leichtigkeit, während seine beiden Helfer langstielige Haken bereithielten, um die Blasen aus Robbenhaut einzuholen, die die Positionen der Körbe markierten. Der Ältere der beiden nickte seinem jüngeren Bruder kurz ermutigend zu. Er war zum ersten Mal draußen, und er war darauf erpicht, einen guten Eindruck zu hinterlassen.

Als sie die erste Blase erreichten, fierte der Fischer das Segel auf und drehte den Bug des Boots in die Wellen. Dies ermöglichte dem jüngeren Bruder, das an der Blase festgemachte Tau einzuholen und den Korb vom Meeresgrund hochzuziehen.

»Gut gemacht«, sagte sein Bruder, als er ihm zu Hilfe kam.

Sie leerten die Hummer in die Haltekübel, legten neue Köder in den Korb und warfen ihn wieder über Bord. Der Fischer holte das Segel dicht und führte mit dem kleinen Gefährt eine Wende aus, und die beiden Brüder wandten ihre Aufmerksamkeit den vor ihnen liegenden Körben zu.

»Wir haben einen übersehen«, sagte der jüngere Bruder, dem eine bleiche Blase auffiel, die sich nahe der felsigen Klippen befand.

Sein Bruder blickte ihn scharf an und schüttelte den Kopf.

»Den nicht«, zischte er. »Den da sammeln wir nie ein.«

Er warf dem Fischer einen flüchtigen Blick zu, aber der Mann, dem das Boot gehörte, schien nichts bemerkt zu haben. Keiner wusste, warum er diesen Korb niemals kontrollierte oder was die Blase aus Robbenhaut markierte. Gerüchten zufolge hatte er einst einen Mann getötet und sein Gewicht mit Gestein beschwert. Aber es ergab keinen Sinn, den Ort eines solchen Verbrechens zu kennzeichnen. Andere sagten, dass er einen Schiffskameraden in einem Sturm verloren hatte und die Blase die Stelle markierte, an der der Freund des Fischers ertrunken war. Doch die Wahrheit war, dass niemand es wusste.

Der Fischer war sich der Blicke bewusst, die auf ihn gerichtet waren. Er war sich auch der Geschichten bewusst, die man sich über ihn erzählte. Es spielte keine Rolle. Irgendwann würde er die Leine kappen und die Markierung davontreiben lassen. Dann würde er vielleicht vergessen können.

Mit unbewegtem Gesicht steuerte er das Boot auf die nächste Markierung zu.

Ein Donnerschlag!

Der Fischer wendete das Boot so plötzlich, dass sich die beiden Brüder an der Bordwand festhielten, als das kleine Gefährt auf der unsteten See stampfte und rollte. Von plötzlicher Furcht ergriffen, blickten sie zu dem Mann am Heck auf und fragten sich, was ihn dazu gebracht haben mochte, das Boot anzuhalten.

Der Fischer starrte in die Tiefe, während die bleiche Blase auf den Wellen tanzte.

Hatte er etwas gehört? Hatte er es gefühlt? Oder war es nur eine außergewöhnlich starke Welle gewesen, die in irgendeiner Höhlung in den Felsen ein Geräusch verursacht hatte?

Er wartete, während das Schiff wie betrunken unter ihm tanzte …

Nichts.

Die beiden Brüder sahen mit an, wie der Fischer sich ihnen zuwandte. Sein Ausdruck war freudlos, aber es lag auch eine tiefe Traurigkeit in seinen Augen. Plötzlich war es einfach, zu glauben, dass er einen Mann getötet und sein Grab auf dem Meer markiert hatte. Nervös nahmen sie wieder ihre Haken auf, aber der Fischer ignorierte die verbliebenen Hummerkörbe und steuerte sie direkt heimwärts. Heute Nacht würde es kein weiteres Fischen mehr geben.

Der Fischer überließ es den verhaltenen Brüdern, den Fang auszusortieren, verließ den Hafen und ging entlang der Küste bis zu dem Ort zurück, wo die bleiche Markierung nur ein paar

Bootslängen von den Klippen entfernt in der Dunkelheit tanzte. Ein Tropfen Salzwasser rann ihm aus dem Auge.

Der Lauf der Zeit war nicht genug, wie es schien.

Tatsächlich, ein ganzer Ozean voller Wasser reichte nicht aus, um seine Schuld zu ertränken.

In einem fernen Land, weit jenseits der Endlosen See, hob eine Kreatur ihren Kopf.

Und drei, die niemals geantwortet hatten, ebenfalls.

Ein Donnerschlag!

29

Ein gewohnter Empfang

Wenn Falco von der intimen Natur ihrer gemeinsamen Audienz mit der Königin überrascht gewesen war, dann war er über die Wand aus Schweigen weniger verwundert, die sie begrüßte, als sie den langen Schlafsaal der Akademiekasernen betraten. Der Knappe, der als ihr Führer fungiert hatte, verbeugte sich nervös, bevor er einen schnellen Abgang machte und die Neuankömmlinge den harten Blicken von mindestens dreißig starken jungen Männern überließ. Sie nahmen ihre Konkurrenz aus dem Provinznest in Valentia in Augenschein, und ihr gemeinschaftlicher Gesichtsausdruck war der von Geringschätzigkeit. Für die jungen Adligen von Caer Dour war das kein Problem. Nach einem Augenblick des Innehaltens gingen sie einfach auf leere Betten zu, als hätten sie ein vollständiges Anrecht darauf, hier zu sein.

Damit blieben Falco, Bryna und Malaki übrig.

Ein Schwächling, eine Frau und ein gewöhnlicher Schmied.

Einige der Kadetten betrachteten Bryna mit Interesse, aber Falco bemerkte, wie sich die meisten von ihnen auf Malaki zu fokussieren schienen, als könnten sie einfach dadurch, wie er dastand, etwas von seiner Befähigung abschätzen. Ja, derjenige mit dem Feuermal im Gesicht war von Anfang an ausgesondert worden. Falco lächelte innerlich, insgeheim erleichtert, dass er wenigstens einmal nicht der Mittelpunkt der Aufmerksamkeit war. Seine Anonymität hielt jedoch nicht lange an.

»Ha!«, sagte eine Stimme von der Mitte des Raums her. »Wenn das nicht der Verräter aus Caer Dour ist. Ist doch zweifellos gekommen, um seinem Freund die Rüstung zu polieren.«

Beim Klang der Stimme drehten sich die Kadetten um, und ein natürlicher Durchgang öffnete sich zwischen ihnen. Falcos

Herz sank, als er den Sprecher nach vorn kommen sah. Es war Jarek Snidesson.

»Du hast also überlebt«, sagte er in anklagendem Ton. »Erst bringst du unserer Stadt Zerstörung, unseren Leuten den Tod, und dann bist trotz allem *du* es, der überlebt.« Mit dem altbekannten Stolzieren, das zu seinem hochtrabenden Auftreten gehörte, kam er nach vorn. Hinter ihm folgten drei oder vier kräftige Anhänger, einer von ihnen war ein riesiger Beltone, der sogar noch größer als Malaki zu sein schien.

Die anderen Kadetten sahen zu, wie er herankam. Sie wussten nichts von der Geschichte zwischen ihnen, aber sie konnten sehen, dass der eine über Macht verfügte, und der andere nicht. Für Adlige, deren Schicksal davon abhing, den gewinnbringendsten Verbündeten zu wählen, war die Frage, auf welche Seite sie sich schlagen sollten, also ganz einfach zu beantworten.

»Wenigstens sind wir nicht davongerannt«, sagte Malaki.

»Und der Sohn des Schmieds«, sagte Jarek in dem gleichen herablassenden Ton, der seinem Vater auch so leichtfiel. »Und ein Mädchen, das nur hier ist, weil sie bei den Prüfungen geschwindelt hat.«

Sein Blick flackerte seitwärts, und Falco sah, dass Bryna eine Hand auf Malakis Arm gelegt hatte.

»Aber davongerannt, sagst du?«, erhob Jarek die Stimme, die er nun an die Kadetten im Raum richtete. »Ihr wärt in den Bergen gestorben, wenn mein Vater und ich nicht ausgeritten wären, um Hilfe zu holen.«

»Du solltest dich schämen«, sagte Falco mit steinernem Gesicht. Er ging nicht im Einzelnen auf die Reiter ein, die ihre Leben hingegeben hatten. Er musste es gar nicht tun. Die ruhige Überzeugung in seiner Stimme war mehr als genug, um Zweifel an Jareks Prahlerei zu säen.

Einen Moment lang loderte ein mörderisches Licht in Jareks Augen auf, aber dann zuckte seine Lippe höhnisch, als er schnell das Thema wechselte.

»Wir wären alle gar nicht hier, wenn er nicht gewesen wäre.« Er hielt inne und starrte Falco direkt an. »Du hast den schwarzen Drachen alarmiert, der den Kampfmagier der Stadt getötet hat, oder etwa nicht?«

Falco sagte nichts, aber aus seinem Schweigen ging deutlich hervor, dass zumindest, was dies betraf, Jarek die Wahrheit sprach. Die Stimmung im Raum verhärtete sich, und Jarek lächelte siegreich, obwohl seine Augen immer noch Gewalt versprachen.

Plötzlich öffnete sich die Tür zu den Kasernen, und zwei Männer traten ein, die beide schwarze Waffenröcke mit dem Emblem eines weißen Pferdekopfs trugen, was sie als Ausbilder der Akademie auswies. Einer von ihnen hielt eine Pergamentrolle in Händen, und beide strahlten eine Autorität aus, die die eines jeden jungen Prinzchens im Raum deutlich überragte. Der ältere der beiden Männer trat vor. Er war kräftig gebaut, und sein kahler Schädel war von Beulen und Narben übersät. Er trug den Bart auf seinem robusten Kinn knapp gestutzt, und seine Augen lagen tief in ihren Höhlen unter einer stark gewölbten Stirn. Er warf einen harten Blick durch den Raum, und es war klar, dass er gerade ganz genau eingeschätzt hatte, was hier geschah. Es war immer dasselbe, die jungen Hirschböcke legten die Rangordnung fest.

»Die Akademie heißt die Kadetten von Caer Dour willkommen.« Seine Stimme war überraschend milde, mit einem starken Akzent, der aus Clemoncé stammte. »Es tut mir leid, dass wir euch nicht bei eurer Ankunft abgeholt haben. Wir hatten euch nicht vor morgen erwartet.«

Sein Blick schweifte schnell über die Neuankömmlinge, sowohl über diejenigen, die bereits neben Betten standen, als auch über die drei, die sich etwas abseits aufhielten.

»Mein Name ist Lanista Magnus«, fuhr er fort. »Das hier ist Lanista Deloix, der Leiter der Kasernen.«

Er deutete auf denjenigen, der neben ihm stand, einen großen, muskulösen Mann mit dunkler Hautfarbe, geflochtenem Haar und hellbraunen Augen, wie es auch die eines Wolfs waren. Sein

Gesicht und seine Arme waren ebenfalls mit Narben übersät, und die Spitze seines linken Ohrs fehlte. Wie es schien, war sie mit einem einzelnen sauberen Schnitt abgetrennt worden.

»Wir erwarten nicht, dass noch weitere Kadetten zu uns stoßen werden, und darum wird eure Ausbildung in zwei Tagen beginnen können. Aber fürs Erste stellt bitte erst euch und dann die Disziplin eurer Wahl vor.« Der Lanista rollte die Schriftrolle auseinander und überflog sie schnell, bevor sich sein Blick auf Jarek richtete.

»Jarek Snidesson«, sagte Jarek. »Ausbildung zum Offizier, Reiterei.«

Der Blick des Lanistas ging weiter.

»Allyster Mollé. Ausbildung zum Offizier, Bogenschütze.«

Er fuhr weiter so durch den Raum fort, bis er zu den dreien kam, die immer noch abseits vom Rest standen. Sein Blick blieb bei Bryna hängen.

»Bryna Godwin«, sagte Bryna. »Ausbildung zur Offizierin, Bogenschützin.«

Ein schwaches Murmeln brandete unter den Kadetten auf, und zwei von ihnen kicherten über einen Scherz, den ein schwarzhaariger Bursche neben Falco gemacht hatte. Falco selbst hörte die Bemerkung nicht im Ganzen, obwohl er verstand, dass es etwas mit Bogensehnen und bestimmten Teilen von Brynas Anatomie zu tun hatte.

Der Blick des Lanistas wandte sich Malaki zu.

»Malaki de Vane, Ausbildung zum Offizier, Ritterstand«, sagte Malaki, und neues Gemurmel huschte durch den Raum.

Falco vernahm ein deutliches »Hmpf« von Jarek, aber mehrere der hochgewachsenen Kadetten sahen Malaki mit erneutem Interesse an. Sie würden also nicht die Einzigen sein, die in diesem Monat die *épreuve de force* versuchen würden.

Schließlich ruhte der Blick des Lanistas auf Falco, und viele der Kadetten lachten, als würde er so etwas wie einen grausamen Scherz machen. Jarek gab ein höhnisches Schnauben von sich.

»Und Falco Danté«, sagte der Lanista, der auf seiner Schriftrolle nachsah. »Du wirst ebenfalls hier einquartiert, bis eine Entscheidung über deine Ausbildung gefällt ist.«

»Was denn für eine Entscheidung?«, platzte Jarek heraus. »Dieser ›Diener‹ hat doch sicher keinen Platz an der Akademie erhalten!«

Erhitzt vor Entrüstung war Jarek vorgetreten, aber der Lanista brachte ihn mit einem Blick zum Halten.

»Ein paar offene Fragen müssen beantwortet werden, bevor Meister Danté seine Ausbildung als Kampfmagier beginnen kann.«

»Als was?«, ereiferte sich Jarek, während ungläubiges Stimmengewirr im Raum hervorbrach. Bestimmt meinte der Lanista das nicht ernst, aber der leitende Ausbilder lächelte nicht. Er blickte nur einen Moment lang Falco an, bevor er kurz nickte, als sei er fürs Erste zufriedengestellt.

Jarek lärmte und lachte weiter, aber der Humor wirkte erzwungen, und das Lächeln wollte nicht auf seinen Lippen bleiben.

Lanista Magnus hob eine Hand, und langsam wurde es ruhiger im Raum.

»In zwei Tagen werdet ihr in der Dämmerung geweckt, um mit eurer Ausbildung zu beginnen«, sagte er, und einmal mehr trat unter den Kadetten Stille ein. »Ihr seid geehrt«, fügte er in einem Tonfall von besonderer Bedeutsamkeit hinzu. »Ich habe gerade die Nachricht vom Palast erhalten, dass ein neuer Ausbilder zu uns stoßen wird. Oder, genauer gesagt, ein alter Ausbilder wird zurückkommen, um sich uns anzuschließen. Dieses Jahr wird sich Sir William Chevalier von Eltz an eurem Training beteiligen. Jedenfalls so lange, bis in ein paar Monaten die Vierte Armee zum Einsatz kommt.«

Durch die Reihe der Kadetten ging ein aufgeregtes Summen, und Falco fühlte sich ausgesprochen erleichtert, als ihm klar wurde, dass der Abgesandte nicht jetzt schon wieder aus ihren Leben verschwinden würde.

Ein weiteres Mal rief der Lanista zur Ruhe auf.

»Ruht euch aus«, wies er sie an. »Ihr werdet es nötig haben.«

Die Kadetten begannen sich aufgeregt miteinander zu unterhalten, aber der Lanista war noch nicht ganz fertig. Der kräftige Mann trat zwischen den Kadetten hindurch, bis er vor dem jungen Mann mit dem dunklen Haar stand, der sich über Bryna lustig gemacht hatte. Einen Moment lang blickte er ihn einfach nur an, und der junge Kerl lächelte unruhig, dann schlug ihm Lanista Magnus ohne Vorwarnung gegen den Kopf. Der Schlag war so hart, dass er den jungen Mann von den Füßen riss. Er landete mit dem Gesicht voran auf dem Boden, und der Lanista richtete das Wort an die anderen im Raum.

»Respektlosigkeit gegenüber unseren weiblichen Kadetten wird nicht toleriert«, sagte er, während dem jungen Mann vom Boden aufgeholfen wurde. »Das ist die Art Verhalten, das ich von den Irregulären erwarte, nicht von Elitekadetten, die auf den Dienst an der Königin eingeschworen wurden.«

Viele der Kadetten senkten ihre Blicke.

»Jeder, der diese Botschaft vergisst, wird aufgefordert, die Akademie zu verlassen. Für solche wird es keine zweite Chance geben. Habe ich mich deutlich genug ausgedrückt?«

Die Frage wurde mit unwirschem Nicken und gemurmeltem Grunzen quittiert, während es um Jareks Mund arbeitete, als hätte er etwas Bitteres gegessen. Es war deutlich, dass es den meisten dieser privilegierten jungen Männer nicht leichtfiel, gesagt zu bekommen, was sie tun sollten.

Der Lanista wandte sich Bryna zu.

»Hier in den Kasernen wirst du Vorhänge um dein Bett und eine abgesonderte Latrine haben, aber es wird Zeiten geben, in denen du dir solche Feinheiten nicht leisten kannst.« Sein Blick war hart und unnachgiebig. »Wenn du den Gedanken nicht ertragen kannst, deinen Arsch vor hundert geilen Männern zum Pissen zu entblößen, dann solltest du jetzt besser gehen.«

Bryna lief rot an, aber sie wankte nicht. Malaki schien peinlich berührt, aber Falco sah es als das, was es war: eine an Bryna gerichtete Vorwarnung, ja, aber auch ein Test dessen, was der Lanista ihnen gerade gesagt hatte. Ihm fiel auf, dass keiner der Kadetten über die Aussicht, dass Bryna ihre Unterwäsche fallen ließ, gelacht hatte. Es schien, dass die erste Lektion des Lanistas nicht auf taube Ohren gestoßen war.

Ein vage anerkennendes Lächeln erschien auf dem Gesicht des Lanistas, und er nickte knapp, bevor er sich wieder an die Kadetten wandte.

»Wenn ihr irgendwelche Fragen habt, fragt nach Lanista Deloix im Quartier der Ausbilder.« Er hielt inne. »Sonnenaufgang, in zwei Tagen von heute an«, sagte er wieder. »So lange wünsche ich euch eine gute Nacht.«

Damit drehten sich die beiden Ausbilder um und verließen den Raum.

Jarek wartete, bis die Tür geschlossen war.

»Du ... ein Kampfmagier?«, schnaubte er. »Das ist doch sicher so was wie ein kranker Witz.«

Er trat vor, bis er direkt vor Falco stand. »Wie kannst du nur glauben, dass sie dich zu einem Kampfmagier ausbilden werden, nach deinem Vater, nach dem, was du der Stadt angetan hast? Als wäre das überhaupt möglich. Ich meine, schau dich bloß an ...«

Hier packte er tatsächlich Falcos Arm, als sei dieser nicht mehr als eine leblose Vogelscheuche.

»Haut und Knochen«, höhnte er mit einem warnenden Blick in Malakis Richtung. »Nicht gerade das Zeug, aus dem man einen großen Krieger macht.« Er wandte sich zu seiner kleinen Gruppe von Anhängern um. »Wartet, bis mein Vater davon erfährt. Er wird sich bepissen vor Lachen, und dann wird er Vetter Ludovico über deine Familiengeschichte informieren. Der Prinz wird dich von der Akademie werfen lassen und dafür sorgen, dass du in Schande der Stadt verwiesen wirst.« Abweisend ging Jarek davon, und dann hielt er an, als Brynas Stimme erklang.

»Es ist die Königin und nicht Prinz Ludovico, der diese Dinge in Grimm entscheidet«, sagte sie mit heißem Gesicht, aber ruhiger und klarer Stimme.

Langsam drehte sich Jarek um, ein wissendes, bedrohliches Lächeln auf seinen Lippen.

»Vorläufig«, sagte er. »Aber warte nur, bis Galen Thralls Magierarmee das Schlachtfeld betritt. Es waren der Prinz und seine Adligen, die sie unterstützt haben, während die Königin den Magiern bei jedem Schritt auf dem Weg dahin Widerstand geleistet hat. Das Zeitalter der ›Großen Seelen‹ ist vorbei, und die Magier werden diejenigen, die gegen sie gestanden haben, nicht vergessen.«

Die Neuankömmlinge aus Caer Dour wussten wenig über derartige politische Manöver Bescheid, aber Bryna wich nicht von der Stelle. Sie war ebenfalls von adliger Geburt. Von einem wie Jarek würde sie sich nicht einschüchtern lassen.

Schließlich ging Jarek weg, und Bryna drehte sich zu Falco und Malaki um.

»Scheißwichser!«, fluchte sie im Flüsterton.

Die Jungen staunten, so eine Sprache aus ihrem höflichen Mund zu hören, aber dann blickte sie entschuldigend auf, und sie lachten leise zusammen. Sie sahen sich nach ein paar leeren Betten um, aber es waren nur noch Einzelbetten an verschiedenen Stellen des Raums übrig.

»Hier, nehmt die beiden«, sagte Owen, der seine Sachen aufhob und sie auf ein leeres Bett am anderen Ende des Raums legte.

Falco dankte ihm mit einem Nicken. Er war sich bewusst, dass ihn die meisten Kadetten immer noch ansahen. Viele von ihnen hatten sich an Jareks Spott geweidet, erfahrene Schläger, die eine solche Szene genossen. Er bemerkte jedoch, dass die Kadetten aus Caer Dour ihre Blicke abgewandt hatten. Im Gegensatz zu Jarek hatten sie gesehen, wie Falco auf den Dämon zugegangen war, um an Simeons Seite zu stehen. Und sie waren auf dem Weg nach Grimm mit ihm zusammen gereist. Freunde waren sie nicht gerade geworden, aber sie hatten einen gewissen Respekt für ihn entwickelt, wenn sie es auch nicht zugaben.

Owens Geste ließ zwei leere Betten nebeneinander übrig, und Falco blickte sich gerade nach einem anderen in der Nähe um, als ein junger Mann seinen Nachbarn anstieß und ihm ein Zeichen gab, seine Sachen fortzunehmen. Anhand ihres dunklen Haars, der blauen Augen und der kantigen Kinnladen konnte Falco erkennen, dass sie Brüder waren. Der kleinere der beiden hatte ein verschmitztes Glitzern in den Augen, während der Ausdruck seines Bruders ruhig und fest war. Falco wartete, während der größere Bruder seine Sachen weglegte, bevor er seine Taschen auf das Bett packte.

»Danke dir.«

»Alex Klingemann«, sagte der jüngere Bruder, als er sich schließlich ans Fußende von Falcos Bett stellte.

Ein wenig überrascht von einer so offen zur Schau gestellten Freundlichkeit schüttelte Falco dessen Hand.

»Und das hier ist mein Bruder Quirren«, sagte Alex, der vortrat, um Malaki und Bryna die Hände zu schütteln. »Er ist der Ruhige von uns beiden«, fügte er mit einem Grinsen hinzu.

Quirren stand auf der anderen Seite des Bettes, aber er nickte jedem von ihnen zur Bestätigung stoisch zu.

»Ist es wahr, dass ihr mit dem Chevalier gereist seid?«, fragte Alex.

Falco, der bemerkte, dass er mit dem gleichen illicischen Akzent wie der Abgesandte sprach, nickte.

»Und ihr habt tatsächlich einen Dämon gesehen?«

Wieder nickte Falco.

»Bryna hat einen vom Himmel geschossen«, sagte Malaki. »Na ja, einen dunklen Engel zumindest.«

»Einen shwartz engel«, sagte Alex, der Bryna mit zusätzlicher Wertschätzung betrachtete. »Das ist ein geringer Dämon, aber trotzdem …«

Falco fiel auf, dass einige der anderen Kadetten ebenfalls zuhörten. Sie blickten von Bryna zu Jarek, und der Ausdruck in ihren Augen war nicht mehr ganz so sicher, als fingen sie allmählich an zu begreifen, dass die Geschichte, die sie bisher gehört hatten, womöglich nicht die ganze Wahrheit war.

»Wie ist er so?«, fragte Alex, der sich offensichtlich auf den Abgesandten bezog.

»Alex!«, sagte Quirren mit tiefer Stimme, bevor Falco eine Gelegenheit hatte zu antworten.

»Schon gut«, sagte Alex, wobei er die Augen rollte und seinem Bruder einen »Spielverderber«-Blick zuwarf. »Ihr werdet euch schon zurechtfinden«, sagte er und wandte sich wieder Falco zu. »Und wenn ihr irgendetwas braucht ...«

»Danke«, sagte Falco.

Mit einem Lächeln drehte sich Alex weg, war aber kaum einen Schritt gegangen, als er sich wieder Falco zukehrte.

»In Illicia gilt er als großer Mann.«

Falco lächelte, überrascht, eine gewisse Nervosität in Alex' Augen zu sehen, als fürchte dieser die Zerstörung von lang gehegten Illusionen.

»Das ist er«, sagte Falco, und Alex, der offensichtlich hocherfreut war, dass Falco den Ruf des Abgesandten bestätigen konnte, strahlte wieder.

Falco sah zu, wie er ging, und hörte, wie Quirren ihn mit leiser Stimme schalt.

»Was?«, sagte Alex. »Ich habe doch nur gefragt.«

Immer noch lächelnd wandte sich Falco Bryna und Malaki zu, die sich wie gebannt im Raum umsahen. Erst jetzt hatten sie die Chance, ihre Umgebung ganz in sich aufzunehmen.

Drei von fünfzig Betten in dem langen, aus Steinen errichteten Raum gehörten ihnen. Es gab schmale Fenster, die in regelmäßigen Intervallen eingesetzt waren, aber jetzt hatte sich die Nacht herabgesenkt, und das einzige Licht rührte von Laternen her, die von den Deckenbalken hingen, oder von den dickbäuchigen Öfen, die an den Wänden standen.

Der hölzerne Fußboden war gleichmäßig mit einer Vielzahl grober Teppiche ausgelegt. Die Wände bestanden aus weißgewaschenem Stein und waren mit Wandbehängen geschmückt, die verschiedene Formen von Fecht- und Truppenformationen zeigten, eigentlich aber waren es die Waffen, die wirklich ihre Aufmerksamkeit auf sich zogen. Es schien, als ob jede Nation und jeder Truppentyp in der Welt an den Wänden dieses Raumes repräsentiert war.

Falco konnte Speere und gekrümmte Kopisschwerter aus Thraecien, blattförmige Lakonias aus Acheron, schwere Breitschwerter und bärtige Äxte aus Beltane und Langschwerter aus Clemoncé und Illicia sehen. Und aus Valentia … die Promenadenmischung, für manche die Veredelung aller Klingen, das Bastardschwert. Klingen, die weder lang noch kurz waren, weder schlank zugespitzt noch übermäßig breit, schwer genug, um eine Attacke abzublocken, aber leicht genug für höchste Geschwindigkeit. Es gab keine festgelegte Länge oder Bemessung. In Valentia waren die Schwerter so geschaffen, dass sie zu den Personen passten, die sie führen sollten. Es war diese Vieldeutigkeit in ihrem Entwurf und der Mangel an einem erkennbaren Erbe, der ihnen diesen zweifelhaften Namen eingetragen hatte. Die Anhänger der weiterentwickelten Fechtschulen betrachteten sie mit Geringschätzung, aber in der Hitze des Gefechts, wenn man von allen möglichen Gegnern konfrontiert werden konnte, gab es nichts, was ein gut passendes Bastardschwert übertreffen konnte.

Schließlich hatten sie den gesamten Raum überblickt, und Malaki blieb an Falcos Seite stehen.

»Ich habe von all diesen Waffen gehört«, sagte er in leisem Ton. »Aber ich habe nie auch nur die Hälfte von ihnen leibhaftig zu Gesicht bekommen. Hast du den Zweihänder an der hinteren Wand gesehen?«

»Eine absurde Waffe«, sagte Falco lächelnd.

»Ja, aber verdammt beeindruckend«, meinte Malaki, während Bryna nur die Augen Richtung Decke verdrehte.

»Jungs und ihre Schwerter«, sagte sie, und damit begann sie ihre Satteltasche auf den hölzernen Regalen auszupacken, die neben ihrem Bett standen.

Die Jungen grinsten einander an und begannen dasselbe zu tun. Neben jedem Bett gab es einen niedrigen Tisch mit einer einzelnen Schublade und ein großes hölzernes Regal mit drei tiefen Brettern und Haken, an die man Waffen und Rüstung hängen konnte, während am Fußende jedes Bettes eine große Holzkiste stand. Malaki nickte zufrieden und begann seine stahlblaue Rüstung auf den drei Brettern des Regals zu verteilen, während Bryna ihren Bogen und den Köcher aufhängte. Sie legte ihre Armschiene und den Schießhandschuh in die kleine Schublade, zusammen mit einem Lederbeutel, der zusätzliche Pfeilköpfe, Gänsebefiederungen und Nocken aus Hirschhorn für das Reparieren von Pfeilen enthielt.

Falco, der sie beobachtete, fühlte einen beklommenen Stich. Beide, die in den von ihnen gewählten Disziplinen besonders geschickt waren, gehörten eindeutig hierher, aber was war mit ihm? Er fühlte eine starke Verbindung zu den Waffen und den Rüstungen im Raum, und der Anblick eines gut geschmiedeten Schwerts hatte immer eine Saite in seiner Seele zum Klingen gebracht. Aber wenn er ehrlich war, teilte er Jareks Zweifel. Er blickte auf seine schmalen Hände und dünnen Handgelenke hinab.

Nicht gerade das Zeug, aus dem ein großer Magier geschaffen war.

Trotzdem, er würde nicht zulassen, dass jemand wie Jarek ihm sagte, was er tun konnte und was nicht. Er würde auf die Überzeugung des Abgesandten vertrauen, und auf die Instinkte eines verkrüppelten Jungen, der niemals zu laufen gelernt hatte. Er erwiderte die misstrauischen Blicke, die man in seine Richtung warf. Wenn schon aus keinem anderen Grund, dann würde er ihnen zum Trotz ein Kampfmagier werden. In dem trüben Licht der Laternen blitzten Falcos grüne Augen in einem Schein auf, der alles andere als schwach war – und einer nach dem anderen drehten sich die Gaffer weg.

Er gab ein leises, zufriedenes Schnauben von sich. »Scheißwichser«, flüsterte er und lächelte.

30

Die Finsternis erhebt sich

Tief in den Verlassenen Landen wurde die Nacht von einem Flecken glühender Erde erhellt. Unirdische Flammen, die in der Dunkelheit loderten, hatten das Gestein gespalten und auseinandergeborsten. Über den Flammen drehten sich langsam die geschwärzten Körper von einem Dutzend gequälter Seelen in der Luft, ihre Körper schienen grauenhaft verbrannt und von den Flammen verstümmelt. Aber sie waren nicht tot. Die unheilige Macht der Besessenen würde ihnen niemals die gesegnete Flucht in den Tod erlauben. Aus ihren versengten Kehlen drang Stöhnen und Röcheln, und das Fett tropfte wie Tränen von ihrem Fleisch.

Um sie herum standen etwa halb so viele kadaverähnliche Gestalten, die als die Erleuchteten bekannt waren, bleich, dünn und völlig verwahrlost. Ihre Haut hatte eine wächserne, durchscheinende Beschaffenheit, während ihre Augen wie Kugeln aus nassem Gebein glänzten. Von ein paar knappen Fetzen abgesehen, waren sie nackt, und in ihren Händen hielten sie Werkzeuge, um Metall zu bearbeiten, Zangen und Feilen und Hämmer. In ihren früheren Leben waren sie Waffenschmiede und Rüstungsbauer gewesen. Nun waren ihnen die schlimmsten Qualen der Hölle erspart geblieben, im Gegenzug für den Einsatz ihrer Fertigkeiten.

Wochenlang hatten die Erleuchteten neben diesem Riss im Gefüge der Welt gestanden, aber jetzt erhob sich der Diener der Finsternis, und es wurde Zeit, mit ihrer Arbeit zu beginnen. Im kochenden Mahlstrom der Hölle besaß das Wesen keine irdische Form, aber hier in der Welt aus Gebein würde es zu einem fleischlichen Etwas werden, und es war ihre Aufgabe, die Werkzeuge zu schaffen, die ihm am besten dienen mochten.

Langsam begann sich in den Erleuchteten ein Eindruck seiner Natur zu formen. Würde es von schwerer Rüstung umschlossen sein, langsam und schwer, ein Ding von unaufhaltsamer Macht? Oder war es wendig und schnell, mit leichter Rüstung und einer schlanken Klinge versehen?

Gegen ihren Willen lehnten sich die Erleuchteten über die schrecklichen Flammen, begierig darauf zu erfahren, welche Waffen sie schmieden würden. Sie starrten in die grelle Hitze, während sie die Bedürfnisse des auftauchenden Dämons erfühlten, und dann lehnten sie sich wie *ein* Mann zurück und stießen ein trockenes, vorausahnendes Seufzen aus. Sie sahen, was sich erhob, und sie sahen, was sie für das Wesen herstellen mussten …

Einen Helm mit abgestuften Seiten und einem hohen, schmalen Kamm.

Platten für Schultern, Brust und Arme.

Und Klingen, lang, krumm und grausam.

Klingen, um die Schuppen eines Drachen zu spalten.

In der kalten Dunkelheit einer trostlosen Nacht in den Verlassenen Landen machten sich die Erleuchteten ans Werk.

31
Die Kriegsakademie

Trotz seiner Nervosität, des feindseligen Empfangs, des Schnarchens, Gefurzes und des scheinbar unaufhörlichen Hustens der anderen Kadetten schlief Falco überraschend gut. Es gab in der Nacht nur einen Moment, in dem seine Träume besonders schlimm waren, und er konnte bloß hoffen, dass er nicht aufgeschrien oder sonst irgendeinen Laut von sich gegeben hatte, der Aufmerksamkeit auf sich hätte ziehen können.

Er erwachte in einem kombinierten Miasma von Körperaromen, Kaffee und dem Kampfgeruch von Einreibemitteln. Die Leute unterhielten sich leise, und als er durch das morgendliche Halbdunkel blinzelte, sah er, dass die meisten Kadetten bereits aufgestanden waren. Wie versprochen, waren um Brynas Schlafplatz Vorhänge hochgezogen worden, und als Falco seine Beine aus dem Bett schwang, sah er, wie sie zwischen ihnen auftauchte und ihr Haar abtrocknete, während sie die Vorhänge zurückzog. Ihre Haut besaß die rosige Frische von jemandem, der gerade erst gebadet hatte.

»Ich schwöre, die Schweineställe in Caer Dour haben besser gerochen als das hier«, murmelte sie, doch Falco konnte die Befriedigung in ihren Augen sehen. Muffig riechende Männer hin oder her, sie war ohne jeden Zweifel froh darüber, hier zu sein.

»Dir auch eine guten Morgen«, sagte er, und Bryna ließ zur Antwort ein Lächeln aufblitzen.

Falco war davon beeindruckt, wie sehr sie sich seit der Schlacht verändert hatte. Sie schien nicht mehr länger hochmütig und unnahbar zu sein, obwohl sie einen immer noch mit einem Blick, der einen auf eine Größe von fünf Zentimetern zusammenstauchte, zum Schweigen bringen konnte.

»Er ist wach!«

Falco drehte sich zu Malaki am Fußende seines Bettes um. Er hatte ebenfalls ein Handtuch über der Schulter liegen, und sein dichtes braunes Haar war immer noch feucht und ungekämmt.

»Sie haben beeindruckende Bäder«, sagte Malaki, der sich energisch mit dem Handtuch den Kopf abrieb. »Heißes Wasser und all das.«

»Sie kümmern sich ziemlich gut um uns.«

Alex Klingemann war neben Malaki aufgetaucht. »Guten Morgen«, fügte er mit seinem üblichen Lächeln hinzu. »Quirren und ich dachten, wir könnten euch etwas herumführen, nachdem ihr gefrühstückt habt, selbstverständlich.«

Falco tauschte einen Blick mit Malaki und Bryna aus. Alex besaß eine natürliche Freundlichkeit, aber es war auch klar, dass er darauf hoffte, mehr über den Abgesandten und ihr Gefecht mit den Besessenen zu erfahren. Allerdings verpassten sie besser nicht die Gelegenheit, einen hilfreichen Führer zu haben.

»Das wäre sehr freundlich von dir«, sagte Falco.

Zusätzlich zu den anderen Gerüchen der Kasernen fiel ihnen nun der ausgeprägte Duft von frisch gebackenem Brot und gebratenem Speck auf. Sein Magen knurrte, und er bemerkte, wie hungrig er war.

Während sich Bryna weiter zurechtmachte, kramte Falco seine sauberste Kleidung hervor und folgte Malaki zu den Bädern. In dem schwindenden Licht des gestrigen Tages hatte er die Form des Gebäudes nicht richtig erfasst. Jetzt konnte er sehen, dass die Schlafquartiere die westliche Seite eines großen Vierecks bildeten. Es war um einen offenen Innenhof herum gebaut worden, der mit grobem Sand ausgelegt war und zahllose Trainingshilfen und Kampfpuppen enthielt. Das Badehaus befand sich auf der Ostseite, während die Küchen und der Speisesaal im Norden lagen. Falco ließ alles auf sich wirken, während sie ihren Weg durch den Innenhof nahmen.

Als sie das Badehaus betraten, beeindruckte ihn der Anblick

von einem Dutzend gefliester Bäder, die in den Boden eingelassen waren, gerade so wie er es in einigen der wohlhabenderen Häuser in Caer Dour gesehen hatte.

Malaki lächelte über den Gesichtsausdruck seines Freundes.

»Wir treffen dich im Speisesaal«, sagte er, als Falco sich auszuziehen begann.

»Sorgt einfach nur dafür, mir etwas Schinkenspeck aufzuheben«, sagte Falco mit einem milden Stöhnen, während er sich in das heiße, dampfende Wasser gleiten ließ.

Obwohl das Bad warm und luxuriös war, hielt sich Falco nicht lange darin auf. Jarek Snidesson hatte gerade mit mehreren seiner Anhänger den Raum betreten, und im Gegensatz zu den Klingemann-Brüdern waren die Blicke, die sie ihm zuwarfen, alles andere als freundlich. Er versuchte, sich gleichgültig zu geben, während er sich schnell anzog und sich auf den Weg zum Speisesaal machte, wo Malaki und Bryna schon auf ihn warteten.

Bryna schüttelte den Kopf, als sie mitansah, wie er einen enormen Teller voll Schinkenspeck, Eiern und gebratenen Tomaten in sich hineinstopfte, zusammen mit mehreren Scheiben frischen Brotes und einer dicken, saftigen Birne. Er spülte alles mit einem großen Becher Wasser hinunter. Seitdem Falco in Toulwar aufgewacht war, hatte sein Appetit so dramatisch zugenommen, dass er darin Malaki um nichts mehr nachstand.

»Hab's dir gesagt, dass er den Teller leer machen würde«, sagte Malaki, und Bryna verengte angesichts seines triumphierenden Grinsens die Augen.

Sobald Falco mit dem Essen fertig war, räumten sie ihr Geschirr weg und kehrten zu den Schlafquartieren zurück, um Alex und Quirren zu treffen, bevor sie die Kasernen durch den Haupteingang in der südlichen Mauer verließen. Der Morgen war kalt, aber die Wolken hoben sich von den Bergen, und die Sonne fing an durchzuscheinen.

Wie sich herausstellte, erwies sich Alex als ausgezeichneter Führer. Die beiden Brüder waren schon seit einigen Wochen in

Grimm gewesen und hatten darauf gewartet, dass die letzten Kadetten eintrafen. Sie hatten auch einen älteren Vetter, der an der Akademie ausgebildet worden war, daher war ihr Wissen darüber ziemlich umfangreich.

Gedanklich hatte sich Falco immer eine Art Burg oder Universität vorgestellt, aber es stellte sich heraus, dass die Kriegsakademie weniger ein Gebäude als ein Militärlager war, in dem sich zurzeit Tausende von Soldaten der Vierten Armee tummelten, während sie sich auf ihren nächsten Feldzug vorbereiteten.

»Ich dachte, die Akademie sei nur für Kadetten bestimmt«, sagte Falco, als sie an einer Reihe Stallungen von enormer Größe vorbeikamen.

»Mit der Hauptarmee zu arbeiten ist Teil unserer Ausbildung«, sagte Alex, als sei dies Allgemeinwissen. »Einige der Reitereimanöver können bis zu fünfhundert Pferde haben.«

»Welche Formationen brauchen fünfhundert Pferde?«, fragte Bryna.

»Kommt ganz darauf an, welche Disziplin du wählst. Aber wir müssen alle das Traversier-Manöver üben.«

Die drei Neuankömmlinge sahen ihn verständnislos an.

»Das ist ein Ausdruck, den sie hier in Clemoncé verwenden«, sagte Alex, der ihnen einen bedeutungsvollen Blick zuwarf. »Er bedeutet ›zu durchqueren‹. Wir haben es niemals gemacht, aber es sieht verdammt furchterregend aus.«

Bevor sie weiter nachhaken konnten, mussten sie zur Seite treten, als eine Reihe berittener Truppen aus einer Anlage von Stallungen auftauchte und zu einer niedrigen Erhebung auf einem höher gelegenen Bereich des Plateaus ritt. Jeder der Reiter trug eine halbe Plattenrüstung und führte eine Lanze mit sich, keine extravagante Lanze, wie sie für Turniere verwendet wurden, sondern einen einfachen, zehn Fuß langen Speer.

»Ritter der Vierten Armee«, erklärte Alex. »Die sind auf dem Weg zum Turnierfeld für Lanzentraining.«

Sie erklommen die niedrige Erhebung auf dem oberen Bereich

des Plateaus, die einen viel besseren Blick auf ihre Umgebung bot. Da gab es zahllose Gebäude: Werkstätten, Schmieden und Vorratslager, zusammen mit Reihen über Reihen von weißen Leintuchzelten, von denen die meisten mit Soldaten der Vierten Armee belegt waren. Jenseits der Gebäude und Zelte gab es eine Anzahl Trainingsgelände, umfriedete Felder, die Gras oder sandigen Schiefer aufwiesen.

»Da werden wir den größten Teil unserer Ausbildung verbringen«, sagte Alex und deutete auf ein zentrales Feld, das hölzerne Pfosten und Kampfpuppen, ähnlich denen im Innenhof der Kasernen, enthielt. Selbst auf diese Entfernung hin konnten sie sehen, dass die hölzernen Pfosten zerstückelt und eingedrückt waren, geformt von vielen Trainingszeiten.

»Was ist das da?«, fragte Falco und zeigte auf ein weiteres Feld, wo der Boden in Richtung der Berge anzusteigen begann. Er war ebenfalls mit Pfosten übersät, aber im Gegensatz zu dem näheren Feld, wo die Pfähle aus Holz waren, schienen diese Pfosten aus einer Art schwarzem Stein zu bestehen.

»Das ist das Trainingsfeld der Magier.«

»Steinerne Übungspfosten?«, fragte Malaki.

»Splitter von Fortissit. Es ist das Einzige, was magische Kraft nicht beschädigen kann.«

Falco starrte den kleinen Wald aus achtkantigen Säulen an. Der schwarze Stein erinnerte an das dunkle Gestein von Mont Noir und der Burg der Winde.

»Kampfmagier benutzen sie ebenfalls«, sagte Alex, der Falco einen vorsichtigen Blick zuwarf.

Sie hatten es nicht deutlich ausgesprochen, aber weder er noch Quirren glaubten tatsächlich daran, dass Falco hier war, um zum Kampfmagier ausgebildet zu werden.

»Trainieren sie mit den Kadetten?«, fragte Malaki. »Die Kampfmagier, meine ich.«

»Ich glaube«, sagte Alex. »Aber sie trainieren auch im Schmelztiegel.«

Sie starrten ihn verständnislos an.

»Es ist eine Arena, die im Boden versenkt ist, wie ein Amphitheater«, sagte Alex. »Sie behaupten, dass der Schmelztiegel verirrte Attacken davon abhält, unerwünschten Schaden anzurichten, aber ich glaube nur, dass sie gern im Geheimen trainieren wollen.«

»Können wir ihn sehen?«, fragte Malaki.

»Ach, ich weiß nicht«, sagte Alex mit einer für ihn uncharakteristisch gedrückten Stimme. »Ist ein ganz schönes Stück dorthin.«

»Wir sind nie da gewesen«, sagte Quirren, der über das Unbehagen seines Bruders lächelte. »Er hat Angst vor den Magiern.«

»Ich habe keine Angst«, sagte Alex. »Sie machen mich einfach bloß nervös.«

»Er ist da oben«, sagte Quirren, der auf die felsigen Hänge hinter der Akademie deutete.

Die anderen schauten in die Richtung, in die er wies, aber dann wurden ihre Blicke zur Rechten von dem dunklen Turm der Magier von Clemoncé angezogen, der hoch und imposant vor dem Hintergrund der schneebedeckten Berge stand.

»Wir können später da hinaufgehen, wenn ihr wollt.«

Malaki und Bryna nickten, aber Falco konnte Alex verstehen. Er fühlte sich in Gegenwart der Magier ebenfalls nervös.

»Kommt schon«, sagte Alex, der ihre Aufmerksamkeit von dem Turm ablenkte. »Bryna will bestimmt die Schießstände für die Bogenschützen sehen.«

Sie gingen um das Trainingsgelände herum, bis sie zu einer Reihe von Feldern kamen, die mit allen Arten von Zielen ausgestattet waren. Da gab es die normalen runden Zielscheiben, die aus Stroh hergestellt waren, aber auch eng gepolsterte Pfosten und Ziele, die den Kriegern der Besessenen nachempfunden waren. Eine Gruppe von etwa fünfzig Bogenschützen war mit Schießen auf Entfernung beschäftigt. Sie schossen auf Stoffstreifen in leuchtenden Farben, die in bestimmten Abständen am Boden befestigt waren.

»Bis zu welcher Entfernung gehen sie?«, fragte Bryna, die ein kritisches Auge auf die Schießstände warf.

»Bis zu dreihundert Meter«, sagte Quirren, der neben ihr stand. »Aber nur die schwersten Bögen haben eine solche Reichweite.«

»Es heißt, ein beltonischer Langbogenschütze kann einen Mann auf dreihundert Meter treffen«, sagte Alex.

»Blödsinn«, sagte Bryna. »Auf diese Entfernung können sie vielleicht gerade eine Armee treffen.«

Alex sah ein wenig geknickt drein, während Falco und Malaki nur lächelten. Was das Bogenschießen betraf, so hüteten sie sich, mit Bryna zu streiten.

Sie fuhren mit ihrer Erkundung fort, bis sie zu dem Turnierfeld kamen, wo die Männer des Heeres jetzt mit ihrem Training fortgefahren waren. Die Ritter hatten sich in zwei Gruppen aufgeteilt und wechselten sich darin ab, Angriffe gegen ein dickes Strohziel zu führen, das auf drei Pfosten befestigt war.

Alex führte sie heran, und sie sahen zu, wie die berittenen Truppen in zwei Reihen um das Feld herumgaloppierten, bevor sie einer nach dem anderen ausscherten, um ihre Angriffe zu reiten. Zwei Reitereiausbilder, die als *Écuyer* oder Schildknappen bekannt waren, beobachteten sie und riefen Anweisungen, während die Übung weiterging.

»Sie nennen das *en passant*«, sagte Quirren, der neben Malaki stand. »Sie wenden sie gegen die größeren Bestiarien der Besessenen an.«

Malaki sah zu, wie einer der Reiter seinen Angriff begann, nur um im letzten Moment auf ein Kommando des Écuyers hin abzudrehen.

»Die Idee ist es, die Aufmerksamkeit der Bestie auf sich zu ziehen, ohne verletzt zu werden, sodass der nächste Ritter einen erfolgreichen Angriff ausführen kann«, sagte Alex.

»Sie messen die Zeit in Hufschlägen ab«, fügte Quirren hinzu.

Er lächelte dünn und nickte, als Malaki ihn ungläubig ansah.

Bestimmt konnte keine Reiterei eine solche Präzision erzielen, dass sie einen Angriff in Hufschlägen bemaß.

»Das ist die Art Dinge, die sie uns beibringen, wenn wir Ritter werden.«

Falco sah mit an, wie Malaki sich wieder dieser beeindruckenden Zurschaustellung von Kontrolle zuwandte. In den tiefbraunen Augen seines Freundes konnte er die Begierde zu lernen sehen.

Schließlich rief einer der Écuyer »*en vérité*«, und derjenige, der gerade Reiter war, schloss seinen Angriff ab und spießte das Strohziel am Boden auf.

»Es bedeutet ›in Wahrheit‹«, sagte Quirren.

»Manchmal rufen sie einfach nur *vérité*«, fügte Alex hinzu. Es war klar, dass beide Ehrfurcht vor diesen Kunststücken empfanden.

Der Morgen verging, und trotz Alex' anhaltender Abneigung beschlossen sie, zum Schmelztiegel hinaufzusteigen und einen Blick auf ihn zu werfen.

Sie ließen die Trainingsgründe hinter sich und erklommen die felsigen Hänge zu einem weiteren flachen Bereich. Der Magierturm erhob sich zu ihrer Rechten, und Alex fuhr fort, ihn nervös anzublicken.

»Ist es uns erlaubt, hier zu sein?«, fragte Malaki, als sie den flachen Boden betraten.

»Soviel ich weiß«, sagte Quirren.

Trotzdem lag eine deutliche Spannung in der Luft, als sie sich der abgesenkten Arena näherten. Plötzlich öffnete sich der Boden vor ihnen, und sie fanden sich dabei wieder, wie sie in eine große, ovale Vertiefung hinabblickten, die ganze zwölf Meter tief und gut achtzig Meter lang war. Die abfallenden Seiten waren zu Felsenstufen gehauen, die zu einem Boden hinabführten, der mit bleichem, sandigem Schotter ausgelegt war. Das Ganze ähnelte tatsächlich einem großen Amphitheater.

»Das sieht alt aus«, sagte Bryna. Sie blickte über das beeindruckende Gelände, das so wirkte, als hätte es sich schon seit Jahrhunderten hier befunden.

Je länger sie die Arena anblickten, desto mehr schien ihnen, dass Alex recht gehabt haben mochte. Die aus dem Felsen herausgehauenen Stufen wirkten vernarbt und versengt. Es war leicht zu glauben, dass sie die volle Wucht zahlloser Attacken von Kampfmagiern abbekommen hatten.

»Was ist das?«, fragte Falco. Ein dunkler Torbogen, der in die Ostseite der Arena eingelassen war, hatte seine Aufmerksamkeit erregt. Sie konnten es zwar nicht genau sehen, aber der Torbogen mündete in einen Tunnel, der in die Richtung des Magierturms zu führen schien.

»Keine Ahnung«, sagte Alex flüsternd.

»Wir könnten hinuntergehen und nachsehen«, sagte Malaki, aber Falco schüttelte den Kopf.

»Nein«, sagte er. »Gehen wir lieber und sehen uns etwas anderes an.«

Es war etwas an dieser Tunnelmündung, das ihm ein deutliches Gefühl von Unbehagen verlieh, etwas, das von Albträumen sprach, und von dem Flüstern dieser Albträume.

»Ja«, sagte Alex. »Gehen wir.«

Sie kehrten dem Schmelztiegel den Rücken zu und gingen zurück zum Rand der Anhöhe. Die Sonne war herausgekommen, und die verstörende Furcht, die Falco empfunden hatte, schien sich in dem kalten klaren Licht zu zerstreuen. Sie standen auf dem Kamm der Steigung und blickten über das Plateau hinweg. Von hier aus breitete sich die Akademie unter ihnen aus, und jenseits von ihr erhob sich die Stadt vor dem Hintergrund des Meers wie eine Insel.

Falco ließ seinen Blick von der zerklüfteten Küstenlinie im Süden bis zu den sich auftürmenden Bergen im Norden wandern. Als sein Blick zu dem Plateau zurückkehrte, sah er eine Reihe von Hütten, die aus Steinen errichtet waren. Aus einem der kleinen Kamine stieg Rauch empor, und ein Mann stand in der Mitte eines Gemüsebeets am Ende der Reihe. Trotz der Helligkeit war es immer noch kalt, aber der Mann trug nur ein luftiges Hemd über hellbraunen Hosen. Er schien auf etwas am Himmel hinter ihnen zu starren.

Falcos Blick folgte der Richtung, in die der Mann sah, und da, in den Lücken zwischen den Wolken, konnte er einen Drachen erkennen. Dieser war viel näher als derjenige, den sie gesehen hatten, als sie sich der Stadt genähert hatten. Jetzt konnte er eine ganze Menge von seiner Gestalt ausmachen, und auch von der Art, wie seine Flügel sich bewegten, um sich in der Luft zu halten. Als er ihn beobachtete, sah Falco, wie er seine Schwingen einzog und sich scharf fallen ließ, bevor er sie wieder ausbreitete und nach oben und außer Sichtweite trieb. Sein Herz jubelte, und er blickte auf den Mann in dem Hemd hinab, der zum Himmel sah, als könne er immer noch den Drachen erkennen. Es war etwas Seltsames in der Art, wie er stand, etwas, das Falco an die Männer erinnerte, die während ihrer Flucht vor den Besessenen an den Einsätzen der Nachhut teilgenommen hatten. Es war eine Art Abgelenktheit, eine Getrenntheit von der Welt um sie herum.

Dann tauchte ein weiterer Mann aus der Hütte auf, aber dieser ging mit einem ausgeprägten Humpeln, sein Körper war gebeugt, und Falco konnte sehen, dass er nur einen Arm besaß. Er schlenderte zu dem anderen Mann hinüber und legte seine eine unversehrte Hand auf dessen Schulter. Einen Moment lang standen sie beisammen, dann neigte der Mann in dem weißen Hemd den Kopf und ließ es zu, in die Hütte zurückgeleitet zu werden.

»Die Pächter«, sagte Alex, der herankam, um sich neben Falco zu stellen. »Jedenfalls nennen die Leute in der Stadt sie so.«

Falco drehte sich halb um, konnte jedoch seinen Blick nicht von den beiden Männern abwenden. Die anderen kamen herüber, um zu sehen, was er betrachtete.

»Tatsächlich sind es Kampfmagier im Ruhestand«, sagte Alex.

»Der Ältere der beiden sieht verwundet aus«, sagte Malaki, und Alex nickte.

»Das ist Aurelian Cruz, eine lebende Legende. Er und sein Drache wurden von einem Dämonenpaar im Norden von Beltane verkrüppelt.«

Falco sah mit an, wie der verstümmelte Mann mit seinem Kameraden in der Hütte verschwand.

»Er hat einen der beiden Dämonen getötet, aber der andere biss ihn fast in zwei Hälften, bevor sein Drache ihn freizerren konnte. Selbst dann hätte das Feuer des Dämons ihn getötet, wenn sein Drache nicht dazwischengegangen wäre. Es heißt, dass er ihn mit seinem Körper bedeckte und sich selbst den Flammen aussetzte.«

Als Falco weiter zusah, bemerkte er, wie der Mann anhielt und eine Hand nach etwas ausstreckte, das neben der Tür lag, und da erkannte er ganz plötzlich, dass das, was er für eine dunklere Schattenstelle gehalten halte, tatsächlich ein Drache war, der am Grund der Hüttenwand im Schatten lag.

»Da ist ein Drache«, sagte Falco.

»Das ist Dwimervane. Aurelians Drache«, sagte Alex. »Verkrüppelt und halb blind. Sie kann nicht fliegen, aber manchmal klettert sie in die Berge hinauf.«

»Sie sieht schwarz aus«, sagte Malaki.

»Dunkelblau«, verbesserte Quirren. »Man sagt, sie wird nicht mehr lange genug leben, um schwarz zu werden.«

Sie schwiegen eine Weile, und der Mann an der Tür hielt inne, als spräche er zu einem Freund. Dann drehte er sich auf einmal um und blickte zu ihnen hoch, und es war deutlich, dass sein Blick auf Falco gerichtet war. Einen Moment starrte er weiter, dann zog er ebenfalls den Kopf ein und verschwand im Inneren der Hütte.

»Wer war der andere Mann?«, fragte Bryna.

»Ich kenne seinen Namen nicht«, sagte Alex. »Aber er ist auch ein Kampfmagier gewesen. Der Drache, den er beschworen hat, war schwarz, und er war dazu gezwungen, ihn zu töten. Jetzt ist sein Geist gebrochen.« Er hielt inne. »Solche Männer nennen sie die Abgeleugner.«

Falco fühlte, wie ein altbekannter Kummer sein Herz zusammenzog. Trotz all der schrecklichen Gewalt und des Hasses war er über den Tod des schwarzen Drachen in der Burg der Winde tieftraurig gewesen. Er konnte sich vorstellen, wie das Töten einer solchen Kreatur den Glauben eines Mannes vernichten mochte.

»Komm«, sagte Alex. »Gehen wir in die Stadt und finden etwas zu essen.«

Eine Stunde später fanden sie sich auf der Brustwehr der Stadtmauer wieder. Sie saßen und blickten über den Hafen und den Sandstrand hinweg, der sich zum Fluss Denier im Süden hin erstreckte. Alex zupfte an dem dicken Teig seiner Pastete mit Rind und Kartoffeln, und schließlich konnte er sich nicht länger zurückhalten.

»Ihr habt ihn also tatsächlich kämpfen sehen?«

Es war nicht nötig, ihn zu fragen, wen er meinte.

»Malaki hat gegen ihn gekämpft«, sagte Bryna, und Alex machte vor Unglauben ein mürrisches Gesicht. »In den Prüfungen«, fuhr sie fort. Sie warf Falco einen anklagenden Blick zu. »Jemand hat eine Herausforderung ausgesprochen, und der Abgesandte hat akzeptiert.«

Alex starrte Malaki mit hemmungslosem Neid an.

»Du hast nicht gewonnen«, sagte er, als sei allein die Vorstellung undenkbar.

»Nein«, sagte Malaki, der vor Verlegenheit errötete.

»Nein«, wiederholte Bryna. »Aber er hat ihm die Nase gebrochen.«

Alex und Quirren glotzten nur, und die drei Valentianer lachten, bevor sie damit fortfuhren, die Geschichte in ihrer Gänze zu erzählen. Die Geschichte setzte sich mit der Beschwörung und der Schlacht in den Bergen weiter fort. Als sie geendet hatte, waren die Klingemann-Brüder sprachlos vor Staunen. Sie hatten die drei Freunde für einfaches Landvolk aus den Bergen gehalten, aber als der Nachmittag voranschritt, begriffen sie, dass trotz all ihres Wissens über Grimm und die Akademie sie die Anfänger waren.

Der Tag hatte sich – was die Erkundung und einen ordentlichen Wissensaustausch für beide Seiten betraf – als ein belebender Leckerbissen herausgestellt. Als sie am frühen Abend zu den Kasernen zurückkehrten, fühlten sich ihre Beine vom Herumwandern in den Straßen der Stadt schwer wie Blei an.

»Ich frage mich, was es zum Abendessen geben wird«, sagte Alex, als sie sich dem quadratischen Kasernengebäude näherten.

»Riecht wie Eintopf«, sagte Quirren, der sich auf den Weg zu den Schlafquartieren machte. »Ich hole die Kräuter von zu Hause.«

»Sie würzen nie genug«, erklärte Alex, der seinem Bruder nachfolgte. »Haltet uns einen Fenstertisch frei«, rief er über die Schulter zurück.

»Ich gehe und ziehe mir etwas anderes an«, sagte Bryna.

»Und ich könnte aufs …«

»Danke!«, sagte Bryna, die eine Hand hob und mit einem knappen Kopfschütteln ihre Augen schloss. Sie öffnete sie wieder und blickte Falco flehentlich an. »Hatte er schon immer die Angewohnheit, seine Körpervorgänge anzukündigen?«

»Er war schon immer ekelhaft, wenn es das ist, was du meinst«, sagte Falco lächelnd.

»Igitt … Jungen!«, sagte Bryna, und einmal mehr die Augen rollend verschwand sie, um sich vor dem Abendessen aufzufrischen.

Falco und Malaki tauschten amüsierte Blicke.

»Ich seh dich drinnen«, sagte Falco, der sich auf den Weg zu den Latrinen machte.

Immer noch lächelnd ging er weiter, durch den gewölbten Eingang und in den zentralen Hof des Gevierts. Eine Anzahl von Kadetten war anwesend. Einige sahen erschöpft aus, mit erröteten Gesichtern und schweißnassen Hemden. Offensichtlich hatten sie den Tag mit Trainieren verbracht, aber sobald sie Falco erblickten, sammelten sie ihre Kleidung auf und gingen zu den Bädern durch. Falco dachte sich nichts dabei, als er sich aufmachte, über den sandigen Innenhof zu gehen, aber dann drehten sich mehrere der anderen Kadetten zu ihm um, und er erkannte zwei der mürrisch dreinschauenden Jugendlichen wieder, die am letzten Abend neben Jarek gestanden hatten.

»Du bringst Schande an diesen Ort.«

Falcos Herz sank, als er Jarek von dem überdachten Bereich am Rand des Hofs her auftauchen sah. Es war beinahe so, als hätte er gewartet.

»Du weißt, dass du hier nicht willkommen bist.« Ein hölzernes Trainingsschwert lässig in der Hand haltend versperrte Jarek Falco den Weg.

»Das kommt darauf an, wen du fragst«, sagte Falco. Er beäugte die fünf kräftig gebauten jungen Männer, die ihn nun umringten.

»Warum haust du jetzt nicht ab und ersparst uns allen die Blamage, mit dir in Verbindung gebracht zu werden.«

»Ich gehe nirgendwohin«, sagte Falco mit heftig schlagendem Herzen.

Er mühte sich seinen Weg vorwärts, aber Jarek nickte einem seiner Kumpane zu, einem riesigen Kerl mit dem roten Haar und dem starken Kinn eines Beltonen. Ohne erkennbare Mühe gab der Beltone Falco einen Schubs, der ihn im vollen Schwung gegen eine der hölzernen Trainingspuppen prallen ließ. Er versuchte, sich selbst zu bremsen, aber die Wucht des Stoßes überrumpelte ihn, und er schlug mit dem Gesicht voran gegen den harten Holzpfahl. Taumelnd vor Schmerz und Schock versuchte Falco sich aufzurichten, aber bevor er sein Gleichgewicht wiedererlangen konnte, trat ihm einer der anderen Kerle die Beine weg, und er fiel schwer auf die Seite.

Bilder davon, was er tun *sollte*, blitzten durch seinen Geist, aber sein Körper war einfach zu nichts von alldem in der Lage, und das Einzige, wozu er in der Lage schien, war, sich zu einem Ball zusammenzurollen, als Tritte und Schläge auf seinen Körper einhämmerten. Er grunzte vor Schmerzen, dann keuchte er auf, als Jarek eine Handvoll seines langen, schwarzen Haars packte.

»Die Kriegsakademie kann ein gefährlicher Ort sein«, sagte er mit leiser, bedrohlicher Stimme. »Ist schon vorgekommen, dass Kadetten beim Training umgekommen sind, und dein großer Freund wird nicht immer da sein, um dich zu retten.«

Jarek riss seinen Kopf nach hinten, um ihm in die Augen zu sehen, und Falco zuckte zusammen.

»Wenn du jemals wieder meine Familie der Feigheit bezichtigst, sorge ich dafür, dass du tot und verscharrt in einem Armengrab liegst.« Seine Stimme war jetzt ein angespanntes, zischendes Flüstern. »Hab ich mich klar ausgedrückt?«

Damit ließ er Falcos Haar los und wandte sich ab.

»Ich habe nicht behauptet, dass du ein Feigling bist«, sagte Falco. Er stützte sich auf einen Ellbogen und spuckte einen Mund voll Blut aus. »Ich habe nur behauptet, dass es falsch von dir war, den Mut anderer für deinen eigenen auszugeben.«

Jarek hielt an, das Trainingsschwert locker in der Hand. Sein Kopf neigte sich nach vorn, aber dann verkrampften sich seine Finger um den Knauf des Holzschwerts. Er wirbelte herum und schlug Falco seitlich gegen den Kopf.

Ein derart unkontrollierter Schlag hätte womöglich beträchtlichen Schaden anrichten können, aber es schien, dass Falcos Schädel härter war, als er aussah. Dennoch brach er auf dem groben Sand zusammen, und Tropfen von Blut rannen ihm ins Auge. Benommen und blinzelnd sah er gerade noch, wie seine Angreifer davongingen. Nur einen Moment lang sah Jarek zurück. Sein Blick war voller Verachtung, aber Falco erkannte noch etwas anderes darin, etwas, das den Hass in Jarek noch wilder brennen ließ als je zuvor. Scham.

»Was zur Hölle ist denn mit dir passiert?«, fragte Malaki, als er Falco ein paar Minuten später im Speisesaal erblickte.

Bryna benetzte gerade einen Schnitt über seinem rechten Auge.

»Wir haben ihn im Hof gefunden«, sagte Alex, während Malaki einen riesigen Teller mit Schmorbraten und Klößen auf den Tisch schob.

»Bin auf den Stufen gestolpert«, sagte Falco.

»Snidesson!«, spie Malaki aus. »Der kleine …«

Falco gab Malaki ein Zeichen, sich hinzusetzen, dann zuckte er zusammen, als Bryna das kalte Tuch auf seinen Kopf presste.

»Das wird genäht werden müssen«, sagte sie.

»Warum macht er so etwas?«, fragte Quirren, sein für gewöhnlich ruhiges Gesicht war dunkel vor Ärger.

Die drei Valentianer blickten einander an, gaben aber keine Antwort. Es schien unmöglich, die Geschichte der Feindseligkeit, die zwischen Falco und der adligen Familie der Snidessons bestand, zusammenzufassen.

»Wir sollten jemandem davon erzählen«, sagte Alex. »Lanista Deloix vielleicht.«

Falco schüttelte den Kopf.

»Das würde die Dinge nur noch schlimmer machen.«

»Ich kann's kaum erwarten, beim Training auf ihn zu treffen«, sagte Malaki.

»Ist er nicht geschickt?«

»Oh, er ist geschickt, ganz richtig«, sagte Malaki. »Aber ich werde ihm trotzdem in den Arsch treten.«

Falco lachte. Er war überrascht, dass er Jarek gegenüber gar keinen Ärger empfand. Jarek hatte Bellius zum Vater, und eine Mutter, die sich mehr um ihren begüterten Ruf als um ihren Sohn sorgte, während er Simeon und Fossetta gehabt hatte. Nein, es war kein Ärger, den er Jarek gegenüber verspürte, sondern Mitgefühl. Er schubste Brynas Hand weg und hielt sich das Tuch an seinen Kopf, bevor er von Malakis Teller einen dicken Kloß mitgehen ließ und ihn sich in den Mund stopfte. Er zuckte zusammen, als die heiße Bratensoße auf seinen blutenden Lippen brannte.

»Schätze, ich gehe und hole mir einen anderen Teller«, sagte

Malaki verdrießlich, und trotz seiner Schnitte und Beulen lächelte Falco.

Jarek und seine Kumpane hatten ihm also eine weitere Tracht Prügel verpasst. Na und? Nach all der Aufregung und dem Bangen schien es, dass die Kriegsakademie eine andere Art Zuhause war.

32

Die Wissenszweige

In den verborgenen Tiefen des Magierturms von Clemoncé war es Mitternacht. Meredith Saker hatte gerade die letzten vierundzwanzig Stunden damit zugebracht, in einer der Zellen zu meditieren, die für genau diese einsamen Zwecke etwas abseits zur Verfügung standen. Jetzt war es Zeit, wieder aufzutauchen und dem Großen Veneratu die Wissenszweige mitzuteilen, die den Grundstock seines Studiums bilden sollten. Meredith war nervös. Er vermutete, dass sein Vater die Entscheidungen, die er getroffen hatte, nicht billigen würde. Aber sei es drum. Es war der ganze Sinn dieser Meditation, die wahre Natur seiner Bestimmung herauszufinden. Er hatte sein gesamtes Leben im Schatten seines Vaters verbracht. Und nun war es an der Zeit, seinen eigenen Schatten zu werfen.

Die Tür zu der Zelle öffnete sich, und ein Magier stand mit einer in Öl getauchten Fackel in der Hand im Türrahmen.

»Sie sind bereit für dich.«

Meredith nickte und kam langsam auf die Beine. Sein Körper war steif vom langen Knien, aber er beschwerte sich nicht, als er dem Beistandsmagier ein Zeichen gab voranzugehen.

Die Zelle öffnete sich auf einen langen Korridor aus dunklem Stein hinaus, der nicht erbaut, sondern eher aus dem Fundament des Berges herausgehauen worden zu sein schien. In die Wände waren zahllose Türen eingesetzt, von der jede zu einer Zelle führte, ähnlich der, die Meredith gerade verlassen hatte, ein kleiner, fensterloser Raum mit einer einfachen Pritsche und einem Eimer für Fäkalien. Sie erinnerten Meredith an die Gefängniszellen im größten Wehrturm von Caer Dour.

»Hier entlang«, sagte der Beistandsmagier und führte Meredith nach rechts, wo der Korridor von Flammen erhellt war, die in schüsselähnlichen Leuchtern von den Wänden ragten.

Aus irgendeinem Grund schien der Mann nervös, und er fuhr fort, den Korridor nach links entlangzublicken, wo der unbeleuchtete Gang in den Schatten zu verschwinden schien. Meredith folgte seinem Blick, und ein deutliches Gefühl von Unruhe ging wie ein Frösteln durch seinen Körper. Am anderen Ende des Korridors konnte er gerade noch eine andere Zelle ausmachen, und obwohl sich kein Gitter oder eine Öffnung in der Tür befand, hatte er den klaren Eindruck, dass er beobachtet wurde.

Entnervt von einem plötzlichen Anflug an Furcht wandte er sich um und folgte dem Beistandsmagier. Als sie den Korridor entlangschritten, wurde Meredith leise Geräusche gewahr, die aus einigen der belegten Zellen ertönten, Flüstern, Sprechgesänge und leise gemurmelte Kehrreime. Sie waren dabei, den Gang zu verlassen, als das Geräusch einer Erschütterung durch die Luft ging, als hätte jemand eine Zellentür mit einem Rammbock getroffen.

Meredith zuckte zusammen, wobei sein Gefühl von Furcht stärker als je zuvor wurde. Dann tauchten drei andere Magier im Korridor auf, jeder von ihnen kräftig gebaut und mit strenger Miene. Über ihren Roben trugen sie die dunklen Halstücher der Aufseher. Meredith spürte ihre Anspannung und die plötzliche Konzentration an Energie in ihren Händen. Alle drei hielten mächtige Zauber in ihrem Geist.

Ein weiterer Donnerschlag hallte durch die Luft, und Meredith begriff, dass der Lärm von der Zelle am anderen Ende des Korridors herrührte.

»Habt ihr ihn gestört?«, fragte einer der Aufseher.

»Nein«, sagte der Beistandsmagier. »Wir sind leise vorbeigekommen.«

Die Aufseher warfen ihnen misstrauische Blicke zu, bevor sie sich von ihnen abwandten. Sie hatten gerade begonnen, den

Gang hinunterzugehen, als ihnen eine Stimme durch die Luft entgegenzukriechen schien.

»Eu pot auzi tu, fiul lui Saker«, sagte sie in leisem, unheimlichem Ton. »Pot mirosi tu.«

Meredith spürte, wie ihm ein unangenehmer Schauder das Rückgrat hinablief. Selbst unter den Magiern gab es nur wenige, die die alte Sprache von Ferocia verstanden, aber Meredith hatte sie eingehend studiert.

Ich kann dich hören, Sohn von Saker, hatte die Stimme gesagt. *Ich kann dich riechen.*

»Geht weiter«, sagte einer der Aufseher. »Wir kümmern uns um Bruder Pacatos.«

Meredith und sein Beistandsmagier hatten sich gerade umgedreht, um zu gehen, als sich die Stimme erneut erhob.

»Am miros trădare în tine.«

Ich rieche den Verrat in dir.

Meredith hielt an. Er wandte sich um, dann zuckte er zurück, als der mächtige, dröhnende Klang erneut den Gang erschütterte. Es klang, als würde die Tür zu einer Zelle aus den Angeln geschlagen.

»Komm«, sagte der Beistandsmagier, der offensichtlich bestrebt war, von hier zu verschwinden. »Der Große Veneratu wartet.«

»Wer *war* das?«, fragte Meredith, als sie die Treppen zu den oberen Stockwerken des Turms hinaufstiegen.

Der Beistandsmagier schien ihm nur ungern antworten zu wollen, aber Meredith packte ihn am Arm.

»Das war Bruder Pacatos«, sagte er schließlich.

»Was ist los mit ihm?«, fragte Meredith. »Ist er ein Gefangener?«

»Er ist ... eingeschlossen.«

»Warum?«

»Sie sagen, dass er ... nun ... *unausgeglichen* ist«, sagte der Beistandsmagier mit gedämpfter Stimme. »Dass er zwar mächtig ist, es ihm aber schwerfällt, die Kontrolle auszuüben.«

Meredith blickte den Weg zurück, auf dem sie gekommen waren.

»Geh nicht dort entlang«, sagte der Beistandsmagier. »Nähere dich nicht seiner Zelle. Und *niemals* allein!« Nachdem er diesen Punkt hervorgehoben hatte, wandte er sich um und ging weiter die Treppe hinauf.

Schwer beunruhigt hielt Meredith einen Augenblick inne, bevor er ihm hinterhereilte, während Bruder Pacatos' Worte in seinem Geist widerhallten.

»Am miros trădare în tine.«

»Ich rieche den Verrat in dir.«

Sie erreichten den oberen Treppenabsatz und durchquerten eine Türöffnung, und so hörten sie den entsetzlichen Schrei nicht, der durch die Tunnel schallte, die sie eben verlassen hatten. Noch ein wenig weiter entfernt erreichten sie eine große Doppeltür.

»Der Magierlehrling Meredith Saker ist gekommen, um seine ausgewählten Wissenszweige anzugeben«, verkündete der Beistandsmagier, als sie das Gemach des Großen Veneratu betraten.

Meredith, immer noch aufgewühlt von dem, was sich im Zellentrakt ereignet hatte, blickte sich um. Er stand im Zentrum eines kreisrunden Raums, der aus rauchgrauem Marmor errichtet war. Schwarze Holztüren öffneten sich zu anderen Räumen, und ein bogenförmiger Durchgang führte in die Dunkelheit hinaus. Aufgrund der Luftbewegung vermutete Meredith, dass man auf diesem Weg nach draußen kam, vielleicht auf einen Balkon. Am anderen Ende des Raumes folgte ein angehobenes Podium der Mauerrundung, und auf etwas, das man nur als einen Thron beschreiben konnte, saß Galen Thrall, Verehrter Meister und Großer Veneratu der Magier von Clemoncé. Der Thron bestand aus einem großen Sitz aus schwarzem Marmor mit einer hohen Rückenlehne und Armlehnen, die in der Form von Raben behauen waren.

So viel zu unserem Eid der Bescheidenheit, dachte Meredith.

Zur Rechten des Thrones stand sein Vater, Morgan Saker,

und Meredith schalt sich für die Unvorsichtigkeit seiner Reaktion. Sie waren womöglich nicht in der Lage, die Einzelheiten seines Verstandes zu lesen, aber den Ton seiner Überlegungen konnten sie bestimmt abschätzen. Indem er sich eine gedankliche Notiz machte, vorsichtiger zu sein, verbeugte er sich tief vor dem Großen Veneratu, bevor er sich zum Gruß an seinen Vater wandte.

»Ist deine Meditation abgeschlossen?«, fragte Thrall. »Hast du die Wissenszweige ausgewählt, die du studieren wirst?«

»Das habe ich«, sagte Meredith, als er den Großen Veneratu zum ersten Mal richtig ansah.

Galen Thrall war ein älterer Mann. Auf den ersten Blick hätte man ihn für eine freundliche Persönlichkeit halten können, bis man erkannte, dass das Lächeln in seinen Augen nur vorgespielt war, und dass der wohlwollende Zug um seinen schmalen Mund nur ein Zucken von einem spöttischen Lächeln entfernt war. Sein eingeöltes Haar war lang und mit einem leichten Schwung ins Graublonde. Seine Haut war bleich mit einer Patina aus Falten und kleinen Narben von unbestimmter und leicht verstörender Natur. Und seine Augen waren von einem wächsernen Graugrün, mit Pupillen, die nur um ein Winziges zu klein waren, um von dem gedämpften Licht im Raum erklärt werden zu können.

Er war ein Mann, der einen nervös machte, und Meredith konnte erkennen, dass selbst sein Vater sich in dessen Gegenwart unbehaglich fühlte. Plötzlich begann er an den Entscheidungen, die er getroffen hatte, zu zweifeln. Das Missfallen seines Vaters herauszufordern war eine Sache, Galen Thralls Unmut hervorzurufen jedoch eine ganz andere.

»Und deine Wahl fällt auf?«

Meredith hatte den verstörenden Eindruck, dass Thrall es bereits wusste. Vielleicht *konnte* er tatsächlich Gedanken lesen.

»Übermittlung von Nachrichten ... Geschichte, und ... das Wesen der Drachen«, sagte Meredith.

»Unsinn!«, bellte sein Vater, aber Galen Thrall nickte nur, als seien dies völlig angemessene Studiengebiete.

»Du hast eine Gabe für Verschleierung und Beschwörung«, fuhr sein Vater fort. »Und sicher ist Politik von größerem Belang als Geschichte. Ich dachte, du wolltest etwas in der Welt bewirken.«

Auf diese Bemerkung hin hob Galen Thrall eine Augenbraue, als fände er einen solchen Ehrgeiz amüsant, und Meredith wurde rot vor Verlegenheit. Trotz seiner vorherigen Entschlossenheit hatte sein Vater immer noch die Fähigkeit, ihn sich wie ein Kind vorkommen zu lassen. Aber trotzdem, dies war sein Recht. Die Vollendung dieser Studien würde ihn als einen vollständig ausgebildeten Magier ausweisen.

»Es liegt an mir, diese Entscheidung zu treffen«, sagte er mit aller Würde, die er aufbringen konnte. »Das sind die Wissenszweige, die ich gewählt habe.«

»Ja, ja«, sagte Galen Thrall. Und wir werden dir bei deinen Studien behilflich sein. Aber nicht in der Drachenkunde. Es gibt nur wenig, was durch das Studium der Lindwürmer gewonnen werden kann. Sie sind eine schwächer werdende und geradezu tragische Art, die bald völlig aus der Welt verschwunden sein wird, wie ich fürchte. Aber Geschichte … das Wissen über das, was sich früher ereignet hat, ist immer von Wert. Damit sehe ich kein Problem.«

Er lächelte großzügig, doch die Pupillen seiner Augen schienen sich noch weiter zu verengen. Thrall war vor jedermann auf der Hut, der »etwas in der Welt bewirken« wollte.

»Geh jetzt«, fuhr er fort, womit er Meredith entließ, bevor dieser noch mehr sagen konnte. »Für dich sind Gemächer vorbereitet worden. Wenn du dich ausgeruht hast, werde ich dafür sorgen, dass dich jemand zu den Archiven geleitet. Und mögen deine Studien die Früchte tragen, die du dir ersehnst.«

Merediths Gesicht brannte angesichts der Demütigung, dass Thrall sein gewähltes Fachgebiet der Drachenkunde abgelehnt hatte, aber es war ausgeschlossen, dem Großen Veneratu zu widersprechen. Demonstrativ den hitzigen Blick seines Vaters ignorierend verbeugte er sich tief, kehrte sich um und verließ den Raum.

»Geschichte!«, schnaubte Morgan, als sich die Tür zu dem Gemach schloss. »Was für eine Verschwendung!«

Thrall schwieg einen Moment lang mit nachdenklich gesenkter Stirn.

»Können wir ihm die Wahrheit anvertrauen?«

»Ich weiß es nicht«, erwiderte Morgan. »Seit der Beschwörung wirkt er zurückgezogen, verwirrt … Er hat zu viel von der Schwäche seiner Mutter.«

»Dann darf er nicht die Chroniken der vierundachtzigsten Dekade lesen.«

»Aber er studiert Geschichte, und er ist begabt im Verschleiern. Wenn Ihr sie entfernt oder versucht, sie zu verstecken, wird er es sogleich wissen.«

»Wir werden sie nicht verstecken, und wir werden sie auch nicht entfernen«, sagte Thrall mit einem Lächeln. »Ich werde Bruder Serulian in den Archiven einsetzen. Er ist ein Meister im Verwirren. Dein Sohn könnte die Chroniken der Vierundachtzigsten hundert Mal lesen und sich niemals auch nur an *ein* Wort erinnern.«

»Er wird misstrauisch werden.«

»Ha!«, spie Thrall mit einem schnarrenden Lachen aus. »Es wird ihm nicht einmal auffallen. Das Wissen wird von Dunkelheit verschluckt. Er wird einfach glauben, dass es da nichts Neues zu lernen gab.«

»So sei es denn«, sagte Morgan.

»So sei es denn«, sagte Thrall.

Brennend vor Ärger und benommen vor Hunger und Erschöpfung, folgte Meredith dem Beistandsmagier durch den Turm zu den Gemächern, die für ihn bereitgestellt worden waren. Er hatte erwartet, etwas Genugtuung zu empfinden, weil er seinem Vater die Stirn geboten hatte, aber alles, was er fühlte, war eine kochende Verbitterung und das altbekannte Gewicht der Enttäuschung. Als der Beistandsmagier den Raum verließ, schwor sich Meredith, sich nicht von seinen ausgewählten Wissenszweigen ablenken zu lassen. Gleichgültig, welche Überredungskunst der Große Veneratu und sein Vater auch einsetzen mochten, er würde die Geschichte von Grimm studieren, und irgendwie würde er die Drachenkunde erlernen.

Am miros trădare în tine.

War dies der Verrat, von dem Bruder Pacatos gesprochen hatte?

Mit einem schrecklichen Gefühl von Vorahnung vermutete Meredith, dass es das nicht war.

33

Die Ausbildung beginnt

In der folgenden Nacht schlief keiner der Kadetten auch nur halb so gut. Das Wissen darum, dass man sie bei Sonnenaufgang wecken würde, ließ die meisten von ihnen sich bis weit nach Mitternacht herumwälzen. Falco erwartete, dass man sie mit einem abscheulichen Krawall aufwecken würde, wie das in den Kasernen der Armee in Caer Dour der Fall war. Hier tauchte einfach Lanista Deloix mit einem jüngeren Gehilfen auf. Er stellte sich ans Ende der Kaserne, während der Assistent eine Messingglocke läutete, die von einem der hölzernen, paarweise die Mitte des Raumes hinab verlaufenden Pfosten hing.

Kling, kling, kling!

Drei schlichte Glockenschläge, dann wieder drei Mal, mehr als genug, um die ruhelosen Kadetten aus ihren Betten aufzuscheuchen.

»Guten Morgen. Ich hoffe, ihr habt gut geschlafen«, sagte er, wobei er die verschwollenen Gesichter und roten Augen der Kadetten auf sich wirken ließ. »Ihr habt zwanzig Minuten, um euch anzuziehen, euch zu erleichtern und euch auf dem zentralen Trainingsfeld zu melden. Für jeden von euch sind Kleidung und Stiefel ausgelegt worden.« Er deutete auf die Kleider, die nun auf den Kisten am Fußende jedes Bettes lagen: Hosen, Tunika und Stiefel mit Ummantelung aus Schaffell sowie ein gewachster Baumwollumhang. Der Lanista nickte, um anzuzeigen, dass er fertig war, und die Kaserne brach in allgemeine Umtriebigkeit aus.

Falco zuckte zusammen, als er aus dem Bett stieg. Die Prellungen hatten über Nacht Farbe angenommen, und seine Rippen fühlten sich steif und wund an. Er legte eine Hand auf sein Gesicht und fühlte die Verletzung in seinem Mund mit seiner Zunge nach, dann blickte er auf und sah Lanista Magnus neben seinem Bett stehen. Der leitende Ausbilder warf einen kritischen Blick auf Falcos Verletzungen, bevor er ihn ansprach.

»Die Angelegenheit deines Trainings wird heute Nachmittag entschieden«, sagte er, seine Miene schien ernst und undurchdringlich. »Bis dahin wirst du wie jeder andere Kadett behandelt.«

Falco nickte und sah zu, wie Lanista Magnus fortging. Es lag etwas Verunsicherndes in seinem Ton, als ob er mehr wusste, als er zu sagen willens war. Mit einem Gefühl von unheilvoller Vorahnung griff Falco nach dem Baumwollhemd am Ende seines Bettes, wobei die Schmerzen in seinen Rippen ihn zusammenzucken ließen.

»Bist du in Ordnung?«, fragte Malaki.

»Es wird schon gehen«, sagte Falco.

Am hinteren Ende der Kasernen konnte er Jarek und die anderen erkennen, die ihn am Abend zuvor angegriffen hatten. Er wollte ihnen nicht die Genugtuung geben, ihn dabei zu sehen, wie er sich abkämpfte, daher biss er die Zähne zusammen, um die Schmerzen zu unterdrücken, zog sich schnell an und brachte seine Morgenwäsche hinter sich.

»Was hat Lanista Magnus zu dir gesagt?«, fragte Malaki, als sie mit Bryna aus den Kasernen kamen.

»Nur, dass sie heute Nachmittag eine Entscheidung über meine Ausbildung treffen werden.«

»Klingt ja nicht ganz geheuer«, sagte Malaki.

»Ich bin mir sicher, es wird gut gehen«, sagte Bryna.

Falco war nicht besonders beruhigt. Er antwortete nicht, als sie dem Rest der Kadetten zum Trainingsfeld hochfolgten, wo sie auf Lanista Deloix stießen. Der Himmel war noch dunkel, und die Luft war erfüllt von Nieselregen, daher zitterten die Kadetten trotz ihrer Umhänge und Ummantelungen aus Schaffell im grauen Licht eines feuchten Morgens. Der Herbst machte dem Winter Platz.

Lanista Deloix führte sie zu einem großen weißen Zelt am Seitenrand des Feldes. Als sie eintraten, trafen sie Helfer an, die ihnen ihre Umhänge abnahmen und jedem von ihnen die Waffen der von ihnen gewählten Disziplin überreichten. Bryna bekam einen Bogen, einen Köcher voller Pfeile und ein Kurzschwert in einer mit einem Gürtel versehenen Lederscheide, während Malaki und Falco je ein valentianisches Bastardschwert und einen Rund-schild aus einer Stahllegierung erhielten.

Falco, der sich mehr als nur ein wenig befangen fühlte, passte die Riemen an dem Schild seinen dünnen Armen an. Als er auf-blickte, bemerkte er die verächtlichen Blicke von Jarek und meh-reren der anderen Kadetten – aber es kümmerte ihn nicht. Wie-der einmal verspürte er das Gefühl von Befriedigung, sich in der Gegenwart von Waffen zu befinden, einfach … ein Schwert zu halten. Er war versucht zu denken, dass dies ein männlicher We-senszug war, aber er sah den Genuss, mit dem Bryna sich das Kurzschwert umgürtete, bevor sie sich den Köcher über die Schulter hängte und ihren Bogen aufhob. Nein. Hier ging es da-rum, wie man sich selbst betrachtete. Er wirkte vielleicht nicht so glaubwürdig wie Malaki, aber als Falco sein Schwert ergriff und seinen Schild anlegte, fühlte es sich irgendwie richtig an.

Als sie alle passend ausgerüstet waren, folgten sie Lanista De-loix nach draußen, wo Lanista Magnus nun auf sie wartete. Der leitende Ausbilder hob einen Arm und deutete zu den Bergen hinauf.

»Da oben, im Nebel«, hob er an, »gibt es einen Stein, den sie den Spieß nennen, einen großen Granitblock, der vom Berghang hervorsteht. Ihr werdet jeden Morgen zu diesem Spieß hinaufklet-tern, bevor ihr hierher zurückkehrt, um euer erstes Essen zu euch zu nehmen und euch auf das Training des Tages vorzubereiten.«

Die Kadetten blickten zu der niedrigen Wolke hinauf, die über dem Berg hing. Sie konnten gerade noch die bleiche Linie eines Pfades ausmachen, der sich seinen Weg hinauf in den Nebel wand.

»Es sind zwei Meilen und tausend Fuß Höhe bis zum Spieß«, sagte Lanista Magnus. »Ihr solltet ungefähr eine Stunde brauchen«, fügte er hinzu, als die anderen Ausbilder in den Schutz des Zelts zurückkehrten.

Unsicher traten einige der Kadetten von einem Fuß auf den anderen, aber es war klar, dass manche von ihnen mit diesem Ritual vertraut waren, und mit angehobenen Waffen begannen sie loszulaufen.

»Kommt schon«, sagte Alex, der Falco und die anderen dazu drängte, ihm zu folgen. »Es ist ein ganz schöner Aufstieg, und es sind mehr als zwei Meilen.«

»Hast du ihn schon einmal gemacht?«, fragte Falco, als er, Malaki und Bryna sich den beiden Brüdern anschlossen.

»Wir haben ihn erst neulich hinter uns gebracht«, sagte Alex. »Unser Vetter hat uns davon erzählt. Der Aufstieg ist nicht als Wettbewerb gedacht, aber er meint, dass trotzdem immer einer daraus wird.«

Malakis Augen leuchteten auf, aber Falco sank der Mut. Er fühlte sich bereits außer Atem, und nach ein paar weiteren Minuten musste er langsamer gehen.

»Lauft ruhig weiter«, sagte er, als sie sich zurückfallen ließen, um auf seiner Höhe zu bleiben.

Alex und Quirren nickten, aber Malaki schien ihn nur ungern zurücklassen zu wollen.

»Lauf weiter, du großer Ochse«, sagte Falco und gab ihm einen Schubs. »Du kannst doch nicht zulassen, dass dieser Bastard Jarek dich besiegt.«

Endlich lächelte Malaki, und mit einem Nicken zu Bryna hin sprintete er davon und den Pfad entlang. Falco sah, wie Quirren beschleunigte, um mit ihm mitzuhalten, während Alex und Bryna in einem etwas gemächlicheren Tempo folgten.

Falco kamen die beiden Meilen wie zehn vor, aber er versuchte, weiter voranzukommen, und hielt nur inne, um diejenigen vorbeizulassen, die wieder zurückkamen. Einer von ihnen war Jarek, der darauf achtete, Falco vom Pfad abzudrängen. Falco vergaß allerdings diese Zurücksetzung bald wieder, als er sah, dass Malaki und Quirren jetzt genau hinter ihm waren und sich ihm schnell näherten. Er wünschte nur, dabei sein zu können, wenn Jarek begriff, dass ihn ein Schmied beim Zurückrennen zum Zelt besiegt hatte.

Mit einem Lächeln drängte er weiter und erreichte schließlich den »Spieß«, einen massiven Steinblock, der wie ein Finger, der in die Leere deutete, von dem felsigen Hang hervorstand. An seiner Spitze war die Oberfläche flach, und Falco nahm sich einen Augenblick Zeit, dessen schmale Länge abzugehen, ungerührt von dem beträchtlichen Höhenunterschied, der sich unter ihm auftat. Während er an seiner Spitze stand, fühlte er, wie der kalte Nebel ihn umspielte. Es ließ ihn daran denken, zurück in den Bergen von Caer Dour zu sein. Er holte tief Atem und lächelte. Ja, er mochte sich abgemüht haben, aber er hatte sich doch besser angestellt, als er es vermutet hatte, und er fand die Anstrengung sogar ziemlich befriedigend. Also drehte er sich um, und da er sich seltsam gestärkt fühlte, begann er den Pfad hinunterzurennen.

Als Falco zum Trainingsfeld zurückkehrte, war die Stundenkerze längst heruntergebrannt. Er machte die Kadetten ausfindig, die in dem bleichen, nieseligen Morgen herumliefen. Einige von ihnen beendeten ihr Frühstück, während sich andere in Gruppen unterhielten, Waffen verglichen und Manöver und Techniken miteinander durchgingen. Einer der Gehilfen nahm Falco Schwert und Schild ab, bevor er ihm einen Teller voller Essen und einen Trinkbecher mit etwas reichte, das wie Kamillentee roch.

»Du hast es also geschafft«, sagte Malaki, als sich Falco auf eine der Bänke setzte.

Falco zeigte ihm den Finger, während er einen enormen Klecks eingemachter Orangen auf einen Brotkanten tat und ihn sich in den Mund schob.

»Hast du ihn besiegt?«, fragte Falco und nickte zu einer Gruppe von Kadetten hinüber, die sich um Jarek geschart hatten.

»Was glaubst *du*?«, fragte Malaki mit einem Grinsen.

Falco lächelte und stürzte einen Mundvoll heißen Tee hinunter, als die Kadetten nach draußen geführt wurden.

Lanista Deloix führte sie zu einer Reihe von hölzernen Bänken, die in einem Halbkreis neben dem großen weißen Zelt standen. Er bedeutete den Kadetten, sich zu setzen, dann stellte er sich auf den offenen Platz vor ihnen. Einen Augenblick später tauchten ein Dutzend Ausbilder mit mindestens so vielen Helfern aus dem Zelt auf, und eine Welle von Begeisterung durchlief die Kadetten.

Falco stieß Malaki an, als er sah, wer sie hinausführte. Da, mit Lanista Magnus an seiner Seite, war die unverwechselbare Gestalt des Abgesandten zu sehen, der den schwarzen Waffenrock eines Ausbilders trug. Er gab kein Zeichen von sich, dass er ihn wiedererkannte, und Falco fühlte einen enttäuschten Stich, als der Abgesandte seinen Blick mit neutralem Gleichmut über die Kadetten schweifen ließ.

Aus den Augenwinkeln sah Falco Alex und Quirren, die beide angestrengt versuchten, sich ihre Aufgeregtheit nicht anmerken zu lassen. Er wandte sich Malaki zu, der neben ihm saß. Sie hatten den Abgesandten recht gut kennengelernt, und die einzige Nervosität, die sie empfanden, rührte von der Angst her, ihn zu enttäuschen. Falco lächelte Alex aufmunternd zu, dann verkrampfte er sich, als jemand sich ihm von hinten zuneigte.

»So, ist der Lieblingsritter der Königin gekommen, um auf dich aufzupassen, was?«

Falco schloss die Augen, als Jarek ihm ins Ohr flüsterte.

»Also … Prinz Ludovico hat jetzt von diesem Schmierentheater gehört. Sieht ganz so aus, als ob die Vierte Armee früher als geplant eingesetzt wird. Du wirst den Schutz des Abgesandten nicht lange genießen.«

Jarek lehnte sich zurück, und Falco sah sich zu den Jugendlichen auf der hinteren Reihe um. Sie erwarteten, dass er von dem Abgesandten bevorzugt behandelt wurde, das war ihren verächtlichen Blicken deutlich anzumerken.

»Was hat er gesagt?«, fragte Malaki, aber Falco bedeutete ihm nur, still zu sein. Das heutige Training begann nämlich gerade.

Die Helfer der Akademie hatten eine Reihe von Tischen voller Trainingswaffen und Rüstung aufgestellt. Sie hatten auch eine Anzahl von Trainingspuppen aus Holz und Stroh aufgerichtet, die in die schwarze Rüstung von ferocianischen Kardakae gekleidet waren. Schon der Anblick ließ Falco erschaudern.

Alles war bereit, und der Abgesandte wandte sich ihnen zu.

»Warum seid ihr hier?«, fragte er.

Die Frage war in ruhigem Ton gestellt, beinahe selbstbeobachtend, und zuerst antwortete noch niemand.

Dann ergriff zu Falcos Linken ein stämmiger junger Mann mit dunkler Hautfarbe das Wort.

»Um kämpfen zu lernen«, sagte er. »Um die Besten zu sein, die wir sein können.«

Der Abgesandte nickte, als sei dies eine recht gute Antwort.

»Ja …«, sagte er. »Aber noch mehr als das. Ihr seid hier, um zu den Anführern von Menschen zu werden. Wenn ihr die Akademie verlasst, werdet ihr zu euren Leuten zurückkehren und ihnen beibringen, was ihr gelernt habt. Auf diese Weise kann das Wissen der Akademie über die Welt verbreitet werden. Aber warum sollte die Eliteschule von Clemoncé ihre Geheimnisse mit den anderen Königreichen teilen wollen, mit Königreichen, mit denen es jahrhundertelang in zahllose Kriege verwickelt war?«

»Um die Besessenen zu besiegen.«

Falco blickte nach rechts. Es war Alex, der gesprochen hatte.

»Und warum ist das so wichtig? Was macht sie so besonders?«

»Weil sie uns alle bedrohen«, sagte einer.

»Weil sie so grausam sind«, sagte ein anderer.

»Grausam?« Der Abgesandte lachte bitter auf. »Als die illicische Armee die beltonische Stadt Guerthang einnahm, schlachteten sie jeden Mann, jede Frau und jedes Kind hin. Meine eigenen Landsleute ermordeten mehr als tausend Menschen.«

Er runzelte die Stirn, als er sprach. Es war, als könne er kaum glauben, was er ihnen da erzählte. »Sind die Besessenen etwa grausamer als sie?«

Die Kadetten schwiegen. Sie alle kannten Geschichten von Massakern, Folter und Tod aus ihren eigenen Königreichen. Die Geschichte von Grimm war mit solchen Schrecken übersät, und von denen setzten sich einige heute immer noch fort. Waren die Besessenen wirklich so anders? Der Abgesandte ließ sie über diese Frage einen Moment nachdenken, bevor er wieder sprach.

»Was ist das Schlimmste, das ihr euch vorstellen könnt?«, richtete er seine Frage an einen blonden illicischen Jugendlichen in der vorderen Reihe. »Was ist das Schlimmste, das ein Mensch einem anderen antun kann?«

»Mord«, sagte der junge Mann, und der Abgesandte schnaubte, als ginge dies kaum als Antwort durch.

»Folter«, sagte ein anderer.

»Und was ist die schlimmste Form von Folter?«

»Heiße Eisen …«

»Die Streckbank …«

»Die Haut abzuziehen …«

Immer noch unbeeindruckt, schürzte der Abgesandte die Lippen.

»Und was, wenn man jemanden, den ihr liebt, foltern würde, und wenn es nichts gäbe, was ihr tun könntet, um ihn zu retten? Worauf würdet ihr dann hoffen?«

Entsetzt starrten die Kadetten ihn an.

»Dass er schnell sterben würde«, sagte ein junger Mann von hinten.

Der Abgesandte betrachtete ihn mit steinhartem Blick.

»Und was, wenn er nicht sterben kann?«

Der junge Mann blickte ihn verwirrt an.

»Was, wenn man seinen Schmerz und seine Qual nicht durch den Tod beenden kann? Was, wenn ihm die Haut vom Fleisch abgezogen würde – das aber nur der Anfang seines Leidens wäre?«

Er starrte sie alle an und erlaubte es keinem von ihnen, sich von der Tragweite dessen, was er ihnen sagte, abzuwenden.

»Wer von den Besessenen ergriffen wird, wird nicht getötet, er wird eingefordert. Ihm wird niemals die Erlösung des Todes gegönnt. Selbst wenn der Körper vernichtet ist, wird die Seele für immer weitergefoltert. Die Menschen, die vor fünfhundert Jahren von den Besessenen besiegt wurden, sind nicht tot. Sie winden sich noch immer in Höllenqual.«

Stille.

»Gibt es denn keine Hoffnung für sie?«

Die Frage war leise ausgesprochen worden, und der Abgesandte hielt einen Moment inne, bevor er antwortete. Er wusste, dass viele dieser jungen Leute Angehörige an die Besessenen verloren hatten.

»Wenn sie gestorben sind, ohne den Glauben zu verlieren, dann kann der Feind sie nicht einfordern. Wenn der Dämon, der sie einforderte, erschlagen wird, können ihre Seelen gerettet werden. Aber wenn sie gefangen wurden oder in Verzweiflung starben, dann nicht. Ihre einzige Hoffnung liegt bei uns. Einige glauben, dass, wenn wir die Besessenen besiegen und die Dunkelheit aus unserer Welt vertreiben, ihre Seelen vielleicht erlöst werden können.«

Die Kadetten starrten ihn an. Bis jetzt hatten sie nur an sich selbst und an ihren eigenen Fortschritt gedacht. Sie hatten die Akademie als einen Weg betrachtet, ihre Fertigkeiten und ihren Status zu verbessern. Jetzt sagte ihnen der Abgesandte, dass das Schicksal zahlloser Seelen von ihnen abhing.

Falco dachte an die Menschen, die *sie* an die Besessenen verloren hatten.

Balthazak ... Sir Gerallt ... Simeon.

Ruhten sie in Frieden oder erlitten sie ebenfalls die Qualen der Hölle? Er blickte flüchtig zur Seite und sah, dass Malaki und Bryna mit gesenkten Köpfen dasaßen.

»Ich frage euch also noch einmal. Warum seid ihr hier?«

Diesmal war niemand willens zu antworten.

»Ihr seid hier, um zu lernen, wie man kämpft«, sagte der Abgesandte. »Um zu den Besten zu werden, die ihr überhaupt sein könnt.« Er sah sie der Reihe nach an und nickte ihnen zu. »Das ist alles, was wir tun können.«

Die Kadetten blickten zu ihm auf, und sogar Jarek Snidesson war nicht unberührt von der Macht seiner Ausstrahlung.

»So«, sagte der Abgesandte.

Und nun lächelte er.

»Lasst uns kämpfen.«

Die Kadetten wurden in kleine Gruppen mit einem Ausbilder und mehreren Helfern aufgeteilt. Falco fand sich in einer Gruppe unter Lanista Magnus wieder, zusammen mit Malaki und Bryna, sowie einer Anzahl von Beltonen und verschiedenen jungen Männern mit der dunklen Hautfarbe von Acheron oder Thraecien.

»Aber ich bin als Bogenschützin hier«, sagte Bryna, als ihr einer der Helfer ein Trainingsschwert und ein Schild reichte.

»Ihr habt alle eure ausgewählte Disziplin«, sagte Lanista Magnus. »Aber ihr werdet auch in anderen trainieren. Bogenschützen werden mit Schwert und Schild kämpfen und die Grundzüge der Speerformationen lernen, während Speermänner lernen werden, wie man in den Stellungen einen Bogen benutzt, ohne seinen Kameraden in den Rücken zu schießen. Auf diese Art werdet ihr euch schließlich die Stärken und Grenzen der verschiedenen Einheiten auf dem Schlachtfeld bewusst machen. Unschätzbare Erfahrung, wenn ihr einmal ein Kommando übernehmt.«

Die Kadetten sahen einander an. Sie hatten gerade erst mit ihrem Training begonnen, und die Ausbilder redeten bereits von Führerschaft. Dann wurde auch jeder von ihnen ohne weiteres Aufhebens mit einem Trainingsschwert, einem Schild und einer gepolsterten Lederrüstung ausstaffiert, und nun begann das Training richtig.

Sie trainierten ein paar Stunden lang, indem sie durch einige der hauptsächlichen Kampfstile gingen, mit denen die meisten von ihnen vertraut waren, aber schon nach zwanzig Minuten fühlten sich Falcos Arme wie eine schwere Last an. Seitdem er in Toulwar aufgewacht war, hatte er definitiv an Stärke zugenommen, aber verglichen mit den anderen war er immer noch schwach. Er mühte sich weiter ab, bis einer der Helfer eine Glocke läutete und die Ausbilder sie zu den Bänken zurückriefen, wo der Abgesandte ein weiteres Mal das Wort an sie richtete.

»Für das Kampftraining verwenden wir hölzerne Schwerter oder stumpfe Metallklingen, die den meisten von euch bereits geläufig sein dürften.« Er nickte zu den stumpfen Trainingsschwertern hin, die jeder der Kadetten in Händen hielt. »Aber wir trainieren auch mit richtigen Klingen.« In seinen Händen hielt er ein einhändiges illicisches Ritterschwert und einen Rundschild aus Metall. »Hat jemand von euch hier in den Fechtformen Liberi oder der Gladiatoria trainiert?«

Die komplette Hälfte der Kadetten hob unsicher die Hände.

Falco blickte Malaki an. Simeon hatte eine uralte Kopie der Gladiatoria besessen, und die beiden Jungen hatten nichts mehr geliebt, als in sein Studierzimmer zu schleichen und sich die Bilder dieses verehrten Handbuchs für den Kampf anzusehen und später auch dessen Text zu lesen.

Der Abgesandte nickte einem Jugendlichen aus Clemoncé mit glattem Kinn und sandfarbenem Haar zu. Er händigte ihm das scharfe Langschwert und den Schild aus und forderte ihn auf, seine Position vor den Trainingspuppen einzunehmen, die man wie Kardakae hatte aussehen lassen. Die Puppen waren mit Schwertern versehen worden, von denen jede ihre Klinge so präsentierte, dass sie verschiedene Angriffstypen darstellten.

»Wenn die Glocke ertönt, möchte ich, dass du den Feind erledigst«, sagte der Abgesandte, der dem jungen Mann zulächelte, um dessen Nerven zu beruhigen.

Der Kadett nickte, und als der Helfer dann die Glocke läutete, stürzte er vorwärts, wobei die Spitze seines Schwerts die Lücke unterhalb der Brustplatte des Kardakae fand. Er trat nach links, attackierte die Klinge der nächsten Puppe mit seiner eigenen und zog sie zurück, um einen präzisen Stich in der ungeschützten Armbeuge anzubringen. Der nächsten schnitt er über den Hals, dann war es der Ellbogen, und schließlich bewegte er sich an der letzten Puppe vorbei und parierte mit seinem Schild, bevor er sich drehte, um einen »tödlichen Hieb« durch einen weiteren Spalt in der schweren Rüstung des Kardaka anzubringen.

Keuchend stand er da, während die Puppen von seinen Attacken wackelten und schaukelten. Jede von ihnen war mit einem präzisen Hieb erledigt worden, der mit großer Genauigkeit und Fertigkeit ausgeführt worden war. Die Kadetten waren beeindruckt, und der Abgesandte nickte anerkennend. Er bedeutete dem jungen Mann, seinen Platz wieder einzunehmen.

»Nun«, sagte er. »Hat jemand hier tatsächlich schon die Besessenen bekämpft?«

Die Kadetten schüttelten langsam die Köpfe, alle, bis auf diejenigen von Caer Dour, die in den Bergen gegen die Besessenen gekämpft hatten.

Der Abgesandte ging ein Stück und stellte sich vor Malaki hin. Malakis Kopf war gesenkt gewesen, aber nun blickte er mit einem dunklen Ausdruck in seinen Augen auf, als hätte er gewiss nicht den Wunsch, sich daran zu erinnern, wie es sich anfühlte, einem dieser Krieger leibhaftig gegenüberzustehen. Der Abgesandte streckte das Heft seines Schwerts aus, und langsam ergriff Malaki es. Mit einiger Zurückhaltung erhob er sich und ordnete den Rundschild auf seinem Arm. Bedächtig ging er dann und nahm seine Position ein.

»Das sind Kardakae der Besessenen«, sagte der Abgesandte. »Ich möchte, dass du sie besiegst.«

Mit immer noch gesenktem Kopf blickte Malaki den Abgesandten an, bevor er sich den leblosen Puppen zuwandte. Er wirkte eingeschüchtert und zurückhaltend, aber Falco bemerkte, wie sich die Klinge des Schwertes leicht hob, als Malakis Hand sich fester um den Griff schloss.

Die Glocke ertönte, und Malaki donnerte vorwärts. Seine erste Attacke kam innerhalb der Deckung des Kardaka zur Geltung, zwang die schwarze Brustplatte nach oben und schnitt durch den Strohkörper, der an dem Pfosten befestigt war. Seine zweite Attacke bildete eine Fortsetzung der ersten, und die illicische Klinge hackte hinab und in die Schulter der Puppe, wobei sie den Schwertarm abtrennte, als Malaki an ihr vorbeikam. Die nächste wurde von einem heftigen Schlag mit dem Rand seines Schilds gefällt und durch einen Schwertschlag erledigt, der ein großes Stück aus dem dicken Holzpfosten herausschlug. Zwei waren noch übrig … Malaki durchbrach den Pfosten von einer mit einem mächtigen Tritt und demolierte den letzten mit einer Serie an Schlägen mit Schwert und Schild. Die letzte Puppe fiel in mehreren Stücken zu Boden, sodass der schwarze Helm davonrollte.

Malaki stand da, angespannt, aber selbstsicher, als sei er bereit dazu, noch einhundert mehr zu fällen, und die Kadetten sahen es schockiert mit an. Lanista Deloix nickte knapp, während Lanista Magnus grimmig und befriedigt lächelte.

Die meisten der Kadetten blickten Malaki mit neu gefundenem Respekt an. Nur Jarek und ein paar seiner Anhänger schienen nicht beeindruckt zu sein. Er quittierte Malakis Vorführung mit einem verächtlichen Schnauben, während der große Beltone Malaki mit einer eindeutigen Kampfansage in den Augen anschaute.

Der Abgesandte wandte sich den Kadetten zu.

»Eines der wichtigsten Dinge, die wir euch hier an der Akademie beibringen, ist der Unterschied zwischen Kampftraining und echtem Gefecht.« Er wartete, bis Malaki seinen Sitz wieder eingenommen hatte. »Ein gut platzierter Treffer sichert euch vielleicht einen Punkt in einem Fechtwettkampf, aber damit eine Attacke in einer Schlacht möglichst wirksam ist, muss der Feind Angst um sein Leben haben. Es ist viel Kraft nötig, um durch Lederrüstung zu schneiden oder einen Arm durch eine Kettenrüstung zu brechen, und es ist nicht so einfach, die Lücken in einer Rüstung zu finden, wenn euer Gegner versucht, euch zu töten.«

Er nickte einem der Helfer dankend zu, der ihm die Brustplatte der ersten Kardaka-Puppe überreichte. Er hielt sie so hoch, damit alle die beeindruckende Delle in Malakis Schwert sehen konnten.

»Das hier war eine Attacke, die einigen Schaden zugefügt hätte, gleichgültig, an welcher Stelle. Sie *verlangt* eine Erwiderung von eurem Kontrahenten. Wenn ihr euch verteidigt, müsst ihr euch gegen so etwas wie dies hier verteidigen, gegen einen Angriff, der darauf abzielt zu töten.«

Er blickte den jungen Mann an, der ihnen eine ausgezeichnete Vorführung an Genauigkeit gegeben hatte.

»Ich empfehle dir nicht, Finesse aufzugeben, aber du musst verstehen, dass das nicht genug ist. Du wirst sowohl eine gewisse Fertigkeit als auch Brutalität nötig haben, um die Besessenen zu besiegen.«

Der Standpunkt war dargelegt, und das Training ging weiter. Die Helfer befestigten mit Rüstungsteilen versehene Polster an den Trainingspfosten, sodass die Kadetten sehen konnten, wie viel Kraft nötig war, um verschiedene Arten von Rüstungen zu durchdringen. Schnell wurde deutlich, dass ihre eiligen Schlenzer und klug platzierten Schnitte bei Weitem nicht ausreichten, um einem Gegner in Rüstung Schaden zuzufügen. Mit einem Mal erschien das Training, das die meisten von ihnen bisher absolviert hatten, kaum mehr als eine Spielerei zu sein.

Als der Morgen fortschritt, konnte Falco sehen, dass die Ausbilder versuchten, die Kadetten einzuschätzen, indem sie beobachteten, wie sie kämpften und sich bewegten, aber auch, wie diese auf Anweisungen eingingen und sich gegenüber einander verhielten. Doch es war zu viel für ihn. Wenn auch der Trainingsunterricht recht leicht war, fühlten sich seine Arme doch so mit Blut vollgepumpt an, dass er kaum sein Schwert halten konnte, und seine Brust schmerzte vor Anstrengung. Die Ausbilder schalten ihn nicht, sie richteten einfach ihre Aufmerksamkeit so lange auf andere, bis Falco bereit war, es erneut zu versuchen. Er war ungemein erleichtert, als sie endlich zu den Bänken zurückkehrten, um Gruppen von Kadetten dabei zu beobachten, wie sie zu zweit Kampftraining ausübten. Er nickte einem der Helfer dankbar zu, als dieser ihm eine dampfende Tasse mit Fleischbrühe reichte.

Es war immer noch kalt, aber beinahe schon Mittag, und der Frühnebel hatte sich von den Bergen erhoben. Falco, der sich mehr als nur ein wenig niedergeschlagen fühlte, schüttelte den Kopf, als er auf seine schwachen Arme und dünnen Handgelenke blickte.

»Sie kämpfen gut.«

Er wandte sich um und sah, dass der Abgesandte neben ihm saß.

»Ja, das ist wahr«, sagte er, senkte seine Hände und nippte an dem Getränk, um das Selbstmitleid zu verbergen, dem er sich hingegeben hatte.

»Was ist mit Owen?«, fragte der Abgesandte. »Er ist schnell …«

»Ja«, sagte Falco, der erkannte, dass der Abgesandte eine Bemerkung von ihm erwartete. »Aber er reagiert zu schnell. Es macht ihn anfällig für eine Finte.«

»Und der Acherone, der gegen Quirren kämpft?«

Falco betrachtete den dunkelhäutigen jungen Mann. Er bewegte sich wie ein natürlicher Kämpfer, mit dem kraftvollen Muskelaufbau, für den Acheron berühmt war.

»Vorhersehbar«, sagte Falco. »Er tritt immer nach links zurück, und er kündigt eine Attacke mit seinem Fuß an.«

Der Abgesandte schürzte nickend die Lippen.

»Und was ist mit deinem Freund, dem Schmied?«

Falco blickte ihn an, als mache er einen Scherz. Sicherlich gab es an der Art, wie Malaki kämpfte, nur wenig zu beanstanden. Aber in den Augen des Abgesandten lag keine Spur von Spaß, und so richtete er mit einem leichten Stirnrunzeln seine Aufmerksamkeit auf Malaki. Zuerst sah er nur die schlichte, fließende Geschicklichkeit, aber als er weiter zusah, fielen ihm kleine Einzelheiten auf, die er niemals zuvor bemerkt hatte.

»Er trägt zu viel Gewicht in seinen Schultern, und er vertraut sich zu stark der Attacke an«, sagte Falco. »Wenn er nicht so gut wäre, könnte ihn das offen … lassen.«

»Er ist nicht so gut, und es lässt ihn tatsächlich *offen*«, sagte der Abgesandte mit einem Lachen.

Er schwieg einen Moment lang.

»Stärke ist nur Zeit und Mühe«, sagte er, und Falco, der wegen der Nachvollziehbarkeit seiner Gedanken verlegen war, senkte den Kopf. »Aber, was hier drin ist«, der Abgesandte berührte seine Schläfe, »und hier«, er klopfte mit den Fingern gegen seine Brust, »das kann man einem nicht beibringen.«

»Werde ich also ausgebildet?«

Der Abgesandte zögerte, und es war klar, dass er etwas Schwieriges zu sagen hatte. Falco wartete darauf, sein Schicksal zu erfahren.

»Es wird ein Kriegsgericht geben«, sagte der Abgesandte schließlich. »Die Königin hat deiner Ausbildung die Genehmigung erteilt, aber ihre Zustimmung wird angefochten.«

»Von wem?«

»Von den Lords Snidesson und Saker. Aufgrund dessen, was auf dem Drachenstein passiert ist, erheben sie Anklage wegen Verrats.«

Falco schloss die Augen.

»Wann?«, fragte er.

»Bald«, sagte der Abgesandte. »Gerade habe ich gehört, dass die Amtmänner auf ihrem Weg sind.«

»Und wer wird mich verteidigen?«, fragte Falco, dessen Puls sich plötzlich beschleunigte.

»Normalerweise wäre es die Königin. Aber es ist ihre Entscheidung, die angefochten wird, daher wird Prinz Ludovico den Vorsitz führen. Snidesson wird anwesend sein, um Darius zu repräsentieren, während Galen Thrall die Magier vertreten wird, die umgekommen sind.«

»Werdet Ihr mich verteidigen?«, fragte Falco.

Der Abgesandte schüttelte den Kopf.

»Ich bin als Zeuge geladen worden, zusammen mit Lord Saker und seinem Sohn Meredith. Keine Sorge«, fuhr er fort, als er die Verzweiflung auf Falcos Gesicht sah. »Prinz Ludovico wird die Anklage wegen Verrats nicht aufrechterhalten. Sie bemühen sich nur, dein Training mit den Magiern zu vereiteln.«

»Dann haben sie schon Erfolg gehabt«, sagte Falco. »Galen Thrall wird auf keinen Fall zustimmen. Nicht, wenn Saker etwas damit zu tun hat.«

»Sei dir nicht so sicher«, sagte der Abgesandte. »Womöglich hängt es nicht von Thrall ab.«

Falco musterte ihn scharf. Galen Thrall war der Verehrte Meister der Magier von Clemoncé, sicherlich hing alles von ihm ab.

»Davon abgesehen … vielleicht gibt es jemanden, der in der Lage ist, zu helfen.«

»Oh?«

»Ja«, sagte der Abgesandte, der sich erhob, als eine Reihe von Reitern sichtbar wurde. »Das heißt, vorausgesetzt, er mag dich.«

»Und was, wenn er mich nicht mag?«

»Dann bringt er dich womöglich einfach um«, erwiderte der Abgesandte, und Falco hätte kaum sagen können, ob er einen Scherz machte oder nicht. Mit einem plötzlichen Gefühl von Übelkeit stand er neben dem Abgesandten, als die vier Amtmänner um das Trainingsfeld herumritten, bis sie neben Lanista Magnus anhielten. Er bemerkte, dass sie ein zusätzliches Pferd mitgebracht hatten.

Die Kadetten hörten mit ihrem Kampftraining auf und versammelten sich um sie, um zuzuschauen.

»Was ist los?«, wollte Malaki wissen, aber für eine Antwort war keine Zeit.

391

Die Amtmänner hatten ihr Gespräch mit den Ausbildern beendet. Lanista Magnus, dessen Miene vermuten ließ, dass er es gar nicht schätzte, wenn jemand seine Trainingseinheiten unterbrach, führte die Amtmänner zu Falco und dem Abgesandten hinüber.

»Falco Danté«, sagte der Amtmann, der das Sagen hatte. »Du wirst wegen Verrats angeklagt, in Verbindung mit dem Tod des Kampfmagiers Darius Voltario. Du wirst mit uns zur Ratskammer kommen, um mit anzuhören, welches Los dich erwartet.«

Malaki staunte ungläubig mit offenem Mund, gerade als Bryna herüberkam, um sich zu ihnen zu gesellen. Die anderen Kadetten sahen mit einer Mischung aus Interesse und Misstrauen zu. Alex und Quirren wirkten betroffen, während Jarek Snidesson lächelte, als hätte er Falco gerade bei einem Fechtkampf verdroschen.

»Geh mit ihnen«, sagte der Abgesandte leise. »Ich komme gleich nach.«

Falco versuchte die Nervosität, die in seinem Bauch rumorte, zu beruhigen, während er vortrat und das Pferd bestieg, das Lanista Deloix nun für ihn hielt. Die Amtmänner nickten dem Abgesandten steif zu, und dann, mit zweien vor sich und zweien hinter sich, wurde Falco fortgeführt.

34

Aufsässigkeit

Die Ratskammer war ein ovales Gebäude im nördlichen Teil der Stadt, ein großes überdachtes Amphitheater, das für Vorträge, Gerichtsverhandlungen und öffentliche strategische Besprechungen genutzt wurde. Die beeindruckenden, aus hellbraunem Stein errichteten Wände waren mit Reliefs von großen Debatten und Rednern der Vergangenheit geschmückt und von einem niedrigen Kuppeldach gekrönt, einem Tribut an die Fertigkeiten von Clemoncés Steinmetzen und Konstrukteuren.

Es gab vier Haupteingänge zur Ratskammer, aber die Amtmänner eskortierten Falco zu einem kleinen Durchgang und einer steinernen Wendeltreppe, die in einen Tunnel hinunterführte. Sie tauchten aus dem Tunnel auf dem Boden des Amphitheaters wieder auf, einem weiten Areal aus poliertem Marmor. Es war von einem enormen Teppich bedeckt, der eine Landkarte darstellte. Diese zentral gelegene Fläche war auf allen Seiten von Steinsitzen umgeben, die sich bis zum Dach erstreckten und alle Teile des Gebäudes mit einem klaren Blick auf das versahen, was auch immer im Saal geschah. Das Areal erinnerte Falco an den Schmelztiegel, und ebenso wie der Schmelztiegel war es mehr als nur ein wenig einschüchternd.

Die Amtsmänner führten Falco zu einem hölzernen Stuhl an einem Ende des Saals. Zwei von ihnen standen neben ihm Wache, während die anderen beiden gingen und sich an das hintere Ende des Saals stellten, wo zwei Tische aufgestellt waren, von denen der eine Falco direkt gegenüberstand und der kleinere daneben. Als die Amtsmänner ihre Positionen einnahmen, nickte einer in die Richtung des Haupteingangs, und Falco sah mit an, wie zwei Männer auftauchten. Der erste war offensichtlich ein

Schreiber, während der andere eine Art Magistrat zu sein schien. Sie setzten sich an den kleineren, seitlich stehenden Tisch.

Und dann kamen die Zeugen: Morgan Saker, mit seinem Sohn Meredith und dem Abgesandten. Die beiden Magier durchquerten den Saal, bevor sie sich auf der untersten Sitzreihe zu Falcos Rechten niederließen. Der Abgesandte setzte sich ihnen gegenüber zu seiner Linken hin. Er blickte ihn zwar nicht an, aber Falco fand seine Gegenwart dennoch tief beruhigend.

Schließlich tauchten die drei Männer auf, die dem Gremium vorsitzen würden. Der erste war Bellius Snidesson; der zweite konnte nur Galen Thrall sein. Und der Pracht seiner Kleider nach zu schließen war der dritte Prinz Ludovico von König Michaels Berg, ein hochgewachsener und vornehm aussehender Mann Mitte vierzig, mit einer Axtklinge von einer Nase und langem schwarzen Haar, das stark graumeliert war. Wie Bellius trug er seinen Bart wie auch den Schnurrbart feinsäuberlich getrimmt, aber im Gegensatz zu Bellius blickte er Falco nicht mit blankem Hass an. Stattdessen war der Ausdruck in seinen klaren braunen Augen ernsthaft und nachdenklich.

Die drei Männer nahmen hinter dem Haupttisch Platz, mit Bellius auf einer Seite, Thrall auf der anderen und dem Prinzen in der Mitte. Galen Thrall ließ seinen Blick durch den Saal schweifen, bevor er Falco mit seinen jadegrünen Augen anstarrte, was diesem ein Gefühl vermittelte, als sei er nackt. Prinz Ludovico andererseits schaute Falco an, als fände er es schwierig zu glauben, dass jemand, der so schmächtig gebaut war, der Grund für solchen Zorn sein konnte.

Seitlich von ihnen nahm der Schreiber seinen Federkiel auf, der Prinz nickte, und der Magistrat rief das Kriegsgericht zur Ordnung.

Die Anhörung nahm nicht viel Zeit in Anspruch, aber für Falco schien sie eine Ewigkeit anzudauern. Wie benommen machte er seine eigene Aussage, und den Rest der Zeit über fühlte er sich so betäubt und unbeteiligt, als betrachte er die Vorgänge von einem hochgelegenen Aussichtspunkt irgendwo nahe der Decke. Endlich waren die verschiedenen Berichte und Argumente gehört worden, und Falco beobachtete, wie die drei Mitglieder des Gremiums sich einander zuneigten, um sein Schicksal zu entscheiden. Er fühlte sich seltsam, und die Geräusche ihrer gedämpften Unterhaltung hallten verzerrt in seinen Ohren wider.

»Keine Sorge«, sagte eine ruhige Stimme, und Falco sah, dass der Abgesandte neben ihm stand. Er blickte den Amtmann an, bevor er Falco einen Becher mit Wasser reichte. »Du hast gut gesprochen, und der Prinz ist ein gerechter Mann. Er wird sich nicht von Snidessons Zorn beeinflussen lassen.«

Der Abgesandte sprach mit gesenkter Stimme, damit er nicht von Bellius Snidesson, der giftige Blicke in Falcos Richtung warf, überhört wurde. Galen Thrall hingegen richtete all seine Aufmerksamkeit auf den Prinzen, der mit konzentriert gerunzelter Stirn in der Mitte des Tisches saß. Der Abgesandte hatte Falco versichert, dass *er* eine Verratsanklage nicht unterstützen würde, aber es schien undenkbar, dass er sich gegen den Willen von Galen Thrall stellte.

Falco wandte sich von seinem Blick ab und nahm sich etwas zu trinken, wobei seine Hände so stark zitterten, dass etwas von dem Wasser sein Kinn hinablief.

Während sie ihre Diskussion fortsetzten, nahm Falco die Gelegenheit wahr, sich im Raum umzusehen. Rechts von ihm beobachtete Morgan Saker die Diskussion des Gremiums, während Meredith damit fortfuhr, geradeaus zu starren. Sie hatten beide gemeinsam mit dem Abgesandten anschauliche Schilderungen über das abgegeben, was auf dem Drachenstein geschehen war.

Falco blickte gerade zu dem Gremium zurück, als er erkannte, dass das, was er für einen Schatten auf dem obersten Rang der Sitzreihen gehalten hatte, tatsächlich die Gestalt eines Mannes war. Er erinnerte sich vage daran, dass er den Schatten gesehen hatte, als er die Ratskammer betreten hatte. Die geheimnisvolle Gestalt war während des gesamten Verfahrens anwesend gewesen, still und in Dunkelheit gehüllt. Bevor er Gelegenheit bekommen hatte, einen genaueren Blick auf sie zu werfen, wurde seine Aufmerksamkeit wieder zurück in den Saal gelenkt. Prinz Ludovico hatte genug gehört. Bellius und Thrall lehnten sich in ihren Sitzen zurück, als der Prinz eine behandschuhte Hand hob.

»Das Gericht möchte den Zeugen für ihre ehrlichen Aussagen über dieses schreckliche Ereignis seinen Dank aussprechen.« Er hatte eine tiefe Stimme, mit einem schweren clemoncénischen Akzent.

Mit einem Nicken zu Falco hin kehrte der Abgesandte zu seinem Platz zurück, und der Prinz fuhr fort. »Es kann keinen Zweifel darüber geben, dass Meister Danté den Drachen alarmiert und den Tarnzauber, der für seinen Tod gesorgt hätte, gebrochen hat.«

Bei diesen Worten lächelte Bellius zufrieden, während Galen Thrall einfach weise nickte, wobei seine grünen Augen ein Lächeln erahnen ließen.

»Die Natur eines Verrats muss allerdings auf Absicht hinauslaufen.«

Bellius rückte in seinem Sitz herum, während sich die Pupillen in Thralls Augen plötzlich verengten.

»Es gibt keinen Beweis dafür anzunehmen, dass Meister Danté *absichtlich* den Tod von Darius Voltario verursacht hat. Die Aussage legt nahe, dass es ein unfreiwilliger Ausbruch war. Töricht und tragisch, dies schon, aber ohne Vorsatz.« Er hielt inne, bevor er sein Urteil verkündete. »Was den Anklagepunkt des Verrats betrifft, so befinde ich den Angeklagten für nicht schuldig.«

Vor Überraschung, dass der Prinz einen so vernünftigen Standpunkt einnehmen würde, stieß Falco den Atem aus, den er bis jetzt angehalten hatte. Er hatte den Mann aufgrund der Gesellschaft beurteilt, in der er verkehrte, und zwar die der Magier und solcher Adligen wie Bellius, die sie unterstützten. Er begriff nun, dass er dem Prinzen unrecht getan hatte.

»Was die Angelegenheit seiner Ausbildung betrifft«, fuhr der Prinz fort, »so bin ich nicht dazu berufen, sie zu beurteilen. Ich habe mir die Berichte über den tragischen Untergang seines Vaters angehört, der meiner Meinung nach Grund genug für Vorsicht ist.« Er hielt inne, und Bellius' Kinn reckte sich einmal mehr vor. »In dieser Angelegenheit muss ich auf den Großen Veneratu eingehen. Meinem Verständnis zufolge benötigen Kampfmagier einen Magier, der sie durch ihre Ausbildung führt. Ich überlasse es Galen Thrall zu entscheiden, ob solch eine Anleitung stattfinden wird.«

Der Prinz hatte sein Urteil abgegeben, und alle Blicke richteten sich auf Galen Thrall.

»Mitfühlend und weise wie immer, Eure Hoheit«, sagte Thrall in einem verdächtig liebenswürdigen Ton. »Wir haben uns mit dem Gegenstand von Meister Dantés Ausbildung befasst, seit wir zum ersten Mal von seinem Wunsch hörten, ein Kampfmagier zu werden. Die Rolle eines Anleiters ist keine einfache Aufgabe, daher habe ich mir die Freiheit genommen, diese Angelegenheit den Mitgliedern des Turms vorzulegen. Trotz seiner Familiengeschichte habe ich keinen persönlichen Vorbehalt dagegen, dass er ausgebildet wird.«

Wer's glaubt, wird selig, dachte Falco.

»Leider gibt es jedoch kein einziges Mitglied des Turms, das willens ist, Meister Danté auszubilden. Daher schlage ich vor, ihn von der Kriegsakademie zu entfernen, wo seine körperlichen Schwächen gewiss nur eine Ablenkung der Lanistas und ein Hindernis für das Training der anderen Kadetten wären.«

Er blickte Falco mit einer entschuldigenden Miene an, als sei ihm die Angelegenheit aus den Händen genommen worden. Bellius trug ein selbstgefälliges Siegeslächeln zur Schau, und Falco konnte die Befriedigung, die von Morgan Saker ausging, geradezu spüren. Obwohl man ihn vom Verrat freigesprochen hatte, fühlte er eine Enttäuschung, die ihm den Magen zusammenzog. Er wandte sich nach links, doch der Abgesandte sah ihn nicht an.

Sein Blick war zu Boden gerichtet, aber Falco konnte die Spannung in seinen gefalteten Händen sehen, als warte er auf etwas.

»Nun gut«, sagte Prinz Ludovico, »Meister Danté bleibt ein freier Mann, aber er wird die Akademie umgehend verlassen und zurück nach …«

»*Ich* werde ihn ausbilden.«

Die Worte waren leise gesprochen worden, und Falco sah, wie der Abgesandte mit einem schwachen Leuchten von Zufriedenheit in den Augen den Kopf hob. Aber er blickte dabei nicht Falco an. Sondern Meredith Saker. Immer noch in die Robe eines Novizen gekleidet schritt Meredith vor und stellte sich vor das Gericht.

»Ich werde Falcos Ausbildung übernehmen.«

Bellius sah aus, als hätte ihm gerade jemand in den Bauch geboxt. Galen Thralls hellgrüne Augen hatten die kalte Schärfe von Kieseln angenommen, während zu Falcos Rechten Morgan Sakers Zorn wie ein fühlbares Feuer brannte.

Wieder einmal empfand Falco das eigenartige Gefühl von Distanziertheit, als würde er die Vorgänge aus weiter Entfernung betrachten. Irgendwie hatte Meredith Saker den Mut gefunden, dem mächtigsten Magier von ganz Grimm zu trotzen. Aber noch mehr als das … er hatte seinem Vater getrotzt.

Er erwiderte Falcos Blick, ohne ihm auszuweichen, und das enorme Ausmaß dessen, was er getan hatte, strahlte aus seinen tiefbraunen Augen.

»Er hat mir das Leben gerettet«, war alles, was er sagte, und Falco fühlte mit einem Mal, wie es ihm den Hals zuschnürte.

Prinz Ludovico blickte mit einer hochgezogenen Augenbraue und einem unlesbaren Ausdruck auf seinem Gesicht vom Vater zum Sohn, dann lehnte er sich in seinem Stuhl zurück und wandte sich Galen Thrall zu, der zögerte, bevor er antwortete.

»Es ist natürlich ganz verständlich, dass Meister Saker vielleicht das Gefühl hat, in Meister Dantés Schuld zu stehen. Es ist sogar ehrenhaft.«

Falco war von Thralls Selbstbeherrschung beeindruckt, von der Art und Weise, wie er selbst angesichts solch offenen Widerstands seine Haltung bewahrte.

»Aber in diesem Fall muss ich sein Vorhaben verbieten.«

»Das könnt Ihr nicht.«

Die harsche Stimme erfüllte die Ratskammer, und Falco sah, wie sich die Gestalt in den Schatten am Ende der Halle aufrichtete.

»Einen Kampfmagier anzubilden ist eine freie und persönliche Entscheidung. Dazu braucht es die Erlaubnis des Turms nicht.«

Die Gestalt kam die Stufen der Sitzreihen herab, und Falco sah, dass er humpelte und zu einer Seite hingebeugt war, wo sein linker Arm fehlte. Die schattenhafte Gestalt war Aurelian Cruz.

Thralls Augenbrauen zogen sich zusammen, und zum ersten Mal schien seine Selbstbeherrschung zu bröckeln. »Ihr wagt es, Euch in die Angelegenheiten des Turms einzumischen?«

»Ich mische mich nicht ein«, sagte Cruz, als er in die Mitte der Ratskammer hinkte. »Ich erinnere Euch nur an Gesetze, die von größeren Magiern als Euch erlassen wurden.«

Die Worte waren dazu bestimmt, einen Stich zu versetzen, und Falco sah, wie Thrall eine sichtliche Anstrengung unternahm, sich zu bezähmen.

Aurelians Blick schweifte durch den Raum und blieb bei Falco hängen. Er nickte dem Abgesandten knapp zu. Früher einmal musste er ein hochgewachsener Mann gewesen sein, und vielleicht auch gut aussehend, bevor die Jahre und die Prüfungen der Schlacht ihn gezeichnet hatten. Jetzt war sein wettergegerbtes Gesicht faltig und vernarbt, so wie die hölzernen Pfosten auf dem Trainingsfeld. Mehrere seiner Zähne fehlten, und die Haut auf seiner linken Gesichtshälfte war von Verbrennungen straff gespannt. Sein Haar war lang, wild wuchernd und grau, und dennoch war ihm eine unbeschreibliche Würde eigen, als hätte er dem Schlimmsten, was es im Leben gab, ins Auge geblickt und nichts mehr zu beweisen.

»Also«, fuhr er fort, »wenn dieser junge Novize den Kümmerling ins Verderben führen will, so gibt es nichts, was Ihr dagegen tun könnt. Egal, wie sehr es Eure Eier auch jucken mag«, fügte er mit offensichtlicher Schadenfreude hinzu.

Schweigen breitete sich in der Ratskammer aus, und die Pupillen von Galen Thralls Augen verengten sich zu kleinen, schwarzen Punkten. Als er erneut sprach, war seine Stimme angespannt vor Beherrschung.

»Dies hat nichts mit Berechtigung zu tun, sondern mit Sicherheit. Ihr wisst besser als die meisten, dass der Ritus von Assay nicht auf die leichte Schulter genommen werden darf. Mehr als ein vielversprechendes junges Leben ist bereits bei dem Versuch verloren gegangen. Davon abgesehen … es gibt keinen Beweis dafür, dass Meister Danté das Zeug dazu hat, ein Kampfmagier zu sein.«

Thrall hielt inne, darauf vertrauend, dass er nun die Kontrolle über die Situation zurückerlangt hatte.

»Von dem offensichtlichen Mangel an physischer Stärke einmal abgesehen«, fuhr er mit einem verächtlichen Blick in Falcos Richtung fort, »würde man normalerweise erwarten, Anzeichen von innerer Stärke zu sehen, besonders in seinem Alter. Aber in diesem Fall gibt es keine …«

Ein Zischen!

Galen Thrall wurde mitten im Satz unterbrochen, als aus Aurelians Hand jäh ein Feuerball hervorbrach und über den Boden schoss. Die entsetzten Amtmänner sprangen zur Seite, und Falco hatte kaum Zeit zusammenzuzucken, bevor ihn die Kugel aus Flammen umhüllte. Er fühlte eine Druckwelle aus sengender Hitze, und dann war sie verschwunden.

»Das ist eine Ungeheuerlichkeit!«, rief Bellius, während die Mitglieder des Gremiums von ihren Tischen zurückwichen, wobei sie in ihrer Hast Stühle umwarfen und Trinkbecher mit Wasser ausschütteten.

»Ach, entspannt Euch doch!«, brummte Aurelian. »Es war nur ein kleiner.«

Er humpelte nach vorn und packte Falco, um ihn auf die Füße zu ziehen. Falcos Kleidung rauchte, sein Haar war versengt und seine Haut fühlte sich roh und wund an, aber davon abgesehen schien er unverletzt geblieben.

»Keinen Beweis?«, sagte Aurelian, der Thralls Worte wiederholte. »Dieser Feuerball hätte einen gewöhnlichen Menschen getötet. Na ja, zumindest hätte er ihm ein paar hässliche Verbrennungen verpasst«, fügte er mit einem schuldbewussten Blick in die Richtung des Abgesandten hinzu. »Dieser Junge hat den Atem eines Drachen überlebt und sich einem Dämon entgegengestellt, während Eure Magier sich die Roben vollgeschissen haben. Wie viele Beweise braucht Ihr denn noch?«

Er sah Falco an und schüttelte ihn, als wolle er sichergehen, dass dieser stehen konnte, bevor er mit einem Grunzen dessen Hemd losließ.

»Ja, er sieht vielleicht eher wie ein dürrer Straßenbengel aus, aber täuscht Euch nicht. Der Junge hat die Seele eines Kampfmagiers. Nur die Zeit wird erweisen, ob er die Stärke hat, es bis zum Ende durchzustehen.«

»Wir könnten uns weigern, den Ritus durchzuführen«, sagte Thrall.

»Das könntet Ihr«, sagte Aurelian mit einem gefährlichen Glitzern in seinen eisblauen Augen. »Und was würden die Leute dazu sagen, wenn Ihr das abschließende Schmieden einer Waffe verweigern würdet, die helfen könnte, sie zu retten?«

Galen Thrall zögerte. Selbst er war nicht so arrogant zu glauben, dass er den Willen des Volkes ignorieren konnte. Tatsächlich hatte er viele Jahre lang daran gearbeitet, den Eindruck von den Magiern zu ändern. Er konnte es sich nicht leisten, das wegzuwerfen, nicht, wenn die Magierarmee so nahe daran war, sich selbst im Kampf zu beweisen.

»Nun gut«, sagte er schließlich. »Meister Saker wird Dantés Ausbildung übernehmen, unter der Bedingung, dass dies seine eigenen Studien nicht behindert. Ich werde nicht zulassen, dass sein Talent wegen eines närrischen Pflichtgefühls verschwendet wird.«

Aurelian antwortete mit einem leisen, zustimmenden Knurren, bevor er sich umwandte, um Falco, der sich unter dem scharfen Stochern seines Blicks unbehaglich bewegte, genau zu betrachten. Er schien nicht beeindruckt von dem zu sein, was er sah, und er schüttelte den Kopf, als er Falco von oben bis unten betrachtete.

»Vormittags wirst du mit den anderen Kadetten trainieren«, sagte Aurelian, wobei er Falco hart anstarrte. »An den Nachmittagen trainierst du mit mir.«

Falco nickte schlicht und fragte sich, worauf genau er sich da nur einließ.

Aurelians Blick schweifte ein letztes Mal über die Leute in der Ratskammer. Schließlich kam er auf dem Abgesandten zur Ruhe, der seinen grimmigen Blick mit einem schwachen Lächeln erwiderte.

»Ha!«, lachte Aurelian mit einem weiteren Kopfschütteln. Dann begann er mit einem Schwall gemurmelter Obszönitäten aus der Ratskammer zu humpeln. Er näherte sich schon einem der Ausgangstunnel, als er innehielt und zu einem der hoch liegenden Eingänge hinter Falco aufblickte.

»Eure Majestät«, sagte er mit einer höflichen Verneigung.

Alle wandten sich um. In dem hohen dunklen Torbogen war nichts zu sehen, aber es war klar, dass noch jemand anders Zeuge von Falcos Verhandlung gewesen war.

»Die erste Stunde des Nachmittags, Meister Danté«, hallte Aurelians raue Stimme vom Tunnel herüber. »Wir sehen uns im Schmelztiegel.«

Und damit war er verschwunden.

»Meredith?«, sagte Malaki, als er, Bryna und die Klingemann-Brüder sich in der Messe an einem der Esstische um Falco drängten. »Mann, dafür muss er ganz schön Mut aufgebracht haben.«

»Was hat sein Vater gesagt?«, fragte Bryna.

»Nichts. Aber man konnte sehen, dass er vor Wut gekocht hat.«

»Wer ist dieser Meredith?«, fragte Alex.

»Er ist der Sohn von Morgan Saker, dem mächtigsten Magier aus unserer Stadt«, sagte Bryna.

»Und hassen sie dich, so wie Snidesson?«

Malaki und Bryna wechselten einen Blick.

»Morgan Saker war dabei, als mein Vater starb«, sagte Falco. »Aber ich glaube, Meredith ist anders.«

Die Klingemann-Brüder konnten sehen, dass mehr hinter der Geschichte steckte, aber Quirren schüttelte unmerklich den Kopf, und ausnahmsweise hielt Alex seine Neugier in Zaum.

»Nun, es spielt keine Rolle«, sagte Bryna. »Es ist geschafft. Sie werden dich ausbilden.«

»Im Schmelztiegel!«, sagte Alex, der offensichtlich von dem Gedanken beeindruckt war.

»Morgen gehen wir mit dir dort hoch«, sagte Malaki, »wenn wir unsere Mittagspause haben. Bevor die Nachmittagsrunde anfängt, sind wir zurück.«

Falco lächelte. Er freute sich über ein bisschen moralische Unterstützung. Er hatte gesehen, wie Jarek ihm von der anderen Seite des Raums her einen finsteren Blick zuwarf. Der junge Adlige war von einer Schar der Seinen umringt, und es war deutlich, dass sie nun ebenfalls über die Einzelheiten von Falcos Gerichtsverhandlung Bescheid wussten. Das Lächeln verschwand zwar nicht von Falcos Gesicht, aber es bekam eine grimmigere und entschlossenere Ausprägung. Es schien, als hätte er sich nun ebenfalls einen Platz auf der Akademie verdient, aber etwas sagte ihm, dass er das vielleicht noch bereuen würde.

»Ihr habt ihn unterschätzt.« Galen Thrall blickte Morgan Saker mit der kalten Leidenschaftslosigkeit einer Schlange an.

»Ich wusste nicht, dass er die Unterstützung eines Kampfmagiers bekommen würde«, sagte Saker, der auf dem glänzenden

Boden des Gemachs, das zum Großen Veneratus gehörte, auf und ab ging.

»Nicht Danté«, sagte Thrall. »Ihr habt Euren Sohn unterschätzt.«

Morgan Saker entkam ein Knurren vor unterdrückter Wut. »Es ist der Abgesandte«, flüsterte er erbittert. »Er steckt dahinter. Er hat meinen Sohn mit irgendeinem kindischen Gefühl von Edelmut infiziert.«

»Nun, es ist erledigt«, sagte Thrall. »Aber macht Euch keine allzu großen Vorwürfe. Aurelian Cruz mag vielleicht beim Beginn von Dantés Training dabei sein, aber *wir* werden da sein, wenn es beendet wird.«

Morgan Saker hörte auf, hin und her zu gehen. »Ja«, sagte er mit plötzlicher Überzeugung, »der Torquery. Stellt mich für diesen *Rat der Peiniger* zu seinem Ritus von Assay auf. Ich breche seinen Verstand und lasse ihn heulend im Dreck zurück.«

Thrall nickte langsam und beipflichtend. »Wir haben hier viele im Turm, die ihn kriechen lassen könnten.« Sein Lächeln wirkte verschleiert und dunkel. »Und ganz besonders einen, der seinen Verstand wie einen Kürbis aushöhlen wird.«

Der Hauptmediziner des Krankentrakts im Magierturm beugte sich vor, um den verletzten Aufseher zu begutachten.

»Wird er durchkommen?«

»Es ist zu früh, um das zu sagen«, erwiderte der Wundarzt. »Wir haben sein Gesicht zusammengenäht, aber sein Auge konnten wir nicht retten.«

Der Hauptmediziner betrachtete die gezackte Linie der Naht, die sich um die rechte Gesichtshälfte des Aufsehers zog.

»Wie konnte Pacatos an ihn herankommen? Ich dachte, es seien strikte Anweisungen gegeben worden, seine Zelle nicht zu betreten.«

»Bruder Pacatos ist gar nicht an ihn herangekommen«, sagte der Wundarzt. »Der Aufseher hat sich das selbst angetan.«

In den Tiefen des Magierturms von Clemoncé wiegte sich eine gequälte Seele in der dunkelsten Ecke ihrer Zelle vor und zurück.

»*Vino la mine micul meu soim*«, sagte Bruder Pacatos. Von der Starre der Besessenheit waren seine Augen glasig geworden. »*Cei frații și toate deliciile lor sunt în așteptare pentru tine.*«

Komm zu mir, mein kleiner Falke. Die Brüder und all ihre Wonnen warten auf dich.

35

Der Schmelztiegel

Der zweite Tag des Trainings begann gut für Falco. Die Kadetten waren zum Geräusch des Regens auf den Dachschindeln aus Terrakotta aufgewacht, aber bis sie sich zum Trainingsfeld hinaufbegeben hatten, hatte der Regen aufgehört, und die Berge sahen in dem warmen Licht der aufgehenden Sonne erstaunlich klar aus. Abermals wurden sie mit ihren Waffen ausgestattet und aufgefordert, den Tag mit einem Aufstieg zum Spieß zu beginnen. Diesmal schaffte Falco eine gute halbe Meile in einem ordentlichen Tempo. Erst als sie den sich steiler windenden Pfad erreichten, war er dazu gezwungen, Malaki und die anderen vorangehen zu lassen. Er war immer noch ein langes Stück Weg hinter den letzten der anderen Kadetten, aber heute aßen ein paar von ihnen immerhin noch ihr Frühstück, als er erschöpft ins Zelt zurückstolperte.

Malaki klopfte ihm auf die Schultern und schob ihm eine Schale mit heißem Haferbrei hin, während er auf einer Bank zusammenbrach.

Falco nickte ihm dankend zu und wartete, bis sich sein Atem beruhigt hatte, bevor er zu essen begann.

»Ich vertraue darauf, dass du Jarek wieder geschlagen hast«, sagte er, während er von Quirren einen Becher mit dampfendem Tee entgegennahm.

»Heute nicht«, sagte der große Illicier und ließ sich neben Falco nieder.

Falco blickte auf, aber Quirren, der alles andere als enttäuscht aussah, lächelte tatsächlich. Alex und Bryna wirkten ebenfalls heiter. Sie alle schienen den Umstand, dass Jarek sie geschlagen hatte, ungemein amüsant zu finden.

»Er war der Erste, der zurückkam«, sagte Bryna und nickte zum Eingang des Zelts hinüber, wo Falco gerade so die Gestalt von Jarek ausmachen konnte. Er stand draußen und hielt sich an dem schweren Zelttuch fest, um sich zu stützen. Einer seiner Anhänger ging zu ihm, um mit ihm zu sprechen, aber Jarek wies ihn einfach ab.

»Ich glaube, der Haferbrei ist ihm nicht bekommen«, sagte Bryna, worauf alle lachten.

Jarek mochte das Rennen heute gewonnen haben, aber dafür hatte er sich alles abverlangen müssen, und jetzt bezahlte seine Würde den Preis. Vielleicht war es das, was ihn so besonders bösartig machte, als es später am Morgen ans Kampftraining ging.

Nach einigen Stunden gewöhnlichen Trainings wurden die Kadetten angewiesen, sich auf die Bänke zu setzen, und Lanista Deloix trat mit einem Beutel voll kleiner hölzerner Plaketten vor, die alle mit dem Namen eines Kadetten beschriftet waren. Jeder der Kadetten fischte dann abwechselnd einen Namen heraus, um zu sehen, gegen wen sie kämpfen sollten.

Sehr zu Jareks Freude war Falco zweimal geschlagen worden, zuerst von einem jungen Schwertmeister aus Clemoncé und dann von einem untersetzten jungen Acheronen mit dem Namen Kleitos.

Brynas erste Auslosung war gegen einen hochgewachsenen illicischen Jugendlichen namens Kurt Vogler, aber Vogler kämpfte halbherzig, und der Abgesandte hatte eingreifen müssen.

»Denkst du, die Besessenen werden Meisterin Godwin schonend behandeln, weil sie eine Frau ist?«

Vogler schüttelte den Kopf.

»Dann beleidige sie nicht, indem du es tust.«

Der Kampf war weitergegangen, und innerhalb von wenigen Momenten lag Bryna mit blutendem Mund und Voglers Übungsschwert gegen ihren Hals gepresst flach auf dem Rücken.

»Viel besser«, sagte der Abgesandte.

Offensichtlich beschämt wegen dem, was er getan hatte, reichte Vogler Bryna die Hand, um ihr aufzuhelfen. Hochrot vor Empörung fuhr sie sich mit der Zunge über ihr blutiges Zahnfleisch.

»Das nächste Mal krieg ich dich«, flüsterte sie, und Vogler lächelte.

Jarek wurde dann für einen Kampf gegen einen thraecischen Speerkämpfer namens Arakios ausgewählt. Wie bei vielen der Kadetten waren Schwert und Schild nicht seine ausgewählte Disziplin, daher war es einfach für Jarek, ihn zu übertreffen. Er ging allerdings viel weiter, als sein Gegenüber lediglich zu schlagen. Nachdem er jeder seiner Attacken ausgewichen war, erledigte Jarek Arakios mit einem Hagel von Schlägen, die mit einem lauten Knacken endeten, als Jareks Schwert Arakios mit unnötiger Wucht am Arm traf.

Die Lanistas betrachteten diesen »Mangel an Kontrolle« mit Missbilligung, aber sie sagten nichts, als Arakios mit dem Verdacht auf Knochenbruch zum Krankentrakt weggeführt wurde.

Offenbar blind gegenüber dem Missfallen der Anleiter nahm Jarek wieder seinen Platz ein. Zwei weitere Runden wurden durchgespielt, bis sein Name ein weiteres Mal aufgerufen wurde. Mit einem arroganten Grinsen schritt er vor die Gruppe und wartete darauf, dass der Name seines Gegners gezogen wurde.

»... und Malaki de Vane.«

Das Grinsen verschwand aus Jareks Gesicht, als Malaki vortrat und sich ihm gegenüberstellte.

Falco bemerkte plötzlich, wie sein Herz schneller schlug. Er sah zu Bryna hinüber, die sich auf die Lippe biss und ihre Schwerthand zur Faust geballt auf ihren Oberschenkel presste. Ein Hauch von gesteigerter Erwartung war unter den Kadetten spürbar. Sie alle wussten um die Feindschaft, die zwischen diesen beiden jungen Männern bestand.

»In Stellung!«, sagte Lanista Deloix, und die Runde begann.

Jarek übernahm die Initiative und fing mit einer Reihe von aufwendigen Attacken an, aber Malaki umging sie allesamt mit

Leichtigkeit. Zweimal manövrierte er Jarek so erfolgreich aus, dass er problemlos einen Schlag auf ihm hätte anbringen können, und dennoch hielt er sich zurück. Für jeden, der zusah, war es klar, dass Malaki den Kampf kontrollierte, und trotzdem täuschte er, bevor es peinlich werden konnte, eine Öffnung seiner Deckung vor. Und als Jarek vorwärtsstürzte, führte Malaki ihn mit seinem Schild an sich vorbei, bevor er sein Schwert auf Jareks Nacken legte.

Alex gab ein enttäuschtes Stöhnen von sich, als hätte er sich darauf gefreut, dass Jarek die Prügel bekam, die er verdiente. Bryna sah ebenfalls leicht enttäuscht aus, während Quirrens Gesicht ein leises, befriedigtes Lächeln zeigte.

Falco schüttelte verzweifelnd den Kopf. »Du erinnerst dich vielleicht noch daran, dass er mich bewusstlos geschlagen hat«, murmelte er, als Malaki sich zwischen ihm und Bryna niederließ.

»Beraube niemals einen Mann seiner Würde«, erwiderte Malaki, womit er den ersten Teil einer Redewendung zitierte, die sein Vater zu sagen gepflegt hatte.

»Ich weiß«, gab Falco zurück. »Und lass niemals zu, dass er dich deiner beraubt.«

Sein Ton war der eines leidgeprüften Schülers, aber er blickte mit einem tiefen Gefühl von Stolz auf seinen Freund. Eines der Dinge, die er immer an Malaki geliebt hatte, war, dass er seine Stärke niemals missbrauchte. Ja, er hatte den überwiegenden Anteil seiner Kämpfe gewonnen, aber er hatte niemals mehr getan, als notwendig war, um seine Überlegenheit zu beweisen.

Während das Training weiterging, bemerkte Falco, wie er zusehends nervöser wurde, als die Mittagspause herannahte. Zwar war er enorm hungrig, dennoch war ihm nicht danach, irgendetwas an Essen zu sich zu nehmen. Er war froh darüber, dass die anderen ihm angeboten hatten, ihn zum Schmelztiegel zu begleiten. Die Erinnerung an Aurelian und seinen Feuerball war immer noch schmerzhaft frisch, und der Gedanke, die Höhle des

Löwen alleine zu betreten, behagte ihm gar nicht. Als sie jedoch gerade dabei waren, in die Mittagspause zu gehen, riefen die Lanistas die Kadetten zusammen. Sie teilten sie in zwei Gruppen auf, in diejenigen, die wie Bryna und Alex nur zu Offizieren ausgebildet werden würden, und in die übrigen dreizehn – wie Malaki und Quirren –, die darauf hofften, als Ritter angenommen zu werden.

Dann richtete Lanista Magnus das Wort an die potenziellen Offiziere. »Heute werdet ihr euer Mittagessen in der Offiziersmesse zusammen mit den Offizieren der Hauptarmeen einnehmen«, sagte er ihnen. »Sie wollen euch treffen, bevor wir entscheiden, welche Einheiten ihr befehligen werdet.«

»Befehligen? Jetzt schon?«, rief Alex, und Lanista Magnus lachte.

»Und wie sonst würdest du erwarten, etwas lernen zu können?«

Plötzlich sahen Alex und Bryna haargenau so beklommen wie Falco aus. Sie verabschiedeten sich nervös von den anderen, bevor sie sich auf den Weg zurück zu den Kasernen machten, um sich zu waschen und die Kleidung zu wechseln.

»Ich wusste nicht, dass sie mit der Ausbildung zum Kommandieren so schnell anfangen würden«, sagte Malaki, als er, Falco und Quirren sich im Zelt hinter dem Trainingsfeld zum Essen setzten.

»Ich auch nicht«, sagte Quirren. »Vielleicht müssen sie die Dinge beschleunigen, jetzt, da die Besessenen so nahe sind.«

Falco sagte wenig während des Mittagessens. Er schaffte nur ein paar Mundvoll Brot und einen halben Apfel, bevor Malaki ihm auf die Schulter klopfte.

»Komm schon«, sagte er. »Es ist nach Mittag, und du willst Aurelian Cruz bestimmt nicht warten lassen. Der nächste Feuerball könnte nicht ganz so klein sein.«

Quirren lächelte, aber als sie aufstanden, sah Falco aus, als sei ihm ausgesprochen mulmig. Sie hatten noch immer jede Menge Zeit, aber Malaki hatte recht, er wollte sich nicht verspäten. Gemeinsam verließen sie das Zelt. Sie gingen gerade auf den Hang zu, der zum Schmelztiegel hinaufführte, als der Abgesandte vor sie trat.

»Und wo wollt ihr hin?«

»Wir gehen nur mit Falco rauf zum Schmelztiegel«, sagte Malaki. »Wir sind zurück, bevor die Nachmittagsrunde anfängt.«

Der Abgesandte schüttelte den Kopf und nickte in die Richtung des Trainingsfelds. Als die drei jungen Leute sich umdrehten, sahen sie, wie eine Schwadron schwerer Reitereipferde herankam. Auf den fünf Pferden an der Spitze saßen Ritter. Die übrigen dreizehn waren ohne Reiter, aber dennoch folgten sie wohlgeordnet den Anführern. Jeder der fünf Ritter trug einen Waffenrock in unterschiedlicher Farbe und hielt eine lange Lanze, an der ein Wimpel in passender Farbe flatterte. Von all den Wappen, die im Wind wogten, erkannte Falco nur eines. In schimmerndem Weiß befand sich vor einem schwarzen Hintergrund das Bergabzeichen der Adamantenen.

Die Reiterei hielt an, und einer der Anführer trieb sein Pferd vor dem Rest weiter. Er war zweifellos der körperlich beeindruckendste Mann, den Falco je gesehen hatte. Er war hochgewachsen und muskulös, mit langem, dunklem Haar, und er saß auf einem prachtvollen kastanienbraunen Hengst. Er hatte eine schwer ausgeprägte Stirn, sein festes Kinn war mit einem dicken schwarzen Bart bedeckt. Sein Waffenrock war in einem hellen silbrigen Blau gehalten, und das Pferdekopfabzeichen auf seiner Brust war schwarz. Er blickte auf die Kadetten herab, als seien sie Kinder, was sie neben jemandem wie ihm eigentlich auch waren.

»Die Bruderschaft der Ritter ruft diejenigen, welche die épreuve du force versuchen wollen, auf, ihre Anwesenheit bekannt zu geben«, rief er mit einem heiseren clemoncéischen Grollen in seiner Stimme.

Malaki und Quirren blickten einander an, bevor sie sich Falco zuwandten. Es schien ganz so, als würden sie heute alle einer beängstigenden Herausforderung entgegensehen.

»Können wir nicht einfach …«, begann Malaki, aber der Abgesandte schüttelte den Kopf.

»Ihr geht *jetzt* – oder gar nicht.«

»Macht schon«, sagte Falco. »Mir wird es gut gehen.«

Malaki war kalkweiß geworden, und das rote Feuermal auf seiner linken Gesichtshälfte stach leuchtender als je hervor.

»Was, wenn ich es versaue?«, sagte er, und Falco war überrascht, in den tiefbraunen Augen seines Freundes echte Angst zu sehen.

»Das wirst du nicht«, sagte er mit schlichter Überzeugung, und schließlich lächelte Malaki.

»Versuch dich nicht wieder verprügeln zu lassen, während wir weg sind.«

»Ich tu mein Bestes«, erwiderte Falco und wandte sich an Quirren. »Viel Glück!«

»Dir ebenfalls«, sagte Quirren, und immer noch wichen sie nicht vom Fleck.

»Geht«, sagte Falco. »Sie warten.«

Falco sah mit an, wie Malaki, Quirren und elf andere Kadetten vortraten, darunter auch der riesige Beltone, von dem sie nun wussten, dass er Huthgarl hieß. Die Kadetten schwangen sich in die Sättel der dreizehn reiterlosen Pferde, und die Anführer bereiteten sich darauf vor davonzureiten. Sie nickten den Anleitern respektvoll zu, und dann blickte der Mann, der den schwarzen Waffenrock der Adamantenen trug, zum Abgesandten herüber und hob seine Lanze zum Salut. Der riesige Ritter in dem blauen Waffenrock blickte ebenfalls in ihre Richtung. Er salutierte zwar nicht, aber er würdigte die Gegenwart des Abgesandten doch mit einem Neigen seines Kopfes, eine Geste, die der Abgesandte formgerecht erwiderte.

»Wer ist das?«, fragte Falco, als die fünf Ritter die Kadetten fortführten.

»Sebastien Cabal«, sagte der Abgesandte. »Der Kommandant der Ritter von Grimm.«

Falco verspürte plötzlich Angst um seinen Freund, und der

Abgesandte konnte das nachvollziehen. *Er* hatte Sebastien Cabal auf dem Turnierfeld getroffen. Es war eine der wenigen Gelegenheiten in seinem Leben gewesen, bei denen er in einem Kampf besiegt worden war. Er blickte Falco an, wobei er lächelte, als er sich an den langen Wettkampf erinnerte.

»Du solltest dich auf den Weg machen«, sagte er, als die angehenden Ritter außer Sichtweite verschwanden. »Meister Cruz willst du doch nicht warten lassen.«

Mit einem vagen Lächeln drehte er sich um und ging zum Zelt zurück.

Falco seufzte resigniert. Es schien ganz so, als würde es heute doch keine moralische Unterstützung für ihn geben.

Dann musste er den Schmelztiegel allein betreten.

Der Himmel war klar und die Sonne schien, als Falco den gekrümmten Rand des Schmelztiegels erreichte. Mit hart in der Brust klopfendem Herzen blickte er in die große, abgesenkte Arena hinunter, aber es war niemand zu sehen, der Schmelztiegel war leer.

Falco ertappte sich dabei, dass er sich fragte, ob Aurelian ihn vergessen oder seine Meinung geändert hatte, aber es war viel wahrscheinlicher, dass er noch nicht eingetroffen war. Bis die Glockentürme der Stadt die erste Stunde des Nachmittags ausläuteten, waren es immerhin noch ein paar Minuten.

Falco stählte seine Nerven und machte sich auf den Weg seitlich die Arena hinab, bis er auf dem sandigen Boden stand, und immer noch tauchte niemand auf. Er ging zu einer der vier aufrecht stehenden Säulen hinüber und fuhr mit seiner Hand über den glänzenden schwarzen Stein. Im Gegensatz zu den vernarbten Wänden des Schmelztiegels war die fünfseitige Säule kaum gebrandmarkt. Auf der glatten, schwarzen Oberfläche gab es nur ein paar verstreute Splitterungen und Markierungen.

Im Umsehen verspürte Falco angesichts der Wände des Schmelztiegels, die sich um ihn herum erhoben, das beruhigende Gefühl einer Einfriedung, aber dann fiel sein Blick auf den dunk-

len Torbogen am anderen Ende der Arena, und augenblicklich
verflog jedes Gefühl von Sicherheit. Der gähnende Eingang
schien an ihm zu ziehen, und Falco ertappte sich dabei, wie er auf
ihn zuging. Er hielt etwa zehn Meter vor der Schwelle an, und
sein Verstand war mit einem Mal von einem Flüstern erfüllt, als
führte dieser Durchgang zu all den Schrecken, von denen er als
Kind geträumt hatte. Er fühlte den Drang, davor zurückzuweichen und zu rennen, aber Falco hatte vor langer Zeit gelernt, dass
man Träumen nicht entkommen kann. Die Albträume sind in
dir, sie sind ein Teil deiner selbst, immer auf den Moment wartend, in dem du deine Augen schließt, um einzuschlafen.

»Denk an schöne Dinge«, hatte Fossetta immer gesagt. Aber an
schöne Dinge zu denken wirkte nie, und so hatte Falco mit der
Schlussfolgerung eines Kindes das Gegenteil getan. Er pflegte sich
die schlimmsten seiner Albträume vorzustellen, und dann dachte
er an Möglichkeiten, sie zu besiegen. Nur mit der Vorstellung
eines schimmernden Schwerts, das er fest in seinem Geist hielt,
konnte er die Augen schließen, um die nächtlichen Schrecken zu
ertragen. Und so wich Falco nicht zurück. Seine grünen Augen
brannten, und seine Lippe kräuselte sich in etwas, das einem Zähnefletschen nahekam. Die Albträume hatten über ihn als Kind
keine Macht bekommen, und sie würden es auch jetzt nicht tun.

»Nicht viele Menschen haben den Mut, dort zu stehen, wo du
jetzt stehst.«

Die plötzlich ertönende Stimme ließ Falco auffahren. Er drehte
sich um und sah Aurelian Cruz hinter sich stehen. Ein von Feuer
geschwärztes Schwert hing von einem Gürtel um seine Hüfte.
Der alte Kampfmagier runzelte die Stirn und betrachtete ihn mit
einem argwöhnischen Ausdruck in den Augen. Er gestikulierte
Falco mit seiner einzelnen Hand, von dort wegzugehen, als sei
dieser möglicherweise ein Selbstmörder, der am Rand zu einem
Abgrund stand.

Falco blickte ein letztes Mal in die Dunkelheit, bevor er sich
von dem Torbogen abkehrte.

»Was ist das für ein Ort?«, fragte er. »Wohin führt er?«

Zunächst gab ihm Aurelian keine Antwort. Er zog Falco etwas weiter zur Seite, als fühle selbst er sich so nah an dem Tunnel unbehaglich.

»Die Leute von Clemoncé nennen ihn L'obscurité, oder ›die Dunkelheit‹, andere nennen ihn das Labyrinth oder die Oubliette. Wie auch immer, er führt dich zu deinem Schicksal.«

Er brachte Falco zur Nordseite des Schmelztiegels, wo ein Schwert und ein Schild bereitgelegt worden waren und die Sonne auf die unterste Reihe der Stufen schien. »Dort wirst du den Ritus von Assay in Angriff nehmen.«

Falco blickte zu dem dunklen Tunneleingang zurück. Trotz seiner früheren Entschlossenheit ließ ihn der Gedanke, tatsächlich in diese undurchdringliche Finsternis zu treten, einen Angstschauder das Rückgrat hinablaufen.

»So, du bist also Aquilas Junge«, sagte Aurelian mit abschätzendem Blick.

Falco nickte.

»Der Himmel helfe uns«, murmelte der verstümmelte alte Kampfmagier, wobei er den Kopf schüttelte und leise lachte.

Falco verspürte einen beschämten Stich.

»Ach, nimm's nicht schwer«, sagte Aurelian dann, als er die Entrüstung auf Falcos Gesicht sah. »Du hast die Größe deines Vaters und etwas von seinem Aussehen.« Mit seiner breiten, schwieligen Hand ergriff er Falcos Kinn und zwang ihn gerade zu stehen. Er nickte, als hieße er Falcos aufrechtere Haltung gut. »Davon abgesehen, der Chevalier hat sich für dich verwendet, und das genügt mir.«

Falco wusste nicht, was er sagen sollte. Hier war also noch eine weitere Person, die seinen Vater gekannt zu haben schien.

»Aber wir werden ihn ein wenig aufbauen müssen, stimmt's, Dwim?«, sagte Aurelian und blickte rechts von Falco empor.

Falco, der seinem Blick folgte, sah einen Mann, der auf halber Höhe der Arena saß, und neben ihm hatte sich ein Drache mit tiefblau schimmernden Schuppen auf den breiten Stufen ausgestreckt. Falco erkannte den Mann als den anderen »Pächter« wieder, den sie neulich gesehen hatten. Und nach einem Augenblick erinnerte er sich auch an den Namen von Aurelians Drachen, Dwimervane.

Der Drache musterte Falco mit etwas wie verhaltener Neugier, und Falco bewegte sich unruhig unter seinem prüfenden Blick, aber er schaute nicht weg.

»Also, was kannst du?«

Verständnislos starrte Falco Aurelian an. Er hatte keine Ahnung, worüber der Alte sprach.

»Was kannst du?«, wiederholte Aurelian. »Kannst du Hitze oder Feuer hervorrufen, Sachen bewegen oder zerbrechen, ohne sie zu berühren?«

Falco, der sich immer noch nicht schlauer vorkam, schüttelte den Kopf.

»Aber du hast doch Fähigkeiten zur Verteidigung?«, beharrte Aurelian. »Du hättest den Feuerball gestern nicht überlebt, wenn du nicht in der Lage wärst, dich zu verteidigen.«

Wieder schüttelte Falco den Kopf.

»Beim haarigen Sack eines Ebers!«, fluchte Aurelian. »Du meinst, du kannst einen Schutzzauber wie den wirken, ohne es überhaupt zu merken?«

Falco zuckte nur die Achseln.

»Stell dich da drüben hin«, sagte Aurelian übellaunig.

Falco, der sich nicht sicher war, was er falsch gemacht hatte, tat, wie ihm befohlen, und stellte sich ungefähr zehn Fuß weit entfernt von dem verärgerten Kampfmagier hin. Aurelian hob eine Handvoll von dem grobkörnigen Sand auf, dann schleuderte er ihn ohne Warnung Falco hart entgegen. Falco schloss die Augen, als der scharfe Splitt sein Gesicht und seine Hände traf.

»Verteidige dich!«, schnappte Aurelian und warf eine weitere Handvoll Kies auf ihn.

Falco hob seine Hände, zuckte zusammen und duckte sich, als Aurelian ihn wieder und wieder bewarf, dann ohne Warnung … Ein Zischen! Anstatt von Kies sauste ein Feuerball auf Falco zu, bevor er um ihn herum explodierte. Erneut fühlte Falco einen heftigen Ausbruch an Hitze, aber dann war sie verschwunden und wurde von dem beißenden Geruch brennenden Haars und versengter Kleider ersetzt.

»Ha!«, schrie Aurelian, als sei die ganze Sache ein schlechter Witz. »Instinkt! Nichts weiter.« Er sah von Falco weg, und seine Augen suchten die Seiten des Schmelztiegels ab, als hielte er nach etwas Ausschau. »Na, wo zur Hölle ist dieser Magier? Er hat eine Wagenladung an Arbeit vor sich, und er ist schon spät dran!«

»Nicht spät dran«, sagte Stimme. »Nur am Beobachten.«

Sie alle blickten auf, als mit einem Mal Meredith Saker auftauchte und die Stufen zu ihnen herabstieg. Er nickte Falco wortlos zu, bevor er sich vor den beiden Kampfmagiern verneigte.

»Meister Cruz. Meister Dusaule.«

»*Dusaule*«, dachte Falco, der den neben dem Drachen sitzenden Mann anblickte. Das war also der Name des anderen Pächters. Er war hochgewachsen und breitschultrig, mit schulterlangem braunem Haar. Er erwiderte Merediths Verneigung mit einem langsamen Senken seines Kopfes, der Ausdruck seiner Augen war achtsam und argwöhnisch.

Sodann verneigte sich Meredith vor dem Drachen. Dwimervane reagierte darauf, indem sie ihren Kopf schräg legte, als sei sie überrascht, eine solche Höflichkeitsgeste von einem der Magier zu erhalten.

»Nur am Beobachten, was?«, sagte Aurelian mit einem bedeutsamen Blick in Dusaules Richtung. »Der Chevalier sagte, du hättest eine Gabe für Tarnzauber.«

Meredith sagte nichts. Er versuchte einen Anschein von Gemütsruhe aufrechtzuerhalten, was nicht einfach war, wenn man sich in der Gegenwart von zwei Kampfmagiern und einem Drachen befand.

»Also, vielleicht kannst du mir ja verraten, warum dieser kleine Rotzlöffel nur dann einen Schutzzauber wirken kann, wenn er denkt, dass sein Leben in Gefahr ist.«

Meredith blickte flüchtig zu Falco hin, der Aurelians beleidigenden Ausdruck gar nicht wahrgenommen hatte.

»Instinkt, wie Ihr sagt«, erwiderte Meredith. »Falco hat niemals gelernt, seine Fähigkeit zu kanalisieren. Etwaige Kräfte haben sich nur auf einer unbewussten Ebene bemerkbar gemacht.«

Meredith hatte den größten Teil der Nacht damit zugebracht, sich in die Ausbildung eines Kampfmagiers einzuarbeiten. Es sah so aus, als ob die Bezeichnung »Anleiter« recht passend war. Die Rolle des Magiers bestand nicht so sehr darin, den angehenden Kampfmagier zu unterrichten, sondern mehr darin, ihm zu helfen, die Fähigkeiten zu erkennen, die er längst schon besaß. Meredith hatte genau zugesehen, während Aurelian Falco mit kleinen Steinen beworfen hatte, aber darüber hinaus hatte er Falcos Verstand beobachtet. Alles, was er zuerst wahrgenommen hatte, war Überraschung gewesen, Schmerz und wachsende Verärgerung, aber in dem Augenblick, als Aurelian seinen Feuerball beschworen hatte, war etwas in Falcos Verstand wachgerüttelt worden, eine schlummernde Energie, so wie ein Tier, das schnell aus dem Schlaf geweckt worden war. Die Kraft war zum Leben entflammt und hatte Falcos Körper erfüllt, als der Feuerball ihn umhüllt hatte, aber sie war in dem Moment wieder fort gewesen, als die Flammen verschwunden waren.

»Ich konnte im Alter von sieben Jahren einen einfachen Schutzzauber wirken«, sagte Aurelian. »Mit neun konnte ich Steine zerschmettern und Holz zersplittern.«

»Aber Falco war seit seiner Kindheit krank«, sagte Meredith. »Er hat sich selbst immer nur als schwach wahrgenommen.« Er blickte zu Falco hinüber, der die Wahrheit von Merediths Worten mit einem Achselzucken einräumte. »Das Aussenden jedweder magischen Kraft verlangt einen Glauben an sich selbst, es sei denn, es geschieht aus Instinkt.«

Langsam nickte Aurelian, als begänne er zu begreifen.

»Aber warum nur Schutzzauber?«, fragte er.

»Beschwörung oder Fortifikation würden eine Absicht verlangen«, erwiderte Meredith.

»Worüber redet ihr?«, unterbrach Falco, der all diese Begriffe nie zuvor gehört hatte.

Sie blickten ihn alle an und begriffen erst jetzt, wie wenig er über die magischen Künste und die Kräfte eines Kampfmagiers wusste.

»Das sind Magierbegriffe«, sagte Meredith. »Kategorien für die verschiedenen Arten, wie magische Kraft sich manifestiert.« Mit plötzlicher Intensität blickte er Falco an.

Übermittlung.

Falco zuckte zusammen, als das Wort in seinem Geist widerhallte. Er hatte es nicht genau »gehört«. Es war eher so, als ob der Gedanke an das Wort in seinem Geist erklungen war.

»Ein Feuerball fällt gewöhnlich unter die Kategorie der Beschwörung«, fuhr Meredith mit ganz gewöhnlicher Stimme fort. »Aber sie bezieht sich auch auf jede fassbare Macht oder Energie, die außerhalb des Zauberwirkenden erschaffen wird. Umänderung ist das Beeinflussen von Objekten ohne jeden sichtbaren Kontakt.«

Falco, der an die verschiedenen Attacken dachte, die Darius gegen den Drachen angewandt hatte, nickte.

»Fortifikation bezieht sich auf alles, was den Körper stärkt oder verfestigt. Ein Kampfmagier könnte sie anwenden, um einem Hieb zu widerstehen, oder den Aufprall zu absorbieren, wenn er von größer Höhe hinunterspringt. Entschlossenheit wird nötig, um Furcht und jeder Art von Angriffen auf den Verstand zu widerstehen.«

Aurelian gab ein ungeduldiges Knurren von sich.

»Ein Kampfmagier denkt nicht in diesen Begriffen«, sagte er. »Gewissermaßen ist alles, was wir tun, instinktiv. Es ist einfach nur so, dass wir es tun können, wenn wir wollen.« Er schwang seine Faust, und ein Bogen aus bläulicher Energie schoss durch den Schmelztiegel, ehe er eine tiefe Scharte in einem Steinblock am anderen Ende der Arenamauer hinterließ. »Um ein Kampfmagier zu werden, musst du lernen, alle diese Dinge mit nichts anderem als einem Gedanken zu vollbringen. Es erfordert Anstrengung, und zu viel anzuwenden macht dich schwach vor Erschöpfung, aber für Kategorien und Regeln ist keine Zeit, wenn du die Besessenen bekämpfst.«

Er klang verärgert, und er wanderte zu der nahegelegenen Steinstufe, um das Schwert und den Schild aufzuheben.

»Also, wie wirst du ihm helfen?«, wollte er von Meredith wissen, als er Falco Schwert und Schild aushändigte. »Wie nimmst du den Instinkt und verwandelst ihn in einen bewussten Willensakt? Wie wirst du ihn vor dem sicheren Tod bewahren?«

Mit deutlicher Sorge ergriff Falco das Schwert und legte den Schild an seinem Arm ein, während Meredith ihm einen unruhigen Blick zuwarf. Er hatte nicht erwartet, dass seine »Anleitung« so schnell auf die Probe gestellt werden würde.

»Es gab einen bestimmten Moment«, sagte er. »Als Ihr den Feuerball beschworen habt, war da ein Aufblitzen in Falcos Geist. Ich würde ihn dazu bringen, dass er sich darauf fokussiert.«

Aurelian schien unbeeindruckt, als er sein eigenes Schwert zog. Die Klinge war schartig und von Feuer verfärbt, aber sie erstrahlte noch immer mit tödlicher Schärfe.

»In Stellung«, sagte der alte Kampfmagier mit einer Stimme, die plötzlich kalt und hart klang.

Falco fühlte ein jähes Aufwallen von Nervosität. Selbst einarmig, gebeugt und humpelnd stellte Aurelian noch einen einschüchternden Gegner dar. Meredith, der sich nicht sicher war, was Aurelian von ihm verlangte, begab sich ein paar Schritte weiter in Sicherheit. Unvermittelt stürzte Aurelian mit einer Attacke vorwärts, die Falco getötet hätte, wenn er sie nicht mit seinem Schild pariert hätte. Falco stolperte unter der Wucht des Angriffs und mühte sich ab, auf den Beinen zu bleiben.

»Was wirst du jetzt tun, Magier?«, knurrte Aurelian, der Falco mit einer Reihe bösartiger Attacken zurücktrieb.

Falco kämpfte im wahrsten Sinne des Wortes um sein Leben, und Meredith war von einem verzweifelten Gefühl, dafür verantwortlich zu sein, wie gelähmt.

»Er wird sterben, Magier«, keuchte Aurelian. »Die Besessenen werden ihn in Stücke reißen und seine Seele schänden.« Mit einer wilden Attacke warf Aurelian Falco um, stampfte auf seinen Schildarm und trat das Schwert aus seinen tauben Fingern.

»Und was zur Hölle machst du jetzt?«

Sein Schwert fuhr in einem Todesstoß herunter, und Meredith war davon überzeugt, dass Falco schon so gut wie tot war. Doch im letzten Augenblick stieß eine unsichtbare Kraft das Schwert aus Aurelians Griff und ließ es durch die Luft wirbeln. Es schlitterte klirrend gut zwanzig Fuß weit weg, und eine gespannte Stille füllte die Arena.

Dusaule war auf den Beinen und starrte in die Arena hinab. Den schweigsamen Kampfmagier schien die Tatsache, dass er gerade Falcos Leben gerettet hatte, nicht weiter zu kümmern. Meredith zitterte vor Schock. Falco kauerte sich am Boden zusammen, und Aurelian keuchte vor Wut. Er trat von Falco weg und schritt vor Meredith, bis sein Gesicht nur noch Zentimeter von dem Magierlehrling entfernt war.

»Der Ritus von Assay ist nicht irgendeine Herausforderung am Turniertag in der Provinz«, zischte er. »Es ist der Versuch, einen Mann zu brechen, in der Hoffnung, dass er unzerbrechlich wird.«

Meredith versuchte zurückzuweichen, aber Aurelian packte seine Robe.

»Die Magier umrunden die Reiche der Hölle selbst, um die Männer und Frauen zu prüfen, die sich den Dämonen der Besessenen entgegenstellen. Und du kannst dir sicher sein, dass Thrall und dein Vater bei der Prüfung von Meister Danté nicht an der Rute sparen werden. Also frage ich dich noch ein weiteres Mal … was wirst du tun, um ihn darauf vorzubereiten?«

»Ich weiß es nicht«, sagte Meredith mit leiser Stimme.

Einen Moment lang hielt Aurelian seinen Griff aufrecht, doch dann brach ein zerklüftetes Lächeln auf seinem Gesicht auf.

»Endlich, ein Anflug von Bescheidenheit«, sagte er und ließ Merediths Robe los. »Vielleicht gibt es für euch Jungen doch noch Hoffnung.« Er wandte sich ab und nickte Dusaule, der sich wieder neben Dwimervane setzte, dankbar zu. Er humpelte zu seinem Schwert hinüber, um es aufzuheben und den Staub von ihm abzuwischen, bevor er es zurück in seine Scheide gleiten ließ.

Immer noch zitternd ging Meredith zu Falco, der wieder auf die Beine kam. Was ihr Alter betraf, wurden sie beide mittlerweile als Männer betrachtet, aber hier, im Schmelztiegel, standen sie wie verängstigte Jungen beisammen.

Aurelian ging auf die Stufen zu, wo sich Dusaule und Dwimervane von ihren Sitzplätzen erhoben hatten.

»Morgen um dieselbe Zeit«, sagte er, als er zu Falco und Meredith schritt. »Und vielleicht seid ihr nächstes Mal besser vorbereitet.« Mit diesen *ermutigenden* Worten stieg er mit dem Drachen und Dusaule im Gefolge aus der Arena.

Falco und Meredith sahen ihnen nach, bis sie über den Rand verschwunden waren. Sie blickten einander vorsichtig an, als dämmerte es ihnen allmählich, worauf sie sich eingelassen hatten.

»Du musst nicht …«, begann Falco, aber Meredith hob seine Hand, um ihm das Wort abzuschneiden.

»Dieses Prickeln, das du gespürt hast, als er den Feuerball beschworen hat.«

»Das ist nichts«, sagte Falco. »Nur ein Vibrieren der Nerven. Etwas in der Art spüre ich auch, wenn ich Musik und Geschichten höre, die mich mitnehmen. Gänsehaut, nichts weiter.«

»Nein«, sagte Meredith mit Überzeugung. »Dieses Aufblitzen. Diese Welle an Energie. Das ist es, womit wir anfangen werden.«

Falco wusste nicht, was er sonst noch sagen sollte, als Meredith sich mit einer Verneigung verabschiedete und in Richtung des Magierturms aus dem Schmelztiegel stieg. Falco war von allem, was gerade eben geschehen war, benommen. Seine Arme fühlten sich vom Parieren von Aurelians Hieben wie geprellt an, und seine Beine waren schwer wie Lehm. Er blickte ein letztes Mal über die große Arena hinweg, dann stieg er ebenfalls langsam die tiefen Stufen hinauf und machte sich auf den Weg den Hügel hinunter zur Akademie. Es war noch immer früh am Nachmittag, und er fragte sich, ob er sich zurück zum Trainingsfeld begeben sollte, aber er war erschöpft und musste über das nachdenken, was Meredith gesagt hatte.

Dieses Aufblitzen. Diese Welle an Energie. Das ist es, womit wir anfangen werden.

Falco kannte die Empfindung, über die Meredith gesprochen hatte, diese kribbelnde Welle, die hinter seinen Augen begann und sich durch seinen Körper fortsetzte, den kleinen Tod, der die Haare auf seinen Armen aufrichtete und ein Gefühl von Reinigung hinterließ.

Er blieb auf den Hängen oberhalb der Kriegsakademie stehen, schloss die Augen und spannte die Stirnmuskeln an, als er das Gefühl in seinem Geist hervorrief.

Konnte dies tatsächlich das Anfangsstadium magischer Kraft sein?

Er öffnete die Augen und blickte auf seine kribbelnden Hände, als sähe er sie zum ersten Mal. *Ja*, dachte er ... *das war möglich*.

36

In der ganzen Schöpfung

Als die Tage voranschritten, bekam Falco mehr und mehr den
Eindruck, dass ein Platz an der Kriegsakademie weniger eine Be-
lohnung als vielmehr eine außerordentlich schmerzhafte Bestra-
fung war. Er verlor weiterhin jedes Kampftraining, für das sein
Name gezogen wurde. Die Runden zur körperlichen Ausdauer,
die von dem Anleiter als »konditionierend« bezeichnet wurden,
sorgten dafür, dass er sich zittrig und übel fühlte. Und das geschah, bevor er zum Schmelztiegel hinaufstieg, wo Aurelian ihn
durch die Arena prügelte, bis er steif vor Erschöpfung war und
ihm von Kopf bis Fuß alles wehtat. Aber er machte Fortschritte.
Er mochte es selbst nicht bemerken, aber er schloss allmählich die
Lücke zwischen sich und den anderen Kadetten. Er fing auch an,
die Empfindungen in seinem Geist zu erkennen, die für Meredith
so offensichtlich waren.

»Da!«, sagte Meredith eines Nachmittags im Schmelztiegel, als
Falco versuchte, der Speerspitze, die Aurelian gegen seine Brust
presste, zu »widerstehen«. »Jetzt richte deine Aufmerksamkeit auf
die Speerspitze, und versuche sie wegzudrücken.«

Es war ein kalter und trüber Nachmittag, an dem ein paar
Schneeflocken schwach durch die Luft trieben. Sie hatten schon
seit etwa zwei Stunden trainiert, als Meredith vorschlug, dass sie
untersuchen könnten, ob Falco in der Lage sei, sein Fleisch gegen
den ständigen Druck eines einzelnen Punkts zu »verfestigen«.

»Könnte einfacher sein, als zu versuchen, tausend winzige Kie-
sel abzuwehren«, sagte er.

Aurelian wirkte zwar nicht überzeugt, aber dennoch hob er den
Speer auf. Er hatte ihn mitgebracht, um zu sehen, ob Falco in der
Lage war, ihn abzuwehren, wenn er auf ihn geworfen wurde. Aber

Meredith befürchtete, dass er zu einer solch riskanten Überprüfung seiner Fähigkeiten nicht bereit war. Also hatte Aurelian nun den Speer unter seinem Arm eingelegt und presste die Spitze gegen Falcos Brust.

Falco, der die Augen geschlossen hatte und sich hart konzentrierte, war davon überzeugt, dass sich der spitze Punkt in sein Fleisch senken würde, als er fühlte, wie sich der Druck des Speers erhöhte. Er sah nicht, wie Aurelian seine Kiefer aufeinanderpresste und sich gegen den Speer lehnte, wobei seine in Stiefeln steckenden Füße ein wenig über den kiesbedeckten Boden rutschten.

Meredith legte anerkennend die Stirn in Falten, als er sah, wie sich Falcos Kraft zu manifestieren begann. »Ah!«, keuchte Falco, der den Versuch aufgab, wobei er sich wegbog und fühlte, wie der Speer durch sein Hemd und die Haut seiner Schulter schnitt. »Es hat keinen Zweck. Ich kann es einfach nicht.«

Aurelian stolperte fluchend vorwärts, ehe er das Gleichgewicht wiedererlangte. Falco, der ihm aus dem Weg ging, legte eine Hand auf seine blutende Schulter und sah mit Verwirrung den befriedigten Ausdruck in Merediths Gesicht. Aurelian dagegen starrte Falco finster an, als sei er so ziemlich der nervtötendste Schüler, den auszubilden er jemals das Unglück gehabt hatte.

»Sei so gut und sieh dir seine Schulter an, Nicolas«, sagte er zu Dusaule, als er sich zu den Stufen begab. »Ich würde es selbst machen, aber ich könnte versucht sein, ihn zu erdrosseln.« Er schüttelte ungläubig den Kopf und rieb den Stumpf seines linken Arms, als ob ihm die Kälte zusetzte. »Wie er es geschafft hat, so lange zu überleben, ist ein verdammtes Wunder!«

Dusaule zeigte ein schwaches Lächeln, als er sich erhob und ruhig die Stufen herabstieg.

Verwirrt von Aurelians Ärger ließ sich Falco beiseite führen, wo Dusaule sein Hemd zurückzog und den Schnitt mit einem sauberen Tuch abwischte, ehe er ihm seine Hand auf die Wunde legte. Falco zuckte zusammen, dann seufzte er, als ein scharfes Kribbeln den Schnitt entlanglief, bevor es seine Schulter mit einem tiefen Gefühl von Wärme erfüllte. Der Schmerz verblasste, und er fühlte sich an die häufigen Male erinnert, als Simeon seine eigenen Heilkräfte verwendet hatte, um sich um seine unterschiedlichen Leiden zu kümmern. Als Dusaule seine Hand entfernte, hatte die Verletzung zu bluten aufgehört, und die schwache Wunde sah aus, als hätte sie bereits zu heilen begonnen.

»Danke«, sagte Falco und betastete vorsichtig seine Schulter.

Dusaule neigte den Kopf und nickte Aurelian kurz zu, bevor er zu seinem Platz ein paar Stufen die Arenaseite hinauf zurückkehrte. Allerdings hatte sich Aurelians Stimmung offenbar nicht gebessert. Er saß da und murmelte vor sich hin, bis Dwimervane die Stufen herabgehumpelt kam, um sich neben ihm niederzulassen.

»Ich habe noch nie jemanden gekannt, der so wenig über seine eigenen Möglichkeiten wusste«, sagte Aurelian leise, als seien die beiden allein.

Der Drache wandte ihm seinen gehörnten Kopf zu, um ihn anzusehen, und Aurelian rückte unruhig zur Seite, als fühle er sich plötzlich schuldig.

»Ich weiß, ich weiß. Es liegt nicht an ihm«, gab er schließlich zu. »Es ist einfach verdammt frustrierend, das ist alles.«

Dwimervane lehnte ihren Kopf kurz gegen seine Schulter, vorsichtig darauf bedacht, seine Kleidung nicht mit ihren fußlangen gekrümmten Hörnern zu zerreißen. Dann bewegte sie sich etwas steif die Stufen hinunter, wobei der Vorderrand ihres rechten Flügels Aurelians Hinterkopf einen Schlag verpasste, als sie an ihm vorbeiging. Er fluchte leise, und Dusaule lächelte. Der leichte Schlag hatte nicht wie zufällig gewirkt.

Falco beobachtete, wie Dwimervane auf ihn zukam. Ihre blauen Schuppen schimmerten in dem kalten, grauen Licht dunkel. Aus irgendeinem Grund schien sie nicht dazu in der Lage zu sein, sich zu ihrer vollen Höhe aufzurichten, und näherte sich ihm in einem gebückten und humpelnden Gang, der dem von Aurelian selbst nicht unähnlich war. Ihre Schwingen waren deformiert und ausgezehrt, eingefallen von Verbrennungen und dicken Strängen von Narbengewebe. Die Schuppen auf ihrer rechten Körperseite schienen miteinander verschmolzen zu sein, und Falco vermutete, dass es das war, was den Drachen davon abhielt, aufrecht zu stehen. Und doch war Dwimervane auch so auf Schulterhöhe mehr als vier Fuß groß, und ihr großer blauer Kopf erhob sich deutlich über dem von Falco.

Sie blickte mit einer Art von neugieriger Intensität auf ihn herab, als versuche sie herauszufinden, was für eine Art Kreatur er war. Ihre flammengelben Augen musterten die Verbrennungen auf Falcos Hals, und sie zog, indem sie ein Vorderbein hob, mit einer scharfen diamantharten Klaue den Kragen seines Hemdes zurück. Nach einer kurzen Begutachtung bewegte sich ihr Blick wieder zurück zu seinem Gesicht, und Falco konnte eine unausgesprochene Frage in ihren Augen lesen.

Hat das wirklich ein Drache getan?

Falco, dessen ganzer Verstand vollkommen von Schuld beeinflusst war, senkte den Blick. Er wusste, dass die Wahrheit dem Drachen nur Schmerz bringen würde.

Nach einem Augenblick senkte Dwimervane jedoch den Kopf, und gerade so, wie er es mit dem gelben Drachen in Toulwar getan hatte, presste Falco seine Stirn gegen ihre. Er schloss seine Augen und spürte wieder das tiefe Gefühl von Vertrauen, das nur von Fragen getrübt wurde, auf die er keine Antworten besaß.

Langsam zog Dwimervane ihren Kopf zurück, und mit einem letzten eindringlichen Blick auf Falco rückte sie an Meredith heran, der mehrere Schritte zurücktrat, als sich ihm das große Tier näherte. Schließlich wich er nicht mehr weiter fort und ließ zu, dass Dwimervane ihn betrachtete, wobei sich ihr Blick tief ins Innere seiner Seele zu senken schien. Dann neigte sie einmal mehr ihren Kopf.

Aus den Augenwinkeln sah Falco, wie Aurelian Dusaule einen Seitenblick zuwarf. Es war deutlich, dass sie ein solches Verhalten einem Magier gegenüber noch nie zuvor bei ihr gesehen hatten.

»Drück deine Stirn gegen ihre«, sagte Falco. »So grüßen sie einander.«

Er hatte keine Ahnung, woher er das wusste, aber in seinem Geist gab es keinen Zweifel, dass es stimmte.

Deutlich verunsichert neigte Meredith langsam den Kopf, bis die kühle Haut seiner Stirn die warmen Schuppen des Drachen berührten. Falco konnte die Anspannung in seinem Körper sehen, aber dann stieß er ein langes Seufzen aus und entspannte sich. Sie trennten sich wieder und Falco war nicht überrascht, Tränen in Merediths Augen zu erblicken. Er wirkte beschämt, aber Falco nickte ihm aufmunternd zu. Er wusste wie überwältigend es war, einem Drachen zum ersten Mal nahe zu sein.

»In Ordnung«, sagte Aurelian, der sich erhob. »Jetzt, da ihr euch ordentlich vorgestellt habt, reden wir mal ein wenig über Drachen.« Er humpelte zu ihnen hinüber und legte eine Hand auf Dwimervanes Rücken. »Habt ihr jemals zuvor einen Drachen getroffen? Abgesehen von dem bei der Beschwörung«, fügte er schnell hinzu.

Meredith schüttelte den Kopf.

»Ich habe Dominic Ginolas Drachen in Toulwar getroffen«, sagte Falco.

»Und was hast du von ihr gehalten?«

»Sie ist wunderschön«, sagte Falco, und endlich lächelte Aurelian.

»Ja«, sagte er. »Das ist sie.«

Dwimervane blickte sie der Reihe nach an, ganz einverstanden damit, der Brennpunkt ihrer Aufmerksamkeit zu sein.

»Sind sie alle weiblich?«, fragte Meredith.

»Nein«, sagte Aurelian. »Viele sind es, aber es macht keinen Unterschied, ob männlich oder weiblich, sie kämpfen alle wie die Teufel.«

Wieder einmal war Falco wie verzaubert. Er sah Dwimervanes Verletzungen und Entstellungen nicht. Alles, was er zu sehen vermochte, war ihre Schönheit. Von der gewundenen Linie ihres

Halses bis zu der tödlichen Speerspitze am Ende ihres Schwanzes, von den gepanzerten Platten an ihrer Brust und ihren Schultern bis zu den makellosen kleinen Schuppen um ihre Augen. Ihre Klauen waren so lang wie seine Finger, und ihre weißen Zähne schimmerten mit dem Glanz von poliertem Metall.

»Ist es wahr, dass ihre Schuppen stärker sind als Stahl?«, fragte er.

»Ja«, sagte Aurelian. »Aber sie scheinen auch eine Art von Fortifikation zu besitzen. Es ist sehr schwer, einem Drachen in der Fülle seiner Kraft einen Schaden zuzufügen, aber wenn sie erschöpft oder verzagt werden, scheinen sie anfälliger für Verletzungen zu sein. Ist schon in Ordnung, du kannst sie berühren«, fügte er hinzu, als er sah, wie Falco seine Hand ausstreckte und dann innehielt.

Falco berührte die Schuppen auf Dwimervanes Schulter. Sie fühlten sich hart und warm an, wie eine Art gläsernes Metall, das in einem Feuer erhitzt worden war. Eine leichte Erhöhung verlief mitten auf jeder Schuppe entlang, und die Ränder waren beinahe scharf. Als er gegen sie drückte, fühlte er, wie sich die Schuppen unter seiner Hand bewegten.

»Hier«, sagte Aurelian. »Kletter auf sie drauf. Keine Sorge, sie beißt nicht«, setzte er mit einem Lachen hinzu, als Falco zögerte.

Falco, der Aurelians Anweisungen folgte, stellte sich neben Dwimervanes Schulter.

»Schwing einfach dein Bein rüber, als würdest du auf ein Pferd steigen.«

»Ich dachte, ihr benutzt Sättel«, sagte Meredith, der immer noch etwas Abstand hielt.

»Das tun wir auch«, sagte Aurelian. »Obwohl es mehr ein Reitgeschirr ist. Aber du kannst einen Drachen auch ohne eines reiten. Schau …«

Als sich Falco auf Dwimervanes Rücken niederließ, fühlte er, wie sich die Schuppen bewegten, als modellierten sie sich passend zu seinem Umriss. Aber sie schienen auch leicht nach ihm zu greifen, als würde sie ihn tatsächlich festhalten wollen.

»Glaub mir«, sagte Aurelian, »wenn du zum ersten Mal in einen Sturzflugangriff abfällst, ist dieses Gefühl, dass du gehalten wirst, das Einzige, was dich davon abhält, dir in die Hosen zu scheißen.«

»Warum benutzt ihr dann ein Reitgeschirr?«, fragte Meredith.

»Dieses Greifding funktioniert an der Rüstung nicht so gut«, sagte Aurelian.

Dwimervane blickte sich nach Falco um, als wolle sie sich vergewissern, dass er sicher saß, dann richtete sie sich auf ihren Hinterbeinen auf und schlug ihre deformierten Flügel.

Falco fühlte, wie sich sein Herzschlag beschleunigte. Die Empfindung von einer Macht, die sich unter ihm befand, war bei Weitem stärker als bei jedem anderen Pferd, das er jemals geritten hatte, obwohl etwas an seiner Erinnerung nagte, eine Art Déjà-vu, das nahelegte, dass dies schon früher einmal geschehen war. Aber das Gefühl verschwand wieder, als Dwimervane ihre volle Höhe erreichte und ein Brüllen ausstieß, das ihre geschädigte Gestalt anzufechten schien. Dann brach aus ihrem Rachen eine große Feuergarbe hervor. Sie schlug gegen die Steinstufen, während der Klang ihres Brüllens im Schmelztiegel widerhallte.

Meredith zuckte zusammen und wankte rückwärts, die Hände erhoben, wie um die Wildheit der Vorführung abzuwehren. Aber Aurelian lachte.

»Sie vermisst das Schlachtfeld«, sagte er mit offensichtlichem Stolz, trat vor Dwimervane und legte ihren Kopf auf seine Schulter. »Ziehst eine Schau ab, altes Mädchen, heh?«

Dwimervane gab ihm einen Stups, der ihn zurücktorkeln ließ, aber nun lachte er nur umso mehr.

»Wie kann sie das schaffen?«, fragte Meredith, der langsam seinen Schreck bezwang. Dwimervanes Vorführung hatte ihn zu stark an den schwarzen Drachen in der Burg der Winde erinnert. »Wie kann sie einem Dämon von Angesicht zu Angesicht gegenüberstehen, wenn alle anderen Tiere vor Panik fliehen?«

Aurelian sah ihn an, während Falco von Dwimervanes Rücken kletterte. »Läuft alles auf die Seele hinaus«, sagte Aurelian als Antwort auf Merediths Frage.

Er blickte zu Dusaule auf, warf Dwimervane einen flüchtigen Blick zu, dann zog er sein Schwert und stellte sich vor Falco und Meredith.

»In der ganzen Schöpfung gibt es nur drei Dinge, die eine Seele besitzen ... ein Mensch, ein Drache und das Schwert eines Kampfmagiers.«

Er hielt die Klinge waagrecht vor sie.

»Es ist die Stärke einer Seele, die es ihr erlaubt, sich in der Gegenwart des Bösen zu behaupten, eine Seele, die in Feuer geschmiedet oder in den Albträumen eines Kindes abgehärtet wurde. Niemand weiß, wie Drachen in die Lage kommen, der Furcht zu widerstehen, aber etwas muss sie darauf vorbereitet haben, den Dämonen der Hölle Trotz zu bieten, und ihr könnt euch sicher sein, dass es nicht einfach war.«

Wieder blickte er Dwimervane an, und der Drache erwiderte seinen Blick, als verstünde er die Worte, die er sprach.

»Sie sind unsere Brüder und unsere Schwestern, unsere Rettung und unsere Hoffnung. Ohne sie wären wir verloren.«

Falco hörte die Wahrheit und die Liebe und die Traurigkeit in Aurelians Worten. Er sah auf und bemerkte Dusaule, der auf ihn herabblickte. Schuld und Kummer hatten das gut aussehende Gesicht des Mannes verhärmt.

Unsere Rettung und unsere Hoffnung, dachte Falco, während er Dusaule ansah. *Und du warst gezwungen, einen zu töten.*

»Aber du wirst alles darüber herausfinden«, sagte Aurelian, der blinzelte, wie um eine gewisse Verschwommenheit seiner Augen zu beseitigen. »Das heißt, wenn du es schaffst, überhaupt etwas herauszufinden«, fügte er mit einer Spur seines früheren Unmuts hinzu.

»Wer war es, der Euer Schwert angefertigt hat?«, fragte Meredith.

Als er sich in das Thema eingelesen hatte, hatte er erfahren, dass das Schwert eines Kampfmagiers von einem fähigen Waffenschmied hergestellt wurde, dass aber die Hitze dafür nicht von einer Esse, sondern von dem Kampfmagier selbst geliefert wurde.

»Die gleiche Person, die in den letzten dreißig Jahren so ziemlich jedes Kampfmagierschwert hergestellt hat«, sagte Aurelian. »Antonio Missaglias. Wohlgemerkt, er war kaum mehr als ein Lehrling, als er das hier geschaffen hat.«

Erneut hob er sein Schwert an, sodass die Jungen es genauer betrachten konnten. Das Metall wies ein wunderschönes Muster auf, eine sich kräuselnde Wirkung, die über die gesamte Länge der Klinge verlief. Solche Muster waren als »die Schlange im Schwert« bekannt, und es war ein Effekt, der nur schwer herzustellen war, selbst für eine gewöhnliche Klinge.

»Er war schon immer ein altkluger Bastard, ein Genie, wie manche sagen, was auch gut passt. Meine Beschwörungen sind immer ein wenig chaotisch gewesen, um es freundlich auszudrücken. Ist ein Wunder, dass das Metall nicht einfach explodiert ist.«

»Ich verstehe nicht«, sagte Falco.

»Ein Kampfmagier benutzt seine Macht, um die Klinge über das hinaus zu erhitzen, was eine gewöhnliche Esse erreichen könnte«, sagte Meredith. »Aber sie müssen auch die Hitze kontrollieren und darauf achten, sie einzugrenzen, andernfalls könnten sie das Schwert ganz und gar zerstören. Es ist die einzige Möglichkeit, eine Klinge zu schaffen, die den Kräften widerstehen kann, die durch sie kanalisiert werden. Eine gewöhnliche Klinge würde viel zu leicht zerstört werden.«

Falco nickte.

»Es hat geholfen, dass wir einander gekannt haben, seitdem wir kleine Scheißer waren, so wie ihr«, fuhr er fort. »Hat ihm dabei geholfen, das Metall zu deuten und die Persönlichkeit des Schwerts den Launen meiner Kraft anzupassen.«

Falco war fasziniert. Aurelian redete über das Schwert, als sei es ein lebendiges Wesen. Er streckte die Hand aus, um es zu berühren, und ein hoher, voller Ton erklang in seinem Geist, als würde das Schwert irgendwie singen. Überrascht zog er die Hand zurück.

»Pah!«, rief Aurelian. »Sogar mein Schwert weiß, dass du ein Kampfmagier bist.« Er gab Falco einen gutmütigen Stoß. »Komm mit!«, sagte er. »Nehmen wir uns noch ein wenig deine Beinarbeit vor, bevor wir aufhören.«

Meredith kehrte zu der niedrigsten Stufe am Rand der Arena zurück, um zuzusehen. Von dem kränklichen Bediensteten, den die Leute in Caer Dour gekannt hatten, war inzwischen nicht mehr viel zu sehen. Und obwohl Falco es vielleicht selbst noch gar nicht begriff, konnte Meredith fühlen, wie sich die Kraft in ihm erhob. Aber vor allem, dachte er, während er die beiden dabei beobachtete, wie sie vor und zurückfochten, fing Falco allmählich an, wie ein Krieger auszusehen.

Als die beiden Kämpfer Hiebe austauschten, glitt Merediths Blick zur Seite, wo Dwimervane das Training mit einem kritischen Auge betrachtete. Niemals zuvor hatte er einen Drachen »getroffen«. Es war eine überwältigende und Bescheidenheit lehrende Erfahrung, so völlig anders als die blinde Furcht, die er in der Gegenwart des schwarzen Drachen empfunden hatte.

Seine Studien im Turm hatten gut begonnen, und er hatte sogar die Zeit gefunden, mehr über die Ausbildung eines Kampfmagiers zu lesen. Heute Nacht jedoch, wenn die Kriegsakademie schlief, würde er sich zur Fünften Kammer des Repositoriums begeben, wo die Archive über die Drachenkunde aufbewahrt wurden. Gewiss musste es irgendwo in ihnen eine Antwort darauf geben, warum schwarze Drachen wahnsinnig waren.

37

Dalwhinnies, volle Haube und
die *épreuve de force*

Meredith war nicht der Einzige, der Falcos Veränderung bemerkte. Die anderen Kadetten taten es ebenfalls. Nach dreißig Tagen Training war Falco beinahe in der Lage, den letzten seiner Mitkadetten beim Lauf hinauf zum Spieß einzuholen. Der stämmige acheronische Bursche war zwar nicht gerade die flinkste Person und befand sich oftmals nahe am Ende der Gruppe, aber als er sah, wie Falco auf dem abschließenden Lauf zum Zelt den Abstand zu ihm verringerte, legte er einen verzweifelten Spurt ein, um zu vermeiden, geschlagen zu werden. Falco hatte den Rest des Frühstücks damit verbracht, auf leeren Magen zu würgen, doch die Ausdrücke auf den Gesichtern der anderen Kadetten sagten alles aus.

Der dürre Valentianer konnte nicht mehr länger abgeschrieben werden.

Er war immer noch der Schwächste der Gruppe, und er hatte mehr Blutergüsse und Schnitte als der Rest von ihnen zusammengenommen, aber es gab nichts, das ihn abzuschrecken schien. Trotz der ständigen Prügel, die er auf dem Trainingsfeld erhielt, schien er jeden Tag mit etwas erhobenerem Haupt dazustehen. Der Griff um sein hölzernes Schwert war jetzt ausgesprochen stark, und er nahm keineswegs die Haltung von jemandem ein, der lernte, wie man kämpfte, sondern von jemandem, der sich daran erinnerte, dass er es schon konnte.

Inzwischen war es beinahe fünf Wochen her, seitdem sie ihre Ausbildung begonnen hatten, und die Kadetten begannen sich darüber Gedanken zu machen, wann die Ritter im Training zurückkehren würden.

»Die *épreuve de force* dauert normalerweise vier Wochen«, sagte Alex, als sie sich eines Morgens von ihren Betten erhoben. Sie müssten jetzt jederzeit zurück sein.«

Alex und Bryna waren besonders um ihre Rückkehr besorgt. Die Wochen über hatten sie nur flüchtige Blicke von den angehenden Rittern erhaschen können, als sie in den Bergen rannten oder Ausdauerübungen auf einem höher gelegenen Feld durchführten, wenn sich der Rest der Kadetten fürs Abendessen auf den Weg zu den Kasernen machte. Einer der Köche sagte, er hätte sie ein paar Meilen weit entfernt an der Küste gesehen, wie sie eine Wagenladung schwerer Steinbrocken über eine Strecke schlammigen Sands geschleppt hatten.

»Kalt, nass und völlig erledigt«, so hatte er sie beschrieben.

Der neueste flüchtige Blick auf sie hatte sich an einem Abend vor vier Nächten ergeben, als die Ritter im Training auf Pferden, die zum Umfallen erschöpft aussahen, auf die Ställe zugedonnert waren. Die angehenden Ritter sahen zwar genauso müde aus, aber sie hatten keine Zeit bekommen, sich auszuruhen. Die Stallknechte hatten frische Pferde für jeden von ihnen bereitstehen, und in nicht mehr Zeit, als sie brauchten, um ihr Zaumzeug von einem Pferd auf ein anderes überzuwechseln, waren sie bereits wieder in die einsetzende nächtliche Dunkelheit davongeritten. Falco erhaschte nur einen kurzen Blick auf Malaki, aber er konnte sofort sehen, dass sein linker Unterarm bandagiert war und blutete.

Also ja, sie sorgten sich um ihre Freunde, aber das war nicht das Einzige, was Alex und Bryna auf der Seele lag, als sie zu einem weiteren Trainingstag erwachten. Die anfängliche Begutachtung der Kadetten war schließlich vorbei, und heute würden die angehenden Offiziere lernen, welche militärischen Einheiten man ihrem Befehl unterstellen wollte. Einige würden reguläre Einheiten sein, die sich darauf vorbereiteten, zur Front zurückzukehren, während es sich bei anderen um untrainierte Einheiten von Irregulären der Königin handeln würde, die hier in Grimm stationiert waren.

»Ich hoffe auf eine Kompanie von Fußtruppen«, sagte Alex, der sich die Stiefel anzog.

Falco stöhnte, als er ebenfalls nach seinen Stiefeln griff.

»Bist du in Ordnung?«, fragte Bryna.

»Mir geht's gut«, sagte Falco. Er fühlte sich, als hätte ihn jemand verprügelt, während er geschlafen hatte, aber er würde sich besser fühlen, sobald er sich in Bewegung setzte. »Was ist mit dir, Bryna? Worauf hoffst du?«

»Ist mir egal«, sagte Bryna, »solange es keine Anfänger sind.«

»Warum das?«, fragte Alex.

»Ihr solltet mal sehen, was wir ihnen beibringen müssen«, erwiderte Bryna, als sie sich auf den Weg aus den Kasernen und hinauf zum Trainingsfeld machten. »Es ist nicht nur das Abmessen der Entfernung und das Abfeuern von Salven. Da gibt es eine Technik, die *suivez* heißt. Es bedeutet *folgen*«, fügte sie hinzu, als sie die verwirrten Ausdrücke auf ihren Gesichtern sah. »Sie haben *suivez cinq und suivez dix* – Folge Fünf und Folge Zehn. Sie wenden sie gegen schwerere Ziele an, die zu nahe kommen.«

Falco und Alex sahen immer noch nicht schlauer aus.

»Im Grunde«, sagte Bryna, »arbeitet man in Gruppen zu fünft oder zu zehnt, jeder mit einem zugeteilten ›Punkt‹. Dabei ist die Idee, dass der Punkt ein Ziel auswählt, und der Rest der Gruppe muss es dann zur selben Zeit treffen.«

»Klingt wie eine unvermeidliche Katastrophe«, sagte Alex.

»Das ist es auch«, erwiderte Bryna. »Neulich haben wir es ausprobiert, und ich hätte beinahe Allysters Ohr abgeschossen.«

Falco und Alex lachten.

»Ich mach keine Witze!«, sagte Bryna verzweifelt. »Da war Blut und alles!«

Sie gingen ins Zelt neben dem Trainingsfeld, das vor gesteigerter Erwartung summte. Eine kleine Gruppe von Kadetten hatte sich am anderen Ende der Bewaffnungstische um Jarek geschart.

»Die Einheit, über die *der* das Kommando bekommt, beneide ich nicht«, murmelte Alex, als sie sich für den täglichen Lauf hinauf zum Spieß fertig machten. »Er hört auf kein einziges Wort, das jemand anderes sagt.«

Falco blickte zu Jarek hinüber, der in einer vorgetäuscht glücklichen Stimmung zu sein schien. Offenbar war er ebenfalls nervös.

Der östliche Himmel erhellte sich gerade, als sie sich zum Spieß begaben, doch Falco beschloss, es heute Morgen nicht zu sehr zu übertreiben. Er wollte etwas von seiner Kraft für das Kampftraining zurückbehalten. Heute war er fest entschlossen, wenigstens *einen* Treffer zu landen. Aber sogar wenn er es ruhig anging, war der Rest der Kadetten gerade zur Hälfte mit dem Frühstück fertig, als er zum Zelt zurückkam. Er saß bei Bryna und Alex und aß sich an Brot, Schinkenspeck und Eiern satt, bevor sie das Zelt verließen, um sich auf die Bänke zu setzen.

»Heute in der Mittagspause geben wir die Aufträge bekannt«, sagte der Abgesandte. »Bis dahin«, fügte er hinzu, wobei er seine Stimme erhob, damit man ihn über das aufgeregte Murmeln hinweg vernehmen konnte, »versuchen wir einmal etwas anderes.«

Die Helfer legten an den nahe gelegenen Tischen Garnituren von schwer gepolsterten Lederrüstungen aus.

»Wir versuchen ein Kampftraining mit voller Geschwindigkeit und vollem Körperkontakt.«

Die Kadetten blickten einander argwöhnisch an. Diejenigen, die etwas mehr Selbstsicherheit besaßen, wirkten von der Herausforderung begeistert, während sich Falco mit einem weiteren schmerzhaften Morgen voller Bestrafungen abfand. Der Abgesandte pickte eine Garnitur an Schulterschutz und einen Helm auf. Sie waren den Rüstungsteilen ähnlich, die sie für das übliche Kampftraining benutzten, nur umfangreicher und schwerer gepolstert.

»Das Leder wurde gekocht, um es härter zu machen«, sagte der Abgesandte und klopfte mit den Knöcheln auf die harte Oberfläche. »Außerdem ist der Sichtschlitz des Helms mit diesem steifen Netz bedeckt, damit nicht einmal die Spitze eines Schwerts durchdringen kann.«

Er drehte ihn herum, sodass die Kadetten das feine, dunkle Geflecht an der Vorderseite des Helms sehen konnten, dann bedeutete er einem der Kadetten vorzutreten, und die Helfer legten ihm vom Kopf bis zu den Füßen die klobige Lederrüstung an.

»In den meisten Kampfschulen ist das hier einfach als schwere Trainingsrüstung bekannt«, fuhr der Abgesandte fort. »Aber hier an der Akademie bezeichnen wir sie als die ›volle Haube‹.«

Die Kadetten lachten, und der junge Mann vor ihnen schwang seine Arme und veranschaulichte den Umstand, dass er sich immer noch ohne Einschränkung bewegen konnte.

»Für diese Übung werden wir hölzerne Schwerter verwenden«, sagte der Abgesandte. »Und keine Sorge, die Rüstung ist voll und ganz in der Lage, euch zu beschützen.« Er verdeutlichte sein Argument, indem er dem geharnischten Kadetten auf den Arm schlug, wie es aussah, ohne ihm irgendeinen Schaden zuzufügen.

Jeder der Kadetten wurde mit einer Rüstung ausgestattet, und sie begannen damit, sich aufzuwärmen und sich daran zu gewöhnen, wie die Rüstung ihre Bewegungen beeinflusste. Obwohl es noch immer kalt war, stellte Falco fest, dass er schon bald schwitzte. Er zog seine Kampfhandschuhe aus und legte den Helm ab, als die erste Paarbildung auf die übliche Weise stattfand, indem Namen aus einem Beutel gezogen wurden.

Es war aufregend, diese Runden in voller Geschwindigkeit zu beobachten, wenn nichts zurückgehalten wurde. Sie waren völlig anders als die sonstigen Kämpfe, die aus kontrollierten Waffengängen bestanden. Die zuschauenden Kadetten zuckten zusammen, als sich die beiden momentanen Kämpfer windelweich prügelten. Selbst mit dem Schutz der vollen Haube gab es immer noch eine Anzahl an hässlichen Prellungen und blutenden Nasen, als die verschwitzten Kampfteilnehmer ihre Helme absetzten, um ihre Plätze wieder einzunehmen.

Falco bemerkte, wie ihm das Herz schneller schlug. Die Namen im Beutel wurden weniger, und seiner war immer noch nicht aufgerufen worden. Bryna saß neben ihm. Ihr kräftiges rotbraunes Haar rahmte ihr verschwitztes Gesicht ein, während das feurige Licht der Rivalität in ihren Augen schien. Gerade hatte sie sich gegenüber einem viel größeren Gegner selbst Ehre gemacht.

»Falco Danté«, sagte Lanista Deloix, der die kleine Plakette, die Falcos Namen trug, hochhielt. »Und Jarek Snidesson.«

Unter den Kadetten erhob sich deutliches Gemurmel. Dies war das erste Mal, dass diese beiden gegeneinander gezogen worden waren. Viele von ihnen lachten, und mehrere klopften Jarek auf seine gepanzerten Schultern, als er seinen Helm aufsetzte und sich vor die Gruppe begab.

»Tritt seinen Arsch«, flüsterte Alex, als Falco den gepolsterten Helm auf seinen Kopf setzte. Er zog seine Kampfhandschuhe an, legte den Schild an und hob das beschwerte hölzerne Trainingsschwert auf.

Bryna lächelte Falco an und nickte ihm entschlossen zu. Als er hinausging, um Jarek gegenüberzutreten, fiel ihr plötzlich auf, wie hochgewachsen er erschien. Der vornübergebeugte Schwächling aus Caer Dour war verschwunden, hier stand ein Kadett der Kriegsakademie.

Wenn Falco einfach darauf hoffte, einen Treffer zu landen, so war augenblicklich für jeden klar, dass Jarek dies als einen erbitterten persönlichen Kampf betrachtete. Sobald die Anleiter das Kommando zum Kämpfen gaben, setzte er mit einem Schildangriff vorwärts, der Falco rückwärtstaumeln ließ. Er ließ ihm eine Reihe von Hieben mit voller Wucht folgen, die auf Falcos Kopf und Hals abzielten. Falco gelang es, sie alle zu parieren, und dann versuchte er sogar eine Attacke gegen Jareks Führungsbein, bevor Jarek ihn mit einer niedrigen Attacke erwischte, mit der er gegen die Rückseite seines Oberschenkels schlug. Falco verfluchte sich dafür, dass er Jarek seine Deckung hatte unterlaufen lassen, und er schüttelte sein Bein, um den brennenden Schmerz zu lindern. Die volle Haube mochte gegen Verletzungen schützen, aber ein Hieb wie dieser war dennoch schmerzhaft.

Jarek wich zurück, als die Anleiter den Treffer ausriefen, und die beiden kamen wieder in die Ausgangsstellung zurück.

Die Runden wurden anhand des besten von fünf Treffern entschieden, und Jarek schien fest entschlossen, schnell zu einem Ende zu kommen. Als er jedoch bei seiner nächsten Attacke hart herandrängte, war Falco auf ihn vorbereitet. Er trat lässig zur Seite, und Jarek war gezwungen, sich auf eine besonders unbeholfene Art zu drehen, um zu vermeiden, dass Falco einen Treffer auf seinem Rücken anbrachte. Er wirbelte mit einem bösartigen Hieb aus der Rückhand herum, der vom Rand von Falcos Schild abglitt und seinen Kopf um Haaresbreite verfehlte.

»Ooooh!«, schrien die Kadetten, die mitansahen, wie Jarek sein Gleichgewicht wiedererlangte. Falco setzte eine Reihe eigener Attacken in Gang, aber Jarek parierte sie mit Leichtigkeit, ehe er sich in eine geduckte Haltung fallen ließ und unter Falcos Schild vorstieß.

»Treffer!«, schrie Lanista Magnus, als der harte Ausfall von Falcos Brustplatte abglitt und gegen seinen Hüftknochen prallte. Er ignorierte jedoch den Schmerz und ließ sich in eine Verteidigungsstellung fallen.

Als das Kommando ertönte, versuchte Jarek eine niedrige Finte, bevor er über die Oberseite von Falcos Schild angriff. Aber anstatt sich wegzubewegen, trat Falco dicht an ihn heran, verhakte Jareks Klinge mit einer Oberhand-Abwehr und stieß auf seine Brust hinab.

»Treffer!«, schrie Lanista Magnus.

Den Kadetten, die es mitansahen, entfuhr ein gemeinsames überraschtes Keuchen, und Alex brach in ein explosives »Ja!« aus.

Obwohl sein Gesicht verhüllt war, konnte jedermann sehen, dass Jarek vor Wut kochte. Sein Kopf war gesenkt, und er hatte die Schultern hochgezogen, aber keineswegs in einer unterwürfigen Haltung, sondern in einer, die von Vergeltung sprach.

Kaum ertönte das Kommando, schlug er auch schon zu. Falco hob ein Bein an, um eine niedrige Attacke abzuwehren, dann wechselte er seinen Schild von rechts nach links und parierte so zwei schnelle Attacken. Er durchschaute Jareks erste Finte und dann auch seine zweite und zog sich vor zwei brutalen Hieben zurück. Falco schien nun seine Angriffe besser vorausahnen zu können und Jarek erschien mehr und mehr verzweifelt.

Ein weiteres Mal schaffte er es, dass Jarek sich drehte, und hätte beinahe einen Treffer gelandet, aber dann wirbelte Jarek wild herum. Falco duckte sich unter dem Schwert weg, aber der Rand von Jareks Schild rammte die Seite seines Kopfes und schlug ihm glatt den Helm weg. Der Angriff schickte Falco auf die Knie. Aus dem Augenwinkel sah er Lanista Magnus mit erhobenen Armen vorspringen, um den Kampf zu beenden. Doch es war zu spät. Jareks Schwert schwang bereits auf Falcos ungeschützten Kopf zu, und es war jedermann klar, dass sein Schädel entzweigespalten würde. Er hatte keine Zeit, sein Schwert zu erheben, keine Zeit, um den Angriff mit seinem Schild zu parieren.

Aber das bedeutete nicht, dass keine Zeit verblieb, um ihn zu verhindern.

Schneller als ein Mensch blinzeln konnte, fokussierte Falco die Energie in seinem Geist. Es gab einen Lärm wie ein plötzliches Krachen bei einem Gewitter, und Jareks Schwert explodierte in einer Wolke aus Holzsplittern. Sie flogen um Falcos Kopf und Schultern, während Jarek vor Schreck zurückstolperte. Beinahe in Panik, riss er sich seinen eigenen Helm herunter und starrte auf Falco hinab, als sei dieser eine Art Ungeheuer.

Aber er war keineswegs ein Ungeheuer. Er war ein Kampfmagier, und seine Kraft wurde endlich lebendig.

Die Kadetten starrten ihn entgeistert an, und selbst die Anleiter wirkten schockiert.

Nur der Abgesandte machte einen ungerührten Eindruck, als er zwischen Falco und Jarek trat. Er legte eine Hand auf Jareks Arm und sah ihm ins Gesicht, um sicherzugehen, dass er unverletzt war. Aber Jarek schüttelte seine Hand ab und schwankte davon.

Der Abgesandte drehte sich zu Falco um und blickte ihn an.

»Es ist in Ordnung«, sagte er und streckte eine Hand aus, um ihm aufzuhelfen. »Niemand ist verletzt worden. Alles ist in Ordnung.«

Falco zitterte sichtlich, als er langsam auf die Beine kam. In seinen hellgrünen Augen lagen Unglauben und Angst.

»Ich wollte es nur aufhalten«, sagte er. »Ich wollte es doch nur aufhalten.«

»Und das hast du«, sagte der Abgesandte. Er konnte sehen, wie sich Tränen in Falcos Augen bildeten, und er hatte eine plötzliche Ahnung, was ihm tatsächlich zusetzte.

»Ich werde nicht so wie mein Vater werden«, sagte Falco mit leiser Stimme. »Ich bin kein Mörder.«

Der Abgesandte legte ihm eine Hand auf die Schulter.

»Ich weiß, dass du das nicht bist«, sagte er, auch wenn er nicht in der Position war, ihm eine entsprechende Versicherung zu geben.

Falco atmete zitternd aus, als Bryna und Alex neben ihm auftauchten.

»Ist er in Ordnung?«

»Es geht ihm gut«, sagte der Abgesandte und lächelte Falco ermutigend zu. »Aurelian hat darauf gewartet, dass etwas wie dies hier passieren würde. Kommt mit«, sagte er und führte sie zum Zelt. »Wir holen uns etwas zu essen, und dann wird es Zeit, die Aufgaben zu verteilen.«

Bryna und Alex begleiteten Falco ins Zelt, während der Abgesandte ging, um mit den Anleitern zu sprechen. Sie ließen ihn sich auf eine Bank setzen und halfen ihm aus seiner steifen Lederrüstung.

»Danke«, sagte Falco, als Bryna ihm einen Becher mit Wasser reichte. Er nippte von dem kalten Wasser und blickte zum anderen Ende des Zelts hinüber, wo sich die restlichen Kadetten schon eingefunden hatten. Sie redeten leise miteinander und sahen nervös in Falcos Richtung.

»Sie haben Angst«, sagte Falco.

Bryna nickte nur, und Alex schien ebenfalls mehr als bloß ein wenig beunruhigt, aber dann lächelte er.

»Ich schwöre, Jarek hat sich beinahe in die Hosen geschissen«, sagte er, und die Spannung verflog, als die drei lachten.

Während sie die Gruppe noch beobachteten, lösten sich Owen, Allyster und einige der anderen valentianischen Kadetten von ihr und begaben sich dahin, wo Falco saß. Einen Moment lang standen sie in einem unbeholfenen Haufen beisammen.

»Wir wussten, dass du es schaffen würdest«, sagte Owen schließlich. »Seit der Schlacht in den Bergen … da wussten wir, du würdest es schaffen.«

Falco fühlte ein schnelles Aufbranden von Rührung und nickte ihnen aus Dank scheu zu.

»Das war ein guter Treffer«, sagte Allyster, als sie sich wieder entfernten. »Über das obere Ende von Jareks Schild.«

Falco lächelte, und bald wurden sie wieder allein gelassen.

Essen für die Mittagspause wurde aufgetischt, aber obwohl Falco geradezu ausgehungert war, hatte er keine Lust zu essen. Er hatte gerade mit nichts anderem als der Macht seines Geistes etwas davon abgehalten, ihn zu treffen. Zum ersten Mal seitdem das Training begonnen hatte, konnte er es nicht erwarten, zum Schmelztiegel hochzugehen und mit Aurelian zu sprechen. Die Leute warfen noch immer verstohlene Blicke in seine Richtung, und er war erleichtert, als die Lanistas Magnus und Deloix erschienen, jeder mit einer Schriftrolle, die sie an dicke Pfosten nahe der Mitte des Zelts hefteten.

Eine große Unruhe entstand, als die Kadetten sich zusammendrängten, um zu sehen, welche militärischen Einheiten sie in den nächsten sechs Monaten befehligen würden.

Falco blieb sitzen, während sich die Kadetten vorandrängten, um die Aufträge zu lesen. Nach einer Weile schubste sich Alex durch das Gedränge und kam zu Falco zurück.

»Na? Hast du deine Fußtruppen bekommen?«, fragte Falco.

Alex nickte nur, mit einem ernsteren Ausdruck, als Falco jemals einen an ihm gesehen hatte.

»Sie haben mir die ›Exilanten‹ gegeben«, sagte er mit leicht verwunderter Stimme. »Es bedeutet ›die Verbannten‹«, fügte er hinzu, aber der Name sagte Falco kaum etwas. »Die bestehen aus illicischen Flüchtlingen aus all den unterschiedlichen Städtebünden«, sagte Alex, der sich schwer neben Falco niederließ. »Das sind Männer, die alles verloren haben.«

Falco konnte die Bedeutung der Verantwortung erkennen, die sich wie ein Umhang aus Blei auf Alex' junge Schultern senkte. Vermutlich war es kein Zufall, dass die Anleiter diese ganz bestimmte Kompanie einem jungen Mann gegeben hatten, der jeden neuen Tag mit einem kindergleichen Funkeln in den Augen begrüßte.

»Was ist mit ihm?«, fragte Falco, als Jarek sich mit einer triumphierend hochgereckten Faust von den Listen entfernte.

»Sie haben ihm eine Kompanie der Königlichen Husaren gegeben«, sagte Alex nebenher.

»Das klingt ein wenig unfair«, sagte Falco. »Ich sehe nicht ein, warum er mit einer königlichen Kompanie belohnt werden sollte.«

»Du verstehst offenbar nicht«, sagte Alex. »Unser Vetter meinte, dass sie die schwierigsten Einheiten den fähigsten Befehlshabern zusprechen. Die Königlichen Husaren sind bereits ausgebildet. Eine solche Einheit geben sie nur einem Befehlshaber, dem es an Fähigkeit mangelt.«

Falco nickte langsam. Es war jedoch klar, dass Jarek von ihrer Unterhaltung nichts mitbekam. Offensichtlich war er begeistert darüber, das Kommando einer so prominenten Kompanie leichter Reiterei erhalten zu haben.

Brynas auftauchende Gestalt zog ihre Aufmerksamkeit von Jarek ab. Mit einem leicht verwirrten Ausdruck kam sie zu ihnen zurück. Hinter ihr blickten ihr eine Anzahl anderer Kadetten nach und lachten, als sei sie der Gegenstand eines Witzes.

»Wen hast du bekommen?«, fragte Falco, als Bryna sich am Tisch niederließ.

»Keine Ahnung, aber jeder scheint zu denken, dass es umwerfend komisch ist«, sagte Bryna, die zu den Kadetten hinübersah, von denen mehrere noch immer lachten und ihr Blicke zuwarfen.

»Hat die Einheit einen Namen?«, fragte Alex.

»Da stand nur, *Bryna Godwin, Dalwhinnies*«, sagte Bryna und machte ein mürrisches Gesicht, als Alex sie ungläubig anstarrte.

»Sie haben dir die Dalwhinnies gegeben?«

Bryna nickte nur.

»Was ist los?«, fragte Falco. »Wer sind die Dalwhinnies?«

»Das ist eine Kompanie Bogenschützen, die zu den Irregulären der Königin gehören«, sagte Alex, der sich sichtlich bemühte, nicht zu lachen. »Stell dir zweihundert Wilderer, Zweitrangige, Deserteure und Diebe vor, alle sturzbesoffen und auf Krawall aus.«

Bryna hatte die Aufgabe bekommen, einen Mob aus zerrütteten Abtrünnigen in eine effektive und disziplinierte Kampfeinheit zu verwandeln. Aber dann legte sie den Kopf auf die Seite, als sei ihr gerade erst etwas aufgegangen.

»Ich bin von einem Wilderer trainiert worden«, sagte sie, und die beiden Jungen konnten sie nur anblicken und lachen.

Die aufgeregten Gespräche darüber, wer was bekommen hatte, wichen bald ernsthafteren Unterhaltungen darüber, was von ihnen in ihren neuen Kommandopositionen erwartet wurde. Der Abgesandte erklärte, dass die neuen Übertragungen die Basis für eine Trainingsarmee bildeten, die reduzierte Version einer echten Armee, die es den Kadetten erlauben würde zusammenzuarbeiten, nicht nur in ihren einzelnen Kommandobereichen, sondern auch als Teil einer größeren Streitmacht.

»Während der Winter ausklingt, werdet ihr auf eine Trainingskampagne in eine andere Stadt geschickt«, sagte er zu ihnen. »Ihr werdet an allem arbeiten, von militärischen Taktiken bis zu Verpflegung und Logistik, von medizinischer Versorgung auf dem Schlachtfeld bis zum Aufstellen eines kompletten Feldlazaretts.

Ihr werdet Kundschaften lernen, Nachrichtenübermittlung, Kartenlesen, Marschgeschwindigkeiten und strategische Aufstellung, sogar politische Etikette und das Verwalten von Flüchtlingen.« Der Abgesandte lächelte über ihre entmutigten Mienen. »Was? Dachtet ihr etwa, wir würden das ganze Jahr damit verschwenden, euch beizubringen, wie man ein Schwert schwingt?«

Während die Kadetten sich langsam mit ihren neuen verantwortlichen Positionen abfanden, schlüpfte Falco leise aus dem Zelt und machte sich zum Schmelztiegel auf. Er brannte darauf, jemandem, der es nachvollziehen konnte, zu erzählen, was er gerade getan hatte, aber er war auch außerordentlich unruhig. Als er den Rand der großen Arena erreichte, stellte er fest, dass Aurelian, Dusaule, Meredith und Dwimervane bereits auf ihn warteten. Stark befangen machte er sich auf den Weg nach unten und auf sie zu. Es war deutlich, dass sie die Neuigkeiten von dem, was er erreicht hatte bereits erfahren hatten.

Dwimervane und Dusaule saßen auf ihrem üblichen Platz, ein wenig höher an der Seitenwand, während sich Meredith von seinem Platz erhob und sich auf dem sandigen Boden zu Falco gesellte. Aurelian fing an, nach vorn zu kommen, und Falco überquerte mit einem tiefen Gefühl von Beklommenheit den Boden, um ihm zu begegnen. Einen Moment lang blickte ihn der alte Kampfmagier nur an, und Falco war sich sicher, dass ihn ein Donnerwetter erwartete, aber dann trat Aurelian vor, legte seine große Hand um Falcos Nacken und zog ihn zu sich in eine raue Umarmung.

Zärtlichkeit war das Allerletzte, was Falco von dem unflätigen alten Kampfmagier erwartet hatte, aber dies *war* Zärtlichkeit.

»Keine Sorge, Junge«, sagte Aurelian mit leiser, harscher Stimme. »Ein Schwert ist nur ein Schwert. Was zählt, ist, wie wir es benutzen.«

Falco fühlte, wie sich ihm der Hals zuschnürte. Er hatte sich gefragt, wie er das, was er fühlte, erklären würde – die Angst, zu wissen, dass er eine Kraft besaß, die töten konnte. Aber das war gar nicht nötig. Aurelian wusste es. So wie jeder Kampfmagier, den es je zuvor gegeben hatte … er wusste es.

»Jetzt«, sagte Aurelian und schlug Falco so hart gegen seinen Kopf, dass in seinem Blickfeld Lichtflecken tanzten. »Zeig mir, was du tun kannst.«

Aurelian trat zurück, und Meredith kam vor, bereit zu erspüren, was genau es sein mochte, das Falco gelernt hatte.

»Ich bin mir nicht sicher, ob ich es noch einmal tun kann«, sagte Falco, als Aurelian sich vorbeugte, um eine Handvoll grobkörnigen Sand aufzuheben. »Es ist einfach …«

Er hatte keine Zeit, den Satz zu beenden, da Aurelian die Handvoll scharfen Splitts gegen sein Gesicht schleuderte. Falco zuckte in Erwartung der stechenden Gischt zusammen, aber zur gleichen Zeit bestimmte er: »Nein«. Die kleinen Steinfragmente entflammten zu winzigen Leuchtkugeln, als sie eine unsichtbare Barriere trafen, die nur Zentimeter von seinem Körper entfernt hochsprang. Ein Nebel aus Staub füllte die Luft, bevor er langsam zu Boden fiel.

»Ha!«, rief Aurelian. »Endlich!«

Aurelian sah begeistert aus; Meredith wirkte perplex, während Nicolas Dusaule oben auf den Stufen stand und mit der Andeutung eines traurigen Lächelns auf Falco hinabblickte.

»Hast du das mitbekommen?«, fragte Aurelian, der sich zu Meredith umdrehte. »Ist genug da, womit du arbeiten kannst?«

Meredith konnte nur nicken. Ein Magier pflegte mehrere Stunden zu benötigen, um eine Barriere wie diese vorzubereiten. Falco hatte es nur mit *einem* Gedanken getan. Aber Meredith hatte ihn genau beobachtet, und obwohl er es nicht in Worte fassen konnte, hatte er eine Ahnung von dem, was Falco getan hatte. Er konnte sehen, wie es möglich war, diese Kraft mit einigen kleinen Anpassungen zu manipulieren und zu beherrschen.

Sie verbrachten die nächsten beiden Stunden damit, die Grenzen von Falcos neuer Fähigkeit auszutesten.

»Der nächste Schritt ist es, deine Verteidigungen zu formen und sie so zu projizieren, dass du sie dazu benutzen kannst, andere zu beschützen«, sagte Aurelian.

Das Verteidigungsfeld, das Falco hervorbringen konnte, schien sich wie ein unsichtbarer Schild, der sich ein paar Zentimeter über seiner Haut befand, den Konturen seines Körpers anzupassen. Meredith konnte sehen, wie Falco damit beginnen mochte, diese Barriere in jede gewünschte Form umzugestalten, aber die subtilen Veränderungen im Geist waren nicht einfach zu beschreiben.

»Versuch dir eine Kugel vorzustellen«, sagte er. »Eine Kugel ist eine selbstverständliche Form der Natur. Wenn du das schaffst, können wir daran arbeiten, eine Kugel auf Distanz herzustellen.«

Falco nickte, war aber zu müde, um eben jetzt etwas anderes zu probieren. An körperliche Erschöpfung war er gewöhnt, aber diese geistige Müdigkeit war etwas ganz und gar Neues.

»Es ist genauso wie mit allem anderen«, sagte Aurelian. »Mit der Übung wird es stärker.«

Er klopfte ihm auf die Schulter, und Falco war von der Befriedigung überrascht, die er darüber empfand, dass er endlich in der Lage gewesen war, den übellaunigen alten Veteran zufriedenzustellen.

»Wir lassen es für heute gut sein. Heute Nachmittag ruhst du dich aus, und heute Nacht bekommst du eine ordentliche Mütze voll Schlaf. Morgen früh fangen wir dann wieder an. Hier«, sagte er, als er sah, wie erschöpft Falco war, »Nicolas wird dir zurück zu den Kasernen helfen.«

Dusaule tauchte neben ihm auf, und Falco nickte ermattet, als ihn der hochgewachsene Pächter aus dem Schmelztiegel begleitete. Als sie sich auf den Weg den Abhang hinunter machten, befand sich Falco, der vor Ermattung stolperte, in etwas wie einer Benommenheit. Vage bekam er mit, dass er ein paarmal strauchelte, aber Dusaule war immer da, um ihn aufzufangen. Er erinnerte sich nicht daran, wie er einschlief, während er noch auf den Beinen war, oder wie Dusaule ihn aufhob und ihn die letzten zweihundert Meter zu den Kasernen trug, ehe er ihn auf sein Bett legte.

Einige Zeit später, als der Rest der Kadetten vom Nachmittagstraining zurückkehrte, wachte er auf, öffnete die Augen und fühlte sich zwar noch müde, aber doch ausgeruht. Während die Kadetten in die Schlafquartiere eilten, lärmten sie vor Aufregung. Falco, der immer noch etwas angeschlagen war, richtete sich auf und setzte sich ans Ende seines Bettes.

»Du siehst erledigt aus«, sagte Bryna, als sie und Alex mit den anderen zurückkehrten.

»Mir geht's aber gut«, sagte Falco, obwohl er sehr gern wieder schlafen gegangen wäre.

»Ich bin am Verhungern«, sagte Alex. »Lasst uns schauen, was es zum Abendessen gibt.«

Falco, der auf die Beine kam und gähnte, nickte.

»Ich könnte ein Pferd essen ...«

»Zwei Schweine und ein Hühnchen«, sagte Alex, womit er die Redensart vervollständigte, die unter den Kadetten aufgekommen war, da sie alle bemerkt hatten, wie alarmierend die Menge dessen, was sie aßen, zugenommen hatte.

Sie machten sich auf den Weg zum Speisesaal, und Falco lehnte seinen Kopf auf seine Hand und stopfte sich nach und nach den Mund mit gekochten Kartoffeln, gerösteten Pastinaken und geschmortem Lamm voll, während sich Bryna und Alex über Schlachtfeldordnungen und die Kommandokette unterhielten. Das aufgeregte Summen machte allmählich einem satten Murmeln Platz, als die Tür aufflog und ein Kadett hereingestürmt kam.

»Die Ritter sind da!«, rief er. »Die *épreuve de force* ist vorbei!«

Der Speisesaal leerte sich in Form einer Bewegung, die einer Stampede gleichkam, als die Kadetten durch den bogenförmigen

Eingang des Gevierts stürmten. In der von Fackeln erhellten Dunkelheit konnten sie eine Gruppe von sich nähernden Gestalten ausmachen. Sie sahen dreckig, gebeugt und vollkommen erschöpft aus. Es regnete und war kalt, und die tropfnassen Ritter schienen nur eines im Sinn zu haben: zu den Kasernen und ins Bett zu kommen.

Die Kadetten begannen in der Gruppe Freunde wiederzuerkennen, und sie rannten hinaus, um sie zu treffen und ihnen nach drinnen zu helfen. Als sie die Schlafquartiere betraten, hüllten die Kadetten sie in Decken und zogen sie an die Feuerstellen, gossen ihnen heiße Getränke ein und hingen in der Hoffnung um sie herum, ein paar Schilderungen von dem aufzuschnappen, was sie durchgemacht hatten. Aber die angehenden Ritter waren in keinem geeigneten Zustand, sie zu unterhalten. Einige von ihnen stolperten einfach zu ihren Betten hinüber und brachen mit ihren nassen Kleidern und allem anderen auf ihnen zusammen.

Falco, Alex und Bryna sahen besorgt mit an, wie die Letzten von ihnen zurückkehrten, doch noch immer gab es kein Zeichen von Quirren und Malaki. Dann tauchte, gerade als sie sich auf die Suche nach Lanista Deloix machen wollten, eine weitere Gestalt aus der Nacht auf. Es war Huthgarl, der große Beltone, und gleich hinter ihm kam Quirren, aber Quirren ging nicht allein. Zusammen mit einem kräftig gebauten jungen Mann aus Acheron stützten sie einen anderen Kadetten zwischen ihnen. Die Arme dieses Kadetten waren über ihre Schultern gelegt, sein Kopf hing herab, und seine Beine schleiften so hinter ihm her, dass er über den schlammigen Boden taumelte. Sein langes, braunes Haar hing ihm ins Gesicht, aber dann sah Falco, dass sein linker Unterarm mit einer nassen und dreckigen Bandage abgebunden war.

Der Kadett, der zu den Kasernen zurückgeschleppt wurde, war Malaki.

Bryna musste ihn im gleichen Augenblick erkannt haben, denn sie rannte plötzlich in den Regen hinaus, um dabei zu helfen, ihn hereinzubringen. Alex ging ebenfalls.

Als sie sie erreichten, verließen Quirren die Kräfte, und es blieb Bryna überlassen, dem breitschultrigen Acheronen dabei zu helfen, Malaki nach drinnen zu schaffen. Trotz seiner eigenen Müdigkeit trat auch Falco hinaus, um Alex mit Quirren zu helfen. Der große Illicier blickte sie an, sein stoisches Gesicht war schlaff vor Erschöpfung.

»Wir haben es geschafft«, war alles, was er sagte.

Falco und Alex legten je einen seiner Arme um ihre Schultern und zogen ihn auf die Beine. Dann stolperten sie los, um sich den anderen anzuschließen. Bryna und der Acherone hatten es geschafft, Malaki auf sein Bett zu legen, bevor sie sich umdrehten, um über Quirren etwas in Erfahrung zu bringen.

»Wir haben es geschafft«, sagte dieser erneut, als Falco ihm ein trockenes Handtuch über die Schultern legte.

»Daran ... hab ich ... nicht ... gezweifelt!«, sagte Alex, der sich angestrengt abkämpfte, seinem Bruder die Stiefel auszuziehen.

Quirren legte eine Hand auf die Schulter seines Bruders, und Alex hob den Kopf, um ihn anzusehen.

»Sie haben mich für den ›Orden des Shwartzen Aars‹ ausgewählt«, sagte er, seine Stimme klang schwer vor Ergriffenheit und Unglauben.

Alex hörte auf, an Quirrens Stiefeln zu ziehen, und erhob sich, um seinen Bruder zu umarmen. »Vater weiß es«, hörte Falco ihn mit gedämpfter Stimme sagen, den Kopf an die Schulter seines Bruders gepresst. »Er weiß es, und er ist stolz.«

Falco wandte sich ab, als Quirren leise an Alex' Schulter weinte. Er hatte keine Ahnung, was der »Orden des Shwartzen Aars« bedeutete, nur dass »shwartz« das illicische Wort für »dunkel« oder »schwarz« war.

Als er sich wieder umdrehte, sah er, dass Bryna sich um Malaki kümmerte. Sie half ihm dabei, seine nassen Kleider auszuziehen, und ging, um ihm ein heißes Getränk zu bringen, während sie mit einem Handtuch sein Haar trocknete. Von allen angehenden Rittern war Malaki im schlimmsten Zustand. Er schien kaum bei

Bewusstsein zu sein, als Falco einen Becher heißen Kaffees neben seinem Bett abstellte. Bryna bedeckte ihn mit einer warmen Decke und strich ihm über die Stirn, während sie festzustellen versuchten, ob er in Ordnung war.

»Müde«, murmelte Malaki wie ein Mann an der Schwelle zum Schlaf. »Nur müde.«

Am Fuß seines Bettes stand Huthgarl. Der hochgewachsene Beltane starrte mit undurchdringlicher Miene in seinem harten Gesicht auf Malaki herab. Plötzlich tauchte eine kleinere Gestalt neben ihm auf.

»Hab ich es doch gewusst!«, spie Jarek Snidesson mit bösartiger Befriedigung aus. »Hab ich doch gewusst, dass die *épreuve de force* für einen einfachen Schmied zu viel sein würde.«

Falco fühlte, wie ihm der Kamm schwoll, als Jarek verächtlich den Kopf schüttelte.

»Schaut ihn euch an, unsere kleine Beere, völlig verausgabt. Das hast du davon, wenn dir Ideen in den Kopf steigen, die über deinen Stand hinausgehen.«

Falco sah, wie Bryna vom Bett aufsprang, aber bevor sie irgendetwas tun konnte, stieß Huthgarl ein Knurren aus. Er wirbelte herum, legte eine massive Hand um Jareks Hals und rammte ihn rückwärts gegen eine der massiven Holzsäulen. Jarek gab einen erstickten Schrei von sich und zog an Huthgarls Arm, doch aus diesem kraftvollen Griff konnte er sich auf keinen Fall frei machen. Einen Moment lang starrte Huthgarl Jarek nur an, und Falco sorgte sich, dass er ihm ernsthaften Schaden zufügen könnte. Aber schließlich lockerte er seinen Griff.

»Nie wieder«, war alles, was er sagte, und damit ließ er Jarek fallen, der auf dem Boden würgend zusammenbrach. Er drehte sich um und sah Falco und Bryna an, und schließlich auch Malaki. Dann drehte er sich ohne ein weiteres Wort um und ging fort.

Einen Augenblick lang schaute Falco ihm nach und fragte sich, was genau während der *épreuve de force* passiert sein mochte, um in dem Beltonen einen solchen Sinneswandel hervorzurufen. Er blickte auf Jarek hinab, der langsam wieder auf die Beine kam und die Hände von zweien seiner Kumpane wegschlug, die ihm aufzuhelfen versuchten. Jareks Augen waren dunkel vor Hass, der durch diese zweite Demütigung am heutigen Tag nur um so heißer brannte. Falco fühlte Mitleid in sich aufblitzen, aber es gab nichts, was er tun konnte. Gehässigkeit trug ihre eigene bittere Frucht.

Mit einem bedauernden Seufzen wandte er sich wieder seinem Freund zu.

Bryna murmelte noch immer im Flüsterton, als sie den Becher mit heißem Kaffee an Malakis Lippen hielt. Er nippte langsam davon, und ein wenig von der dunklen Flüssigkeit rann ihm das Kinn hinab. Sein Gesicht war bleich vor Kälte und Erschöpfung, und unter seiner Haut zeichneten sich schonungslos mehrere hässliche Blutergüsse ab, doch allmählich begann er sich zu erholen. Seine Hand erhob sich und umschloss diejenige Brynas, wobei er den Becher an seinen Mund hielt, um tiefer daraus trinken zu können.

»Danke dir«, sagte er.

Falco stellte sich neben Bryna, als Malaki sich damit abmühte, seinen Blick auf ihre Gesichter zu richten. Er lächelte, als sei er aus einem schrecklichen Traum aufgewacht, und etwas Farbe kehrte in seine bleichen Wangen zurück.

»Du hast also überlebt«, sagte Falco.

»Kein Problem«, erwiderte Malaki mit einem Grinsen.

Angesichts der Leichtigkeit in ihren Stimmen gab Bryna ein verzweifeltes Seufzen von sich, dann hob sie in offensichtlicher Erleichterung, dass offenbar nichts ernsthaft Schlimmes passiert war, Malakis Hand an ihre Lippen. Malaki streckte seinen Arm aus, um sie näher an sich zu ziehen, und sie beugte sich zu ihm herab und gab ihm einen richtigen Kuss.

»Du hast mich zu Tode erschreckt«, sagte sie in scheltendem Ton, und Malaki lachte.

»Und? Hast du bestanden?«, fragte Falco, worauf Malaki langsam nickte.

»Nur vier von uns sind ausgeschieden. Die Anleiter sagen, normalerweise seien es mehr.«

Er kämpfte damit, sich aufzusetzen, und Bryna stopfte ein weiteres Kissen in seinen Rücken.

»Und welchem Ritterorden bist du dumm genug gewesen, dich anzuschließen?«, fragte Falco, als Malaki einen weiteren Schluck Kaffee nahm und einen Bissen von einem Fruchtkuchen nahm, der wie von Zauberhand auf einem Teller neben seinem Bett aufgetaucht war. »Dem Orden des Schwans?«, schlug er vor. »Oder dem *Order du Croissant* vielleicht?«

Malaki lachte und schüttelte den Kopf. Falcos krude Aussprache machte deutlich, dass er das halbmondförmige Gebäck und nicht den Halbmond meinte, nach dem der fragliche Orden tatsächlich benannt war. Aber dann wurde seine Miene ernster.

»Na, die Schweren Pferde von Beltane können es jedenfalls nicht sein«, sagte Falco. »Huthgarl würde das niemals zulassen.«

Wieder schüttelte Malaki den Kopf, und Falco starrte ihn ungläubig an.

»Jetzt sag mir nicht, dass sie dich für die Adamantenen ausgesucht haben!«

»Nein«, sagte Malaki, dessen tiefbraune Augen ungläubig schimmerten. »Sie wollen mich für die Ritter von Grimm.«

38

Die Archive der Magier

In dieser Nacht setzte der erste Wintersturm ein. Wolken voller Schnee wirbelten um den hohen Turm der Magier, aber tief in den Eingeweiden des Turms gab es kein Anzeichen von heulendem Wind und niederprasselndem Hagel. Wie in den Tiefen eines unergründlichen Sees war es still und ungestört.

Meredith Saker nahm einen weiteren Schluck blutroten Weins und stellte den silbernen Becher zur Seite, wobei er vorsichtig darauf bedacht war, nichts davon auf die uralten Bücher und Schriftrollen zu verschütten, die auf dem schwarzen Steintisch ausgelegt waren, an dem er saß. Es war schon weit nach Mitternacht, und abgesehen vom leisen, harmonischen Summen ferner Gesänge, war es still im Archiv. Die dunklen, gewölbten Katakomben waren nicht von Fackeln erhellt, sondern von kleinen, ungleich großen Platten aus hellem, violetten Onyx, die mit schwarzen Eisennägeln an den Wänden befestigt waren. Die Platten gaben ein schwaches Leuchten von sich, das gerade so viel Licht lieferte, dass man dabei lesen konnte.

Meredith hatte einen großen Teil der letzten Wochen in diesen dunklen Kammern, die an einen Mutterschoß erinnerten, verbracht und die einzelnen Ziele seiner Studien abgesteckt. In Sachen Nachrichtenübermittlung hatte er eine Idee entwickelt, wie man Magiertürme mit einem lebendigen Bindeglied zur Kommunikation verbinden konnte. Ja, ein Quintett von fähigen Magiern vermochte eine einzelne Botschaft von einem Turm zum anderen zu projizieren, aber das war nicht das Gleiche, wie eine Unterhaltung zu führen. Er war überzeugt, dass diese Idee im Krieg gegen die Besessenen von großem Nutzen sein konnte.

Was Geschichte betraf, so gab es hier zahllose Dinge, denen er herzlich gerne Jahre des Studiums widmen wollte, aber für den Augenblick hatte er sich für den Aufstieg und die Rückkehr der Besessenen entschieden.

Und schließlich war er, auch wenn Galen Thrall es abgelehnt hatte, fest entschlossen, mehr über die Gattung der Drachen zu lernen. Er war nicht nur schon immer von diesen rätselhaften Kreaturen fasziniert gewesen, er war auch davon überzeugt, dass der Wahnsinn der schwarzen Drachen etwas mit der Großen Besessenheit zu tun hatte. Wenn er herausfinden konnte, was die Drachen anfällig für Besessenheit machte, dann konnte er vielleicht ein paar Erkenntnisse darüber zusammentragen, warum schwarze Drachen wahnsinnig waren. Und es gab zwei Fragen, die sich in seinem Geist ständig wiederholten.

Hatten die Magier gewusst, dass Drachen für Besessenheit empfänglich waren?

Und wenn ja, warum hatten sie die Völker von Grimm nicht gewarnt?

Er wusste zwar, dass solche Fragen brisant waren, aber er würde keine Ruhe geben, bis er die Antworten kannte.

Als einer der Archivare eine neue Schriftrolle auf den Tisch legte, blickte Meredith auf und nickte dankbar.

»Brauchst du noch etwas anderes?«, fragte der kahlköpfige Mann.

»Nein, danke«, sagte Meredith. »Ich möchte nur Querverweise zwischen der dekadischen Zeitlinie und den Chroniken der anderen Königreiche herstellen.«

Der Archivar nickte wenig interessiert und entfernte sich gerade, als Merediths Blick von der einzigen anderen Gestalt im Archiv angezogen wurde, einer Gestalt, die anwesend gewesen war, seitdem Meredith die Katakomben vor vier Wochen zum ersten Mal aufgesucht hatte.

Der alte Mann saß in einem Stuhl neben einer einfachen Pritsche, die neben dem Eingang zur Kammer der Aufzeichnungen ausgelegt war. Sein Gesicht war so faltig wie das eines runzligen Affen, mit ein paar Fransen spärlichen weißen Haars, das seine leberfleckige Kopfhaut umrahmte, und seine kleinen, rheumatischen Augen starrten mit einem ausgesprochen starken Schielen ins Leere.

Hätte Meredith es nicht besser gewusst, er hätte gesagt, dass sich der Mann im Zustand einer Beschwörung befand, einer tranceähnlichen Geistesverfassung, in der die Aufmerksamkeit des Magiers darauf gerichtet war, eine bestimmte Aura oder Gemütsverfassung zu erschaffen, aber niemand konnte so lange in einem derartigen Zustand bleiben, und Meredith nahm keinen Hinweis darauf wahr, dass ein Zauber ausgeführt wurde.

»Lebt er hier?«, fragte er und nickte zu der kleinen Gestalt hinüber.

»Manchmal«, sagte der Archivar. »Zu seiner Zeit ist Bruder Serulian ein großer Gelehrter gewesen.«

Meredith nickte langsam. Aus irgendeinem Grund flößte ihm »Bruder Serulian« ein ausgesprochen unbehagliches Gefühl ein. Der alte Magier sah ihn niemals an, nahm auch kein einziges Mal seine Gegenwart zur Kenntnis, aber nichtsdestotrotz hatte Meredith das deutliche Gefühl, dass er beobachtet wurde. Vielleicht hatte sein Vater dafür gesorgt, dass der alte Mann ein Auge auf ihn hatte, ihn überwachte, für den Fall, dass er aus der Reihe tanzte oder versuchte, etwas zu studieren, was sein Vater missbilligte. Nun, heute Nacht würde er es herausfinden, wenn er zur Fünften Kammer durchging. Wenn sein Vater irgendwie erfuhr, dass er Drachenkunde studierte, dann würde Meredith wissen, dass Bruder Serulian ein Spion war.

»Ist das alles?«

Meredith blickte zu dem Archivar auf, der immer noch am Tischende ausharrte.

»Ja, danke.«

Der Archivar entfernte sich und verschwand durch den breiten Bogengang am Eingang zur Kammer. Einen Augenblick lang fuhr Meredith noch fort, Bruder Serulian anzustarren, dann drehte er sich wieder zum Tisch um und rollte die Schriftrolle auf, die ihm der Archivar gebracht hatte. Er ging die Daten auf der Zeitlinie durch und verglich sie mit seinen Notizen, angefangen mit der ausschlaggebenden Schlacht von Erlangaen im Jahr 828 bis zur Inquisition von Ossanda im Jahr 845, als die Magier von dem Vorwurf entlastet wurden, Informationen vor der Großen Besessenheit, die zwei Jahre zuvor stattgefunden hatte, zurückgehalten zu haben.

Zwanzig Minuten vergingen, bis sich Meredith mit einem leisen, überraschten Schnauben zurücklehnte und die Schriftrolle wieder zusammenrollen ließ. Die Zeitlinie bestätigte, dass er nichts von Bedeutung übersehen hatte. Die Große Besessenheit hatte im Jahre 843 Anno Ira (im Jahr von Grimm) stattgefunden. Natürlich hatten die Chroniken der vierundachtzigsten Dekade zu den ersten gehört, die er sich angesehen hatte, und dennoch hatte er nichts von großer Signifikanz erfahren, also nichts, was er nicht bereits wusste.

Mit einem frustrierten Seufzen rollte er die Schriftrolle zusammen. Vielleicht hatte er sich doch getäuscht. Vielleicht gab es einfach nichts Weiteres über die Große Besessenheit in Erfahrung zu bringen. Er erhob sich von seinem Sitz und leerte den Rest seines Weins. Dann, nachdem er überprüft hatte, dass niemand sonst im Archiv anwesend war, erhob er sich von dem Tisch und machte sich auf den Weg in die Fünfte Kammer, wo die Lehre über die Gattung der Drachen aufbewahrt wurde. Er schauderte leicht, als seine Augen den leeren Blick Bruder Serulians trafen. Aber der alte Magier schien seine Anwesenheit gar nicht zu bemerken. Er fuhr fort, durch die Katarakte in seinen wässrigen Augen ins Leere zu starren, aber in seinem Geist lag das Echo des Befehls, den er vom Großen Veneratu erhalten hatte.

»Sakers Sohn müssen die Einzelheiten über die vierundachtzigste Dekade verwehrt werden.«
»Er darf die Wahrheit nicht erfahren.«

Lediglich mit einem vagen, unruhigen Kribbeln setzte Meredith Saker seinen Weg in die Fünfte Kammer fort, um sein Studium der Drachenkunde zu beginnen.

39

Entstehung

Tief in den Verlassenen Landen begann sich eine Fläche von gequältem Gestein zu wölben und anzuschwellen, als etwas seinen Weg aus der Tiefe nach oben erzwang. Die Erleuchteten setzten ihre Gerätschaften ab und versammelten sich um die Grube, bereit, den Neuankömmling mit den Insignien des Kriegs zu schmücken. Die Oberfläche der Grube brach auf, als ein Umriss daraus auftauchte: mächtige Schultern und ein monströser Kopf, gebeugt in der Anstrengung, in ein neues und unbekanntes Reich geboren zu werden. Der Dämon pflanzte seine Hände auf die Seitenwände der Grube und zerrte sich selbst aus dem geschmolzenen Erdreich frei. Seine Augen brannten in blutrotem Feuer, als er sich abkämpfte, auf zwei zurückgebogenen Beinen zu stehen, die von Rauch umwunden zu sein schienen.

Um ihn herum hingen die geschwärzten Überreste der Bittsteller in der Luft, dann begannen sie einer nach dem anderen herabzusinken, bis sie in das zerrissene Erdreich hinabfuhren. Sie hatten ihre Aufgabe erfüllt, den Dämon durchzugeleiten, mit ihrem Leiden als Leuchtfeuer, um ihm zu folgen. Jetzt würde die gleiche Spalte dazu dienen, sie von der menschlichen Welt in die größeren Reiche darunter zu übergeben.

Als der letzte der Bittsteller unter der sich verlagernden Gesteinskruste verschwand, war der Übergang vollendet. Der Totschläger war jetzt ein Bewohner dieser Welt. Beinahe gleichzeitig begann das Gestein zu kühlen und zu erstarren, bis von allem nur noch eine Spur von glühenden Rissen und der Geruch von verbranntem Felsen und brennendem Fleisch übrig war. Aber die Bittsteller waren fort. Sie waren nicht im Erdreich begraben. Sie waren verschwunden. Man hätte tausend Fuß tief unter der Grube graben können und niemals ihre Knochen gefunden. Sie waren nun an einem anderen Ort, an einem Ort des Leidens, dem sie niemals entkommen würden. Nicht ehe der Marchio Dolor selbst erschlagen wurde, und in der Welt gab es niemanden mit der Stärke, um jemanden wie ihn zu töten.

Der Totschläger stand acht Fuß hoch und blickte auf die Erleuchteten hinab, als sie sich um ihn herum bewegten. Sie setzten auf dem schwarzen, deformierten Gestein zwei Schwerter mit breiten, gekrümmten Klingen und bösartig scharfen Spitzen ab. Einen Moment lang sah der Totschläger die Klingen an, als hätte er keine Verwendung für solch krude und einfache Werkzeuge, aber dann spürte er die Macht und die Ergebenheit, mit der sie hergestellt worden waren.

Der Totschläger ließ sich auf ein Knie herab und ergriff langsam die Klingen, eine mit jeder seiner enormen Fäuste. Während er sich tief gebeugt hatte, umringten ihn die Erleuchteten und legten Panzerplatten auf seine Arme, Brust und Schultern. Schließlich hob einer von ihnen den großen Kammhelm und setzte ihn dem Dämon auf den Kopf. Als sie zurücktraten, senkte der Totschläger den Kopf und schloss die Augen, und sein schwarzes Fleisch begann zu leuchten. Es glomm wie glühende Kohlen in einem Feuer und nahm an Hitze zu, bis der verzauberte Stahl mit seinem faulen dämonischen Fleisch verschmolz.

Der Dämon und sein Körperschutz waren eins.

Langsam erhob sich der Totschläger. Sein kolossaler Brustkorb dehnte sich aus, als er die Luft der Menschenwelt einatmete. Er schloss die Augen, und die Klingen, die nun zu den Verlängerungen seines dunklen Sinnens auf Mord geworden waren, belasteten seinen Körper in vollendetem Gleichgewicht zu beiden Seiten. Er war aus einem Grund hierher beschworen worden, aus einem einzigen Grund.

Um zu töten.

Um die Aufsässigen und ihre verblendeten Lindwürmer zu erschlagen.

Und das würde er tun.

40

Streif keinen Flicken ab

Nachdem die Ritter im Training von der *épreuve de force* zurückgekehrt waren, schliefen sie beinahe zwei Tage lang, und selbst danach bestanden die Anleiter noch darauf, dass sie sich einige Tage mehr Zeit nahmen, um sich auszuruhen und ihre Kräfte zurückzuerlangen. Keiner von ihnen schien über ihre Feuerprobe sprechen zu wollen, was die Neugier der anderen Kadetten enttäuschte und zu dem Hauch von Geheimnis beitrug, das den berühmten Auswahlprozess umgab.

»Bin zu langsam gewesen, um meine linke Seite zu verteidigen«, war alles, was Malaki über den Schnitt an seinem Arm sagen wollte.

Aber was auch immer während der Prüfung durch Gewalt geschehen war, es hatte so etwas wie ein Band zwischen den angehenden Rittern geknüpft. Falco konnte oft sehen, wie sie ein Nicken oder einen Händedruck austauschten und manchmal sogar ein Lachen. Er fühlte einen überraschenden eifersüchtigen Schmerz, dass Malaki ein so tiefgreifendes Erlebnis ohne ihn durchgemacht hatte. Aber dann wieder hatte Falco seine eigene Geschichte zu erzählen.

»Oh, ich wünschte, ich hätte das sehen können«, sagte Malaki, als er von dem Treffer hörte, den Falco gegen Jarek erzielt hatte.

Zuerst war Malaki zu erschöpft gewesen, um viel von allem mitzubekommen, aber nachdem er sich wieder erholt hatte, begann er die Veränderungen zu bemerken, die sich ereignet hatten, seitdem er und die anderen fort gewesen waren. Mehrere der Kadetten lachten und scherzten jetzt mit Bryna, als seien sie in seiner Abwesenheit plötzlich Freunde geworden.

»Ich schlag dich heute drei zu null, Godwin!«, sagte Kurt

Vogler eines Morgens, als er in den Kasernen an ihnen vorüberkam.

»Nur, wenn du dir ein größeres Schwert anschaffst«, sagte Bryna mit einem bedeutsamen Blick, und mehrere der anderen Kadetten lachten zusammen mit Vogler.

Falco lächelte, während Malaki nur überrascht die Augenbrauen hochzog.

»Irgendwann bald schnapp ich ihn mir«, sagte Bryna und seufzte, als Malakis Augenbrauen noch höher zuckten. »In einem Trainingskampf«, stellte sie klar, wobei sie Malaki mit ihren Handschuhen auf den Kopf schlug.

Aber die bei Weitem größte Veränderung, die Malaki beobachtete, war Falcos.

»Sind das Muskeln, die ich da sehe?«, fragte er mit scherzhaft ungläubiger Stimme, als Falco das Hemd auszog, in dem er schlief.

»Mehr Schwellungen von all den Prellungen«, sagte Falco verlegen. Zwar war er immer noch mit Abstand am dünnsten von allen Kadetten, aber heimlich freute er sich darüber, dass seine Arme und sein Brustkorb nun nicht mehr nach dem kränklichen Jungen aussahen, der er immer gewesen war.

»Und ich könnte schwören, dass du gewachsen bist«, sagte Malaki, der Falco den Weg versperrte, als dieser aus dem Bett stieg.

Falco blieb immer noch hinter Malakis Größe von über sechs Fuß zurück, aber inzwischen nicht mehr so sehr.

»Umpf!«

Malaki krümmte sich vornüber, als Falco ihm in den Solarplexus stieß.

»Aus dem Weg, Knappe«, sagte er, wobei er den Begriff für einen heranwachsenden Ritter in Ausbildung gebrauchte.

Malaki schlug nach ihm, aber Falco trat blitzschnell zur Seite, und außer Reichweite. Alex und Quirren lachten, während Bryna ihren Kopf schüttelte und den allzu bekannten Refrain murmelte.

»Jungs.«

Falco, der sich auf den Weg zu den Bädern machte, blickte mit einem Lächeln zu Malaki zurück, dann hielt er plötzlich doch noch einmal an, nachdem er direkt mit Lanista Deloix zusammengestoßen war. Der dunkelhäutige Anleiter blickte ihn an, und einen Moment lang glaubte Falco, dass er in Schwierigkeiten sein könnte, aber dann hielt der Lanista einen Brief hoch.

»Aus der Kleinstadt Lavandier«, sagte er und händigte Falco den Brief aus.

Falco betrachtete das zusammengefaltete Pergament, das verschnürt und mit einem unbedruckten roten Wachssiegel versehen war. Er las, was auf der Vorderseite geschrieben stand.

Falco Danté
Kriegsakademie
Grimm

Die anderen scharten sich um ihn, während Lanista Deloix sich entfernte.

»Von wem ist er?«, fragte Bryna.

»Von Fossetta«, sagte Falco, als er den Namen des Absenders auf der Rückseite des Briefs bemerkte.

»Na, dann mach ihn auf«, sagte Malaki.

Falco setzte sich auf die Kiste am Fußende seines Bettes, brach das Siegel und löste die Schnur. Seine Hände zitterten ein wenig, als er den Brief öffnete und zu lesen begann.

An meinen liebsten Falco,

ich hoffe, dieser Brief erreicht dich bei guter Gesundheit. Ich hoffe, er trifft dich überhaupt an. Ich wusste nicht, wohin sonst ich ihn schicken sollte. Und entschuldige bitte, dass ich dir nicht schon früher geschrieben habe, aber wir hatten eine anstrengende Reise, weil wir versuchten, eine kleine Stadt namens Lavandier vor dem Eintreffen des Winterschnees zu erreichen. Sie reden da von einem Jungen, der von Albträumen heimgesucht wird, und von Gegenständen, die »beschädigt« werden, wenn ihn etwas bekümmert. Er wird das vierte Kind sein, das wir uns angesehen haben werden, seit wir Toulwar verlassen haben, aber bisher hat Tobias erst einmal das Wort »Kammack« für einen von ihnen benutzt!

Tobias und ich sind gesund, und wir genießen die Möglichkeit, mehr von diesem wunderschönen Land zu sehen. Er hat die Rolle, die der Abgesandte für ihn vorgeschlagen hat, angenommen, und die Verantwortung hat ihm gutgetan. Wie es sich herausstellte, hat Heçamede ebenfalls beschlossen, uns auf unserer Reise zu begleiten. Viele dieser abgelegenen Dörfer haben keinen ordentlichen Heiler, und wir beide sind dankbar für ihre Gesellschaft.

Von Lavandier aus werden wir (immer vorausgesetzt, dass das Wetter es zulässt) weiter nach Osten gehen, in Richtung der illicischen Grenze. Es ist vielleicht keine besondere Überraschung, dass eine größere Anzahl an »gestörten Kindern« aus dieser Richtung zu kommen scheint. Selbst hier, im Herzen von Clemoncé, fühlt man noch den Schatten der Besessenen. Ich kann mir nicht vorstellen, wie es sein muss, nahe der Front zu leben. Oder, ja, vielleicht kann ich es doch.

Wie auch immer. Genug von unseren Abenteuern. Wie geht es dir?

Heçamede war von deiner Genesung in Toulwar sehr ermutigt. Ich hoffe so sehr, dass sich deine Gesundheit weiter gebessert hat. Wie geht es deiner Brust? Hoffentlich gibt es kein Anzeichen dafür, dass die Entzündung zurückkehrt. Heçamede sagt, du sollst ordentlich essen und tief durchatmen. Ich weiß, dass Grimm an der Küste liegt, aber von dem, was ich gehört habe, kann es dort trotzdem kalt werden, darum will ich nicht hören, dass du mit nichts anderem als einem Hemd herumläufst. Denk dran …

»Streif keinen Flicken ab, eh die Eiche ausschlägt.«

Ist eine Entscheidung über deine Ausbildung gefällt worden? Sei nicht enttäuscht, wenn du es nicht schaffst, in den Fußstapfen deines Vaters zu gehen. Du hast ein gutes Herz und einen schnellen Verstand. Es gibt viele andere Möglichkeiten, wie du helfen kannst.

Oh, mein Liebes. Es gibt so viele Dinge, die ich dich fragen will. Wie ist Grimm so? Und das Meer? Hast du die Königin gesehen? Konnten Malaki und Bryna sie tatsächlich treffen? Ist der Abgesandte immer noch bei euch? Hat Bellius tatsächlich Verbindungen zum königlichen Hof?

Ich würde so gerne alle eure Neuigkeiten hören, doch ich fürchte, ich kann dir keine Adresse geben, um mir auch zurückzuschreiben. Wir bleiben selten lange an einem Ort, aber wenn wir es jemals doch tun, werde ich versuchen, es dich wissen zu lassen. Richte bitte Malaki und Bryna liebe Grüße aus. Es vergeht keine Stunde, in der ich nicht an euch alle denke.

Lebwohl einstweilen, mein Liebling. Im Frühling schreibe ich dir wieder.

Und vergiss nicht, dass – ganz gleich, was geschieht, und ganz gleich, was du tust – du immer in meinem Herzen sein wirst.

In Liebe,
Fossetta
(und Tobias)
(und Heçamede)

P.S. Sorg dich nicht um unsere Sicherheit. Wir werden auf unseren Reisen von zwei Soldaten der Königlichen Jäger von Toulwar begleitet – einem Hauptmann mit Namen de Roche, und einem anderen Mann, der den Wald zu kennen scheint, als befände er sich auf seinem eigenen Gartenweg. Ich bin mir nicht sicher, was für einen Rang er hat. Wir kennen ihn nur unter dem Namen François.

Sie geben angenehme, wenn auch stille Reisegefährten ab. An-

*ders als die beiden Männer, die den Karren fahren. Die streiten
sich unablässig (obwohl auf unterhaltsamste Weise, wie man
sagen muss). Besonders Tobias genießt ihre Gesellschaft. Ich
denke, ihre gute Laune erinnert ihn an seinen Vater.*

Das ist nun wirklich alles.

Bis zum Frühling.

Pass auf dich auf!

Malaki und Bryna hatten über Falcos Schulter geblickt, aber
jetzt stand er von der Kiste auf und gab ihnen den Brief, sodass
sie ihn richtig lesen konnten.

»Bist du in Ordnung?«, fragte Malaki.

»Es geht mir gut«, sagte Falco, als er sich ein frisches Hemd und
eine Hose anzog. »Mir ist nur gerade klar geworden, wie sehr sie
mir fehlt.«

Malaki nickte, und Bryna ergriff seine Hand. Falco lächelte
ihnen schwach zu und drückte sanft Brynas Hand, bevor er sich
nach draußen begab, um sich vor dem Frühstück zu waschen.

Es geht ihr gut, dachte er, während er den mit Frost bedeckten
Innenhof überquerte. *Und sie hat sogar Zeit gefunden, an mir he-
rumzunörgeln!*

Bevor sie Caer Dour verlassen hatten, hätte Falco es sich niemals vorstellen können, dass Fossetta mit bewaffneten Soldaten
zu ihrem Schutz das clemoncénische Hinterland abklapperte.
Aber warum auch nicht? Sie war eine der strapazierfähigsten Personen, die er je gekannt hatte, und er war sich sicher, dass sie diese
Erfahrung genoss. Und irgendwie hatte bereits die bloße Erinnerung, dass es Menschen wie sie auf der Welt gab, etwas tief Beruhigendes. Der kalte Nebel der Dämmerung verweilte im Hof,
und Falco musste lächeln, als er die dunstige Wärme des Bade-
hauses betrat.

41

Ein vorüberziehender Schatten

In den Verlassenen Landen von Illicia sah der Totschläger mit an, wie über den nebelbedeckten Hügeln im Osten die Sonne aufging. Die Menschen betrachteten den Sonnenaufgang als ein Symbol für Hoffnung, aber wie würden sie dann seine Gegenwart erklären? Er hatte bereits mehrere Kreaturen getötet, aber nur die Menschen boten ihm irgendein Gefühl von Befriedigung. Tiere waren einfach Lebensfunken, die man auslöschte, aber Menschen konnten weit über den flüchtigen Moment des Todes hinaus gequält werden. Es lag beinahe etwas Göttliches in der Menge an Schmerz, die man sie erleiden lassen konnte. Der Totschläger hatte ihre Angst genossen, aber er war für weit mehr beschworen worden. Man hatte ihn gerufen, damit er nach Norden reiste, um die Aufsässigen und die Lindwürmer, die dort kämpften, zu töten, Seelen, die so überheblich waren zu glauben, sie könnten die Getreuen herausfordern.

Er rollte seine gepanzerten Schultern, und die Schwerter in seinen Händen glitzerten in der Morgensonne. Das Licht bereitete ihm zwar keine Sorgen, aber er bevorzugte die Dunkelheit weit mehr, daher würde er unter die Kruste dieser Welt sinken und die Oberfläche der infernalischen Ebene entlangziehen. Er öffnete ein Portal, indem er ein Gebet darbrachte, und verschwand außer Sichtweite. Jeder, der es mitansah, hätte den Dämon vorwärtsschreiten sehen, wie er langsam in die Dunkelheit hinabstieg, die eine feuergeschwärzte Narbe auf dem Erdboden hinterließ. Und alles, was von seinem Verschwinden mitangesehen werden konnte, war ein vager Schatten, der sich über das Land bewegte.

Jetzt, da er vor jeglichen beobachtenden Augen verborgen war, setzte er seine Reise fort. Weit im Norden konnte er eine dieser

Großen Seelen wahrnehmen, und er war begierig darauf, sie für sich einzufordern. Seine Wahrnehmung sagte ihm, dass der Aufsässige allein war, ohne einen Lindwurm, der die Strafe des Todes mit ihm hätte teilen können. Aber das spielte keine Rolle.

Fürs Erste würde er einen Aufsässigen töten. Die Freude, einen Lindwurm zu erschlagen, würde noch warten müssen.

42

Paddy der Pisser

Die Kriegsakademie war nun fest im Griff des Winters, und das Plateau war von dem ersten ordentlichen Schnee bedeckt. Er knirschte unter ihren Stiefeln, als sie sich durch die Dunkelheit und hinauf zum Trainingsfeld begaben.

»Du kannst also tatsächlich einen Schutzzauber wirken?«, fragte Malaki, als sie das Zelt betraten.

»Erst noch bloß um mich selbst«, sagte Falco. »Aber … ja.«

Malaki nickte beeindruckt. In seinen Augen lag ein eigenartiger Ausdruck, den Falco nicht ganz deuten konnte. Dann erinnerte er sich daran, dass er einen ähnlichen Ausdruck auch auf Balthazaks Gesicht gesehen hatte, als Malaki seinen Vater zum ersten Mal in einem Kampf besiegt hatte. Es war eine Mischung aus Stolz und Vorsicht, die Erkenntnis, dass das Gleichgewicht der Kräfte, das so lange existiert hatte, womöglich dabei war, sich zu ändern.

An diesem Morgen liefen sie zusammen – als Gruppe. Malaki war immer noch dabei, wieder zu Kräften zu kommen, und Falco fuhr damit fort, an Stärke zuzunehmen, daher bedeutete ein einfaches Lauftempo, dass sie beide zusammenbleiben konnten. Davon abgesehen, war es jetzt am Morgen so dunkel, dass niemand mit voller Geschwindigkeit den felsigen Pfad hinauf- und hinabrennen konnte. Es begann gerade erst hell zu werden, als sie für das Frühstück zum Zelt zurückkehrten. Während die Kadetten mit dem Essen fertig wurden, bemerkten sie draußen einen immer stärker lärmenden Aufruhr. Es klang, als würde die halbe Vierte Armee am Zelt vorbeiziehen. In den Augen der Ausbilder lag ein vielsagender Ausdruck, als sich einer der Kadetten nach dem anderen nach draußen begab, um zu sehen, was dort vorging.

Falco und die anderen kamen aus dem Zelt, um eine große Anzahl an Truppen zu sehen, die sich nun auf dem Trainingsfeld nach Rängen formierten. Es gab Blöcke an Reiterei, Speermännern und Fußvolk, das mit Schwert und Schild bewaffnet war, zusammen mit mehreren Einheiten von Bogenschützen. Alle zusammengerechnet, mochten es beinahe zweitausend Mann sein, mit einer Anzahl Frauen darunter, die nun die mit offenem Mund dastehenden Kadetten anstarrten. Der Abgesandte wartete, bis die Letzten Kadetten aus dem Zelt auftauchten, bevor er sie auf das Feld führte.

»Akademiekadetten!«, rief er aus, wobei er seinen Arm hob, wie um sie alle zu umfassen. »Trefft die Armee unter eurem Befehl!«

Die versammelten Truppen stießen einen widerhallenden Schrei aus, dessen Effekt nur von einer zerlumpten Formation von Bogenschützen an dem einen Ende des Felds heruntergezogen wurde. Ihr halbherziger Jubel verklang, lange nachdem der Hauptschrei zu einem gut koordinierten Ende gekommen war. Die ungehobelte Gruppe, die jedoch weit davon entfernt war, über ihren Mangel an Disziplin beschämt zu sein, fuhr damit fort zu murmeln und zu lachen, und schließlich wurde die kalte Morgenstille von einem laut ertönenden Furz zerrissen, der nur mit beträchtlicher und vorsätzlicher Mühe zuwege gebracht worden sein konnte.

Im Lächeln des Abgesandten lag etwas von einer Entschuldigung, während eine erneute Welle an Gelächter innerhalb der Gruppe ausbrach. Alle Kadetten warfen Bryna, die das schreckliche Gefühl bekam, gerade den Dalwhinnies vorgestellt worden zu sein, mitfühlende Blicke zu.

Mit dem Abschluss dieser dramatischen Enthüllung trat Lanista Magnus mit einer Liste vor. Beim Ausruf jedes Namens kam der fragliche Kadett nach vorn, und der Abgesandte stellte ihm sein neues Kommando vor. Alle waren nervös, aber keiner so sehr wie Alex Klingemann. Er sah bleich aus, und Falco fragte sich, ob er sich erbrechen würde. Als sein Name fiel, folgte er dem Abgesandten, bis er vor einem Block von Fußtruppen stand, die alle schwarze Waffenröcke mit Motiven der sieben illicischen Städtebünde aufwiesen.

Das dienstälteste Mitglied der Exilanten trat vor, um seinen »neuen Befehlshaber« zu begrüßen. Seine Augen waren ebenso wie die des Rests der Verbannten glasig von seelischem Trauma, und er blickte Alex mit kalter Gleichgültigkeit an, als spiele es kaum eine Rolle, dass die Akademie ein Kind ausgewählt hatte, um sie anzuführen.

Der Abgesandte wollte sie vorstellen, aber bevor er die Gelegenheit dazu bekam, trat Alex vor. Einen Augenblick lang erwiderte er den hohläugigen Blick des dienstältesten Truppenmitglieds, dann ließ er sich fallen und streckte sich mit weit gespreizten Armen und in den Schnee gepresstem Gesicht auf dem Boden aus.

»Was macht er da?«, flüsterte Bryna Quirren zu. Selbst für Alex mutete diese Geste ein wenig melodramatisch an.

»Es ist ein Ausdruck von Demut«, sagte Quirren mit einem Anflug von Überraschung in der Stimme. »Er weiß, dass er es nicht wert ist, solche Männer anzuführen. Er wird diesen Rang nur annehmen, wenn sie ihn akzeptieren.«

Der Dienstälteste der Exilanten blickte auf Alex hinab, als wüsste er nicht, *was* er tun sollte. Die Geste schien ihm merklich Unbehagen zu bereiten. Schließlich kauerte er sich hin und legte Alex seine Hand auf den Hinterkopf. Er schloss die Augen, und sein Mund bewegte sich, während er ein paar Worte sprach, die niemand sonst hören konnte. Dann stand er wieder auf und trat zurück, und Alex kam auf die Beine.

»Wurde auch Zeit«, sagte er und rieb sich die Nasenspitze. »Dachte, du würdest mich da unten erfrieren lassen.«

Der Abgesandte lächelte, während der Dienstälteste eine Augenbraue hochzog, aber dann legte er seine rechte Hand auf die Brust und verneigte sich vor Alex. Hinter ihm folgte der Rest der

Einheit seinem Vorbild. Die Exilanten hatten ihren jungen Befehlshaber akzeptiert, und Quirren lachte leise.

»Sie werden einander etwas lehren«, war alles, was er sagte.

Ein paar Minuten später war es dann Bryna, die dem Abgesandten auf das Trainingsfeld hinausfolgte. Alle Kadetten sahen ihr zu, wie sie vorwärtsging, und keiner von ihnen beneidete sie um den Missklang aus Lachen, Pfiffen und Spott, der ihre Vorstellung gegenüber den Dalwhinnies begleitete.

Als der Abgesandte anhielt, begannen die Männer in der vordersten Reihe einander anzurempeln und zu schubsen, als hätten sie noch nicht einmal entschieden, wer sie repräsentieren sollte. Schließlich wurde ein dunkelhaariger Mann herausgegriffen und nach vorn getrieben. Sein Gesicht war voller Pockennarben, und sein Haar sah aus, als hätte man es mit einer Säge geschnitten. Er feixte, als er auf den Abgesandten zutrat, wobei er zurückblickte und zu den derben Sprüchen an Schützenhilfe seitens seiner Kameraden das Kinn hochreckte.

»Der ist es nicht, auf den du aufpassen musst«, sagte der Abgesandte ruhig, als der Mann sich näherte.

Er nickte seitwärts, wo ein breitschultriger Mann mit zwei Zöpfen an der linken Schläfe seines sandbraunen Haars Bryna anstarrte. Sein wettergegerbtes Gesicht war angegraut und wirkte hart, aber in seinen tief in den Höhlen liegenden Augen funkelte ein Funken Klugheit.

»Patrick Feckler«, flüsterte der Abgesandte. »Auch bekannt als Paddy der Pisser.«

Ehe er mehr sagen konnte, stand der pockennarbige Mann schon vor ihnen.

»Kadett Bryna Godwin«, sagte der Abgesandte zur Vorstellung. »Jetzt diensttuende Frau Hauptmann der Irregulären der Königin, der Fünften Bogenschützenkompanie.«

»Dedric Sayer, zu Euren Diensten«, sagte der Mann spöttisch, wobei er Bryna mit schamlosem Wohlgefallen von oben bis unten betrachtete.

»Zu Euren Diensten, *Frau Hauptmann*«, sagte der Abgesandte in schärferem Ton.

»Zu Euren Diensten, Frau Hauptmann«, wiederholte Dedric, der rot anlief und sich scharf nach den Urhebern der Sticheleien umsah, die auf seine Kapitulation folgten.

Bevor er sich umdrehte, sah Bryna, wie er zu dem Mann hinüberblickte, der als Paddy der Pisser bekannt war, als bäte er um dessen Erlaubnis. Patrick Feckler warf einen letzten flüchtigen Blick auf Bryna und nickte knapp. Dedric wandte sich wieder Bryna zu, dann hob er seine Hand und rief mit lauter Stimme:

»Ein dreifaches Hoch auf die neue Frau Hauptmann! Dalwhinnies …«

»HO!«, ertönte laut die Antwort.

»Dalwhinnies.«

»HO!«

»Dalwhinnies.«

»HO!«

Der Abgesandte lächelte amüsiert, während Bryna hart schluckte. Sie sah völlig entsetzt aus.

Während das letzte »HO!« zu weiterem Gelächter verklang, wandte sich Falco an Malaki.

»Machst du dir Sorgen?«

»Nein«, sagte Malaki. »Es sind nur Männer. Wird vielleicht eine Weile dauern, aber sie wird schon aus ihnen schlau werden.«

Falco war von der Zuversicht seines Freundes beeindruckt.

»Davon abgesehen«, sagte Malaki, »bring ich jeden Mann um, der ihr auch nur ein Haar krümmt.«

Falco dachte, dass dies schon eine weitaus ehrlichere Antwort war.

Nach dem Übertragen der Offizierskommandos waren die Ritter an der Reihe. Der Abgesandte kam zurück an Falcos Seite, und alle sahen mit an, wie Kontingente von sechs verschiedenen Ritterorden durch den Schnee galoppierten. Mit den Kettenrüstungen und Waffenröcken, in die sie gekleidet waren, und den

kraftvollen Pferden, die sie ritten, gaben sie einen beeindruckenden Anblick ab, und sogar die Dalwhinnies wirkten von ihrer
Gegenwart gebändigt.

Falco erkannte die fünf Insignien wieder, die er gesehen hatte,
als die angehenden Ritter sich zur *épreuve de force* aufgemacht
hatten, aber jetzt sah er noch ein zusätzliches Motiv, einen schwarzen Adler auf einem roten Feld. Das Abzeichen war eindeutig
illicischen Ursprungs, und plötzlich verstand Falco.

Der »Orden des Shwartzen Aars«.

»Der Orden des schwarzen Adlers«, flüsterte er.

»Es war der Orden unseres Vaters«, sagte Quirren leise, als sie
die Ritter beobachteten, wie sie sich vor ihnen formierten und der
Atem aus den Nüstern ihrer Pferde in der kalten Morgenluft
Dampfwolken bildete.

Jedes der Kontingente bestand aus zwei Rittern und einem
Knappen, der ein in einer Scheide steckendes und mit einem
Ledergürtel umwickeltes Schwert trug. Einer der Ritter aus jedem
Kontingent trug die Farben ihres Ordens, und Falco erkannte den
Mann, der den Wimpel für die Ritter von Grimm trug. Es war
Sebastien Cabal, der Kommandant des Ordens.

Die Ritter, die die Farben trugen, blieben in ihren Sätteln,
während ihre Kameraden abstiegen. Die Knappen, die aufgeregt
aussahen, taten es ihnen gleich. Sie standen Schulter an Schulter
mit ihrem Ritter, während Lanista Magnus die Kadetten anwies
vorzutreten.

Quirren trat an den Ritter des Schwarzen Adlers heran. Huthgarl und ein anderer Kadett mit Namen Blaevar traten vor den
Ritter der beltonischen schweren Reiterei, während sich zwei illicische Jungen aufmachten, vor den Adamantenen zu stehen.

Malaki war der Einzige, der an die Ritter von Grimm herantrat.

Sie hielten an, dann händigte der Knappe ohne weiteres Aufhebens das Schwert dem Ritter aus, der es wiederum dem vor ihm
stehenden Kadetten überreichte.

Falco hatte irgendeine großartige Zeremonie oder Einschwörung erwartet. Er wandte sich an den Abgesandten, der nun neben ihm stand.

»Bedeutet das, dass sie jetzt Ritter sind?«

»Nein«, sagte der Abgesandte. »Sie sind jetzt Ritter in Ausbildung und dem Orden verpflichtet, der sie angenommen hat. Wenn sie mit ihrem Training fertig sind, werden sie mit ihrem Orden in den Krieg ziehen. Erst nach ihrer ersten Schlacht gelten sie als Ritter.«

Falco nickte und blickte zu Malaki hinüber. Der Ritter, der vor ihm stand, schien erfreut darüber, Malaki in sein Amt eingeführt zu haben, aber Sebastien Cabal brütete offenbar zornig vor sich hin.

»Was ist mit ihm los?«, wollte Falco wissen und nickte in die Richtung des Kommandanten.

»Mit Malaki ist es anders«, sagte der Abgesandte. »Er hat sich bereits in der Schlacht bewiesen. Er wird jetzt als ›Ritter in Wartestellung‹ betrachtet. Seine Ausbildung an der Akademie wird er noch vollenden, aber wenn die Ritter von Grimm ihn in Anspruch nähmen, könnte er morgen mit ihnen reiten.«

»Warum stört das Lord Cabal?«

»Er denkt, dass Malaki zu jung ist, und im Gegensatz zu den anderen jungen Adligen ist er nicht formell ausgebildet worden.«

»Warum haben sie ihn dann angenommen?«

»Oh, der Kommandant ist von seinen Möglichkeiten überzeugt. Er glaubt nur nicht, dass Malaki bereit für den Krieg ist.«

»Und ist er das?«

Der Abgesandte schürzte die Lippen.

»Wir werden sehen.«

Falco sah weiter zu, dann blickte er am Rand des Felds entlang. Er war jetzt der Einzige der Kadetten, der übrig geblieben war, und es fühlte sich eigenartig an, allein dazustehen.

»So, was bedeutet das für mich?«, fragte er.

»Das kommt darauf an«, sagte der Abgesandte. »Wenn alles,

worauf sie treffen, die Krieger und Bestien der Besessenen sind, dann sollten Schwert und Schwertarm ausreichen. Aber wenn sie einem Heer mit einem Dämon an der Spitze begegnen, dann könntest du womöglich das einzige sein, das zwischen ihnen und einer Ewigkeit in der Hölle steht.«

Falco blickte in die harten, grauen Augen des Abgesandten. Die jungen Offiziere vor ihnen schienen von der Aussicht, ein paar Hundert Soldaten zu befehligen, eingeschüchtert, aber das war nichts im Vergleich zu der Verantwortung, die Falco tragen würde. Allein der Gedanke war furchterregend.

Mit dem Ende der Einführungen löste sich das »Akademieheer« auf, und die Kadetten kamen zusammen und unterhielten sich aufgeregt. Alex hatte ein wunderschönes illicisches Langschwert bekommen, Jarek ein feines Rennpferd, dessen Fell grau und weiß gesprenkelt war. Und dem Großteil der Speerkämpfer wurde ein thraecischer Speer sowie ein Schild und ein Xiphos-Kurzschwert oder eine geschwungene Kopis überlassen. Die Bogenschützen trugen neue Bögen mit geprägten Lederköchern zur Schau. Bryna dagegen ging mit einem kleinen Trinkbecher, der zwei Henkel aufwies, zum Zelt zurück.

»Es ist ein Quaich«, sagte der Abgesandte. »Ein Begrüßungsbecher.«

Bryna untersuchte das hölzerne Gefäß mit dem Silberrand, dessen Machart eine ungehobelte Eleganz besaß.

»Sie erwarten von dir, dass du mit ihnen trinkst«, sagte Alex. »Es ist so Sitte.«

»Trinken? Was denn?«, fragte Bryna.

»Keine Ahnung«, sagte Alex. »Das behalten sie für sich. Aber es heißt, dass es der beste Branntwein in all den sieben Königreichen ist.«

»Hmm«, sagte Bryna hoffnungsvoll. »Ich habe eine Schwäche für Branntwein.«

Alle lachten, und Falco blickte zu Malaki hinüber, der nun auf das Schwert hinabsah, das in seinem Schoß lag. Ein paar Zoll der

Klinge waren zwischen Scheide und dem Heft sichtbar, und dort, deutlich in den Stahl eingeprägt, war das »galoppierende Pferd« der Ritter von Grimm zu erkennen.

»Ich kann's nicht glauben«, flüsterte Malaki.

»Ich kann's«, sagte Falco.

Malakis Augen leuchteten, als er seine Freunde ansah. Sie nickten lächelnd. Es schien, als hätte Falco für sie alle gesprochen.

Was das Training betraf, so wurde an diesem Morgen nur wenig getan. Die Anleiter kamen und setzten sich zu den Kadetten, die einen endlosen Strom an Fragen und Unsicherheiten ins Feld führten. Ja, sie würden auch weiterhin ihre jeweiligen Fähigkeiten trainieren, aber ihre neuen Einheiten würden in ihrer Ausbildung eine zunehmende Rolle spielen, bis die Kadettenarmee für den Krieg bereit war.

»Und als Offiziere«, sagte der Abgesandte, »wird von euch erwartet, dass ihr an den öffentlichen strategischen Besprechungen in der Ratskammer teilnehmt. Du ebenfalls«, fügte er mit Blick auf Falco hinzu. »Kampfmagier sind ein wesentlicher Teil der Armee.«

Falco sah auf, als ihm die Leute ihre Gesichter zuwandten. Niemand bezweifelte die Behauptung des Abgesandten, dass Falco ein Kampfmagier war. Die Wirkung des Schocks und der Angst, die gegenwärtig gewesen war, als er Jareks Schwert zerstört hatte, war allmählich verblasst. Es schien ganz so, als ob die Kadetten endlich begriffen hatten, dass Falco auf ihrer Seite war. Er murmelte vielleicht seltsame und nervenaufreibende Dinge im Schlaf, und er mochte Furcht einflößende Kräfte besitzen, die sie nicht verstanden, aber diese Kräfte konnten ihnen vielleicht eines Tages das Leben retten. Es rief in Falco ein neues und ungewohntes Gefühl hervor, eines, das jenes wachsende Gefühl von Verantwortung nur noch vermehrte.

Die Gespräche dauerten während des restlichen Vormittags weiter an, und als die Helfer das Mittagessen auftischten, nahm Falco die Gelegenheit wahr, sich leise zu entfernen. Er schnappte sich eine Fleischpastete, etwas Brot und eine Handvoll Früchte und machte sich auf den Weg zum Schmelztiegel, wobei er seinen Umhang zurückschob, als die Wolken aufzureißen begannen und die helle Wintersonne dem Tag etwas Wärme brachte.

»Die haben also alle ihre neuen Spielkameraden, was?«, sagte Aurelian, als Falco sich auf den Stufen des Schmelztiegels niederließ und einen tiefen Schluck Wasser aus einem Kupferbecher nahm. »Ich habe gehört, deine Freundin, die Bogenschützin, hat die Dalwhinnies bekommen«, sagte er mit einem Lachen. »Oh, versteh mich nicht falsch«, fügte er hinzu. »Die mögen ein Haufen pflichtvergessener Bastarde sein, aber unter ihnen sind auch ein paar der wahrscheinlich besten Bogenschützen, die du je treffen wirst.«

Er sah Falco an, wobei er dessen leicht gedämpfte Stimmung bemerkte.

»Wo ist Meredith?«, fragte Falco.

»Ich hab ihn gebeten, heute nicht zu kommen.«

Falco warf Dwimervane und Dusaule, die auf ihren üblichen Plätzen ein wenig weiter oben auf einem Seitenrang der Arena saßen, einen flüchtigen Blick zu. Dusaule trug einen dicken, wollenen Umhang, während Dwimervanes dunkelblaue Schuppen sich von den schneebedeckten Stufen kräftig absetzten.

»Also, du kommst dir bestimmt ein wenig so vor, als seist du leer ausgegangen«, sagte Aurelian beiläufig.

Falco, der sich wunderte, was hier vorging, ließ seinen Blick durch die Arena schweifen. Geistesabwesend schüttelte er den Kopf, aber es stimmte, irgendwie kam er sich vor, als sei er leer ausgegangen, und in seinem Geist begann sich ein Gefühl von Isoliertheit zu erheben.

»Keine Sorge«, sagte Aurelian. »Das ist ganz normal. Es kann eine einsame Sache sein, ein Kampfmagier zu sein. Aber es gibt Entschädigungen«, fügte er hinzu, und Falco erhaschte ein amüsiertes Augenzwinkern von ihm. »Darum habe ich heute etwas Besonderes vorbereitet.«

Falco wurde sogar noch misstrauischer. Wenn Aurelian »etwas Neues ausprobieren« wollte, bedeutete dies normalerweise auf Falcos Seite eine beträchtliche Menge an Schmerz und Unbehagen. Er sah mit an, wie sich Aurelian zur Seitenwand der Arena begab. Dann, gerade als der alte Kampfmagier in den Himmel hinaufnickte, spürte Falco, wie etwas von hoch oben herabfiel. Er wirbelte gerade noch rechtzeitig herum, um einen Drachen zu erblicken, der auf ihn zugeschossen kam. Ohne auch nur nachzudenken, wirkte er einen Schutzzauber um sich, um dem unausweichlichen Zusammenstoß standzuhalten, aber gerade im letzten Augenblick zog der Drache aus seinem Sturzflug heraus und fegte über seinen Kopf hinweg. Während er dies tat, sprang eine Gestalt in Rüstung von seinem Rücken, drehte sich in der Luft herum und landete vor ihm auf dem Boden, wobei sie sich abrollte, um den Aufprall abzufangen, bevor sie wieder auf die Beine kam. Die Gestalt in Rüstung zog ihr Schwert und nahm eine Kampfposition ein.

Falco besaß keine Waffen, aber dennoch glich er die Haltung des geheimnisvollen Kriegers der Seinen an, wobei sich sein Geist schlagartig scharf fokussierte.

»Da!«, sagte Aurelian mit offensichtlicher Freude. »Ich habe dir doch gesagt, er würde Fortschritte machen.«

Die Gestalt in der Rüstung stellte sich gerade hin, steckte ihr Schwert in die Scheide und entfernte ihren Helm. Langes, schwarzes Haar fiel über die Schulterrüstung der Gestalt herab.

Es war eine Frau.

Sie blickte Falco mit einem durchdringenden Ausdruck in ihren dunklen Augen an, dann schritt sie vorwärts, legte ihre freie Hand auf seinen Arm und küsste ihn zweimal, einmal auf jede Wange. Sie ließ den zweiten Kuss etwas andauern, und ihre Wange ruhte einen Augenblick lang an seiner, als sie ihn mit entwaffnender Wirkung umarmte.

»*Bienvenue petit frère*«, sagte sie.

Ein Lächeln erhellte ihr Gesicht, und mit einem letzten Druck von Falcos Arm wandte sie sich Aurelian zu. Sie machte ein paar Schritte auf ihn zu, ehe sie sich in seine Umarmung warf. Aurelian stolperte zurück und schlang seinen einen Arm um sie, während sie ihn fest umarmte.

»Ruhig Blut, Mädchen! Du tust mir ja noch etwas an!«, lachte er, als die harten Ränder ihrer Rüstung in das stoppelige Fleisch seiner Wange drückten.

Endlich ließ sie Aurelian los und rannte die Stufen hinauf, um Dusaule und Dwimervane mit der gleichen warmen Hingabe zu begrüßen.

Falco begann gerade erst die angenehm intime Begrüßung zu verarbeiten, als er fühlte, wie sich eine bekannte Gegenwart über ihm auftürmte. In einem Windstoß und einem Aufwirbeln von Schnee landete ein wunderschöner bernsteinfarbener Drache neben ihm. Er faltete seine Schwingen und blickte Falco mit durchdringendem Blick an, dann schritt er zu Aurelian hinüber, der seinen Kopf senkte, um ihn gegen den des Drachen zu drücken. Der alte Kampfmagier hob eine Hand an den Hals des Drachen, und Falco bemerkte eine Anzahl von Verwundungen an seinem Körper. Eine Menge alter Narben, aber auch so einige Wunden, die frischer waren: Brandflecken, Risse in seinen Flügeln und tief eingekerbte Linien, wo etwas durch die Panzerung seiner Schuppen geschnitten hatte. Aber bei alldem schien Aurelians Begrüßung den Drachen nicht weiter zu verletzen.

»Wie geht es dir, meine Schöne?«, sagte er.

Als Antwort stieß ihn der Drache liebevoll an und presste den schuppigen Kamm seiner Schnauze gegen dessen lädierte Körperhälfte.

»Es ist in Ordnung«, sagte Aurelian. »Nur ein wenig angespannt in diesem kalten Wetter.«

Einen weiteren Moment lang blickte der Drache ihn an. Er wandte sich Dusaule und Dwimervane zu, um sie zu begrüßen, und ging dann auf Falco zu, der seinen Kopf zum Gruß neigte.

»Darf ich dir Nathalie Saigal vorstellen?«, sagte Aurelian. »Und

Ciel, ihren Drachen.«

Falco verbeugte sich dürftig vor beiden.

»Du bist größer, als ich erwartet hatte«, sagte Nathalie, als sie ein weiteres Mal auf Falco zutrat.

Verlegen senkte Falco den Kopf, aber er war überrascht, wie wohl er sich in ihrer Gegenwart fühlte. Sie lächelte wieder, als er aufblickte.

Nathalie Saigal war etwa dreißig Jahre alt, athletisch gebaut und hatte ein derbes Gesicht mit ausgeprägten Wangenknochen und Augen, die so dunkel waren, dass sie beinahe schwarz aussahen. Sie wirkte lebhaft und ehrlich erfreut, ihn zu treffen, aber Falco ahnte auch eine tiefe Erschöpfung, als sei sie einer harten und unablässigen Aufgabe müde. Die weiße Linie einer Narbe verlief von ihrem Nasenrücken bis unterhalb ihres linken Ohrs, aber genauso wie bei ihrem Drachen wies Nathalies Körper auch die Zeugnisse von Gewalttätigkeit aus jüngerer Zeit auf. Ihr Gesicht und ihre Hände waren von zahllosen kleinen Schnitten und Schrammen übersät. Ihr rechter Arm war bandagiert, und man konnte den Schatten eines gewaltigen Blutergusses erkennen, der an ihrem Unterkiefer begann und unter dem Rand ihrer Brustplatte verschwand. Angesichts des diskret prüfenden Blicks, den Falco auf sie warf, hob Nathalie eine Augenbraue, lächelte dann jedoch.

»Es ist schön, dich kennenzulernen«, sagte sie in einem weichen clemoncénischen Akzent. »Ich bin deinem Vater nie begegnet, aber ich glaube nicht, was sie über ihn sagen. Über sein Ende, meine ich.«

»Es ist aber wahr«, sagte Falco. »Er hat wirklich all diese Leute getötet.«

»Oh, ich weiß«, sagte Nathalie mit einem Anflug von Stahl in ihrer Stimme. »Ich glaube es nur einfach nicht.«

Einen Moment lang blickte Falco sie an, ehe er nickte, zum Zeichen, dass er begriff.

»So«, sagte Nathalie, wobei ihr Lächeln etwas herausfordernder wurde. »Möchtest du gern auf einem Drachen reiten?«

»Was … ich … nein!«, stammelte Falco, der von Nathalie zu dem Drachen und wieder zurückblickte.

Sie beide sahen Aurelian an, der plötzlich daran interessiert zu sein schien, wie sich die Wolken über den Himmel bewegten.

»Du hast es ihm nicht einmal erzählt?«, fragte Nathalie anklagend. Sie drehte sich zu Falco um. »Er ist furchtbar«, sagte sie mit missbilligend gerunzelter Stirn.

»Ich wollte ihn nicht beunruhigen« sagte Aurelian, der zu ihnen herüberhumpelte.

Nathalie warf ihm einen vernichtenden Blick zu, ehe sie sich wieder Falco zuwandte.

»Also«, sagte sie, »möchtest du gern auf einem Drachen reiten?«

43

Lang vergessene Träume

Falco drückte mit seinen Knien zu und lehnte sich dicht an den Rücken des Drachen.

»Genau so«, sagte Nathalie, als Falco die Kämme an Ciels Halsansatz ergriff und seine Unterarme zu beiden Seiten ihres Rückgrats auflegte. »Du bist nie zuvor geritten?«

»Nein«, sagte Falco. »Nie.«

Nathalie runzelte die Stirn und warf Aurelian einen flüchtigen Blick zu, aber Falco bemerkte es gar nicht. Sein Herz hämmerte schon allein bei dem Gedanken an das, was er vorhatte. Sie hatten den Reitharnisch seiner Körpergröße angepasst, und er konnte fühlen, wie Ciels Schuppen seine Unterarme sanft »festhielten«.

»Sollte ich nicht einen Gurt haben, oder einen Gürtel?«, fragte er und lief rot an, als sowohl Aurelian als auch Nathalie lachten. »Was, wenn ich runterfalle?«

»Das wirst du nicht«, sagte Nathalie.

Sie stellte sich neben Ciels Kopf.

»Jetzt sei sanft zu ihm«, sagte sie, als die Hörner des Drachen gegen ihre Rüstung strichen.

»Wie sage ich ihr, wohin es geht?«, fragte Falco, und wieder lachten die beiden Kampfmagier.

»Das tust du nicht«, sagte Nathalie. »Ihr entscheidet es zusammen.«

Falco sah sie besorgt an, als sei dieser Ratschlag bei Weitem nicht ausreichend.

»Du wirst schon sehen, was ich damit meine«, sagte Nathalie beschwichtigend. »Das Wichtigste ist, dass du ihr vertraust.«

Falco schluckte nervös.

»Versuch dich zu entspannen«, sagte Aurelian. »Es könnte dir tatsächlich gefallen.«

Sie traten von Ciel fort, und Falco bereitete sich darauf vor, dass etwas passieren könnte, als er bemerkte, wie Dusaule über den Rand des Schmelztiegels verschwand.

Aurelians Blick folgte dem seinen.

»Einige Dinge sind für ihn einfach zu schmerzhaft, um sie sich anzusehen«, sagte Aurelian, und er und Nathalie wechselten einen traurigen Blick. »Mach dir keine Gedanken«, fuhr Aurelian fort. »Es hat nichts mit dir zu tun.« Er wartete, bis er sich sicher war, dass Falco verstanden hatte, und lächelte dann. »Bist du bereit?«

Falco nickte steif.

Ciel krümmte ihren langen Hals, um ihn anzublicken, und in ihren tiefroten Augen lag etwas, das Falcos Nerven endlich beruhigte. Ihr großer Kopf senkte sich einmal, und dann bewegte sie sich mit einem Ruck vorwärts. In drei großen Sätzen erreichte sie die terrassenartige Wand des Schmelztiegels. Sie sprang hoch, drückte sich von den niedrigeren Stufen ab und breitete ihre Schwingen aus.

Als sie in den Himmel emporstürmten, kam es Falco vor, als hätte er seinen Magen auf dem Boden der Arena zurückgelassen. Es war ganz und gar das Beglückendste, Schrecklichste und Wunderbarste, das er jemals erlebt hatte. Mit geschlossenen Augen und Händen, die vom festen Zugreifen schmerzten, wartete er ab, wie er langsam aus dem überwältigenden Schwall an Gefühlen auftauchte, die über ihn hinwegwuschen, von dem kalten Rauschen des Windes und der beruhigenden Wärme von Ciels Körper bis zu dem unglaublichen Gefühl von Freiheit und den großen, jähen Wogen der Flügelschläge, die sie höher und höher trugen.

Endlich brachte er es fertig, die Augen zu öffnen, und sehr zu seiner Überraschung stellte er fest, dass er überhaupt keine Angst hatte. Nach Norden und Osten hin erhoben sich die schneebedeckten Berge, die nach und nach immer mehr Gipfel enthüllten, je mehr sie an Höhe gewannen. Zaghaft sah Falco sich um. Hinter ihm lag das Meer wintergrau mit türkisfarbenen Schatten entlang der Küste. Er blickte hinab, und unter ihm ausgebreitet lag die Stadt Grimm. Er konnte die Umrisse der doppelten Wehrmauer deutlich sehen, sowie den Hafen, der von Booten nur so starrte. Der Palast glänzte in einem Fleck Nachmittagssonnenlicht, und Menschen liefen wie Ameisen in den Straßen hin und her. Noch höher, und Falco griff fester zu, als Ciel sich in einer Steilkurve auf die Seite legte. Er fand sich dabei wieder, wie er auf die Akademie hinabblickte. Er konnte die viereckigen Umrisse der Kasernenhöfe erkennen, die langen Linien der Ställe und die zahllosen anderen Gebäude und Trainingsfelder. Neben einem von ihnen stand ein großes, weißes Zelt, und Falco sah winzige Gestalten, die sich davor umherbewegten. Er blickte zurück zu den Bergen, die sich vor ihm befanden.

Es würde nicht lange dauern, um auf diese Art den Spieß zu erreichen, dachte er, und plötzlich tauchte in seinem Geist eine Erinnerung an den Spieß auf, ein Bild von ihm, wie er von Frühnebel umwunden war.

»Ja«, flüsterte er, und er spürte, wie Ciel sich wieder geraderollte, während sie auf die Berge zuraste.

Einen Moment lang wirkten die Felshänge etwas weit entfernt, aber unversehens schienen sie ihnen entgegenzustürmen, um sie zu treffen. Er war davon überzeugt, dass sie gleich mit der Felswand zusammenstoßen würden, aber im letzten Augenblick breitete Ciel ihre Flügel weit aus und vollführte mitten in der Luft eine Art Pirouette, bevor sie auf den großen Steinblock, der als Spieß bekannt war, niedersank.

Falco war von der Sanftheit der Landung erstaunt. Es gab keinen erschütternden Aufschlag, nur einen wunderbar kontrollierten Abstieg bis zur Reglosigkeit. Er saß da, während der Wind durch sein Haar blies. Er konnte Ciel unter sich fühlen, ihre Atmung und das langsame tiefe Schlagen ihres Herzens. Sie bewegte den Kopf, um die Umgebung in sich aufzunehmen, und Falco hatte die äußerst seltsame Empfindung, dass er wusste, was sie anblickte: die Flaggen auf dem Palast … eine Gruppe von Rittern, die ihr Dressurreiten vervollkommneten … der dunkle Turm der Magier, der sich wie eine schwarze Felsnadel vor den schneebedeckten Bergen dahinter erhob.

Ciels Blick verweilte auf dem Turm, und Falcos ebenfalls. Mehr als jedes andere Gebäude wirkte der Magierturm verschlossen und verboten, ein Ort der Geheimnisse und der Macht.

Falco wandte den Blick ab, und Ciel tat es ihm gleich, als wüsste sie im Gegenzug ebenfalls, was er anschaute. Er blickte über die Stadt hinaus, wo ein dreimastiger Handelsschoner zur See gelassen wurde. Falco war noch nie in einem Boot zur See gewesen. Er fand den Gedanken an sich aufregend und beängstigend. Er fragte sich, wie es sein musste, mit salziger, über das Deck spritzender Gischt die Wellen zu reiten. Mit einem Lächeln richtete er seine Aufmerksamkeit auf das Schiff und drängte Ciel vorwärts. Sie schien genau zu wissen, was er vorhatte, und mit einem leichten Sprung fiel sie vom Spieß ab und folgte dicht dem Felshang, während sie auf das Plateau zuschnellte. Sie rasten hoch über die Stadt hinweg und hinaus über die steigende Flut jenseits der Hafenmauer. Schnell näherten sie sich dem Schoner, und Falco sah, wie die Seeleute die Reling säumten, als der große Drache in völliger Beherrschung der Winde, aufgrund deren Gnade sie davongetragen wurden, eine Steilkurve um das Gefährt zog.

Alle Spuren von Ängstlichkeit und Nervosität waren inzwischen lange aus Falcos Geist verschwunden, und er lehnte sich über Ciels warmen Rücken und benutzte seine Hände eher, um im Gleichgewicht zu bleiben, als dazu, sich verzweifelt festzuklammern.

Höher, dachte er. *Geh hoch und schnell.*

Ciel schien die Bedeutung seiner Gedanken zu erfassen, denn plötzlich zog sie in die Höhe und stieg geschwind von der rollenden See fort. Mit jedem Schlag ihrer Flügel fühlte Falco einen unglaublichen Ruck an Kraft – sie fuhren in den Himmel hoch und stiegen höher und immer höher, bis das Schiff nur ein Kinderspielzeug auf der grauen Ausdehnung unter ihnen war. Das Geräusch des Windes und das Gefühl von kaltem, nassem Nebel auf seinem Gesicht zerrte an etwas in Falcos Geist, an einer Erinnerung, die seit Langem unterdrückt gewesen war.

Wir sind in den Wolken, dachte er, und plötzlich erkannte er, dass er denselben Gedanken schon einmal zuvor gedacht hatte, vor langer Zeit, beinahe bevor er überhaupt in der Lage gewesen war, die Worte zu formulieren.

Wir sind in den Wolken, dachte er wieder, und in seinem Geist höre er ein Lachen, tief und sanft und nur für ihn bestimmt. Er fühlte hinter sich eine Gegenwart, die ihn umschloss, ihn umarmte, ihn beschützte. Keine Worte, kein Gesicht, nur eine Gegenwart – ein Vater, der seinem Sohn das unvergleichliche Wunder zeigte, den Himmel mit einem Drachen zu teilen.

Er *hatte* dies schon vorher einmal getan, das begriff Falco plötzlich, irgendwann in einer weit entfernten Vergangenheit, vor Krankheit, Tragödie und Verlust. Er war früher einmal hier gewesen, er hatte dies längst schon gekannt.

Sie brachen aus den Wolken heraus, und Falco fühlte die Wärme der bleichen Wintersonne auf seinem Gesicht. Er ließ Ciels Hals los und saß nun aufrecht, um das unglaubliche Gefühl von Freiheit auszukosten, als sie durch die eiskalte Luft schnitten. Sein Gesicht fühlte sich taub an, und seine Hände wurden steif von der Kälte, aber er schloss die Augen und lieferte sich dem Vertrauen aus. In dieser Höhe war er nur einen Ausrutscher vom sicheren Tod entfernt, aber er hatte sich noch nie so sicher gefühlt. Er blickte nach unten, und die Welt von Grimm breitete sich unter ihm wie eine Landkarte aus. Dann hörte er das ferne Echo der Stimme seines Vaters in seinem Geist.

Jetzt halt dich fest, sagte die Stimme seines Vaters, und Falco gehorchte ihr.

Er lehnte sich dicht an Ciels Rücken, packte die sehnigen Riemen an ihrem Halsansatz und spürte ein ermutigendes Gefühl von Sicherheit, als sich die scharfen Ränder ihrer Schuppen leicht verlagerten, bevor sie sich um die Konturen seiner Arme festsetzten. Dann ging der große Drache in eine Steilkurve, bis er sich beinahe kopfüber befand, und Falco schloss die Augen, als sie schneller als der Raubvogel, nach dem er benannt war, durch den Himmel fielen.

Das ist reine Herrlichkeit, dachte Falco, erfüllt von der Gegenwart des Drachen. *Wie könnte jemals etwas Böses darin sein?*

Tief unter ihnen im Schmelztiegel sahen Aurelian und Nathalie, wie sie unterhalb der Wolken auftauchten und in voller Angriffsgeschwindigkeit herabstürzten.

»Er *hat* das doch schon einmal getan«, sagte Nathalie. »Ciel würde sonst niemals so hart fliegen.«

Neben ihr konnte Aurelian nur nicken.

Aber sie waren nicht die Einzigen, die Zeugen von Falcos Flug geworden waren.

Auf dem Trainingsfeld hatte der Abgesandte die Kadetten nach draußen gerufen, um zuzusehen.

»Ist das Falco?«, fragte Bryna.

Der Abgesandte nickte langsam, als der große bernsteinfarbene Drache über ihnen den Himmel durchschnitt. Neben ihm lächelte Malaki nur. Alle anderen Kadetten wirkten völlig überrascht davon, Falco auf einem Drachen reiten zu sehen, aber Malaki hatte ihn sein ganzes Leben lang gekannt, und er war nicht verwundert. Nicht im Mindesten.

Von einem erhöhten Fenster des Palastes aus sah auch die Königin, wie der Drache über die Stadt hinwegraste, bevor er sich auf den Weg zum Meer hinaus machte. Sie war überrascht gewesen, als Aurelian sie um die Erlaubnis gebeten hatte, Falco einen Flugversuch unternehmen zu lassen. Der alte Kauz war nicht so unempfindlich, wie er die Leute gern glauben ließ. Er wusste um die heiklen Verhältnisse, die zwischen ihr und den Magiern bestanden. Wenn sie ihre Unterstützung für die Drachen zu offen zeigte, dann war es möglich, dass die Magier die mörderischen schwarzen Drachen benutzten, um ihr Urteilsvermögen infrage zu stellen. Aber sie konnte den Gedanken nicht ertragen, den großen Seelen, die der Welt so viel gegeben hatten, den Rücken zuzudrehen.

»Er reitet gut«, sagte Cyrano an ihrer Seite. »Vielleicht hatte der Chevalier doch recht, ihn hierherzubringen.«

Ja, dachte die Königin. *Vielleicht hatte er recht.*

Von seinem hohen Balkon außerhalb der Gemächer des Großen Veneratu aus beobachtete Galen Thrall, wie der Drache die Wolken erklomm, während die Sonne auf seinen tief orangefarbenen Schuppen glitzerte.

»Es kann also keinen Zweifel geben«, sagte er.

»Nein«, bestätigte Morgan Saker, der neben ihm stand. »Dantés Sohn ist ein Kampfmagier.«

»Wie lange dauert es noch, bis er für den Ritus bereit ist?«, fragte Thrall.

»Das hängt ganz davon ab, wie schnell er lernt«, erwiderte Morgan. »Normalerweise brauchen sie ein Jahr oder länger, um ihre Fähigkeiten zu vervollkommnen, aber … mit ihm hier, wer kann das schon sagen?«

»Dann weise die Brüder an, dass sie unverzüglich mit ihren Vorbereitungen beginnen sollen«, sagte Thrall, während sie mit ansahen, wie der Drache aus den Wolken auftauchte und wie ein fallender Stern zu Boden stürzte. »Etwas sagt mir, dass der Sohn von Aquila Danté schnell lernen wird, und wir können es uns nicht leisten, ihm gänzlich unvorbereitet zu begegnen.«

Als sie auf die Erde zudonnerten, öffnete Falco die Augen. Die Geschwindigkeit raubte ihm den Atem, aber er fühlte immer noch keine Angst. Er konnte die ovale Form des Schmelztiegels unter ihnen rasch anwachsen sehen, aber erst als sie auf derselben Höhe wie der Rand waren, breitete Ciel ihre Flügel aus, um die Geschwindigkeit ihres Sinkflugs zu bremsen. Falco fühlte, wie sein Körper hart gegen den ihren gepresst wurde, als sie an der Seitenwand des Schmelztiegels hinunter und über den Boden fegte, bevor sie sich kurz erhob und nur ein paar Meter vor Aurelian und Nathalie anhielt. Sie wandten ihre Gesichter von der Wolke aus Schnee ab, die mit ihrem Flügelschlagen hochgewirbelt wurde.

Der wunderschöne bernsteinfarbene Drache beruhigte sich schnell, und Falco legte seine Wange gegen die warme, stählerne Glasur seiner Schuppen. Er wusste jetzt, dass dies *nicht* das erste Mal gewesen war, dass er mit einem Drachen geflogen war. Sein Vater hatte ihn mitgenommen, als er gerade alt genug gewesen war, um sich daran erinnern zu können. In seinem Geist waren es dunkle Schuppen, die nun unter seinen Händen lagen, Schuppen, die wie der tiefste Ton von Blut schimmerten, Schuppen, die beinahe vollkommen schwarz waren.

Falco wusste, dass er sich bewegen sollte, aber er stellte fest, dass er es nicht *konnte*. Ihm war, als würde er diese kostbare Erinnerung verlieren, wenn er sich bewegte, wie einen Traum, der sich beim Erwachen auflöste. Wie die Erinnerung an den letzten Kuss seines Vaters, die ihn während des Angriffs des Dämons hatte durchhalten lassen. Tränen rannen aus seinen Augen und verschwanden zwischen den Schuppen auf Ciels Rücken. Aber langsam verblich die Intensität des Gefühls, auch wenn die Erinnerung das nicht tat. Als er in die Gegenwart zurückkehrte, fühlte er sich wegen dieser Zurschaustellung nackter Gefühle verlegen, aber dann spürte er eine sanfte Hand an seiner Schulter, und er öffnete die Augen und sah, dass Nathalie ebenfalls weinte. Und neben ihr waren auch in den Augen des schroffen Aurelian Cruz Tränen zu sehen.

Zwar kannten sie die Einzelheiten von Falcos Ergriffenheit nicht, aber sie wussten um die Gefühlsstärke, die die Verbundenheit mit einem Drachen hervorrufen konnte. Und über ihnen war Nicolas Dusaule, der durch einen Spalt im Rand des Schmelztiegels auf sie hinunterblickte. Auf seinen Wangen waren keine Tränen, aber in seinem Herzen weinte er ebenfalls. Und keiner von ihnen weinte so heftig wie er.

44

Die Ratskammer

Während der nächsten paar Wochen unternahm Falco drei weitere Flüge mit Ciel, in denen er jedes Mal ein wenig weiter ging und in deren Verlauf er regelmäßig versuchte, zurück in seine Vergangenheit vorzudringen, in der Hoffnung, mehr Erinnerungen aufzudecken, die dort vielleicht begraben waren. Es schien allerdings, als ob es keine weiteren Offenbarungen mehr zu enthüllen gab, doch Falco reichte es aus zu wissen, dass die traumgleichen Bilder in seinem Geist der Wahrheit entsprachen. Er hätte gerne noch mehr Flüge unternommen, aber Aurelian erklärte, dass Nathalie und Ciel bald an die illicische Front zurückkehren würden.

»Sie sind nur für eine kurze Zeit hier, um sich auszuruhen und ihre Kräfte wiederzuerlangen«, erzählte Falco eines Abends seinen Freunden, als sie in den Kasernen um einen dickbäuchigen Ofen herumsaßen. »Nathalie spricht eigentlich nicht darüber, aber es klingt danach, als ob die Lage an der Front ziemlich düster ist.«

»Vielleicht finden wir heute Abend mehr heraus«, sagte Malaki.

Die anderen Kadetten nickten bedächtig. Heute Abend würden sie zum ersten Mal an einer der öffentlichen strategischen Besprechungen in der Ratskammer teilnehmen. Lanista Magnus hatte ihnen auch erzählt, dass sie Einzelheiten über die Trainingskampagne erfahren würden, die für den kommenden Frühling angesetzt worden war.

»Ich frage mich, wo sie uns hinschicken werden«, sagte Alex.

»Ich glaube nicht, dass ich irgendwohin gehen werde«, sagte Bryna niedergeschlagen.

Falco und die anderen tauschten hilflose Blicke aus. Die Ausbilder hatten ziemlich klargemacht, dass sie nur dann an der

Kampagne teilnehmen durften, wenn ihre Einheiten in der Lage waren, die erforderlichen Schlachtfeldmanöver zu vollziehen, was das berüchtigte Manöver des Traversierens miteinschloss.

Alle anderen Kadetten machten gute Fortschritte, nur Bryna mühte sich noch immer damit ab, die Dalwhinnies zu leiten. Trotz ihrer stärksten Anstrengungen zeigten sie kaum mehr als einen Anschein, ihre Befehle auszuführen. Nur dann, wenn Patrick Feckler ihnen zunickte, pflegten sie endlich zu tun, wie ihnen befohlen wurde, und Brynas Mangel an Kontrolle über sie wurde allmählich zu einem Problem. Es gab jedoch keine Möglichkeit, dies weiter zu besprechen, da Lanista Magnus eintraf, um sie zu dem allgemeinen strategischen Treffen in der Stadt zu eskortieren.

»Es ist jedem erlaubt zu sprechen«, erzählte er ihnen. »Aber ich möchte euch dennoch den Rat geben, euren Mund zu halten, solange ihr nichts Nützliches zu sagen habt. Marschall Breton schätzt keine Beiträge von denen, die schlecht informiert sind.«

Die Kadetten murmelten miteinander in nervöser Erwartung, während sie sich vom Plateau hinab und in die schwach erleuchteten Straßen der Stadt begaben. Endlich traten sie auf das weite, gepflasterte Areal heraus, das die Ratskammer umgab, und die Kadetten betrachteten voller Ehrfurcht das enorme kuppelförmige Gebäude, während Menschenmengen auf die Eingänge zuhielten.

Lanista Magnus führte sie zu einem Durchgang. Dieser ging auf einen erhöhten Korridor hinaus, der sich stark von dem dunklen Tunnel unterschied, den Falco am Tag seiner Anhörung betreten hatte. Sie kamen etwa auf halber Höhe der terrassenförmigen Sitzreihen heraus und waren sofort von einem Tumult an Geräuschen umgeben, der von Hunderten leise sich unterhaltender Stimmen ausging.

Die Kadetten ordneten sich in eine Abfolge von Sitzreihen ein, und alle begannen Platz zu nehmen. Falco saß bei seinen Freunden, während sich Lanista Magnus direkt hinter ihnen niederließ. Auf der anderen Seite des Raumes sah Falco Nathalie mit zwei

Männern in Uniformen zusammensitzen. Ein paar Reihen unter ihr hatte eine Gruppe von Magiern Platz genommen, Morgan Saker und Galen Thrall eingeschlossen.

Falco wandte seinen Blick von den Magiern ab und richtete seine Aufmerksamkeit zurück auf den riesigen Raum. Er wurde von Dutzenden Öllampen aus Messing erleuchtet, die entweder an den Wänden befestigt waren oder an Ketten von der Decke herabhingen.

Der Boden der Ratskammer war geleert worden, sodass nur auf einer Seite eine einzelne Stuhlreihe stehen geblieben war. Die ovale Fläche in der Mitte war mit einem großen Teppich bedeckt, der ganze dreißig Fuß lang und zwanzig weit war. Falco erinnerte sich vage von seinem ersten Besuch an den Teppich, aber bei jener Gelegenheit hatte er ihn nicht richtig beachtet. Von dem Platz aus, an dem er jetzt saß, konnte er sehen, dass er eine Art Landkarte war, und zwar nicht nur von Clemoncé, sondern von der gesamten Welt von Grimm. Während er ihn noch betrachtete, begann eine Reihe von Helfern ihn zurückzurollen, und Falco erkannte, dass der Teppich nur eine Abdeckung für die tatsächliche Landkarte bildete, die darunterlag, eine Landkarte von solcher Detailfülle und Schönheit, dass sie ihnen im wahrsten Sinne des Wortes den Atem raubte.

»Schaut euch das an!«, flüsterte Bryna in ehrfürchtigem Ton.

Falco schüttelte voll Staunen den Kopf. Selbst in seinen wildesten Träumen hatte er sich niemals eine solche Landkarte vorgestellt. Eine gewaltige rechteckige Bodenplatte, deren Intarsien aus Marmor bestanden, füllte den Raum aus, in dem sich der Teppich befunden hatte. Die Kartografen hatten Steine in verschiedenen Farben verwendet, um Land von Meer zu unterscheiden, mit warmen erdigen Ockertönen für das Land und einem bleichen, sich kräuselnden Blau für den Ozean.

Die Grenze, die die Landkarte umgab, war durch ein elegantes Muster verschlungener Knoten festgelegt, die mit Silber und Bronze intarsiert waren. Die Oberfläche war poliert worden, sodass der tiefe Glanz die reichen Farben des Steins betonte, ohne von der riesigen Menge an Einzelheiten abzulenken, die in die Landkarte eingearbeitet worden waren.

Die Kadetten schienen verzaubert zu sein, und Falco hatte das Gefühl, dass er sich wieder auf Ciel befand und hoch über die Welt hinwegflog.

»Schau!«, sagte Malaki, der Falco aus seinem Tagtraum riss. »Da ist Caer Dour!«

Falco folgte der Linie seines Fingers, bis er einen kleinen schwarzen Punkt sehen konnte, der die Lage ihrer Heimatstadt im Norden von Valentia kennzeichnete.

»Und hier ist *unsere* Heimatstadt, Reiherstadt«, sagte Alex. »In den Hügeln nördlich des Viegalsees.«

Falco konnte das Gebiet überblicken, das Alex meinte, aber dann bemerkte er, dass Reiherstadt auf einem Teil der Landkarte lag, der mit einer Art rotem Lack bemalt worden war. Das rote Gebiet erstreckte sich über die ganze Fläche von Ferocia und bedeckte den größten Teil von Illicia und Beltane. Plötzlich begriff Falco, dass diese rote »Schattierung« das Gebiet kennzeichnete, das als die Verlassenen Lande bekannt war, ein Territorium, das an die Besessenen verloren gegangen war.

Der Teppich war endlich weggerollt worden, und die Helfer verließen den Saal durch einen Tunnel, aus dem jetzt eine Anzahl von Schreibern und Kartografen auftauchte. Sie trugen Pergamentrollen und Schreibbehälter, mit denen sie die Einzelheiten der Besprechung aufzeichnen konnten. Zwei von ihnen hatten Tabletts bei sich, die mit kleinen Gegenständen aus Metall – wie die Figuren eines Schachspiels – angefüllt waren, während andere eine Anzahl von langen Messingstäben mit sich führten, die offensichtlich als Zeigestöcke dienten. Als sie sich diesseits der Landkarte aufstellten, tauchte ein weiterer Mann aus dem Tunnel auf, und Falco erkannte ihn als Cyrano, den Ratgeber der Königin.

Wie immer war er in sein schwarzes Chenillewams und den türkisfarbenen Umhang gekleidet, und sein falkenartiger Blick

497

suchte den Raum ab. Als alles in Ordnung zu sein schien, trat er vom Durchgang zurück, und die Menschen in der Halle erhoben sich. Auf eine Aufforderung von Lanista Magnus hin taten die Kadetten das Gleiche.

Königin Catherine tauchte mit Prinz Ludovico an ihrer Seite aus dem Tunnel auf, und Falco wurde daran erinnert, wie beeindruckend sie war, hochgewachsen und schlank, mit langem dunklem Haar und einem Gesicht, das sowohl wunderschön war als auch entschieden wirkte.

Hinter ihnen kam ein Mann, den Falco noch nie zuvor gesehen hatte.

»Das ist Marschall Breton«, flüsterte Alex und nickte zu dem streng dreinblickenden Mann mit dem langem grauen Haar und dem sauber gestutzten Bart hinüber. Als Nächstes kamen der Abgesandte und ein dunkelhaariger Mann, dessen Bart wie auch Schnurrbart den gleichen Stil aufwiesen wie der von Marschall Breton. »Und das ist General Renucci von der Vierten«, sagte Alex. »Er ist der Stellvertreter des Chevaliers.«

Falco blickte auf den General hinunter, aber sein Blick wurde von dem Abgesandten angezogen. Er trug eine Tunika aus hellgrauem Samt und hatte sein Haar gewaschen und gekämmt, was ihn beinahe elegant wirken ließ. Falco hatte ihn noch nie zuvor so gut gepflegt gesehen, und dennoch war da ein deutlicher Bartschatten auf seinem Kinn verblieben.

Als die Würdenträger Platz genommen hatten, verneigten sich die Kartografen vor der Königin, bevor sie auf die Landkarte traten. Zwei von ihnen knieten sich nieder und entfernten die Linie, die das Ausmaß der Verlassenen Lande anzeigte. Dann zogen sie, indem sie sich auf eine Anzahl kleinerer Landkarten bezogen, die Linie noch einmal und füllten das neue Gebiet aus, indem sie es mit dem roten Lack bemalten. Die scharlachrote Flüssigkeit zog sich von dem polierten Marmor zurück und hinterließ eine fleckige Spur, die den Eindruck vermittelte, mit Blasen bedeckt oder in einem Feuer versengt worden zu sein. Es war ein ernüchternder Anblick, den Fortschritt der Besessenen so drastisch dargestellt zu sehen. Nur in zwei Gegenden hatten die Verbündeten standgehalten, im Norden um die illicische Stadt Hoffen und im Süden um die beltonischen Städte Aengus und Maiden herum.

»All das, und nur in ein paar Monaten«, sagte Alex. »Noch ein Jahr, und von Illicia und Beltane wird nichts mehr übrig sein.«

Falco blickte zu den beiden Brüdern hinüber. Sie stammten aus Illicia, aber es war klar, dass sogar sie nicht begriffen hatten, wie schlimm sich die Lage tatsächlich zugespitzt hatte.

Als die Kartografen die neue »Frontlinie« auf der Karte gezogen hatten, fuhren sie damit fort, die kleinen Metallfiguren auszulegen. Verbündete Armeen wurden durch kleine Bronzeschilde dargestellt, während Miniaturburgen die Positionen befestigter Städte bezeichneten.

»Die Schwerter stehen für die Standorte eines Kampfmagiers«, erklärte Lanista Magnus. »Die Heere der Besessenen werden von den Bannern dargestellt, und die Dämonenfiguren markieren die Orte, an denen sich Dämonen befinden.«

»Was ist mit dieser Dämonenfigur in Beltane?«, fragte Bryna. »Die sieht anders aus als die anderen.«

»Wir denken, dass es der Hauptstellvertreter des Feindes ist«, sagte Lanista Magnus. »Derjenige, den sie den Marchio Dolor nennen.«

Bei der Erwähnung dieses Namens fühlte Falco, wie ein unruhiges Kribbeln über seine Haut kroch. Das Licht in der Kammer schien abzunehmen, und in seinem Geist vernahm er die leise dämonische Stimme aus seinen Albträumen.

Du hättest niemals den Mut.

Du hättest niemals die Stärke.

Der Umfang von Falcos Gesichtsfeld schien zu schrumpfen, bis alles, was er wahrnehmen konnte, die kleine Bronzefigur des Marchio Dolor war. Doch dann wurde sein Blick nach Norden gezogen, und Falco runzelte die Stirn, als hätte er erwartet, eine weitere unverwechselbare Figur auf der Landkarte sitzen zu sehen. Ein Geräusch erklang in seinen Ohren, aber er konnte nicht sagen, ob es ein dämonisches Knurren oder nur das Rauschen des Blutes war, das in seinen Adern pulsierte.

»Geht es dir gut?«

Malakis Stimme zog ihn in die Gegenwart zurück, und Falco blickte sich im Raum um.

Die Kartografen waren gerade damit fertig, die Figuren auszulegen, und es war für alle klar ersichtlich, dass die Armeen von Grimm zahlenmäßig äußerst unterlegen waren. Die Kartografen traten von der Karte zurück und verbeugten sich vor der Königin, die dann Marschall Breton aufforderte, das Wort zu ergreifen.

Der Marschall schritt zum Rand der Landkarte und nahm einen langen Messingstab von einem der Kartografen, dann setzte er ohne irgendeine Einführung zu einer Zusammenfassung der strategischen Position zwischen den verbündeten Armeen und den Streitkräften der Besessenen an.

Mit morbider Faszination beobachtete Falco, wie Marschall Breton die verzweifelte Situation des Krieges umriss. Es war das erste Mal, dass er eine solche strategische Landkarte wie diese gesehen hatte, aber selbst für seine Augen machte die Lage einen hoffnungslosen Eindruck. Das Einzige, was ihm merkwürdig vorkam, war eine seltsame Lücke in den Streitkräften der Besessenen, als ob die Kartografen vergessen hätten, dort eine Figur abzusetzen. Er war sich sicher, dass dies bald erklärt werden würde, aber Marschall Breton schien mit seinem anfänglichen Vortrag zu einem Ende zu kommen.

»Wenn die Besessenen damit fortfahren, im gleichen Tempo vorzudringen, dann werden sie unsere Grenzen bereits innerhalb dieses Jahres erreichen«, fasste er abschließend zusammen.

»Was ist mit Acheron und Thraecien?«, fragte jemand von der anderen Seite der Halle. »Weigern sie sich noch immer, sich uns anzuschließen?«

Marschall Breton nickte.

500

»Und was ist mit Valentia?«, fragte ein anderer. »Werden sie standhalten und kämpfen, wenn die Besessenen ihre Grenze erreichen?«

»Wir fürchten, das werden sie nicht«, sagte Marschall Breton. »Wir glauben mittlerweile, dass König Vittorio seine Streitkräfte zurückziehen wird, um Caer Laison zu beschützen.«

»Aber das würde den Pass von Amaethon völlig offen lassen«, erklärte General Renucci. »Die Besessenen könnten Caer Laison einfach ignorieren und geradewegs nach Navaria vorstoßen.«

»Diese Gefahr besteht, ja«, sagte Marschall Breton.

»Damit wäre unsere Südgrenze ungeschützt«, drängte der General weiter. »Vielleicht sollten wir darüber nachdenken, Navaria zu verstärken?«

»Das können wir nicht«, sagte Marschall Breton. »Das Abkommen mit Acheron verbietet es uns, eine Armee nach Navaria zu bringen.«

»Aber Navaria besitzt keine eigene Armee. Tyramimus muss doch begreifen, dass sie ohne Verteidigung sind.«

»Natürlich tut er das«, sagte die Königin, die herankam und sich neben Marschall Breton stellte. »Deshalb wurde der Staat von Navaria überhaupt erst gegründet, um einen Puffer zwischen zwei miteinander im Krieg befindlichen Nationen zu schaffen.«

»Aber wenn die Besessenen durchbrächen, hätten die Navarier überhaupt keine Chance.«

»Dann lasst uns hoffen, dass sie das nicht tun werden«, sagte die Königin, die angesichts General Renuccis Entrüstung lächelte.

Sie stellte eine bemerkenswerte Ruhe zur Schau, während sie ebenfalls einen Zeiger von einem der Kartografen entgegennahm und damit fortfuhr zusammenzufassen, was der Marschall ihnen eben gesagt hatte.

»Also, die Erste Armee ist momentan in Hoffen stationiert«, sagte sie und deutete auf die Stadt im Norden von Illicia. »Die Zweite und die Dritte sind in den Süden entsandt worden, und die Fünfte … erholt und rekrutiert sich noch immer zu alter Stärke zurück?«

»Und die Vierte ist jetzt dazu bereit, entsandt zu werden, zusammen mit der Magierarmee«, sagte Marschall Breton.

Die Königin nickte nachdenklich. »Das lässt uns mit den Irregulären und der Légion du Trône zurück.«

»Die auch zur Verteidigung der Hauptstadt zurückbleiben muss«, sagte Marschall Breton, als argwöhnte er, was die Königin denken mochte.

»Natürlich«, sagte sie etwas abwehrend.

»Sie hasst es, zurückbleiben zu müssen«, sagte Lanista Magnus leise. »Andere in den Krieg auszusenden, während sie selbst sicher in der Hauptstadt verbleibt.«

Indem sie den Zeigestab benutzte, zog die Königin zwei Linien von Clemoncé nach Illicia.

»So, wir werden Hoffen mit der Vierten verstärken, und wenn die Fünfte sich erholt hat, kann sie nach Süden ziehen, um das Gebiet um Amboss herum zu unterstützen.«

»Aber das würde bedeuten, alle fünf regulären Armeen außer Landes einzusetzen«, sagte Prinz Ludovico. »Wäre es nicht Torheit, das Königreich so unbeschützt zurückzulassen?«

»Im Gegenteil«, sagte der Abgesandte, wobei er ebenfalls vortrat. »Armeen außer Landes zu schicken ist der beste Weg, das Königreich zu beschützen. Unsere hauptsächliche Priorität ist es, das Vorankommen der Besessenen aufzuhalten. Und wir müssen Acheron und Thraecien davon überzeugen, sich uns anzuschließen. Ohne ihre Stärke wäre es nur eine Frage der Zeit, bis wir fallen.«

»Acheron ist zu arrogant«, sagte General Renucci. »Und Thraecien wird sich niemals mit uns zusammentun. Nicht, solange die Magier König Cleomenes auf seinem Totenbett halten.«

Bei diesen Worten erhob sich Galen Thrall von seinem Sitz.

»Ich bin mir ziemlich sicher, dass Thraecien sich uns anschließen wird, sobald unsere Magierarmee die Gelegenheit bekommen haben wird, sich selbst auf dem Schlachtfeld zu beweisen. Sie bilden eigene Magierarmeen aus, und ich bin sicher, dass diese erfolgreich sein werden, wo herkömmliche Armeen versagt haben.«

Angesichts Thralls Behauptung, sie hätten »versagt«, reagierten die Militärbefehlshaber empört, aber die Königin ließ kein Anzeichen von Verärgerung erkennen.

»Das Magierheer wird bald genug seine Gelegenheit bekommen«, war alles, was sie sagte. »In der Zwischenzeit werden wir damit fortfahren, Illicia und Beltane zu unterstützen.« Sie wandte sich an den Abgesandten. »Wann wird die Vierte Armee bereit sein loszuziehen?«

»In zwei oder drei Wochen, Eure Majestät«, erwiderte der Abgesandte. »Wir warten nur noch auf die neuesten Berichte. Wenn der Schneefall in den Tälern nicht zu stark war, werden wir in der Lage sein, eine direkte Route zur Front einzuschlagen.«

»Gut«, sagte die Königin, obwohl Falco ihre Besorgnis bei dem Gedanken daran, dass der Abgesandte in den Krieg zurückkehrte, spüren konnte. »Und wird es für die Kadetten immer noch sicher sein, ihre Trainingskampagne später in dieser Jahreszeit fortzuführen?«

»Das sollte es sein«, sagte der Abgesandte. »Wir haben Berichte von kleineren feindlichen Einbrüchen und nächtlichen Überfällen, aber solange sich in den nächsten paar Monaten nichts ändert, sollten sie in der Lage sein, die Übung wie geplant abzuschließen.

»Und sind die Ziele ihrer Kampagne bestimmt?«

»Sie werden Vorräte und Verstärkung nach Le Matres bringen«, sagte der Abgesandte. »Dann werden sie helfen, zwei neue Brücken über den Fluss Naern zu bauen, bevor sie Verletzte und Flüchtlinge zurück zur Hauptstadt eskortieren. Es sollte ungefähr zwei Monate dauern, bis sie damit fertig sind.«

»Ausgezeichnet«, sagte die Königin. »Lasst uns nun mit den Anweisungen fortfahren, die wir schreiben müssen.«

503

Die Schreiber nahmen also ihre Federkiele auf, um die neue Welle an Befehlen aufzuzeichnen, die man an die Front verschicken würde.

Falco hörte, wie Bryna Malaki etwas über die Trainingskampagne zuflüsterte, aber er hörte nicht richtig zu. Er wartete noch immer darauf, dass jemand auf die seltsame »Lücke« im Süden von Hoffen zu sprechen kam, aber dies geschah nicht.

Als deutlich wurde, dass sich das Treffen dem Ende näherte, ertappte sich Falco dabei, wie er sich von seinem Platz erhob. Die Kartografen begannen gerade damit, die Landkarte abzuräumen, während die Schreiber die Befehle vorbereiteten, und immer noch stand Falco da. Die Leute begannen zu flüstern und auf ihn zu deuten. Einige von ihnen fingen sogar an zu lachen. Lanista Magnus blickte Falco mit hochgezogener Augenbraue an, machte jedoch keine Anstalten, ihn zum Hinsetzen aufzufordern.

»Hast du etwas hinzuzufügen, Kadett?«

Falcos Blick glitt zu Marschall Breton hinab, der jetzt zu ihm aufblickte. Der Rest der Leute auf dem Boden wandte sich ihm ebenfalls zu. Der Marschall war offensichtlich irritiert, und Thrall warf Falco einen kalten, verächtlichen Blick zu. Was die anderen betraf, so wirkten sie lediglich neugierig, was Falco zu sagen haben könnte.

»Nun, Meister Danté?«, fragte die Königin. »Hast du etwas beizusteuern?«

Falcos Mund wurde trocken, als er plötzlich bemerkte, wie ihn nun jedermann im Saal anblickte. Er leckte sich die Lippen.

»Ich habe mich nur über die Lücke in Illicia gewundert.«

»Was für eine Lücke?«, fragte Marschall Breton und blickte auf die Metallfiguren hinunter, die die Kartografen wegzupacken begonnen hatten.

»Die Lücke in den Streitkräften der Besessenen«, sagte Falco. »Im Süden von Hoffen.«

Marschall Breton runzelte die Stirn, als ob Falco Unsinn redete, aber der Abgesandte schritt zu der fraglichen Gegend hinüber.

»Komm und zeig es uns«, sagte die Königin.

Falco, der sich tief befangen fühlte, begab sich aus der Reihe heraus und stieg die Stufen zum Saal hinab. Er trat auf die polierte Marmorlandkarte, wobei er die ärgerlichen Blicke von Thrall und Marschall Breton ignorierte.

»Hier«, sagte er. »Da klafft eine Lücke in den Streitkräften der Besessenen.«

»Das ist keine Lücke«, sagte General Renucci. »Sieh her … da ist ein ferocianisches Heer und hier, mit mindestens zwei Dämonen in dem Gebiet.«

»Ja«, sagte Falco. »Aber es ist eines der wenigen Gebiete, wo wir etwas Erfolg hatten. Der Anführer der Besessenen würde niemals zulassen, dass solche Siege unwidersprochen hingenommen werden. Hier sollte sich etwas befinden.«

Jeder starrte ihn jetzt an, und selbst der Abgesandte schien unsicher. Marschall Bretons Miene legte nahe, dass er genug gehört hatte.

»Wie lange bist du an der Akademie ausgebildet worden?«

»Etwa drei Monate.«

»Und wie lange hast du damit zugebracht, die Bewegungen und die Strategie der Besessenen zu studieren?«

Falco senkte den Kopf, und Marschall Breton gab ein abschätziges Schnauben von sich, aber die Königin blickte zu den Sitzen am anderen Ende des Saals auf.

»Kampfmagierin Saigal«, sagte sie, indem sie den förmlichen Titel verwendete, um Nathalie anzusprechen. »Seht Ihr etwas Ungewöhnliches in den Gefechtslinien der Besessenen?«

Nathalie warf Falco einen Blick zu, bevor sie mit nachdenklich verengten Augen auf die Landkarte hinabblickte. Schließlich schüttelte sie den Kopf.

»Ich hätte es nicht selbst bemerkt, aber ich bin ebenfalls überrascht, dass die Resonanz im Norden nicht stärker ausgefallen ist.«

Die Königin wandte sich wieder Falco zu, während Galen Thrall ihn mit einem herablassenden Lächeln anblickte.

»Wir nehmen doch sicher keine Ratschläge von einem Jungen an, der noch nicht einmal zu einem Kampfmagier ausgebildet ist«, sagte er.

»Falco hätte nicht ohne Grund gesprochen«, sagte der Abgesandte, aber Thrall kräuselte nur verächtlich die Lippe.

»Davon abgesehen«, sagte die Königin, »war es nicht Syballian selbst, der gesagt hat, dass Kampfmagier geboren werden und nicht ausgebildet?«

Thralls Pupillen zogen sich verärgert zusammen. Es schmerzte, die Worte des mächtigsten Veneratus aller Zeiten als Gegenargument zitiert zu bekommen, aber er verneigte sich vor der Königin und wandte sich ab, als hätte es mit Falcos Beobachtungen nicht viel auf sich.

»Nun«, fuhr die Königin fort, »die illicischen Kampfmagier Wildegraf Feuerson und Joergen Focke sind in der Umgebung. Wenn sich irgendetwas Unerwünschtes in der Gegend befindet, bin ich mir sicher, dass sie es entdecken werden. Außerdem«, fügte sie hinzu, »wird sich die Vierte Armee bald in diese Richtung aufmachen, aber wir sollten nicht selbstzufrieden sein.«

Sie wandte sich an die Schreiber.

»Lasst in die Berichte einfließen, dass von dem Kampfmagier in Ausbildung Falco Danté eine Unregelmäßigkeit in den Kampflinien bemerkt wurde.«

Falco schluckte hart, als seine vagen Vermutungen in die offiziellen Berichte aufgenommen wurden. Nur die Zeit würde erweisen, ob sie irgendeine tatsächliche Grundlage besaßen. Als er sich umblickte, fing er missbilligende Blicke von Marschall Breton und Galen Thrall auf, aber dann fiel ihm der Abgesandte auf, und wenn er auch nicht lächelte, so nickte er Falco doch zu, als wollte er sagen: »*Gut gemacht.*«

»Wenn es sonst nichts gibt«, sagte die Königin. Sie sah sich unter den Leuten um, die auf der Landkarte standen, aber es schien, dass niemand noch etwas hinzuzufügen hatte. »Dann danke ich Euch allen für Eure Zeit und erkläre diese öffentliche strategische Besprechung für beendet.«

Alle Anwesenden im Saal erhoben sich und legten ihre rechte Hand zum Gruß auf die Brust, dann ging die Königin mit einer Verbeugung vor ihrem Volk den Würdenträgern voran durch den Tunnel am anderen Ende des Saals.

Falco kehrte zu seinen Freunden zurück, während der Teppich wieder an seinen Platz gerollt wurde. Die Kadetten sahen ihn an, als könnten sie nicht glauben, wie unverblümt er gewesen war. Lanista Magnus sagte zuerst nichts, wenn seine tiefe Stirn auch in Falten lag.

»Es tut mir leid«, sagte Falco. »Ich dachte einfach, ich müsste etwas sagen.«

»Entschuldige dich nicht«, sagte Lanista Magnus. »Als einer, der einmal ein Anführer sein wird, wirst du den Mut deiner Überzeugungen brauchen. Allerdings habe ich schon gedacht, Galen Thrall würde gleich einen Nierenstein loswerden, als die Königin ihm gegenüber Syballian zitiert hat.«

Die Kadetten lachten, und sie machten sich zusammen auf, sich dem Strom der Leute anzuschließen, die den Saal verließen. Als sie sich nach draußen begaben, gab es eine Menge Gespräche und Diskussionen. Alex und Quirren blieben verständlicherweise verhalten, während Malaki sich mit Bryna über die Probleme unterhielt, die sie mit den Dalwhinnies hatte.

»Du musst ihnen einfach zeigen, wer das Sagen hat«, sagte Malaki.

»Das ist ja das Problem«, sagte Bryna. »Die wissen genau, wer das Sagen hat. Der verdammte Patrick Feckler hat es.«

»Warum forderst du ihn nicht zu einem Wettbewerb heraus?«, schlug Malaki vor, als sie auf den Platz vor der Ratskammer hinaustraten. »Wenn du ihn schlägst, fügen sie sich vielleicht einfach.«

»Da besteht herzlich wenig Aussicht«, sagte Bryna. »Davon abgesehen, bin ich mir noch nicht einmal sicher, ob ich ihn schlagen könnte. Er ist ein guter Bogenschütze, das sind sie alle. Es ist einfach nur so, dass sie nicht auf ein einziges Wort hören, das ich sage. Man erwartet von mir, dass ich in zwei Tagen eine Vorführung der *suivez cinq* gebe, und wenn wir das Traversier-Manöver nicht durchführen können, dann werden wir überhaupt nicht zu der Trainingskampagne zugelassen.«

Malaki ergriff sie bei den Schultern und gab ihr einen Kuss auf den Kopf.

»Du wirst sie schon durchschauen«, sagte er.

Falco lächelte zwar, aber er hörte eigentlich nicht zu. Er dachte an das, was Lanista Magnus über ihn gesagt hatte: dass er ein Anführer sei. Er hatte sich niemals selbst für so jemanden gehalten. Tatsächlich fand er die reine Vorstellung eher beängstigend. Dass Leute ihre Leben aufgrund der Macht seines Urteilsvermögens riskierten? Er wusste nicht, wie die Königin das aushielt.

Er hatte nur das Wort ergriffen, weil er gefühlt hatte, dass es falsch gewesen wäre, es nicht zu tun. Er begriff nicht, dass diese Bereitschaft, vorzutreten und Verantwortung zu übernehmen, genau das war, was einen Anführer ausmachte. Wäre ihm das früher klar geworden, dann hätte er womöglich den Mund gehalten.

45

Eine geistige Blockierung

Die Magier waren in finsterer Stimmung, als sie zum Turm zurückkehrten. Besonders Galen Thrall schien in eine Wolke von Übellaunigkeit gehüllt. Trotz seiner Bemühungen, sich durchzusetzen, hatte es die Königin geschafft, die Kontrolle über das Treffen zu behalten, und ihm keine Möglichkeit gegeben, näher auf die Vorteile des Magierheers einzugehen. Für einen Mann wie Thrall musste es maßlos ärgerlich sein, so wirkungsvoll ausmanövriert zu werden. Der Umstand, dass es Falco erlaubt worden war, das Wort zu ergreifen, diente nur dazu, seinen Missmut noch zu verschlimmern. Als sie das primäre Empfangsgemach betraten, versammelte Thrall die leitenden Magier um sich.

»Der Schoßhund der Königin reist in ein paar Wochen wieder ab«, hörte Meredith ihn sagen. »Wir müssen bereit sein, ihm eine Lektion in Kriegskunst zu erteilen.«

Angesichts von Thralls Arroganz zog Meredith eine Augenbraue hoch, aber die Worte waren nicht für ihn bestimmt, und so sagte er nichts. Stattdessen senkte er den Kopf und machte sich zur Treppe auf, die zu den Archiven hinunterführte. Er war beinahe am oberen Ende der Wendeltreppe angelangt, als Thralls Stimme ihn zum Stillstand brachte.

»Einen Augenblick, Meister Saker. Wenn ich bitten darf.«

Meredith drehte sich um und sah, dass ihn der Große Veneratu mit einem verstörend stechenden Blick ansah. Die anderen Magier hatten sich zu zerstreuen begonnen, und Meredith verspürte ein Beben von Unbehagen, als er zurückkehrte und sich vor den Verehrungswürdigen Meister des Turms stellte.

»Dieser Danté …«, sagte Thrall, der Meredith anblickte, als

kenne er alle verborgenen Geheimnisse seines Herzens. »Er lernt schnell?«

»Nein, Meister«, sagte Meredith mit einem Kopfschütteln. »Er lernt eher langsam. Aber was er lernt, das meistert er schnell.«

»Hmm …«, ließ Thrall sich vernehmen, als sei dies nicht das, was er hören wollte. »Und es gibt immer noch kein Zeichen für eine offensive Fähigkeit.«

Meredith kämpfte damit, sich seine Verärgerung nicht anmerken zu lassen. Der Große Veneratu hatte offensichtlich ein Auge auf ihre Trainingsrunden.

»Nein«, sagte er. »Er ist stark, aber seine Kräfte bleiben rein defensiv. Was den Angriff betrifft, so gibt es eine Blockade in seinem Geist.«

»Hast du die Ursache dafür herausgefunden?«

Meredith nickte. »Schuld, Scham und Furcht.«

»Oh?«

»Schuld und Scham aufgrund dessen, was sein Vater getan hat.«

»Und Furcht vor dem Feind«, legte Thrall nahe, aber Meredith schüttelte den Kopf.

»Nein, Meister«, sagte er. »Falco fürchtet die Besessenen natürlich, aber das ist keineswegs die Ursache für die Blockade.«

»Was ist es dann?«

»Die Furcht vor Wahnsinn und Mord, die Furcht, so zu enden wie sein Vater.«

Jetzt war es an Thrall zu nicken. »Und wird er sie überwinden?«

»Ich weiß es nicht«, sagte Meredith. Schließlich kann er nicht ändern, was in der Vergangenheit geschehen ist.«

»Genau«, sagte Thrall, dessen wächserne grüne Augen mit eisiger Schärfe glitzerten.

»Ist das alles, Meister?«

»Ja«, sagte Thrall. »Ich möchte dich nicht weiter von deinen Studien abhalten.«

Meredith fühlte Befriedigung in Thralls Verhalten, aber hinter dessen äußerlicher Ruhe verbarg sich auch eine gewisse Vorsicht.

Mit einer Verbeugung wandte er sich einmal mehr den Archiven zu. Als er die lange gewundene Treppe hinabstieg, ertappte er sich dabei, wie er schon wieder über den Widerstand der Magier gegenüber Falco nachdachte. An einem Punkt in nicht allzu ferner Zukunft würden die Magier versuchen, Falcos Entschlossenheit im Ritus von Assay zu brechen, und es war seine Aufgabe sicherzustellen, dass er vorbereitet war. Aber wenn Falco keine offensiven Kräfte zu Hilfe rufen konnte, würde ihn das mit einer enormen Benachteiligung dastehen lassen. Selbst wenn sie niemals gebraucht wurden, stellte das Wissen, dass solche Kräfte zur Verfügung standen, eine mächtige seelische Krücke dar. Ohne sie war Meredith sich sicher, dass Falco scheitern würde.

Den Rest der Nacht brachte er damit zu, verschiedene Texte über die Geschichte von Grimm und die körperliche Beschaffenheit der Drachenart zu lesen, aber seine Konzentration wurde von einem unbehaglichen Gedanken unterbrochen, der ständig in seinem Geist auftauchte. Es war die Angst, dass er Falco im Stich ließ.

46
Respekt

Am folgenden Morgen waren die Kadetten in nachdenklicher Stimmung. Nicht nur hatte ihnen das Strategietreffen viel zum Grübeln gegeben, mit dem nun bevorstehenden Abmarsch der Vierten Armee hatte der Abgesandte verkündet, dass heute seine letzte Trainingsrunde mit ihnen stattfinden würde. Die Anleiter hielten ebenfalls ein eigenes Treffen ab, und so war die morgendliche Runde frühzeitig beendet worden. Die meisten Kadetten nahmen die Gelegenheit zu einem frühen Mittagessen wahr, während Quirren mehrere der Ritter im Training hinauf zum Dressurfeld führte, damit sie sich für die Nachmittagsrunde vorbereiteten.

Malaki wäre mit ihnen gegangen, aber Bryna machte sich auf den Weg zu den Bogenschießständen hinüber, um zu sehen, ob sie irgendeinen Fortschritt mit den Dalwhinnies erzielen konnte. Und so beschloss er, sich etwas Essen zu schnappen und mit ihr zu gehen. Falco war zwar darauf erpicht, zum Schmelztiegel hinaufzukommen, aber er wusste, dass Bryna die moralische Unterstützung schätzen würde, also gingen er und Alex ebenfalls mit ihr. Als sie die niedrige Erhebung erreichten, die die Bogenschießstände überblickte, breiteten sie ihre Umhänge auf dem kalten Boden aus und holten das Essen hervor, das sie mitgebracht hatten.

»Ich habe alles versucht«, sagte Bryna. »Sie sind ganz und gar unkontrollierbar.«

»Natürlich sind sie das«, sagte Alex. »Niemand kann die Dalwhinnies kontrollieren. Es sei denn, man ist ein so mörderischer Verbrecher wie Paddy der Pisser.«

Malaki und Falco tauschten einen besorgten Blick. Sie hatten Bryna noch nie so niedergeschlagen erlebt.

»Na, du bist heute früh dran«, sagte Malaki. »Warum gehst du nicht einfach runter und fängst an zu schießen? Vielleicht stoßen ein paar von ihnen zu dir.«

»Keine Chance«, sagte Bryna. »Die tun nie irgendwas, es sei denn, Paddy sagt ihnen, dass sie es tun sollen.«

Die anderen schnitten betretene Grimassen, aber es gab nichts, was sie tun konnten. Mit einem Seufzen nahm Bryna ihren Bogen auf und ging den Hang zu den Schießständen hinunter. Selbst von hier aus konnten sie den Chor an Pfiffen und Gelächter hören, der ihre Ankunft begrüßte.

»Ich glaube, ich würde lieber einer Horde Kardakae gegenüberstehen«, sagte Alex.

Falco lachte leise, aber Malaki beobachtete Bryna aufmerksam. Es war nicht leicht für ihn mitanzusehen, dass sie so behandelt wurde. Sie sahen zu, wie sie erfolglos versuchte, ein paar der Männer in ein Gespräch zu verwickeln. Schließlich ging sie zu einem der Schießstände hinüber und begann zu schießen.

Die Dalwhinnies sahen ihr mit einer Mischung aus Amüsiertheit, Gleichgültigkeit und Lust zu. Etwas weiter seitlich konnten sie die große Gestalt von Patrick Feckler ausmachen, der von einem Dutzend ähnlich derb aussehender Kerle umringt war. Dies waren Männer, die sich ihr Dasein in den mit Schatten versehenen Gegenden der Welt erkämpft hatten: Wilddiebe, Söldner, Schuldeneintreiber und noch Schlimmeres. Sie waren nicht da, um sich von einem schmächtigen Mädchen sagen zu lassen, was sie tun sollten, egal, wie hübsch sie war oder wie gut sie schießen konnte.

»Wie kommt sie voran?«, fragte der Abgesandte.

Die Jungen drehten sich um und sahen, dass der Abgesandte sein Pferd Tapfer auf sie zuführte.

»Nicht so gut«, sagte Falco.

Unterhalb von ihnen hatte Bryna eben eine Runde beendet. Sie sahen, wie sie die Pfeile einsammelte, bevor sie sich auf den Weg zu ihnen zurück machte. Als sie nahe bei ihnen war, erhoben sie sich, und Malaki bot ihr eine Serviette voll mit Essen an, aber Bryna schüttelte den Kopf und sah zu der Kompanie Bogenschützen zurück, die ihr so viele Schwierigkeiten bereitete. Jetzt, da sie sie verlassen hatte, begannen die Dalwhinnies zu trainieren, während Paddy zur Schusslinie ging.

»Die machen das nur, um mich zu ärgern«, sagte Bryna, und Falco sah, dass sie kurz davor war, in Tränen auszubrechen.

Malaki versuchte, seinen Arm um ihre Hüfte zu legen, aber Bryna schüttelte ihn nur ab.

»Habt ihr die *suivez cinq* oder *dix* geschafft?«, fragte der Abgesandte.

Bryna schüttelte den Kopf.

»Dann nehme ich an, dass ihr noch nicht einmal angefangen habt, das Traversier-Manöver zu üben.«

Wieder schüttelte Bryna den Kopf. Die Jungen blickten einander an, während sich um sie herum ein ungemütliches Schweigen ausbreitete. Von unten hörten sie eine Welle an Gelächter, als Patrick Feckler der kleinen Gruppe, die auf *seine* Dalwhinnies hinabschaute, einen Blick zuwarf.

»Sie haben einfach keinen Respekt vor mir«, sagte Bryna.

»Und warum sollten sie den auch bekommen?«, fragte der Abgesandte, und Falco war von der Härte in seiner Stimme überrascht.

»Ich …«, begann Bryna, aber der Abgesandte schnitt ihr das Wort ab.

»Du bist einfach nur eine Göre aus einem kleinen Kaff in der Provinz. Ein paar dieser Männer haben Dinger wie dich zum Broterwerb auf die Straße geschickt. Hast du wirklich geglaubt, die würden dich respektieren, nur weil du ordentlich schießen kannst?«

Neben ihm schüttelte Bryna den Kopf, und eine einzelne Träne rann ihr die Wange hinab.

Falco warf dem Abgesandten einen Seitenblick zu. Er konnte ein strenger Mann sein, aber Gefühllosigkeit lag nicht in seiner

Natur. Es musste einen Grund geben, warum er mit Bryna eine harte Linie verfolgte.

»Die Dalwhinnies müssen nicht *dich* respektieren, Bryna Godwin. Aber sie müssen deinen Rang respektieren.«

Bryna wandte dem Abgesandten ihr Gesicht zu, aber in seinen Augen war keine Andeutung eines Kompromisses zu erkennen. Einen Moment lang starrte sie ihn nur an, und dann lächelte sie. Sie ergriff Malakis Hand und gab ihm einen flüchtigen Kuss auf die Lippen, eine Entschuldigung dafür, dass sie ihm eben eine Abfuhr erteilt hatte. Dann hängte sie sich den Bogen um und ging wieder den Hang hinunter.

Angesichts Brynas beherzter Rückkehr erhob sich unter den Dalwhinnies eine erneute Welle an Hallo, und ihre Freunde sahen mit an, wie sie mitten unter die lauten Männer schritt, die auseinandertraten, als sie direkt auf die große Gestalt von Patrick Feckler zuhielt.

»Oh verdammt«, fluchte Malaki leise. »Was zur Hölle hat sie jetzt bloß vor?«

Falco hatte keine Ahnung. Von da aus, wo sie saßen, konnten sie nicht hören, was gesprochen wurde.

Brynas Herz hämmerte ihr in der Brust, als sie auf den Mann zustrebte, der die Dalwhinnies kontrollierte. Paddy der Pisser drehte sich um und sah sie mit einem Ausdruck von echter Belustigung in seinen tiefliegenden Augen herankommen. Bryna trat heran, bis sie direkt vor ihm stand, und viele der Männer lachten beim Anblick ihrer kleinen Gestalt, die sich für einen Zusammenstoß mit Paddys breitschultriger Masse straffte.

»Heute Nachmittag werden wir das Manöver perfektionieren, das als *suivez cinq* bekannt ist«, sagte Bryna. »Und morgen …«

»Verzeihung, kleine Herrin«, unterbrach Paddy sie in einem entschuldigenden Tonfall. »Aber heute Nachtmittag werden die Männer …«

KLATSCH!

Bryna schlug Patrick Feckler mit aller Kraft, die sie aufbringen konnte, ins Gesicht. Der unerwartete Schlag riss dem großen Mann den Kopf herum, aber als er sich Bryna wieder zuwandte, wies er ein boshaftes Lächeln auf.

KLATSCH!

Ein weiterer Schlag, haargenau so hart wie der erste, und jetzt zuckte Paddy vor Schmerz zusammen, und jede Spur von Belustigung war aus seinen Augen verschwunden.

»Heh, du …«

KLATSCH!

Die Dalwhinnies schnappten völlig überrascht gemeinsam nach Luft, als Bryna ihren Anführer zum dritten Mal schlug. Sie versuchte es ein viertes Mal, aber Paddy fing ihren Arm mit seiner großen schwieligen Faust ab. Seine andere fuhr hoch, schnell und bedrohlich, aber Bryna hob ihr Kinn an, als fordere sie ihn heraus, sie zu schlagen. Einen Moment lang brannte sich Paddys finsterer Blick mit mörderischer Wut in Brynas Gesicht, aber die Bewegung seiner Hand geriet ins Stocken, und da machte er plötzlich einen ratlosen Eindruck. Er kannte die Strafe dafür, einen vorgesetzten Offizier zu schlagen, und ob es ihm nun gefiel oder nicht, Bryna *war* sein vorgesetzter Offizier.

Eine gespannte Stille senkte sich über die Szene, und immer noch bewegte Paddy sich nicht. Dann begann Dedric Sayer auf Bryna zuzugehen, und die Gewalt in seinem Blick war unmissverständlich. Er kannte die Strafe dafür, einen Offizier zu schlagen, ebenfalls, aber er würde nicht zulassen, dass Bryna ihren Anführer demütigte. Er würde die Strafe an Paddys statt hinnehmen, und sein Ansehen unter den Dalwhinnies würde sich daraufhin stark erhöhen.

Er schritt vor, wobei er seine Hand hob, und Bryna, die den Schlag vorausahnte, zuckte zusammen, aber im letzten Augenblick ließ Paddy Bryna los und schlug Sayer ins Gesicht. Er fiel wie ein Sack Kartoffeln zu Boden, und die Stimmung war so angespannt, dass man sie mit einer Axt hätte durchschlagen können.

Erneut senkte sich Stille herab, bis Bryna sie mit einer Stimme durchbrach, die überraschend stark und sicher klang.

»Also«, sagte sie und erwiderte die Schar düsterer Blicke, die sie ringsum anstarrten, »heute Nachmittag meistern wir die *suivez cinq*. Und morgen«, fügte sie mit einem Blick auf Patrick Feckler zu, als solle er sich unterstehen, etwas zu sagen, »werden wir die *suivez dix* meistern.«

Sie nahm ihren Bogen vom Rücken und drehte sich zu einer Gruppe von vier Männern um, die an der Schusslinie standen und die Spitzen ihrer Bögen lässig auf ihren Stiefeln ruhen ließen.

»Ihr vier«, sagte sie, zog einen Pfeil heraus und nockte ihn auf der Sehne ein. »Beim Kommando *suivez cinq* wird jeder von euch das Ziel treffen, das ich wähle.«

Einer der Männer sah instinktiv zu Paddy hinüber, aber Bryna zog blitzschnell ihren Bogen und schoss einen Pfeil durch den rechten Stiefel des Mannes.

»Schau nicht ihn an, verdammt!«, schrie sie. »Ich bin die Anführerin der Dalwhinnies, und bei den Sternen, du wirst mich ansehen!«

Der Mann war zusammengezuckt, als der Pfeil seine Wade aufgeschürft hatte, aber Bryna hatte bereits einen weiteren auf der Sehne, und er hätte schon sehr mutig und dumm sein müssen, um den Blick jetzt von ihr abzuwenden. Mit einem Gesicht wie Donnerwetter trat sie vor die vier Männer an der Schusslinie.

»*Suivez cinq!*«, rief sie und schoss einen Pfeil in die zweite Zielscheibe von links.

Hinter ihr sangen vier Bogensehnen, und vier Pfeile schlugen in das Ziel ein, das Bryna getroffen hatte.

»*Suivez cinq!*«, sagte sie erneut, wobei sie diesmal die äußerste rechte Zielscheibe traf.

Hinter ihr ertönte ein weiteres gemeinsames Schwirren, aber jetzt fanden nur drei der Pfeile ihr Ziel. Der vierte hatte die Scheibe komplett verfehlt, aber der Mann, der ihn abgefeuert hatte, humpelte auf einem verletzten Bein mit einem Pfeil, der in seinem Stiefel steckte.

»Okay!«, rief Bryna, die sich zu den Dalwhinnies umdrehte, mit lauter Stimme. »Der Rest von euch teilt sich in Fünfergruppen auf und macht die Schusslinien voll. Bevor der Tag zu Ende geht, will ich, dass jeder Einzelne von euch dazu in der Lage ist, das hier auszuführen.«

Die Dalwhinnies stierten sie an, zu fassungslos, um sich zu bewegen, und dann …

»Ja, worauf wartet ihr noch, ihr niederträchtigen Bastarde?«, brüllte Paddy der Pisser. »Ihr habt die Anführerin gehört! Gruppen zu fünft, an die Linie … Bewegung!«

Die Dalwhinnies sprangen in Bewegung, und mit einem fürchterlichen Tumult an Gezänk, Durcheinander und gelegentlich heftigen Raufereien teilten sie sich in Fünfergruppen auf und begannen die Schusstechnik, die als *suivez cinq* bekannt war, zu üben.

In all dem Trubel und dem anwachsenden Surren der Bogensehnen drehte sich Bryna um und sah, dass Patrick Feckler vor ihr stand. Der große, graugesichtige Mann blickte sie mit einem undurchdringlichen Ausdruck in seinen tief in den Höhlen liegenden Augen an.

Bryna war überrascht gewesen, als er seine Stimme erhoben hatte, um sie zu unterstützen, aber Paddy war nicht zuletzt ein Pragmatiker. Er wusste, dass Bryna die eine Karte ausgespielt hatte, auf die er keine Antwort wusste. In diesem Augenblick hatte er seinen Platz als erster Mann der Dalwhinnies verloren. Doch mit den Instinkten eines Überlebenskünstlers hatte er begriffen, dass er immer noch den Platz des Zweiten beanspruchen konnte, selbst wenn der erste Mann jetzt eine Frau war.

Mit hochrotem Gesicht und einer Ohnmacht nahe wartete Bryna darauf, dass er sprach.

»Scheiße noch mal, Mädchen, aber ich wette, dein Vater ist stolz auf dich.«

Bryna fühlte, wie ihr ein Kloß in den Hals stieg.

»Mein Vater wurde in den Bergen von einem Dämon getötet«, sagte sie. »Aber ja, er *war* stolz auf mich.«

Einen Moment lang sah Paddy sie nur an, aber dann nickte er.

»Hast du immer noch den Trinkbecher, den wir dir gegeben haben?«

Bryna senkte den Kopf.

»Dann bring ihn heute Nacht zur Messe der Irregulären, und wir geben dir ein ordentliches Dalwhinnie-Willkommen.«

Bryna nickte ihm äußerst knapp zu, und Paddy trat zur Seite, um sie durchzulassen.

Oh verdammt, dachte sie, als sie das Bogenschussgelände verließ, um einen Ort zu finden, an dem sie sich erbrechen konnte. *Jetzt erwarten sie auch noch, dass ich mich mit ihnen betrinke.*

Während sie wegging, hörte sie Paddys heisere Stimme ertönen, als einer der Männer seinem Kameraden beinahe in den Rücken schoss.

»Doch nicht so, Harper, du schafschändender Sodomit! Beweg deine Füße, wenn es sein muss!«

Oben auf dem Hang atmeten Brynas Freunde erleichtert auf, als klar wurde, dass man sie nicht zu Brei schlagen würde. Falco blickte zu Malaki hinüber, der mit einer wilden inneren Anspannung auf Bryna hinabstarrte. An einem Punkt war er nahe daran gewesen, hinunterzustürmen und sich die Dalwhinnies im Alleingang vorzunehmen, aber der Abgesandte hatte ihn zurückgehalten.

»Gib ihr eine Minute«, hatte er gesagt, als Bryna Paddy zum zweiten Mal geschlagen hatte.

Jetzt sahen sie mit an, wie die Dalwhinnies zur Schusslinie hasteten und Bryna Paddy gegenüberstand, bevor sie sich zu den Werkstätten der Bogenmacher aufmachte, wo sie hinter den niedrigen Holzgebäuden verschwand.

»Na ja, du hast gesagt, sie würde sie schon durchschauen«, sagte Falco.

Malaki sah ihn an und schüttelte mit einem Lächeln den Kopf, während die Aufregung langsam seinen Körper verließ.

»Und ich dachte, Paddy der Pisser wäre Furcht einflößend«, sagte Alex.

Die drei mussten lachen, und der Abgesandte lachte mit ihnen. Er mochte Bryna das Geheimnis verraten haben, wie sie mit den Dalwhinnies fertigwerden konnte, aber dann war es Bryna selbst gewesen, die deren bedrohlichem Anführer nebst zweihundert finster dreinblickenden Männern in seinem Rücken die Stirn geboten hatte. Sie hatte gezeigt, dass es beim Anführen von Menschen nicht körperliche Stärke war, die wichtig war.

Es war Charakterstärke, die am meisten zählte.

Es war Charakterstärke, die Respekt verdiente.

47

Eine einzige Berührung

Drei Wochen später marschierte die Vierte Armee an einem kalten Wintermorgen ab, und es schien, als wäre ganz Grimm nach draußen gekommen, um sie zu verabschieden. Die Stadt war voll von Menschen, die nicht zum Heer gehörten, als die Armee vom Plateau hinuntermarschierte und sich entlang der breiten Hauptstraßen der Stadt bewegte. Die Einwohner sahen in respektvoller Stille mit an, wie die Truppen an ihnen vorbeizogen, und starrten die Kolonne von Kampfmagiern fasziniert an, die mit ihnen marschierten. Die beiden Streitkräfte würden den Zug fortsetzen, bis sie den Platz des Namenlosen Ritters erreichten. Dort würden sie darauf warten, dass ihre Befehlshaber sich ihnen nach einer letzten Audienz bei der Königin anschließen würden, eine Erinnerung, dass sie in ihrem Namen in den Krieg zogen.

Bevor er jedoch ging, um die Königin zu treffen, legte der Abgesandte Wert darauf, bei den Akademiekasernen vorbeizukommen, um den Kadetten persönlich Lebewohl zu sagen. Der Abgesandte sprach ermutigend mit Malaki, Bryna, Alex und Quirren und auch mit dem ganzen Rest, aber nicht mit Falco, denn Falco war nicht da. Er war ebenfalls vorgeladen worden, die Königin zu besuchen, und er stand jetzt bei ihr, als sie die Kolonne der Soldaten betrachteten, die sich durch die Stadt wand.

»Es ist immer so ein bewegendes Spektakel«, sagte die Königin, während sie auf der hohen Terrasse standen, von der aus man die Stadt überblicken konnte. »Sowohl prächtig als auch traurig.«

Sie blickte Falco ins Gesicht und machte keine Anstalten, die Rührung in ihren Augen zu verbergen. Unter ihrem blauen Umhang und dem Mantel aus Wolfsfell war die Königin in eine Rüstung gekleidet, und ein Schwert hing an dem schwarzen Gürtel mit dem Pferdekopf, den der Abgesandte für sie hergestellt hatte. Es war ziemlich deutlich, dass dies keine zeremonielle Rüstung war.

Dies war eine Rüstung, die für die Schlacht entworfen worden war.

»Absurd, nicht wahr?«, sagte die Königin, als sie bemerkte, wohin sein Blick ging. »Wie die Tradition des obersten Heerführers es vorschreibt, kleide ich mich entsprechend, trotz der Tatsache, dass diese Rüstung niemals einen Krieg gesehen hat.«

»Es gibt mehr als nur einen Weg, einen Krieg zu führen, Eure Majestät«, sagte Falco, und die Königin lachte sarkastisch auf.

»Du fängst schon an, dich wie er anzuhören.« Sie nickte zu einem Reiter hinüber, der sich nun zum Palast aufmachte. Das war ein Reiter, der eine Kettenrüstung trug und einen wunderschönen rauchgrauen Percheron ritt. Neben dem Abgesandten befand sich der Hauptmann des Magierheers, ein Mann, der Dagoran Sorn hieß. Der Abgesandte trug einen Waffenrock und einen Umhang in den Farben der Königin, Hellblau und Türkisfarben, während die Robe des Kriegermagiers über einem eng geknüpften Kettenhemd von einem tiefen Violett war.

Sie konnten flüchtige Blicke auf die Reiter erhaschen, die sich durch die ansteigenden Straßen zu ihrer Verabschiedungsaudienz mit der Königin begaben. Sie sahen ihnen zu, bis sie unter den Außenmauern des Palastes verschwanden, und der Blick der Königin richtete sich wieder auf die Armee.

»Sie marschieren über Le Matres hinaus«, sagte sie. »Auf Hoffen zu.«

Sie sah ihn zwar nicht an, aber Falco begriff die Besorgnis in ihrer Stimme. Darum also hatte sie ihn sehen wollen. Der Abgesandte marschierte auf das Gebiet zu, in dem er – Falco – eine Lücke in den Streitkräften der Besessenen wahrgenommen hatte. Clemoncé war immer stolz auf die Qualität seiner militärischen Informationen gewesen, und die Königin wurde von dem Gedanken gequält, dass sie möglicherweise etwas übersehen hatte – und ihre Leute vielleicht in eine unbekannte Gefahr schickte.

»Gibt es nichts anderes, was du mir über das, was du bei dem Treffen gefühlt hast, erzählen kannst?«

Falco schüttelte den Kopf. »Es war nur eine vage Empfindung«, sagte er, wobei ihm schien, als hätte er sie irgendwie enttäuscht. »Ich hätte beinahe gar nichts gesagt.«

Die Königin hielt einen Moment inne, dann seufzte sie und lächelte schwach, als sei es nicht recht, ihn zu bedrängen, um mehr Gewissheit zu erhalten.

»Gibt es irgendwelche Nachrichten von den illicischen Kampfmagiern?«, fragte Falco.

»Nein. Aber das ist auch nicht ungewöhnlich. Nathalie wird einige Zeit brauchen, um sie zu finden, und selbst dann steht es ihnen womöglich nicht frei, sofort mit ihren Nachforschungen anzufangen. Auch unsere Großen Seelen können nicht überall gleichzeitig sein.«

Falco blickte die Königin diskret von der Seite an, als sie über die Stadt hinweg schaute. Er konnte die Ermüdung in ihrer Stimme hören, die Belastung, einen Krieg zu koordinieren, von dem die meisten Menschen glaubten, dass sie ihn nicht gewinnen konnten. Er nahm die klare Linie ihres Kinns und die blasse Fläche ihrer Wange in sich auf, den Kontrast zwischen der weichen Haut ihres Halses und des harten Rands ihrer gepanzerten Brustplatte. Ein Windstoß blies ihr das dunkle Haar aus dem Gesicht, und einen Moment lang betrachtete er sie nicht als eine Königin, sondern einfach als eine Frau, stark und wunderschön, aber dennoch von Zweifeln und der schrecklichen Sorge erfüllt, dass sie ihr Volk im Stich ließ.

Falco fühlte eine plötzliche Welle der Liebe für sie, und in diesem Augenblick wusste er, dass er alles in seiner Macht Stehende tun würde, um ihr zu helfen.

»Ein Blick wie dieser reicht aus, um eine Frau erröten zu lassen, Meister Danté«, sagte die Königin.

Falco wandte sich ab, aber als ihm die Königin das Gesicht zuwandte, war nicht sie es, die errötete, sondern er. Sie lächelte, und Falco wurde eine weitere Peinlichkeit erspart, da Cyrano gerade hinter ihnen auftauchte.

»Der Kriegermagier Dagoran Sorn und der Befehlshaber der Vierten Armee ersuchen um eine Audienz mit dem Thron und bitten um den Segen Ihrer Königlichen Majestät, der Königin.«

Die Königin straffte ihre Schultern und hob ihr Gesicht. Falco sah, wie sie tief Atem schöpfte und ihre Augen schloss, als sie ihren ganzen Mut zusammennahm. Den Legionen der Hölle zu widerstehen war eine Sache. Dem Mann, den sie liebte, Lebewohl zu sagen, in dem Wissen, dass sie ihn vielleicht niemals wiedersehen würde, war eine völlig andere.

»Ich danke dir, Cyrano«, sagte sie schließlich.

Der Ratgeber der Königin neigte den Kopf, und mit nichts anderem als einem Blick machte er deutlich, dass Falcos Audienz hiermit beendet war.

Falco wandte sich der Königin zu und verbeugte sich.

»Eure Majestät«, sagte er, während er darauf wartete, aus ihrer Gegenwart entlassen zu werden.

»Vielleicht sprechen wir ein anderes Mal wieder. Natürlich nur, wenn deine Ausbildung es erlaubt.«

»Es wäre mir eine Ehre«, sagte Falco, der ein weiteres Mal errötete.

»Bis zum nächsten Mal dann«, sagte die Königin, und Falco wusste, dass er entlassen war.

Er ging zum Bogengang in der Palastwand, wo Cyrano stand. Neben ihm befanden sich zwei Männer. Bei dem ersten handelte es sich um den Abgesandten, bei dem zweiten um einen eher kleinen Mann mit dunklen, durchdringenden Augen. Dies war der Mann, den Galen Thrall dazu ausersehen hatte, seine kostbare Magierarmee in den Kampf zu führen.

»Lord Sorn«, sagte Cyrano, indem er den Kriegermagier aufforderte vorzutreten.

Dagoran Sorn verneigte sich steif und erlaubte es dem Ratgeber der Königin, ihn weiterzuführen.

Falco und der Abgesandte sahen mit an, wie sich die beiden Männer der Königin näherten, die nun am äußersten Rand der Terrasse und im vollen Blick der in den Straßen darunter versammelten Menschen stand.

»Hat sie dich zu den Besessenen befragt?«

Falco warf dem Abgesandten einen verstohlenen Blick zu und nickte.

»Geh nicht zu hart mit dir ins Gericht«, sagte der Abgesandte. »Jeder Kundschafter und Hauptmann, der ihr jemals einen Bericht abgegeben hat, wünscht sich, er könne ihr mehr sagen. Irgendetwas, um die Last, die sie trägt, zu erleichtern.«

Jetzt sah Falco ihn richtig an, und wie immer war er von der Art und Weise, wie der Abgesandte die Wahrheit durchschaute, beeindruckt.

»Hattet Ihr eine Gelegenheit, die anderen noch einmal zu sehen?«

Der Abgesandte nickte.

»Gut«, sagte Falco. »Alex war nämlich überzeugt, Ihr würdet abreisen, ohne Euch zu verabschieden.«

Der Abgesandte lachte leise auf. »Aurelian berichtet mir, dass du gute Fortschritte machst.«

»Auf gewisse Art«, sagte Falco, und der Abgesandte lächelte wissend.

»Er sagte, du tätest dich mit der offensiven Kraft schwer.«

»Ich tue mich nicht schwer, ich bin unfähig«, sagte Falco, in dessen Ton die Entmutigung mitschwang, die er verspürte, da er es nicht einmal schaffte, auch nur den kleinsten magischen Angriff hervorzubringen. »Es ergibt keinen Sinn«, fuhr er fort. »Gäbe man mir ein Schwert, ich würde angreifen, ohne weiter nachzudenken.«

»Vielleicht liegt es daran, dass du ein Schwert nicht mit Mord in Verbindung bringst.«

Falco blickte scharf auf. Wieder einmal hatte es der Abgesandte auf den Punkt gebracht.

Sie schwiegen einen Augenblick lang, während sie Dagoran Sorn dabei zusahen, wie er seine Audienz mit der Königin abschloss.

»Ich musste einmal einen Mann exekutieren, der unter meinem Befehl stand«, sagte der Abgesandte. »Ein Freund, der in einem Moment der Umnachtung einen Mord verübt hatte.« Er hielt inne. »Weißt du, was er mir gesagt hat, als sie ihm die Schlinge um den Hals gelegt haben?«

Falco sah ihn nur an.

»Er hat gesagt, es sei leichter zu sterben, als einen Mann getötet zu haben und weiterzuleben.«

Falco stiegen die Tränen in die Augen, weil er spürte, dass dies wahr war. Die Angst davor, etwas Böses zu tun, war größer als die Angst vor dem Bösen selbst.

»Du bist nicht dein Vater, Falco«, sagte der Abgesandte. »Du bist nicht dazu verdammt, sein Schicksal zu teilen.«

Falco blinzelte die Tränen von seinen Augen fort. Er wurde plötzlich darauf aufmerksam, dass sich Cyrano draußen auf der Terrasse in ihrer Nähe aufhielt. Sorns Audienz war vorüber. Die Königin wartete auf den Befehlshaber der Vierten Armee. Der Abgesandte nickte dem Ratgeber der Königin zu,

»Bis wir uns wiedersehen«, sagte er und reichte Falco die Hand.

»Denkt Ihr, das werden wir?«

»Im Krieg, wer kann das schon sagen?«, erwiderte der Abgesandte. »Aber es ist immer gut zu hoffen.«

Er zog Falco in eine raue Umarmung, und dann ging er mit einem letzten Lächeln fort, um seiner Königin Lebewohl zu sagen.

Falco sah mit an, wie der Abgesandte sich der Königin näherte. So wie er seinen Kopf hocherhoben und seine Schultern gerade hielt, hätte niemand etwas von den Zweifeln und Ängsten ahnen können, die sein Herz umklammerten. Als er sie erreichte, kniete er nieder und wartete darauf, den sanften Druck ihrer Hand auf seinem Kopf zu spüren.

Weit unter ihnen beobachteten die Leute, wie die Königin den Befehlshaber der Vierten Armee empfing. Sie beobachteten, wie sie die Hand ausstreckte, um den Männern und Frauen, die hinterher mit ihm marschieren würden, an Segen zu spenden, was immer sie aufbringen konnte. Schließlich entfernte sie ihre Hand, und der Abgesandte stellte sich vor sie hin. Von dort aus, wo er stand, konnte Falco keines der Worte hören, die gesagt wurden, aber die Königin und ihr Abgesandter sprachen noch ein paar Minuten lang miteinander, während die Einwohner von Grimm zusahen.

Sir William Chevalier fühlte das volle Gewicht der Kettenrüstung auf seinen Schultern, als er seiner Königin gegenüberstand. Er hob den Blick, um ihr ins Gesicht zu sehen, wobei er beinahe die Fassung verlor. Aber er wusste, dass jeder von ihnen sich auf die Stärke des anderen verließ, und so blieb sein Blick fest, als er in die tiefblauen Augen der Frau sah, die er liebte.

Eine Weile, die sehr lange erschien, sagte die Königin nichts, sondern ließ einfach nur ihren Blick über die vertrauten Züge des Abgesandten wandern: das stark ausgeprägte und wettergegerbte Gesicht, die wachsende Anzahl an Narben, das strenge Kinn, das in seine ewigen Bartstoppeln gehüllt und ebenso wie sein schulterlanges Haar von einer zunehmenden Menge an Grau durchsetzt war. Die gebrochene Nase, die stolze Stirn, und die Augen … die wunderschönen steingrauen Augen, die sie immer an die See erinnerten.

In dem vollen Bewusstsein, dass die gesamte Stadt zusah, nahm die Königin seinen Anblick in sich auf. Sie konnte das fürchterliche Gefühl nicht loswerden, dies könnte das letzte Mal sein, dass sie einander sahen; dass er in einen Schatten hineinritt, aus dem er womöglich niemals zurückkehrte. Der Gedanke war beinahe zu viel für sie, und sie spürte, wie ihre Entschlossenheit nachließ. Aber wie immer stand er ihr zur Seite, um sie zu stützen.

527

»Die Vierte Armee von Clemoncé ersucht um den Segen des Throns, da wir ausreiten, um den Feinden unseres Reichs entgegenzutreten.«

Die steifen zeremoniellen Worte brachten die Königin vom Rand des Abgrunds zurück, und einmal mehr hob sie in Würde ihr Kinn.

»Ihr habt ihn«, sagte sie. »Reitet mit dem Licht Unserer Liebe in euren Herzen.«

Zum Zeichen seiner Erkenntlichkeit verneigte sich der Abgesandte, und die Königin sprach in einem ruhigeren, intimeren Ton weiter.

»Denkt Ihr, es wird jemals eine Zeit kommen, in der wir nicht durch die Ketten von Pflicht und Ehre gebunden sein werden?«

»Pflicht und Ehre mögen unsere Leben auch weiter diktieren«, sagte der Abgesandte. »Aber mein Herz bleibt ungebunden.«

Die Königin lächelte traurig, während sie innerlich die Mächte verfluchte, die sie davon abhielten, ihre Liebe füreinander zu verkünden. Beinahe ohne dass sie es bemerkte, begann ihre Hand sich nach ihm auszustrecken, aber im letzten Moment noch zügelte sie ihr Verlangen nach einer allerletzten Berührung zum Abschied. Er war der Befehlshaber der Vierten Armee, Hauptmann der Adamantenen Ritter, der Chevalier. Sie würde ihn nicht mit einer so offenen Zurschaustellung von Zuneigung in Verlegenheit bringen.

»Kommt zu uns zurück, Chevalier.«

»Auch wenn alle Horden der Hölle zwischen uns stehen sollten.«

Die Königin lächelte angesichts der Sicherheit in seiner Stimme, aber sie wusste, dass kein lebender Soldat sich seiner Zukunft so sicher sein sollte.

»Wir hatten so wenig Zeit«, murmelte sie, und ihre Stimme brach schließlich vor Bewegtheit. »Keine Zeit, um den Verlauf unserer Leben zu teilen.«

Sie senkte ihr Gesicht, und eine einzelne Träne rollte ihr die Wange hinab.

Einen Moment lang stand der Abgesandte da, ganz das Abbild des stoischen, unbeweglichen Ritters. Aber dann streckte sich seine Hand aus, um die der Königin zu finden, und seine spröden Finger umschlossen die Zartheit der ihren. Er zog sie zu sich, blickte ihr in die Augen und dann, obwohl Prinz Ludovico und alle Einwohner von Grimm zusahen, küsste er sie. Es kam nur zur sanftesten Berührung ihrer Lippen mit den seinen, die Stoppeln seines Barts lagen rau auf ihrer Haut, aus jedem scharfen und winzigen Punkt ging eine zu hegende Erinnerung hervor.

»Mein ganzes Leben in einer einzigen Berührung«, flüsterte er, wobei seine Wange nur einen Atemzug von ihrer entfernt verweilte.

Eine Sekunde lang fühlte er, wie ihre Finger die seinen fester ergriffen, dann drehte der Befehlshaber der Vierten Armee sich um und ging davon, nahm den Segen der Königin mit hinunter zu den Männern, die er in den Krieg führte.

Eine Stille ließ sich über der Stadt nieder, eine Stille, die von zwanzigtausend gleichermaßen traurigen Abschieden sprach: Liebende zu Liebenden, Mutter zu Sohn, und Vater zu verwirrtem und verängstigtem Kind. Sie versprachen, vorsichtig zu sein. Sie versprachen zurückzukommen. Aber ein Soldat konnte solche Versprechen nicht einhalten. Er konnte nur hoffen, dass sie sich erfüllten.

48

Fortschritt

Das Abrücken der Vierten Armee machte einen deutlichen Eindruck auf die Kadetten. Es führte ihnen die Tatsache vor Augen, dass in ein paar Monaten – von heute an gerechnet – *sie* es sein würden, die ausreiten würden, um der Unsicherheit des Krieges zu begegnen. Vielleicht würden sie die erste Schlacht noch überleben, aber was war mit der zweiten oder der dritten? Wie lange würde es dauern, bevor sie in Stücke gehackt oder vom Feind gefangen genommen und als Besessene einer lebenden Hölle übergeben wurden?

So Furcht einflößend es auch sein mochte, dies war das Schicksal, das einige von ihnen erwartete. Aber ihre Ausbildung verringerte die Wahrscheinlichkeit, dass es geschehen würde, und so trieben sie sich härter als je zuvor an. Sie fuhren damit fort, am Morgen zusammen zu trainieren, ihre Ausdauer aufzubauen und ihre Fähigkeiten zu vervollkommnen, während sie an den Nachmittagen mit den Einheiten unter ihrem Befehl zu arbeiten pflegten, Gefechtsübungen wiederholten oder die Bestandteile studierten, die nötig waren, um eine militärische Kampagne in Gang zu setzen.

Im Anschluss an ihren Durchbruch mit Paddy fuhr Bryna damit fort, gute Fortschritte mit den Dalwhinnies zu machen, und so war sie beinahe bereit dazu, das Traversier-Manöver mit der Reiterei zu versuchen. Aber sie war nicht die Einzige, die Fortschritte machte. Malaki und Quirren wiesen die Qualitäten von wesentlich älteren und erfahreneren Männern auf. Als einzelne Kämpfer waren sie beeindruckend. Auf dem Rücken von Schlachtrossen, die ihnen von anderen geschenkt worden waren, fingen sie an, wirklich Respekt einflößend auszusehen.

Wie es bei den Schwarzen Adlern Tradition war, bekam Quirren einen schwarzen freysischen Hengst, während man Malaki auf einen kastanienbraunen Destrier setzte, ein Schlachtross, das über die beste Rennerherkunft verfügte. Während der letzten Wochen waren sie mit ihrer Rüstung ausgestattet worden – es handelte sich um Plattenrüstungen, die eigens für sie angefertigt worden waren. Quirren brauchte eine komplette Garnitur, von den gepanzerten Stiefeln bis zur markanten illicischen Schaller, mit ihrem Doppelschlitzvisier und der verstärkten Stirnpartie. Malakis eigene stahlblaue Rüstung war so gut wie alles, was Grimm zu bieten hatte, daher hatte man sie einfach umgearbeitet, obwohl er nun den einschüchternden großen Topfhelm – oder Heaume – trug, für den die Ritter von Grimm berühmt waren.

Um die Wahrheit zu sagen, schlugen sich alle Kadetten gut, aber keiner machte einen so erstaunlichen Eindruck wie Falco. Er war als großer, dünner Jugendlicher an der Akademie angekommen, der sich noch immer von Verletzung, Krankheit und Tod erholt hatte. Jetzt aber stand er gerade und war stark, schlank im Gegensatz zu stämmig, aber nicht mehr länger das, was man für *dünn* hätte halten können. Er litt auch weiterhin an einer schmerzhaften Enge in seiner Brust, wenn er sich selbst bis an die Grenzen herausforderte, und auch die Brandnarben an seinem Nacken und seiner Schulter blieben empfindlich und roh. Aber jede Spur von Schwäche oder Gebrechlichkeit war seit Langem verschwunden.

Der Weggang des Abgesandten ließ Falco seltsam leer zurück, aber er fühlte sich auch bei klarerem Verstand. Wenn er im Krieg etwas bewirken wollte, dann kam es auf ihn selbst an. Ohne den Abgesandten fand er sein Gleichgewicht und lernte auf eigenen Füßen zu stehen. Wenn die anderen losgingen, um mit ihren jeweiligen Einheiten zu trainieren, stieg Falco zum Schmelztiegel hinauf. Zwar war er noch immer nicht in der Lage, irgendeine Form von magischer Angriffskraft heraufzubeschwören, aber sein

Repertoire an Fähigkeiten nahm ständig zu, und er wurde jeden Tag stärker.

»Keine Sorge«, sagte Aurelian eines Nachmittags zu ihm, als er es wieder einmal nicht schaffte, einen Tontopf zu zerstören, der auf den Stufen der Arena stand. »Wenn zehntausend Männer ihre Stellung halten und kämpfen können, weil du mit ihnen standhältst, dann glaub mir, das bewirkt etwas.«

Falco erinnerte sich daran, wie Simeons Gegenwart die Armee von Caer Dour in den Bergen beruhigt hatte, wie sie es den Soldaten möglich gemacht hatte zu kämpfen, während sie ansonsten ihre Waffen niedergeworfen hätten und geflohen wären. Aber obwohl er dies wusste, konnte er das Gefühl des Versagens doch nicht abschütteln.

»Na komm«, sagte Aurelian. »Lass uns ein wenig kombinierten körperlichen und magischen Schutz ausprobieren. Ich will dir wirklich keinen Zucker in den Arsch blasen, aber deine Abwehrzauber beginnen allmählich feste Form anzunehmen.«

Falco lächelte über dieses indirekte Kompliment. Er wusste genau, dass der alte Kampfmagier von seinen Abwehrfähigkeiten beeindruckt war. Also schob Falco seine Zweifel zur Seite und hob Schwert und Schild auf, die sich beide nicht mehr so schwer in seinen Händen anfühlten. Was den physischen Kampf betraf, so konnte er Aurelian jetzt mühelos in den Schatten stellen, daher pflegte Dusaule auch oft seinen Platz einzunehmen, um ihn auf Herz und Nieren zu prüfen. Dusaule sprach nie, und er zeigte kein Verlangen nach Gewalt, aber es war recht deutlich, dass er ein fähiger Schwertkämpfer war.

Manchmal nahm Dwimervane die Rolle eines Dämons an, und Aurelian zeigte Falco, wie man einen Feind anfasste, der womöglich mehrmals so groß war wie man selbst. Es war eine Sache, sich gegen Schwert und Schild zu verteidigen, aber eine völlig andere, sich gegen Zähne und Klauen zu wappnen und gegen ein Feuer, das einen aus fünfzig Fuß Entfernung töten konnte. Zuerst konnte Dwimervane Falco durch die Arena schlagen, als sei sie eine Katze, die mit einer tollpatschigen Maus spielte. Aber Falcos Fähigkeiten entwickelten sich rasch, und seine Reaktionen, die immer von seiner Körperkraft eingegrenzt gewesen waren, fingen endlich an, es mit der Schnelligkeit seines Verstandes aufnehmen zu können.

»Das ist es«, sagte Aurelian, als Falco einen großen Tatzenschlag mit seinem Schild auffing und sich abrollte, um der vollen Auswirkung des Hiebs zu entgehen.

Er setzte einen Schutzzauber ein, um einen Angriff von Dwimervanes Rachen abzuwehren, und seinen Schild, um ihren großen Schwanz abzublocken, bevor er schnell heranstürzte, um zu versuchen, einen Schlag hinter ihr rechtes Vorderbein zu platzieren. Aber Dwimervane schwang ihren Kopf herum und schmetterte ihn zur Seite.

»Fortifikation!«, sagte Aurelian, der lachte, als Falco, alle viere von sich streckend, am Boden landete. »Du kannst es dir nicht leisten, ihr ohne irgendeinen Grad an Verfestigung so nahe zu kommen.«

»Du könntest mir wenigstens eine Chance geben«, sagte Falco, der Dwimervane einen sauren Blick zuwarf, als er sich aufrappelte, aber der Drache blickte ihn nur mit Geringschätzung an. Es stand außer Frage, dass sie ihn einfach einen Treffer auf sich landen ließ. Dafür war sie viel zu stolz.

Wenn es um Schutzmagie ging, machte Falco tatsächlich Fortschritte. Er konnte sich jetzt vor den meisten gewöhnlichen Angriffen schützen und lernte sogar, seinen Körper so zu verfestigen, dass selbst Dwimervane Mühe hatte, ihn mit einer ihrer mächtigen Tatzen auf den Boden zu pressen.

»Denk immer dran, es ist nicht nur körperliche Stärke«, sagte Aurelian, als Falco sich anstrengte, um unter der massiven Tatze des Drachen aufrecht zu stehen. »Es ist dein Verstand, dein Herz und deine Seele. Wenn du zu zweifeln anfängst, bricht deine Stärke in sich zusammen und du fällst.«

Falco erinnerte sich an die Art und Weise, wie Simeon unter

dem geistigen Angriff des Dämons angefangen hatte zu scheitern. Aber wenigstens wusste er jetzt, wie Darius in der Lage gewesen war, sich in der Burg der Winde den Rachen des schwarzen Drachens vom Leib zu halten. Falco schlug sich gegenüber Dwimervane zwar schon recht gut, aber er wusste, dass es gegen einen Drachen oder einen Dämon, der tatsächlich versuchte, ihn zu töten, ganz anders aussehen würde. Indem er Fortifikationsmagie benutzte, konnte er nun sicher landen, wenn er von einem sich bewegenden Pferd absprang, obwohl dies wiederum weit entfernt von der Luftakrobatik eines Sprungs vom Rücken eines fliegenden Drachens war. Außerdem hatte er endlich gelernt, einen Schutzzauber aus der Ferne zu wirken. Der Durchbruch war gekommen, als Meredith eine neue Art vorgeschlagen hatte, das Ziel zu visualisieren.

»Versuch nicht, das Ziel ... weitläufig zu *umgeben*«, sagte er. »Versuch einfach, an einen einzelnen Punkt zu denken, und erweitere ihn dann zu einer Kugel.«

Erst konnte sich Falco keinen »einzelnen Punkt« vorstellen, aber Meredith beobachtete die sich verändernden Muster in dessen Geist, bis er schließlich sah, wonach er Ausschau hielt.

»Da«, sagte er eines Nachmittags. »Es ist beinahe wie ein Klang, wie der erste Augenblick, in dem eine Glocke geschlagen wird. Konzentriere dich darauf, und dann erweitere ihn, um das Ziel zu umschließen.«

Sie übten an einem Helm, der in etwa zwanzig Fuß Entfernung auf einer der Säulen aus Fortissit lag. Falcos Aufgabe war es, ihn zu beschützen, während Aurelian ihn mit einem Speer abschlug. Zuerst glückte es ihm nur, ihn unter Einsatz seines Geistes herunterzustoßen, was, wie Aurelian ihn erinnerte, *dessen* Aufgabe war. Aber endlich schien er zu begreifen, was Meredith ihm zu beschreiben versuchte.

Ein einzelner Punkt, und erweitere diesen zu einer Kugel.

»Versucht es jetzt«, sagte Meredith zu Aurelian, als er die leichte Veränderung in Falcos Konzentration bemerkte.

Mit einem Grunzen schleuderte Aurelian den Speer, der zielsicher auf den Helm zuflog. Aber in der letzten Sekunde schien er auf eine unsichtbare Barriere zu treffen und schoss beiseite. Noch ehe er damit aufgehört hatte, über den Boden zu schlittern, ließ Aurelian einen Feuerball auf den Helm zurasen. Mit gewaltiger Wucht explodierte er an der Säule, aber der Helm blieb auf seinem Platz, und sie konnten alle sehen, wie die Flammen die Oberfläche der Kugel umspielten, die Falco um ihn herum erschaffen hatte.

»Gut«, sagte Aurelian. »Das ist gut.«

Als die Tage länger wurden und der Winter seinen Griff lockerte, wurden Falcos Fähigkeiten sogar noch beeindruckender. Eines Tages sah Meredith mit an, wie Falco gegen Dusaule und Dwimervane gleichzeitig kämpfte, wobei sein Schwert und sein Schild vor Schnelligkeit kaum zu erkennen waren. Seine Beinarbeit war rasch und sicher. Jede seiner Bewegungen war ein Zeugnis für den sich entwickelnden Krieger, der so lange im Körper eines schwachen und kränklichen Kindes gefangen gewesen war. In ihrem Übungskampf lag Freude, und Aurelian lachte laut auf, als Falco von den Füßen geholt wurde, nur um sich abzurollen und es seinen Angreifern mit einer eigenen Attacke zu vergelten. Hin und wieder steuerte der alte Kampfmagier einen Überraschungsangriff bei, und Meredith erstaunte die Geschwindigkeit, mit der Falco einen Feuerball abwehren oder einen Haken aus glühendem Licht wegschlagen konnte, ohne jemals den Fluss seiner Bewegungen in seiner körperlichen Verteidigung zu unterbrechen.

»Mach weiter, Dwim!«, brüllte Aurelian, als der verkrüppelte Drache Falco mit einem Schlag seiner riesigen Tatze auf ein Knie niederschlug. Ihre andere Tatze fegte seitwärts, aber Falco wechselte seinen Schild, um sie abzublocken. Die Wucht des Schlags trieb ihn rückwärts, sodass seine Füße in dem groben Sand ins Rutschen gerieten. Aber sein Schildarm gab nicht nach, denn er wurde von der Respekt einflößenden Macht seines Geistes verstärkt. Falco parierte einen Angriff von Dusaule, rollte sich unter einem weiteren Schlag von Dwimervanes Schwanz hinweg und schaffte es sogar, Meredith davor zu bewahren, geröstet zu werden, als Aurelian einen Feuerball in *dessen* Richtung schleuderte.

Meredith duckte sich, als die Flammen um die schützende Kugel wirbelten, die Falco rings um ihn gewirkt hatte. Er blickte Aurelian ungläubig an, aber der alte Kampfmagier lachte nur.

»Ach, komm schon«, tat er den entrüsteten Ausdruck auf Merediths Gesicht ab. »Ich war mir ziemlich sicher, er würde mit einem kleinen Feuerball zurechtkommen.«

Bestürzt über Aurelians Leichtfertigkeit, blickte Meredith zu Falco zurück, der nun von Dusaule und Dwimervane zum anderen Ende des Schmelztiegels getrieben wurde. An seiner Ausdauer musste noch gearbeitet werden, und er sah erschöpft aus. Er schaffte es gerade so, eine Attacke von Dusaule zu parieren, aber dann war er zu langsam, um einen Rückhandschlag von Dwimervane abzublocken. Die Knöchel der Drachentatze rammten seine Hüfte, und wieder einmal landete er – alle viere von sich gestreckt – am Boden. Sein Schwert flog ihm aus dem Griff, und der Schild baumelte von dem Riemen an seinem Unterarm. Meredith sah mit an, wie er nur ein paar Fuß vor dem dunklen Durchgang des L'obscurité zum Halten kam.

Sie alle wurden still, als sei Falco einer schrecklichen und gefährlichen Bestie vor die Füße gefallen. Langsam kam er auf die Beine, und Meredith beobachtete mit Überraschung, wie Dusaule vor ihn trat, als wollte er Falco vor dem, was auch immer in den Schatten jenseits des Durchgangs liegen mochte, abschirmen. Meredith fühlte, dass mit jäher Schnelligkeit die Angst in seinem Geist heraufzog, und er dachte für einen Augenblick, er könne einen Aufruhr von böswilligem Flüstern hören, das von der Dunkelheit des Tunnels ausging.

Falco und Dusaule blieben wie erstarrt, und Dwimervane an ihrer Seite rührte sich ebenfalls nicht, als könnte auch sie die ruchlose Gegenwart spüren, die in der Finsternis lauerte. Merediths Mund wurde trocken, und er fühlte ein schier überwältigendes Verlangen, sich von dem gähnenden Portal zurück-zuziehen. Langsam trat Aurelian auf Falco zu, um sich neben ihn zu stellen, und erst jetzt ging Dusaule zur Seite.

»Ich will es tun«, sagte Falco, von der Strapaze des Kampftrai-nings schwer atmend. »Ich will eintreten.«

Bei dem bloßen Gedanken daran, einen Schritt in diesen dunklen Durchgang zu machen, wurde Meredith schlecht vor Angst.

»Du bist noch nicht bereit dafür«, sagte Aurelian.

»Aber der Feind wird jeden Tag stärker«, sagte Falco. »Ich muss irgendetwas tun.«

»Ich weiß«, sagte Aurelian. »Aber du wirst nichts erreichen, wenn du deinen Geist in den Gefahren auslöschst, die darin lie-gen.«

»Ich kann es tun«, sagte Falco.

»Nein!«, wiederholte Aurelian, und Meredith war vom Ernst in dessen Stimme überrascht.

Einen Moment lang standen sie einander gegenüber und starr-ten sich an, dann gab Aurelian ein Seufzen von sich. Indem er Falcos Arm ergriff, führte er ihn von dem Tunnel weg und zu den Stufen an der Seite der Arena hinüber. Die anderen machten sich auf, ihnen zu folgen.

»Ihr könnt mich nicht aufhalten«, sagte Falco, als sie sich auf die niedrigeren Stufen setzten. »Es ist meine Entscheidung, den Ritus zu erproben.«

Aurelian lachte, allerdings nicht auf herablassende Art. Das Geräusch vermittelte vielmehr Zuneigung und Respekt.

»Ja gewiss, es ist deine Entscheidung«, sagte er, »aber du musst sie treffen, wenn du bereit dafür bist. Nicht bloß, weil du unbe-dingt *irgendetwas* tun möchtest.«

»Aber mein Schutz ist stark«, sagte Falco. »Das hast du selbst gesagt.«

Wieder lachte Aurelian. »Es kommt nicht nur auf Schutz an. Du wirst jedes Hilfsmittel brauchen, das du zur Verfügung hast, um den Ritus von Assay zu bestehen, und bisher kannst du noch nicht einmal einen Angriffszauber wirken.« Dabei kritisierte er Falco nicht, sondern versuchte nur, ihn dazu zu bringen zu verstehen.

»Aber man erwartet doch bestimmt nicht von mir, dass ich die Magier ›bekämpfe‹, die zum Torquery gehören.«

»Nein«, sagte Aurelian. »Aber es ist ihre Aufgabe, dir entgegenzuarbeiten, und du musst die Erscheinungsformen besiegen, die sie dir in den Weg stellen.« Er hielt inne. »Allein zu wissen, dass du angreifen *kannst*, wenn es erforderlich wird, verleiht Stärke an sich.«

Falco stieß ein Seufzen aus. »Und wenn ich niemals Angriffsfähigkeiten zustande bringe?«

»Dann wird es für dich herausfordernder sein als je zuvor.«

Aurelian warf Dusaule einen besorgten Blick zu. Der schweigende Pächter hatte einen Eid geschworen, niemals wieder seine Angriffskräfte zu benutzen, aber keiner von ihnen konnte sich vorstellen, den Ritus von Assay zu erproben, ohne zumindest im Besitz von offensiven Fähigkeiten zu sein.

»Denkst du, ich kann es tun?«, fragte Falco, und jetzt lächelte Aurelian.

»Ich würde meine Zeit doch nicht mit deinem dürren Arsch verschwenden, wenn ich das nicht täte.«

Er wartete ab, bis Falco ihn ansah, dann nickte er ihm zu.

»Hör zu«, sagte er und nahm neben Falco Platz. »Morgen gehen wir und besuchen Antonio in der königlichen Waffenschmiede. Es wird höchste Zeit, dass wir Maß für deine Rüstung nehmen. Wenn er sich ins Zeug legt, könnte er sie fertig haben, bis du von der Trainingskampagne zurückkommst.«

»Aber da hat er ja nur gut zehn Wochen Zeit«, sagte Falco. »Er kann doch bestimmt keinen kompletten Satz Rüstung in zehn Wochen herstellen.«

»Pah!«, sagte Aurelian. »Er hat mehr als zwanzig Waffenmeister in seinen Werkstätten herumhängen. Davon abgesehen«, fügte er mit einem Zwinkern hinzu, »werde ich mit der Königin sprechen.

Ein Wort von ihr, und er zaubert einen Satz Rüstung aus dem Nichts herbei.«

»Und was ist mit dem Schwert?«, fragte Falco. »Wie soll er denn ein Schwert herstellen, wenn ich nicht die Hitze hervorbringen kann, um es zu schmieden?«

Dieses Mal sah Aurelian weniger sicher drein. Erneut warf er Dusaule einen flüchtigen Blick zu, aber der stille Pächter schüttelte nur kurz den Kopf, als hielte er nicht viel von dem, was Aurelian im Sinn hatte.

»Na ja, das habe ich mir überlegt«, sagte dieser und kratzte sich die rauen Bartstoppeln an seinem Kiefer. »Ich dachte, vielleicht sorge ich für die Hitze, und Antonio kann die ganze harte Arbeit machen.«

»Würde das denn funktionieren? Ich dachte, Ihr hättet gesagt, Eure Beschwörungen seien ein wenig chaotisch.«

Aurelian zuckte die Achseln. »Einen Versuch wird's schon wert sein.«

Abermals schüttelte Dusaule zweifelnd den Kopf, während Meredith unsicher die Stirn runzelte. Alles, was er über das Schmieden eines Schwertes für einen Kampfmagier gelesen hatte, deutete darauf hin, dass es eine hochgradig kunstfertige und herausfordernde Angelegenheit war. Der Kampfmagier und der Schwertschmied arbeiteten gemeinsam daran, eine Klinge zu schaffen, die nicht nur zu der körperlichen Statur und der magischen Fähigkeit dessen passte, der sie schwang, sondern auch zu seiner Persönlichkeit. Der Gedanke daran, dass ein Fremder versuchte, ein Schwert für Falco herzustellen, indem er Aurelians sprunghafte Kräfte dazu einsetzte, würde mit Sicherheit in einer Katastrophe enden.

Die Rüstung aber war eine andere Sache. Es waren die Magier, die die komplizierten Muster entwarfen, die in die Oberfläche des Stahls geätzt wurden. Geheimnisvolle Formen, die es der Energie eines Kampfmagiers erlaubten, verbreitet zu werden, ohne den Stahl selbst zu beschädigen.

Nachdem er eine Anzahl Untersuchungen zu dem Thema gelesen hatte, war Meredith ein guter Anfang mit den Entwürfen gelungen. Er war sich sicher, dass er in der Lage sein würde, den Graveur zu beraten, wenn die Zeit dafür gekommen sein würde. Er hatte jetzt seit mehr als vier Monaten mit Falco gearbeitet – vier Monate geistiger Beobachtungen waren das gewesen, die ihm eine einzigartige Einsicht in die sich verändernden Harmonien seines Verstandes gegeben hatten. Falco mochte vielleicht niemals Angriffsfähigkeiten entwickeln, aber wenn er es jemals tat, so würde Meredith sichergehen, dass seine Rüstung ihn nicht im Stich ließ.

»Na gut, dann sind wir uns einig«, sagte Aurelian, der sich befriedigt die Hände rieb. »Morgen sorgen wir dafür, dass dein Maß für die Rüstung eines Kampfmagiers genommen wird.«

49

Der letzte überlebende Zeuge

Die frühen Morgenstunden des folgenden Tages trafen Meredith wieder einmal vergraben in den Archiven des Magierturms an. In dem amethystfarbenen Glühen der an den Wänden angebrachten Kristalle lehnte er sich von dem Steintisch vor sich zurück und versuchte die Spannung in Hals und Schultern zu lockern. Er hatte stundenlang studiert, und von alldem, was er gelernt hatte, war sein Verstand schon geradezu ins Schwimmen geraten.

Zuerst hatte er sich eine Reihe von bebilderten Büchern vorgenommen, in denen die Motive aufgelistet waren, die in die Rüstung von Kampfmagiern eingearbeitet wurden. Meredith hatte ein paar Stunden damit zugebracht, an seinen eigenen Mustern zu arbeiten, und dann hatte er, einer spontanen Regung folgend, nachgesehen, ob die Motive für Falcos Vater in den Niederschriften enthalten waren. Tatsächlich waren der Rüstung von Aquila Danté vier Seiten gewidmet. Meredith zog die komplexen Muster mit seinem Finger nach und nickte, als er Ähnlichkeiten zu den Motiven feststellte, die er für Falco vorbereitet hatte. Die Windungen lagen dichter beisammen, und die miteinander verwobenen Bänder besaßen eine komplexere Struktur, aber, ja, etwas, das so ähnlich war wie dies hier, würde Falcos Kräften gute Dienste leisten.

Als Nächstes hatte er mit einem Buch weitergemacht, das verschiedene Theorien über den Verstand der Drachen aufgestellt hatte. Der Verfasser dieses gewissen Buches legte dar, dass Drachen eine Art kollektives Bewusstsein teilten. Sie waren zwar nicht dazu in der Lage, mit anderen zu »sprechen«, so wie Magier das konnten, aber es gab gewiss dennoch eine Art von Verbindung. Doch der interessanteste Abschnitt des Buches betraf etwas, das der Autor als *Erinnerung der Arten* bezeichnete.

Er deutete an, dass Drachen sich an Dinge aus der Zeit vor ihrer Geburt erinnern konnten, und dass diese Erinnerung mit den Jahren umfangreicher wurde. Mit anderen Worten: Je älter ein Drache war, desto weiter in der Zeit zurück reichte seine Erinnerung. Der Verfasser ging sogar so weit zu behaupten, dass dies vielleicht der Grund dafür war, warum schwarze Drachen wahnsinnig wurden, dass die Erinnerung an Besessenheit den Zustand von Besessenheit selbst herbeiführen konnte. Meredith machte sich eine gedankliche Notiz, mehr Material zu diesem Thema ausfindig zu machen.

Danach hatte er seine Notizen zur Nachrichtenübermittlung auf weite Entfernung abgeglichen. Er hatte vor, während Falco und die Kadetten zu ihrer Trainingskampagne fort waren, seine Ideen für eine aktive Kommunikationsverbindung zwischen Magiertürmen in die Praxis umzusetzen.

Meredith hatte mit fünf anderen Magiern gearbeitet, von denen zwei mit ihm zum Magierturm in der Küstenstadt Tempête Havre reisen würden, die sich fünfzig Meilen südlich befand. Die anderen drei würden hier in Grimm bleiben. Sie würden eine geistige Verbindung herstellen, und dann würden sie sehen, wie weit sie kamen, bevor die Kommunikationsverbindung zusammenbrach. Gesetzt den Fall, dass sie ihre Konzentration aufrechterhalten konnten, sah Meredith keinen Grund, warum die geistige Verbindung versagen sollte. Der schwierige Teil erfolgte mit dem Weiterreichen der Verbindung von einem Magier zum nächsten. Aber er war sicher, dass auch dies zu schaffen war.

Schließlich wandte er sich einem obskuren Manuskript zu, das Befragungen von Überlebenden der Großen Besessenheit beinhaltete. Aber wieder einmal stellte er fest, dass es hier nichts Neues zu erfahren gab. Das letzte Kapitel betraf einen Mann, von dem es hieß, dass er der letzte überlebende Augenzeuge der Großen Besessenheit selbst gewesen war. Es gab jedoch keine Einzelheiten über den Namen dieses Mannes oder was er angeblich mitangesehen hatte. Völlig niedergeschlagen war Meredith gerade schon dabei, das Manuskript zu schließen, als seine Aufmerksamkeit auf einen bestimmten Absatz fiel, der diesen besonderen Zeugen betraf. Er war während der Inquisition von Ossanda im Jahre 851 AI befragt worden.

»... *Es bleibt einige Verwirrung zurück, was die Aussage des Zeugen betrifft. Es ist jedoch bekannt, dass er von der Inquisition freigelassen und in einen Turm verlegt wurde, der besser ausgestattet war, um die Symptome seiner Bedrängnis zu behandeln. Die Erwähnung von ›Zwangsunterbringung‹ in der Verfügung über seine Verlegung legt nahe, dass der Zeuge von den Schrecken heimgesucht blieb, die er hatte miterleben müssen, als die Drachen zum ersten Mal zu Mördern wurden. Ein etwas ausführlicherer Bericht seiner Aussage und eine Analyse seines geistigen Zustands lässt sich in Sennicio Verdes Buch mit dem Titel* Der letzte überlebende Zeuge *finden.*«

Meredith starrte auf den Titel des Werks. Er war überrascht, dass er noch nie zuvor von ihm gehört hatte. Er wandte sich der Bibliografie zu und fuhr mit dem Finger über die Liste der Bücher, auf die der Verfasser verwiesen hatte. Wenn als Ortsangabe des Buches Grimm aufgelistet war, dann war es bestimmt verlorengegangen, denn während all seines Suchens hatte er keinerlei Anzeichen davon entdeckt. Aber es gab eine Chance, dass sich vielleicht Kopien davon in anderen Magiertürmen befanden. Schließlich kam sein Finger zum Halten, und Meredith konnte nur auf die Seite starren. Da war der Name des Werks zu lesen, der Autor und dann noch eine Liste von den Orten, die Kopien der Schrift besaßen.

Der letzte überlebende Zeuge: Sennicio Verde: Grimm & Le Matres
Le Matres, das war die Stadt, die Falco und die Kadetten während ihrer Trainingskampagne besuchen sollten. Plötzlich schlug Merediths Herz schneller. Hier lag ein Bericht über die Große

Besessenheit vor, von jemandem verfasst, der sie tatsächlich überlebt hatte. Die Kopie in Grimm war offensichtlich verloren gegangen, aber die Kopie in Le Matres gab es womöglich noch.

Merediths Verstand raste, als er sich fragte, ob er die Kadetten auf ihrer Kampagne begleiten sollte. Le Matres war viel weiter entfernt als Tempête Havre, aber Entfernung war eigentlich nicht das Problem. Seine Idee sollte über zweihundert Meilen Entfernung so leicht wie über fünfzig funktionieren, und davon abgesehen, würde es ihm erlauben, seine Arbeit mit Falco fortzusetzen.

Er blickte einmal mehr zu Bruder Serulian hinüber, der wie eine runzlige Puppe am Rand seines Stuhls saß. Meredith schüttelte das vertraute Gefühl von Unbehagen ab und legte das Manuskript auf den Haufen, der zurück in die Regale gehen würde. Dank Bruder Serulians Fähigkeit hatte er bereits den Namen des Buchs vergessen, das er gerade abgelegt hatte. Er hatte den größten Teil der Einzelheiten, die es beinhaltete, ebenfalls vergessen, aber den Titel eines anderen Buchs hatte er nicht vergessen, eines Buches, das sich vielleicht noch im Magierturm von Le Matres finden würde.

Meredith sammelte die Notizen und Zeichnungen auf, die er für die Muster auf Falcos Rüstung angefertigt hatte. Es war schon spät, und morgen würde er die Änderung seiner Pläne mit den Magiern besprechen müssen, die mit ihm arbeiteten. Er konnte sich zwar nicht vorstellen, dass sie erfreut sein würden, aber gewiss waren sie ebenfalls begierig darauf zu sehen, ob seine Idee Erfolg haben würde.

Als er die Kammer verließ, begegnete Meredith Bruder Serulians Blick, aber wie immer schien der alte Mann seine Gegenwart gar nicht wahrzunehmen. Seine Anweisungen bestanden darin sicherzustellen, dass Meredith während seiner Zeit in den Archiven von Grimm nichts über die vierundachtzigste Dekade lernte. Sie erwähnten nicht die fünfundachtzigste Dekade oder Werke, die vielleicht in den Archiven von Le Matres existierten, wo Meredith Saker am Ende die Wahrheit erfahren mochte.

50

Die Rüstung eines Kampfmagiers

Die Werkstätten von Antonio Missaglias lagen im nordöstlichen Viertel der Stadt, wo die vorherrschenden Winde den Rauch aus den Essen in die Berge trugen. Falco und Meredith versuchten, sich ihm nicht auszusetzen, während sie darauf warteten, dass Aurelian mit dem Meister selbst zurückkehrte.

»Malaki würde das hier lieben«, sagte Falco, als er die urwüchsige Umarmung der königlichen Waffenschmiede auskostete.

»Es ist zu heiß«, erwiderte Meredith, der sich die Stirn abwischte, und Falco nickte.

Die Luft fühlte sich auf seinem Gesicht warm an und war voll von einer feurigen Mischung aus Gerüchen, die er tatsächlich auf seiner Zunge schmecken konnte. Die erdigen Aromen von Holzrauch und Erz, vermischt mit dem schärferen Geruch von Metall. Es gab auch den markanten Geruch von Lederarbeiten und einen süßlichen Hauch von Öl, der von den Bädern zum Abschrecken des Stahls herrührte. Die verschiedenen Pumpen und Blasebälge vermittelten den Eindruck, dass das gesamte Gebäude atmete, und der Klang von Hämmern auf Metall war überall, von dem rhythmischen Donnern der Vorschlaghämmer, die eine Klinge in die Länge zogen, bis zu den heller klingenden Zusammenstößen von Dengelhämmern mit maßgeschneiderten Plattenteilen.

Es war eine Umgebung, die Falco vertraut und beruhigend vorkam. Er atmete sie ein und wischte sich einen Schweißtropfen von der Stirn, als Aurelian wiederauftauchte und sich zwischen den Ambossen, Bänken und Gestellen mit Metallwerkzeugen hindurchschlängelte. Hinter ihm kam ein weiterer Mann, der Falcos Erwartungen überhaupt nicht entsprach. Er hatte mit einem hochgewachsenen und gepflegten Kunsthandwerker gerechnet, aber als sie näher kamen, konnte er sehen, dass Meister Missaglias ein Buckliger war, obwohl Falco nicht sagen konnte, ob er so geboren sein mochte oder diesen Zustand später erst entwickelt hatte, weil er sich jahrelang über einen Amboss gebückt hatte. Er war klein, beinahe zwergenhaft, mit den kräftigen Schultern und der rußgeschwärzten Haut, die man mit Menschen verband, die ihr ganzes Leben in einer Schmiede verbrachten. Seine nackten Arme waren dicht von Narben übersät, wie auch seine rötliche Gesichtshaut, aber seine dunklen Augen glitzerten vor scharfer Verstandeskraft.

»Meister Antonio Missaglias, erlaube mir, dir zwei Landsmänner von dir vorzustellen, Falco Danté und Meredith Saker.«

Antonio neigte knapp den Kopf und lächelte, als er sah, wie Falco auf eine markante Narbe starrte, die aussah, als sei er mit einem rot glühenden Hufeisen ins Gesicht geschlagen worden.

»Hab das von einem Schlachtross abbekommen«, sagte er in dem neutralen Akzent von Valentia. »Ich glaub, der alte Kerl hatte ein Problem mit meinen Stallmanieren.«

Falco zuckte zusammen.

»Er wollte mir nur einen Dämpfer verpassen«, sagte der Meister mit einem Achselzucken. »Hätte er mich verletzen wollen, hätte er mir den Schädel wie eine Melone zerquetscht. So«, sagte er und betrachtete Falco von oben bis unten, »du suchst also nach einer Rüstung.«

Falco, der sich mit einem Mal verlegen fühlte, neigte den Kopf.

Der Meister lächelte. Er ließ es klingen, als wären sie nur hereingeschneit, um einen neuen Satz Armschienen zu bestellen. Er blickte Falco eindringlich an, dann wandten sich seine scharfen Augen Meredith zu.

»Ich nehme an, du bist derjenige, der die Kleinigkeiten auf der Oberfläche entwirft.«

Meredith nickte. Seine Hand glitt zu dem Lederbehälter für Schriftrollen, der an seiner Seite hing und die Zeichnungen und

Notizen enthielt, an denen er in der vorigen Nacht gearbeitet hatte.

»Und wann würdest du diese Rüstung brauchen?«, fragte Antonio, der sich umdrehte und sich durch die Werkstatt begab.

»Nun ja, er wird zusammen mit den Kadetten auf ihre Trainingskampagne gehen«, sagte Aurelian, der sich ihm anschloss. »Also denke ich mal, dass du ungefähr zehn oder elf Wochen hast, bis er zurückkommt.«

Angesichts Aurelians Zuversicht in die Fähigkeit des Meisters stieß dieser ein Schnauben aus.

»Ich weiß, wir reden über die Rüstung eines Kampfmagiers«, beharrte Aurelian. »Aber ich bin mir sicher, mit all deinen Ressourcen …« Seine Stimme verklang, als wisse sogar er, dass es zu viel verlangt sei.

Antonio führte sie an einem weiten Gebäude entlang, zu dessen beiden Seiten sich Arbeitsplätze befanden. Falco erhaschte den beißenden Geruch von Säure und sah Rüstungssteile, die für das Ätzen vorbereitet wurden. Der Lärm der Hauptwerkstatt begann abzuflauen, als sie sich weiter von ihr entfernten. Schließlich erreichten sie die Umkleideräume.

»Also, was denkst du?«, fragte Aurelian, dessen frühere Zuversicht einer Unsicherheit wich, als ihre Reise durch die Werkstätten ihn daran erinnerte, wie viel zum Herstellen eines ganzen Satzes an Rüstung gehörte. »Du könntest zumindest schon mal anfangen. Es wird noch eine Weile dauern, bevor Falco den Ritus von Assay in Angriff nehmen kann.«

Antonio hielt inne und sah wieder Falco an, bevor er Antonio einen missbilligenden Blick zuwarf. Offenbar bezweifelte er ebenfalls, dass Falco bereit war, sich den Herausforderungen des Ritus zu stellen. Er wandte sich einem der Ausstatter zu, der an sie herantrat.

»Dieser junge Mann benötigt eine Rüstung«, sagte er. »Die Rüstung eines Kampfmagiers«, fügte er hinzu. »Wie bald, denkst du, können wir seinem Wunsch nachkommen?«

Der Ausstatter verbeugte sich und lächelte höflich. Er zog ein Maßband hervor, das um seinen Hals hing.

»Wenn mir der junge Meister bitte folgen würde.«

Falco blickte Aurelian an, der ihm bestätigend zunickte, dann folgte er, wobei er sich ausgesprochen unwohl dabei fühlte, im Mittelpunkt der Aufmerksamkeit zu stehen, dem Mann zu einem Umkleidebereich am anderen Ende des Gebäudes. Dieser Teil war von Vorhängen umschlossen, und als der Mann sie zurückzog, blieb Falco wie angewurzelt stehen.

Dort, in der Mitte des Raums, war auf einem hölzernen Ständer eine Rüstung aus dunklem Stahl hergerichtet worden, eine, die halb Plattenrüstung und halb Kettenrüstung war, mit Brustplatte, Armschutz und Panzerhandschuh an der oberen Hälfte und Beinschienen und gepanzerten Stiefeln an der unteren. An einem gesonderten Ständer daneben hing ein Rundschild aus Metall, und all das wurde von einer Barbuta-Helmglocke mit ihrem unverwechselbaren T-förmigen Sichtschlitz gekrönt, die sie auf eine seltsam einschüchternde Weise anzustarren schien. Die Rüstung war offensichtlich noch nicht zu Ende gefertigt, aber all die hauptsächliche formgebende Arbeit war schon getan worden.

»Wir sind bei dem valentianischen Stil geblieben«, sagte Meister Missaglias, als suche er Falcos Zustimmung.

Falcos Augen nahmen die zusätzliche Rüstung am Schwertarm und dem führenden linken Fuß auf, die bezeichnende Merkmale valentianischer Rüstung ausmachten, aber er war zu überwältigt, um zu antworten. Hinter ihm lachte Aurelian leise.

»Wann?«, fragte der amüsierte alte Kampfmagier.

»Die Königin hat mich gegen Herbstende aufgesucht«, sagte Antonio. »Sie sagte, der Abgesandte würde einen neuen Kampfmagier in die Hauptstadt bringen und bat mich, mit der Arbeit an einer Rüstung zu beginnen.«

»Na, da will ich doch verdammt sein«, murmelte Aurelian, schüttelte den Kopf und machte sich daran, die Rüstung genauer in Augenschein zu nehmen.

»Wir haben eine Weile gebraucht, um das Metall vorzubereiten und das Ausglühen abzuschließen«, fuhr Antonio fort. »Als Meister Danté dann angekommen war, haben wir anhand der Trainingsrüstung Maß genommen, die er an der Akademie benutzt hat. Und schließlich haben wir uns von Lanista Magnus Hinweise darauf geholt, wie sich dieser besondere Kadett entwickeln würde.« Hier blickte er erneut Falco an, als schätze er ab, wie akkurat die Vorhersage des Lanistas gewesen sei. »Wir werden natürlich noch ein paar letzte Anpassungen machen müssen, aber ich denke, wir sind schon ziemlich nahe am Ziel.«

Hinter Falco schien Meredith ebenso beeindruckt von der List wie auch von der Voraussicht der Königin zu sein. Die Rüstung musste noch ordentlich verarbeitet werden, aber sie war beinahe fertiggestellt, und er ertappte sich dabei, dass er sich wünschte, er hätte mehr Zeit, um an den Mustern zu arbeiten, die in ihre Oberfläche geätzt werden sollten.

»Was denkst du?«, fragte Aurelian, aber Falco konnte nur starren.

Meister Missaglias gab zwei anderen Ausstattern, die sich in der Nähe aufhielten, einen Wink. Meredith und Aurelian wurden freundlich hinauskomplimentiert, während die beiden silberhaarigen Männer in den Raum traten. Sie halfen Falco aus seinem Umhang und der Schaffelljacke und begannen ihn von Kopf bis Fuß abzumessen. Während einer von ihnen ein ledernes Maßband an Falcos verschiedene Körperteile hielt, machte der andere Einträge in ein Buch, das bereits mit Notizen vollgeschrieben war. Und dann begannen sie, nachdem sie Falco bis auf sein Hemd und seine Unterwäsche ausgezogen hatten, ihm die Rüstung anzulegen, während er so verlegen und verwirrt dastand wie ein Preisbulle, den man für den Markt herrichtete.

Sie begannen mit einem leichten wattierten Kettenhemd und einem Paar lederner Hosen, das mit gebürsteter Seide ausgefüttert war. Darüber legten sie ein Kettenhemd, das so sorgsam zugeschnitten war, dass es das Gewicht minimierte, ohne die Stellen zu gefährden, die nicht von der Plattenrüstung bedeckt sein würden. Als Nächstes halfen sie Falco in ein Paar gepanzerter Stiefel hinein und legten ihm Grieben und Beinschienen an, um seine Unterschenkel und Oberschenkel abzuschirmen. Darüber befestigten sie die Brustplatte und die Rückenplatte, die beide zwei größere Gelenke um die Taille aufwiesen, um es Falco zu erlauben, sich zu bücken und abzurollen. Dazu kam noch eine Reihe kleinerer Gelenke am Hals, um zu verhindern, dass sich das Metall in seine Kehle grub. Sie schnallten abgestufte Schulterplatten über seine Schultern und steckten seine Hände in Kampfhandschuhe aus Leder und fein miteinander verbundenen Plattengliedern, während seine Unterarme von einem gepanzerten Armschutz umhüllt wurden, oder der »unteren Kanone der Armschiene«, wie die Meister dieses Arbeitsplatzes sagten.

Zuletzt hoben sie die Barbuta-Helmglocke an, und hier schürzte Meister Missaglias die Lippen, als würde deren Passform zeigen, wie gut sie Falcos Körpermaße eingeschätzt hatten. Die Ausstatter setzten Falco nicht den Helm auf den Kopf, sondern reichten ihn ihm stattdessen.

»Du bist kein König«, erklärte Antonio. »Die Tradition verlangt, dass sich ein Ritter den Helm selbst auf seinen Kopf setzt.«

Falco hielt inne und blickte auf das Fass aus Stahl in seinen Händen. Der Akt, sich diesen Helm aufzusetzen, nahm mit einem Mal eine feierliche Bedeutung an, eine körperliche Darstellung der Verantwortung, die er auf sich nahm. Aber langsam hob er den Helm an und schloss die Augen, als er ihn auf seinen Kopf hinabsenkte. Die beiden Ausstatter zogen sich zurück, als Meister Missaglias herantrat und sich vor ihn stellte.

»Ein kleines Schütteln«, sagte er, und Falco schüttelte den Kopf hin und her, während der Meister beobachtete, wie sich der Helm bewegte. »Hmm«, brummte er, eindeutig unzufrieden mit dem Sitz.

»Er fühlt sich aber fein an«, sagte Falco. »Besser als alles, was ich bisher getragen habe.«

Aber der Meister war nicht überzeugt.

»Nein«, sagte er. »Die Stirn ist gut, aber vor der letzten Abhärtung werden wir die Verdickung noch ein wenig anheben, um die Seiten hereinzubringen und die Wölbung des Hinterkopfs zu erhöhen.« Er wechselte schnell ein paar Worte mit den Ausstattern, und dann fand eine Reihe von Notizen pflichtgemäß Eingang in das Buch.

»Versuch den Schild«, sagte Antonio, der zurücktrat, als einer der Ausstatter ihn so hochhielt, dass Falco mit seinem Arm durch die Riemen schlüpfen konnte.

Der Schild war ausgezeichnet gewichtet, und Falco fühlte endlich, wie ihn ein tiefes Gefühl von Befriedigung durchströmte. Er hatte diese Rüstung niemals zuvor gesehen, und er hatte auch nicht das Gefühl, sie wert zu sein, aber irgendwie fühlte sie sich gut an. Sie fühlte sich an, als sei sie speziell für ihn gemacht worden, was natürlich auch so war.

Die Ausstatter drehten ihn um, sodass er vor einem Ganzkörperspiegel stand, und Falco erkannte kaum die Gestalt wieder, die ihn da anblickte. Schließlich zogen sie den Vorhang zurück, um Aurelian und Meredith wieder in den Raum zu lassen.

Aurelians Blick schien voll von einer eigenartigen Befriedigung, während Meredith nur starren konnte.

»Was habe ich dir gesagt?«, sagte Aurelian mit einem anerkennenden Lächeln. »Aus dem Nichts.«

»Sie ist erstaunlich«, sagte Falco, der seine Arme und Schultern beugte, um die Bewegungsfreiheit zu testen. »Fühlt sich sogar noch leichter an als die volle Haube.«

Aurelian gab ein schnaubendes Lachen von sich, während Meister Missaglias beleidigt eine Augenbraue hochzog. Er hatte noch nie zuvor gehört, dass jemand seine Arbeiten mit der kruden Trainingsrüstung verglich, wie sie an der Akademie verwendet wurde. Mit einem abschließenden Nicken überließ er Falco den geschickten Händen der Ausstatter, welche die Abänderungen auflisteten, die der Rüstung hinzugefügt werden mussten.

Falco bestand weiter darauf, dass sie in Ordnung war, aber die Ausstatter wussten, dass eine schlecht sitzende Rüstung ihrem Träger leicht Verletzungen zufügen konnte, besonders einem, der sich so agil und athletisch wie ein Kampfmagier bewegen können musste. Einer von ihnen, der ein Stück schwarzes Wachs – ähnlich wie die Kreide eines Schneiders – benutzte, brachte eine ganze Reihe von Abänderungsmarkierungen an Falcos Rüstung an, während der andere die entsprechenden Notizen in das Buch eintrug.

Während die Ausstatter mit ihrer Arbeit fortfuhren, trat Antonio auf Meredith zu, der immer noch Falco anstarrte.

»Er sieht aus wie die Kraft, die ich im Inneren spüre«, flüsterte Meredith.

»Ich glaube, das ist das wunderbarste Kompliment, das ich je bekommen habe«, sagte Antonio, und Meredith lief rot an. Er hatte seine Gedanken nicht laut aussprechen wollen. »Also, ich nehme an, das da sind deine Entwürfe.«

Meredith nickte und legte eine Hand auf den Behälter mit den Schriftrollen, der an seiner Seite hing.

Antonio sprach einen jungen Lehrling an, der gerade Rüstungsteile auslegte.

»Geh und finde Meister Dorina in den Ätzungsräumen. Bitte ihn, zu uns zu kommen, falls er ein paar Minuten erübrigen kann.«

»Jawohl, Meister.«

Antonio führte Meredith und Aurelian an eine Reihe von Zeichentischen, die mit Pergamentrollen und Zeichnungen von Rüstungen in unterschiedlichen Stadien der Fertigstellung bedeckt waren. Er räumte einen der Tische ab und forderte Meredith auf, ihm die Entwürfe zu zeigen, an denen er gearbeitet hatte. Meredith, der sich merklich nervös fühlte, öffnete den Behälter für die Schriftrollen und begann die Seiten auszubreiten, die er vorbereitet hatte. Sie rollten sich ständig wieder auf, bis Antonio die Ecken mit ein paar kleinen Zinngewichten beschwerte.

»Hmm«, murmelte er, wobei er seinen scharfsichtigen Blick auf die komplexen Zeichnungen warf. »Ah, Dorian«, sagte er, als ein hochgewachsener dünner Mann hinter ihnen auftauchte. »Das hier ist Meredith Saker, der Magier, der die Muster für Meister Dantés Rüstung entwirft.«

»Ich bin nur ein Magierlehrling«, sagte Meredith.

Meister Dorian blickte Meredith an, als hätte dieser kein Recht, Meister Missaglias zu berichtigen. Seine kleinen, stechenden Augen blinzelten, und er zog seine Finger über den scharf getrimmten Bart an seinem schmalen Kinn.

»Darf ich?«

»Natürlich«, sagte Meredith, der zur Seite trat, um den Meistergraveur an den Tisch zu lassen.

»Hmm«, sagte Meister Dorian in fast genau dem gleichen Ton wie Antonio. Er zog ein in Messing eingefasstes Monokel aus einer Tasche seines Hemds und lehnte sich näher über den Tisch, wobei er die Muster mit einem langen, schlanken Finger nachfuhr.

»Interessant«, sagte er nach einer gründlichen Inspektion. »Denen seines Vaters sehr ähnlich.«

Meredith verblüffte der Gedanke, dass dieser Mann in der Lage war, die Ähnlichkeit zu erkennen, ohne direkt auf die Ausführungen für Falcos Vater verweisen zu können.

»Ja«, sagte er. »Obwohl ich sie nicht kopiert habe. Mir fielen die Ähnlichkeiten erst auf, als ich mich bereits für die Motive entschieden hatte.«

»Das ist keine Kritik, junger Mann«, sagte Meister Dorian. »Deine Motive scheinen völlig adäquat zu sein, obwohl es ohne Zweifel das erste Mal ist, dass du diese Aufgabe in Angriff genommen hast.«

Meredith ertappte sich dabei, dass er herauszufinden versuchte, ob dies nun ein Kompliment gewesen war oder nicht.

Antonio lächelte und nickte Meister Dorian dankend zu, als dieser zu seiner Arbeit zurückkehrte.

»So«, sagte Antonio. »Mit den Entwürfen für das Ätzen und der Liste an Anpassungen haben wir jetzt alles, was wir brauchen, um die Rüstung fertigzustellen. Sie wird für Falco bereit sein, wenn er von dem Feldzug zurückkehrt. Und dann bleibt für uns nur noch die Sache mit dem Schwert übrig.«

»Ah«, sagte Aurelian, und plötzlich war die Reihe an ihm, so auszusehen, als fühle er sich unbehaglich. »Ja … ich wollte ohnehin mit dir darüber sprechen.«

Erneut hob Meister Missaglias eine Augenbraue. Er kannte Aurelian gut genug, um zu wissen, dass er gewiss nicht mögen würde, was dieser gleich zu sagen hatte. Der alte Kampfmagier legte seinen Arm und die breiten, buckligen Schultern des Meisters und führte ihn aus dem Raum.

Meredith war sich nur vage dessen bewusst, dass sie hinausgingen. Auf der anderen Seite des Ganges konnte er gerade noch Falco ausmachen, der hinter den Vorhängen stand, während die Ausstatter ihr Werk beendeten. Ihn in der Rüstung zu sehen hatte sich angefühlt, als hätte er ihn zum ersten Mal überhaupt gesehen, und schließlich begann Meredith die Bedenken zu verstehen, die Galen Thrall und sein Vater ins Feld führten. Die Rüstung schien Falco ausgezeichnet zu sitzen, alles stimmte, das Gewicht, der Stil, die Aufmachung. Aber darüber hinaus sah Falco tatsächlich gefährlich aus, und Meredith verspürte ein plötzliches Aufblitzen von Zweifel darüber, den Versuch zu unternehmen, ihm beim Entfesseln seiner Kräfte zu helfen.

War es wirklich so klug, das zu tun?

Was, wenn er sich gegen sie wandte, so wie sein Vater?

Während er zusah, tauchten die Ausstatter auf und zogen die Vorhänge zu, um Falco ein paar Minuten Zeit für sich allein zu geben. Meredith, der versuchte, seine neuen Bedenken zu unterdrücken, erinnerte sich an die Instinkte, die ihn ursprünglich davon überzeugt hatten, Falco zu helfen. Die Vernunft wies ihn an, vorsichtig zu sein, der Instinkt aber riet ihm, Vertrauen zu zeigen. Einstweilen würde er es mit dem Instinkt halten.

Endlich allein starrte Falco die gerüstete Gestalt im Spiegel an, eine Gestalt, die stark und einschüchternd aussah. Er hatte das eigenartige Gefühl, dass er nicht sich selbst betrachtete, sondern seinen Vater, und sein Hals schnürte sich mit Kummer und Bedauern zu. Einen Moment lang fuhr er fort, in den Spiegel zu starren, aber dann blickte er auf die leere, in Leder gehüllte Fläche seiner rechten Hand hinunter. Meister Missaglias hatte recht. Er trug eine Rüstung, von der nur wenige jemals träumen konnten, sie zu besitzen.

Alles, was fehlte, war ein Schwert.

51

Das Traversier-Manöver

»Ich kann's einfach nicht glauben, dass du mich nicht dazu eingeladen hast!«, sagte Malaki zum ungefähr fünften Mal, seitdem er gehört hatte, dass Falco in den Werkstätten des berühmten Antonio Missaglias gewesen war.

»Ich dachte, wir würden nur für einen schnellen Besuch hingehen«, sagte Falco, während sie sich nach einem weiteren Morgen heftigen Trainings wuschen. »Davon abgesehen, hört es sich an, als ob du im Dressurring alle Übung brauchst, die du kriegen kannst.«

»Ich hab den Pfosten nur einmal getroffen«, sagte Malaki und wischte sich das Gesicht mit einem Handtuch ab.

»Hast ihn in zwei Hälften gespalten, wie ich gehört habe«, sagte Falco, der bemerkte, wie Quirren und Alex sich bemühten, nicht loszulachen. Sogar Bryna steckte ihren Kopf um den Vorhang herum, der sie von den anderen trennte.

»Es liegt an Fidelis«, sagte Malaki, womit er sein rotbraunes Schlachtross meinte. »Ich schwöre, er ist linksfüßig!«

»Hast recht. Gib dem Pferd die Schuld«, sagte Falco, als seien sie es leid, noch mehr Entschuldigungen zu hören.

Sie alle lachten, und Falco zuckte zusammen, als ein nasses Handtuch in sein Gesicht klatschte.

»En passant ist nicht einfach«, sagte Quirren, der Malaki auf die Schulter schlug, während er an ihm vorbeiging. »Nicht jetzt, wo wir es in voller Geschwindigkeit ausführen.«

»Genau«, sagte Malaki. »Alles ist schwieriger, wenn du es mit Geschwindigkeit ausführst …« Seine Stimme verklang, als Bryna hinter dem Vorhang auftauchte und sich ihr Haar abtrocknete.

Die anderen blickten einander verlegen an, aber Bryna schüttelte nur ihren Kopf und warf das nasse Tuch in einen Eimer in der Nähe. Heute Nachmittag würden die Dalwhinnies das Traversier-Manöver mit Reiterei bei hohem Tempo in Angriff nehmen, und Bryna befürchtete, sie würden versagen und nicht die Gelegenheit bekommen, mit auf den Trainingsfeldzug zu kommen.

Sie stopfte ihr Hemd in die Hosen, zog ihre Schaffelljacke an und trat aus dem Zelt. Malaki packte sein Hemd und ging ihr nach, mit Falco und den Klingemannbrüdern in deren Schlepptau.

»Alles wird gut gehen«, sagte Malaki, der sich sein Hemd über die noch feuchten Schultern zog. »Du hast es schon mit Fußtruppen und Reiterei im Schritt geschafft.«

»Ich weiß«, sagte Bryna, die ein Brötchen von einem Teller mit Essen an einem Tisch in der Nähe nahm. »Aber die Whinnies sind Bogenschützen … Reiterei macht sie nervös. Ein paar von den jüngeren Jungs haben regelrecht Angst vor Pferden.«

»Beruhige sie einfach«, sagte Malaki, während sich Falco, Alex und Quirren an den Tisch setzten.

»Es ist alles ganz schnell vorbei«, sagte Alex. »Ihr müsst nur die Abstände richtig hinbekommen und die Reihen gerade halten.«

Bryna verdrehte die Augen, wie um zu sagen: *Vielleicht ist es für euch einfach.* Die Exilanten hatten die Übung mehrere Male erfolgreich ausgeführt, aber sie waren ältere und erfahrenere Soldaten. Die Dalwhinnies boten ein Gemisch aus allen Altersgruppen, darunter waren auch sprunghafte Persönlichkeiten, von denen viele Schwierigkeiten hatten, ihre Antriebe zu kontrollieren. Sie hatte Bilder davon im Kopf, wie sie ausscherten und zu Tode getrampelt wurden.

»Vielleicht könntest du den Nervösen sagen, es sein zu lassen«, schlug Falco vor.

»Aber ich bin auch nervös«, sagte Bryna. »Es ist nicht einfach, einer Horde galoppierender Pferde den Rücken zu kehren. Außerdem«, fügte sie hinzu, »würden die lieber sterben, als ihr Gesicht zu verlieren.«

»Du wirst es gewiss gut machen«, bestärkte sie Malaki. »Und wir haben noch fast drei Wochen, bis wir abreisen sollen. Wenn du es heute nicht schaffst, hast du immer noch Zeit, es zu versuchen.«

Bryna riss mit ihren Zähnen einen weiteren Brocken Brot ab und trank einen Schluck Wasser, um ihn hinunterzuspülen. Dann sahen sie gerade in diesem Augenblick, wie eine Abteilung leichter Reiterei der Légion du Trône auf das Plateau ritt. Und anschließend bemerkten sie eine kunterbunte Gruppe von zweihundert Bogenschützen, die lachten und sich anrempelten, während sie herankamen.

Aus dem Zelt tauchten nun mehr Kadetten auf, während die Helfer als Vorbereitung für die Übung ein nahe gelegenes Trainingsfeld trassierten.

»Ich gehe lieber und hol sie ab«, sagte Bryna, die ihren letzten Mundvoll Brot hinunterzwang.

Malaki erhob sich von seinem Platz, um ihr einen Kuss zu geben.

»Viel Glück«, sagte er, und die anderen fügten in einer Abfolge von aufmunterndem Winken und unbeholfenem Lächeln ihre besten Wünsche hinzu.

Bryna, die bleich und nervös aussah, holte ihren Bogen und ihren Köcher, dann ging sie über das Feld, um sich mit den Männern zu treffen, die unter ihrem Kommando standen. Es gab keinen Jubel oder laute Prahlerei. Die Whinnies wussten, wie viel Bryna dies bedeutete, und keiner von ihnen wollte vor den Anleitern und den anderen Kadetten dumm aussehen.

»Sie wird schon klarkommen«, sagte Falco zu Malaki, als sie sahen, wie der Trupp Reiterei sich auf dem Trainingsfeld formierte, das neben dem ihren lag. »Wenn irgendjemand weiß, wie man in gerader Linie reitet, dann ist es die Légion du Trône.«

Malaki nickte geistesabwesend, und sie gingen gemeinsam an den Seitenrand des Feldes, um zuzusehen. Die Lanistas schlossen sich ihnen an und stellten sich neben die Kadetten, als die Dalwhinnies sich in Stellung begaben.

»Sie wird es sicher gut machen«, sagte Lanista Magnus. »Sie hat mit einer schwierigen Einheit eine gute Arbeit hingelegt.«

Malaki war dem Lanista für seine Worte dankbar, aber selbst er schien ein wenig angespannt. Das Traversieren war einfach ein gefährliches Manöver. Es war dazu gedacht, es einer Truppeneinheit zu erlauben, sich ohne Durcheinander durch eine andere zu bewegen. Die Geschichte war voll von Schlachten, die katastrophal geendet hatten, nur weil Einheiten nicht in der Lage gewesen waren, in Stellung zu kommen, Armeen überflügelt worden waren und eine Reiterei es nicht geschafft hatte, den Feind zu erreichen, weil ihnen dichte Blöcke ihrer eigenen Fußtruppen im Weg gestanden hatten. Es war zwar schwierig, aber es konnte entscheidend sein, und daher war Bryna fest entschlossen, es richtig hinzubekommen.

Sich der Blicke bewusst, die auf ihnen lagen, schritt sie über das Feld auf die unverwechselbare Gestalt von Patrick Feckler zu.

»Wie machen sie sich?«

»Nicht übel«, sagte Paddy. »Lachen und reißen Witze, ziehen sich gegenseitig auf. Ein sicheres Zeichen, dass sie nervös sind.«

Bryna nickte und versuchte, etwas Feuchtigkeit in ihrem Mund zu sammeln. Sie hatte das Traversier-Manöver schon erfolgreich mit Fußtruppen und Reiterei im Schritt durchgeführt, aber in vollem Galopp zu traversieren war ein völlig anderes Vorhaben. Der Boden bebte im wahrsten Sinne des Wortes von dem Getrommel der Hufe, und das Geräusch, mit dem sie herankamen, hörte sich wirklich beängstigend an.

Auf Kommando musste sich die Einheit, die traversiert wurde, in Ränke formieren, die Lücken für die Einheit frei ließ, die sie passieren wollte. Die Ränke mussten gerade und bis ins Letzte aufeinander abgestimmt sein, andernfalls konnte es katastrophal enden, besonders mit schneller Reiterei. Sie hatten hart daran gearbeitet, es richtig hinzubekommen, aber nach wie vor hing viel davon ab, die Nerven zu bewahren. Wenn ihnen die Reiterei entgegenkam, wurde von ihnen verlangt, sich abzuwenden und sich hinzukauern, wobei sie ihre Köpfe in die Richtung der Person beugten, die sich vor ihnen befand, um ihr Profil zu verringern und jede Chance auf eine Verletzung einzugrenzen.

»Wie geht's Alnwick und Daniel?«, fragte Bryna.

»Haben eine Scheißangst«, sagte Paddy. »Aber sind fest entschlossen, es durchzuziehen.«

»Vielleicht sollte ich einfach darauf bestehen, dass sie sich raushalten«, sagte Bryna, die zwei junge Burschen von kaum mehr als siebzehn Jahren anblickte. Einer von ihnen, Daniel, war das, was Leute womöglich als »einfach gestrickt« bezeichneten, aber die Dalwhinnies hatten ihn trotzdem als einen der ihren angenommen. Sie ging zu ihnen hinüber, um mit ihnen zu sprechen.

»Wie geht es euch, Jungs?«, fragte sie, während die beiden jungen Männer die Spitzen ihrer Bögen auf ihren Stiefeln aufstützten.

»Alles fein und ausgezeichnet, Frau Hauptmann«, sagte Alnwick, der alles andere als fein aussah.

»Hab ein bisschen Angst«, sagte Daniel und strich sich sein welliges blondes Haar aus den Augen.

»Ihr müsst das nicht tun«, sagte Bryna. »Ihr wisst Bescheid, oder?«

Beide Jungen liefen rot an und vermieden es, sie anzusehen. Alnwick machte den Eindruck, als wolle er etwas sagen, entschied sich schließlich aber dagegen.

»Bisschen Angst schadet nie jemandem«, sagte Daniel, als würde er etwas wiedergeben, was die älteren Männer ihm gesagt hatten.

Bryna schenkte ihnen ein Lächeln und wandte sich ab, bevor es ihr entgleiten konnte.

»Hab ein Auge auf sie«, flüsterte sie Paddy zu. »Und wenn es aussieht, als würde Alnwick es nicht schaffen, dann halt ihn raus. Ist mir egal, ob du ihn anbinden musst.«

Paddy warf den beiden Jungen einen flüchtigen Blick zu, ehe er antwortete.

»Sie sind freiwillig hier«, sagte er. »Entweder sie kommen klar. Oder eben nicht.«

Bryna sah die bärengleiche Gestalt neben sich an und fragte sich, ob sie jemals so gleichgültig empfinden konnte. Sie war nur ein paar Jahre jünger als die Jungen, aber selbst ihr erschienen sie so besonders jung.

»Lass die Männer sich aufstellen«, sagte sie. »Wir sind fast so weit.«

Paddy nickte und begann mit seinem Geschrei, um die Dalwhinnies in eine normale Blockformation für den Fernkampf zu bringen. Inzwischen näherte sich Bryna einem der Marschälle, die das Manöver überwachten.

»Fernkampfschüsse auf zweihundert Meter. Auf mein Kommando fertig fürs Traversieren«, sagte der Marschall, der ihr einen kompromisslosen Blick zuwarf. »Beim ersten Fanfarensignal wird die Reiterei herankommen. Die Flagge wird die Strecke für das Herankommen anzeigen.« Er hielt die rote Flagge hoch, die er in der Hand hatte. »Wenn es irgendwelche Probleme geben sollte, hast du Zeit, das Manöver abzubrechen, bis das zweite Signal ertönt. Danach ist es zu spät.«

Bryna nickte. Wenn sie mit ihrer Formierung nicht zufrieden war, hatte sie zumindest kurz Gelegenheit, das Manöver abzublasen, woraufhin die Marschälle die Reiterei zu den Rändern des Felds umleiten würden. Sie wandte sich von dem Marschall ab und blickte zu den Dalwhinnies hinüber, die jetzt in einem gut geordneten Block beisammenstanden. An einem Ende des Feldes war eine Linie Zielpfosten mit weißen Fetzen zu sehen, die im Wind flatterten. Am anderen Ende traten die Pferde der Légion du Trône im mittäglichen Sonnenlicht auf und ab und warteten auf das Kommando, mit hoher Geschwindigkeit zu traversieren. Sie ging, um ihre Stellung im Rücken der Dalwhinnies einzunehmen, wo sie der herankommenden Reiterei am nächsten war. Ihre

Position würde die Linie markieren, auf der die Ränke sich formieren sollten, eine Position, die als *le point* bekannt war. Bryna sah nicht in die Richtung von Malaki und den anderen, als sie neben Paddy Stellung bezog.

»Sie sehen gut aus«, sagte Alex mit einem Anflug von Überraschung.

Falco nickte. Die Dalwhinnies hatten sich schnell und auf gute Weise eingeordnet. Er blickte Malaki an, aber *dessen* Aufmerksamkeit war entschieden auf Bryna gerichtet. Schließlich trat der Marschall auf das Feld hinaus und erhob einen Stab, der eine rote Flagge trug. Wie ein Mann nockten die Dalwhinnies ihre Pfeile auf den Sehnen ein, je drei starke und schwielige Finger nahmen die Belastung auf.

»Zieht!«

Selbst aus so weiter Entfernung konnten sie Brynas Stimme über das Feld hinweg erschallen hören. Im Gegensatz zu vielen Frauen, deren Stimmen schrill wurden, wenn sie sich zu Rufen erhöhten, hatte Brynas Stimme eine tiefe Resonanz, die gut zu vernehmen war, wenn sie Befehle erteilte.

»Schießt!«, schrie sie, und zweihundert Pfeile flogen von den Bögen los. In der Luft beschrieben sie einen Bogen und landeten mit einem kollektiven Aufprall in der zweihundert Meter weit entfernten Reihe der Pfosten. In der Nähe von Pferden mochten sie nervös sein, aber an der Zielgenauigkeit der Dalwhinnies gab es nichts auszusetzen.

Sie fuhren fort, in einer steten Geschwindigkeit zu schießen, bis die Flagge des Marschalls herunterkam und das erste Fanfarensignal ertönte.

»*Traverser, sur moi!*«, schrie Bryna.

»*Traverser, sur le point*«, bellte Paddy der Pisser, der ihren Befehl verstärkte.

Bis auf den letzten Mann senkten die Dalwhinnies ihre Bögen und wandten sich nun Bryna zu, um nach ihrer Position zu sehen. Mit ausgestreckten Armen stand sie an der Rückseite des Blocks.

Sie hatte die Position der Flagge des Marschalls überprüft und befand sich nun mit ihrem Rücken zur Reiterei, die sich jäh auf sie zubewegte. Die Dalwhinnies hatten nur ein paar Sekunden, um sich in die verlangte Formation zu begeben, während das Geräusch der sich nähernden Pferde wie eine Welle auf sie zubrandete.

Die Reihe, die Bryna am nächsten war, richtete sich entlang der Linie ihrer Arme auf und fuhr fort, in doppelten Abständen Freiraum zu schaffen. Von hier aus erstreckten sich die Reihen in vollkommen geraden Linien. Bryna fühlte ein schnelles Aufglühen von Stolz angesichts der Geschwindigkeit, mit der sie die neue Formation einnahmen.

»Kehrt!«, rief sie, und die Dalwhinnies wandten der rapide näher kommenden Reiterei die Rücken zu.

»Runter und zumachen!«, schrie sie, und die gesamte Formation ließ sich auf ein Knie nieder und lehnte sich nah an die Person, die sich jeweils davor befand, die Bögen flach auf den Boden gelegt und die Köpfe am Kreuz des Vordermanns ruhend, mit einer Hand nach einem Kleidungsstück greifend, egal nach welchem.

Bryna hatte einen kurzen Moment, um zu überprüfen, dass alles so war, wie es sein sollte. Die Formation wirkte großartig, die Kanäle waren klar und weit. Sie nickte befriedigt, gerade als sie hörte, wie das zweite Signal über das Feld erschallte.

»Runter!«, sagte Paddy, und Bryna fühlte eine starke Hand auf ihrem Kreuz, die sie niederpresste, als er sich vorbewegen wollte, um ihren Körper mit dem seinen zu schützen.

Bryna presste ihre Stirn auf den Rücken des nächsten Mannes, und jetzt schien die Zeit zum Stillstand zu kommen, während das Geräusch der galoppierenden Pferde hinter ihnen drohend näher rückte. Sie roch Leder und Schweiß und fühlte das schnelle Heben und Fallen im Atmen des Mannes. Als sie flüchtig aufblickte, sah sie Alnwick in der Reihe zu ihrer Linken und Daniel in der zu ihrer Rechten. Beide Jungen mühten sich deutlich ab, still zu bleiben, als der Klang der Reiterei immer lauter wurde.

Plötzlich taumelte Alnwick vorwärts, in dem Versuch wegzulaufen – aber Dedric Sayer riss ihn zurück in die Linie und hielt ihn mit seinem eigenen Körpergewicht unten.

Zu ihrer Rechten sah Bryna, wie sich Daniel nervös verlagerte, wobei der Mann hinter ihm versuchte ihn mit festem Griff zu beruhigen.

Haltet durch, Jungs, dachte Bryna, während der Boden unter ihr bebte. *Nur noch ein paar Sekunden.*

Bryna biss auf die Zähne und kauerte sich nieder, als die ersten Pferde an ihr vorbeidonnerten. Grasbüschel und Erde flogen ihr ins Gesicht. Panik erhob sich in ihr, aber sie wusste, dass es nun schon fast vorbei war. Sie riskierte einen weiteren Blick und sah sich nach den Jungen um, wobei sie flüchtige Eindrücke von ihnen zwischen dem Sturm aus Pferdebeinen und Hufen erhaschen konnte. Der Mann hinter Daniel hatte es sichtlich schwer, ihn ruhig zu halten.

Das letzte der Pferde rannte gerade durch, als Daniel seine Schulter freiriss und sich umdrehte, um zu sehen, wann es vorbei sein würde. Er bewegte sich nicht weit aus der Linie heraus, aber das reichte bereits. Der Rand eines Pferdehufs traf ihn seitlich am Kopf, und Bryna zuckte zusammen, als Blut sprühend in die Luft spritzte. Der Mann hinter ihm warf sich über den Jungen und presste ihn flach auf den Boden, aber es war schon zu spät. Als das letzte Pferd die Linien passiert hatte, riss sich Bryna aus Paddys Griff frei und drängte sich vor, um zu sehen, ob Daniel in Ordnung war.

Der Mann, der über ihm lag, erhob sich langsam, und Daniel rollte auf den Rücken. Sein blondes Haar war nass vor Blut, und sein Körper zuckte, als er auf der aufgewühlten Erde lag. Bryna kniete sich neben ihm hin und legte eine Hand auf seine Wange.

»Daniel. Kannst du mich hören?«, fragte sie mit vor Sorge angespannter Stimme.

Daniels Augen öffneten sich flackernd.

»Ich hatte etwas Angst«, sagte er mit undeutlicher und verträumter Stimme. »Pferde«, fügte er hinzu, und eine Seite seines Gesichts hing schlaff und leblos herab. »So groß und stark. Merkt man gar nicht, bis man sie aus der Nähe sieht.«

Bryna fühlte, wie es ihr den Hals zuschnürte, als Daniels linkes Auge sich schloss, zusammengezogen von Muskeln, die nicht mehr länger seinem Befehl gehorchten. Sein Mund sackte ab, und er sabberte. Dann versuchte er noch etwas zu sagen, aber bald verzog sich sein Gesicht vor Schmerzen, und er musste weinen. Sein Körper schien sich anzuspannen, sein Kinn sich in seinen Hals zurückzuziehen. Dann verkrampfte er sich einmal, zweimal, und war still, während sich das Blut im schlammigen Gras um seinen Kopf sammelte.

Bryna starrte ihn durch einen Schleier aus Tränen an.

Wie hatte das passieren können?

Sie waren fast fertig gewesen. Sie hatten es ausgezeichnet durchgeführt, und sie waren schon fast fertig gewesen.

Wie hatte ein kleiner Patzer so enden können?

Die Tragik dessen verdrehte ihr die Eingeweide, und erst als Paddy sie wegzuziehen versuchte, fiel ihr auf, dass ihre Fäuste Daniels Kleider festklammerten. Der Rest der Dalwhinnies kam auf die Beine. Das befriedigte Lächeln fiel von ihren Gesichtern ab, als sie bemerkten, dass etwas schiefgegangen sein musste.

»Es ist Daniel«, hörte Bryna sie sagen. »Der junge Daniel, tot.«

Der junge Daniel, tot.

Die Dalwhinnies zogen sich zurück, als die Marschälle ankamen, zusammen mit mehreren Helfern, die eine Trage mit sich führten. Die Dringlichkeit in ihren Bewegungen schwächte sich ab, sobald sie begriffen, dass das Unfallopfer tot war.

Langsam stand Bryna auf, und Paddy zog sie weg.

»Ich hätte ihn draußen lassen sollen«, sagte sie mit hohler Stimme. »Ich hätte sie beide draußen lassen sollen.«

»Es ist nicht deine Schuld«, sagte Paddy, der grimmig, aber unbeeindruckt aussah. »Ich hab es dir gesagt. Sie würden entweder klarkommen oder eben nicht.«

Bryna starrte ihn mit leerem Ausdruck an. Irgendwo in seinen Worten steckte eine nüchterne Art von Weisheit. Sie versuchte sie zu begreifen, doch sie merkte, dass sie es nicht konnte. Tränen liefen ihr die Wangen hinab, aber Paddy sah sie nur an.

»Es tut nicht gut, sich zu kümmern«, sagte er. »Das zerreißt einen nur.«

Sie sahen mit an, wie die Akademiehelfer Daniel auf der Trage fortschafften. Blut sickerte durch die helle Leinwand, auf der er lag.

»Heute Abend werden wir auf ihn trinken«, sagte Paddy. »Und dann ist es erledigt.«

Damit ging er fort und scheuchte die Dalwhinnies zurück zu den Kasernen der Irregulären. Als sie davonzogen, sah Bryna, wie Malaki und Falco auf sie zukamen. Ihre erste Empfindung war Erleichterung, dicht gefolgt von Schuld. Vielleicht hatte Paddy recht, vielleicht war es falsch, sich zu kümmern, aber Bryna konnte nicht anders.

Sie kümmerte sich.

Und es zerriss sie.

Trotz ihrer besten Vorsätze gab es nichts, was Malaki oder sonst irgendjemand sagen konnte, um Brynas Schuldgefühl zu mildern. Später in der Nacht sah Falco im düsteren Licht der Kasernen mit an, wie Malaki und Alex ihr Bestes gaben, um sie zu trösten. Er stand am Fuß von Brynas Bett, und nun kam Quirren heran, um sich neben ihn zu stellen.

»Es ist schade, dass der Abgesandte nicht hier ist«, sagte der große Illicier. »Er wüsste, was jetzt zu sagen ist.«

Falco nickte.

Quirren hatte leise gesprochen, aber irgendwie hatte Bryna ihn gehört.

»Und was *würde* er sagen?«, fragte sie nach, indem sie sich erhob und zu ihnen kam, um sie anzusprechen.

Quirren blickte unbehaglich weg, aber Falco runzelte nur die Stirn.

»Das würde davon abhängen, was du zu tun vorhättest«, sagte er.

Brynas Kinn reckte sich, sie wartete darauf, dass er fortfuhr.

»Würdest du planen, zu dem ruhigen Leben einer adligen Frau zurückzukehren, dann würde er dir sagen, dass es gut sei, um jemanden zu trauern, der noch so jung war.« Falco zuckte nicht vor dem Feuer zurück, das in Brynas Augen aufblitzte. »Aber wenn du vorhättest, an der Akademie zu bleiben«, fügte er hinzu, wobei er sich an die strenge Herangehensweise erinnerte, die der Abgesandte oft zeigte, »dann würde er dir raten, damit aufzuhören, dich wie die Oberschwester eines Waisenhauses aufzuführen und endlich anzufangen, dich wie der Hauptmann einer Armee zu benehmen.«

Einen Augenblick lang sah es aus, als würde Bryna ihn gleich schlagen, aber dann füllten sich ihre Augen mit Tränen, und sie senkte den Kopf. Sie packte ihre Schaffelljacke, zwängte sich an Falco vorbei und machte Anstalten, den Raum zu verlassen.

»Wohin gehst du?«, fragte Malaki, der auf die Beine kam.

»Mich mit den Dalwhinnies betrinken«, sagte Bryna. »Und dann ist es erledigt.«

In der unbehaglichen Stille, die darauf folgte, blickte Malaki Falco nicht an. Was er gesagt hatte, mochte stimmen, aber Malaki war verärgert, dass Falco nur noch weiter zu Brynas Schmerz beigetragen hatte. Er griff sich seine eigene Jacke, drängte sich an seinen Freunden vorbei und folgte Bryna hinterher. Wenn sie sich jetzt betrank, dann würden es gewiss nicht die Männer der Dalwhinnies sein, die ihr heute Nacht nach Hause halfen.

Als Malaki ging, lächelte Alex Falco beklommen zu, während Quirren eine Hand auf seine Schulter legte. Es gab Zeiten, in denen Mut nötig war, um das zu sagen, was gesagt werden musste.

Falco blieb in Gedanken versunken, als die beiden Brüder gingen, um etwas Abendessen zu holen. Es hatte ihm nicht gefallen, dass er Bryna gegenüber so hart gewesen war, aber er war sich sicher, dass es richtig gewesen war. Der Abgesandte mochte die Akademie verlassen haben, aber seine Gegenwart und seine Weisheit hallten dennoch in ihren Herzen wider.

Während der Tage, die nun folgten, legte Bryna wieder die Charakterstärke an den Tag, die ihr den Respekt der Dalwhinnies eingetragen hatte, und bald war sie auch wieder ganz die Alte, beherzt und herrisch. Auf eine merkwürdige Weise brachte das traurige Ereignis von Daniels Tod die Kadetten sogar näher zusammen. An irgendeinem Punkt würden sie alle mit dem Tod von Leuten unter ihrem Befehl umgehen müssen. Nur war es eben Bryna, die es als Erste tun musste. Die Marschälle ermittelten, dass Bryna an dem Vorfall keine Schuld trug. Darüber hinaus wurde entschieden, dass die Dalwhinnies das Traversier-Manöver mit Fertigkeit und Präzision durchgeführt hätten und es ihnen nach allen Überlegungen erlaubt sei, am Trainingsfeldzug teilzunehmen.

Der Winter war nun dem Frühling gewichen, und das Land kehrte allmählich wieder zum Leben zurück. Das Gras auf der flachen Anhöhe sah grüner aus, und selbst die Berge schienen einen wärmeren Farbton anzunehmen. In den Gärten unterhalb des Palastes schwollen die Knospen, und die Obstgärten waren mit wilden Krokussen und kleinen weißen Narzissen bedeckt. Die Zeit ihrer Abreise näherte sich rasch, und in der Akademie herrschte emsige Betriebsamkeit.

Während die Kadetten ihr Training fortsetzten, waren die Werkstätten damit beschäftigt, all die Dinge vorzubereiten, die sie benötigen würden. Von denjenigen Kadetten, die Einheiten befehligten, wurde auch verlangt, dass sie als Quartiermeister agierten und Listen der Vorräte anfertigten, die ihre Einheiten benötigten.

»Ich dachte, dies sei eine Schule für den Kampf«, sagte Alex, der auf einen Schwung Papiere in seiner Hand blickte. »Hätte nie gedacht, dass ich meine Zeit damit verbringen würde, zu kalkulieren, wie viel Mehl eine Einheit von zweihundert Männern in einem Monat verbraucht.«

Sie grinsten alle, aber dann hielten sie inne, denn Falco machte sich in die Richtung des Schmelztiegels auf.

»Ich seh euch später«, sagte er.

»Viel Glück«, sagte Bryna.

»Stell dir einfach vor, es ist Snidessons Gesicht«, sagte Malaki.

Falco lachte und winkte ihnen zu, als er seinen Weg fortsetzte. Sie alle wussten, dass er sich damit schwertat, irgendeine Art offensiver Kraft hervorzubringen. Aurelian beharrte auch weiterhin darauf, dass seine Fähigkeit, Menschen von der Furcht abzuschirmen, am wichtigsten sei. Aber was würde das schon nützen, wenn er einen Dämon nicht davon abhalten konnte, über das Schlachtfeld zu wüten.

Er hielt am Rand des Schmelztiegels an und gab ein bitteres Lachen von sich.

Einen wütenden Dämon aufzuhalten … ha!

Falco besaß jetzt nur noch wenig Ähnlichkeit mit dem schwächlichen Jugendlichen, der in einer Krankenstube in Toulwar aufgewacht war. Aber der Gedanke, dass er *jemals* in der Lage sein könnte, einen wütenden Dämon aufzuhalten, kam ihm wie unerhörte Arroganz vor. Er erinnerte sich an die furchterregende Kraft der Kreatur, die in den Bergen durch die Reihen der Krieger von Caer Dour gepresst war. Wie konnte irgendjemand hoffen, etwas wie sie aufzuhalten?

»Kommst du jetzt runter, oder was?«

Der verärgerte Ruf hallte im Schmelztiegel wider, und Falco blickte zu Aurelian hinab, der, wie immer mit Meredith, Dusaule und Dwimervane in der Nähe, zu ihm hinaufstarrte. An den breiten Stufen am anderen Ende der Arena waren eine Anzahl Tonurnen als Ziele aufgestellt worden. Es schien, dass Aurelian für seinen Teil nicht aufgegeben hatte, was Falcos offensive Fähigkeiten anging.

Also schob Falco seine Zweifel zur Seite und setzte sich die terrassenförmige Seitenwand des Schmelztiegels hinunter in Bewegung. Während ihrer Zeit in Grimm hatten Malaki, Bryna und Meredith alle die Tiefen ihres Charakters vorgezeigt. Nun war es Zeit für Falco, die Tiefen seines eigenen Charakters vorzuzeigen.

52

Die natürliche Schwäche von Stahl

In den Verlassenen Landen von Illicia floh eine Gruppe von Reitern vor der furchterregenden Gegenwart eines Dämons. Der Totschläger machte sich über die Männer, die zwischen den Bäumen hindurch flüchteten, keine Gedanken. Stattdessen blickte er in die Augen des Aufsässigen, als er aufgespießt auf einer der großen gekrümmten Klingen des Dämons in der Luft hing. Selbst jetzt noch zeigte der Mann keine Furcht, nur Schmerz und Bedauern angesichts seines Versagens, ihn zu besiegen.

Der Totschläger stieß jäh zu, und der Aufsässige hustete ein blutiges Keuchen heraus, als sich die Spitze der Klinge in seinem Rücken durch die Rüstung bohrte. Zuerst hatte das Metall seinen Hieben widerstanden, und der Totschläger war von der Glaubensstärke überrascht gewesen, die seinen Waffen trotzte, aber als der Aufsässige schwächer wurde, zeigte auch die Rüstung ihre natürliche Schwäche, sie reichte nicht an den Stahl heran, der von den Erleuchteten geschmiedet worden war.

Selbst jetzt noch, im Griff eines qualvollen Todes, kapitulierte der Aufsässige nicht, und der Totschläger ertappte sich dabei, dass er sich fragte, wie lange es wohl dauern mochte, einen solchen Glauben zu brechen und seine Seele einzufordern. Aber das war nicht seine Mission. Die Aufgabe des Totschlägers bestand einfach darin zu töten, und damit war er zufrieden. Er hätte womöglich den Kopf des Aufsässigen abgetrennt oder so zugestoßen, dass er sein Herz hätte durchschneiden können. Stattdessen hielt der Dämon ihn einfach hoch und sah ihm zu, wie er starb. Als der letzte Atem seinen Körper verließ, schleuderte der Totschläger die Große Seele neben dem Pferd zu Boden, das vom Brustbein bis zum Sattel entzweigehauen war, zwei Haufen Fleisch, im Tod nun kaum noch unterscheidbar.

Während das Blut des Aufsässigen immer noch an seiner Klinge dampfte, wandte sich der Totschläger wieder nach Nordwesten, wo ein weiterer Aufsässiger in die Sphäre seiner Aufmerksamkeit eindrang. Er schritt einmal mehr in die Schatten, sank unter die Oberfläche der Welt und zog weiter.

Weit im Süden, in den Verlassenen Landen von Beltane, schloss der Marchio Dolor voll Wertschätzung gegenüber der Kreatur, die seine Gebete hervorgerufen hatten, die Augen. Ein Dämon, der einen Kampfmagier im Einzelkampf besiegen konnte, war selten, aber jetzt streifte eine solche Kreatur im Norden umher. Nun konnte er all seine Energie auf Vercincallidus richten, den Mann, den sie den serthischen Wolf nannten. Der beltonische General stellte nur eine geringe Herausforderung dar, aber es gab immer ein Ausmaß an Befriedigung, die Stolzen niederzustrecken.

Das Abenteuer geht weiter in:

PETER A. FLANNERY

BATTLE MAGE

Die Rückkehr des Drachen

Danksagung

Meiner Frau Julie, die so viele meiner Fehler aufgespürt hat und mich wissen lässt, wenn ich anfange zu schwafeln, mit Liebe und Dank. Wegen dir sind meine Bücher besser.

Dank gebührt Kevin Arms, Judith Coulson, Fiona Seaton, Lisa Smith und Megan Nagle. Ihr wart so freundlich, das Buch vor seiner Veröffentlichung zu lesen, und so tapfer, mir eure Gedanken dazu mitzuteilen.

Danke an Rob Miller, den Meisterschwertschmied von Skye. Ich hoffe, ich bin dem Schmieden eines Schwerts gerecht geworden.

Jeff Wheeler

Die Königsfall-Trilogie

Die sagenhafte Bestseller-Trilogie um den Weg eines Helden

»Jeff Wheeler hat wunderbare Figuren erschaffen.« *Publishers Weekly*

978-3-453-32016-1   978-3-453-32017-8   978-3-453-32018-5

Leseproben unter **www.heyne.de**

HEYNE ‹

DIE BLAUSTEINKRIEGE

**Das gewaltige Epos der preisgekrönten Autoren
Tom & Stephan Orgel**

978-3-453-31688-1　　978-3-453-31706-2　　978-3-453-31707-9

Mehr auf **www.blausteinkriege.de**
und auf **www.heyne-fantastisch.de**

HEYNE ‹